马克思主义理论研究
和建设工程重点教材

中国古代文学史

（第二版）上册

《中国古代文学史》编写组

主　编　袁世硕

副主编　陈文新

主要成员

（以姓氏笔画为序）

王小舒　边家珍　阮　忠

孙之梅　李　浩　董上德

韩经太　傅　刚　廖　群

高等教育出版社·北京

图书在版编目（ＣＩＰ）数据

中国古代文学史. 上册／《中国古代文学史》编写
组编. -- 2 版. -- 北京：高等教育出版社，2018.8（2024.9重印）
马克思主义理论研究和建设工程重点教材
ISBN 978-7-04-050108-7

Ⅰ.①中… Ⅱ.①中… Ⅲ.①中国文学-古代文学史
-高等学校-教材 Ⅳ.①I209.2

中国版本图书馆 CIP 数据核字（2018）第 153030 号

责任编辑 贾高操 刘纯鹏　　封面设计　王 鹏　　版式设计 于 婕
责任校对 刘 莉　　　　　责任印制　刘弘远

出版发行	高等教育出版社	网　　址	http://www.hep.edu.cn
社　　址	北京市西城区德外大街 4 号		http://www.hep.com.cn
邮政编码	100120	网上订购	http://www.hepmall.com.cn
印　　刷	天津鑫丰华印务有限公司		http://www.hepmall.com
开　　本	787mm×1092mm　1/16		http://www.hepmall.cn
印　　张	22.75	版　　次	2016 年 6 月第 1 版
字　　数	420 千字		2018 年 8 月第 2 版
购书热线	010-58581118	印　　次	2024 年 9 月第 34 次印刷
咨询电话	400-810-0598	定　　价	43.30 元

本书如有缺页、倒页、脱页等质量问题，请到所购图书销售部门联系调换
版权所有　侵权必究
物 料 号　50108-00

目　录

第二编　秦 汉 文 学

总 绪 论

第一节 文学史的性质、任务和研究方法

中国早在先秦的春秋时期,《诗经》便被定为培养人的文明素质的教材,此后诗和诗性之文特别发达。两千多年来公私学校一直偏重文学教育。到了 20 世纪初,中国教育虽然发生重大改革,但中国古代文学依然作为学校教学的重要内容,中国古代文学史的研究与书写逐渐成为一个专门领域,著作丛出。随着社会的变迁,思想观念的变化,已出的著作在文学史的宗旨、对象和价值取向等方面存在着种种差异。这里依照马克思主义唯物史观,对文学史研究的基本问题,做些简要陈述。

一、唯物史观是文学史研究的指南

由马克思创立、恩格斯完善表述的唯物史观,揭示了人类社会历史发展的基本规律,从而为认识社会历史提供了科学的理论基础和指导思想。

马克思主义唯物史观的基本观点是社会经济状况是社会发展的基础,以不同的方式掌握世界的各种意识形态是在经济事实的基础上发展起来的,因而也必须由经济基础来解释。简括的表述就是"人们的社会存在决定人们的意识"①,意识"不外是移入人的头脑并在人的头脑中改造过的物质的东西而已"②。反过来,在经济基础上发展起来的各种意识形态都有各自的表现形式和发展道路,在历史发展中也相互影响,并对经济状况发生显隐不同或促进或阻滞的反作用。从整个的历史基础出发,"阐明意识的所有各种不同理论的产物和形式,如宗教、哲学、道德等等,而且追溯它们产生的过程。这样当然也能够完整地描述事物(因而也能够描述事物的这些不同方面之间的相互作用)"③。

文学是一种社会意识形态,世界上各个国家都有自己的文学的历史。文学史的研究,理所当然要以唯物史观为指南,科学地而不是随意地认识一定的国家民族的文学的历史,也就是认识各个国家民族历史上相继而出的各种类型的文学作品所体现的历史面貌及其发展规律。这便既要突出文学主体,又要历史地看待作品的文学属性,不能以某个历史时期的文学观,更不能以其他国家民族的文学观来框定文学的范

---

① 《列宁选集》第 2 卷,人民出版社 2012 年版,第 424 页。
② 《马克思恩格斯文集》第 5 卷,人民出版社 2009 年版,第 22 页。
③ 《德意志意识形态》(节选),载《马克思恩格斯文集》第 1 卷,人民出版社 2009 年版,第 544 页。

围，还要注意相继而出的多种类型的文学作品之间的联系，即通常所说的传承关系，才能显示文学历史的面貌。最为基本的是要把文学史的研究放在各个历史时期的政治、经济基础上和思想文化的大背景中，确认入史的文学作品的思想内容和表现形式，整体地显现其意义，将文学史的研究不断推向深入。

依据唯物史观的这些基本原则，下面将就文学史的性质、任务和研究方法及中国古代文学的特色，做较为具体的申述。

二、文学史是文学的历史

文学是一种以语言为表述方式的审美文化形态。任何民族、国家都随着社会历史的发展不断产生口传的和文字书写的文学作品，相继产生的文学作品以及由之发生的创作、流传和影响情况，便构成各自的文学的历史。

文学作品是人类精神活动的产品，是由知名的或不知名的作者创作出来的。作者的创作虽因其社会背景和个人身世遭遇有所不同，作品既经创作出来便独立存在，产生这样那样的效应、影响。读者的反应、接受往往是因时因人而异，但作品文本却不因诠释的多样而改变，优秀的作品大都是永恒的存在，持久地为人阅读，影响着社会和文学。文学的历史主体就是由历史上相继而出的文学作品构成，并体现着文学发展变化的历史面貌和历史轨迹。

文学史研究应当考察作家的生平事迹及其创作的社会背景、作品的影响，但却不能取代对作品的解析、评说。历史上创作出传世之作的作者方才有资格进入书写的文学史。不知作者为谁的传世之作同样是必定要书写的，因为它们曾经影响到社会和文学，成为文学历史链条中或显或隐的环节。文学影响、接受，自然也应当是文学史研究的课题，书写的文学史中也是应当叙述的。历史上一些作品持久传世和经典化是由读者的选择决定的，近世文学史的书写基本上沿袭了已往读者的选择、判断，从一定程度上说，现代书写的文学史基本上是读者接受中的文学史。但是，也应认识到，读者的诠释毕竟不能等同、不能替代作品文本，读者的接受、诠释情况不应成为书写的文学史的主体内容。只开列作家生平、创作背景和对有关作品的诠释、评论的文献资料，尽管对文学史研究和书写十分有用，却缺少文学史的历史内容，也是不足以称之为文学史的。

文学作品与宗教学、哲学、史学著作都是以语言文字为表述工具的精神产品，而且在历史进程中存在着不同程度的混同胶合、互渗互动的关系。这几种不同的文化形态有着各自不同的性质、功用。文学的特性是内容最贴近普遍的人生状况，文学理论中的模仿说、反映论便是就此而发。文学掌握世界的方式是以象见义，借助想象、幻想，取象造型，表达人生感悟和精神诉求；运用语言文字要讲究修辞及声韵，富有感染力和欣赏性，所以称之为审美文化形态。宗教、哲学、史学等著作的价值、意义，基本上取决于内容、思想，读者、研究者不甚关注其表达的方式方法。中国早期的哲学著作多就感性事物生发，演绎人事的和自然的哲理，那是文化初始阶段的现象，后来则走向了理论思维。早期的史书叙事也寓有意旨，假之揣摩叙出人事之情状，后来史学强调征实原则，便拒绝虚构和揣摩性的描写了。文学作品的思想内容固然很重要，若没有真善美的图像和意蕴，便称不上优秀作品。其表现方式方法之精致、美妙，行文之生动，也是决定其文学品位的标尺，并且成为作家追求的目标，对读者是一种魅力。文学作品的形式、作法、语言方面的传承、创新，构成文学发展演进的表征和文学史的历史内容。所以，历史上的文学作品反映出各自时代的一定人群的生存状况、宗教信仰、生活诉求、精神力量，是文学史研究的核心内容，但书写的文学史却不应是社会史、宗教信仰史、心灵史的印证材料，那样便不是文学史了。

三、文学史的任务

文学史研究和书写的任务，是通过对历史上相继产生的文学作品的解析，展示文学的历史面貌及其成就、特色。对一个个作家作品的解析、论述，揭明各自的创作特征和成就，是文学史研究的基础和书写文学史的基本内容，没有对入史的作家作品的深入研究，便难以揭明各自的文学成就和特色，及其在文学史中的历史地位。对入史作家作品的选择，评述的深浅、偏正，决定了书写的文学史的质量、价值。但是，对具体作家作品的评论，即便依历史的次序排列起来，也还缺乏文学历史的内容，还须要做文学的共时性的研究，考察一个时期的文体、主题、表现方法、风格等方面的情况，作出描述；更须要做文学的历时性的研究，对前出和后出的作家作品进行联系、比较，揭示出其间的传承因革关系，文体的兴替、主题的转移、作法的变化，也就由之具体地显现出来。对具体作家作品的解析和历时性的研究是相辅相成的：作家作品之间的因革关系有赖于对各个作家作品的解析而发现；研讨作家作品之间的因革关系也有助于对各个作家作品的创作特征、品位的确切认定，克服将文学史作成作家作品评论集的缺陷。这样也就会从中发现文学创作和发展变化的深层规律，深化对文学历史的认识，文学与哲学、宗教的疏密关系也就从中显示出来。对文学史的认识，最根本的任务是在于显示本民族文学成就和对世界文学的贡献，弘扬传统的审美精神和文化创造力，为现代文艺创作发展提供历史的资源和精神力量。中国古代文学史的研究和书写，赋有增强民族文化自信，建设更好的中国特色社会主义文化的重要使命。

四、文学史研究的方法是历史的和美学的统一

文学史是文学的历史，既是一种历史，也就应当具有史学史书的属性。史学

的属性是如实地叙述已经消逝了的社会人事的实际的状况，叙述的基本原则是求真求实。尽管书写的历史与历史本体并不能完全一致，但严正的历史学家是不放弃征实的原则的。文学史研究和书写的是人类精神产品的历史演进的情况，要涉及作者、社会背景、写作时代和传播等方面的史实，自然要稽考征实，不容假想虚拟。文学作品所叙写的内容不具有人事活动的实体性，读者的理解、接受发生于精神活动的领域，但不同文学作品各自的语言文字结构形态、所叙写的虚拟或半虚拟的人事图像或心灵图像，都是基本固定了的，一切传世文本古今没有根本性的差异。古籍版本中的异文基本产生于传抄印刷中。西方接受理论说文学作品是有变化的，那是指不同时代的读者的理解、诠释，而不是作品文本结构肌质本身。文学发展演变的情况，诸如文体的兴替，写作范式的变化，语言的变迁，都具有历史的客观性，也是有迹可循、可以表述的。文学史的研究和书写也应当本着求真求实的原则，解析入史作家作品，叙出文学发展演变的实际情况。

文学史和一般史学著作又有不同。史学研究和叙写的是已经消逝的人事，依据的材料，部分是当时的公私文书，大部分是事后追记的文字，所做的是依据文字材料和少量实物进行文字表述性的历史复原。文学史研究和书写，依据的材料主要是历史流传下来的文学作品，关乎史实性文字材料是辅助性的。从这个角度说，文学史研究的材料与研究的主体对象是合一的，所做的不是历史本体的复原，而是解析、认知，显示出历史上相继而出的文学作品各自的思想内容和艺术形式、表现方法的特征和文学发展演变的历史面貌。文学史研究基本上是历史主义的文学批评，也就是把历史上依次产生的文学作品放到社会历史发展中的一定的社会背景和文学环境中，考察、把握各自的思想内容和表现方式的特征，建构文学的历史书写。因此，文学史研究方法是历史的和美学的统一。中国古代文学史的研究和书写，就是以马克思主义唯物史观为指导，坚持中国古代文学的历史本位，坚持文学作品的思想性和艺术性有机统一的批评原则，弘扬中华传统的优良品德、理想和审美精神，以其高度成就坚定民族文化自信，推动社会主义文化的发展。

五、文学史撰述的多样性

文学史的建构、书写，可以是多种多样的，不仅可以有历史跨度不同的通史、断代史，也可以有不同体裁的文体史、类型史；还由于文学史家的文学观念、社会价值观念，以及对历史上文学作品和有关现象熟悉程度的不同，编著的文学史也是有多个方面的差异的。中国一百多年陆续出版的文学史，曾经经历了从包括了经史子集几类著作的泛文学史观的文学史，到缩归现代文学观念的文学史的转变。即便是诗、文、戏曲、小说的分体史，叙述模式、入史作家作品的选择及对其思想和艺术成就的认定，也存在着相当的差别，有简繁的不同，价值取向的不同，对重要作家作品和文学演进情况的认知也有深浅、偏正的差别。像任何一种学科一样，对研究对象的认知是没有止境的，文学史的书写也会随着文学史研究的深入而有所变化、创新。某种理论观念的强行介入，对文本某个层面的偏重，可能造成某种偏颇。文学史的创新应当是本着马克思主义历史唯物主义的基本原则，对入史作家作品的选择和其创作基本特征做出更确切的把握表述，对文学发展演变的历史内容做出更多方面更深层次的认知。

第二节　中国古代文学的历史演变

中国是历史悠久的文明古国，至晚在商朝时期已经进入有文字记载的历史。在中国数千年的历史长河中，相继不断地产生过类型、样式繁多的文学作品，呈现出错综嬗变、多姿多彩的文学发展变化的历史风貌，不仅留下了许多经久传世的文学经典，也成为世界文学中珍贵的名著。

一、先秦：浑融辉煌的文学源头

早在文字诞生之前，就有了神话传说，只是在产生文字的初始阶段没有得到很好的记录、整理，留在后来记忆里仅仅是十分简单的梗概。诗却是很早便兴盛起来，《诗经》的编成在春秋时期，其中就有商代遗存的诗篇。还有，由于当时作为语言符号的文字尚在不断繁衍，刀刻漆书劳力费时，为便于口传、耳受、心记，不仅诗歌用凝练的韵语，最早成为独立的文学体裁，其他功用的文字书写，如《尚书》中的官方文书、《周易》中的卦爻辞，乃至哲理书《老子》，也多用奇偶相生的句式，多协韵。从表述方式说，由于人类早期思维的特征是客观感知和主观想象互渗，不仅诗歌多用比、兴，假之构成有韵致的情状意境，为后世确立了诗之所以为诗的基本特征；以立意为宗的说理文，也还是要借助事物意象表述。《老子》的社会哲理基本根植于宇宙事物状态的描述中，象与意融合在一起。《庄子》的哲学思想是深邃的，多是驰骋想象，假诸奇幻的人事物象或历史传说的寓言方式表述出来，加上汪洋恣肆的行文，成为最富有文学审美意味的文章，可以称之为诗性哲学。其馀诸子书，阐述伦理政事主张，理性思维有了显著发展，但还时而借寓言故事晓人以理，成为中国文学史上寓言最为发达的时代。从《春秋》之简书纪年到《左传》《国语》《战国策》记人事活动，叙事文笔日趋细致。先秦宏富的文化典籍开创了辉煌的中华文明，也奠定了灿烂的中国古代文学的基本格局，汇集了宗周和诸侯国的朝庙和民间文士诗歌的《诗经》，屈原用上古神话材料和楚地祭歌形式作成的抒愤之楚辞，成就辉煌，影响尤为宏大深远。延绵数千年的文学观念，时有新变而极其繁富的文体，命意和取象的方式方法等多个方面，都可以从先秦文学中找到其源头。

二、两汉：辞赋蔚兴，传纪文学的成立和诗体的整合

汉继秦兴，开创了中国大一统的政治局面和文化繁荣气象。战国末屈原楚辞引起巨大影响，汉代能文者多作赋。皇帝喜赋，形成献纳之风，藩王好文纳士，文士多以作辞赋逞其才艺，或效楚辞体言志抒情，或铺张扬厉地写景状物，极写园林、都邑华美和盛世景象，辞赋成为两汉文学的主流文体，语言文字之文学表现功能得到了高度的发挥。辞赋家辈出，继屈原之后，中国有了一类以作文学之文而著名于世的文学家。文学与学术的分界也就趋于明朗化。两汉叙事散文最为突出的是司马迁的《史记》，纪传体不仅成为后世史书之传统模式，其主体部分之列传显现人物行事情状、性情，近乎"无韵之《离骚》"，开启中国传纪文学之先河，后世之文言小说也沿袭其叙事模式。两汉乐府诗成为中国古代诗歌上继《诗经》之后又一宏丽景观，诗体由四言渐变成五言、七言，显示出新的语言诗性活力，叙事诗的出现为后世提供了模本。"感于哀乐，缘事而发"的宗旨，《古诗十九首》"婉转附物，怊怅切情"① 的兴会高妙，预示了诗行将回归文学主体地位。

三、魏晋南北朝：文学的自觉、批评理论的兴起和文学审美的提升

汉王朝的崩溃，使国家进入政治分裂状态，地区、民族间的竞争不断，也给了文化自由发展的天地。从汉末建安时起，"五言腾踊"，诗歌空前繁荣起来，批评理论异常兴盛，呈现出文学自觉自强的态势。从曹丕的《典论·论文》到刘勰的《文心雕龙》，以及萧统编纂的《文选》，表明文学脱离经史子学而自成一家，文学成为人生价值的一种重要表现，文学的审美特性受到了特别的重视。上自王侯、士林，下至市井歌儿，作者群出，挣脱了汉代儒家伦理教化的樊篱，受到道家崇尚自然思想的熏染，自由抒写社会人生感受，诗风随时而变。先是建安风骨、正始之音，继之是游仙、玄言；陶渊明开辟出田园意境，谢灵运转而观照山水之美；声律和词藻并重，生成以皇族为中心的宫体诗，为中国完美的格律诗体的定型奠定了基础。中国古代诗歌在这种历史的迭变中，诗的内质和形态的审美特性，都获得了高度的提升。文学审美特性的张扬，辞赋转向抒情，更加骈体化；散文

---

① （南朝）刘勰：《文心雕龙·明诗》，《文心雕龙》，中华书局1985年版，第9页。

骈体化，成为一种诗化的骈文。儒释道三家的志怪、志人之书，虚构叙事获得了发展和社会的认同，成为唐人传奇小说的前奏。

四、隋唐五代：诗的黄金时代

隋唐统一中国，政治、经济、文化迅速发展起来。唐代文学以诗最兴盛，接过六朝的格律声色，格律诗完美定型。随着唐帝国经济文化繁荣，诗坛大张汉魏乐府的旗帜，古体诗生发新活力，形成今古体并行多姿的态势，遂奠定了后世千百年诗体的基本格式。诗人蜂拥而出，聚散京都，漫游名山，游幕边塞，游宦四方，交际广泛，兴会所至，极大地扩展了诗的题材、意境。社会治乱，遭际穷通，秉赋才情各异，创造出了各臻诗性极致的风格、篇什。李白翻新了古乐府诗，抒写不羁豪情，意象奇特，生气勃勃。杜甫缘时事而发，怀忧国之思，格律如驾轻就熟，沉郁顿挫。中唐白居易回归风雅美刺，重"歌生民病"①，平易通俗。晚唐的李商隐以近体之声色表达幽微的心灵，极尽婉约蕴藉之韵致。唐代文学的另一成就是韩愈、柳宗元倡导"古文运动"，贬抑骈俪文，旨在重道，重实用；而推行散体文，亦可以写景抒情，作成有文学性的文章，便又确立了后世千百年散文的基本格局。六朝人的志怪小说引起了人们的兴趣，古文的提倡促成了记叙委曲的唐传奇小说的兴盛。唐代僧院俗讲变文由佛经故事扩展的历史人事，成为一种通俗语言的新文体，开中国讲唱文学、话本小说之先河。晚唐五代，句式参差的词的兴起，成为文人抒情的诗体，李煜将身世的惨痛托喻于寻常季节景物，化作普遍的人生感受，达到了高度的审美境界，开启了宋词抒情言志的繁荣之门。

五、宋代：诗、词、文并行，以词称胜

宋初实行尚文政策，文化大发展。宋代文学是在唐五代文学既定的格局中展衍的，主体是诗、文、词。诗初承接晚唐，继而转师中唐，从师宗白居易到杜甫，更远追晋陶渊明。宋理学兴盛，诗归于平易，尚思理，形成与兴象蕴藉的唐音不同的宋调。国势积弱，南宋偏安，忧患意识和爱国情怀，成为诗的主旋律，陆游诗最为突出。文接过唐代韩、柳倡导古文的衣钵，阵容更大，欧阳修、苏轼、王安石几位古文大家在史论、游记中注入了感情和理趣，创造出一种散体抒情的文赋。词在宋代最兴盛，随着国运形势的变化，从晏殊的闲情雅致和柳永铺陈市井风情，经过苏轼、辛弃疾先后扩大词的功能、境界，到宋末姜夔、吴文英的咏物寄托，醇雅幽深，题材、作法、风格多样，诗所能达到的，词也能尽其所长，达

---

① （唐）白居易：《寄唐生》，《白居易集》卷一，顾学颉点校，中华书局1979年版。

到了高度的艺术境界，成为有宋一代文学之胜。宋、金通俗文艺兴盛，由在场的说唱转化为文本流传，产生了话本小说、兼说唱叙事的诸宫调，通俗的叙事文学蓬勃发展起来。

六、辽西夏金元时代：通俗文学兴盛，戏曲最盛

辽、西夏、金都是北方少数民族占有部分地区，存在时间较短。元代蒙古民族君临天下，中国古代文学发生了极显著的变化。由于中国长久以来政治、文化中心的东中部地区社会动乱，传统文化失去了主导优势，文人地位降低，通俗的讲唱文艺兴盛，产生了足称有元一代文学之胜的新诗体散曲和以曲为主体的戏剧杂剧，南戏也由民间走出。散曲突破了传统的诗教观念和诗词的审美意识，语言改用口语，句式活脱；内容不避人生俗情，乃至以丑为美；表意率直明快，不求含蓄蕴藉，体现出与诗、词相异的"别是一家"的审美情趣。特别突出的是元人杂剧。元杂剧是中国最早的体制完备的戏曲，也是中国戏剧文学的伟大的开端。杂剧作家众多，优秀的作品亦多，关汉卿的《窦娥冤》、王实甫的《西厢记》、纪君祥的《赵氏孤儿》、康进之的《李逵负荆》等，都是中国古代戏剧文学的巅峰之作。宋代兴起的叙事文学，元代讲史性的平话演绎从中国进入文明时代直到宋朝的历史，为明代历史演义小说的繁荣兴盛搭建了平台。

七、明代：小说兴盛，新旧文学思潮交争

结束元代蒙古民族统治而建立的明王朝，强调传统的政教。宋元发展起来的小说、戏曲的文化品位，已获得当时社会的认同，《三国志演义》《水浒传》《西游记》等相继印刷传播，以历史演义为主体的长篇小说成为明代文学盛行的文体。《金瓶梅》和话本小说的繁衍，白话小说转向观照现实人生，开辟了小说创作直面社会人生的新局面。在明代，由宋元南戏生成的传奇，文学之士竞相创作，成为有明一代文学的重要文体。传统的诗文难于复现唐宋的优势，守护旧文体的作家提出复古的理论主张。反理学、张扬人性的人文思潮在小说、戏曲中凸显出来，显示出中国古代文学的新趋势。

八、清前中期：集历代文体之大成的文学景观

明清易代激活了文学创作的繁荣。清代文学呈现集中国历代文学之大成的景观，古代曾经兴盛的文体再度辉煌，清代诗人继承传统的"诗言志""缘事而发"的基本精神和审美原则，创作出极丰富的诗篇。如吴伟业的《圆圆曲》等歌行诗、王士禛的极含蓄蕴藉之能事的神韵诗，都达到古人所未达到的境界。久已衰落的词在清初出现了"中兴"，陈维崧极大地开拓了词体的境界。蒲松龄的《聊斋志

异》将志怪传奇小说推向了巅峰，堪称中国文言小说之绝唱。元明以来兴盛的戏曲，成为清代作者抒情言志的文学形式，在前人积累的艺术经验的基础上，洪昇的《长生殿》、孔尚任的《桃花扇》，成为中国古典戏曲的杰作。通俗小说创作真正进入作家独创的新阶段，自况自喻因素和主体意识增强，便产生了吴敬梓的《儒林外史》、曹雪芹的《红楼梦》两部伟大的长篇小说。

九、晚清：旧文学的新变与新文学的呐喊

清王朝后期由盛转衰，受到世界列强的侵略，社会性质和结构发生根本性变化，作家身份和知识结构也发生变化。诗以旧风格含新意境，忧患意识、爱国精神成为主调。龚自珍发扬了传统审美特性，黄遵宪大开诗的观照天地。白话小说兴盛，由对旧体制规范的救赎到对现实官场世情谴责，新旧杂陈，多声复调，与翻译文学的传播，一起加速了中国文学大转型的步伐。

第三节　中国古代文学的基本特征

社会文化是文学生成演变的土壤。世界上各个国家的社会文化决定着各个国家的文学都具有自己的特色。中国悠久的历史、辽阔的地理环境、多民族的共居与融合，便造就了中国古代文学丰富卓异的特色。

一、历史悠久、文类繁多而代有所胜

中国文学历史悠久，从上古先民神话和古谣谚算起，至今约有四五千年。在这悠久的历史里，中国文学伴随着社会文明生生不息，日益繁富，没有停滞，没有缺位，没有中断，不时地放出浩大亮丽的繁荣景色，相继蜂拥而出的作品浩如烟海，即便经过历史的筛选、淘汰，流传至今的篇幅不同的文体之多，也是世界上其他国家民族不能比拟的。

文学不是自生自长孤立地发展的。中国幅员辽阔，生活着许多个民族，东西南北风土各异，随着中国社会和文化的发展，语言文字的繁衍，以及佛教的输入，中国古代文学在历史进程中常常因时而有创新，错综多样，代代都有特别兴盛一时的文体，各种文体都曾有独具特征的作品产生，形成"一代有一代之文学"的历史景观。约略而言，周以"诗"称胜，楚人以"骚"称胜，魏晋六朝以诗和骈文称胜，诗至唐而大盛，宋以词称胜，元以"曲"称盛，明以小说称胜，至清而呈现集古今诸体之大成的气象。文体繁富，代有所胜，国内蒙古族、藏族等多个民族长时期传唱的英雄史诗，特别宏伟辉煌。这都为世界各国所未有。

中国自古疆域广阔，生活着许多民族部族，在漫长的历史进程中，虽时有斗争，但总体上在经济生活、风土民情、语言文化多个方面，都是处在相互交往、相互影响、相互交融的状况中。各民族都有自己的口传或文字书写的文学，这也影响到汉语文学。汉语译文的诗歌很早就有，成为中国文学史上经典之作。隋唐以来，更有许多兄弟民族的文士作诗、作曲、作戏剧、作小说，成为文学名家名作。特别经过长期的口传而逐渐丰富和成熟的藏族、蒙古族的《格萨尔王》、蒙古族的《江格尔》、柯尔克孜族的《玛纳斯》等长篇英雄史诗，都是享誉世界的雄伟的文学瑰宝。

二、诗歌最为富丽辉煌

中国古代文学最为突出的特征是诗歌最为富丽辉煌。诗是抒情言志的，"感物吟志，莫非自然"①。诗最先成为文学之一体，世界各国概莫能外。但在中国，诗歌是在初始阶段便被意识到了它的本质特征和广泛的社会功用，并被视为人的重要文明素质的表征，由儒学先哲确立了"持人性情""顺美匡恶"的诗教传统。随着社会文化的发展，读书人莫不学诗，更有许多人性耽于诗。作为人生价值追求的一种目标，诗成为古代中国人最普遍的宣泄哀乐，弘扬民族正气、美德，竞逞文艺的方式，作诗者无计其数，"诗人"也就不只是一个专业者的名称了。这便造成：一是诗体的因时而有因革，经历了由四言到五言、七言的递变；声韵格律因素的消长，而有古、今体之别，与音乐的亲和而有词、曲。二是作为诗的本质特征的比兴手法的滥觞和内质化，感物吟诗，情景交融，自然景物都成为情志的诗性意象。人生的穷达、民生的苦乐、国家的兴亡，乃至由极平常的细事引起的心情的波动，都通过或借助富有意蕴情致的象征意象、意境表现出来，把人的精神世界的无形无迹的观念性的东西图式化，意象富丽，而含蓄蕴藉，韵味无穷，达到了只有表意性文字才能达到的诗的审美境界。三是对诗歌语言的感性因素——声韵的重视，从不自觉到自觉地顺应汉语文字单文独义，一字一音而有四声之别的特点，注意字声、韵脚的安排，造成结构整齐对称的形态，又具有节奏抑扬顿挫、韵脚铿锵和谐的审美效果，称得上最严格的格律诗。四是众多优秀的诗篇具有无限持久的生命力，千百年后今日依然为不同文化背景的人所喜爱和吟诵。

三、戏曲、小说具有言志抒情的教化性能

中国古代戏曲从它综合古代多种文艺因素成为独立的文化形态起，便是以曲文为主体的艺术，一套曲文组成一个单元（或称折、或称出），角色表演主要是唱

---

① （南朝）刘勰：《文心雕龙·明诗》，《文心雕龙》，中华书局 1985 年版，第 8 页。

曲文，所以称戏曲。戏曲一是具有音乐功能，二是具有诗的抒情功能。曲文虽然要依附一定的戏剧情节而出，也表现着一定的剧情，但与西方以戏剧冲突为核心的戏剧不同，曲文是一部戏的精髓和价值之所在。中国古代戏曲名作，如关汉卿的《窦娥冤》杂剧、王实甫的《西厢记》杂剧、汤显祖的《牡丹亭》传奇等，莫不是以其合乐的曲文而成为经典剧目的。中国古代戏曲重曲文也就是重言志抒情，剧作家作剧不能没有叙事、没有情节，但却重在言情寓理，具有强烈的惩恶扬善的劝惩倾向和社会教化意旨。洪昇作《长生殿》，自谓是寓"乐极哀来，垂戒来世"；孔尚任更明白地说：《桃花扇》演绎南明兴亡，"不独令观者感慨涕零，亦可惩创人心，为末世之一救矣"。

中国古代小说成为独立的文体的历史进程是缓慢的。由魏晋六朝的志怪书生成的唐人传奇，到清代集志怪传奇之大成的《聊斋志异》，逐步具备了小说叙事的基本要素，文体结构悉仿史书的传纪体，只是所叙之事是虚幻的，而虚构叙事也由之发展起来，成为作者驰骋想象的一片文学创作的园地，从不自觉到自觉地假借古代宗教观念材料创作出了极具民众宗教信仰特色的外有奇情异彩、内寓现实人生理想的传奇小说。另一支脉是由唐代僧院俗讲变文和宋代都市瓦舍传艺产生的话本小说，短篇的"小说"话本叙世间人事，长篇则是据史书演绎历代王朝的兴亡始末，以及当代名将战功、朝政时事，构成了世界绝无仅有完整系列的历史通俗演义小说，形成了中国古代长篇章回小说观照国家兴亡、社会治乱、褒忠诛奸的主旋律。待到后来作者视野转向寻常社会人生，也还是有着关怀世道人生的人文精神，《儒林外史》《红楼梦》《镜花缘》都是以生动的生活图像映射出更高更新的历史诉求。

四、儒家为主导的与时俱进的人文精神

绵延数千年的中国古代文学，在其初始时期便由儒家先哲揭出"诗言志"的体性和"兴、观、群、怨"的功用，确立了"经夫妇，成孝敬，厚人伦，美教化，移风俗"的社会作用。在后来的历史进程中，虽然在文与道、情与理的关系上时而发生不同情况的偏重，但文道合一、情理协和的观念一直是文学创作和传播的根本原则，后出的戏曲、小说也没有离开这个原则。这便规定了文学家关注的对象和释放的情志遍及社会人生的诸多方面，而社会的治乱、国家的兴亡、民生的苦乐、伦理的向背，一直成为文学叙写和咏叹的主旋律，承载着中华文明不断发展的社会价值观念、道德原则和尚仁尚智尚义勇的民族精神，构成了中国古代文学独具的人文思想风貌。

五、中和蕴藉的审美特征

中国古代文学从初始阶段便确立了中和蕴藉的审美理想原则。《礼记·中庸》

说："喜怒哀乐之未发谓之中，发而皆中节谓之和。"就是发乎情，而止于礼义。这条礼治原则，施之于诗则成为文学的审美理想。孔子说："《诗》三百，一言以蔽之，曰：思无邪。""《关雎》乐而不淫，哀而不伤。""其为人也，温柔敦厚，诗教也。"明白确认了诗的审美特性与"风化"功能。诗尚"主文而谲谏"，讲求托物言志，妙用比兴，寓理于情，含蓄蕴藉，意境深远。叙事则尚"春秋笔法"，寓褒贬于客观世界的叙写中，婉而多讽，戚而能谐，"曲终奏雅"，给人以慰藉和激励，达到知、情、意、行相统一的审美效果。生民的苦难总是由理想的清官、勇武的豪侠而得到消解，文人失志总是找到隐逸和入道式的适意的精神家园，男女钟情经历波折多是终成眷属，或寄托于幻想的精神的长生。即便是被王国维推许为"列于世界大悲剧中亦无愧色"的《窦娥冤》《赵氏孤儿》，也还是添加了个解冤、报仇的"尾声"，给观众以心理的安慰和生活的信心。

六、世界交流和影响

中国古代文学在悠久而辉煌的历史进程中，与世界多个国家的文学是有交流的，既有引进、接纳，也有输出和影响。引进、接纳而能消化活用，借以创新；输出、影响，更显示出自身的独特魅力。

引进、接纳最显著的是佛教经典。东汉至唐，大量佛教经典自梵文翻成汉文，其中有文学作品，佛经中的思想、故事、叙事风格进入了中国文学，传播的转读、唱导方式，促成了汉字平上去入四声的发现和中国格律诗的完型。唐代佛僧的俗讲变文，由佛经故事拓展到历史故事，成为通俗讲唱文学和话本小说的前奏。清末东西方小说名著翻译介绍，为中国文学的现代转型开拓了新境界，小说跃居文学创作的头等地位。

中国古代文学很早便流传周边国家，主要是日本、朝鲜。唐朝经济政治昌盛，文化交流频繁，唐前文化典籍和唐代几位大诗人的诗文集传入日本，唐诗受到上自宫廷下至平民文士喜爱，白居易的《长恨歌》几至家喻户晓。高僧空海（即弘法大师）来唐游学，归国携回大批中国书籍，著成《文镜秘府论》六卷，对中国诗的音韵声病、修辞艺术和诗学著作，做出了深细的研究，对日本的歌学产生了重要影响。明清两朝，白话小说兴起，纷纷流入日本、朝鲜、越南，也以日本最多，《水浒传》在日本的影响最深，相继有多种和刻本、日本语译本，还有多种仿作小说，如《湘中八雄传》《日本水浒传》等。

中国古代文学从17世纪开始传入欧美，逐渐受到文学家的重视。元杂剧纪君祥的《赵氏孤儿》在18世纪里先后有法、英、德、俄译文出版，法国启蒙思想家伏尔泰给予极高的评价，据之改编成新的剧本《中国孤儿》；德国大文学家歌德也曾尝试改编为悲剧《哀兰伯诺》。后来，歌德读了《好逑传》《玉娇梨》等小说，预言"世界文学时代已经到来"，创作了著名的《中德四季晨昏杂咏》。20世纪初期，中国古代诗歌受到美国人的喜爱，被称为"美国现代诗歌之父"的庞德，对中国古代诗凝炼含蓄和意象鲜明的审美特征钦佩之至，认为中国文学对美国文学的影响是"根本性的"。

第一编 | 先秦文学

绪　论

先秦，秦之前上古至战国时代的简称。这个时段作为中国古代文学发展的第一个阶段，包含着文学的发生发展，诗与经、史、子、集互渗互动的审美特征，共同开辟了中国古代文化的第一个博大精深、繁荣昌盛的局面。

第一节　生生不息：文学的起源

文学最初本与原始艺术难解难分，中外文艺理论家关于艺术起源已有模仿说、传情说、游戏说、巫术说、劳动说等不同见解①。这些起源说涉及原始绘画、舞蹈、歌唱、神话等艺术形态，关系到模仿本能、传达需要、游戏、仪式、劳动等动因，均触及文学艺术的某一方面，其中劳动说更具本源意义，只不过仍嫌狭隘。由此生发，人类基于生存发展需要的各种与生产有关的活动，乃是文学艺术发生的根本原因。人类的生产活动包括物质生产和人的生产，而人类最初的艺术现象，诸如讲述自然和生命的神话、两性相诱的歌舞、巫术的咒语、祈神的祷辞、试图促进捕获的绘画等等，正是由这双重生产的需要所导致。总之，生生不息，这就是文学艺术发生的根源。

在原始艺术中，更接近文学的品类是原始歌谣和神话，它们与双重生产的需要都有直接或间接的关系。

原始歌谣作为史前时代的口头创作，其歌词大多不存，只是在后代文献中偶被提及。有的直接歌唱劳动情景，如《弹歌》："断竹，续竹，飞土，逐宍（肉）。"（《吴越春秋·勾践阴谋外传》）还有的是两性爱慕的歌唱，如《候人歌》："候人兮猗。"（《吕氏春秋·音初》）更多的是与根基于两种生产需要的原始宗教紧密结合。《山海经》记述助黄帝"杀蚩尤"后"不得复上"的旱神女魃，被"置之赤水之北"，所到之处必酿旱灾，"所欲逐之者，令曰：'神北行！'"（《大荒北经》）"神北行"应即巫师襀除旱灾所唱咒语歌。相传为伊耆氏所作的《蜡辞》，直接显示了先民在百神之祭"蜡祭"中对物产增殖的渴望："土反其宅，水归其壑，昆虫毋作，草木归其泽。"（《礼记·郊特牲》）最典型的是"葛天氏之乐"：

---

① 参见朱狄《艺术的起源》，中国社会科学出版社 1982 年版，第 95—172 页。

昔葛天氏之乐，三人操牛尾投足以歌八阕：一曰"载民"，二曰"玄鸟"，三曰"遂草木"，四曰"奋五谷"，五曰"敬天常"，六曰"建帝功"，七曰"依地德"，八曰"总禽兽之极"。（《吕氏春秋·古乐》）

"载民""玄鸟"当涉及生殖、图腾崇拜，"遂草木""奋五谷"呈现种植生产，"天""帝""地"乃拜神观念折射，"总禽兽之极"则与"蜡祭"十分相仿，这些"节目"集中凝结了原始人类对人丁兴旺、雨露滋润、百害莫生、万物生长的渴盼和祈求。

上古神话是原始人类对自然及自身认识和表述的总和，因其讲述的形象性、故事性、幻想性而与文学更加贴近。有些情节本身就是两种生产的反映，而其讲述往往也与原始信仰及巫仪有关。如山西吉县柿子滩中石器文化遗址岩画有显示女阴的女性形象①，辽宁喀左东山嘴红山文化遗址石砌祭坛有全裸孕妇陶塑，牛河梁遗址有大型女神庙及彩塑女神头像，女娲、简狄、姜嫄等人物生殖神话的讲述，即应与母系氏族时代这些对女神和始母的祭拜相关。另如殷墟甲骨有"出入日"记载，可知直至殷商仍保留迎日、送日的太阳崇拜仪式，则原始人类关于日神的传说，《山海经》中"一日方至，一日方出，皆载于乌"（《大荒东经》）的说法，帝俊妻羲和生十日（《大荒南经》）的故事等，无疑与崇日活动互为因果。又如《山海经》称"旱而为应龙之状，乃得大雨"（《大荒东经》），显为巫舞表演；殷墟甲骨文中提到"其作龙于凡田，又雨"（《甲骨文合集》10·29990），"作龙"应即"为应龙之状"的简称。那么，应龙作为云雨之象的神话传说，即是对此巫仪的最好诠释。

总之，文学起源于人类生存和发展的需要，这从根本上决定了文学与人类社会生活的依存关系。

第二节　从神到人：先秦文化与文学的发展轨迹

先秦文学在中国古代文学发展史上历时最长、变迁最巨。从原始社会、奴隶社会到封建社会，这个时段跨越了多种社会体制；从万物有灵到巫风盛行，从天命神授到制礼作乐，从史官文化到百家争鸣，这个时段展开了多个文化形态的启承转合；从上古神话到巫祝文学，从原始歌谣到"诗三百"，从历史散文到诸子散文，从北方理性到荆楚浪漫，这个时段的文学也相应呈现出从神到人纵向发展和

---

① 《山西吉县柿子滩中石器文化遗址》，《考古学报》1989 年第 3 期。

人神交织横向延伸的轨迹和态势。

一、史前时代与上古神话

先秦文学的发生，可远溯至史前时代。据考古发掘可知，早在 170 万年之前，中华大地已经有人类居住（云南元谋人），约至旧石器时代后期至新石器时代前中期，史前人类相继进入氏族组织的第一个阶段，即母系氏族社会。距今约 1.8 万年的旧石器时代后期的山顶洞人，其墓葬及遗物，是氏族组织存在的见证；也以其对死者的安葬，首先透露了可能已有灵魂不死信仰。母系时代始以采集和渔猎为主，进入新石器时期之后，出现了种植和畜养，制陶业渐趋发展，禁止了无长幼之别的自然婚，氏族之间实行族外群婚。生产力水平低下，认识思维幼稚，物我不分，母权群婚，使他们产生了万物有灵观①和视动植物为亲族的图腾意识②。仰韶文化彩陶器物上大量出现的人面鱼纹、人蛙纹、人面蜥蜴纹，或许与此有关；湖南辰溪贝丘遗址陶器纹饰中统一出现的凤鸟纹、日鸟纹图案③，更是明证。《诗经·商颂·玄鸟》的"天命玄鸟，降而生商"，则以殷商先人对玄鸟的归属，显示了图腾的存在。红山文化母神庙、生殖神陶塑等，则是始母和女性崇拜留下的遗迹。

万物有灵和图腾崇拜，导致了文学在发生之初与神灵观念的难解难分。认识自然、在想象中控制自然的需要，产生了关于自然神的种种说法；维系氏族的要求，出现了讲述图腾来源的一个个故事。在祈求祖灵保护、人畜丰产的仪式上和舞蹈中，有着对神祇倾情的歌唱；在施行禳除灾异的法术时，也会念着驱怪的歌谣。神话与基于神话的祷辞、咒语和图腾之歌，便是此时文学的主要样式和内容。风伯、雨师的原型，女娲、简狄的初创，都应产生在这个时代。

大约至新石器时代晚期，随着生产力的发展和男性在生产中作用的提高，加之经过对偶婚阶段男性在生殖中的作用被发现，母系氏族组织最终为父系氏族所取代，并随着剩余财产的增加，氏族之间战争的出现，陆续形成了大小部落和部落联盟。距今 4000 年左右的齐家文化遗址甘肃武威皇娘娘台，发现有一男二女三人合葬墓，显示了父系家庭的存在和男女地位的变化；良渚文化遗址浙江余杭反山大墓，随葬玉器 500 馀件，出土有青玉钺和被称为"琮王"的大玉琮，可见墓主人作为氏族或部落首领的身份特征。传说中的"五帝"应该大致属于这个时期。与此相应，此时的宗教在自然神、图腾、女神之外又出现了英雄神、至上神崇拜等，权威和力量受到推崇。后羿射日、黄帝与蚩尤之战等神话，应该都是此时

---

① 参见［英］泰勒《原始文化》，上海文艺出版社 1992 年版，第 416—442 页。
② 参见吕大吉主编《宗教学通论》，中国社会科学出版社 1989 年版，第 355 页。
③ 《湖南辰溪县松溪口贝丘遗址发掘简报》，《文物》2001 年第 6 期。

之作。

　　总之，史前文学中的"主角"是神话中的各种神祇和灵怪。由于此时尚未形成系统文字，这些作品都还属于口头文学，直至殷周之后才陆续在文献中被提及和记述，但就文学形态而言，上古神话确是史前时代的必然产物和主要作品。

二、夏商巫风与巫祝文学

　　公元前 21 世纪，具有国家性质的夏王朝在大禹联合各部落治理洪水后诞生。夏禹传位夏启，昭示着家天下一统国家的开启。治水为各部落联盟的集中带来了契机，但从根本上说，还是生产力和私有观念的发展，对夏代国家形成起到了决定作用。在基本属于夏文化遗存的二里头文化中，发现有冶铜作坊，与夏铸九鼎的传说相印证，知其时金属器具已经具有一定规模。由帝杼"作甲"（《墨子·非儒》），帝芬（一作槐）"作圜土（监狱）""九夷来御"（《今本竹书纪年》）等，可知夏已有监狱、刑罚等国家机器，统辖范围也相对扩大。

　　于公元前 17 世纪取代夏的殷商，又向文明推进一步，甲骨系统文字的形成即是一个标志。此外，较之夏，商代已是相当成熟的青铜时代，"司（后）母戊鼎"等即显示了冶炼技术和工艺制作水平的极大提高。"王族""多子族""邦伯""侯田""众""多羌"，等级划分业已分明。"多马""多亚""多射""戍"等武官分称，军队已有较严密组织。伐、墨、劓、宫、刖等刑罚名目，则可见国家机器进一步强化和完备。

　　同时，作为初期王权统治，无论夏商，都还带有从原始部落向集权社会过渡的痕迹。夏启与有扈氏的"甘之战"，有穷后羿的篡夏政，仍具部落之争性质。"三老""五更""四辅""四岳"多是与夏室结盟的部落首领，所以夏王"父事""兄事"之（《汉书·礼乐志》颜注）。商代王位既行父死子继，又行兄终弟及。其政治施行方国联盟，伊尹作为方国代表在"殷革夏命"及放流商王太甲事件中就都起过关键作用（《史记·殷本纪》）。成汤讨夏，盘庚迁殷，诸多大事都要"谋及卿士，谋及庶人，谋及卜筮"（《尚书·洪范》），原始军事民主制尚有保留。

　　夏商文化正是在这从原始向文明过渡的时段展开。一方面，"惟殷先人，有册有典"（《尚书·多士》），其文字除了记录占卜，也开始用来记录文诰训命。另一方面，时人仍被神灵观念所支配，随着地上王权的集中和提升，神灵世界也出现了祖帝一元神——帝，并成了顶礼膜拜的对象①。这是一个巫风盛行的时代，隆祭祀，重占卜，歌舞娱神。"巫"作为人神之间的媒介，担当的正是取悦神灵、探知

---

①　殷商远祖帝喾，甲文称"高祖夒"，又是《山海经》中的全能太阳神帝俊，参见王国维《殷卜辞中所见先公先王考》及《续考》，《观堂集林》，中华书局 1959 年版，第 411—413 页。

神意的职责。夏启就有"上三嫔于天，得《九辩》与《九歌》以下"（《山海经·大荒西经》）的传说，还有亲舞于"大乐之野"（《山海经·海外西经》）的经历，商汤也曾"以身祷于桑林"（《吕氏春秋·顺民》）。"在太戊，时则有若伊陟、臣扈，格于上帝；巫咸乂王家。在祖乙，时则有若巫贤。"（《尚书·君奭》）几乎每位商王的朝廷上，都有能传达神意的大巫觋。殷商人盛行人祭、人殉，甚至"卯千牛千人"（《甲骨文合集》1·1027 正），大量出土的卜甲卜骨更是其信奉神意的见证。

此时的文学即与祭歌巫舞和卜筮占断相伴共存。夏商巫歌后世不存，借楚辞《九歌》或可想见夏启《九歌》的性质和舞容。殷商祭仪以"尚声"与周人"尚臭"相区别（《礼记·郊特牲》），见于后世记载的就有《大濩》《桑林》《万舞》等著名乐舞，涉及求雨事项的甲骨文中也多见"作龙""隶舞""乎万舞"等字样。《诗经》中《商颂》六篇，多属祭祀乐章，其对先王的拜祀，以歌舞崇事神灵的文化，尚武尚威的精神，仍留有当年殷商乐舞的印记。

巫祝文学留下书面文本的主要作品，是殷商时书于甲骨的占卜记录和刻于礼器的铜器铭文。此外，《周易》中的卦爻辞虽属周人创制和使用，但它们中的主要部分是产生在先周时期和殷周之交，作为占筮之辞，仍属巫祝文学的范畴。

三、周代礼乐与《诗经》

公元前 11 世纪，周人取代殷商入主中原，建立了周王朝。在这"小邦周"征服"大邦殷"的历史变故中，周人对神人关系有了新的认识；在如何统领和维系包括殷遗民在内的四方之众的思考中，周人也渐趋成熟。于是，宗教、政治、文化的改革在入周之后的数十年间全面展开。

宗教方面，周人用天命观改造了殷人的祖帝崇拜，迈出了从神治走向人治的第一步。"天"被诠释为关怀下民惠顾德君的冥冥主宰，周族君王正是因为得民心、善理政，才受到天神青睐，代殷而立；殷商统治者则"惟不敬厥德，乃早坠厥命"（《尚书·召诰》）。这正是"皇天无亲，惟德是辅"（《尚书·蔡仲之命》）。从此，周人一方面置天神于更高位置，"皇矣上帝，临下有赫，监观四方"（《诗经·大雅·皇矣》），对天地鬼神的祭祀也恭敬有加，"郊祀后稷以配天，宗祀文王于明堂以配上帝，四海之内各以其职来助祭……各有典礼，而淫祀有禁"（《汉书·郊祀志》）；另一方面，其祭祀却难得真心奉献，周公营洛邑，"用牲于郊，牛二"（《尚书·召诰》）。这就是"周人尊礼尚施，事鬼敬神而远之"（《礼记·表记》）。

政治方面，周人以殷亡为鉴戒，以"蕃屏"周室、维系四方为旨归，通过大举分封，建立起以血缘关系为纽带的宗法政治体系，其中包括嫡长子继承王位的世袭制和馀子分封的分封制；由此确立了大宗小宗的关系和区别，"大宗维翰，怀德维宁，宗子维城"（《诗经·大雅·板》）。王权与族权紧密联结，周天子既是一国之君，又是最高宗主，"溥天之下，莫非王土，率土之滨，莫非王臣"（《诗经·小雅·北山》）。确立宗主地位，维持好亲疏尊卑的伦理关系，对于周王朝的稳定至为关键和重要。

文化方面的制礼作乐正是为了配合这种需要而展开。周人所"制"之"礼"，不同于前代事神之"礼"的根本即在于将其仪式化，等级化，且必有"乐"与之配合，不但所祀对象因身份而别，对于祭祀中的用牲、用器、用乐等等，也都规定琐细，如天子之礼即是："牲用白牡，尊用牺象山罍……升歌《清庙》，下管《象》，朱干玉戚，冕而舞《大武》……"（《礼记·明堂位》）更进一步，周人之"礼"又由祭祀之仪扩展为各种活动、交往的典礼仪节和日常服御，从而建立起周人所特有的礼制规范。

礼乐文化决定了与歌乐舞蹈相伴的音乐文学的发达，《诗经》就是它的产物。如《仪礼》记载"乡饮酒礼"的用乐情形是："……工歌《鹿鸣》《四牡》《皇皇者华》。……乐《南陔》《白华》《华黍》。……乃间歌《鱼丽》，笙《由庚》；歌《南有嘉鱼》，笙《崇丘》；歌《南山有台》，笙《由仪》。乃合乐，《周南》：《关雎》《葛覃》《卷耳》；《召南》：《鹊巢》《采蘩》《采蘋》。"（《乡饮酒礼》）《诗经》中的许多篇目本身就是礼乐之乐。王朝及列国对于歌诗的采集，仪式歌诗以抒情的设置，陈诗以观风的制度，诵诗以言志的风习，习诗以冶性的教化，乃至最终三百篇的编定，既是礼乐文化的需要，也是它的结果。

四、史官文化与历史散文

史官的职责是记载、对记载加以保存和据记载明辨法度，其初与巫职多相混同，殷商甲骨文中所见史官类官职，有尹、多尹、乍（作）册、卜、多卜、史、北史、卿史等①，即多从事占卜、祭祀等活动，占卜记录及其保存应即由"史""乍（作）册"担任。与此同时，殷王诰命也被记录，《尚书》中的《盘庚》等起初即应系殷史所记。

与巫觋文化发生分化的史官文化，其形成当在有周一代。代殷而立的周人有了明确的"人无于水监（鉴），当于民监（鉴）"（《尚书·酒诰》）的历史鉴戒意识，"我不可不监（鉴）于有夏，亦不可不监（鉴）于有殷"（《尚书·召诰》），由此建立起十分完备的史官制度。"大史掌建邦之六典"，"小史掌邦国之志"，"外史掌书外令，掌四方之志"（《周礼·春官》）；周王朝之外，各诸侯国见诸《左传》的，晋有史苏、史墨、大史董狐、左史，鲁有大史克、外史掌恶臣，齐有南

① 可参见陈梦家《殷虚卜辞综述》，中华书局1988年版，第520页。

史氏，楚有左史倚相等等，从称谓上可见史官也都有其分职。而且"其德刑礼义，无国不记"（《左传·僖公七年》），殷商人主要用来记录卜事的文字，在周人这里已更多被用来记载时人的政治、军事、礼仪等活动。

史官制度的完备，带来历史散文的发达，并出现偏于记言、偏于记事之分。《汉书·艺文志》即言："君举必书……左史记言，右史记事，事为《春秋》，言为《尚书》。"记事的《春秋》，周王朝及各诸侯国均有其书，《墨子·明鬼》即提到"周之《春秋》""燕之《春秋》""宋之《春秋》""齐之《春秋》"，《左传·昭公二年》提到"鲁《春秋》"，今见《春秋》据称即孔子在鲁《春秋》基础上修订而成。《尚书》中的《周书》则是汇集周王朝及诸侯国记述发布诰命训誓之事篇目选编而成，其中以周王朝前期文章为主要部分。

今见更多富于文学色彩的历史散文大多形成于春秋战国时期。周代除有记载之史外，原本伴有传语讲说之制，《国语·周语》称"天子听政，使公卿至于列士献诗，瞽献曲，史献书，师箴，瞍赋，矇诵，百工谏，庶人传语……"，"赋""诵""传语"就都带有讲史性质。春秋后期，文化下移，私学渐起，著述之风渐兴，《左传》《国语》《琐语》等各国之史之说的汇总、撰著由此出现。影响所及，战国出现的诸子百家也喜搜集、积累、援用历史故事，《晏子春秋》《战国策》和《韩非子》中的《说林》《储说》等著作中的讲史叙事即是如此，中国古代叙事文学因此形成了自己的特点。

五、百家争鸣与诸子散文

诸子散文著作是诸子百家记录师说、表述观点的特有形式，其兴盛与春秋战国之际礼崩乐坏、百家争鸣的文化语境密不可分。

宗法政治和礼乐文化是周人创造的文明奇迹，但终究经不住生产力提高、私有制发展所导致的社会关系变动对它的瓦解。《国语·齐语》载管仲之语称"美金以铸剑戟，试诸狗马；恶金以铸鉏夷斤斸，试诸壤土"，春秋中叶《叔夷钟》铭文有"戏（铁）徒四千"的记载，知其时农具等已采用铁制，且已有大批采铁冶炼官徒。铁制工具促进垦荒拓土，列国为增加赋税收入而自行取消公田私田之分，鲁国"初税亩"（《左传·宣公十五年》），郑国"作丘赋"（《左传·昭公四年》），魏绛有"土可贾焉"之说（《左传·襄公四年》），赵括母有"日视便利田宅可买者买之"之讼（《史记·廉颇蔺相如列传》），由春秋到战国，由邦国到私家，土地买卖业已出现，"王土"实际上已为列国甚至私人所有。

利欲权欲缘此剧增。春秋间打着"保王""尊王攘夷"旗号的征伐之役，实际上是诸侯间扩疆辟土的争霸之战，于是生出"春秋五霸"。与此同时，周王朝和各诸侯国内部也屡屡发生"君不君、臣不臣、父不父、子不子"的僭越和忤逆，晋有"六卿皆大"（《史记·晋世家》），郑有"七穆"当国（《左传·襄公二十六年》）。进入战国后，周天子的一统已名存实亡，各列国内部的权力之争也见分晓，"鲁如小侯，卑于三桓之家"（《史记·鲁周公世家》）；三家分晋，晋君"反朝韩赵魏之君"（《史记·晋世家》）；齐田氏逐齐简公于海上，"专齐之政"，"卒有齐国"（《史记·齐太公世家》）。取得政权的新兴势力在国内纷纷实行变法图强，终至形成了齐、楚、燕、韩、赵、魏、秦"七雄"争胜的战国格局。

固有礼法被打破，列国竞争中选贤授能所带来的"布衣卿相""礼贤下士"等，激发了人们的进取心、创造力和思维的活跃。因此，战国是一个理性精神空前张扬的时代，也是一个创造思想体系的时代，此时已经相对独立的"学士"担当了它的"主角"。起源于春秋后期、兴盛于战国时代的讲学授徒之风，为人们知古察今、揣摩道术提供了机会和条件。当时希望进身仕途、有为社会者，几乎无不始于投奔师门，吴起之"尝学于曾子"（《史记·孙子吴起列传》）、张仪苏秦之曾"俱事鬼谷先生"（《史记·张仪列传》）、韩非李斯之曾"俱事荀卿"（《史记·老子韩非列传》）等即是。齐更在临淄稷下设置学宫，招徕学者，至千人，著名学者如淳于髡、宋钘、慎到、邹衍等七十馀人，称为"稷下先生"，"皆命曰列大夫，为开第康庄之衢，高门大屋，尊宠之"（《史记·孟子荀卿列传》）。私学师门之多，师承来源之异，个人趣尚之别，形成家门学派的不同；众学派"各引一端，崇其所善"（《汉书·艺文志》），相互辩难，攻乎异己，"百家"学说蔚为大观。儒、墨、道、名、法、阴阳、农、纵横、杂、小说等"九流""十家"，儒家的孔、孟、荀，道家的老、庄、列，法家的申、慎、韩，还有墨家的墨子，名家的邓析、尹文、公孙龙和惠子，纵横家的苏子和张子，此外还有兵家的孙子等等，可谓流派纷呈，思想家荟萃，共同营造出春秋战国学术的辉煌。

百家争鸣，带来了文籍著述的空前丰收和散文艺术的全面成熟。春秋末期即开始有私家著述之举，《老子》《孙子》的雏形或已问世或流传，而自孔子弟子及再传弟子辑孔子言论行事以成《论语》，其后各家诸子更是大兴著书立说之风。于是诸子之书遍天下。经秦火后由汉人所收集、著录于《汉书·艺文志》者，尚有百种以上。作为借著述以阐明推广学说的自觉行为，这些散文有意加强文字的润色和说理技巧，也就大大提高了表达水平，其中著名的如《老子》《孙子》《墨子》《论语》《孟子》《庄子》《荀子》《韩非子》等，就颇具文学色彩。这些散文大多凸显自家风格，从而创造了战国诸子丰富多姿的盛大景观。

六、荆楚文化与楚辞赋

楚人本也属于华夏集团，后来迁徙南方定居，与当地文化融合。周成王时

"举文武勤劳之后嗣，而封熊绎于楚蛮"（《史记·楚世家》），楚由此成为周的列国。但楚作为异姓之国，又封在蛮地，周人一直以蛮夷看待，楚也便以蛮夷自居，自称"我蛮夷也，不与中国之号谥"（《史记·楚世家》）。春秋时齐桓公联合北方列国御楚，是以"尊王攘夷"相号召；晋文公联合齐秦战楚于城濮，理由也是"汉阳诸姬，楚实尽之"（《左传·僖公二十八年》）。

与北方中原对峙，使楚人较少受到周王控制和周礼束缚；自动向"蛮夷"习俗认同，更使楚形成了不同于北方文化的地域特点。当中原已形成史官文化之时，荆楚之地仍较多保留了巫觋文化的风俗习惯，《汉书·地理志》即称楚"信巫鬼，重淫祀"。河南信阳春秋楚墓漆绘锦瑟上的巫师戏龙图，湖北江陵"望山一号""天星观一号""包山二号"等战国楚墓出土的大量卜筮祭祷简，是其巫风之盛的文物印证。这种氛围使楚地仍广泛流传着极其丰富的神话传说，上演着人神交往的歌舞剧目，吟唱着祈神驱鬼、乘龙御凤的巫觋之歌，这都为楚辞楚赋的孕育和诞生积淀了丰厚的土壤。

与此同时，特别是进入春秋之后，楚国的经济实力、军事力量发展迅速，不断向外扩张，蔚为大国，至战国更与齐、秦鼎足而立。长期与中原列国冲突会盟，也促进了文化交流与融合。《国语·楚语》记述申叔时谈及"傅（教导）太子"之道，称"教之《春秋》""教之《诗》""教之《礼》"，足见楚国贵族对北方典籍已十分熟悉。湖北荆门郭店楚简、上海博物馆藏战国楚竹书、清华大学藏战国竹简等，含近百种典籍，诸如《周易》《尚书》《老子》《缁衣》《五行》《诗论》《孔子闲居》《乐书》《性情论》《夫子答史籀问》《武王践阼》等，百家争鸣在楚国也有回声。

正是这种独特的南北文化碰撞，感性理性融会，文明原始交响，铸就了楚国辞赋的崛起和辉煌。《离骚》《九歌》《天问》《九章》《九辩》《高唐赋》《神女赋》等，其神奇奔放浪漫的风格多来自巫觋文化的渊源和基础，其历史意识、自我意识则与北方理性精神的影响密切相关。

第三节　开源奠基：先秦文学的特点和地位

先秦，中国文学尚处在孕育、萌芽与滋长阶段，其文学形态的总体特点是：尚与其他学科门类混沌交织，其活动和载体都还没有独立。

有的属于说、刻、画一体。如上古神话流传在没有文字载录的史前时代，除诉诸口头，刻划和绘画也是它们的重要载体。结合岩刻、陶画，参照后代追忆，才能捕捉到它们的原始形态和演化轨迹。有的属于诗、歌、舞一体。《蜡辞》、

"葛天氏之乐"实与巫术法事相伴随,皆会诉诸形体动作甚至道具,载歌载舞;《诗经》或为配合祭舞之歌,或是仪典合乐之唱,或用来宴享酬答,或歌以传情达意,所谓"歌诗三百"(《墨子·公孟》);楚辞中的《九歌》本身即类似多幕歌舞剧,其他作品或有"乱曰",或有"少倡",也都与歌唱和配乐有所关联。有的属于文、史、哲一体。先秦散文直至战国,文学仍蕴含在历史散文和诸子散文的形态之中,历史和哲学也在用着文学的表达。于是,《左传》《国语》《战国策》这些记述历史人物历史事件的散文著作,同时也是叙事作品;《论语》《孟子》《庄子》等这些表述诸子思想、哲理的著述,却呈现出一个个精彩的文学片段。

同时,先秦文学又是开源和奠基,中国文学无论是其基本形态、文学特征还是主流精神,都可以在这里找到端倪。

中国文学的形态和体裁,诗歌可以追溯到原始歌谣、祭歌、咒语,《诗经》更是辉煌的开端。散文可以追溯到甲骨文,"壬申卜,贞,王田鸡,往来亡灾?王囧(占)曰吉。获狐十⋯⋯"(《甲骨文合集》12·37474),虽然简短,却是一篇首尾完整、有一定情节的叙事之作。巫歌巫舞,原本已经孕育了戏曲因素,惜殷商歌舞已不得见,《楚辞·九歌》作为原始《九歌》的升华,其对歌、和歌、剧情、表演的种种,间接可见戏剧之源。上古神话关于神的各种"话",先秦著述中关于奇闻轶事的各种"说",其描写,其虚造,与后世小说也源流相关。

先秦文学的诸多特质,也为中国古代文学的艺术传统打上了最初印记。

与西方史诗的发达不尽相同,先秦抒情诗占有极大比重,巫歌媚神,颂诗感戴,二雅怨刺,风诗传情,骚辞抒愤。由此出发,中国古代诗歌"言志""缘情"终成正宗。而同以抒情为主体的《诗经》和楚辞,一重真切实在的感受抒发,一重营造升天入地的奇异幻境,又形成了偏于写实与偏于想象的迥异诗风。后世除用于世俗表演的乐府散曲尚有颇具规模的叙事诗外,古代诗词大半都是抒情的载体,抒情中又明显可见"风骚"传统。其他文体也多受诗韵熏陶,散文有言意畅怀的小品文,戏剧有诗意盎然的唱词曲文,小说也多以诗开篇,以诗收场,都雅好营造诗情画意。

先秦谣谚歌诗表达,如《周易》"潜龙"以表"勿用",《诗经》"燕燕"以兴送别,《离骚》香草以况美德,《九辩》落叶以托愁思,皆属立象尽意,援物达意,借景抒情,这从本源上决定了中国古典创作对于意境、韵味、象外之旨的追求,并引出一条以心物、情景立说的诗学之路。后来,钟嵘通过对比兴的诠释提出"滋味说"(《诗品序》);司空图提倡"韵外之致""味外之旨"(《与李生论诗书》);严羽称美盛唐诗人"惟在兴趣",如"水中之月,镜中之象,言有尽而意无穷"（《沧浪诗话》）；谢榛强调"夫情景相融而成诗，此作家之常也"（《四溟诗话》）；王夫之更明确提出"情景一合，自得妙语"（《明诗评选》），"景者情之景，情者景之情"（《唐诗评选》）。于是有了王国维的"一切景语皆情语"（《人间词话》）。

史官文化的"记事""传语"配合，决定了先秦史载与传说结合的历史散文的发达，《左传》《国语》《琐语》《晏子春秋》《战国策》等，其中许多部分或篇目都十分富于故事性和戏剧性。影响所及，直接导致了《史记》《汉书》《吴越春秋》等史传文学和历史小说的出现。由此中国叙事文学形成了偏重历史题材和追求情节性的传统，《世说新语》《搜神记》《齐谐记》等六朝志人志怪小说，《枕中记》《柳毅传》《莺莺传》等唐人传奇，"说""语""记""传"之名题即有史传意味；宋元话本专门有"讲史"一类；元杂剧中历史人物也是重要角色；《水浒传》《三国志演义》《隋唐演义》，英雄传奇、历史演义是明清长篇小说的主体，《西游记》《金瓶梅》，也都有历史痕迹在其中，究其源，它们都是先秦历史散文的遥远回声。

诸子散文是先秦文学的特别奉献，其对后代文学影响所及，首先在于作家观念意识的学理偏重，或儒或道，抑或儒道相兼，成为把握作家倾向性的重要尺度。作为百家争鸣语境中论述问题的载体，诸子散文孕育、催化了精妙绝伦且风格各异的说理、论辩艺术，或寓理于喻，或设问以答，或畅快恣肆，或恢怪奇谲，其手段，其风貌，首先在汉代散文中熠熠生辉，而魏晋谈玄论道，唐宋八家撰文，甚至清代桐城派的文章，仍可约略见到先秦各派的身姿和语调。

先秦文学的主流精神也为中国古代文学定下基调。始于夏商、强化于有周一代的宗法政治，为先秦文学注入了较强的担承精神、忧患意识和兴寄指归。《商书》《周书》中的文诰训命动辄关乎邦族命运，二《雅》中的怨刺之诗无不忧心王事国政，《春秋》《左传》《国语》等历史散文以史为鉴，《老》《论》《孟》等诸子散文自觉"谋道"，屈原更用楚辞心系国运，关注现实人生成为先秦文学的基本取向。风雅比兴借物明志，香草美人隐喻抒怀，情节故事寓含哲理，艺术表达和解读也都体现和导向讽谏晓喻和用世情怀。汉代特别是魏晋之后，文学意识渐趋独立，有了对于艺术形式的有意追求，但立足现实、"文以载道"、忧患兼济的情结始终是中国文学的内在驱力。汉大赋曲终奏雅，汉乐府感事而发，建安风骨，正始感怀，田园诗人有不平之志，山水诗人有愁思情怀，陈子昂高倡"风雅""兴寄"以复古求创新，韩愈发动"古文运动"以"载道"求变革，李杜、元白、苏辛，各自都在吟咏抒写着他们的壮志、悲怆和感遇，吟诗为文作为文人学士抒发情怀和社会参与的重要方式，始终都占据着中国古代文学创作的正宗位置。

总之，对先秦文学的充分了解，是深入把握中国古代文学的重要前提。

思考题

1. 结合早期文学艺术现象谈谈你对文学起源的理解和认识。
2. 联系作品特征把握先秦文学经历了哪些发展阶段。
3. 简述先秦文学的形态特征、对中国古代文学的奠基作用和影响。

第一章 上古神话

上古神话是人类"童年"时代以幼稚眼光认识世界的产物，是上古人类精神产品的"百科全书"；同时又因其基于原始思维所赋予的想象和幻想，创造出一个个离奇形象和神幻境界，开启了文学史的第一篇章。尽管它们还不成熟，却以其对后代文学的深刻影响，具有永恒的价值。

第一节 神话的产生、流传和保存

神话作为早期人类认知世界的特有"作品"，其初创大多产生在尚无文字记载的原始时代，口头讲说是其基本传播方式。其流传及保存情况，对它所呈现于后人的面貌有着重要影响。

一、神话及其产生

神话，简单讲，即关于神异形象的故事。而上古神话，从本质上说，则是原始人类基于生存需要和幼稚思维，对于自然、自身和社会想象出来的种种呈现和描述。对此，马克思概括为"（神话是）通过人民的幻想用一种不自觉的艺术方式加工过的自然和社会形式本身"①。也就是说，上古神话是原始人类对自然、社会和历史的认识和反映；这种认识和反映因出于原始思维而呈现为一种幻想形式，因而具有超现实、人格化、神力化的艺术特征；原始人类创造这些"艺术品"并非有意虚构，而是出自幼稚认识的真诚述说；神话产生在氏族群体的口耳相传之中，群体意识也成为上古神话的重要内涵。

关于神话的产生，就思维而言，最初多应是基于"万物有灵"观。据人类学家研究，限于知识、认识的幼稚和简单，原始人还不能理解做梦、出神、幻象、疾病和死亡等现象，如果不把这些现象解释为某种生命力暂离或抛弃了身体所致，就会感到不可思议，这种可以离开身体的"生命力"，就是与肉体相对的"幽灵""灵魂""阴魂"②。与此同时，也就把周围的自然万物想象成了被"灵"支配着的"活物"世界。因为原始人尚未将自身与自然分开，外部自然还基本是一个未知领域，而人在无知中就把自己当作了权衡一切事物的标准。于是自然万物也和人类

---

① 《〈政治经济学批判〉导言》，《马克思恩格斯文集》第 8 卷，人民出版社 2009 年版，第 35 页。

② 参见泰勒《原始文化》，上海文艺出版社 1992 年版，第 416—442 页。

一样既有形体也有灵魂，有感有知，即万物有灵。正是由于这种"自然力的人格化"，"产生了最初的神"①。自然被赋予人格和灵异，于是关于山川、河流、风雨、日月等现象的叙述便构成一个个山神、水神、风伯、雨师、日神、月神的自然神话。

与此相关的还有"图腾"观。"图腾"乃印第安人方言"totem"一词的音译，意为"他的亲族"。原始人基于物我无别的万物有灵观，往往将某种动物、植物视为本氏族的来源、亲族、祖先神，并以此作为氏族名称。这一与氏族有亲缘关系的动物、植物即是该氏族的图腾。图腾意识的产生，最初还根源于原始人对孕育的无知和只知其母不知其父的困惑。于是那些与氏族有着这样那样关系的自然物，便被指认为感生之灵，充当了与始母共为祖先的角色。而那些关于图腾来源、始母感生的故事，则成了最早一批生殖神话。

神话的产生，就现实而言，则是基于原始人类生存发展的需要。"任何神话都是用想象和借助想象以征服自然力，支配自然力，把自然力加以形象化。"②尚处于物我不分、万物有灵意识中的原始人类，在运用工具从事劳动生产的同时，也将控制自然的希望寄托在模拟、祈求、诅咒等法术或巫仪的操作上。酷日不雨，会唱出驱逐旱魃的咒歌，舞出云龙降临的姿态；久雨不晴，又会浴日、御日③，令她光鲜明亮、正常运行；祈祷族众繁衍，万物生长，会拖着尾巴或顶着羽毛跳起图腾舞，会在女神庙供奉作法，也会在高禖郊祭时上演"吞卵""履迹"的仪式"节目"④。关于女魃、羲和、应龙、帝俊、女娲、简狄、姜嫄等自然神和始祖神的故事，最初都应该是在这些"借助想象以征服自然力"的时候讲述或表演出来，而这些模拟表演、法术巫仪本身，在被讲述或记载下来时也变成了离奇的神话。

二、上古神话的传播、流传和记录

上古神话产生在史前时代，其传播方式除仪式表演或图像刻画之外，主要是口头讲述，书面记录要待文字出现之后。遗憾的是，由于商周变迁，上古神话在

---

① 《路德维希·费尔巴哈和德国古典哲学的终结》，《马克思恩格斯文集》第 4 卷，人民出版社 2009 年版，第 277 页。
② 《〈政治经济学批判〉导言》，《马克思恩格斯文集》第 8 卷，人民出版社 2009 年版，第 35 页。
③ 《山海经·大荒南经》："羲和，方日浴于甘渊。"《初学记》卷一引《淮南子》高诱注："日乘车驾以六龙，羲和御之。"
④ 相传殷商女祖简狄吞卵受孕生商祖契，《诗经·商颂·玄鸟》称"天命玄鸟，降而生商"。相传周人女祖姜嫄踩天神脚印拇趾处受孕生周祖后稷，《诗经·大雅·生民》称"履帝武敏"。

可以被记述时遭遇到"神话历史化"和诸子的化用改动。日母羲和在《尚书·尧典》中"化"为帝尧宫中司四时的羲氏和和氏，孔子关于"黄帝三百年"（《大戴礼记·五帝德》）、"黄帝四面"（《太平御览》卷七十九引《尸子》）、"夔一足"（《韩非子·外储说左下》）的解说，《山海经》中"无面目"的帝鸿在《庄子》中被衍生出一段"儵忽凿浑沌"的寓言（《应帝王》）等，即是其例。因此上古神话故事没有被专门的著作所收录，今见的信息、片段和故事多是在后代各种史传、方志、诗篇、论著中被偶然提及和记述，这便造成了零散、多元、不成体系的状况，且多为故事梗概或片段。

今见保存上古神话较多的著作有《山海经》《楚辞·天问》《淮南子》，此外《诗经》《左传》《逸周书》《穆天子传》《尸子》《列子》《吕氏春秋》《世本》《风俗通义》等也有一些关于神话或与之相关的传说的零星记载。

三、《山海经》

《山海经》是今见唯一一部较多涉及上古时期怪闻异说的著作，可惜并非记述上古神话故事的专著。

《山海经》著录于《汉书·艺文志》，称"十三篇"。今见《山海经》十八卷（篇），包括《山经》五篇、《海经》（海内、海外）八篇、《大荒经》四篇和《海内经》一篇，多出的后五篇疑为刘歆校书后所增补。各篇不成于一手，也不成于一时，大概记录成篇于秦之前，秦汉间又有补录[1]。该书所述离奇驳杂，涉及地理、历史、神话、宗教、民族、动物、植物、矿产、医药等多种内容，颇难归属[2]。实可视为四方之志，博物之志。只因其中广为包含远古时期的原始传闻和记录，所以又是一部"语怪"之"志"。所记怪异形色不同，可分为神灵之怪、奇形之怪、奇名之怪、神功之怪、神怪之所，大多只是提到其名、其形、其神功、其所在，有的则顺带提及该怪该所的某件奇闻神迹，诸如精卫填海、夸父追日、鲧禹治水、刑天舞干戚、羿杀凿齿、黄帝与蚩尤之战、夏耕之尸逃降巫山、帝女蓍草、西王母与三青鸟、犬封国与进食女、帝杀鼓和钦𬭩、危与贰负杀窫窳、帝俊妻羲和生十日、帝俊妻常羲生十二月、黄帝得夔皮以为鼓等，即借此得以记载和

---

[1] 司马迁在《史记》中曾说"至《禹本纪》《山海经》所有怪物，余不敢言"（《大宛列传》），据此可知西汉前期司马迁已经见过《山海经》，此前将《山经》《海经》汇集成册并冠以现有书名的《山海经》已经编定成书。而根据书中信息，学者多将该书各篇的写作时间定在先秦，如蒙文通判定《大荒经》以下五篇的写作大约在西周前期，《海内经》四篇在西周中叶，《五藏山经》和《海外经》是春秋战国之交的作品（《略论〈山海经〉的写作时代及其产生地域》，《中华文史论丛》第1辑，中华书局1962年版）。

[2] 关于《山海经》的归属，或将其归于"数术·形法"类（《汉书·艺文志》），或归于"史部·地理"类（《隋书·经籍志》），或归于"子部·小说家"类（《四库全书》）。

保存。

第二节　神话形象和故事

中国上古神话未经系统整理加工，只留下线索和片段，散见于古代各种典籍的偶然记载中；但据这些片段，仍可见各个发展环节上都有属于自己时代特色的神话形象和故事。

一、女娲与创生和再生神话

创生包括创世和造人，它们不会出现在原始人类最早的神话讲述中，但随着日后关注的拓展和神话的衍生追溯，创世和造人都会被"编派"到第一个环节上。

关于创世，三国吴徐整《三五历纪》有"盘古开天地"之说："天地混沌如鸡子，盘古生其中；万八千岁，天地开辟……天日高一丈，地日厚一丈，盘古日长一丈。"（《艺文类聚》卷一引）其《五运历年纪》又有"盘古死后化生"之语："首生盘古，垂死化身，气成风云，声为雷霆，左眼为日，右眼为月，四肢五体为四极五岳，血液为江河，筋脉为地里……"（清马骕《绎史》卷一引）盘古之名及其开辟神话不见于先秦典籍，应属晚出，中国上古神话传说中最古老的大神当首推女娲。

女娲最著名的事迹是造人，但与创世或有瓜葛。《楚辞·天问》有"女娲有体，孰制匠之"之问，《山海经·大荒西经》有"有神十人，名曰女娲之肠，化为神，处栗广之野"之载，《淮南子·说林训》有"女娲所以七十化"之句，《说文解字》亦称"娲，古之神圣女，化万物者也"，它们都隐含着女娲创生不只是造人的种种信息。

女娲造人故事见于汉应劭《风俗通义》所引"俗说"：

> 俗说天地开辟，未有人民。女娲抟黄土作人。剧务，力不暇供，乃引绳于絚泥中，举以为人。（《太平御览》卷七十八引）

就像时人已经在陶制产品，最初的人类自然也被想象为神用泥土孕育的作品。而"抟"，即抟成蛋卵，这又是卵生神话的变形，抑或就是摹拟巫术的写照。还有，由开首"天地开辟，未有人民"一句，亦可以推想女娲造人仅是创生神话的一个部分，在此之前，或还有一番开辟创世之业。

女娲另一件重要事迹"炼石补天"，则已属于再生神话：

往古之时，四极废，九州裂，天不兼覆，地不周载。火爁焱而不灭，水浩洋而不息。猛兽食颛民，鸷鸟攫老弱。于是女娲炼五色石以补苍天，断鳌足以立四极，杀黑龙以济冀州，积芦灰以止淫水。苍天补，四极正，淫水涸，冀州平，狡虫死，颛民生。（《淮南子·览冥训》）

这里天地判明，人兽群生，已距创世和造人有段时日，只是由于某种原因，世界和人类濒临毁灭，于是女娲重显神力。种种灾难中大水最突出，救灾中补天止雨是关键，可见其与洪水神话颇有关联。而洪水神话，亦即在洪水吞噬世界后又滋生出第二代人类的传说，正是世界性再生神话的基本结构，挪亚方舟的故事（《旧约·创世记》）就是典型。不同的是，这里大神女娲并非洪水发难者，而是救世者；洪水到来之时，不是避水而是治水，已经奏响人与自然抗争的序曲。

"造人"与"补天"见于不同典籍，且分别为创生和再生两大母题，它们同在女娲的事迹中出现，正可见这一女神在原始人心目中的崇高地位，其初创无疑是母系氏族时代母神崇拜的产物。

"创生"还包括各部族"第一人"的生育神话。殷人有玄鸟遗卵、简狄吞之而孕商祖契的传说（《吕氏春秋·音初》《史记·殷本纪》），周人有姜嫄"履帝武敏""不坼不副"而生周祖后稷的故事（《诗经·大雅·生民》），它们都是感生故事，还都与卵生有关，其初作亦应产生在母系氏族时代"只知其母，不知其父"及万物有灵、图腾感应的文化中。

二、夸父、精卫、嫦娥与"自然力被人格化"

"夸父追日""精卫填海""嫦娥奔月"是上古神话中情节最为离奇的片段，究其始，它们都有可能是"自然力被人格化"的产物，在其传诵流衍中又都与人事发生了纠葛。

"夸父追日"主体情节分别见于《山海经》的《大荒北经》和《海外北经》：

大荒之中，有山名曰成都载天。有人珥两黄蛇，把两黄蛇，名曰夸父。后土生信，信生夸父。夸父不量力，欲追日景，逮之于禺谷。将饮河而不足也，将走大泽，未至，死于此。（《大荒北经》）

夸父与日逐走，入日，渴欲得饮，饮于河渭；河渭不足，北饮大泽。未至，道渴而死。弃其杖，化为邓林。（《海外北经》）

太阳是原始人类最早关注的对象之一，中国上古神话就有诸多关于太阳人格化的述说，诸如"羲和者，帝俊之妻，生十日"（《山海经·大荒南经》），"日出于旸谷，浴于咸池，拂于扶桑，……至于悲泉，爰止其女，爰息其马，是谓悬车。至于虞渊，是谓黄昏"（《淮南子·天文训》）。"夸父追日"这则神话的主角已不是日，而是追日的夸父，且夸父终于"逮之于禺谷"，禺谷即虞渊。夸父珥蛇把蛇，身躯庞大，莅天逮日饮水后河渭为干，手杖落下又"化为邓林"，自非凡人所能为。而龙蛇多为水神，林木要靠甘霖，就其原型而言，夸父或者确曾是云龙之象，夸父追日或者确曾是一场水神与日神的较量①。不过这则故事在传诵之中，夸父已经有着人的四肢和生理感觉，其勇敢"逐日"，已经转化为英雄与自然比试的讴歌。

"精卫填海"见于《山海经·北山经》：

> 有鸟焉……名曰精卫，其鸣自詨。是炎帝之少女，名曰女娃。女娃游于东海，溺而不返，故为精卫，常衔西山之木石，以堙于东海。

这则神话看似明晰，溺死东海的少女化为神鸟要填平大海。但死而化身，西山东海，毕竟奇异，于是有了月亮神话说，即女娃（精卫）或是月之化身，溺死东海与化鸟衔木，隐喻着月亮自西向东、圆缺变化的自然现象和道理②。不过就像"夸父追日"已被赋予新的意义，"精卫填海"在被记述之时，也已明显被转化为复仇与抗争的主题。

直接与月亮有关的神话是"嫦娥奔月"，但这个故事经历了从原型到衍生的较大变迁。汉代传说是"羿请不死之药于西王母"（《淮南子·览冥训》），"羿妻姮娥窃之奔月。托身于月，是为蟾蜍，而为月精"（《初学记》卷一引《淮南子》）。嫦娥已是"羿妻"，"不死之药"被疑羼入仙话成分，身变蟾蜍，也似有因"窃"受罚之意。然而其前身，实很可能是原始人类关于月亮"死则又育"现象的遐想。月亮神话在《楚辞·天问》中已有发问："夜光何德，死则又育？厥利维何，而顾菟在腹？"③"嫦娥奔月"在传为殷商易书的《归藏》中已被提及："昔常娥以西王母不死之药服之，遂奔月，为月精。"（《文选·祭颜光禄文》李善注引）其中并无后羿其人，而"西王母"则疑是月母"西母"的讹变④。月母手中有不死之药，嫦

① 将夸父当作自然神（如火神说、月神说、水神说）、将夸父追日当作某种自然现象的隐喻（如"水的上下运动"说），是近时期夸父原型研究比较集中的视点，参见叶舒宪《中国神话哲学》，中国社会科学出版社 1992 年版，第 134—141 页。

② 杜而未：《山海经神话系统》（第四版），台湾学生书局 1984 年版，第 123—124 页。

③ 闻一多在《古典新义·天问释天》中释"顾菟"为蟾蜍，见《闻一多全集》2，生活·读书·新知三联书店 1982 年版，第 328—330 页。

④ 《山海经》中西王母手中并无"不死之药"，也与月亮无关；生月亮者是常羲："帝俊妻常羲，生月十有二。"（《大荒西经》）羲和、常羲遂分别成为日母、月母。甲骨文中有"东母""西母"之称，陈梦家认为此即羲和、常羲（《商代的神话与巫术》，《燕京学报》1936 年第 20 期）。

娥得而奔月，遂为月精，正是回答了月亮何以不死的缘故。至于蟾蜍，西北部彩陶文化中多有蛙纹陶器出土，或与图腾崇拜有关。原来嫦娥乃是月神或月精的化身。

三、射日、治水与英雄神话

与"自然力被人格化"不同，"神羿射日"和"鲧禹治水"直接呈现的是人与自然的主题，只不过人的作为又被赋予神奇的威力。

《山海经》中，羿乃帝俊所遣，天神下凡："帝俊赐羿彤弓素矰，以扶下国，羿是始去恤下地之百艰。"（《海内经》）不过这里弓箭才是神力所在，而弓箭，是人类的创造，被弓箭武装着的神羿，本质上是人类英雄的代表。于是神羿降妖除魔无论如何离奇超常，其实都是人类与自然抗争的象征。对此，《淮南子》述之较详：

> 逮至尧之时，十日并出，焦禾稼，杀草木，而民无所食。猰貐、凿齿、九婴、大风、封豨、修蛇，皆为民害。尧乃使羿诛凿齿于畴华之野，杀九婴于凶水之上，缴大风于青丘之泽，上射十日而下杀猰貐，断修蛇于洞庭，禽封豨于桑林，万民皆喜。（《本经训》）

主神由帝俊变成帝尧乃中国上古神话多元所致，这则神话的实际主角是神羿，他的事迹就是"去恤下地之百艰"，而其中最重要的部分是射日。"十日并出"极有可能是酷旱毒日的象征。羿能"上射十日"，乃是人的力量被神化的结果，寄托着对人类所创造的劳动工具的礼赞，对自我力量的肯定。

"鲧禹治水"比较完整的片段始见于《山海经》：

> 洪水滔天，鲧窃帝之息壤以堙洪水，不待帝命，帝令祝融杀鲧于羽郊。鲧复生禹，帝乃命禹卒布土以定九州。（《海内经》）

洪水意象在上古神话中已非初见，女娲补天面对的就是"水浩洋而不息"；鲧禹这则神话中"州"的意象、可随水势而增长的"息壤"，似仍保留了对曾吞没大地的那场大水的某些记忆。不过，这已是产生于原始社会末期交织着社会矛盾的治水故事。洪水到来之际，伯鲧盗土"不待帝命"竟招杀身之祸，意味着神界已经等级判然。然而这则神话的中心主题仍是人与自然，"鲧复（腹）生禹"、终由大禹治水成功的情节，是原始人类前仆后继与自然抗争的一个象征。

大禹治水终获成功，由是关于他的"定九州"有着更为丰富而具体的故事。

《山海经》述及治水中镇服九头怪相繇的事迹（《大荒北经》），《国语》提到大会群神于会稽时斩杀防风氏的情节（《鲁语》），《吕氏春秋》有他行水遇涂山女、南音始作的传说（《音初》），《淮南子》更有他化熊通辕辕山、其妻"石破北方而启生"的奇闻（《汉书·武帝纪》颜师古注引《淮南子》），其怪异神奇中已流露了诸多人间气息。

四、黄帝、蚩尤与战争神话

上古历史传说中，原始社会后期黄河流域曾出现过黄帝、炎帝两大部落的"阪泉之战"（《史记·五帝本纪》），"血流漂杵"（贾谊《新书·益壤》），以炎帝败北屈居南方一隅而告终。这种部落战争折射到神界，黄帝、炎帝分别成为两大神系的主神，并演绎出神系间大小神祇一次次冲突和厮杀，炎帝之嗣共工与黄帝之裔颛顼争帝，"怒而触不周之山"，致使"天柱折，地维绝"（《淮南子·天文训》），很可能就带有神系之争的性质。此外还有一位刑天，其惊人之举在于与帝争神不幸被"断其首"后，仍不善罢甘休，"乃以乳为目，以脐为口，操干戚以舞"（《山海经·海外西经》）。相传炎帝恰有一位名叫邢天的属臣（宋罗泌《路史·后纪三》），如果此邢天即刑天，那么刑天就也是炎帝之臣，他的"与帝争神"，或许也是在继续着炎黄之争的历史使命。

而神话中直接讲述战争故事最为壮观的则要属《山海经》记载的黄帝与蚩尤之战：

> 蚩尤作兵伐黄帝，黄帝乃令应龙攻之冀州之野。应龙畜水，蚩尤请风伯雨师，纵大风雨。黄帝乃下天女曰魃，雨止，遂杀蚩尤。（《大荒北经》）

蚩尤是一南方神族称号，《太平御览》卷七九引《龙鱼河图》言"蚩尤兄弟八十一人，并兽身人语，铜头铁额，食沙石子"，可知相当凶悍。只是此时的黄帝似已高登诸神之首，有着调遣天兵天将的神威，尽管蚩尤们也能呼风唤雨，终不敌旱神女魃的巨大能量。就这样，一场实际上反映部族矛盾的战争，却成了风伯、雨师、水神、旱神之间惊天动地的鏖战，就像自然现象会转化为人间故事，这里又是人的力量的自然化和超人间化。

第三节 上古神话的精神、艺术及影响

每则神话片段无不铭刻着特定的时代烙印，但它们作为上古人类认知和想象

的作品，在主导精神、艺术特征和文学影响方面都有共性值得把握。

一、上古神话的主导精神

综合考察上古神话各个环节、类型中的形象和片段，尽管它们内容各异，却体现出某些一以贯之的精神特质。

首先，在人与自然这一最根本的神话主题中，中国上古神话大多凸显人的作为和主动精神。面对滔滔洪水，不但没有出现逃避、等待的神话结构，反而从女娲补天到鲧禹治水，自始至终立足于"治"。太阳本是原始人类最早崇拜的神物之一，这里却有敢于追日的夸父和勇于射日的神羿。夸父固然曾经是自然现象的隐喻，而当他作为追赶太阳的人格神出现时，就已经被塑造为一位伟岸英雄，陶渊明《读〈山海经〉》之九即称"夸父诞宏志，乃与日竞走"，"馀迹寄邓林，功竟在身后"。羿的弓箭，不但可降妖除魔，还能射日，更显示了人的自信和力量。

其次，就神话人物而言，无论是神性十足的自然神、天神还是被神化的人间英雄，都被赋予救苦救难的神圣使命。当人类濒临灭绝时，女娲作为救世主出现；夸父道渴而死，却弃杖化林，造福人类；神羿下凡，本是为"去恤下地之百艰"；伯鲧盗土，为拯救人类更不惜付出生命。中华民族厚德重生、任重道远的民族精神，在上古神话中已经突显。

再次，在面临困境、灾难、挫败时，坚韧不屈的精神被张扬。女娃溺亡，变为精卫，日衔木石要填平大海；刑天已被断首，仍操干戚以舞；共工争神不胜，怒撞不周之山，致"天倾西北"，"地不满东南"（《淮南子·天文训》），虽败犹有如此神威；蚩尤被擒杀，其桎梏化为枫木（《山海经·大荒南经》），其冢上"有赤气出如匹绛帛，民名为蚩尤旗"（《皇览·冢墓记》），可谓"子魂魄兮为鬼雄"（《楚辞·九歌·国殇》）。

最后，与自然抗争中前仆后继、生生不息的世代相承精神。"鲧禹治水"中伯鲧为治水盗土，不惜牺牲。但"鲧复生禹"（《山海经·海内经》），虽已倒下，却又生出大禹，以继续他未竟的事业。愚公移山，其坚守、其自信就来自于"虽我之死，有子存焉。子又生孙，孙又生子；子又有子，子又有孙；子子孙孙，无穷匮也，而山不加增，何苦而不平"（《列子·汤问》）。

二、上古神话的艺术特征

神话思维天然是诗性思维。一方面，这种思维建立在抽象思维能力还比较低下的水平上，抽象概念与具体形象尚未分开，其思维只能由一个个形象结构组合而成。另一方面，这种思维又处在物我不分幼稚无知的状态中，以己推物，以近思远，主观推想和联想成为基本方式。因此，神话天然富于形象性和想象力，与文学更有不解之缘。

神话这种建立在万物有灵基础上的形象创造，使它在表现形式方面更属于以超现实为特征的浪漫文学范畴。这首先表现在它赋予自然以生命，赋予天界以人境，赋予人神以幻变，从而创造了种种离奇形象和境界。女娲炼五色石以补苍天，断鳌足以立四极，是因为在这里天是由石板砌成的大盖子，周边还有四柱支撑；夸父能甩开大步追上太阳，也因为在这里太阳不过是帝俊羲和之子，且由羲和驾御沿固定地点前行（《淮南子·天文训》）；月亮阴晴圆缺，死则又育，被演绎出食下不死药的嫦娥住在里面的故事；江河东流，日月西行，则被说成是共工怒触不周之山、以致"天倾西北""地不满东南"；至于黄帝与蚩尤鏖战，风雨水旱也都成了一个个参战的神灵异怪，是黄帝蚩尤召来的天兵天将。而天地万物、人与自然在原始思维中的混沌交织，还使"幻化"成为神话情节的基本模式，帝女为䔄草（《山海经·中山经》），女娃变精卫，手杖化邓林，桎梏成枫木，它们是超现实的奇想，却又在想象世界中让人们间接捕捉到原始时代的生活剪影。

上古神话的超现实性，还表现为夸张描写的大胆与无羁。上古神话赋予自然以人格，也赋予人类化身以自然之力，而自然的庞大和神威，凝聚在人格化形象上，也就获得不尽的张力。共工一怒，能撞断不周之山，让天地宇宙倾斜变形；烈日下河流的枯竭，被说成是夸父一口气喝干黄河、渭水；伯鲧盗来的那撮神土，在大禹"堙洪水"后竟堆成一座座高山。原始人原本天真的叙述，却无意间创造了如此离奇惊人的画面，带给后人以艺术的震撼。

三、上古神话的文学影响

上古神话的魅力还表现在它作为文学艺术之根所具有的成长性，以及它为后代文学发展所奠定的基础和带来的影响。

首先，神话素材、典故及原型被借用和化用，以构造新的神异和离奇。屈原在《离骚》中表现抒情主人公上下求索的精神历程，称"吾令羲和弭节兮，望崦嵫而勿迫"；"饮余马于咸池兮，总余辔乎扶桑"；李贺在《李凭箜篌引》中描摹动人心魄的旋律，称"女娲炼石补天处，石破天惊逗秋雨"；《山海经》中"东海之外大壑，少昊之国。少昊孺帝颛顼于此，弃其琴瑟"（《大荒东经》）的片段，在《拾遗记》中被演绎成皇娥与白帝子抚琴倚瑟、倾诉爱慕、生育少昊的浪漫情节（晋王嘉《拾遗记》卷一）；《山海经》中有深渊水都，"从极之渊深三百仞，维冰夷（河伯）恒都焉"（《海内北经》），后世便有了《搜神记》中"胡母班传书河伯"的志怪和《柳毅传》中"柳毅传书"的传奇。这些创作直接采用神话中已经出现的人名、地名、情节元素、故事内核，以生发更加新奇的表达，演绎愈益丰富的故事。

其次，神话天然神奇的想象和自然形成的拟人夸张被后世借鉴，以有意进行幻化夸诞的全新创作。乐府古辞中有新的天界："天上何所有，历历种白榆。桂树夹道生，青龙对道隅。"（《陇西行》）《古诗十九首》中有织女的相思："终日不成章，泣涕零如雨。"（萧统《文选》）表达送人的牵挂，李白能展开"狂风吹我心，西挂咸阳树"（《金乡送韦八之西京》）的异想；抒发贬谪后极度思乡的心情，柳宗元能激发"若为化得身千亿，散上峰头望故乡"（《与浩初上人同看山寄京华亲故》）的奇思。这些浪漫诗思，不再有固有神话材料，神话般的想象和夸张却又无所不在。此外，战国有《庄子》式的寓言，魏晋唐宋有"志怪""传奇"一类小说，明清更有神魔演义和人鬼故事，言"奇"称"怪"，始终占据中国叙事文学的一席之地，《逍遥游》《干将莫邪》《韩凭夫妇》《张生煮海》《牡丹亭》《西游记》《封神演义》《聊斋志异》等等，文学史册可载入一长串富于恢怪想象的名篇佳作，而它们与原始人类贡献的神话作品都有一脉相承的渊源关系。

总之，上古神话作为原始人类的精神产品，记录下了他们的幼稚，也以他们的幼稚创造了一个个充满离奇幻想的艺术形象和境界，并影响久远，它们的确已经"作为永不复返的阶段而显示出永久的魅力"[1] 了。

思考题

1. 把握上古神话的涵义，并思考其产生的时代和因素。
2. 谈谈你对上古时代神话人物及其事迹的了解和理解。
3. 结合作品谈谈上古神话的主导精神、艺术特征及文学影响。

---

[1] 《〈政治经济学批判〉导言》，《马克思恩格斯文集》第 8 卷，人民出版社 2009 年版，第 36 页。

第二章　殷商西周的书面散文

在人类发明文字之后，文学作为一门语言艺术赖文字记录传之久远，书面文本成为文学的主要载体。中国文学史上最早的书面作品，包括甲骨文、铜器铭文、《周易》中的"卦爻辞"及《尚书》中的殷周之文，多以散体文字为主，皆具实用功能。它们只是散文的萌芽和雏形，却在其特有的记述和表达中，孕育和滋生着文学的某些特质和因素。

第一节　甲骨文和铜器铭文

迄今可见最早的成系统的文字材料是甲骨文和铜器铭文，它们多为出土于地下的珍贵史料，同时也是中国文学史上今见最早的书面散文作品。

一、巫卜、记事与书面作品的出现

1899 年发现于河南安阳小屯村殷墟遗址的龟甲兽骨文，有王室活动记载，更多为占卜记录，因此又称甲骨卜辞，显示出系统文字形成、发展与巫卜文化的密切关系。

进化中的人类在不断醒觉到不可能在想象中支配自然的同时，也在探索控制自然、改善生存的途径。由于历史的局限，这种控制最初还只能荒谬地借助某种神秘力量，巫术占卜便成为此时人类精神活动的主要部分。由龙山文化遗址出土的卜骨，可知占卜的出现至迟当在新石器时代晚期或原始时代末期。人们相信有冥冥神意，也相信巫觋卜祝能通过探察"灵迹"洞见神示，以预知吉凶，决疑择行。为加强探索，人们利用契刻符号对占卜活动进行标识、记录，同时也促进了文字的发展与成熟。

殷商人契刻于龟甲兽骨上的文字大多就是对占卜活动的记载，其中保存完整的甲骨卜辞包含前辞（某时某地某人占卜）、命辞（贞问占卜何事）、占辞（观察卜兆后的判断）、验辞（追记事件以验证卜事灵验与否）四个部分，已可见贞卜断验过程及所涉事件较完整的刻载，记述散文的雏形即因此而大量出现。

二、殷墟甲骨文

殷商人"率民以事神，先鬼而后礼"（《礼记·表记》），诸如征战、田猎、祭祀、物候、种植、赋贡等，无不请示神灵。因此，殷墟甲骨卜辞已能多方面折射殷商时代的社会生活，从中已可见出当时人的情感心理以及文字表述的形式特征。

趋利避祸，乞求年丰人安，是甲骨卜辞的基本主题，如："庚申卜，贞，我受黍年？"（《甲骨文合集》4·9949）"贞，今夕其雨？"（《甲骨文合集》5·12243）"贞，戍其丧人？"（《甲骨文合集》1·1083）这些卜辞贞问的事项，有丰年的期盼、求雨的心愿、征战中伤亡与否的忧虑等等，可见时人在难以把握命运的情况下惴惴不安的心情、对神意的依赖和为求福而审慎小心的态度。

文字记述方面，较为完整的卜辞记录不仅刻下了贞辞和断辞，还记载了占卜时间、地点、人物以及占卜后发生的事情，因此已初具记事散文的雏形。如罗振玉《殷墟书契菁华》所收一条："癸巳卜，㱿贞：旬亡祸？王占曰：'有祟！其有来艰。'乞（迄）至五日，丁酉，允有来艰，自西。沚戜告曰：'土方正（征）我东鄙，灾二邑。昌方亦牧我西鄙田。'"商王贞卜十天内会不会发生祸事，据兆纹判断有祸，祸自外来。五天后果然发生了来自土方、昌方的进犯。这段文字朴实简古，记事也较为详尽真切。

三、西周铜器铭文

殷商时代，文字在被刻写在龟甲兽骨上的同时，也被铸刻在青铜器上，称铜器铭文，亦称钟鼎文或金文。铜器铭文与甲骨文的出现应属同步。只是出于占卜需要，记述文字在甲骨文中得到更多使用，而主要作为礼器的青铜器，铭文多只用来作为祭主庙号的标识，通常只有两三字。铜器铭文的鼎盛出现在西周。"以德配天"与宗法维系使"德""孝"等伦理观念得以强调，周人因此在"享孝大宗"的同时也重视铭功记德，以告慰先人，诫劝后辈。铭文字数及内容含量空前增大，著名的如《班簋》《五祀卫鼎》《史墙盘》《大克鼎》《禹鼎》《散氏盘》等均在一二百字以上，《毛公鼎》更多达四百五十七字。上至天子祭享、先王功业、今王战事以及册命分封，下至诸侯卿大夫的受赏获贝、诉讼官司，所涉历史事件及上层贵族的生活已经相当广泛。

周代铭文增添了记述成分，凡长篇铭刻对事件过程、人物说辞多有一定描述，还有的采用了韵文形式。如《虢季子白盘》记述虢季子白在抵御狁的战斗中战功显赫，受到周王的嘉奖赏赐："惟十有二年，正月初吉丁亥，虢季子白作宝盘，丕显子白，壮武于戎功，经维四方，搏伐狁，于洛之阳，斩首五百，执讯五十，是以先行。桓桓（桓桓）子白，献馘于王。王孔嘉子白义。王格周庙宣榭，爰饗。王曰：'白父，孔景有光。'王锡乘马，是用佐王；锡用弓，彤矢其央；锡用戊，用征蛮方。子子孙孙万年无疆。"（《殷周金文集成》10173）其中记到战斗地点，斩获人数，献馘经过，周王表彰，所赏所赐，且几乎整篇用韵，已经是一篇记事具体、清晰又不失生动、典雅的散文作品。

第二节　《周易》中的"卦爻辞"

《周易》古经成书于殷末周初，是一部由周人创制、流行于周代的古老筮书，由六十四卦符号及分属在各卦各爻后面的卦辞爻辞两部分组成。这些卦辞爻辞乃配合卦象爻位的占筮之辞，多通过描述某种具体的物象、情景或故事、事件，以显示符号寓意，指示休咎祸福。正是这些对形象的描述，以及以形象蕴含义理的方式，使它们成为殷周之交一批十分特殊的文学作品。

一、"卦爻辞"中所见的历史和生活

卦爻辞除据卦象爻位而特别编创的语句之外，还多援引当时的歌谣、谚语、传说、故事，无论新创或援引，都是殷周之交特定时代的产物，其内容具有重要的认知价值。

有的可用来印证某些历史事件。如《旅》上九"丧牛于易"涉及的应是《山海经》《楚辞·天问》《竹书纪年》等文献均提到的殷先公王亥的传说；《归妹》六五"帝乙归妹"关联的或是《诗经·大雅·大明》歌咏的"文王初载，天作之合"，"大邦有子，伣天之妹"。

还有的可用来捕捉殷周之交特定时期的历史状况、民风民俗和社会生活。如"屯如，邅如，乘马班如。匪寇，婚媾"（《屯》六二）、"乘马班如，求婚媾"（《屯》六四）等似仍在呈现竞赛求婚场面，以见出远古婚俗的孑遗；"纳妇吉"（《蒙》九二）、"归妹以娣"（《归妹》初九）等，又可见娶妻纳妾及媵嫁等父权婚姻；"拘系之，乃从维之，王用享于西山"（《随》上六）、"孚（俘）乃利用禴"（《萃》六二）等，人牲供祭、战俘用享历历在目；"利用刑人，用说桎梏"（《蒙》初六）、"劓刖，困于赤绂"（《困》九五）等，各种刑罚已经出现；"高宗伐鬼方，三年克之"（《既济》九三）、"同人先号咷而后笑，大师克相遇"（《同人》九五）等，既有战争的持久，又有胜负成败带给人们的沮丧或激动。

二、"卦爻辞"的象征、意象和谣谚

卦爻辞古称"繇"辞，用来表明寓意的特殊性质，决定了它们比喻、象征、寓言等手段的天然运用和短语谣谚等句式的大量出现，因此在表现手法和语言形式方面独具风貌。

《周易》以阴阳二爻为基本符号，以"乾""坤""震""巽""坎""离"

"艮""兑"八个卦象表示天地雷风水火山泽八种物象以及由此引申的相关现象，又重为六十四卦以显示各种不同的状态、情形和演变，本身就是一个以卦象爻位预示意义的符号象征系统；卦爻辞作为配合卦象、说明寓意、预言吉凶、指示休咎的特殊文辞，艺术手法的突出特点也是象征，即通过描写具体的物象、境况、故事以寓意说事。

援物象以说人事，如《坤》六四以"括囊"表无咎无誉，《履》初九以"素履"寓朴素谨慎，《坤》上六以"龙战于野，其血玄黄"显两败俱伤，《大过》九三、九四分别以"栋桡""栋隆"言凶险和安泰。稍有情节的如《大壮》："羝羊触藩，羸其角。"（九三）"羝羊触藩，不能退，不能遂。"（上六）已几近寓言故事。

更多的是具体呈现人事境况，如《履》卦辞以"履虎尾，不咥人"示有惊无险、逢凶化吉，《颐》初九以"舍尔灵龟，观我朵颐"讽不珍惜己有而贪他人之物。而《丰》上六表征一种巨室遭祸的结局，更展现出一幅人去楼空的惨败景象："丰其屋，蔀其家，窥其户，阒其无人，三岁不觌。"

还有的呈现某个事件或故事，"丧牛于易"（《旅》上九）、"帝乙归妹"（《归妹》六五）语涉殷史即是，事件并非虚拟，此则借以寓意。其他如《睽》上九："睽孤见豕负（伏）涂（途），载鬼一车，先张之弧，后说（脱）之弧。匪寇，婚媾。往遇雨则吉。"一遗腹子踽踽独行在漆黑雨夜，误认一车人马为鬼影，后来加入部落，成家立业，是先抑后扬、道路曲折而前途光明的人生迹象，此或即夏史传说中少康奔有虞途中之事①。

卦爻辞多以短句为主，且天然形成整齐、对仗、押韵的句式，颇具谣谚形式和韵味。如：

　　困于石，据于蒺藜；入于其宫，不见其妻。（凶。）（《困》六三）
　　艮其背，不获其身，行其庭，不见其人。（无咎。）（《艮》卦辞）
　　枯杨生稊，老夫得其女妻。（《大过》九二）
　　枯杨生华，老妇得其士夫。（《大过》九五）

其中《大过》中两条爻辞遥相呼应，合则可视为形象鲜明、格调明快诙谐的民歌俚曲。

"枯杨生稊""枯杨生华"已经是在运用起兴，而卦爻辞中还出现了兼用比兴的完整"诗篇"，如：

① 此用高亨说，见《周易古经今注》，中华书局1984年版，第272页。

鸣鹤在阴，其子和之；我有好爵，吾与尔靡之。(《中孚》九二)

明夷于飞，垂其翼；君子于行，三日不食。(《明夷》初九)

两条爻辞分别表现宴饮与饥饿两种状态，便各自选取鸟的欢鸣与垂翼两种物象，其写法与《诗经》几无二致，"使入诗雅，孰别爻辞"(陈骙《文则》)。

第三节　《尚书》中的殷周之文

殷商、西周书面散文真正形成文章形制的是《尚书》中的殷周之文，这些文章因多为史官所记发布诰誓训命之事而极具历史、思想史价值，同时亦因其古奥典雅而在文学上有其特点。

一、《尚书》的汇编及存篇

与甲骨文、铜器铭文散见于龟甲、兽骨和青铜器原物原器不同，《尚书》中的文章经过统一的汇总和编选，因此成为中国迄今所见第一部散文总集；且作为传习文献，其文章可能经过某些整理、加工和改定，流传中又相继出现"今文《尚书》""古文《尚书》""伪古文《尚书》"等版本变迁。经清代学者考订及"清华简"印证，《十三经注疏》本《尚书正义》五十八篇中属"今文《尚书》"的二十八篇(《尚书正义》中析为三十三篇)，基本可确定为原本《尚书》中的篇目[1]。

《尚书》原称《书》，西汉时因其已成"上古之书"而始称《尚书》(《尚书正义序》)，由《虞书》《夏书》《商书》《周书》四部分组成。《虞书》《夏书》应为后人据传说或祀典追记，其成文或当在春秋之前、殷周之际[2]。《商书》《周书》

---

[1]　原本《尚书》称《书》，屡见引于春秋之后各种文献，据传孔子曾在此基础上整理汇编，"上断于尧，下讫于秦，凡百篇，而为之序"(《汉书·艺文志》)。秦焚书后多致损佚，汉初济南伏生启壁藏《尚书》，仅得完篇28篇，是为隶书本"今文《尚书》"。景帝时又有先秦文字本"古文《尚书》"因鲁恭王坏孔子故居壁而被发现，比今文《尚书》多得16篇，后又亡佚。东晋时又出现一部称汉孔安国作传的58篇本《古文尚书》，唐代被作为义疏经本，即今见《十三经注疏》本《尚书正义》。该本实是将今文《尚书》28篇析为33篇，另外补加25篇。清代学者考订该25篇及孔传属伪作，因称"伪古文《尚书》"，这一辨伪成果已得到近年发现的"清华简"中相关篇目的考古印证(参见廖名春《清华简与〈尚书〉研究》，《文史哲》2010年第6期)。

[2]　春秋人已提及《虞书》《夏书》之名，见《左传·文公十八年、庄公八年》；《周书》中已称述《虞书》内容，如《立政》"九德之行"、《吕刑》"伯夷降典"分别出自《虞书·皋陶谟》和《尧典》。

则保存了部分商代、周代的史官记录。《周书》中除记载平王诰命的《文侯之命》、记载秦穆公悔过之辞的《秦誓》两篇已入春秋外，其馀全部是西周王室文献。因此，《尚书》大致可视为殷周文献的纂集和汇编。

二、《尚书》内容的认识价值

作为成文于殷商西周、涉及尧舜及夏商周三代史事的记述文字，《尚书》具有十分珍贵的认识价值。

首先，从中可直接或间接看到上古时代一些重大事件的历史情况。如《甘誓》涉及夏讨有扈，《汤誓》可见商汤伐桀，《盘庚》中记述有盘庚迁殷前后的诰命，《牧誓》中可见武王伐纣牧野之战的誓辞，《大诰》记录有周公东征的宣言，《顾命》是成王临终嘱托和康王即位仪式的记述。

其次，文章直接呈现了殷周之际特别是西周时期的政治思想和观念意识。如由殷纣王的"呜呼！我生不有命在天"（《西伯戡黎》），到周人的"有殷受天命……惟不敬厥德，乃早坠厥命"（《召诰》）和"克堪用德，惟典神天"（《多方》），可见由商入周神道之变和周人强调以德配天的思想；由《多方》的"以至于帝乙，罔不明德慎罚，亦克用劝"和《吕刑》的"罔不惟德之勤"，可见周人以德为教、慎用刑罚；由《康诰》的"元恶大憝，矧惟不孝不友"，可见周代宗法制下孝悌伦理观的凸显。

三、《尚书》的记言与叙事

古人于《尚书》之文有"六体"之说①，"六体"其实是对原初所发诰命训誓的称谓或分类，《尚书》中所成之文，已是对发布诰命、禀告劝谏等事件的记载，区别只在于或偏于记载事件中所发之言、所对之语，或偏于记述事件过程，《尚书》之文因此而可分为偏于记言和偏于叙事两类，其中前一类占有绝大比重。

作为对现场誓师、训诫、诰命、劝谏之辞的记载，《尚书》中有的文章所记人物说辞语气逼真，富于现场感。如《商书·汤誓》记商汤誓师数夏之罪称："有众率怠弗协，曰：'时日曷丧？予及汝皆亡！'夏德若兹，今朕必往！"《周书·多士》记周王平定管蔡之乱后安抚与威胁殷遗民曰："告尔殷多士！今予惟不尔杀，予惟时命有申。……尔克敬，天惟畀矜尔；尔不克敬，尔不啻不有尔土，予亦致天之罚于尔躬。"《周书·费誓》记鲁公誓师平徐戎之乱开口静场曰："嗟！人无哗，听命！"还有的文章所记人物说辞动之以情，晓之以理，并开始讲究说理艺术。如《商书·盘庚》中盘庚劝世族百官听命迁徙，将迁都后新的生机比作"若颠木之有

---

① 《尚书大序》称《尚书》"典、谟、训、诰、誓、命之文凡百篇"。

由蘗（新芽）"，要求群臣应"若网在纲，有条而不紊"，称群臣以"浮言"乱命为"若火之燎于原，不可向迩"，警告若不听命，则会"若乘舟，汝弗济，臭厥载。尔忱不属，惟胥以沉"，用喻说事已颇为贴切生动。《周书·无逸》中周公历数前代君王勤勉以持久、逸乐以早亡的桩桩件件告诫成王，已经注意援用历史事实，并从正反两方面进行论证。

《尚书》中《尧典》《西伯戡黎》《牧誓》《金縢》《顾命》几篇属于偏于叙事的作品。其中《西伯戡黎》描述周文王灭黎后"祖伊恐，奔告于王"，并将殷民不满一并告王："今我民罔弗欲丧，曰：'天曷不降威？'大命不挚（臻）！今王其如台（如何）？"纣王却不以为然："呜呼！我生不有命在天？"两人反应形成对比。《金縢》述周公曾在武王病重时祷告以身相代，并将祝辞藏于金縢匣子秘而不宣，其后周公遭遇管叔流言及成王猜忌，天神示警，"大雷电以风，禾尽偃，大木斯拔"，成王开匣方见周公一片忠心，故事曲折生动，颇富传奇色彩。

作为"上古之书"，《尚书》语言多古奥难读，韩愈有"周诰殷盘，佶屈聱牙"（《进学解》）之说，除年久相隔的原因之外，亦应缘于史官书面载记的简省。越过语言障碍，其记言之恳切及叙事之逼真，值得体察和感受。

思考题

1. 联系片段或篇目把握今见殷商西周的书面散文有哪些形制和典籍。
2. 结合"卦爻辞"分析《周易》在哪些方面表现出一定的文学意味。
3. 结合文章把握《尚书》记述的偏重，并分析其已经初具哪些文学特点。

第三章 《诗 经》

《诗经》是周代礼乐文化中产生的中国古代第一部诗歌总集，在其传播和流传过程中曾经作为"礼乐"之乐、"赋诗"之诗、"五经"之一，与中国文化形成互动关系；其文学内质对中国古代诗歌和中国文学许多特征的形成也具有奠基作用。

第一节 《诗经》的结集与流传

《诗经》主要部分为周人的歌唱，其结集与周代礼乐文化及其影响密切相关，儒家《诗》教则对其流传具有重要作用。

一、"风""雅""颂"及《诗经》的分类

《诗经》收诗三百零五篇，大多始于西周初年，终于春秋中叶，主要为公元前11世纪至公元前6世纪大约500年间陆续出现的诗歌作品，当时皆可合乐歌唱，实为歌词。另有六篇有目无辞，在燕礼、乡饮酒礼等仪式上用笙演奏，称为"笙诗"。《诗经》本称"诗"或"诗三百"，汉代定为"五经"之一后始正式称"诗经"。

《诗经》分《风》《雅》《颂》三部分。《风》称"国风"，亦称"邦风"，包括《周南》《召南》《邶》《鄘》《卫》《王》《郑》《齐》《魏》《唐》《秦》《陈》《桧》《曹》《豳》"十五国风"；《雅》又分《大雅》《小雅》"二雅"，亦称"大夏""小夏"；《颂》又分《周》《鲁》《商》"三颂"。所收诗歌地域范围大致以河南为中心，西至陕西，东至山东，南至河南湖北之间，绝大部分属于黄河流域北方中原地区。

作为一部歌曲集，"风""雅""颂"乃音乐分类。"风"即歌调乐调，特指带有地方色彩的音乐曲调，即土风乐歌。"雅"是西周王朝都城及王畿地区音乐，该地区本称夏，"夏"通"雅"，故王畿之乐称"夏"或"雅"。王畿之乐被视为正声，"雅"因此又有"正"义。"颂"借作"容"，即形容，本指舞容，作为音乐名词，特指配舞乐曲，《诗经》中多为祭祀活动中用乐或配舞之歌。

二、采诗、献诗及《诗经》的结集

《诗经》中有的诗作最初即是为配合仪式典礼而创制或征集，且为礼仪规定曲目，"乡饮酒礼"关于"笙诗"及《关雎》等篇目的演唱规定即是其例（《仪

礼》)。周朝还有献诗之制,即"天子听政,使公卿至于列士献诗"(《国语·周语》),"家父作诵,以究王讻"(《小雅·节南山》)、"王欲玉女,是用大谏"(《大雅·民劳》)即献诗口吻;献诗多直接被乐工谱曲歌唱,《大雅·卷阿》称"矢诗不多,维以遂歌"即是。"二雅"中部分作品应即献诗之作。礼乐文化对于歌的需求,还开了采诗之路,《国风》中部分民间闾里之歌,或即由此途径汇集到王朝乐官之手。《汉书》称"古有采诗之官,王者所以观风俗、知得失、自考正也"(《艺文志》),又言"孟春之月,群居者将散,行人振木铎徇于路以采诗,献之大师,比其音律,以闻于天子"(《食货志》),即是对当年采诗的追述。采集而来的民歌俚曲经乐师加工后,有些也成为礼仪宴乐的唱奏曲目,《周礼·春官》提到"中春,昼击土鼓龡《豳》诗以逆暑。中秋,夜迎寒,亦如之",这里"《豳》诗"即指《豳风·七月》。

由《诗经》中《风》《雅》《颂》各类诗的不同来源,知其原作者既有王室贵族,又有列国公卿大夫,还有一般士子庶民,但大多已不可考,诗作汇集到王朝乐官手里后应该经过统一的加工、合乐。

礼乐用诗,使《诗》成为太学必修之课。《周礼·春官》有大师"教六诗"之说,《礼记·王制》亦称"春秋教以《礼》《乐》,冬夏教以《诗》《书》"。影响所及,还形成引《诗》、歌《诗》、赋《诗》之风,秦穆公款待晋公子重耳时"公子赋《河水》,公赋《六月》"(《左传·僖公二十三年》),晋大夫韩宣子聘郑时诸大夫赋《郑风》中的《野有蔓草》《褰裳》(《左传·昭公十六年》)等,即"赋诗言志"之例。

《诗经》的结集,正是适应了上述礼乐文化用诗的需要。据《诗经》所收可考诗篇的最后时限①,佐之"季札观乐"已见与今本《诗经》基本相同的全本(《左传·襄公二十九年》),《诗经》最后结集当在春秋中叶。

三、《诗经》的传授

引《诗》赋《诗》至春秋后期仍有馀绪,孔子即称"不学《诗》,无以言"(《论语·季氏》)。同时,由于礼崩乐坏,《诗经》也开始受到冷落并发生散乱,这才有孔子重新整理修订《诗经》②、在私学中倡行《诗》教的历史举措。战国时代礼仪废弛,《诗经》只多被儒家尊奉称引。至秦始皇时代法家独尊,《诗经》也未逃秦火,但因儒门师承相传,再加便于吟咏记诵,才得以较为完整地保存下来。

汉代废秦挟书律,包括《诗经》在内的儒家典籍复又开始公开传授,至汉武

---

① 如《陈风·株林》,《诗序》称"刺灵公也。淫乎夏姬,驱驰而往,朝夕不休息焉"。陈灵公淫于夏姬事见《左传·宣公九年》,即公元前600年,正值春秋中叶。

② 孔子自称"吾自卫反鲁,然后乐正,《雅》《颂》各得其所",见《论语·子罕》。

帝罢黜百家独尊儒术，它们更被奉为经典。汉代传授《诗经》著名的有四家，即齐之辕固、鲁之申培、燕之韩婴、赵之毛苌（受学于鲁人毛亨），简称齐鲁韩毛四家。齐鲁韩三家早出，被立为博士官，后来又都相继亡佚，史称"三家诗"；毛诗晚出，未得立，有毛亨《毛诗故训传》。东汉经师郑玄治毛诗，为之作注，成《毛诗传笺》。从此习毛诗者大增，三家逐渐衰亡，今见《诗经》即是毛家所传《诗经》，称"毛诗"。

第二节 《诗经》的内容和情感

以德配天，"制礼作乐"，周人开始更多倾注人文关怀，神巫影像逐渐淡化。较之大致同时的其他民族仍在隆重上演神的故事，《诗经》中的《风》《雅》《颂》诸篇，已经广泛涉及社会人生的许多方面，形成了多种诗歌题材和类型。

一、《周颂》中的祭祖诗

代殷而立的周人，已用实际上更重人事的"天命观"，取代了殷商的祖帝崇拜。然而凭借天命以确立正统的用心，崇事先祖以加强宗脉地位的意图，制定祭礼以分别贵贱的需要，却都使周人将祭祀活动发展为更加完备、系统、程式化的祭祀仪典，而且祭祀祖先及先公先王的宗庙祭祀之礼尤为隆盛，《诗经》中的祭祀诗大多即伴随宗庙祭仪而创作和使用，其中尤以《周颂》为集中和典型。

如《礼记·明堂位》提到周天子祭礼中"朱干玉戚，冕而舞《大武》"，《大武》即是大型祭祖乐舞，分"六成"（六幕），再现了武王伐纣灭商、巩固疆域、大兴周邦的历史场面①，《周颂》中《武》《赉》《桓》即是分属在第二幕、第三幕及第六幕的伴舞歌唱②。这些歌曲配合舞蹈，主要抒发感戴之情，如《桓》歌曰："绥万邦，娄（屡）丰年，天命匪解。桓桓武王，保有厥士（土），于以四方，克定厥家。於昭于天，皇以间之。"

二、《大雅》中的周族"史诗"

《大雅》中也有一批歌颂周先公先王之作，应该也是祭祀仪典中的歌唱③。与

---

① 《礼记·乐记》："且夫《武》，始而北出，再成而灭商，三成而南，四成而南国是疆，五成而分，周公左召公右，六成复缀，以崇天子。"

② 《左传·宣公十二年》："武王克商……作《武》，其卒章曰：'耆定尔功。'其三曰：'铺时绎思，我徂维求定。'其六曰：'绥万邦，屡丰年。'"据所引歌词，知"再成"所歌为《周颂·武》，"三成"所歌为《周颂·赉》，"六成"所歌为《周颂·桓》。

③ 参见孙作云《论二雅》，《诗经与周代社会研究》，中华书局1966年版，第348—358页。与

《周颂》祭祖诗的配舞咏叹不同，《大雅》中这些祭祀诗则以其对先公先王具体事迹的颂扬，展示周人创业历史，被称为周族的"史诗"。它们是《生民》《公刘》《緜》《皇矣》《大明》。

史诗是人类早期普遍出现过的一种文学样式，多是以叙事长诗讲述部族历史发展中的重大事件，呈现部族英雄的伟绩壮举，富于传奇色彩，先是在民间长期传诵弦歌，情节、故事因此而曲折、丰富和戏剧化。古希腊荷马史诗《伊利亚特》和《奥德赛》即是典型。

与此有别，《大雅》中的这几篇作品各自独立成篇，若按照诗篇所述历史的时间顺序排列，则可见它们恰恰展示了周部族的前周创业史。其中《生民》歌唱始祖后稷的神奇降生和对农业发展的贡献，《公刘》赞美先公公刘率众迁豳定居的史迹，《緜》讴歌古公亶父率族自豳迁岐、来到周原建立基业，《皇矣》赞颂古公亶父开辟岐山后王季继续发展、文王征伐敌国，《大明》则主要颂扬文王之德以及武王伐纣灭商的丰功伟绩。

作为祭拜先公先王的歌咏之作，这些"史诗"不以描摹戏剧性情节故事为主旨，而重在叙述和赞叹先公先王在壮大部族过程中的历史贡献和美行厚德，如《公刘》每章皆以"笃公刘"开篇，感谢笃厚之君迁豳举措带给周人的新的生机，其中唱到大规模"启行"："笃公刘，匪居匪康。乃场乃疆，乃积乃仓，乃裹餱粮，于橐于囊，思辑用光。弓矢斯张，干戈戚扬，爰方启行。"从中可见粮草武器装备的情况，亦可感受到叹美之情。周族"史诗"正是以其传达出的古史信息及其抒情性而具有了自己独特的面貌。

三、农事牧猎诗

周人重农，有藉田、秋报①等农祀之礼。《诗经》中还有一类"农祀诗"，就是周人春夏祈谷、秋冬报赛时的歌唱。《周颂·噫嘻》云"噫嘻成王，既昭假尔。率时农夫，播厥百谷"，唱的是"藉田"中周王祷告诸神后亲耕督农，以求丰收；《周颂·丰年》云"丰年多黍多稌，亦有高廪，万亿及秭。为酒为醴，烝畀祖妣，以洽百礼，降福孔皆"，歌的是"秋报"中答谢百神，以求多福。还有的报赛中展示了农业的规模、水平和情景，如《周颂·载芟》从除草砍树、开荒辟地唱起，唱到耕耘、播种、收获，甚至唱到田间地头男女老少吃喝言笑的场面："有嗿其馌，思媚其妇，有依其士。"《小雅·大田》言及秋收，称"彼有不获稚，此有不敛穧，彼有遗秉，此有滞穗，伊寡妇之利"，亦颇具画面感和现场感。

---

① 关于藉田，《礼记·月令》称孟春之月"天子亲载耒耜""帅三公、九卿、诸侯、大夫躬耕帝藉"。关于秋报，《礼记·郊特牲》称"蜡也者……合聚万物而索（尽）飨之"。

《诗经》中还有一些农事诗应来自劳作者们的即兴歌唱。《豳风·七月》即是以多章联唱形式，以不同抒情主人公口吻，以近似月令般逐月唱诵的歌调，展现了农夫农妇们一年四季的各种活动和情景，其中有农夫于开春的"三之日于耜，四之日举趾，同我妇子，馌彼南亩。田畯至喜"，有阳春三月的"女执懿筐，遵彼微行，爰求柔桑。春日迟迟，采蘩祁祁"，有"七月食瓜，八月断壶（瓠）"，还有"九月筑场圃，十月纳禾稼"。几乎每月都见忙碌身影。《周南·芣苢》更是一首采摘劳作中开口即唱的农事之歌：

> 采采芣苢，薄言采之。采采芣苢，薄言有之。
> 采采芣苢，薄言掇之。采采芣苢，薄言捋之。
> 采采芣苢，薄言袺之。采采芣苢，薄言襭之。

歌曲重章复沓，便于吟咏，只变动了"采""有""掇""捋""袺""襭"六个动词，却将牵取、采摘、掇拾、捋掠、盛装、系结等动作——点到。清人方玉润评此诗云："读者试平心静气，涵泳此诗，恍听田家妇女，三三五五，于平原绣野、风和日丽中，群歌互答，馀音袅袅，若远若近，忽断忽续，不知其情之何以移而神之何以旷。"（《诗经原始》）

《诗经》中还有些诗涉及当时的牧猎生活。其中有"萧萧马鸣，悠悠旆旌"（《小雅·车攻》）的场面，有"发彼小豝，殪此大兕"（《小雅·吉日》）的收获，还有"执辔如组，两骖如舞"（《郑风·大叔于田》）的驾驭功夫。《小雅·无羊》则是放牧生活的生动写照。"尔羊来思，其角濈濈。尔牛来思，其耳湿湿"，"或降于阿，或饮于池，或寝或讹"，山坡水边是摇头晃脑啮草饮水的牛羊；"尔牧来思，何蓑何笠，或负其糇"，跟随其后的是披着蓑衣戴着斗笠还背着干粮的牧人；这些牧人当晚还做个好梦："牧人乃梦，众维鱼矣，旐维旟矣。大人占之：众维鱼矣，实维丰年；旐维旟矣，室家溱溱。"

四、典礼宴饮诗

周人在其祭祀大典外，还制定了冠、昏（婚）、相见、乡饮酒、乡射、燕（宴）、大射、公食大夫、觐等种种日常典礼，其中除乡饮酒礼、燕礼、公食大夫礼等本身即是饮宴为主的仪典外，其他典礼也明确规定有宴饮环节[1]，而宴饮都伴有奏乐演唱，其意在于以敦亲睦友的乐语，以温柔敦厚的乐声，来配合等次有别

---

[1] 如《礼记·射义》称"古者诸侯之射也，必先行燕礼；卿、大夫、士之射也，必先行乡饮酒之礼"。

的揖让、献酬，以达到"乐合同，礼别异"（《荀子·乐论》）的特殊功效。《诗经》中专为典礼而作、特于宴饮中而歌的典礼宴饮诗，由此而格外兴盛。

《小雅》之始《鹿鸣》就是一首轻快、悦耳的迎宾曲："呦呦鹿鸣，食野之苹。我有嘉宾，鼓瑟吹笙。吹笙鼓簧，承筐是将。人之好我，示我周行。"歌曲展示了琴瑟叮咚、笙箫悠扬、宾主尽礼、和乐融洽的场面和氛围，应是周王行觐礼设飨款待诸侯宾客时所唱。《小雅·伐木》则是宗亲宴饮之诗，表达了兄弟间和睦相处的心愿："伐木丁丁，鸟鸣嘤嘤。出自幽谷，迁于乔木。嘤其鸣矣，求其友声。相彼鸟矣，犹求友声。矧伊人矣，不求友生？神之听之，终和且平。"诗中还提到"以速诸父""以速诸舅"，无疑是宗族姻亲举行会饮。此外《小雅·常棣》称"傧尔笾豆，饮酒之饫。兄弟既具，和乐且孺"，《小雅·彤弓》称"我有嘉宾，中心贶之。钟鼓既设，一朝飨之"，也都分明是典礼宴饮之歌。

五、怨刺诗和讽刺诗

歌诗在周代还是公卿列士参政议政、讽喻谏诤的特定方式，朝廷上遂有"鼓（瞽）史诵诗，工诵正谏"（《大戴礼记·保傅》），事关王政之诗由此而生；而至厉、幽之时，更是"周道始缺，怨刺之诗起"（《汉书·礼乐志》）。《诗经》"二雅"中就有一批直接针对执政得失而发的诗作，因其对执政的批评，对遭遇不平的怨悱，而被称作"怨刺诗"。其中有王朝老臣近臣对国事的担忧："天之降罔，维其几矣。人之云亡，心之悲矣。"（《大雅·瞻卬》）有一般公卿大夫列士对执政信谗不公的指摘和对险恶环境的忧惧："无罪无辜，谗口嚣嚣。下民之孽，匪降自天。噂沓背憎，职竞由人。"（《小雅·十月之交》）"不敢暴虎，不敢冯河。人知其一，莫知其他。战战兢兢，如临深渊，如履薄冰。"（《小雅·小旻》）还有身处昏政和谗口中遭遇不幸者的怨愤和不平，如《小雅·北山》不满于"大夫不均，我从事独贤"，于是连用六个对句，将权贵与劳役者鲜明对比："或燕燕居息，或尽瘁事国……"；《小雅·巷伯》则因被谗受害而誓与谮人不共戴天："取彼谮人，投畀豺虎；豺虎不食，投畀有北；有北不受，投畀有昊。"

《国风》中也有一批针对朝政国事及权贵执政有感而发的诗作，如《王风·黍离》以"彼黍离离，彼稷之苗"起兴，抒发"知我者，谓我心忧，不知我者，谓我何求"的沉痛之情，《诗序》称为"悯宗周"之作，"黍离之悲"因此成为亡国之痛的代指。《魏风·伐檀》直问"不稼不穑，胡取禾三百廛兮；不狩不猎，胡瞻尔庭有县貆兮"，对于不劳而获或无功受禄提出抗议。《魏风·硕鼠》则以"硕鼠硕鼠，无食我黍"为喻，表达对"三岁贯女，莫我肯顾"的不满。此外，《国风》中还有一些直接针对权贵荒淫的讽刺之作，如《邶风·新台》刺卫宣公丑闻，将其比作"籧篨""戚施"，骂得痛快淋漓；《陈风·株林》讥陈灵公与夏姬之事，不言夏姬却言"匪适株林，从夏南"；《齐风·南山》嘲文姜与齐襄公私情，不直点本事，而故意发问："鲁道有荡，齐子由归。既曰归止，曷又怀之？"无不指桑骂槐，冷嘲热讽，颇有民歌色调。他如《鄘风·墙有茨》直称"中冓之言，不可道也。所可道也，言之丑也"，《鄘风·相鼠》怒斥"相鼠有皮，人而无仪！人而无仪，不死何为"，更是义正辞严，表现出对宫廷丑恶的不齿和鄙夷。

六、战争徭役诗和思妇诗

周人不以穷兵黩武为尚，但在某些特殊时期，也不得不经历战争冲击。周初有"管蔡之乱"引发的周公东征，穆王时有"徐夷僭号，乃率九夷以伐宗周"（《后汉书·东夷列传》）招致的征徐戎淮夷之战，厉、宣时既有针对淮戎反叛而大动干戈，又有因"猃狁之故"所动员的戍边和征战。《诗经》中的记功诗、戍边诗、徭役诗、思妇诗等，正是在这种背景下涌现出来的。

记功诗如《大雅》中的《江汉》《常武》前后相衔，前者张扬召伯虎征伐淮夷大告成功，后者歌颂宣王亲率六师征伐徐方。从西周铭文常常淮夷、徐戎并称及两诗内容看，伐淮夷与征徐方应该是统一部署，结果是两地战场全面告捷，诗作呈现了终于解除东南部隐患后王朝上下的兴奋之情。戍边诗如《小雅》中的《采薇》《出车》《六月》等，反映和表达的又是宣王时抵御猃狁的战事和心情。"靡室靡家，猃狁之故"（《采薇》），"猃狁孔炽，我是用急"（《六月》），在猃狁入侵的危急时刻，将士们抱着保家卫国的态度奉命出征；"王事靡盬，不遑启处""岂敢定居？一月三捷"（《采薇》），"赫赫南仲，猃狁于襄（攘）"（《出车》），战争让将士们居无定所，紧张艰苦，但战事告捷、攘除边患也使人们备感欣慰；"曰归曰归，心亦忧止"（《采薇》），"岂不怀归？畏此简书"（《出车》），久别家园，又让将士们乡愁难耐。兵役徭役诗如《豳风·东山》《唐风·鸨羽》《王风·扬之水》等，则更多抒发了战争频仍、徭役繁重给黎民百姓增加的负担和带来的苦痛。"我东曰归，我心西悲。制彼裳衣，勿士行枚"（《东山》），太久的征役使士卒们对于终于可以脱下戎装百感交集；"王事靡盬，不能蓺稷黍。父母何怙"（《鸨羽》），无休无止且不顾农时的徭役已让人无法承受；"怀哉怀哉，曷月予还归哉"（《扬之水》），压抑已久的思念已经冲口化为盼归的呐喊。

有戍士之怀，就有思妇之苦。《小雅·出车》前三章歌颂南仲率师出征，第四第五章，一章酷似《小雅·采薇》，另一章除最后两句，几为搬用《召南·草虫》：

昔我往矣，黍稷方华；今我来思，雨雪载涂（途）。王事多难，不遑启居。岂不怀归？畏此简书。（四章）

喓喓草虫，趯趯阜螽。未见君子，忧心忡忡。既见君子，我心则降。赫赫南仲，薄伐西戎。（五章）

两章对应，正是分别从征夫和思妇角度抒发相思别离之情。与《采薇》《出车》相衔的《小雅·杕杜》则多半是从思妇角度演唱，其中"卜筮偕止，会言近止，征夫迩止"几句，称卜筮俱用，掐算归日，急切之心跃然纸上。《王风·君子于役》更是典型的"妇叹于室"之作，思妇于黄昏时分翘首期盼，只见夕阳西下，人畜返家，不禁更添思愁和牵挂。《卫风·伯兮》的"自伯之东，首如飞蓬，岂无膏沐，谁适为容"，也是相思怀人的生动表达。

七、《国风》中的婚恋诗

"婚恋诗"是关涉恋爱、婚姻题材诗作的总称，在《诗经》特别是《国风》中已经占有不小比重。作为跨越数百年、来源于不同层次和广大区域的倾情歌唱，这些歌从古老朴野的群体欢会到礼制约束中阻力重重的男女交往，从初恋、热恋、失恋的各种心理，到或婚嫁或情绝的不同境遇，凡涉及男女情感之事的各个方面，几乎都有动人的诗篇。

其中有些是在特定时日"会男女"风俗中产生的歌曲。《郑风·溱洧》就展示了一幅青年男女于"三月上巳"赴郊外河边赏景交游、嬉戏结情的生动画面。"维士与女，伊其相谑，赠之以芍药"，其中有的还在戏谑中赠物定情，永结同好。群体聚会中歌声传情是最古老的求偶方式之一，《国风》中有的情歌即带有对歌语气，如《郑风·褰裳》戏称"子惠思我，褰裳涉溱，子不我思，岂无他人"；《卫风·木瓜》"投我以木瓜，报之以琼琚。匪报也，永以为好也"，"疑亦男女相赠答之词"（朱熹《诗集传》语）；《召南·摽有梅》更是唱出了"摽有梅，顷筐塈之。求我庶士，迨其谓之"，就等你开口说句话。这些诗所呈现的直截了当的择偶形式及毫不掩饰的求爱表白，是人类社会早期两性关系的真实写照。其他如《召南·野有死麕》直称"有女怀春，吉士诱之"，《郑风·野有蔓草》坦言"邂逅相遇，适我愿兮"，《鄘风·桑中》歌咏"期我乎桑中，要我乎上宫，送我乎淇之上矣"的桑中之喜，《邶风·静女》表达"静女其姝，俟我于城隅"的幽会之乐，也都透着两性交往中无拘无束、率性自然的原始气息。

其中有些诗则显示了宗法礼教推行后，爱情歌唱已更多具有超越古朴原始的复杂内容和情感。有的直白爱恋的专一和执着："出其东门，有女如云。虽则如云，匪我思存。缟衣綦巾，聊乐我员。"（《郑风·出其东门》）有的表达分别后的焦灼与思念："彼采萧兮，一日不见，如三秋兮。"（《王风·采葛》）"青青子衿，悠悠我心。纵我不往，子宁不嗣音？"（《郑风·子衿》）有的抒发追求、苦恋中的相思和惆怅:"求之不得,寤寐思服;悠哉悠哉,辗转反侧。"(《周南·关雎》)有的更是因心上人已远嫁他方而忧伤和绝望:"岂不尔思?远莫致之。""女子有行,远兄弟父母。"(《卫风·竹竿》)此外,《郑风·东门之墠》因渴望其人而未得,遂有室近人远之感:"岂不尔思,子不我即。"《王风·大车》因一段两情难成眷属的交往而相约于黄泉:"谓予不信,有如皦日。"《郑风·将仲子》表现的是一场不被家人四邻理解和接受的苦恋:"仲可怀也,父母之言,亦可畏也。"《鄘风·柏舟》让人看到的又是一次为爱的自主而发出的誓言:"之死矢靡它!"

其中还有些诗涉及婚娶及婚后的情感内容。有的就是贺婚的唱辞:"桃之夭夭,灼灼其华。之子于归,宜其室家。"(《周南·桃夭》)"维鹊有巢,维鸠居之。之子于归,百两(辆)御之。"(《召南·鹊巢》)有的表达新婚的兴奋:"今夕何夕,见此良人。子兮子兮,如此良人何?"(《唐风·绸缪》)有的表现夫妻和谐:"琴瑟在御,莫不静好。"(《郑风·女曰鸡鸣》)还有的则可见宗法婚姻中男女失衡所造成的家庭变故和破裂,《邶风·柏舟》中女主人公因众妾谗言失宠而焦虑,"耿耿不寐,如有隐忧";《邶风·谷风》中的女主人公在夫君另娶新人后怀着"谁谓荼苦,其甘如荠"的苦涩离开夫家;《卫风·氓》中的女主人公最初是被丈夫殷勤追求而动情,后来又被厌弃,"言既遂矣,至于暴矣"。"怨妇""弃妇"已经成为婚恋题材中的一类。

第三节　《诗经》的艺术特征

《诗经》所收诗篇跨度有五百馀年,来自不同地域和不同阶层,既有宫廷雅乐又有土风唱和,形式格调千姿百态;但作为大多产生于同一历史文化背景中的歌唱,结集过程中又经过乐师"比其音律"的统一润色,《诗经》艺术因此又成为一个统一的整体,具有一些共同特征。

一、写实与"诗言志"

《诗经》艺术就总体风貌和基本创作方法而言,最突出的特点是写实,即素朴实在地抒写现实人生。诗作不是运用极度的夸张和离奇的想象去展示超现实的神幻境界,而是按生活的本来面貌描摹日常生活,按内心的切实感受抒发现实情怀,从而呈现了具体可感的生活画面,展示了现实生活中不同阶层人物的内心世界。

与其他民族同时代的文学多以长篇叙事史诗讲述传奇英雄故事相比,《诗经》显然不以叙事见长,也不崇尚神异离奇,《大雅》中《生民》等被称作周族"史诗"的几篇,除《生民》描述始祖后稷降生部分尚保留了神话因素外,其他篇章和部分均主要以写实之笔，展开了先公先王的创业历史。如《緜》歌唱古公亶父率族众迁岐，其中唱到建庙盖房的场面："捄之陾陾，度之薨薨，筑之登登，削屡冯冯。百堵皆兴，鼖鼓弗胜。"劳动的场景如在目前。此外，《诗经》中少有的几篇叙事或含有较多叙事成分的诗作，更是以简朴质直的写实方式，陈述了征伐柔服、田猎交游、日常劳作乃至居食婚姻生活的过程或片段。如《郑风·溱洧》截取了节庆游乐时青年男女相邀赴会中的一段对话，纯用白描，当时的情景呼之欲出。《豳风·七月》不加想象和修饰，只是如实道来，农夫们一年到头吃穿住行以及采桑绩麻、播种收获、狩猎制衣、盖房储冰、公堂祝寿等等，一桩桩，一件件，宛如一幅连环画。

《诗经》中表现情志心理之诗占有极大比重。中国古代诗论因此有"诗言志"之说，即"诗言志，歌咏言"（《尚书·尧典》），"诗者，志之所之也，在心为志，发言为诗"（《毛诗序》）。不同于一般表现主观心理之作常有的不受时空限制的自由驰骋，《诗经》大多抒发的是日常现实情怀，有的交织着合乎常情的想象与幻想，从而也表现为平实自然的写实风尚。《魏风·陟岵》是行役在外的征人登高望乡、思念亲人的歌唱，于是脑海中浮现出亲人盼子的身影："陟彼岵兮，瞻望父兮。父曰'嗟！予子行役，夙夜无已。上慎旃哉！犹来无止！'"《豳风·东山》是东征戍卒在班师归途中的歌唱，诗章却幻化出妻子在家"洒埽穹窒"迎接丈夫归来的忙碌身影，这也是思妇合乎情理的一种表现。《周南·关雎》作为表达思慕和追求的歌曲，前三章是"求之不得"而"辗转反侧"、夜不能眠，后二章却出现了"琴瑟友之""钟鼓乐之"的两情相悦。如此大的诗意跳跃，或确可理解为"空中设想，虚处结情"（牛运震《诗志》）；而这里所幻想的琴瑟之好，钟鼓之乐，也是人间所有，天上所无。这些抒写心理之作不乏想象之境，却并无离奇怪异之思。

二、"赋""比""兴"

古人论《诗经》艺术表现手法有"赋""比""兴"之说。"赋""比""兴"原本作为"六诗"或"六义"中的三个涵项①，其初是指诗类、诗用还是诗法尚难论定，"诗法"说经过重新诠释，已成为对《诗经》常用手法的经典概括，其中尤以朱熹《诗集传》中的界定最为简明："赋者，敷陈其事而直言之者也。""比者，以彼物比此物也。""兴者，先言他物以引起所咏之词也。"

"赋"作为直接叙事和直接抒情的表达方式，在《诗经》中近乎不假修饰的白描手法和直白表达，亦即不用比兴等艺术手段的"直言之"。其中如《大雅·生

---

① "六诗""六义"均依次为风、赋、比、兴、雅、颂，分别见于《周礼·春官》和《毛诗序》。

民》开篇唱诵姜嫄感天而生后稷的传说："厥初生民，时维姜嫄。生民如何？克禋克祀，以弗无子。履帝武敏歆，攸介攸止，载震载夙。载生载育，时维后稷。"《邶风·击鼓》深情表达不离不弃的誓言："死生契阔，与子成说。执子之手，与子偕老。"《诗经》中的这些赋法之诗尚无过多铺排，也较少夸饰渲染，叙事本身的信息和抒情本心的真挚，就自有其动人之处。

借助艺术手段，《诗经》常用的是比兴。"比"者援"彼物"入诗，"兴"者借"他物"起兴，二者都有对"物"的运用和描写。因此，"比兴"实际上涉及的是情与景、心与物的关系。托物取喻，借物发端，借助对外部景物的描写抒怀达意，是《诗经》大量抒情言志诗艺术表现手法的突出特点。

《诗经》用"比"俯拾即是，"或喻于声，或方于貌，或拟于心，或譬于事"（《文心雕龙·比兴》），所涉比类已相当广泛，"故金锡以喻明德，珪璋以譬秀民，螟蛉以类教诲，蜩螗以写号呼，浣衣以拟心忧，席卷以方志固：凡斯切象，皆比义也。至如'麻衣如雪'，'两骖如舞'，若斯之类，皆比类者也"，《文心雕龙·比兴》所举用比之例，就依次见于《诗经》中的《卫风·淇奥》《大雅·卷阿》《小雅·小宛》《大雅·荡》《邶风·柏舟》《曹风·蜉蝣》《郑风·大叔于田》等诗篇。其他如《小雅·天保》表现为人祝寿和祝福，连称"如山如阜，如冈如陵""如川之方至""如月之恒，如日之升""如南山之寿""如松柏之茂"，以喻福寿之大、之多、之增、之久；《卫风·硕人》歌唱卫庄姜美丽的容貌，并举"手如柔荑，肤如凝脂，领如蝤蛴，齿如瓠犀，螓首蛾眉"，皆属形似之喻；《周南·汉广》表达爱情无望，于是乔木不可休、神女不可求、汉水不可泳、长江不可渡；《小雅·斯干》描写屋宇房檐的高耸飞扬，又是"如跂斯翼，如矢斯棘，如鸟斯革，如翚斯飞"；《王风·采葛》抒发迫切的思念，感觉"一日不见，如三秋兮"；《小雅·小旻》表现忧谗畏祸的心情，更是"战战兢兢，如临深渊，如履薄冰"。至于《魏风·硕鼠》《豳风·鸱鸮》《小雅·鹤鸣》等，乃通篇用"比"，已几近象征。

"兴"的原义是起兴，在《诗经》中特指借助对外物外事的描写作为诗章或诗句的开头，以引发下文诗意情思的表达。其中除有些起兴与下文诗意不甚关联，或许只是起韵起式外，更多的起兴，其兴象所描写的事物与下文所歌咏的内容应有某种内在联系。

其中有的"兴"积淀了约定俗成的文化意味。如"鱼"在上古民俗语境中有一种用法是作为"性爱""求偶"廋语①，《诗经》中《卫风·竹竿》《邶风·新台》《陈风·衡门》《桧风·匪风》等即以"钓鱼""食鱼""烹鱼""鱼网"等起

---

① 参见闻一多《说鱼》，《闻一多全集》1，生活·读书·新知三联书店1982年版，第117—138页。

兴，以或婉转或风趣地表达相关内容。其他如"束薪""瓜"等在《唐风·绸缪》《王风·扬之水》《卫风·木瓜》《豳风·东山》等篇中也具有某种隐语意味。

其中还有的"兴"是"兴而比"，"兴"与"所咏之词"之间构成某种比喻关系。《周南·关雎》以"关关雎鸠，在河之洲"兴起"窈窕淑女，君子好逑"，所用兴象是即景，也是取喻；《邶风·燕燕》以"燕燕于飞，差池其羽"兴起"之子于归，远送于野"，所用兴象是目见，更是反喻；《周南·桃夭》歌唱的是女子出嫁，诗篇便以"桃之夭夭，灼灼其华"兴起，桃花盛开，或可比喻新娘，又可烘托新婚；《唐风·鸨羽》倾诉的是"王事靡盬，不能蓺稷黍，父母何怙"的悲哀，于是以"肃肃鸨羽，集于苞栩"起兴，鸨鸟落于柞树站立不稳扑簌翅膀，自可联想起居不定。不同于"比"的明喻，这种"兴而比"喻体与本辞之间多不在于简单的形似和直接的比附，而在于意义关联，从而让人回味咀嚼。

"比兴"之外，《诗经》抒情时还有写景烘托一法。《王风·君子于役》中"鸡栖于埘，日之夕矣，羊牛下来"的图景，是以别处的晚归喧闹，反衬出此处的孤寂思愁；《豳风·东山》"我来自东，零雨其濛"的咏唱，以阴雨迷蒙的氛围，决定着久征终返中透着忧伤的基调；《秦风·蒹葭》表现阻力重重的追求向往，秋天水边"蒹葭苍苍，白露为霜"的景象，为全诗平添了许多失意和惆怅；《小雅·采薇》既有"靡室靡家，狁之故"的认识和保家卫国的态度，又有久戍无归、"我行不来（徕）"的悲伤，末章便出现了"昔我往矣，杨柳依依；今我来思，雨雪霏霏"的对比，它们既是景，亦是情。

三、《诗经》的篇章、声韵及用词

《诗经》对于语言韵律及形式之美的追求也极富特色。首先是篇章整齐，回环往复，富于音乐之美。诗句以四言为主，排列划一有序；分章明显，章与章之间讲求平衡、匀称、有节。其中最富特色的是重章复沓的结构形式。作为只替换几个字词后的多章复唱，有的重章字取同义或近义，韵味就在反复咏唱中回环转深；有的则换字易义，层次递变，如《郑风·将仲子》第一章是"父母之言，亦可畏也"，第二章是"诸兄之言"，第三章是"人之多言"，相爱不能相见的束缚层层包裹，愈演愈烈。此外，非重章体也可见对平衡、匀称的有意追求，如《卫风·氓》六章，每章十句，《豳风·东山》四章，每章十二句等。其他如《大雅·大明》，六句一章，八句一章，又六句一章，八句一章，依次排列共八章，虽不章章相等，但变化规矩有序。

《诗经》用韵形式亦丰富多变而有则。除隔句押偶句韵的一般形式外，又有句句入韵、诗中换韵、随韵、交韵、抱韵等诸多讲究。偶句韵者如"蒹葭苍苍，白露为霜。所谓伊人，在水一方"（《秦风·蒹葭》），句句入韵者如"硕鼠硕鼠，无食我黍。三岁贯女，莫我肯顾"（《魏风·硕鼠》），诗中换韵者如"我有嘉宾，鼓瑟吹笙。吹笙鼓簧，承筐是将"（《小雅·鹿鸣》），随韵者如"约之阁阁，椓之橐橐。风雨攸除，鸟鼠攸去，君子攸芋"（《小雅·斯干》），交韵者如"彼黍离离，彼稷之苗。行迈靡靡，中心摇摇"（《王风·黍离》），抱韵者如"伐木丁丁，鸟鸣嘤嘤。出自幽谷，迁于乔木。嘤其鸣矣，求其友声"（《小雅·伐木》）等等，种种形式虽自成趣，但总体上都呈现为顿挫和谐的音乐格调。

《诗经》多用重言和双声叠韵联绵词，在声音上给人以纯真悦耳和婉转铿锵的美感。重言叠字在《诗经》中使用频率极高，有时一篇之中多次出现，连用"诜诜""振振""薨薨""绳绳""揖揖""蛰蛰"的《周南·螽斯》即是其例。《文心雕龙·物色》论诗人以重言拟声状物云："'灼灼'状桃花之鲜，'依依'尽杨柳之貌，'杲杲'为出日之容，'漉漉'拟雨雪之状，'喈喈'逐黄鸟之声，'喓喓'学草虫之韵……"其中所举就分别见于《诗经》中的《周南·桃夭》《小雅·采薇》《卫风·伯兮》《小雅·角弓》《周南·葛覃》《召南·草虫》。双声叠韵词在《诗经》中也应用极广，且往往一首诗中交错为用，如"果臝之实，亦施于宇。伊威在室，蠨蛸在户。町畽鹿场，熠燿宵行"（《豳风·东山》）、"山有扶苏，隰有荷花"（《郑风·山有扶苏》）。对此，古人称"叠韵如两玉相叩，取其铿锵；双声如贯珠相联，取其宛转"（李重华《贞一斋诗说》），若将这两种声音有机相衔，自是低昂有致，和谐动听。

第四节 《诗经》的文学地位和影响

《诗经》是自周代礼乐文化中诞生的中国古代第一部诗歌总集，后又曾作为"五经"之一广被研读和传播。作为诗歌之祖，且兼经学与文学的双重"身份"，《诗经》在中国文学史上占有独特地位，直接或间接影响了后代文学某些特质的形成。

与西方早期史诗的发达不同，《诗经》大多为主观抒情言志之诗，"在心为志，发言为诗"从此成为歌咏吟诗者的共识，这直接导致了中国古代诗学"言志""缘情"说的出现，从而与西方"模仿"说相区别。诗歌作为古代中国文学的"正统"，主要担承的正是人们抒发怀抱、表情达意的功能。阮籍有五言《咏怀诗》八十二首，杜甫有《自京赴奉先县咏怀五百字》，李商隐有《无题》若干，龚自珍有《己亥杂诗》三百一十五首。这一篇篇诗作，呈现的是诗人的抱负、失意、苦闷、偶感等种种心迹和思绪，由此可见诗人自我的形象和性格。

《诗经》"二雅"原本就有比较强烈的政治关怀和忧患意识，《国风》亦是多方涉及现实人生中的喜怒哀乐；其后"诗三百"又在被视为经典的阐发中凸显了"无邪"之思和"美刺"题旨，由此"风雅"成为高倡诗歌现实性和思想性的一面旗帜。初唐陈子昂正是不满于齐梁间诗"兴寄都绝""风雅不作"(《与东方左史虬修竹篇序》),作《感遇》三十八首,以其叹古感今的创作,使诗风为之一变。杜甫亦是"别裁伪体亲风雅"(《戏为六绝句》其六),创作了"三吏""三别"、《兵车行》《丽人行》等反映现实的力作,从而成为一代"诗圣"。白居易更是直称"人之文,六经首之。就六经言,《诗》又首之",而诗之作正在于"补察时政""泄导人情",从而悟出"文章合为时而著,歌诗合为事而作",于是"所遇所感,关于美刺兴比者","因事立题,题为《新乐府》者,共一百五十首,谓之讽谕诗"(《与元九书》)。

《诗经》多用比兴,援物借景以抒发情志和怀抱,从某种程度上决定了中国古诗抒情手法以情景关系为主体的艺术特征。汉末"古诗"中的"青青河畔草,郁郁园中柳"(《文选·古诗十九首》)、建安曹植诗中的"高树多悲风,海水扬其波"(《野田黄雀行》)等起句,仍属"兴而比"法,景中已具更多含义;阮籍置于诗中的"孤鸿号外野,翔鸟鸣北林"(《咏怀·夜中不能寐》)两句景语,更是需要体味。钟嵘由此释"比兴"为"文已尽而意有余,兴也;因物喻志,比也"(《诗品序》)。陶渊明反复提及"飞鸟""游鱼""园田""桑麻",用田园诗抒发向往自由的怀抱;谢灵运总在描画"云日相辉映,空水共澄鲜""近涧涓密石,远山映疏木",用山水诗"赏心""悦心";外物展示与心灵呈现从此难解难分。此后,诸如"明月松间照,清泉石上流"(王维《山居秋暝》)、"孤舟蓑笠翁,独钓寒江雪"(柳宗元《江雪》)、"遥知不是雪,为有暗香来"(王安石《咏梅》)等,唐宋诗人们又在追求直接由景见情,由物见意,在艺术想象中勾画情之景,意之境。古人论诗多有"夫情景相融而成诗"(谢榛《四溟诗话》)、"景中生情,情中含景,故曰景者情之景,情者景之情"(王夫之语,见《唐诗评选》卷四)等说,正是中国古诗创作特色的总结和写照。

此外,作为中国古代诗歌的奠基之作,《诗经》所歌所咏,成为后代创作各种题材之"祖";其情感表达中的独特构思,多被借鉴和化用;其诗句诗思诗境,常常作为典故被用于全新的创作;其对篇章、韵律的有序追求,也在后代辞赋、五七言古体及格律诗词那里得到回响。

思考题

1. 结合作品把握《诗经》涉及的题材和内容,并思考其与周代社会生活的关系。
2. 分析《诗经》创作方法和诗风的艺术偏重。
3. 结合诗篇论析《诗经》是如何借助物象和景象抒情达意的。
4. 把握《诗经》艺术形式的特点,并思考其与音乐的关系。

第四章 《左传》与春秋战国历史散文

先秦散文至春秋战国之际臻于辉煌,出现了偏于记述描写的历史散文与偏于议论说理的诸子散文的明显分野。其中以《左传》《国语》《晏子春秋》《战国策》为代表的历史散文在叙事手段、人物描写、语言艺术方面都有长足发展,开启了史传文学的先河。

第一节 《左 传》

《左传》是一部历史著作,同时又是一部长于叙事的散文著作,对后代史传文学有重要影响。

一、《春秋》与《左传》

《左传》全名《春秋左氏传》或《春秋左传》,又称《左氏春秋》,是一部与《春秋》有关的历史散文著作。

《春秋》本是周代编年体记事古史的通称,据《墨子·明鬼》所提"周之《春秋》""燕之《春秋》""宋之《春秋》""齐之《春秋》"等,《左传·昭公二年》所提"鲁《春秋》"等,知周王朝及各诸侯国均有其书。

与《左传》相关的《春秋》,是鲁国编年史,以鲁国十二位国君在位年次为线索,逐年记述周王朝、鲁国及各诸侯国之事,主要涉及战争、会盟、灾异、丧葬及事变。据称该书为孔子所撰(见《孟子》),应是据"鲁《春秋》"修订而成。记事始于鲁隐公元年(前722),讫于"西狩获麟"的鲁哀公十四年(前481)[①],共计二百四十二年,大致与历史上的春秋时代相当。《春秋》记事极其简略,每事仅记几字或一句两句,几无事件过程及来龙去脉,只具史纲史目性质。《春秋》之简与其时所具记事水平无涉,当是史官简书通例,齐太史所书"崔杼弑其君"(《左传·襄公二十五年》),在《春秋》中即为"夏五月乙亥,齐崔杼弑其君光"(《春秋·襄公二十五年》),事件来龙去脉当另有"瞍赋矇诵"交代。作为编年史,《春秋》"以事系日,以日系月,以月系时,以时系年"(杜预《春秋经传集解序》),章法严谨,线索清晰,为后世年表、编年体所取法。《春秋》记事着墨极省,但用字精审,如记述战争,根据不同情况,仅动词就分别使用了"克""侵"

---

① 今见《左传》所附属之《春秋》讫于鲁哀公十六年,以"孔丘卒"终篇,当为后人所补。

"伐""围""入""追""救""战""取""执""袭""败""歼""灭"等十数个词语，以求准确定位；记述诛杀，杀无罪曰"杀"，杀有罪曰"诛"，下杀上曰"弑"，以表明取舍态度；称述去世，周王用"崩"，鲁君及夫人用"薨"，他君及大夫士人用"卒"，以见尊卑远近之别。而"陨石于宋五""六鹢退飞过宋都"(《僖公十六年》)、"夜，恒星不见。夜中，星陨如雨"(《庄公七年》)等，亦描述精当。至于"郑伯克段于鄢"(《隐公元年》)于段"不称弟"，"晋人杀栾盈"(《襄公二十三年》)不称"杀其大夫"[①]，亦颇有讲究，后世经师遂多以孔子寓褒贬于《春秋》[②]。

《左传》也是一部以鲁国国君在位年次为叙事线索的编年体历史著作，后代于是有《左传》为左丘明解经之作说[③]，今见《左传》已被拆附在《春秋》各编年之后，与《公羊传》《穀梁传》合称"《春秋》三传"，并各成为"十三经"之一经。然《左传》编年记事，虽也始于鲁隐公元年(前722)，却终于鲁哀公二十七年(前468)，较《春秋》多出十三年，此外还附录有鲁悼公四年(前464)至十四年(前454)韩赵魏三家灭知氏事；每年中所记之事，有些与《春秋》相值，有些则与《春秋》全不相干，殊非依经作注之例；所迄进入战国数十年，其作者与左丘明也不相符。《左传》是否《春秋》之传因此多受质疑[④]。综合考察，《左传》本应是一部以原鲁《春秋》为纲、据"瞍赋矇诵"而作的春秋史著，其中应以左丘明讲史为主要部分，成书于战国前期，称《左氏春秋》，或也简称《春秋》[⑤]，后被儒生用来配合孔子《春秋》的解读，解经中做了相应的改补修订。

二、《左传》的内容及认识价值

作为一部系统的编年体史著，《左传》详尽记述了春秋时代发生于周王朝及各诸侯国的一系列事变，包括周王朝与诸侯的扶持与冲突，列国之间的会盟及战争，诸国内部的公室私室之争，君臣父子之间的篡逆相残，臣属们之间的钩心斗角和争权夺利，开明政治家新鲜的治国治民之策等等，由此展示了春秋这一体制变迁时代许多特有的现象和气息，展示了新旧势力的较量与消长、固有观念的维护与嬗变，呈现了礼崩乐坏的程度及其不可救药的趋势。

---

① 《公羊传》："段者何？郑伯之弟也。何以不称弟？当国也。"(《隐公元年》)"晋人杀栾盈。曷为不言杀其大夫？非其大夫也。"(《襄公二十三年》)
② 如孟子说"孔子成《春秋》而乱臣贼子惧"(《孟子·滕文公下》)。
③ 《汉书·司马迁传赞》："孔子因鲁《史记》而作《春秋》，而左丘明论辑其本事以为之传。"
④ 参见清皮锡瑞《论〈左氏传〉不解经杜孔已明言之刘逢禄考证尤详晰》(《经学通论·〈春秋〉》)。
⑤ "《左氏春秋》"之称见《史记·十二诸侯年表序》。又，《汉书·艺文志》著录"《师旷》六篇"，称师旷"见《春秋》"，所言《春秋》当指《左氏春秋》。

从中可见周王势力衰微、失控诸侯、诸侯争霸的政治局面。"周郑交质""交恶"(《隐公三年》)终致"繻葛之战"(《桓公五年》),周王已落得要仰诸侯鼻息,甚至遭遇抵御。齐桓公因郑不朝齐而执郑詹(《庄公十七年》),又逆周王之意立太子郑(《僖公五年》),也已自行其是。随之而来的是诸侯间的相互攻伐,诸如齐鲁长勺之战(《庄公十年》)、秦晋韩之战(《僖公十五年》)、晋楚城濮之战(《僖公二十八年》)、秦晋殽之战(《僖公三十三年》)、晋楚邲之战(《宣公十二年》)、齐晋鞌之战(《成公二年》)、晋楚鄢陵之战(《成公十六年》)等等,已成春秋时期的中心"剧目"。

从中更可见列国内部权位之争及新旧较量。郑大夫祭仲迫于宋逐太子忽而改立公子突(《桓公十一年》),鲁大夫襄仲杀嫡立庶是为鲁宣公(《文公十八年》),废君立君,成为列国及大夫间利益和势力较量的砝码。楚太子商臣弑父自立(《文公元年》),齐昭公弟杀太子自立(《文公十四年》),楚公子弃疾攻杀太子、迫兄弟自杀而终即位(《昭公十三年》)等等,父子相残、叔侄相残、兄弟相残事件屡屡发生。列国中君臣秩序也在发生逆转,卫献公因无礼而被大夫逐出国门(《襄公十四年》),鲁昭公欲削弱季氏反奔齐赴晋客死他乡(《昭公三十二年》),齐陈(田)氏更是不停地立君、弑君、立君。这种礼崩乐坏,实亦伴随着新旧势力的彼长此消,晏子论齐已"季世",因为"(齐)公聚朽蠹,而三老冻馁,国之诸市,屦贱踊贵。民人痛疾,(陈田氏)而或燠休之,其爱之如父母,而归之如流水"(《昭公三年》)。此外,晋文公伐原示信、得民心而霸,宋子玉"鞭七人,贯三人耳"(《僖公二十七年》),残民而亡,《左传》还在描写中显示了春秋时代重视民意的新动向。

从中还可见诸多卜筮占梦之事和时人天人观念的复杂情况。魏毕万欲仕于晋,筮之曰吉(《闵公元年》);楚共王有宠子五人而无嫡,遂遍祭名山大川请神遴选(《昭公十三年》),卜筮决疑、占梦行事、享告祖灵时时而在。然其间又有微妙变化。师旷评议卫献公被逐,称"若困民之主(生),匮神乏祀,百姓绝望,社稷无主,将安用之"(《襄公十四年》),强调不乏神祀,却导向爱民话题;晋献公筮嫁伯姬于秦不吉,惠公败于韩之战后怨先君不从史苏之占,韩简子引《诗》"下民之孽,匪降自天,噂沓背憎,职竞由人",说明败在人为而非天意(《僖公十五年》),又可见时人已由盲信天命而转向兼顾人为,同样呈现出过渡时期的多元格局。

《左传》作者在记事过程中往往寓有褒贬和评判。作者于描写中十分强调礼、德、忠、信,称道卫大夫石碏"六逆六顺"之说(《隐公三年》),详载叔向致子产书以表示对"郑人铸刑书"的非议(《昭公六年》)等等,流露出对固有秩序的留恋。对于卫人出其君、鲁季氏当政、齐田氏专权等"犯上作乱"行为,并未口诛笔伐，又表现出对某些僭越失礼的理解和无可厚非的态度。

三、《左传》的叙事艺术

不同于一般历史叙述，《左传》在大量援用历代史官记载及"瞍赋矇诵"讲史材料的同时，有些部分还附带有超出史著范围的细节、传说和佚闻，较多采用了文学叙事的构思和手法，已几近以春秋历史为题材的叙事文学著作。

《左传》的文学叙事首先表现在对史料的有机熔铸和它的叙事结构。作者在编撰和构思中十分注意运用全视、倒叙、插叙、补叙、预叙、伏笔、照应等各种打破时空限制的叙事手段，以避免原始档案的分散状态和编年编月对事件的分割，从而保证叙事的整体性，以及对前因后果来龙去脉充分展示和交待。

叙事全视角者如"秦晋殽之战"（《僖公三十三年》），分别从秦、周、郑、晋等不同视角，记述了平行发生于不同地点的一连串事件，其中包括秦穆公拒听蹇叔而"劳师以袭远"，秦师过周"超乘"，王孙满预言秦师必败，郑商人弦高犒师，郑穆公逐秦使，秦孟明"灭滑而还"，晋擒秦师三帅，原轸"不顾而唾"，秦穆公"乡师而哭"等等。作者巧妙融汇素材，不断变换焦点，从而多方面、多角度揭示了秦败于晋的历史教训。

运用倒叙者如"晋公子重耳之亡"（《僖公二十三年》），于僖公二十三年冬的编年位置述重耳流亡至秦受秦穆公款待一事，而该节直接以"晋公子重耳之及于难也"开篇，自僖公四年重耳去晋亡奔讲起，所述重耳遭际跨度十有九年，包括蒲城被伐、狄别季隗、过卫乞食、齐遭醉遣、曹公观裸、宋公赠马、郑公不礼、楚王宴享等，直至当下重耳被楚"送诸秦"及降服怀嬴和赋诗言志，几成一篇"重耳传"。此外如《宣公三年》"郑穆公刘兰而卒"一节，于"冬，郑穆公卒"后，更是以"初"字引领，以"兰"为线索，从其出生讲起，浓缩了郑穆公一生。

更有一次叙事兼用多种手段者，遂使叙事集中、曲折、完整，形成诸多历史故事。《成公十一年》"晋郤犫来聘"一节，讲述晋大夫郤犫于鲁国夺人之妻导致一对夫妇的聚合离异，属于顺叙、插叙、预叙并用。顺叙者为"（晋）郤犫来聘，且莅盟"，并"求妇于声伯"，鲁大夫声伯遂将已嫁与施孝叔的"外妹"转送，"妇人（声伯外妹）曰：'鸟兽犹不失俪，子将若何？'（施孝叔）曰：'吾不能死亡。'妇人遂行"，对丈夫失望的妇人只得随郤犫前往晋国。而于郤犫"求妇"之前，行文述及当年声伯之母因"不聘"，"生声伯而出之"，"嫁于齐"，"生二子而寡，以归声伯"，其中一子即声伯外妹，这一插叙使得声伯与其外妹同母异父关系得以交代。预叙者为结束当下叙事后，又一并述及"外妹"未来命运："生二子于郤氏。郤氏亡，晋人归之施氏。施氏逆诸河，沉其二子。妇人怒曰：'己不能庇其伉俪而亡之，又不能字人之孤而杀之，将何以终？'遂誓施氏。"声伯外妹发誓不再与前夫重做夫妻。有此预叙遂使数年叙事一次完成。《宣公十五年》"晋魏颗败秦师"更是顺叙、插叙、倒叙、补叙并用，成就一段知恩图报的动人故事：

> （晋）魏颗败秦师于辅氏，获杜回，秦之力人也。初，魏武子有嬖妾，无子。武子疾，命颗曰："必嫁是。"疾病，则曰："必以为殉！"及卒，颗嫁之，曰："疾病则乱，吾从其治也。"及辅氏之役，颗见老人结草以亢杜回。杜回踬而颠，故获之。夜梦之曰："余，而所嫁妇人之父也。尔用先人之治命，余是以报。"

当下叙事只是晋大夫魏颗大败秦师，并俘获其力士杜回。魏颗未从父命而嫁其嬖妾乃往事插叙。"及辅氏之役"重又倒回战役打响之时，"结草"情节由此出现。老人为何相助，于是又补上夜梦一笔，原来老人即"而所嫁妇人之父"。夜梦以时间论应属顺叙，其作用却属补叙性质。

伏笔、照应如"秦晋殽之战"（《僖公三十二年、三十三年》），以蹇叔哭师始、以秦穆公悔不听蹇叔之言终。其他如"假道灭虢"（《僖公二年、五年》），前有"宫之奇谏将不听"之说，后有"宫之奇以其族行、虞被灭"之果；"齐晋鞌之战"（《宣公十七年》《成公二年、三年》），前有晋郤克于齐受妇人辱后"所不此报，无能涉河"之誓，后有齐侯朝晋时郤克"君为妇人之笑辱也"之答；前有交战时韩厥追及齐侯时放他一马，后有齐侯于晋遇韩厥后"视韩厥"并称"服改矣"等等，许多历时颇久的跨年事件，也都因前后呼应而形成回荡，顿使长篇叙事浑然一体。

《左传》的文学叙事还表现在不只限于史述之笔，而是对某些典型事件及其发展过程充分展开进行描写，为读者呈现具体、生动的情节、形象、场景和画面，使读者如见其人，如闻其声，如临其境，如历其事，叙事因此而富于故事性、戏剧性。《宣公二年》"晋灵公不君"一节的特点在于情节描写扣人心弦。晋灵公"从台上弹人，而观其辟丸"，赵盾"骤谏"，君臣间的生死矛盾由此而生，于是出现鉏麑行刺、提弥明搏獒几个具体的情节和画面；鉏麑不忍"贼民之主"，"触槐而死"，提弥明护持赵盾抵御凶獒，因而"死之"，叙事可谓惊心动魄。下文关于"翳桑饿人"的插叙、赵盾脱险的过程、"赵穿攻灵公于桃园"及"太史书赵盾弑其君"等，亦颇具起伏波澜，且环环相扣，使人读来欲罢不能。《襄公二十六年》"上下其手"一节的特点在于人物"表演"惟妙惟肖。楚师侵郑，郑国戍守皇颉出城拼杀时被楚县尹穿封戌所擒。楚公子围与穿封戌争功，楚王让伯州犁评判，伯州犁称应问郑因为谁所俘。于是：

　　　　乃立囚。伯州犁曰："所争，君子也，其何不知？"上其手，曰："夫子为
　　　　王子围，寡君之贵介弟也。"下其手，曰："此子为穿封戌，方城外之县尹也。
　　　　谁获子？"囚曰："颉遇王子，弱焉。"戌怒，抽戈逐王子围，弗及。

一边是高举其手煞有介事称此乃"寡君之贵介弟"；一边是低放其手轻描淡写称那
个是"方城外之县尹"，"其何不知"的皇颉遂认真谎称是遭遇王子，把真正的擒
手气得火爆，王子围的霸道、穿封戌的冲动、伯州犁的势利、皇颉的机灵尽显无
遗。《宣公四年》"公子宋染指于鼎"一节的特点在于镜头跟踪式的细节"特写"：

　　　　楚人献鼋于郑灵公。公子宋（子公）与子家将见。子公之食指动，以示
　　　　子家，曰："他日我如此，必尝异味。"及入，宰夫将解鼋，相视而笑。公问
　　　　之，子家以告。及食大夫鼋，召子公而弗与也。子公怒，染指于鼎，尝之而
　　　　出。公怒，欲杀子公。子公与子家谋先。子家曰："畜老，犹惮杀之，而况君
　　　　乎？"反谮子家。子家惧而从之。夏，弑灵公。

"食指动""以示子家""相视而笑""染指于鼎，尝之而出""子公与子家谋"，几
个特写镜头捕捉得十分精准传神，公子宋始而得意、继而恼火、终而走险的轻佻
和冲动，郑灵公故施羞辱、动辄欲杀的阴毒专蛮，竟使缘于"食指动"的一件小
事酿出弑君后果。《襄公十年》"王叔与伯舆讼"一节的特点在于人物对白语气逼
真，现场在目。王叔陈生与伯舆争权，"晋侯使士匄平王室"，于是"王叔之宰与伯
舆之大夫瑕禽坐狱于王庭，士匄听之"。王叔之宰出言不逊："筚门闺窦之人而皆陵
其上，其难为上矣。"瑕禽抓住"筚门闺窦"反唇相讥：当年平王东迁，若我们真是
"筚门闺窦"之人，岂能从王？且自王叔主政，全富了那些受宠受贿者，我们哪能不
变得"筚门闺窦"？在旁听讼的士匄心知肚明，无奈无理的终是王叔，于是搬出周
王："天子所右，寡君亦右之；所左，亦左之。"王叔一方的盛气凌人，伯舆一方
的理直气壮，晋国方面的聪明圆滑，也都在"戏"中得以呈现。其他如《宣公二
年》"郑败宋师获华元"中的"城者讴曰"和《宣公十二年》"晋楚邲之战"中
"伍参欲战，令尹孙叔敖弗欲"一节中的两人斗狠，亦无不如是饶有兴味。《成公十
六年》"晋楚鄢陵之战"中"楚子登巢车以望晋军"一幕，更是通过张望于车上的楚
王与解释于车下的伯州犁的一问一答，呈现出晋师战前谋划和动员的另一幕情景。
　　《左传》的文学叙事更表现在有些描写已经超出史著实录，间涉虚构，几近创
作。前述"晋灵公不君"中鉏麑不忍行刺赵盾，触槐前叹曰："贼民之主，不忠；
弃君之命，不信。有一于此，不如死也。"纪昀记申苍岭之语即曰："鉏麑槐下之
词……谁闻之欤？"（《阅微草堂笔记》卷十一）其他如"晋公子重耳之亡"（《僖

公二十三年、二十四年》）篇末述及介之推携母离去、文公追之不及事，母子逃离前的一篇对话亦无缘听闻。故钱锺书一并言之曰："或为密勿之谈，或乃心口相语，属垣烛隐，何所据依？如僖公二十四年介之推与母逃前之问答，宣公二年鉏麑自杀前之慨叹，皆生无傍证、死无对证者。"① 其实，还有那些不可告人者，闺密私语者，如《桓公十五年》"郑厉公奔蔡"一节中祭仲女陷入保夫还是救父两难，"谓其母曰：'父与夫孰亲？'其母曰：'人尽夫也，父一而已，胡可比也？'遂告祭仲"，使父杀夫即便情有可原，毕竟不值得声张；《文公十八年》"齐懿公之死"一节中，齐懿公曾与邴歜之父争田不胜，即位后竟掘其尸而刖其足，又强娶阎职之妻，于是，当邴歜、阎职二人伴懿公"游于申池"时，"歜以扑抶职。职怒。歜曰：'人夺女妻而不怒，一抶女，庸何伤？'职曰：'与刖其父而弗能病者何如？'乃谋弑懿公，纳诸竹中。归，舍爵而行"，两人你来我去彼此激将，当下便起弑君之意。池中场面只本人所见，事后又已逃之夭夭，如此绘声绘色，无疑是"小说家言"。诸如此类，也都极有可能是述者或作者"遥体人情，悬想事势，设身局中，潜心腔内，忖之度之，以揣以摩，庶几入情合理"② 的产物。

四、《左传》的语言

行人辞令之美是《左传》语言最受称许的部分，其中如"烛之武退秦师"中郑大夫烛之武在秦晋围郑危局中夜入秦师，以"越国以鄙远，君知其难也，焉用亡郑以陪邻，邻之厚，君之薄也"（《僖公三十年》），析明利害，劝退秦师；"屈完对齐侯"中楚大夫屈完当齐桓公陈诸侯之师以示威时，以"君若以德绥诸侯，谁敢不服；君若以力，楚国方城以为城，汉水以为池，虽众，无所用之"（《僖公四年》）给以回敬等，均能在两国相遇的外交场合发挥有礼有力、柔中有刚的言辞魅力。其他如"阴饴甥对秦伯"（《僖公十五年》）、"展喜犒师"（《僖公二十六年》）、"知罃对楚王问"（《成公三年》）、"吕相绝秦"（《成公十三年》）等等，或绵里藏针，或睿智有方，或气节铮铮，或义正辞严，也都是极耐诵读的佳制名篇。

《左传》叙述描写语言省简、精准，善于抓住事物特征和最富表现力的对话、动作进行刻画，往往多则三言两语，少则只有几字，便情态毕现。《桓公元年》描述宋华父督路遇孔父嘉之妻："目逆而送之，曰：'美而艳。'"寥寥几字即将其痴迷之状刻画殆尽，为其次年杀夫夺妻、惧诛弑君埋下伏笔。《宣公十二年》描述"晋楚邲之战"中晋军号令不一、盲目撤退，"中军下军争舟，舟中之指（手指）可掬"，可见晋军混乱之极。《闵公二年》描述"卫懿公好鹤，鹤有乘轩者"，当狄

---

① 钱锺书：《左传正义·杜预序》，见《管锥编》第1册，中华书局1986年版，第165页。
② 钱锺书：《左传正义·杜预序》，见《管锥编》第1册，中华书局1986年版，第166页。

人来侵时，受甲者皆曰："使鹤！鹤实有禄位，余焉能战？"国人之怨、士气之低悉数呈现。

《左传》以多种叙事手段和文学描写之笔展开春秋史册，开了中国古代史传文学的先河，其后《战国策》《史记》《吴越春秋》等历史题材的文学著作无不是在其基础上或在其影响下发展演化的。

第二节　《国语》及《琐语》《穆天子传》《晏子春秋》

春秋战国时期，还有几部以史事或人物活动为内容的历史散文著作，或为"语"，或为"记"①，也因行文采用描写之笔，又多单篇独立，形成一些历史故事，因而同时具有文学色彩。

一、《国语》中的历史故事

《国语》分国记事，杂记西周中期至战国初年周、鲁、齐、晋、郑、楚、吴、越八国人物、事迹及言论，凡二十一卷，是今见传世文献中第一部国别史著作。所载史事颇不连贯，多重点记述个别事件或人物活动，各列国之事详略轻重亦不平衡，似为部分列国史料或讲史记录的汇编。《史记·太史公自序》有"左丘失明，厥有《国语》"之说，该书诸"语"体例、风格、文字水平等均有差异，应非成于一手，其文笔似亦未经统一润色，左丘明应属汇集者。

不同于一般讲述故事的语体之作，《国语》有些篇以复述、印证人物言论为重心，过多繁冗记言致使其总体不如《左传》生动。但《国语》诸"语"并不平衡，其中有些精彩篇章或片段，不乏独特魅力。

有些篇出彩在人物语言。《周语上》"邵公谏弭谤"记载邵公劝厉王应让民众发泄不满，称"防民之口，甚于防川。川壅而溃，伤人必多；民亦如之。是故为川者决之使导，为民者宣之使言"，所用比喻形象贴切，发人深省。《晋语九》"董叔欲为系援"记述叔向不赞成董叔娶范氏，董叔称"欲为系援焉"，意欲找依靠，不想稍有不慎即被范氏女告"不敬"，遂被"执而纺于庭之槐"，无奈请叔向去求情，"叔向曰：'求系，既系（捆绑）矣；求援，既援（牵引）矣。欲而得之，又何请焉？'"巧用一词多义，遂生幽默挖苦之趣。他如《左传》所述"晋公子重耳之亡"中"醉遣"一节（《僖公二十三年》），描述重耳酒醒发现已经离开齐国后

---

① 语，告也；"语"即"语体"，当是基于"瞍赋矇诵"的叙事体著作。记，记载；"记"即"记体"，当是基于史书简册的叙事体著作。

的反应，仅有"醒，以戈逐子犯"一句，《国语》则有一段风趣对话："姜与子犯谋，醉而载之以行。醒，以戈逐了犯，曰：'若无所济，吾食舅氏之肉，其知厌乎！'舅犯走，且对曰：'若无所济，余未知死所，谁能与豺狼争食？若克有成，公子无亦晋之柔嘉，是以甘食。偃之肉腥臊，将焉用之？'遂行。"（《晋语四》）较《左传》更为丰满和生动。

有些篇出彩在描摹逼真。《晋语一》"优施教骊姬谮申生"描述经优施教唆，骊姬"夜半而泣"，请求献公不如杀己，以免太子申生借口"惑于宠妾"乱国制君；又假称"闻之外人之言"大讲"为国者利国之谓仁"，"长民者无亲"，不会迁就其父，终使献公生出被弑之"惧"；随后又予一激，劝献公不如退位，让太子"得政而行其欲"，此岂献公所能应，于是废太子势在必行。这段进谗层层刻画，穷形尽相。《晋语二》"优施为骊姬之事诱里克就范"一节，优施在里克家中起舞而歌，"人皆集于苑，己独集于枯"二句，话中藏话；里克悟出处境凶险后"不飨而寝"，忍不住"夜半召优施"，其情景描述亦具体细腻，惟妙惟肖。

还有些篇出彩在情节跌宕。《鲁语上》"里革更书"一节记述"莒太子仆弑纪公，以其宝来奔"，鲁宣公使人带文书给季文子，命其马上赐太子采邑，里革遇到后竟擅自将文书改为命季文子马上将太子流放，次日被拘捕的里革面对宣公"违君命者，女亦闻之乎"的质问，冷静以对，"臣以死奋笔，奚啻其闻之也"，并称"使君为藏奸者，不可不去也。臣违君命者，亦不可不杀也"，于是，事情发生转机，鲁宣公非但没有杀里革，反而承认自己"实贪"之过，转机出人意料，又入乎情理。而《吴语》《越语》关于春秋末年吴越争霸过程中诸多情节、事件及言论的集中记述，包括吴伐越、吴王夫差拒谏、伍子胥自杀称"悬目东门"、大夫种行成、越纳美女于太宰嚭、越王勾践"亲为夫差前马"、勾践灭吴、范蠡"乘轻舟浮于五湖"等等，更是为吴越之争这段佳话完成了雏形和底本。

《国语》作为传世文献中第一部国别体史料著作，其分国汇集历史故事的体例为其后《琐语》《战国策》等同类著作所取法。各国之"语"中按时间顺序依次述及人物活动、事件，当为《史记》中各篇"世家"撰写体例的先声。其中有些篇目对人物对话、行为、心理的具体描摹，对《战国策》《史记》等历史散文和史传文学中的人物描写笔法多有直接启发和影响。有些颇为幽默风趣的片段，更是已具后世小品文的情致。

二、汲冢书与《琐语》《穆天子传》

《琐语》和《穆天子传》同属于出土文献"汲冢书"①，均是叙述史事和

---

① 《晋书·束皙传》："太康二年，汲郡人不准盗发魏襄王墓，或言安釐王冢，得竹书数十车。"这批出土于汲郡战国魏王墓的竹书即被称为"汲冢书"。

人物活动的历史散文著作，但一为"语"，一为"记"，各有其自身的体式和特点。

《琐语》为《晋书》著录时所称，多被后人称为《汲冢琐语》，亦称《古文琐语》。《琐语》出土时得十一篇（卷），南宋后亡佚，今见有清人辑佚本，仅得二十几条①。该书是一部以记述历史人物轶闻趣事为主要内容的国别体杂史著作，涉及大舜、伊尹、周宣王、周幽王、太子宜臼（曰）、晋平公、齐景公、宋景公、子产、师旷、晏子、范献子、知伯等历史人物，所述多有怪闻异事，故有"诸国卜梦妖怪相书"之说（《晋书·束皙传》），其实其中还有一些日常活动记述，当非记异语怪专书。

《琐语》今见佚文多为记述卜梦、解梦、预言、怪异、遥知等事件或事迹者，颇富传奇语怪色彩。如"师旷御晋平公"条："师旷御晋平公，鼓瑟，辍而笑曰：'齐君与其嬖人戏，坠于床而伤其臂。'平公命人书之曰：'某月某日，齐君戏而伤。'问之于齐侯，齐侯笑曰：'然，有之。'"师旷于晋鼓瑟却能遥知此刻齐君趣事，且其后还被印证果如所言，师旷之神已非常人所能。他如"刑史子臣谓宋景公"条记述刑史子臣能预言到五年后己死、十年后吴亡、十五年后宋景公死，当宋景公看到刑史子臣果如其言而死、吴果如其言而亡后，至自己死期"逃于瓜圃"，仍未逃出死神魔爪；"周王欲杀王子宜臼"条记述周幽王欲去太子宜臼而立褒姒之子伯服，遂遣虎杀之，不想"虎将执之，宜臼叱之，虎弭耳而服"，也都非同寻常。

《琐语》大多篇幅不长，但全部为叙事体，有故事，有人物对话、表情等描写。如"晋冶氏女徒"条：

> 晋冶氏女徒病，弃之。舞嚚之马僮饮马而见之。病徒曰："吾良梦。"马僮曰："汝奚梦乎？"曰："吾梦乘水如河汾，三马当以舞。"僮告，舞嚚自往视之，曰："尚可活，吾买汝。"答曰："弃之矣，犹未死乎？"舞嚚曰："未。"遂买之。至舞嚚氏，而疾有间，而生荀林父。

这段故事一波三折，女徒被弃、马僮饮马、女徒告梦、马僮回告、舞嚚往视、买女带回、女徒生子，事件过程叙述得完整详尽；其中对话尤富现场感，女徒昏病中将信将疑的状态，舞嚚的安慰，鲜活可见。他如"师旷御晋平公"一则中师旷鼓瑟，突然停下"笑曰"，该"笑"字乃因齐君是在与宠妃戏耍时跌下床伤臂而感到好笑；其后齐侯被问时"笑曰"，此"笑"字则是因私事被人得知而颇感尴尬。

---

① 参见《汲冢琐语》（《全上古三代秦汉三国六朝文》本），河北教育出版社 1997 年版。

两个"笑"字使叙事顿生生活气息。"刑史子臣"一则中宋景公眼见刑史子臣所言一一发生，下面轮及己身，便私自逃到瓜圃，对此，作者描写道："后吴亡，景公惧，思刑史子臣之言，将至死日，乃逃于瓜圃，遂死焉。求得，已虫矣。"景公私自逃亡，未对任何人讲起，待找到时已死多日，则逃亡前其"惧"其"思"，无疑是作者对人物心理的揣摩。明胡应麟在论及志怪小说源流时曾将《琐语》称为"古今小说之祖"（《少室山房笔丛·二酉缀遗中》），就其题材偏重、描写手段来说，与后世纪异志怪小说确有许多相通之处。

　　《穆天子传》出土著录时原称《周王游行》或《周王游行记》①，共五篇（卷），专记周穆王巡游之事，体式似史官随身作记，曾长期被列在"史部"，至清代《四库全书总目》始因其"恍惚无征"改列"子部·小说家"，近现代更有学者考证乃战国人所伪托②。战国作者以穆王西征的史事为素材，做出一篇西周中期穆王出游的记录，《穆天子传》因此已进入创作范畴。该书因所取材的有些部分来自神话传说中的人名、物名和地名，如卷二"升于昆仑之丘""铭迹于县圃之上"、卷三"宾于西王母"等，曾多被视为神话著作③，其实该书模仿实录，类似"起居注"，并无神力奇谲、呼风唤雨的描写，穆王登山、铭刻、做客，均属人间所为，神话典故也已被历史化转化。该书多为"流水账"式记述，少有人物对话，也不以情节、故事取胜。其中有些部分的场面描写值得注意，如该书中心情节"穆王见西王母"：

　　　　吉日甲子，天子宾于西王母。……乙丑，天子觞西王母于瑶池之上，西王母为天子谣曰："白云在天，山陵自出。道里悠远，山川间之。将子无死，尚能复来。"天子答之曰："予归东土，和治诸夏。万民平均，吾顾见汝。比及三年，将复而野。"西王母又为天子吟曰："徂彼西土，爰居其野。虎豹为群，於鹊与处。嘉命不迁，我惟帝女。彼何世民，又将去子。吹笙鼓簧，中心翔翔。世民之子，唯天之望。"（卷三）

《山海经》中"虎齿，有豹尾，穴处"的西王母，在此已化身为雍容慈祥的西域女酋长，还能与穆王饮酒赋诗唱和，场面气氛也颇温馨典雅。这里西王母已经完全

<hr/>

① 孔颖达《春秋左传集解后序疏》引东晋王隐撰《晋书·束皙传》称汲冢书中有"《周王游行》……今谓之《穆天子传》"。晁公武《郡斋读书志》卷十九传记类云："《穆天子传》……郭璞注本谓之《周王游行记》。"
② 参见卫聚贤《穆天子传研究》，《国立中山大学语言历史学研究所周刊》1929 年第 9 卷第 100 期。
③ 如鲁迅《中国小说史略》，《鲁迅全集》第 9 卷，人民文学出版社 2005 年版。

人间化，仅一句"我惟帝女"还遗留有其神性身份。而凡人与化身为人的神人交往，恰是后来仙话的重要模式之一，穆王见西王母的情节在后来仙话中也屡被复制移植，《穆天子传》因此而与仙话有了渊源关系。

三、《晏子春秋》中的晏子故事

《晏子》是一部专记晏子言论行事的故事汇编，今见传世本共八篇。太史公称《晏子春秋》（《史记·管晏列传》），《汉书·艺文志》著录时称《晏子》，且归于"子部·儒家"类。其后历代目录书虽皆称《晏子春秋》，但多仍归于"子部"，至《四库全书总目》始改入"史部·传记"类。关于作者，宋代之前目录书均题晏婴撰，唐宋之后开始有人怀疑此是后人假托①。就其中提及晏子去世之后事、同事异作等情况看，该书实非晏婴亲作，且非成于一人之手，成书当在战国时代②。

与《孟子》等诸子体不同，《晏子春秋》中的文章虽全部围绕晏子展开，但多为后人据晏子事迹演绎而成，且为叙事体，其记述体式与《国语》接近；与《史记》等纪传体也不同，《晏子春秋》并非完整传记，而是晏子个别事迹、单篇故事，其篇章结撰与《战国策》相仿。因此，《晏子春秋》实为仿"语体"的故事汇编，只不过集中讲述的是晏子故事。

与《国语》偏于记言相仿，《晏子春秋》也重在拟言，富于情节的篇章实不多见，据晏子事迹模拟说辞的文章占有较大比重，且说辞往往长篇大论，平板说理，书面语色彩较浓。但各篇风格、文笔不尽相同，有些片段较多刻画描写，写出了晏子的睿智、机警和谐趣，使人读来兴味盎然。

有的故事彰显的是晏子风趣巧妙之对，如《内篇杂下》中《晏子使楚》和《楚王欲辱晏子》，皆是楚王欲借机贬低或侮辱晏子和齐国，反被晏子嘲讽羞辱一番。楚搭矮门想笑他短小，他说出使狗国才从狗门入；楚故意捆一自称齐人的窃贼说齐人善盗，他说齐人跑到楚国才行窃，岂非楚国"使民善盗"？其他如《外篇第七·景公使烛邹主鸟》和《外篇第八·景公谓晏子东海之中有水而赤》，前者晏子口口声声称烛邹该杀，因为他不但让鸟逃脱，还让景公以鸟之故杀人，且让诸侯皆知景公重鸟胜重士；后者当景公胡诌一通问"东海之中，有水而赤，其中有枣，华而不实"是何之物，晏子也胡诌一通回答"昔者秦缪公乘龙舟而理天下，以黄布裹烝枣，至东海而捐其布，彼黄布，故水赤；烝枣，故华而不实"。一巧在正话反说，一妙在随机应变，皆极具趣味。

---

① 参见《郡斋读书志》《四库全书总目》题解。
② 参见高亨《〈晏子春秋〉的写作时代》，《高亨著作集林》第9卷，清华大学出版社2004年版，第292—310页。

还有的故事描写的是晏子聪明睿智之举。《内篇谏下·景公养勇士三人》中晏子设计"二桃杀三士"最为典型。《内篇谏上·景公饮酒酣》中晏子闻景公说"今日愿与诸大夫为乐饮，请无为礼"，于是"无为礼"："少间，公出，晏子不起，公入，不起；交举则先饮。公怒，色变，抑手疾视曰：'向者夫子之教寡人无礼之不可也，寡人出入不起，交举则先饮，礼也?'"晏子自有道理，你要"无为礼"，我就"无礼"给你看，原来果真"无为礼"，确使人难堪。这种描写，也使文章情节跌宕，引人入胜。

第三节 《战 国 策》

《战国策》作为战国时代以策士说客活动为主要内容的历史故事汇编，在人物形象、说辞艺术及夸饰描写等方面特点突出，对后世论说、辞赋、史传文学均有重要影响。

一、《战国策》其书及编纂

《战国策》也是一部国别体史著，但以记述战国时策士说客活动及其辞说为主要内容，记事各自成篇，实为历史故事汇编。古代目录书或归"史部·杂史"（如《隋书·经籍志》），或归"子部·纵横家"（如宋晁公武《郡斋读书志》）。今人有的则认为是时人研习谋略辞说之术储以备用的范例资料及演练之作①，其中有专门搜集、积累的历史记述，也有相当部分属于拟托之作②。因此，这些文章既有一定的史料价值，更有讲求行文辞说艺术的文学价值。

《战国策》中的文章不成于一人，也不作于一时，最后编次成书及命名始于西汉刘向。据刘向《战国策书录》，在其典校古籍时遇到七种记载战国"游士"策谋的写本，分别题为《国策》《国事》《短长》《事语》《长书》《修书》等，"又有国别者八篇"，遂汇集诸书"因国别者"分国编次，并以其文章多为"战国时游士辅所用之国为之策谋"，故名之为"战国策"。今见《战国策》依次为西周、东周、秦、齐、楚、赵、魏、韩、燕、宋卫、中山诸策，凡三十三卷。所涉史事大约上起三家分晋，下迄秦统一中国。

《战国策》各篇作者已不可考，大多应为战国时各国史官及策士说客。另据史载，楚汉间人蒯通"善为长短说"（《史记·田儋列传》），汉代人边通"学短长"

---

① 参见《中国大百科全书·中国历史》"战国策"条，中国大百科全书出版社 1992 年版，第 1495 页。

② 参见缪文远《战国策考辨》，中华书局 1984 年版。

（《汉书·张汤传》），知《战国策》中也可能杂有楚汉间人著述。

二、《战国策》的内容及倾向

战国时代列国竞争愈益加剧，分合关系也更趋复杂。六国以合纵对强秦，秦则以连横破其纵，六国之间亦时起纷争和攻伐。当此之际，谋略、辞说等政治外交手段对于战争起止格局变化有时已经至关重要。秦人顿弱谓"天下未尝无事也，非从即横也。横成，则秦帝；从成，即楚王"（《秦策四·秦王欲见顿弱》），《苏秦始将连横》称"式于政，不式于勇；式于廊庙之内，不式于四境之外"（《秦策一》），某种程度上是当时时局特点的写照。

战国这一形势为谋臣、游士和辩士提供了活动舞台和机遇，《战国策》即主要记述他们凭借见识、智谋和辩才而在历史事端中的精彩表现和作为。如苏秦始将连横遭拒，转而以合纵说赵大成，于是奔走五国，以至"苏秦相于赵而关不通"（《秦策一·苏秦始将连横》）；张仪则与苏秦针锋相对，"为秦破从连横"（《楚策一》），使诸侯分别合于秦而彼此相攻，两人的活动直接展示了合纵连横的过程和变迁。其他如颜率当秦兴师临周索九鼎时巧言借齐以解围（《东周策·秦兴师临周》），陈轸以"画蛇添足"说服楚昭阳毋攻齐（《齐策二·昭阳为楚伐魏》），其作为则表现了谋臣策士在具体事端中的策谋、巧说及作用。同时，《战国策》也以这些人物的历史活动，具体呈现了战国几百年的政治风云、矛盾较量和形势变迁。

《战国策》还有大量篇幅涉及策士说客在战国特有的进取、分合等复杂人际关系中进身、自保、求达的种种表现。甘茂在攻宜阳前以"曾参杀人"故事微感秦武王以与之盟，得以遭谗免罚（《秦策二·秦武王谓甘茂》），是防危有术；蔡泽闻秦相范雎正内惭于举人不当而入秦，以功成身退之理得其举荐而代之（《秦策三·蔡泽见逐于赵》），是锐进有方；张仪初因"衣冠之敝"遂诈称要为楚王觅美女，使南后和郑袖平白赂之千五百金（《楚策三·张仪之楚贫》），聚财有招而无德；申子当魏围赵之邯郸、韩王问"谁与而可"之时，先使二臣"各进议于王"，然后"微视王之所说（悦）以言于王"（《韩策一·魏之围邯郸》），善察言观色而无守，这些内容显示了策士说客的生存意识和智慧，也反映了他们的处境和状态。至于权奸佞臣、宫帷幕后的害人固宠之心，钩心斗角之事，诸如"郑袖谗害魏美人"（《楚策四·魏王遗楚王美人》）、"李园与女弟谋害春申君"（《楚策四·楚考烈王无子》）、"司马憙行诈助阴姬为后"（《中山策·阴姬与江姬争为后》）等，是纷乱世道下各个层面和角落的生动写照，也是该书复杂内容的流露和呈现。

《战国策》涉及朝廷内外宫帷上下各色人物，其文章又出自史臣游士众人之手，多方位见出时人的观念和趋舍，其中有些部分带有战国的时代特色及纵横辩士的生存意识，表现为对固有传统观念的冲击，甚至含有"离经叛道"成分。如关于"义"与"利"，苏秦直称"安有说人主不能出其金玉锦绣、取卿相之尊者乎"（《秦策一·苏秦始将连横》），吕不韦径问"立国家之主赢几倍"（《秦策五·濮阳人吕不韦贾于邯郸》），谭拾子坦然以"朝则满，夕则虚"解释"富贵则就之，贫贱则去之"（《齐策四·孟尝君逐于齐》），其话语已不耻言势位利禄。关于"才"与"德"，"孝如曾参、孝己"，"信如尾生高"，"廉如鲍焦、史鳅"，在苏代的说辞中只被视为"自完"之人，非"进取"之士（《燕策一·苏代谓燕昭王》）；能人齐貌辨之为人"多疵"，靖郭君执意重用其至"刬而类，破吾家，苟可慊齐貌辨者，吾无辞为之"（《齐策一·靖郭君善齐貌辨》），此时的当务之急是用人唯贤。关于"王"与"士"，颜斶不但主张"与使斶为慕势，不如使王为趋士"，还声称"士贵耳，王者不贵"（《齐策四·齐宣王见颜斶》）；燕昭王为招贤纳士不惜"千金市骨"，"为隗筑宫而师之"（《燕策一·燕昭王收破燕》），皆可见尊卑贵贱已被模糊。关于"成礼"与"新法"，胡服骑射的赵武灵王针对诸多批评，宣称"古今不同俗，何古之法"（《赵策二·武灵王平昼闲居》），审时度势已在必行。

三、《战国策》中的人物形象

不同于《左传》的编年述史，《战国策》是以记述人物活动为主线的散文篇章；亦不同于其后《史记》等完整记述人物生平，《战国策》聚焦的是人物在某一事端中表现出的奇谋、卓识、妙说及异举，人物的特点又往往多被凸显和放大，因此，这里描写了一系列各具异彩的人物形象。

其中有格调不同然皆能言善说、富于才干的策士和谋士。苏秦励志，为改变命运"乃夜发书，陈箧数十，得《太公阴符》之谋，伏而诵之，简练以为揣摩。读书欲睡，引锥自刺其股，血流至足"，终于说赵成功，"封为武安君"，"约从散横，以抑强秦"，"伏轼撙衔，横历天下"（《秦策一·苏秦始将连横》）；触龙善谏，闲聊中绝口未提"为质"二字，却使原本宣称"有复言令长安君为质者，老妇必唾其面"的赵太后由"盛气而揖（胥）之"变为"恣君之所使之"（《赵策四·赵太后新用事》）；邹忌善譬，其妻、其妾、其友夸他美于城北徐公这种私事，亦可用来"讽齐威王纳谏"（《齐策一·邹忌修八尺有余》）。此外，聪明睿智的门客，诸如辞动宣王以使靖郭君复为相的齐貌辨（《齐策一·靖郭君善齐貌辨》）、为孟尝君谋得"狡兔三窟"的冯谖（《齐策四·齐人有冯谖者》）、为田单"狂吠"谗害者的貂勃（《齐策六·貂勃常恶田单》）等，亦都卓有见识和手段。

其中还有趋尚有别然皆不畏强权、胆气凛然的高士和壮士。鲁仲连倜傥，当秦围邯郸、赵陷危亡之时，"义不帝秦"，又辞土地之封，却千金之赐，惟愿"为人排患、释难、解纷乱而无所取也"（《赵策三·秦围赵之邯郸》）；颜斶傲气，闻齐宣王招呼"斶前"，反唇直称"王前"，当为王者"愿请受为弟子"并请"与寡人游"时，却不以为意，"再拜而辞去"（《齐策四·齐宣王见颜斶》）；唐且无畏，面对秦王"天子之怒，伏尸百万，流血千里"的恐吓毫无惧色，以"若士必怒，伏尸二人，流血五步"针锋相对，竟使凌驾六国的秦王"长跪色挠"（《魏策四·秦王使人谓安陵君》）。此外，报恩轻生的刺客如义无反顾为燕丹子刺秦王的荆轲（《燕策三·燕太子丹质秦亡归》）、做刑徒乞丐斩赵襄子衣以报知伯的豫让（《赵策一·晋毕阳之孙豫让》）、为严仲子刺韩傀后"自皮面抉眼，自屠出肠"的聂政（《韩策二·韩傀相韩》）等，也都各有其摄人心魄的表现和故事。

四、《战国策》人物说辞的语言艺术

《战国策》的艺术特点更表现在人物说辞的妙绝和魅力。其说话艺术的特点是善言巧譬，话锋机敏睿智，也使言谈形象生动。具体表现在对话的攻、感、解、喻各个方面。

其一是工于进言，设法克服人君、贵卿的漠视、拒听或逆反，使对方能听和听进说理分析。"触龙说赵太后"的"战术"是迂回，鉴于赵太后对"为质"提议的警觉和反感，见面后嘘寒问暖，谈儿论女，使赵太后由"盛气"到"色少解"到"笑曰"，最后意识到"令长安君为质"乃"计长远"（《赵策四·赵太后新用事》）。"齐人谏靖郭君城薛"的手段是"吊胃口"，在靖郭君已命"无为客通"的情况下危言耸听，言"臣请三言而已矣！益一言，臣请烹"，终使靖郭君在好奇心驱使下开门见客（《齐策一·靖郭君将城薛》）。"貌勃主田单""蔡泽感应侯"的妙招是先激惹，前者故意"常恶田单"，使田单"故为酒而召貌勃"（《齐策六·貌勃常恶田单》）；后者先"使人宣言以感怒应侯"，令应侯召见"让之"而趁机开谈（《秦策三·蔡泽见逐于赵》）。"虞卿谏赵王合纵于魏"的办法又是"欲擒故纵"，在赵王明确反对与魏合纵的情况下，先言"魏过矣"，后言"王亦过矣"，先顺后逆，营造了冷静分析的说话环境（《赵策三·魏使人因平原君请从于赵》）。

其二是微言相感，针对对方特殊心理，以漫不经意之语点到要害，让其自忖自悟。如当楚攻薛之时，淳于髡应孟尝君之请劝齐王出兵，话语间只似偶然提到"薛不量其力，而为先王立清庙"，于是不待多言，齐王已是"疾兴兵救之"，因为"先君之庙在焉"（《齐策三·孟尝君在薛》）。

其三是巧说妙解，或巧在咬文，或妙在心计。如《东周策·温人之周》中，抵周的温人因对周人直称自己是"主人"而被囚，被问及何以"自谓非客"时理由很足，因为《诗》说"溥天之下，莫非王土，率土之滨，莫非王臣"，其说绝在巧用"莫非"；《楚策四·有献不死之药》中，因夺食不死之药而将要被杀的中射之士振振有辞，问谒者此物"可食乎"，对方说"可"，若其被杀此物就绝非"不死药"，其说巧在妙用"可食"和"不死"；《燕策三·张丑为质于燕》中，匆匆

出逃的张丑被境吏拦截，遂称燕王意欲得其珠宝，他若被擒就说珠宝被境吏吞进肚里，看境吏是不是"肠亦且寸绝"，其说妙在急中生智，诈言自救。

其四是善用譬喻，寓道理于形象和故事。有的属于近取譬，随机利用身边之事及眼前之物为语料。邹忌讽齐威王纳谏大获成功之妙，即在于"现身说法"（《齐策一·邹忌修八尺有馀》）；魏牟谏阻赵王宠幸有貌无才的建信君，则是近取眼前为冠"尺帛"，尺帛要"待工"，治国更须待贤，故"王能重王之国若此尺帛，则王之国大治矣"（《赵策三·建信君贵于赵》）；应侯直指群狗，以"投骨犬争"称可用金以令"合从""废之"（《秦策三·天下之士合从》）。更多的属于巧用故事，援用历史事件、传闻故事，甚至虚造情节来析事明理。甘茂"之魏约伐韩"前，述"乐羊矜功，文侯示之谤书一箧"事，表示身后遭谗之忧（《秦策二·秦武王谓甘茂》）；秦昭王矜夸说韩魏"其无奈寡人何"，中期推琴述"韩魏肘足接于车上而智氏分"，称当今"方其用肘足时"（《秦策四·秦昭王谓左右》）。而"楚人有两妻者"（《秦策一·陈轸去楚之秦》）、"吴人游楚者思则将吴吟"（《秦策二·楚绝齐》）、"江上处女"（《秦策二·甘茂亡秦》）、"买璞出鼠"（《秦策三·应侯曰》）、"韩子卢逐东郭逡"（《齐策三·齐欲伐魏》）、"妾弃药酒主父笞"（《燕策一·人有恶苏秦于燕王者》）等，则或出途说，或为杜撰，甚至不避俚俗。至于"画蛇添足"（《齐策二·昭阳为楚伐魏》）、"桃梗土偶"（《齐策三·孟尝君将入秦》）、"狐假虎威"（《楚策一·荆宣王问群臣》）、"亡羊补牢"（《楚策四·庄辛谓楚襄王》）、"惊弓之鸟"（《楚策四·天下合从》）、"骥服盐车"（《楚策四·汗明见春申君》）、"三人成虎"（《魏策二·庞葱与太子质于邯郸》）、"南辕北辙"（《魏策四·魏王欲攻邯郸》）、"千金市骨"（《燕策一·燕昭王收破燕》）、"马价十倍"（《燕策二·苏代为燕说齐》）、"鹬蚌相持"（《燕策二·赵且伐燕》）等等，都已成为耳熟能详的寓言和成语。

人物辞说的语言形式和风格，独具《战国策》风貌的部分大多辞采恣肆，铺陈张扬，排比对仗，开两汉文赋先河。其中夸饰铺张者如《苏秦为赵合从说齐宣王》中苏秦称说齐国形势（《齐策一》）：

> 齐南有太山，东有琅邪，西有清河，北有渤海，此所谓四塞之国也。齐地方二千里，带甲数十万，粟如丘山。齐车之良，五家之兵，疾如锥矢，战如雷电，解如风雨……临淄甚富而实，其民无不吹竽、鼓瑟、击筑、弹琴、斗鸡、走犬、六博、蹹鞠者；临淄之途，车毂击，人肩摩，连衽成帷，举袂成幕，挥汗成雨……

大有煽动之意。骈骊对仗者如《楚策四·庄辛谓楚襄王》：

……夫黄鹄其小者也，蔡圣侯之事因是以。南游乎高陵，北陵乎巫山；饮茹溪之流，食湘波之鱼；左抱幼妾，右拥嬖女，与之驰骋乎高蔡之中……

对仗工稳，选字用词已十分讲究。

五、《战国策》的叙述描写

《战国策》总体不似《左传》以叙事见长，但其中有些篇章，记述具体完整，情节曲折有致，并多用动情夸饰之笔，不但有一定故事性，且极富于感染力。

《齐策四·齐人有冯谖者》以叙事时出奇绝、引人入胜见长。冯谖以"贫乏不能自存"寄食孟尝君门下，却动辄弹铗而歌，谓"长铗归来乎，食无鱼"，唯当孟尝君需人"习计会"独"冯谖署曰能"时，"长铗归来"的歌唱才得到呼应；然冯谖奉命收债"驱而之薛"后却矫命焚券，分文未收，又一次出人意料，而待他答以"市义"、特别是呈现薛邑百姓扶老携幼道迎孟尝的场景后，这个非凡而卓异的形象便脱颖而出。

《秦策一·苏秦始将连横》则以对比和夸饰之笔刻画人物的遭际和命运，前有"妻不下纴，嫂不为炊，父母不与言"的落魄不堪，后有"父母闻之，清宫除道，张乐设饮，郊迎三十里"的得意非凡，妻嫂更是"侧目而视，倾耳而听"，"蛇行匍伏，四拜自跪而谢"，苏秦的命运大落大起。

《燕策三·燕太子丹质秦亡归》更是从燕太子丹亡归开篇，先写他与太傅谋图秦国，继写他结识、厚待荆轲，荆轲为报太子而入秦，"图穷匕首见"，壮烈就义；又直述到太子丹抗秦被杀，燕灭，最后"荆轲客高渐离以击筑见秦皇帝，而以筑击秦皇帝，为燕报仇，不中而死"，是一则极其完整惨烈的悲剧故事。

《战国策》作为战国后期兼具史传、说辞之长的散文著作，直接影响了汉代史传著作的行文体势和描写叙事；而其策谋辞说，不但下启汉代政论文，大赋也受其沾溉，直至唐宋八大家，其散文仍可见战国之风。

思考题

1. 由《左传》《国语》《战国策》分析把握先秦历史著作的文学表现。
2. 结合作品论析《左传》的叙事艺术和《战国策》的人物描写。
3. 分析比较《左传》《战国策》的语言艺术。
4. 思考《晏子春秋》的文体性质并把握其中晏子故事的艺术特点。
5. 谈谈《琐语》和《穆天子传》的共同性和差异性。

第五章 《孟子》《庄子》与春秋战国诸子散文

"诸子"是对诸位学者的尊称，诸子散文是先秦时代诸子表述思想观点的特有形式，是偏于记言、议论和说理的文章。春秋战国私学兴起，百家争鸣，学派林立，各学派记录师说、记述对话、讨论问题、师徒传承所形成的著作便是诸子散文。

春秋战国散文大发展的重要标志即是诸子著作的繁荣。这些著作不但显示了思想、哲学的空前活跃、创造性和新的高度，在语言表达、寓意说理、形象呈现方面也日渐精湛，成为文学史上一批辉煌的佳作。

第一节 《老子》《孙子》《论语》《墨子》

春秋末期至战国前期是诸子散文的酝酿、初创阶段，以《老子》《孙子》《论语》《墨子》为代表，体式多样，语尚简达，影响深远，为其后诸子著作的繁荣奠定了基础。

一、老子与《老子》

关于老子其人，曾长期存在是春秋时人老聃还是战国时人周太史儋的讨论。湖北荆门郭店战国中期墓简本《老子》的出土，增加了《老子》最初为老聃所作的可能性①。据《史记》记载，老聃，春秋后期楚国苦县人，曾为周王朝"守藏室之史"，是一位学问深厚的长者，相传孔子即曾问礼于他。老聃虽为王臣，且明德知礼，但历史、现实的兴衰变乱，使他自成一套思想体系，成《道德经》（即《老子》）上下篇，并因此成为道家学派鼻祖。鉴于已发现的简本《老子》、帛书《老子》及今本《老子》内容、文字都有差异，知《老子》书成后在口传笔录中曾不断经过后人增益，今本《老子》八十一章，五千馀言，当是战国时人修订之本，而其原始本很可能成于春秋后期。

《老子》是一部智慧之书。该书在万事万物的运行变化中提升出"道"这一虽无形却万物所由生的最高范畴，阐述了"道"所支配的具体事物二元对立又相互转化的普遍规律，提出了一系列以静制动、以退为进、以柔克刚、以无为为有为

---

① 参见郭沂《楚简〈老子〉与老子公案》，见《郭店楚简研究》，辽宁教育出版社 2000 年版，第 118—147 页。

的治世方略和处世哲学，并以此作为平息争斗、安定天下的根本法宝。"道常无为而无不为"（三十七章）、"祸兮，福之所倚；福兮，祸之所伏"（五十八章）、"物或损之而益，或益之而损"（四十二章）、"大直若屈，大巧若拙"（四十五章）、"知足不辱，知止不殆，可以长久"（四十四章）等等，集中显示了老子朴素辩证的哲学精髓和笃静守柔的人生智慧。

《老子》各章多为箴言体，含蕴深厚的哲理凝练于简洁、规整而富于韵律的语句中，既耐人寻味，又便于吟咏。如第九章："持而盈之，不如其已；揣而锐之，不可长保；金玉满堂，莫之能守；富贵而骄，自遗其咎；功遂身退，天之道也。"四言一句，两句一组，共五组，分别从持有、彰显、财富、权位、功业几个方面给出警示或强调。而第四十六章中的"天下有道，却走马以粪。天下无道，戎马生于郊"，又是以对仗句出之，一边是将马用于运肥种植，一边是牝马在战场生崽，以具体场景显示了安定祥和与战乱频仍的鲜明对比。

《老子》的表述也时有比喻，诸如"治大国，若烹小鲜"（第六十章）、"天网恢恢，疏而不失"（第七十三章）等即是。有些章的用喻更组合为由具体上升到一般的结构，显示出归纳、概括、深化的思理过程。如第十一章："三十辐共一毂，当其无，有车之用。埏埴以为器，当其无，有器之用。凿户牖以为室，当其无，有室之用。故有之以为利，无之以为用。"这些物什的空无之处恰恰都是其所用。更著名的如第六十四章中的"合抱之木，生于毫末；九层之台，起于累土；千里之行，始于足下"，由此得到的启示便是"民之从事，常于几成而败之。慎终如始，则无败事"。

《老子》中还有的篇章不无动情地形容了为道、得道的状态。如第十五章："豫兮若冬涉川；犹兮若畏四邻；俨兮其若客；涣兮若凌释；敦兮其若朴；旷兮其若谷；混兮其若浊……"又如第二十章："众人熙熙，如享太牢，如春登台。我独泊兮，其未兆；沌沌兮，如婴儿之未孩；儽儽兮，若无所归。……俗人昭昭，我独昏昏。俗人察察，我独闷闷。"它们或用物象作比，或用人事为喻，或用叠字形容，读来又朗朗上口，颇有诗的韵味。

二、孙武与《孙子》

《孙子》的作者孙武，春秋末年齐国人，与孔子同时而稍早。《史记·孙子吴起列传》记有其以兵法见吴王阖庐事："孙子武者，齐人也。以兵法见于吴王阖庐。阖庐曰：'子之十三篇，吾尽观之矣，可以小试勒兵乎？'对曰：'可。'阖庐曰：'可试以妇人乎？'曰：'可。'"下面便是"三令五申"的故事，孙武由此被吴王拜为将军，因称"吴孙子"，以与战国齐孙子孙膑相区别。《史记》孙子本传先后记有孙武、孙膑事迹，两人皆有兵法问世。然而后代只有一部《孙子》传世，多有学者以为该书实为战国孙膑所作①。山东临沂银雀山汉墓同时出土了《孙子》和《孙膑》两部简本著作，证明《史记》所记不误，传世《孙子》确为孙武所作。

《孙子》后称《孙子兵法》，是一部专门探讨军事问题的兵书，涉及作者的战争观念、战略思想、具体作战指导原则以及治军理论，显示了其谨争慎战、崇谋尚智和将善兵能的基本思想，形成了许多精到且传世久远、家喻户晓的格言警句和成语，如"不战而屈人之兵""知彼知己，百战不殆""攻其无备，出其不意""避实而击虚""因敌而制胜""以佚待劳""君命有所不受""投之亡地然后存，陷之死地然后生""亡国不可以复存，死者不可以复生"等等。

与《老子》极可能始于口授不同，《孙子》起初即是书面作品，因为吴王明确提到"子之十三篇吾尽观之矣"。

《孙子》行文如其用兵，既追求整齐划一，用众如用寡，又追求奇谲多变，其语句整齐、富于节奏又变化多端。其整齐表现为多用排比、对仗句式，十分讲究形式格局；其多变在于排比、对仗由几言组成并不固定，而且一篇之中、一段之中各种句式参差为用，随机应变。

整齐的排比如《计篇》："主孰有道？将孰有能？天地孰得？法令孰行……""利而诱之，乱而取之，实而备之，强而避之……"虽皆四言排比，但结构有所不同。他如《虚实篇》："故策之而知得失之计，作（候）之而知动静之理，形之而知死生之地，角之而知有馀不足之处。"又是一连用了八言为主的排比。对仗如《始计篇》"近而示之远，远而示之近"是五言对仗；《虚实篇》中"先处战地而待敌者佚，后处战地而趋战者劳"，是九言对仗。

更能体现灵动之美的是连用几个不同的排比句或对仗句，甚至杂用排比和对仗，从而使句式错落有致。"乱生于治，怯生于勇，弱生于强。治乱，数也；勇怯，势也；强弱，形也"（《势篇》），是两组不同结构排比句的连用。"能使敌人自至者，利之也；能使敌人不得至者，害之也。故敌佚能劳之，饱能饥之，安能动之。"（《虚实篇》），又是一组对偶句和一组排比句的连用。

《孙子》以思维严谨、用词准确为特征，但有时为加强表达效果，也偶用比喻或夸张。如《势篇》："兵之所加，如以碬投卵者，虚实是也。"避实击虚，就像用石头去打鸡蛋，无所不烂。《军争篇》"其疾如风，其徐如林，侵掠如火，不动如山，难知如阴，动如雷霆"，连用六个比喻，气势如虹，也不无夸饰。《势篇》"故善出奇者，无穷如天地，不竭如江海……故善战人之势，如转圆石于千仞之山

---

① 参见郑良树《论〈孙子〉的作成时代》，《竹简帛书论文集》，中华书局1982年版，第54页。

者"，奇正相生，变来变去，到了像天地宇宙、江河湖海那样无边无际、无穷无尽的程度，可谓登峰造极；圆石自陡峭之山往下滚落，何其迅猛，其势谁可阻挡？

还有的比喻已经是援事援状说事，有了某种寓言意味，比如"同舟共济"："夫吴人与越人相恶也，当其同舟而济而遇风，其相救也如左右手。"（《九地篇》）为了抵御更大的敌人，对手也可以携手并肩，为的是共渡难关。

三、孔子与《论语》

孔子（前551—前479），名丘，字仲尼，春秋末年鲁陬邑（今山东曲阜）人。先祖曾世为殷宋贵族，后因遭难而逃至鲁国，家道败落，孔子遂失去晋身上层社会的身份地位。然孔子自幼习礼好学，青年时即遍诵群籍，学成名士。于是，问礼者有之，拜师者有之，孔子遂"自行束脩以上"皆教授之，授徒成了参与社会政治的特殊途径。后曾短暂从政为鲁司寇，并曾周游列国，但一直未放弃从教生涯。孔子是周代礼乐文化的信奉者，痛心疾首于当时礼崩乐坏的政治局面，遂以救世为己任，建立了以"爱人"为核心的仁学思想体系，倡言"克己复礼为仁"（《论语·颜渊》），"人而不仁如礼何"（《论语·八佾》），试图通过推行父慈、子孝、兄友、弟恭、君惠、臣忠的相互仁爱，从"好之""乐之"的心理层面维系固有礼法的等级规范，以遏止僭越失礼、上下相残、征伐攻战等种种混乱的继续发生。传播仁爱思想，教授礼乐知识，培养用世人，才因此成为其传道授业的基本内容和宗旨，"以诗书礼乐教，弟子盖三千焉，身通六艺者七十有二人"（《史记·孔子世家》）。在授徒过程中，孔子对周代典籍《尚书》《诗经》等进行过修订整理，今传《春秋》则是他据鲁史所撰著。

成书于战国前期的《论语》虽非孔子本人所撰，却是孔子讲学论道、私授弟子的直接产物。孔子去世后，弟子秉承遗教，并继续师徒相传，遂成儒家学派。《论语》即孔子弟子及再传弟子专门记述孔子言行的语录体散文著作。

《论语》以记述孔子日常言谈行事为主要内容，由孔门弟子所纂辑。如《汉书·艺文志》所言，"孔子应答弟子时人及弟子相与言而接闻于夫子之语也。当时弟子各有所记。夫子既卒，门人相与辑而论纂，故谓之'论语'"。此外，《论语》有些条目提到孔子弟子时也尊称"子"，可知还有再传弟子所增辑，最后结集已至战国前期。其编排体例为言论行事片段的汇录，凡二十篇，篇中又分若干章节，不相连属。篇章之间内容安排比较散乱，尚未经过有机组篇和构思。

文学方面，《论语》不同于《老子》《孙子》的特点首先在于其记述性和人物描摹。作为语录体散文，《论语》以记言为主，常常只以"子曰"形式单纯记录孔子言论，成为展示孔子思想的一种方式；同时，正因为它是"记言"，《论语》中还有很多篇章，在记述说话人言谈话语的同时，还记下了当时的对话过程和具体情景，从而形成一些曲折有致、风趣幽默的记述片段，不但给人以如临其境之感，而且在具体情境中展示了不同人物的音容笑貌和特点。如《颜渊》中的"樊迟求教"：

> 樊迟问仁，子曰："爱人。"问知，子曰："知人。"樊迟未达。子曰："举直错诸枉，能使枉者直。"樊迟退，见子夏曰："乡也吾见于夫子而问'知'，子曰'举直错诸枉，能使枉者直'。何谓也?"子夏曰："富哉言乎! 舜有天下，选于众，举皋陶，不仁者远矣; 汤有天下，选于众，举伊尹，不仁者远矣。"

樊迟对先生破例给予的补充回答仍不甚明了，又转而去问同门子夏，子夏当即举一反三，滔滔不绝。仅此一个片段，孔子的简洁深邃，樊迟愚钝但又锲而不舍的心劲，子夏的机敏健谈，尽显笔端。其他如《述而》中的《子谓颜渊章》、《先进》中的《子路问闻斯行诸章》、《季氏》中的《季氏将伐颛臾章》、《阳货》中的《阳货欲见孔子章》《子之武城章》、《微子》中的《楚狂接舆歌而过孔子章》《长沮、桀溺耦而耕章》《子路从而后章》等亦是如此。更为典型的是《先进》中的《子路、曾皙、冉有、公西华侍坐章》，具体、生动地记述了弟子们在孔子面前各言其志的过程和情景，孔子循循善诱、深沉温厚的长者之风和感喟心情，子路"率尔而对"的莽撞，冉有的谨慎，公西华的谦逊，曾皙的洒脱，均在对话中充分展现。

《论语》以记言为主，其文学性更突出地表现在人物语言的特有风格、表达和魅力上。

首先，《论语》所记人物说话多言近旨远，言简意深，话语不多，用词平易，却含蕴丰厚，极耐寻思和咀嚼，这突出表现在孔子的与人对话中。如《颜渊》中司马牛"问君子"：

> 司马牛问君子。子曰："君子不忧不惧。"曰："不忧不惧，斯谓之君子已乎?"子曰："内省不疚，夫何忧何惧?"

孔子仅以"不忧不惧""内省不疚"回答"君子"，却几乎包含了做到"君子"的全部内容。其他如《为政》中孟武伯问"孝"，"子曰'父母唯其疾之忧'"；《公冶长》中有人称申枨"刚"，"子曰'枨也欲，焉得刚'"；《雍也》中孔子曰"知者乐，仁者寿"；《子罕》中孔子"欲居九夷"，有人提出"陋，如之何"，"子曰'君子居之，何陋之有'"，等等，亦皆值得深入体悟。

其次,《论语》中人物说话还时用比方,使对话形象、风趣,亦因此而颇耐寻味。如《子罕》中孔子与子贡的一段对话,涉及是否出仕,话语间却全在谈"玉":

> 子贡曰:"有美玉于斯,韫椟而藏诸?求善贾而沽诸?"子曰:"沽之哉,沽之哉,我待贾者也。"

彼此都不点破却心照不宣。又如《八佾》中记述孔子至卫,王孙贾问"'与其媚于奥,宁媚于灶',何谓也",孔子回答"不然;获罪于天,无所祷也",对卫灵公、南子该持何种态度,就在取媚奥神还是灶神的话题中展开。其他如"譬如北辰,居其所而众星共(拱)之"(《为政》)、"朽木不可雕也"(《公冶长》)、"譬如为山,未成一篑,止,吾止也;譬如平地,虽覆一篑,进,吾往也"(《子罕》)、"君子之德风,小人之德草,草上之风必偃"(《颜渊》)、"吾岂匏瓜也哉?焉能系而不食"(《阳货》)等等,均是比喻妙用之例。

再次,《论语》中人物语言虽多出于本色记述,具有口语化特点,但有些表述自然形成排比、对仗等箴言体常有句式,具有凝练、规整之美。其中排比如"兴于《诗》,立于礼,成于乐"(《泰伯》)、"知者不惑,仁者不忧,勇者不惧"(《子罕》)等,对仗如"君子坦荡荡,小人长戚戚"(《述而》)、"贫而无怨难,富而无骄易"(《宪问》)等,既发人深思,亦便于记忆。

正因为人物说辞的言简意赅、寓意深厚、凝练规整,《论语》中出现了许多格言警句,十分启人心智,诸如:

> 温故而知新,可以为师矣。(《为政》)
> 学而不思则罔,思而不学则殆。(《为政》)
> 三人行,必有我师焉。(《述而》)
> 岁寒,然后知松柏之后彫也。(《子罕》)
> 欲速,则不达;见小利,则大事不成。(《子路》)
> 工欲善其事,必先利其器。(《卫灵公》)
> 人无远虑,必有近忧。(《卫灵公》)

它们作为出自圣人的名言,更以其哲思的深邃,多已成为习用之语,至今仍有其生命力。

四、墨子与《墨子》

墨子名翟,与孔子同为鲁人而稍晚,大概为春秋末至战国初期人。《韩非子》

中有"墨子为木鸢"（《外储说左上》）故事，《墨子》中亦多有为守备之器的指教，早先从业或与制作有关。不过他已是私学兴起后受过教育复又传授知识的学者，并曾仕宋为大夫。生于战乱频仍的多事之秋，墨子试图以推行"爱"来制止兼并战争，然与孔子以"亲亲"为基础的"仁爱"不同，墨子提倡"兼爱"，"爱人若爱其身"（《墨子·兼爱上》）；且与孔子强调礼乐治国相左，墨子主张"非乐""节用"，反对繁文缛节。墨子授徒声名显赫，其门徒遍布各诸侯国，且谨奉师教，派系严明，"自苦"而为天下，多显于世，遂使墨家一时与儒家并称"显学"。

《墨子》一书即墨家学派所述的言论总集。书中篇章作者及产生时代不一，一般分为五组①。第二组全部为转述、引述墨子言论的篇章，即《兼爱》《非攻》《节用》《节葬》等"十论"，均标有"子墨子曰""是故子墨子言曰"等字样，其中或有入门弟子所作，大致与墨子同时或稍后；第四组为记述墨子言论行事的篇章，如《鲁问》《公输》等，当是弟子及再传弟子所传所记；另有一些篇章，如第一组《亲士》等七篇是墨子自作还是后人伪作存在争议②，其他则多为后期墨家作品，如此则全书最后结集当已至战国中后期。因主要着眼于其中转述记述墨子言论行事的部分，文学史仍多将该书列为战国前期诸子著作。

《墨子》文章文体不一，有论有记，其中议论文的特点是语言质朴，反复申说，直白明晰。如《兼爱上》云："圣人以治天下为事者也，不可不察乱之所自起，当察乱何自起？起不相爱。……若使天下兼相爱，国与国不相攻，家与家不相乱，盗贼无有，君臣父子皆能孝慈，若此则天下治。……故子墨子曰：'不可以不劝爱人者，此也。'"其观点主张明白清晰，一目了然。

从文学角度看，第四组"记"的部分值得注意。它们大多为语录体，与《论语》近似，主要记述墨子的活动及其言辞，人物语言自有特点，亦不乏对话生动甚至富于情节的记述片段。

首先，墨子与人对话随口比方，动辄用譬，如《耕柱》中《子墨子怒耕柱子》一节："子墨子怒耕柱子，耕柱子曰：'我毋俞于人乎？'子墨子曰：'我将上大行，驾骥与羊，子将谁驱？'耕柱子曰：'将驱骥也。'子墨子曰：'何故驱骥也？'耕柱子曰：'骥足以责。'子墨子曰：'我亦以子为足以责。'"就像会对骥马加鞭，恰恰是因为你比别人强才格外对你严加敦促的。又如《鲁问》中《鲁阳文君将攻郑》一节，鲁阳文君为攻郑辩护，称"我将助天诛也"，墨子当即指出："譬有人于此，其子强梁不材，故其父笞之，其邻家之父举木而击之，

---

① 详见胡适《中国哲学史大纲》，河北教育出版社 2001 年版，第 115—116 页。

② 参见方授楚《墨学源流》，中华书局 1989 年版，第 39—40 页。

曰：'吾击之也，顺于其父之志'，则岂不悖哉?"这一"击邻家子"的比方以小喻大，以家喻国，已颇有寓言意味。

其次，墨子与人对话已开始具有辩论色彩，如《公孟》中《公孟子曰贫富寿夭》一节，公孟子先是说"贫富寿夭，齰然在天，不可损益"，其后又谈及"君子必学"。墨子当即指出对方自相矛盾："教人学而执有命，是犹命人葆而去亓（其）冠也。"既告人富贵在天，又劝人学习进取，这就好比命人包头戴帽，却又摘掉人家的帽子，岂不悖谬?

特别值得一提的是《公输》，通篇完整记述了墨子至楚巧妙制止公输盘造云梯攻打宋国的故事。墨子先是以"北方有侮臣，愿藉子杀之"激怒、说服公输盘，继而以"窃疾"之喻舌战楚大王，其后又"解带为城，以牒为械"与公输盘比试攻守，当对方败阵后以杀戮相威胁时，更是直称"臣之弟子禽滑厘等三百人，已持臣守圉之器，在宋城上而待楚寇矣。虽杀臣，不能绝也"，终于使楚王做出承诺："善哉！吾请无攻宋矣。"对话精彩，具有一定的情节性，叙事也颇曲折生动，在《墨子》中是比较独特的一篇。

第二节 《孟 子》

《孟子》是儒家又一部重要典籍，同时又是诸子中极富文采的著作之一，尤以文气、论辩和描摹为其鲜明特色。

一、孟子及《孟子》

《孟子》是一部以记述孟子说话活动及其言论为主要内容的语录体散文著作。

孟子（前 372?—前 289?），名轲，战国中期邹（今山东邹城）人，继孔子之后又一位儒学大师。乐仲尼之道，自谓"乃所愿，则学孔子也"，惜晚孔子一百馀年，"未得为孔子徒也"，只得"私淑诸人"（《孟子·离娄下》）。《荀子·非十二子》列子思、孟轲为一支，《史记·孟子荀卿列传》称孟子曾"受业子思之门人"，学术史上亦有"思孟学派"之说，并已得到郭店楚墓竹简《子思子》一类出土文献的印证①。孟子热心入世，自称"如欲平治天下，当今之世，舍我其谁也"（《孟子·公孙丑下》），学成而为知名学者后，也曾率门徒周游列国，"后车数十乘，从者数百人，以传食于诸侯"（《孟子·滕文公下》），先后到过齐、魏（梁）、宋、鲁、薛、滕等地，所到之处，"梁惠王曰寡人愿安承教"（《孟子·梁惠王

---

① 参见《郭店楚简研究》，辽宁教育出版社 2000 年版。

上》)，"滕文公问为国"（《滕文公上》）。然而，孟子学说并未真正被当政采用，"当是之时……天下方务于合从连衡，以攻伐为贤，而孟轲乃述唐、虞、三代之德，是以所如者不合"（《史记·孟子荀卿列传》）。孟子因此郁郁不得志，"退而与万章之徒序《诗》《书》，述仲尼之意，作《孟子》七篇"（《史记·孟子荀卿列传》）。

与《论语》乃孔子弟子及再传弟子辑录孔子言行不同，《孟子》一书是由孟子与其门生共同述作、弟子笔录整理而成，成书于战国中期。体例虽仿《论语》，仍采用语录体，但全书首尾一贯，笔势一气，"如熔铸而成，非缀缉所就"（朱熹语）；且记言成分明显增加，篇幅加长，有了一定著作意识。

《孟子》中谈论最多的是"仁政"，该学说是孟子将孔子仁学直接用于治国治民而提出的鲜明主张，以反对兼并战争、倡行仁政王道为其主要部分。值得注意的是，孟子在这一学说中注入了新兴力量在夺取政权过程中所形成的民本思想，从而突出强调了重视民生、施惠于民的方面。他反复指出，"桀纣之失天下也，失其民也"（《离娄上》），因此喊出了"民为贵，社稷次之，君为轻"（《尽心下》）的口号，并提出了"施仁政于民，省刑罚，薄税敛，深耕易耨"（《梁惠王上》）等具体方案。更有甚者，有时还能打破君臣等级秩序，而以人与人之间的对等互惠为原则，如公然对齐宣王宣称："君之视臣如手足，则臣视君如腹心；君之视臣如犬马，则臣视君如国人；君之视臣如土芥，则臣视君如寇雠。"（《离娄下》）当然，鲜明主张"劳心者治人，劳力者治于人"（《滕文公上》）的孟子力主惠民宽政，也是充分汲取"暴其民甚，则身弑国亡"（《离娄上》）的历史教训而为当政开的治世之方。

"孟子道性善，言必称尧舜"（《滕文公上》）。"性善论"是孟子"仁政"主张的出发点和哲学根基。孟子认为人非禽兽，天性本存四善或"四心"，由此发展为"四德"，即"恻隐之心，仁也；羞恶之心，义也；恭敬之心，礼也；是非之心，智也"（《告子上》），故人性修善只需"反求诸己"（《公孙丑上》《离娄上》），如此则"人皆可以为尧舜"（《告子下》）。将这种性善说引申到社会政治领域，便是须以善心启发善心，以人心待人心，施仁爱，行德教，反兽性，黜暴政。

二、《孟子》的对话论辩艺术

孟子身处百家争鸣最炽的战国中期，要宣传己说，有时还要招架诘难，正是"予岂好辩哉，予不得已也"（《滕文公下》）。《孟子》因此而以申说论辩为特色。其中除部分以"孟子曰"开篇单记孟子辞说的片段外，多有针对具体问题与人对话论辩的篇目。因此《孟子》文章已不似《论语》简练含蓄，也不以严谨见长，但锋利流畅，富于激情，具有明快奔放、滔滔雄辩的风格特点。

《孟子》对话论辩的特点首先在于先声夺人，辞以气胜。无论回答问题或提出论点，总是理直气壮，开篇便以气势占据主动，以自信感染对方。如《孟子·梁惠王上》"孟子见梁惠王"，梁惠王以"利"相诘难："叟！不远千里而来，亦将有以利吾国乎？"孟子则断然以只谈"仁义"截住对方言路，而且回答得斩钉截铁：

> 王！何必曰利？亦有仁义而已矣。……万乘之国，弑其君者，必千乘之家；千乘之国，弑其君者，必百乘之家。万取千焉，千取百焉，不为不多矣。苟为后义而先利，不夺不餍。未有仁而遗其亲者也，未有义而后其君者也。王亦曰仁义而已矣，何必曰利？

其论振振有辞，毋庸置疑。这种肯定的语气，滔滔不绝的说辞，使对方不由不信。其他如《公孙丑下》的《天时不如地利章》直称"天时不如地利，地利不如人和。……故君子有不战，战必胜矣"，《告子上》中的《鱼我所欲章》明言"鱼我所欲也，熊掌亦我所欲也，二者不可得兼，舍鱼而取熊掌者也；生亦我所欲也，义亦我所欲也，二者不可得兼，舍生而取义者也"，亦皆言之凿凿，毫不含糊。

孟子宣称"我善养吾浩然之气"（《公孙丑上》），这种"浩然之气""配义与道"，有坚定的志向、自我肯定的信念和由信念而生的无畏不屈做支撑，故"至大至刚"，表现在言辞和文章中，才有如此毫不闪避的单刀直入和必胜无疑的凌人辞气。

《孟子》对话论辩的特点更在于十分讲究论辩手段和技巧。孟子生性争强好胜，遇对手从不偃旗息鼓，且会根据不同情况采取各种方式和对策。

比如善设机巧，引人入彀，通过由远及近、穷追不舍的提问，使对方在不经意中陷入矛盾，由此赢得论辩主动，甚至不辩已胜。如《有为神农之言者许行章》（《滕文公上》），针对农家代表许行的"贤者与民并耕而食，饔飧而治"，通过一连串巧妙发问，使转述许行观点的陈相自己说出了"百工之事，固不可耕且为也"，误入孟子预先圈定的射程，从而显示了孟子善于抓住要害、诱敌深入、让对方自己否定自己的论辩智慧。《王之臣有托其妻子于其友章》（《梁惠王下》），先问不够朋友者、臣属不能尽职者"如之何"，当对方回答"弃之""已之"后，接着问"四境之内不治，则如之何"，亦是巧为入题，戳中痛处，以至宣王"顾左右而言他"。《梁惠王曰寡人愿安承教章》（《梁惠王上》），由"杀人以梃与刃，有以异乎"问到"以刃与政，有以异乎"，进而直指"庖有肥肉，厩有肥马，民有饥色，野有饿莩，此率兽而食人"的劣政；《告子曰生之谓性章》

（《告子上》）通过问"白羽之白也，犹白雪之白，白雪之白犹白玉之白钦"、故意让告子混淆"犬之性""牛之性"与"人之性"的区别等，也是巧设陷阱，致使对方哑然失对。

再比如巧换概念，转换角度，"反败为胜"。当被对方抓住把柄、击中要害时，灵活避免正面交锋，最终仍处不败之地。如《齐宣王问汤放桀章》（《梁惠王下》）：

> 齐宣王问曰："汤放桀，武王伐纣，有诸？"孟子对曰："于传有之。"曰："臣弑其君，可乎？"曰："贼仁者谓之贼，贼义者谓之残，残贼之人谓之'一夫'。闻诛一夫纣矣，未闻弑君也。"

儒家主张君臣秩序，同时又推崇夏禹、商汤、周文王的三代之治，而三代均属"臣弑其君"的更代革命，齐宣王从逻辑上故意给孟子出了两难问题。孟子并未被难倒，而是首先给以概念转换，像纣这样不仁不义之君，只能称作"一夫"，武王所诛的只是"一夫"，"未闻弑君也"。《孟子将朝王章》（《公孙丑下》）中孟子本欲去见齐王，却遇齐王派使者前来召见，孟子因此辞而不往。景丑为此向孟子提出诘难："礼曰：'父召，无诺；君命召，不俟驾。'固将朝也，闻王命而遂不果，宜与夫礼若不相似然。"孟子此举的确不合君臣之礼，于是避而不谈是否守礼，而将话题转到君应如何待臣的问题上："天下有达尊三，爵一，齿一，德一。朝廷莫如爵，乡党莫如齿，辅世长民莫如德。恶得有其一以慢其二哉？故将大有为之君，必有所不召之臣。欲有谋焉，则就之……汤之于伊尹，桓公之于管仲，则不敢召。管仲且犹不可召，而况不为管仲者乎？"

还比如以其人之道还治其人之身。面对对方有意采取不规范的推导方式，也以同样方式予以回敬，由此显示对方的悖谬。如《任人问屋庐子章》（《告子下》），任人问屋庐子礼与食、色"孰重"，对"礼重"的回答故意发难："以礼食，则饥而死，不以礼食，则得食，必以礼乎？亲迎，则不得妻，不亲迎，则得妻，必亲迎乎？"被弟子求助的孟子马上指出对方的逻辑错误："不揣其本，而齐其末，方寸之木可使高于岑楼。""取食之重者与礼之轻者而比之，奚翅食重？取色之重者与礼之轻者而比之，奚翅色重？"孟子的反击就是让弟子同样以不平等比较去反问对方，只不过是拿礼之重者与食色之轻者做比较："往应之曰：'紾兄之臂而夺之食，则得食，不紾，则不得食，则将紾之乎？踰东家墙而搂其处子则得妻，不搂，则不得妻，则将搂之乎？'"

《孟子》对话论辩的特点还在于极喜随口设喻，使所论深入浅出，明白易晓。如《齐宣王问齐桓晋文之事章》（《梁惠王上》），以"力足以举百钧，而不足以举一羽，明足以察秋毫之末，而不见舆薪"的悖谬比附"恩足以及禽兽，而功不至于百姓"的不尽情理，以"挟太山以超北海"和"为长者折枝"说明"不能"和"非不能"两种情况，以"天下可运于掌"极言轻而易举，以"缘木求鱼"比喻异想天开，以"邹不敌楚"说明"弱固不可以敌强"等等，各种比方信手拈来。他如"五十步笑百步"（《梁惠王上》）、"揠苗助长"（《公孙丑上》）、"一傅众咻"（《滕文公下》）、"攘邻之鸡"（《滕文公下》）、"一曝十寒""弈秋诲弈""杯水车薪"（《告子上》）、"登泰山而小天下""观于海者难为水"（《尽心上》），等等，于所喻亦无不生动、形象和贴切。

三、《孟子》的描摹

《孟子》文章在叙述描摹方面也有长足发展。作为以记言为主的诸子著作，《孟子》中的叙述描摹主要也是通过记述说话活动和说话人的援事为说呈现出来。

首先是语气逼真，人物语言富于情感和个性。如《公孙丑问夫子当路于齐章》（《公孙丑上》）中公孙丑问"夫子当路于齐，管仲、晏子之功，可复许乎"，孟子曰："子诚齐人也，知管仲、晏子而已矣。"《乐正子从于子敖之齐章》（《离娄上》）中弟子乐正子至齐的第二天来见孟子，孟子曰："子亦来见我乎？"前者对公孙丑的打趣、对管仲和晏子的不屑，后者对乐正子的不满，溢于言表。他如《鲁欲使乐正子为政章》（《告子下》）中孟子模仿不好善之人"距人于千里之外"的声音颜色："訑訑，予既已知之矣。"也是如声在耳。

其次是描写生动，人物举止惟妙惟肖。如《匡章曰陈仲子章》（《滕文公下》）描摹齐廉士陈仲子"三日不食"，"井上有李，螬食实者过半矣，匍匐往，将食之；三咽，然后耳有闻，目有见。""以兄之禄为不义之禄而不食也"，见"有馈其兄生鹅者，己频顣曰：'恶用是鶃鶃者为哉？'""他日，其母杀是鹅也，与之食之。其兄自外至，曰：'是鶃鶃之肉也。'出而哇之。"其中"三咽""频顣""出而哇之"几个动作颇具喜剧色彩。《逢蒙学射于羿章》（《离娄下》）讲述交战时旧疾复发的子濯孺子闻追者为庾公之斯，放心而称"吾生矣"，因为"庾公之斯学射于尹公之他，尹公之他学射于我"，果然，"庾公之斯至，曰：'……我不忍以夫子之道反害夫子。虽然，今日之事，君事也，我不敢废。'抽矢，扣轮，去其金，发乘矢而后反"，去掉箭头佯射的几个连续动作更是细腻传神。

尤为典型的是《齐人有一妻一妾章》（《离娄下》）。文章写到妻子尾随"必餍酒肉而后反"的丈夫看个究竟："蚤起，施从良人之所之，遍国中无与立谈者。卒之东郭墦间，之祭者，乞其馀；不足，又顾而之他。"写到妻返回后"告其妾，曰：'良人者，所仰望而终身也，今若此。'"于是两人"相泣于中庭"；还写到

"良人未之知也，施施从外来，骄其妻妾"，已经极具讽刺喜剧味道。

第三节 《庄　子》

《庄子》哲学以对具体现实的超越为特征，与此相应，其表述也别开生面，文学艺术呈现出许多与其他诸子迥异的特点。

一、庄周与《庄子》

《庄子》是庄周及其后学的说理散文集，《汉书·艺文志》著录五十二篇。今见《庄子》三十三篇，分内篇七篇，外篇十五篇，杂篇十一篇，为晋郭象选注本。一般认为内篇为庄周自著，外杂篇为庄派后学对庄周思想的阐发，文章写成于战国中期和后期。全书基本属于一个思想体系，有大致统一的写作风格。

庄子，名周，宋之蒙（今河南商丘）人，道家学派的重要代表，活动年代大约在战国中期，与名家惠施多有交往。庄子学识渊博，"其学无所不窥"（《史记·老子韩非列传》），但对当政及所处生存环境悲观绝望，自谓"今处昏上乱相之间，而欲无惫，奚可得邪"（《庄子·山木》）。《史记》载有辞相之事，称"楚威王闻庄周贤"，曾"使使厚币迎之，许以为相"，庄子辞而不就，声称"我宁游戏污渎之中自快，无为有国者所羁，终身不仕，以快吾志焉"（《老子韩非列传》），此或据《庄子》中类似寓言而转述。此类寓言则表现出庄子自由不羁的个性和志趣追求。故终其一生，除短暂做过漆园吏外，不曾再出仕为官，而是"处穷闾阨巷，困窘织屦"（《庄子·列御寇》），甚至还曾"往贷粟于监河侯"（《庄子·外物》）。尽管如此，他却甘于清贫，敝屣富贵，清高傲世，有"嘲惠子相梁"（《庄子·秋水》）、"讥舐痔得车"（《庄子·列御寇》）等故事流传。《庄子·内篇》七篇即是他冷眼观世、著书立说、"其言洸洋自恣以适己"（《史记·老子韩非列传》）的产物。

《庄子》一书集中表述了庄周及庄子学派的哲学思想。该学派以"道"（"天"）为最高范畴，以"无为"为基本主张，与老子思想有相合之处。但庄学对老子学说多有超越，形成了自己独特完整的理论体系。

庄学强调，"夫道有情有信，无为无形；可传而不可受，可得而不可见；自本自根，未有天地，自古以固存；神鬼神帝，生天生地"（《大宗师》），道无始无终，无所不在，支配万物，是一个无限、绝对的存在；而有限、相对的具体生命对它自是不可把握和掌控，"物不胜天"（《大宗师》）。因此，人们只能顺乎道，"乘天地之正而御六气之辩（变），以游无穷"（《逍遥游》），亦即一切顺其自然，因为

"道"即自然而然，所谓"牛马四足，是谓天（道）；落（络）马首，穿牛鼻，是谓人"，合于"道"，就应"无以人灭天"（《秋水》）。

庄学由此生出"齐物"之说。唯"道"为永恒、绝对、无限，由"道"所致的一切具体事物皆暂时、相对和有限，也就没有根本差异：

> 大知观于远近，故小而不寡，大而不多，知量无穷；证向今故，故遥而不闷，掇而不跂，知时无止；察乎盈虚，故得而不喜，失而不忧，知分之无常也；明乎坦涂（途），故生而不说，死而不祸，知终始之不可故也。（《秋水》）

"量无穷"，故无大小多少之别；"时无止"，故无时间长短之别；"分无常"，故得失成败无别；"终始之无故"，故生老病死无别。既然无别，自可视为同一。这正是"自其异者视之，肝胆楚越也；自其同者视之，万物皆一也"（《德充符》）。

庄学强调"自其同者视之"，在精神、心理层面上齐万物，一死生，忘却大千世界贫富、贵贱、成败、荣辱等种种差异和不平，摆脱具体差异带来的燥动、不安与窘迫，以获得心灵解脱和自由。为此，庄学提出"心斋"（《人间世》）、"坐忘"（《大宗师》），"目无所见"，"耳无所闻"，"心无所知"（《在宥》），精神上超越一切荣辱是非，无欲无想，无功无名，物我两忘，与道合一，"天地与我并生，万物与我为一"（《齐物论》），也就一无"所待"，在头脑中、在精神上实现绝对自由，即"逍遥游"。

基于对"道"的体认，庄学崇尚"无为"。社会层面主张绝圣弃智，返朴归真，"泉涸，鱼相与处于陆，相呴以湿，相濡以沫，不如相忘于江湖"（《大宗师》），"同乎无知，其德不离，同乎无欲，是谓素朴，素朴而民性得矣"（《马蹄》），"徒处无为，而物自化"（《在宥》）。个体层面主张安时处顺，平易恬淡，"不以好恶内伤其身"（《德充符》），不争于外，不苦于内，"免乎外内之刑"（《列御寇》）。

庄学从玄远之"道"出发，交出的实亦一份人生答卷。其中让人感受到太多悲观和无奈，但若联系到加速的文明对原始宁静的打破，战国纷争中物欲名欲权欲对人生的摧残，则可悟出庄学其实是在以"无为"行有为，其学说看似"洸洋自恣以适己"，实际上乃是充满忧患的心灵药方。

二、《庄子》的寓言艺术

不同于其他诸子在说理中的偶或用之，"寓言"是《庄子》全书有意使用的一种基本话语形式，即将抽象哲理寓于角色表述和形象描绘之中，几乎满篇都是

"杜撰"出来的人物、故事、场面、情节，"著书十馀万言，大抵率寓言也"（《史记·老子韩非列传》），《庄子》因此而成为先秦诸子中最富形象性和艺术创造性的一部著作。

《庄子》寓言丰富多彩，已经出现多种类型。

一种为"寄寓型"寓言，即"作人姓名，使相与语，是寄辞于其人"（《史记·老子韩非列传》司马贞《索隐》引刘向语），亦即借他人之口直接阐述自己观点。这种"寄寓之言"是《庄子》"三言"之一"寓言"的本义①，即"寓言十九，藉外论之"（《寓言》）。要"藉外论之"，势必造设说话人和说话契机，书中因此充满各色人物及人物对话的场面和过程。其中被用来对话的人物，有古人，有时人，有现实中的人，亦有虚构的甚至拟人化的人。他们许多人本有自己的学说和观点，在此却只剩下一个名字，其头脑和口舌则被置换为庄学的载体。比如庄子关于"坐忘"的境界竟是由孔子师徒演绎出来：

> 颜回曰："回益矣。"仲尼曰："何谓也？"曰："回忘仁义矣。"曰："可矣，犹未也。"他日，复见，曰："回益矣。"曰："何谓也？"曰："回忘礼乐矣。"曰："可矣，犹未也。"他日，复见，曰："回益矣。"曰："何谓也？"曰："回坐忘矣。"仲尼蹴然曰："何谓坐忘？"颜回曰："堕肢体，黜聪明，离形去知，同于大通，此谓坐忘。"（《大宗师》）

"仁义""礼乐"本是孔子学派所提倡，此处却让孔子及其弟子颜回扮演了忘却仁义、摈弃礼乐的角色，甚至达到"坐忘"境界，在借人之口中不无揶揄、嬉笑之趣。其他如南郭子綦对颜成子游大谈齐万物（《齐物论》）、申徒嘉警告子产众人都"游于羿之彀中"（《德充符》）、老莱子教训孔丘"与其誉尧而非桀，不如两忘而闭其所誉"（《外物》）、海神若语河伯曰"无以人灭天"（《秋水》）、黄帝向牧马童子请教"为天下"（《徐无鬼》）等等，亦皆寓主张、哲理于人物对话之中，其中多有因此而生成情节者。

另一种可称之为"象征型"寓言，哲理蕴含在形象和具体事物之中，形象与意义构成完整比喻关系，从而具有象征意味。这是诸子所用也是通常所说"寓言"最常见的形式，《庄子》也多有使用，且明显带有庄学痕迹。如《应帝王》中的"儵忽凿浑沌"：

---

① 《庄子》明确申称"以天下为沈浊，不可与庄语。以卮言为曼衍，以重言为真，以寓言为广"（《天下》），"寓言十九，重言十七，卮言日出，和以天倪"（《寓言》）。

> 南海之帝为儵，北海之帝为忽，中央之帝为浑沌。儵与忽时相与遇于浑沌之地，浑沌待之甚善。儵与忽谋报浑沌之德，曰："人皆有七窍，以视听食息，此独无有，尝试凿之。"日凿一窍，七日而浑沌死。（《应帝王》）

儵与忽好心报答浑沌，反而导致浑沌之死，"无以人灭天"的哲学，在这里得以形象呈现。其中"浑沌""七窍""儵""忽""凿""浑沌死"皆属喻体，皆有寓意，而各部分彼此相连，又构成一段完整情节。他如《逍遥游》中以"许由辞天下"说明"圣人无名"，以"藐姑射神人"说明"神人无功"，以"不龟手之药"喻小用大用之别；《齐物论》中以"罔两问景"喻事物各有所待，以"庄周梦蝶"喻物我两忘；《养生主》中以"庖丁解牛"喻全真保性之道；《人间世》中以"栎社见梦""支离疏者"喻无用之用等，也都是寓理于形象和情节的生动片段。诸如此类在《庄子》中比比皆是，"臧谷亡羊"（《骈拇》）、"黄帝遗珠"（《天地》）、"汉阴丈人"（《天地》）、"轮扁斫轮"（《天道》）、"丑女效颦"（《天运》）、"望洋兴叹"（《秋水》）、"埳井之蛙"（《秋水》）、"邯郸学步"（《秋水》）、"鸱吓鹓雏"（《秋水》）、"佝偻承蜩"（《达生》）、"吕梁丈人"（《达生》）、"削木为镶"（《达生》）、"螳螂捕蝉"（《山木》）、"匠石运斤"（《徐无鬼》）、"一狙搏矢"（《徐无鬼》）、"蜗角触蛮"（《则阳》）、"老龟刳肠"（《外物》）、"骊龙之珠"（《列御寇》），等等，多已成为"成语"而为人们所熟知。

还有一种可称之为"故事型"寓言，即通过讲述故事隐喻哲理。其与"象征型"寓言的区别在于更富情节性，哲理也蕴含在描写之中，却不必与形象构成直接比喻关系。如《达生》中的"桓公见鬼"：

> 桓公田于泽，管仲御，见鬼焉。公抚管仲之手曰："仲父何见？"对曰："臣无所见。"公反，诶诒为病，数日不出。齐士有皇子告敖者，曰："公则自伤，鬼恶能伤公……"桓公曰："然则有鬼乎？"曰："有。……泽有委蛇。"公曰："请问委蛇之状何如？"皇子曰："委蛇，其大如毂，其长如辕，紫衣而朱冠，其为物也恶，闻雷车之声，则捧其首而立，见之者殆乎霸。"桓公辴然而笑曰："此寡人之所见者也。"于是正衣冠，与之坐，不终日而不知病之去也。

自以为伤于鬼的齐桓公一病不起"数日不出"，听说见到此鬼者即可称霸后"不终日而不知病之去"，养生重在养心的哲理于此可见。他如《田子方》中的"宋元君将画图"和"臧丈人逃文王授政"、《徐无鬼》中的"徐无鬼以相狗相马说魏武侯"和"子綦召九方歅为八子相面"、《外物》中的"儒以《诗》《礼》发冢"、

《让王》中"子列子辞郑子阳馈赠"和"原宪居鲁",等等,亦无不于故事中蕴含了作者所要表达的思想和态度。

三、《庄子》的怪异浪漫

《庄子》文章不同于别家的独特还在于想象奇特怪异,描写夸张变形,从而呈现出神奇超绝的浪漫色彩。

首先,《庄子》哲学物我合一,在以寓言表述哲理时也混同天人,于是常常运用丰富想象,赋予万事万物以鲜活生命,从而创造了一个光怪陆离的非现实世界。

在这里,动物、植物、云气等自然物皆能开口说话,"埳井之蛙谓东海之鳖"中埳井之蛙热情邀东海之鳖做客,闻东海之大乐后"适适然惊,规规然自失",再无当初得意之状(《秋水》);"栎树语匠石"中栎树闻匠石称己为"散木"后,愤愤然对匠石曰:"而几死之散人,又恶知散木!"(《人间世》)"云将东游"中,云将(云)"过扶摇之枝而适遭鸿蒙(元气)","云将曰:'……今我愿合六气之精以育群生,为之奈何?'"鸿蒙"拊髀雀跃掉头曰:'吾弗知!吾弗知!'"(《在宥》)其神态、动作、表情生动可见。

更为怪异的是头骨、影子的影子等也能开口说话。"髑髅语庄子"中,闻庄子说"吾使司命复生子形"后,"髑髅深矉蹙頞曰:'吾安能弃南面王乐而复为人间之劳乎!'"(《至乐》)"罔两问景"中,影子的影子(罔两)极不耐烦责问影子(景):"曩子行,今子止;曩子坐,今子起。何其无特操与?"影子十分委屈道:"吾有待而然者邪?吾所待又有待而然者邪?吾待蛇蚹蜩翼邪?恶识所以然?恶识所以不然?"(《齐物论》)

还有,动物、自然和人的目、心可以混在一起互相羡慕和对话:"夔怜蚿,蚿怜蛇,蛇怜风,风怜目,目怜心。夔谓蚿曰:'吾以一足趻踔而行,予无如矣!今子之使万足,独奈何?'……蚿谓蛇曰:'吾以众足行,而不及子之无足,何也?'……蛇谓风曰:'予动吾脊胁而行,则有似也;今子蓬蓬然起于北海,蓬蓬然入于南海,而似无有,何也?'"(《秋水》)

其次,《庄子》思接千里,傲睨古今,俯瞰宇宙,极尽夸张变形之能事,将日常生活中的人和事做极度夸大或缩小的描写,以产生惊警动人的强烈效果。

《逍遥游》写大鱼大鸟:"北冥有鱼,其名为鲲,鲲之大,不知其几千里也;化而为鸟,其名为鹏,鹏之背,不知其几千里也。"写年寿之长:"楚之南有冥灵者,以五百岁为春,五百岁为秋;上古有大椿者,以八千岁为春,八千岁为秋。"写藐姑射神人的本事:"其神凝,使物不疵疠而年谷熟。"《知北游》写人生短促:"人生天地之间,若白驹之过隙,忽然而已。"《人间世》写力量悬殊:"汝不知夫螳螂乎,怒其臂以当车辙,不知其不胜任也。"《秋水》写见识短浅:"知不知是非之竟（境），而犹欲观于庄子之言，……是直用管窥天，用锥指地也。"

人间活动在这里也超乎寻常，如称卫人哀骀它"以恶（丑）骇天下"，其魅力却是："丈夫与之处者，思而不能去也；妇人见之，请于父母曰'与为人妻，宁为夫子妾'者，十数而未止也。"（《德充符》）写匠石和郢人的绝技，则是："郢人垩（白灰）慢其鼻端若蝇翼，使匠石斲之，匠石运斤成风，听而斲之，尽垩而鼻不伤，郢人立不失容。"（《徐无鬼》）写任公子钓鱼，竟是："为大钩巨缁，五十犗（犍牛）以为饵，蹲乎会稽，投竿东海，旦旦而钓，期年不得鱼。已而大鱼食之，牵巨钩，錎（陷）没而下骛，扬而奋鬐，白波若山，海水震荡，声侔鬼神，惮赫千里。"（《外物》）

与极度夸张相反，有时又会出现极端缩小。如"蜗角触蛮"："有国于蜗之左角者曰触氏，有国于蜗之右角者曰蛮氏，时相与争地而战，伏尸数万，逐北旬有五日而后反。"（《则阳》）

总之，在先秦诸子散文中，《庄子》的文章更富于想象力、形象性和创造性。在其后的历代文人中，欣赏庄子格调者有之，激赏其文章者有之，诸如阮籍、嵇康、陶渊明、李白、苏轼、辛弃疾、鲁迅等，都或多或少受其影响。庄子哲学、文章在塑造文人学士性格、人格方面，作为儒家的重要补充，已是与儒家并重的一种因素；而在文学艺术领域，庄子的影响也是值得重视的。

第四节　《荀子》《韩非子》

《荀子》《韩非子》是战国后期相继出现的两部诸子著作，因分别属于儒、法两家而在思想学说方面多有不同，但却共同体现了说理散文趋于成熟、规范的特点，形成了有题有论有证的专题论说格局。它们虽不似《孟子》《庄子》以情感、形象及文学描摹见长，却以其论证周密、犀利的独特风格、文笔气势和辞采而在文学领域占有一席之地。

一、荀子与《荀子》

《荀子》现存三十二篇，其中大部分为荀子自著的议论说理文章。

荀子（？—前238？），名况，字卿，又称孙卿，战国后期赵国人。是继孔子、孟子之后儒家学派又一重要代表。曾游学于齐稷下学宫，在诸先生中"最为老师"，"三为祭酒"（《史记·孟子荀卿列传》）。后因被谗应聘入秦，又去秦返赵，后至楚，受楚春申君委任而做兰陵令。春申君去世后罢官，定居兰陵，著书数万言而卒。一生有两个著名门徒，却皆成法家代表，即秦丞相李斯及《韩非子》的作者韩非。

荀子生当战国后期,学派争鸣已十分充分;齐稷下学宫更是诸家云集,天时地利之便,使荀子得以兼收并蓄,对诸子学说做出总结。因此,他虽为儒家,于孔子学说亦确有继承发展之处,但更有以儒学为主兼采各家的特点。

政治上,荀子强调礼治,但已打破周礼世袭出身的等级贵贱,"虽王公士大夫之子孙也,不能属于礼义,则归之庶人;虽庶人之子孙也,积文学,正身行,能属于礼义,则归之卿相士大夫"(《荀子·王制篇》);而且礼治需兼法治而行,尚贤使能与赏功罚过并施,"以善至者,待之以礼;以不善至者,待之以刑"(同上),"王道""霸道"兼重。只不过依照儒家传统,鉴于"马骇舆,则莫若静之;庶人骇政,则莫若惠之"(同上),王道仍居首位,霸道乃是王道的补充和辅助。

在人性问题上,与孟子"性善论"相对,荀子主张"性恶论"。其"性恶"之"性"乃是"目好色,耳好声,口好味,心好利,骨体肤理好愉佚"(《性恶篇》)的自然本性,而本性欲求不加节制,就会发展为"恶"。因此,他认为"礼"之"起"即源于对欲的节制,"人生而有欲,欲而不得,则不能无求;求而无度量分界,则不能不争","先王恶其乱也,故制礼义以分之"(《礼论篇》),礼的作用即在于"矫饰人之情性而正之"(《性恶篇》)。同时,每个个体则应勤于学养,去恶从善,因为"木受绳则直,金就砺则利,君子博学而日参省乎己,则知明而行无过矣"(《劝学篇》)。

在自然观方面,荀子更在各家多方探讨基础上,提出了"明于天人之分"和"制天命而用之"(《天论篇》)的思想。该学说一方面吸收了道家自然无为的天道观,强调"天行有常,不为尧存,不为桀亡",主张"不与天争职"(《天论篇》);另一方面又吸收了孔孟思想中重视人为、"与天地参"的思想,强调人应充分发挥自身"天官""天君"作用以认识、把握天道规律,从而发挥主观能动性。

与荀子全面缜密的学理相适应,《荀子》的论说文章也呈现为严谨、周到、细密的文风特点。

首先,主题明晰直露。全书多为独立成篇的专题说理散文,篇篇有题,标题即是该篇的中心论题或基本观点,《天论篇》即论天人关系,《劝学篇》即劝后天学养,《王制篇》即述政治主张,他如《礼论篇》《乐论篇》《性恶篇》等,一看便知论题范围或宗旨。行文观点更是旗帜鲜明,如《性恶篇》开篇即曰"人之性恶,其善者伪也",准确简明,易于把握。

其次,长于对论题全面周密地展开论证,注意运用分析、综合等种种方法,尤其善于从问题的各个层面、角度和方面分别加以解剖说明。《劝学篇》开篇提出"学不可以已"的中心论点后,首先论"学"之必要,分别从学可易性、学可易教、学可增智三个方面加以说明;其次论"学"之法,又分别从近善而捷、立身为要、持恒必成几个方面予以阐述；最后论"学"之目标，又从"至乎礼而止"到"入乎耳、著乎心、布乎四体、形乎动静"的程度以及最终达到"贵其全"的境界，逐层论述。《解蔽篇》集中讨论认识之"蔽"及其解决，具体分为人君之蔽、人臣之蔽、诸家之蔽；每一种"蔽"又分别从"蔽塞之祸"与"不蔽之福"反正两面立说；最后正论"中悬衡"以解蔽的种种原则、道理和方法。

再次，文章结构谨严，语句整齐，从而给人以严谨规范之感。如《天论篇》："天行有常，不为尧存，不为桀亡。应之以治则吉，应之以乱则凶。强本而节用，则天不能贫；养备而动时，则天不能病；修道而不贰，则天不能祸。"虽也句式多变，却无不排比对仗，富于整齐修饰之美。

还有，《荀子》中有的篇章也较多援用了历史故事及比喻等形象化阐发、论证手段，只是其援引往往采取连用、概用形式，且多以排比对仗句式出之，并不展开叙述描写，从而给人以思维细密、形式整齐之感。连用史实的如《臣道篇》："故齐之苏秦、楚之州侯、秦之张仪，可谓态臣者也；韩之张去疾、赵之奉阳、齐之孟尝，可谓篡臣也；齐之管仲、晋之咎犯、楚之孙叔敖，可谓功臣矣。殷之伊尹，周之太公，可谓圣臣矣。"连用比喻以《劝学篇》最为典型："不登高山，不知天之高也；不临深谿，不知地之厚也。""不积跬步，无以至千里；不积小流，无以成江海。"他如《解蔽篇》指出"凡观物有疑，中心不定，则外物不清"，其中就连用"见寝石以为伏虎""见植林以为后人""越百步之沟以为跬步之浍""俯而出城门以为小之闺""从山上望牛者若羊""从山下望木者十仞之木若箸""水动而景摇""瞽者仰视而不见星"等误视、差视、无视的情况，以说明"蔽"对认识的影响，而其中"夏首之南涓蜀梁疑影而死"的故事，所谓"其为人也，愚而善畏。明月而宵行，俯见其影，以为伏鬼；卬视其发，以为立魅也。背而走，比至其家，失气而死"，则几近寓言，是《荀子》中少有的个例。

二、韩非与《韩非子》

韩非（前280—前233），战国末期韩国（今河南中部）人，为韩之诸公子，就学于儒师荀况门下，却独"喜刑名法术之学"，成为法家学派的重要代表。曾屡次上书韩王，提出崇尚法术、富国强兵的主张，但"韩王不能用"，于是"观往者得失之变"，"作《孤愤》、《五蠹》、内外《储》、《说林》、《说难》十馀万言"。"人或传其书至秦。秦王见《孤愤》《五蠹》之书，曰：'嗟乎，寡人得见此人与之游，死不恨矣！'李斯曰：'此韩非之所著书也。'秦因急攻韩。韩王始不用非，及急，乃遣非使秦"（《史记·老子韩非列传》），韩非因此为秦所留。然终未能得到秦王信用，加之同窗李斯嫉害，被投狱中，服毒自尽。

《韩非子》今见五十五篇。其中除《史记》本传所举篇目均见该书外，其他文章虽不免窜入或植入文字①，但大部分应是韩非自著。韩非建构了以法为本，法、术、势结合的法家学说体系，尤以具体论述治国驭臣之术及社会历史观为其内容的基本特色。

战国末期，刑名法术之学已有诸多积累，商鞅尚"法"，申不害尚"术"，慎到尚"势"，韩非融合三家遂成法学集成。"法"即依法行事，"信赏必罚"，利用功利和震慑来刺激功业实效，谨防仁义情感扰法乱国，主张"赏莫如厚而信，使民利之；罚莫如重而必，使民畏之；法莫如一而固，使民知之"（《五蠹》）；"术"即君上驭臣手段，诸如持二柄、群臣见素等（《二柄》），否则"无术以知奸，则以其富强也，资人臣而已矣"（《定法》）；"势"则是人君凭借权势统驭天下，"事在四方，要在中央，圣人执要，四方来效"（《扬权》）。韩非主张法、术、势应配合使用，"君无术则弊于上，臣无法则乱于下，此不可一无，皆帝王之具也"（《定法》）。而它们又都须以明法为准绳。无定法以用术，"前后相悖，则申不害虽十使昭侯用术，而奸臣犹有所谲其辞矣"（《定法》）；无定法以用势，"桀纣御之，则天下乱"（《难势》）。

此套法术学说的基础是社会进化历史观。韩非将社会历史分成"上古之世""中古之世""近古之世"与"当今之世"四个阶段，"世异则事异"，"事异则备变"，由于财力厚薄不同，而导致"上古竞于道德，中世逐于智谋，当今争于气力"。圣人应该"不期修古，不法常可，论世之事，因为之备"（《五蠹》）。既然"当今争于气力"，用法治和奖惩以治世就是唯一选择。

恰如韩非学说的质实直切，《韩非子》的文章也犀利峻峭，长于面面分析，层层剖剥，鞭辟入里，直指要害。

首先，一如《荀子》说理的全面周到，且更着力全方位捕捉问题的各个侧面和各种可能。论人臣成奸，有八术（《八奸》）；论人生之失，有十过（《十过》）；谈亡国之征，一连列举出四十六个"可亡也"（《亡征》）。《说难》讨论谏说人主之术，一论"说之难在知所说之心"，分别列出对方"为名高""为利厚""阴为厚利显为名高"三种心理、四种结果；二论可能导致说者身危的种种情况，一连列出七个"如此者身危"；三论可能导致对方误解的方面，"则以为"如何，有八处；四论"说之务在知饰所说之所矜而灭其所耻"，须揣摩之后方可进辞者有十一项；五论进辞时的处境，有可言不可言之分；六论进辞时对方的情绪，有或喜或怒之别。

其次，说理必持之有故，且为加强可靠程度，论据必出于历史事实、现实故事和写实譬喻，几无玄想和虚夸。《十过》论人主的十种过失，每一过都有一则历

---

①　参见梁启雄《韩子书各篇真伪考》，《韩子浅解》，中华书局 1960 年版，第 5—8 页。

史事实加以说明，比如论"小忠贼大忠"，便举楚子反因童竖尽忠进酒延误战机而被杀；论"小利残大利"，又举虞公贪小利假道于晋而灭国。《二柄》强调"今君人者"若"释其刑德而使臣用之"，"则君反制于臣矣"，遂举齐田常"下大斗斛而施于百姓"、宋子罕谓宋君"杀戮刑罚者，民之所恶也，臣请当之"，结果"简公见弑""宋君见劫"。《五蠹》批评故步自封、不思时变者，更是述"守株待兔"故事以嘲讽之。它们虽不具有《庄子》寓言想象的奇幻动人，却极富于论证说服力量。

再次，其文章的更大特点还在于善于对问题进行逻辑分析。如《难一》"历山之农者侵畔"一节，开篇即摆出问难靶子，即仲尼称舜"躬藉处苦而民从之"是"圣人之德化"，然后层层辩驳。首先指出儒者既赞美尧的明察在上，又赞美舜的德化在下，是自相矛盾，因为"贤舜则去尧之明察，圣尧则去舜之德化，不可两得也"；其次指出即使只赞誉一方也有问题，因为"舜救败，期年已一过，三年已三过，舜寿有尽，天下过无已者，以有尽逐无已，所止者寡矣"；再次指出其实事必躬亲本身乃"尧舜之所难"，而若"处势而矫下"，"十日而海内毕矣，奚待期年"。层层剖剥，直达宗旨。

《孤愤》一篇从法术之士所遇之难一直论到亡国之危，更是步步推衍：一论法术之士因须"明察烛私""劲直矫奸"而与专宠擅权的"重人"不可两立；二论"重人"因"擅事要"而得外内"四助"之人；三论"重人"不会推举法术之士以揭自己之短，人主不能越"四助"之人而烛察其臣，结果人主愈弊，大臣愈重；四论"重人"既得人主信爱，愈加朋党遍天下，将"一国为之论"；五论法术之士本无"重人"之便利，反须矫人主阿辟之心，"是与人主相反"；六论法术之士以卑贱之势、孤特之位、疏远之境、反主之意等等与"重人"及其朋党争，必有"五不胜"；七论"重人"乘"五胜"之资以障蔽人主，法术之士却"操五不胜之势"，"人主奚时得悟"……直至十四论重臣欺主，智士贤士不从，"臣有大罪，而主弗禁"，如此一来，"索国之不亡者，不可得也"。这种细密至极的推理，加上一针见血的判断，几如法官断案，自有条分缕析、步步为营的思理魅力在，也能引人入胜，令人叹服。

三、《赋篇》《成相篇》与《说林》《储说》

《荀子》《韩非子》的文章均以说理论证取胜，但它们又各有两篇特殊作品，在文学史上值得一提。

《赋篇》《成相篇》是《荀子》中用韵文写成的文学作品。

《赋篇》包括"隐"和"佹诗"两个部分。"隐"有五篇，以"隐语"体式、问答形式描写了五种现象和事物，即《礼》《知》《云》《蚕》《箴（针）》，如

《箴（针）》中问辞云："有物于此，生于山阜，处于室堂。无知无巧，善治衣裳。不盗不窃，穿窬而行。日夜合离，以成文章。以能合从，又善连衡。下覆百姓，上饰帝王。功业甚博，不见贤良。时用则存，不用则亡。臣愚不识，敢请之王。"其答辞为："王曰：此夫始生钜，其成功小者邪？长其尾而锐其剽者邪？……一往一来，结尾以为事。无羽无翼，反覆甚极……夫是之谓箴理。箴。"问与答皆通过比喻、描摹等手法，相互配合，共同揭示针的形状、特征、功能，最后以一个"箴（针）"字点出谜底。《佹诗》包含"佹诗"和"小歌"，以四言韵语为主，间以杂言，如"天下幽险，恐失世英。螭龙为蝘蜓，鸱枭为凤皇"，"琁玉瑶珠，不知佩也，杂布与锦，不知异也"，与楚辞中的"《九章》体"比较接近。

《成相篇》是《荀子》中采用当时歌诀说唱形式写成的一组韵文作品。"成"有"击""奏"之义，"相"本为乐器，形如小鼓，"成相"犹如"击鼓"。表演者唱诵时应是以手拍击相器以控制节奏，类似后世的"快板书""花鼓词"，故名"成相"。该体式的特点为形式短小、节奏轻快，读来朗朗上口，《成相篇》正是如此，如其中的两节：

> 请成相，世之殃，愚闇愚闇堕贤良！人主无贤，如瞽无相，何伥伥！
> 治之经，礼与刑，君子以脩百姓宁。明德慎罚，国家既治，四海平。

它们皆是"三三七、四四三"句式，韵脚大都在一二三六句上，篇章规整有序，其内容则不离选贤授能，安邦治国，有训诫色彩。湖北云梦睡虎地秦简《为吏之道》所附韵文，如"凡戾人，表以身，民将望表以戾真。表若不正，民心将移，乃难亲"等，其形式与《成相篇》完全相同，且同样是一组说理辞，应是为便于记诵而由民间说唱体改编而成的训诫歌诀①，《成相篇》或即直接来源于此类形式。

《汉书·艺文志·诗赋略》"杂赋"类中著录有"成相杂辞十一篇""隐书十八篇"，惜皆不存，《荀子》中《赋篇》《成相篇》中所含的"隐""佹诗""成相辞"，为认识赋体中此类形式的早期创作提供了珍贵文本。

《说林》《储说》是《韩非子》中两组集中了大量寓言故事的特殊作品，包括《说林》上下、《内储说》上下、《外储说》左上、左下、右上、右下共八篇。"林""储"皆汇集、储备之义，所汇总之"说"在此意为传说、故事。

在《韩非子》中，《说林》《储说》不是一般故事集，而是韩非阐发学说的组成部分。《储说》已被分门别类，每一类又明确分为经、说两个部分。如《内储说

---

① 湖北云梦睡虎地秦简中有《为吏之道》一篇，分上下五栏，其中第五栏写有八首韵文，释文见《睡虎地秦墓竹简》，文物出版社 1978 年版，第 291 页。

上》开篇列出"七术"纲目："一曰众端参观，二曰……"其次陈述"七术"论点，即七"经"，如"经一"为"参观"："观听不参则诚不闻，听有门户则臣壅塞。其说在侏儒之梦见灶。""说一"中的第一个故事即"侏儒之梦见灶"：

> 卫灵公之时，弥子瑕有宠，专于卫国，侏儒有见公者曰："臣之梦践矣。"公曰："何梦？"对曰："梦见灶，为见公也。"公怒曰："吾闻见人主者梦见日，奚为见寡人而梦见灶？"对曰："夫日兼烛天下，一物不能当也。人君兼烛一国，一人不能拥（壅）也，故将见人主者梦见日。夫灶，一人炀焉，则后人无从见矣。今或者一人有炀君者乎？则臣虽梦见灶，不亦可乎！"

"侏儒之梦见灶"的故事恰恰可以用来作为"听有门户则臣壅塞"的譬喻。

《说林》是短小故事汇集，没有分门别类，也似无统筹安排，但其中大部分内容应是经过韩非有意挑选摘抄或积累而成，皆可用来印证或佐证韩非理论。如《说林下》的"杨布打狗"：

> 杨朱之弟杨布，衣素衣而出，天雨，解素衣，衣缁衣而反，其狗不知而吠之。杨布怒，将击之。杨朱曰："子毋击也，子亦犹是。曩者使女狗白而往，黑而来，子岂能毋怪哉！"

韩非在许多文章中都强调"法不可数易"，即不能朝令夕改，让百姓无所适从。这个故事正可以用来说明这个道理。

诸如此类蕴含寓意的传说、故事，还有《说林上》的"鸱夷子皮事田成子""老马识途""鲁人身善织屦"，《内储说上》的"弃灰之法""以一都买一胥靡""吴起攻亭""滥竽充数"，《外储说左上》的"买椟还珠""棘刺母猴""客有教燕王为不死之道者""画鬼魅易画犬马难""郑县人卜子使其妻为袴""郢书燕说""郑人市履""齐王好衣紫""曾子烹彘"，《外储说右上》的"狗猛酒酸""社鼠"，《外储说右下》的"公仪休嗜鱼"等。正因韩非集"说"以说理，《说林》《储说》因而已具寓言性质，这两组作品因此成为文学史上值得珍视的寓言集录。

思考题

1. 《老子》《孙子》《论语》《墨子》等早期诸子著作各具什么文学特点？
2. 由《孟》《庄》异同看战国诸子的特点及文学风貌。
3. 由《孟子》看孟子的好辩与善辩，并思考其与百家争鸣的关系。

4. 为什么说在先秦诸子散文中，《庄子》的文章更富于想象力、形象性和创造性？

5. 《荀子》《韩非子》的论证特点是什么？为什么说《赋篇》《成相篇》和《说林》《储说》分别是其中的特殊作品？

第六章　屈原与楚辞赋

战国后期，南方楚地又涌现出一批诗歌作品，汉代人始称之为"楚辞"。楚辞虽产生于《诗经》之后，却因其独特的地域色彩、诗歌形式、风格及渊源而与《诗经》分别属于两个系统。它们作为中国诗歌史上偏于写实与偏于想象两大传统的源头，风骚并称，共同对后世文学产生了重大影响。楚辞的代表作家屈原则是中国文学史上第一位伟大诗人。与楚辞相关联，赋体也得以孕育形成。

第一节　屈原的创作与楚辞的产生

楚辞特指以屈原为代表作家的战国后期南方楚地涌现出的一批具有鲜明地域色彩的诗歌作品，其产生与屈原的特有经历密切相关，刘勰《文心雕龙·辨骚》即云："不有屈原，岂见《离骚》。"

一、屈原的生平

屈原，名平，字原，战国后期楚国人。为楚王同姓屈、景、昭三大姓之一姓，有"三闾大夫"之称。屈原既与楚王同姓，又极有才华，"博闻强志，明于治乱，娴于辞令"，早年极受怀王信任，委以左徒之职，"入则与王图议国事，以出号令；出则接遇宾客，应对诸侯，王甚任之"（《史记·屈原贾生列传》）。屈原因此志在有为，与怀王商讨新法事宜，并受命草拟新的宪令。此举颇为触动贵族利益，由此多受谗害和中伤。"与之同列，争宠而心害其能"的上官大夫当宪令"草稿未定"之时欲"夺之"而被屈原拒绝，反诬之曰"每一令出，平伐（夸）其功"，由此招致"王怒而疏屈平"（同上）。

屈原被疏远后曾离开郢都寓居汉北，《九章·抽思》有"有鸟自南兮，来集汉北"之喻和"惟郢路之辽远兮，魂一夕而九逝"之辞。其间秦楚发生剧烈冲突。此时七雄中唯齐楚秦成鼎足之势，而"楚与齐从亲，秦惠王患之"，因遣张仪至楚游说绝齐（《史记·楚世家》）。楚怀王始因张仪诈称"楚诚能绝齐，秦愿献商於之地六百里"而与齐绝，继而因张仪改口为"仪与王约六里，不闻六百里"而大怒，"大兴师伐秦"又兵败失地。齐已不会来救，韩魏又趁机相攻，楚国几陷绝境。"是时屈平既疏，不复在位"，当此危急时刻被召回，"使于齐"，齐楚之盟得以恢复。（《史记·屈原贾生列传》）

然而打击又一次接踵而来。秦惧齐楚复盟，表示愿退汉中之半与楚讲和，怀王"不愿得地，愿得张仪而甘心焉"，张仪深知楚国贵族的腐朽无能，甘愿"请往"。"如楚，又因厚币用事者臣靳尚，而设诡辩于怀王之宠姬郑袖。怀王竟听郑袖，复释去张仪。"刚自齐返的屈原"谏怀王曰：'何不杀张仪?'怀王悔，追张仪不及"。其后楚更与秦国结亲，秦昭王借此假称"欲与怀王会"，"怀王欲行，屈平曰：'秦虎狼之国，不可信，不如毋行。'怀王稚子子兰劝王行：'奈何绝秦欢!'怀王卒行"。怀王拒绝割地被留，三年后"竟死于秦而归葬"，怀王长子顷襄王即位，任其弟子兰为令尹。怀王客死在楚引起愤慨，国人"咎子兰以劝怀王入秦而不反"，怨怀王信用不当，并以屈原为说，所谓"怀王以不知忠臣之分，故内惑于郑袖，外欺于张仪，疏屈平而信上官大夫、令尹子兰。兵挫地削，亡其六郡，身客死于秦，为天下笑"。"令尹子兰闻之大怒，卒使上官大夫短屈原于顷襄王，顷襄王怒而迁之。"（《史记·屈原贾生列传》）

屈原因此被放江南，长期在楚国南部沅湘一带辗转漂泊，最终于汨罗投江自沉。《史记·屈原贾生列传》在记述屈原最后经历时援引了《楚辞·渔父》屈原"行吟泽畔"与渔父相遇的情节，记述屈原答渔父曰："举世混浊而我独清，众人皆醉而我独醒，是以见放。""吾闻之，新沐者必弹冠，新浴者必振衣，人又谁能以身之察察，受物之汶汶者乎!宁赴常流而葬乎江鱼腹中耳，又安能以皓皓之白而蒙世俗之温蠖乎!"并称他"乃作《怀沙》之赋……于是怀石遂自沉汨罗以死"。结合《渔父》，联系《怀沙》，可知屈原是因为对楚国政治和国势的绝望、对"怀瑾握瑜兮，穷不知所示"的悲哀、为保持不同流俗的高洁而以死明志的。

二、屈原的创作

屈原大部分作品都是被疏远特别是被放逐后创作的。

南方楚地，本有自己独特的文化艺术系统，由"南冠""南音"（《左传·成公九年》）之称，知南方服饰、音乐等与北方有异，与"南音"直接相关的楚地民歌，也有不同于北方的语言形式。公元前六世纪中叶出现的一首根据越人"拥楫而歌"译成的楚歌《越人歌》（见《说苑》），《孟子》引用的《沧浪歌》等，其诗句的参差不齐，就与《诗经》有别。屈原所放楚国南部更是因开发较晚，仍巫风盛行。王逸《九歌序》即称"昔楚国南郢之邑，沅湘之间，其俗信鬼而好祠，其祠必作歌乐鼓舞以乐诸神"，《岳阳风土记》则说："荆湖民俗，岁时会集或祷祠，多击鼓，令男女踏歌，谓之歌场。"

屈原"博文强志"，"娴于辞令"，本是一位博学多识、有深厚历史文化修养且长于语言表达的政治家，被疏、被黜特别是被放逐，使他离开宫廷，深入到民间尤其是江南原始巫风之壤，其创作因此而受到巫觋文化的显著影响。一方面，用自己丰厚的知识和修养对所接触的巫歌巫舞进行了整理、加工和改作，另一方面，又吸收了民间艺术养料自铸伟辞以抒发难以排解的抑郁苦闷，由此创作出一批既有鲜明楚民间地方色彩又有文人化格调的巨篇佳制，自吟自唱。创作和吟唱已成为屈原流放生活的一部分，直至他生命的终结。不同于北方诗歌亦不同于楚歌的特有的"楚辞"即因此而产生。

屈原所作楚辞作品，《汉书·艺文志》著录为二十五篇，东汉王逸《楚辞章句》所定二十五篇包括《离骚》、《九歌》（十一篇）、《天问》、《九章》（九篇）、《远游》、《卜居》、《渔父》。另有一篇《招魂》，王逸归于宋玉，司马迁则将其与屈原作品并称（《史记·屈原贾生列传》），亦当为屈原所作。

三、"楚辞"的含义

屈原的楚辞创作，首先在楚地发生影响。《史记·屈原贾生列传》即称，"屈原既死之后，楚有宋玉、唐勒、景差之徒者，皆好辞而以赋见称"。汉初，贾谊贬谪长沙，作《吊屈原赋》以悼，有《惜誓》拟骚。其后居末楚之都寿春的淮南王刘安"招宾客著书"，亦传习楚辞①，吴王刘濞"招致天下之娱游子弟"，多好辞赋，"故世传楚辞"（《汉书·地理志》）。西汉末年刘向将世传屈原、宋玉等楚人所作楚辞作品及汉代贾谊、淮南小山、严忌、东方朔、王褒及刘向本人的拟骚之作编定成集，凡十六卷，题为《楚辞》。东汉王逸增附一篇己作，成十七卷，并为全书作注，题为《楚辞章句》。今见宋洪兴祖《楚辞补注》即含《楚辞章句》及洪之补注。

由此，"楚辞"在文学史上实有两层涵义。其一是指战国后期产生于楚国的一种以诗体为主的文学体式，其特征为"书楚语，作楚声，纪楚地，名楚物"（宋人黄伯思《新校楚辞序》，见《皇朝文鉴》卷九十二），呈现了楚国的地方特色，主要代表作家为屈原，还包括宋玉、唐勒、景差等作家的楚辞作品。其二是指刘向编定的《楚辞》，其中包括屈原、宋玉等楚人所作的楚辞作品，也包括汉代人模仿而作的拟骚辞。此外，由于楚辞与赋体的渊源错综关系，汉代人往往"辞""赋"混称，屈原作品或被称"赋"②，实则楚辞、赋体的典型形态有体裁之别。

第二节　《九歌》《招魂》《天问》

《九歌》《招魂》《天问》形制不同，却都是屈原在南楚民间固有巫歌、踏唱

---

① 安徽阜阳出土汉简中发现有两片楚辞，一为《离骚》残句，仅存四字；一为《涉江》残句，仅存五字，见《阜阳汉简简介》，《文物》1983 年第 2 期。阜阳与寿春临近，可证此地有楚辞流传。

② 如《史记·屈原贾生列传》称"乃为《怀沙》之赋"，《汉书·艺文志》著录"屈原赋二十五篇"。

基础上加工、创制的一批楚辞作品，是南方巫觋文化的集成和结晶；同时，又因屈原给以艺术升华而成为极富欣赏价值的奇诗佳作。而且，当屈原挖掘这些文化宝藏之时，这些艺术素材也滋养了屈原，在一定意义上决定了屈原自铸伟辞的体式和风貌。

一、《九歌》

《九歌》是一组祀神乐歌的总称，共十一篇，具体篇目为《东皇太一》《东君》《云中君》《湘君》《湘夫人》《大司命》《少司命》《河伯》《山鬼》《国殇》《礼魂》。其中如《湘君》与《湘夫人》、《大司命》与《少司命》等，有明显的对应关系，知是组歌套曲。对于"九歌"之"九"解说颇多，尚无定论①。

"九歌"本是固有歌曲名称，《山海经》有"开（启）上三嫔于天，得《九辩》与《九歌》以下"（《大荒西经》）的神话记载，《楚辞·天问》有"启棘（急）宾商（帝），《九辩》《九歌》"之句。人神沟通，上下于天，这一相传从天上得来的歌曲，必为巫歌神曲。屈原流放所至的南楚沅湘一带，仍上演着原始《九歌》曲目，通过表现人神燕昵之好的歌舞以享神娱神。今见楚辞中的《九歌》即屈原在原始《九歌》基础上，经过加工再创作而成的一组歌词。对此，王逸称"屈原放逐，窜伏其域"，"出见俗人祭祀之礼，歌舞之乐，其词鄙陋，因为作《九歌》之曲。上陈事神之敬，下见己之冤结，托之以讽谏"（《楚辞章句·九歌序》），认为是屈原的寄托之作；朱熹称"故颇为更定其词，去其泰甚"（《楚辞集注·九歌序》），认为屈原对于原作素材主要在于去其鄙陋，更定其辞。就诗作通篇看，《九歌》保留了原始《九歌》浪漫想象、神话故事乃至人神传情、歌舞祭祀的固有内容，却形成了文雅、清丽、秀美的艺术风格，某些部分渗透进了诗人的特有心境和情感。

《九歌》似是一组可以分配角色表演的代言体诗歌。作品没有明确标出主唱者的性别、身份，但据内容、语气推断，这应是一出连台上演的化装歌舞。巫觋披花带草（"被薜荔兮带女萝"），分别扮演神灵、为神灵所钟情的男女之巫以及广大族众，用独唱、对歌、唱和、合唱等形式，表演神灵的行事、人与神及神与神的恋爱、广大族众对神的期盼和赞美等，已有简单剧情。它们是祀神乐歌，其中"东皇太一"是天之总神，"东君""云中君"是日神和云雨之神，"湘君""湘夫人"是一对湘江水神，"大司命""少司命"是总管人类寿夭和分管儿童子嗣的生命之神，"山鬼""河伯"是山川河流之神，"国殇"是战神，皆与广大族众的生

---

① 《九歌》十一篇，"九"与"十一"不合。对此，或仍作数字解，并试图将十一篇合并为九篇以合"九"数；或以"九"表多数，表示是一种组歌套曲形式；或采用训诂方法，以"九"为借字。

产生活息息相关，尚有自然神崇拜、多神崇拜等原始宗教的内容色彩；同时，它们又是观赏性极强的歌舞剧作，有着浓厚的艺术韵味。

首先，《九歌》以大胆不羁的想象，跨越人神之界，构思出人和神的感情纠葛及神灵们的喜怒哀乐。那些原本令人敬畏的天神地祇，不但被具象化，且表现得富于个性和人情味，给人以亲切感。如《湘君》《湘夫人》，作为一出戏的上下本，以角色对唱的表演，表现一对配偶神的幽期欢会，写他们由思慕、企盼、误解、哀怨到赴约、幽会的感情发展过程，是一曲甜蜜中略有风波的爱情故事①。《山鬼》是一出独角戏，表演巫山神女与一位人间公子曾经有过热烈的幽会，便倾心相许，日夜期盼。贯穿全篇的是神女娓娓诉说思慕恋人的苦况和对爱情的渴望，其由相思转而幽怨、由怀疑进而忧伤的心理过程也表现得真挚动人。

其次，《九歌》文辞优美雅丽，写景抒情细致入微。《湘夫人》开篇写湘君降于北渚后对情侣的寻觅，"帝子降兮北渚，目眇眇兮愁予。嫋嫋兮秋风，洞庭波兮木叶下"，是情景交融的佳句；《少司命》抒发钟情之人喜聚伤别的感受，"满堂兮美人，忽独与余兮目成"，"悲莫悲兮生别离，乐莫乐兮新相知"，是言情的极致，被誉为"千古情语之祖"（王世贞《艺苑卮言》卷二）；《山鬼》末章表现神女的绝望，于是电闪雷鸣，风雨大作："靁填填兮雨冥冥，猨啾啾兮又夜鸣，风飒飒兮木萧萧，思公子兮徒离忧！"《国殇》通篇表现对战死之神的礼赞："诚既勇兮又以武，终刚强兮不可凌。身既死兮神以灵，子魂魄兮为鬼雄！"

二、《招魂》

"招魂"是巫觋文化中普遍流行的巫术仪式之一，根源于上古人类关于灵魂离体的奇特想象和幼稚观念。《楚辞·招魂》即是仿巫师招魂咒语而作的一篇以招魂词为主体的奇特作品。司马迁在列举屈原作品时，也提到《招魂》，称"悲其志"（《史记·屈原贾生列传》），近人多认为该作当为屈原追悼客死秦国的怀王而作。

楚怀王被奸佞欺诈，入秦一去便成永诀；顷襄王只顾淫逸苟安，国将不保；屈原则因不满于令尹子兰当年力劝怀王入秦，遭遇变难，这一切都与怀王之死丝缕关联。屈原悲悼怀王，愁思难遣，于是借民间"招魂"形式，通过招怀王亡魂，以寄托哀思，同时，也借以寄寓自己的身世之叹。

《招魂》分序辞、招魂辞和乱辞三部分。序辞以自抒愁苦哀悼之情开篇，然后假设上帝命巫阳到下界为"魂魄离散"者招魂。第二部分为巫阳的招魂辞，遍陈四方上下之怖、楚地饮食服御之美，以感召亡魂归来。第三部分乱辞又回到现实抒情，追忆往昔楚王游猎盛况，尾句以"目极千里兮伤春心，魂兮归来哀江南"

---

① 用林河说。参见林河《九歌与沅湘民俗》，上海三联书店 1990 年版，第 135 页。

点出题旨。

《招魂》前后部分用骚体，中间招魂辞则全用"些"字做句尾，应是摹拟南方巫音。招魂辞是《招魂》主体，也最富特色。其突出特点在于想象神幻奇特，并展开夸张描写，如写东方之恶是"长人千仞，惟魂是索些；十日代出，流金铄石些"，写南方之恶是"雕题黑齿，得人肉以祀，以其骨为醢些……雄虺九首，往来儵忽，吞人以益其心些"，写天界不可上是"虎豹九关，啄害下人些……悬人以娱，投之深渊些"；而写楚地之美，则不惜浓墨夸饰，诸如高堂邃宇的辉煌，歌伎舞女的盛丽，饮食服御的奢侈，等等，美不胜收。

《招魂》中的"招魂辞"篇章结构规整对称，言他方之恶分为东南西北方及天界幽都六节，称楚国之美分成起居、饮食、歌舞、游乐几层，各方各层均夸张铺排，面面俱到，如描写楚国起居环境："翡帏翠帐，饰高堂些；红壁沙版，玄玉梁些；仰观刻桷，画龙蛇些；坐堂伏槛，临曲池些；芙蓉始发，杂芰荷些；紫茎屏风，文缘波些……"这些形式特点，已经具有赋体特征，开了此种文体的先河。

三、《天问》

《天问》同样作于屈原放逐江南之后，其奇在于通篇由一百七十多个问题组成。"天问"即关于天道的问题，而"天道"支配万事万物，所以其中问题既关涉天地自然，也关涉历史人生。关于该诗创作，王逸有"题壁"之说（《楚辞章句·天问序》），就《天问》庞大篇幅而言，全部题壁恐难做到。鉴于《天问》提问的方式以及从天地开辟、万物生成直至神话历史传说的繁杂内容，这一鸿篇巨制应有更广阔的背景和渊源。

《天问》中有大量纯知识性提问，诸如："九州安错？川谷何洿？东流不溢，孰知其故？东西南北，其修孰多？南北顺嶽，其衍几何？"《天问》中还有明知故问的成分，如："雄虺九首，儵忽焉在？"而在《招魂》中明确提到："南方不可止些……雄虺九首，往来儵忽，吞人以益其心些。"《天问》中更有以问作答、借提问叙事的情况，如其中关于禹与涂山女的故事："禹之力献功，降省下土四方。焉得彼涂山女，而通之于台桑？闵妃匹合，厥身是继。胡维嗜不同味，而快鼌饱？"因此，《天问》更像是一篇盘问叙述之作。以问答体式来叙述天地开辟、万物生成、人类起源及民族英雄业绩的史诗内容，本是南方许多少数民族的惯用形式，如云南白族的《打歌》，即是在节庆踏歌对唱时所唱的以问答为主的古歌，内容亦从开天辟地唱起。《天问》这种提问式句法及囊括天地自然、神话历史的庞大内容，也应有楚地民间一系列"传古"踏唱作为基础。

同时，《天问》已是屈原在汇集先民传说基础上、在特定时期内、经过独立思考后所创作，其中有些提问，如"鸱龟曳衔，鲧何听焉？顺欲成功，帝何刑焉？""天命反侧，何罚何佑？齐桓九合，卒然身杀"等等，在借发问以叙说神话、历史的同时，也寄托了自己的身世之感和对历史的感喟。全篇用语灵活多变，结句有其内在脉胳，也使原本繁杂巨量的提问凝聚为一篇完整而气贯如注的奇辞。因此，这也是一篇源自民间而又经过艺术升华的文人之作。

第三节 《离　骚》

《离骚》是屈原的代表作，也是楚辞的代表作，楚辞体又称"骚体"即缘于此①。

一、《离骚》的创作

关于《离骚》创作，司马迁有"屈原放逐，著《离骚》"（《史记·太史公自序》）之说，据诗中"老冉冉其将至""济沅湘以南征"等辞句，以及它与《九歌》角色独白式极其相仿的巫歌色彩，《离骚》确有可能作于屈原放逐江南进入沅湘一带之后②。

《离骚》堪称凝聚着屈原毕生心血和人生阅历的结晶之作。诗人回顾了人生旅途中的春风得意和抱负非凡以及不遇明主、遭谗被贬的沉痛经历，抒写了寻觅、期待、失望、孤独、彷徨的内心凄苦和对楚国污浊政治环境的愤慨，同时又反复表达了对楚国的忧虑、对故土的眷恋、至死不渝坚持操守的决心和清高傲世不与俗人为伍的情怀。因此，这是一篇袒露胸襟、倾吐怀抱的政治抒情诗。然而，这里并未直接叙写自身经历，并非直白抒写情志，而是将自身遭遇和心灵历程幻化为可触可感的形象和新奇曲折的情节，以一位非凡人物的上下于天求索寻觅为线索，不但使情感得以充分抒发和宣泄，也为文学史塑造出一个崇高俊伟的超逸形象。

《离骚》这一独特构思受到了南楚巫觋文化的孕育和影响。与《九歌》类似，

---

① 刘勰《文心雕龙·辨骚》，实专论楚辞；文学史上有"风骚"一词，"风"指《国风》，进而代表《诗经》，"骚"指《离骚》，进而代表楚辞；"风骚"合称，常指文学史上由《诗经》和楚辞所奠基的偏于写实与偏于想象的两种传统；进而代指诗词文学。

② 《史记·屈原贾生列传》又有"王怒而疏屈平。屈平……忧愁幽思而作《离骚》"之说，还有学者提出作于贬官汉北说，游国恩多方论证提出《离骚》当作于"顷襄王朝再放江南之时"，参见游国恩《屈原作品介绍》，《游国恩学术论文集》中华书局 1989 年版，第 213—214 页。

《离骚》或亦是固有歌曲的名称①，通篇以"飞升"为其基本情节。而"飞升"，本是巫觋文化中的常见主题，楚国帛画即有神巫御龙飞升图，联系《山海经》夏后开"珥两青蛇，乘两龙""上三嫔于天"的神话记载（《大荒西经》），及"在登葆山，群巫所从上下"（《海外西经》）、"有灵山，巫咸、巫彭……从此升降"（《大荒西经》）等说法，可知当时"升降"的遐想尚十分流行。

　　然而与《九歌》《招魂》《天问》等对民间巫歌踏唱的加工、拟制、集成不同，《离骚》已是诗人屈原重新构铸的鸿篇巨制，诗篇已赋予抒情主人公以全新的经历，借以表现作者自己的命运和感受。这首长诗已打上了诗人个性的烙印，是诗人的天才创造和对文学史的独特贡献。

二、《离骚》抒情主人公的自我形象

　　《离骚》的魅力首先在于通过诗中"吾""余"的尽情倾吐，塑造了一位充满神性色彩又与作者精神气质息息相通的抒情主人公的自我形象。一方面，这确是一个不凡的生命，自称神灵后裔，又在特殊时日降临，高冠长佩，披花带草，乘龙御凤，升天入地，上扣帝阍，下求佚女，可以向古人陈辞，能指使巫咸降神。这一切，均使主人公具有明显的神性色彩。另一方面，透过这种神灵外衣，直视人物的遭际和内心，从这位抒情主人公的性格中，人们见到的是屈原的精神。

　　这是一个执着地追求真善美的理想，百折不挠并不惜为之献身的形象。主人公立志"为美政"，他与灵脩成约在先，并奔走先后，"岂余身之惮殃兮，恐皇舆之败绩"；当灵脩"悔遁"时，他"伤灵脩之数化"；"朝谇夕替"使他痛苦怨愤，但最终不能放弃理想："民生各有所乐兮，余独好脩以为常；虽体解吾犹未变兮，岂余心之可惩？""亦余心之所善兮，虽九死其犹未悔。"

　　这又是一个在同一切虚伪丑恶决不妥协前提下追求自身至纯至洁人格的形象。主人公一生都在努力追求、充分肯定并不惜一切代价地保持自身人格的精纯完善，坚持为人要忠于理想、方正端直、表里如一、尊重自身的选择而不随波逐流等。而他这种人格修养，不是避世隐遁洁身自好，而是公开把自己置于与群党众小对立冲突的格局中："謇吾法夫前脩兮，非世俗之所服。""鸷鸟之不群兮，自前世而固然。何方圜之能周兮，夫孰异道而相安？"明知风摧秀木偏要与众不同："薋菉葹以盈室兮，判独离而不服。"不但自身处污不染保持芳洁，而且愤世嫉俗，容不得他人的虚伪和污浊，不思后果地抨击邪恶："芳与泽其杂糅兮，唯昭质其犹未

---

①　关于"离骚"解题，司马迁、班固主"遭忧"之说，"离"通"罹"；王逸主"离别之愁"说。当代学者推断"离骚"当是楚国固有歌曲名称，《大招》提到《劳商》之曲，"离骚""劳商"音近可通，"离骚"为联绵词，近于"牢骚"。参见游国恩《屈原作品介绍》，《游国恩学术论文集》中华书局 1989 年版，第 212—213 页。

亏。"芳菲菲而难亏兮，芬至今犹未沫。""众皆竞进以贪婪兮，凭不厌乎求索。"这也使他难为众容，屡遭打击："余虽好脩姱以鞿羁兮，謇朝谇而夕替。"

这还是一个清高傲世又感情丰富、始终摆脱不开孤独矛盾的痛苦形象。主人公超凡脱俗，尘世中难遇知己；其内心又并不冷漠，反而特别渴求相知，并为此上下寻觅，然上天帝阍不开，下地求女不成，这使他备受孤独煎熬。同时，"何所独无芳草"与"怀乎故宇"两种声音也使他轮番受着"去""留"荡击，终使他在"远逝自疏"的遐想中又回到苦难"旧乡"："陟升皇之赫戏兮，忽临睨夫旧乡。仆夫悲余马怀兮，蜷局顾而不行。"

总之，诗人通过这位富于神性色彩的抒情主人公的倾吐，坦露的是自己不屈的追求、倔强的个性和苦闷的情怀。

三、《离骚》的象征艺术

《离骚》的魅力还在于多用隐喻和象征，全诗充满形象描绘，使现实人生和内心世界得以艺术展现。

《离骚》满篇用喻，"善鸟香草，以配忠贞；恶禽臭物，以比谗佞；灵脩美人，以媲于君，宓妃佚女，以譬贤臣；虬龙鸾凤，以托君子，飘风云霓，以为小人……"（王逸《楚辞章句·离骚经序》）。其他如良马比贤才，车马喻国事，于是有"乘骐骥以驰骋兮，来吾道夫先路"，"岂余身之惮殃兮，恐皇舆之败绩"；绳墨比规则，规矩喻法度，于是有"固时俗之工巧兮，偭规矩而改错，背绳墨以追曲兮，竞周容以为度"；大路比正道，邪径喻败政，于是有"彼尧舜之耿介兮，既遵道而得路；何桀纣之猖披兮，夫唯捷径以窘步"，"惟夫党人之偷乐兮，路幽昧以险隘"。

《离骚》所用隐喻大多独具特色，颇富于开创性。如以美人香草喻品美志洁："惟草木之零落兮，恐美人之迟暮。""纷吾既有此内美兮，又重之以脩能（態）。扈江离与辟芷兮，纫秋兰以为佩。"如以男女之情喻君臣之义："初既与余成言兮，后悔遁而有他。""众女嫉余之蛾眉兮，谣诼谓余以善淫。"

《离骚》更具特色的抒情手法是象征。就整体构思而言，《离骚》中抒情主人公上下于天求索寻觅的整个过程即极像是诗人现实经历和心路历程的一个写照。主人公初与灵脩成言有约，后因灵脩"悔遁"而无果，会不会是诗人政治活动的艺术再现？女嬃之劝与陈辞大舜，或许是诗人在挫折面前进退之思、信念审视的曲折表达？飞升天庭与阊阖不开，很容易使人联想到小人障蔽、难与君通；三次求女，终归失败，岂不是少有知己、十分孤独的心境写照？两次占卜，两种结果，分明是内心去留的矛盾挣扎；远逝自疏，终未离开，更应是诗人情感逻辑注定的结局。完整庞大的象征系统使《离骚》跌宕起伏，虽长篇巨制却不繁琐重复，虽重在人物的独白和倾吐，却又富于情节的韵味。

四、《离骚》的神奇想象

《离骚》的魅力更在于通过升天入地跨越古今的离奇想象，创造出近乎神话的奇幻境界，从而形成鲜明独特的浪漫风格。

"升天入地"如两次飞升的描写。"县圃之游"中，作者借助太阳及各种天象神话中已有的人名、地名、物名和典故，加以新的构思和创造，成功展示出天宫境界和主人公乘龙御凤、命日令月、呼风唤雷的豪迈情怀：

> 驷玉虬以乘鹥兮，溘埃风余上征。朝发轫于苍梧兮，夕余至乎县圃。欲少留此灵琐兮，日忽忽其将暮。吾令羲和弭节兮，望崦嵫而勿迫。路曼曼其脩远兮，吾将上下而求索。饮余马于咸池兮，总余辔乎扶桑。折若木以拂日兮，聊逍遥以相羊。前望舒使先驱兮，后飞廉使奔属。鸾皇为余先戒兮，雷师告余以未具。

"跨越古今"如三次求女的经历。主人公所求之女一为宓妃，乃人类之父伏羲之女，可惜"保厥美以骄傲兮，日康娱以淫游"，只好"来违弃而改求"；二为吞卵而孕商的简狄，可惜"吾令鸩为媒兮，鸩告余以不好""凤皇既受诒兮，恐高辛之先我"；三为嫁于夏少康的有虞之二姚，可惜"理弱而媒拙兮，恐导言之不固"。她们皆为神话传说中的奇异女性，且时序交错，足见想象之奔放。

第四节 《九章》及其他

《九章》中有些篇章直接关涉屈原经历，也是诗人的重要作品。此外，《远游》《卜居》《渔父》的作者归属尚有争议，但在文学史上多有影响，也值得一提。

一、《九章》

《九章》是一组诗的总称，其中包括九篇作品。《九章》的名称及篇目并非固有，乃后人将九篇并不作于一时一地却都归于屈原名下的单篇作品辑在一起，定名"九章"。

《九章》包括《惜诵》《涉江》《哀郢》《抽思》《怀沙》《思美人》《惜往日》《橘颂》《悲回风》。它们大多为作者直抒胸臆之作，是了解屈原思想、生平的重要文本，其中除《怀沙》为"绝命辞"外，《橘颂》《抽思》《涉江》《哀郢》也各有特点。

《橘颂》的作期作意尚存争议①。该诗的特点在"咏物",全诗看似歌咏橘树,实则处处颂扬坚贞不移的品格和志向:"后皇嘉树,橘徕服兮。受命不迁,生南国兮。深固难徙,更壹志兮。""嗟尔幼志,有以异兮。独立不迁,岂不可喜兮。深固难徙,廓其无求兮。苏世独立,横而不流兮。"联系屈原一生对理想的不懈追求以及虽屡遭打击却始终如一的性格,应该说这也是作者的自我写照。因此,《橘颂》或可视为中国文学传世作品中今见第一篇比较典型的咏物之作。

《抽思》当作于屈原离开郢都寓居汉北时期,诗中"有鸟自南兮,来集汉北"是自况之辞。作为失意之初的作品,诗人对重返朝廷尚未绝望,诗中充满对怀王既怨恨又希冀两种情感的交织,重心在于表达回归郢都的迫切愿望,"梦魂归都"就是此种心情的生动写照:

> 望孟夏之短夜兮,何晦明之若岁!惟郢都之辽远兮,魂一夕而九逝。曾不知路之曲直兮,南指月与列星。愿径逝而未得兮,魂识路之营营。

《涉江》作于屈原放逐江南途中,意在诉说自己渡江南行的经历,故名"涉江"。此是屈原最具体的述行之作,由此可知当年渡江,行经湘水、洞庭,沿沅水上溯,经汪渚、辰阳到达溆浦的大致行程。该作抒情有类似于《离骚》的部分,开篇即是以一高冠长铗、乘风御龙、神游帝宫、光比日月的神人形象出现,以象征高洁不俗的气质;诗中也有主人公直抒胸臆、坚守节操的表白,如:"苟余心其端直兮,虽僻远之何伤!""吾不能变心而从俗兮,固将愁苦而终穷!"其不同于《离骚》的部分除抒情主人公的经历可直接视为作者遭遇的实录外,还在于更多通过写景状物隐含感情。"乘鄂渚而反顾兮,欸秋冬之绪风","船容与而不进兮,淹回水而疑滞",实是惜别与留恋;"山峻高以蔽日兮,下幽晦以多雨。霰雪纷其无垠兮,云霏霏而承宇",是气候,也是诗人的境况和处境。

《哀郢》中称"忽若不信兮,至今九年而不复",当作于离开郢都九年之后。其中有对当年依依不舍离开郢都的追述:"出国门而轸怀兮,甲之鼂吾以行";有对流放途中凄怆情怀的抒发:"望长楸而太息兮,涕淫淫其若霰";更有对归都无望的悲伤与绝望:"惟郢路之辽远兮,江与夏之不可涉","惨郁郁而不通兮,蹇侘傺而含慼"。而诗篇首四句似提到郢都失陷:"皇天之不纯命兮,何百姓之震愆。民离散而相失兮,方仲春而东迁。"据诗中多为感伤当年离开郢都之事,该诗当是

---

① 关于《橘颂》作期,有"少作说""汉北作说""放逐江南作说"等,参见陈子展《〈橘颂〉解》,《复旦学报》1979 年第 2 期。

由郢都失陷重受触动，勾起了忧国思乡及自怜自伤之情。因此，"哀郢"应具哀郢都失陷、哀离别郢都、哀从此再不能回到郢都多重含义。

二、《远游》《卜居》《渔父》

《远游》《卜居》《渔父》是王逸所列屈原作品中疑义和争议最大的部分，曾基本被认定为非屈作而几不被文学史所提及。近年考古对于排除疑点有新的发现。虽然尚难完全认定为屈原作品，但大致可确定为先秦之作。它们作为先秦辞赋中内容、形式颇为特殊的文本，对于把握由辞到赋的发展脉络有重要价值。

《远游》被怀疑非屈原作品的主要理由是其中言及游仙之事，杂有道家之说。一种意见据此进而猜测它是仿司马相如《大人赋》之作（清吴汝纶《古文辞类纂评点·远游》），或认为它是《大人赋》的底本、初稿[1]。对此，由湖北荆州天星观战国中期二号墓出土的羽人雕像[2]，可推断战国楚地可能已流行羽化登仙之说；湖北荆门郭店战国中期楚墓出土的《老子》甲、乙、丙三种，可见其时道家学说在楚地也已十分流行；安徽阜阳西汉初年墓除发现有两片《楚辞》外，还发现有辞赋残片，其中一句为"□橐旖（兮）北辰游"[3]，也是写云游天际，与《远游》"奇傅说之托辰星兮"相仿，知汉人骚赋中不仅有仿《九章》而作的《九怀》《九叹》等，还有仿《远游》而作的奇幻之辞。因此，《远游》应是先秦楚人之作，在《大人赋》之前，是《大人赋》仿《远游》，而不是相反。《远游》飞升天际、遨游方外的离奇想象与《离骚》接近，又淡化了人物对白、巫觋降神等戏剧结构，已属直接抒怀之作，乃后世仙游之赋及游仙诗的先声。

《卜居》《渔父》非屈作曾经几成定论，是因为它们开篇为记述性序文，且均以第三人称提及"屈原"之名之事，颇似汉代韵散结合的散体赋[4]。然而山东临沂银雀山西汉前期墓出土的《唐革（勒）赋》，首句即为"唐革与宋玉言御襄王前"[5]。该赋同时提到宋玉和唐勒，不管论定它是宋玉作还是唐勒作，都是作者将自己作为文中人物加以叙述。这或可间接证明，屈原可以是《卜居》《渔父》的作者。再参照此前庄子《齐物论》称"昔者庄周梦为胡蝶"，庄周本人就在自己的作品之中，屈原在己作中自称屈原，请郑詹尹卜疑，与渔父对话，并非绝不可能。

就像《离骚》借女婆之劝、灵氛占卜、巫咸降神以表达矛盾心境和坚守之志，

---

① 郭沫若：《屈原研究》，见《郭沫若全集·历史编》第 4 卷，人民出版社 1982 年版，第 36 页。

② 《湖北省荆州市天星观二号墓发掘简报》，《文物》2001 年第 9 期。

③ 《阜阳汉简简介》，《文物》1983 年第 2 期。

④ 陆侃如：《屈原评传》，见《陆侃如古典文学论文集》，上海古籍出版社 1987 年版，第 296 页。

⑤ 参见吴九龙《银雀山汉简释文》，文物出版社 1985 年版，第 15 页。

《卜居》《渔父》亦皆设为问答，以抒愤懑。《卜居》所卜之"居"乃"何去何从"之义，虽称"余有所疑，愿因先生决之"，却以鲜明的褒贬抑扬，发出一连串排比反问，诸如："宁正言不讳，以危身乎？将从俗富贵，以媮生乎？""宁与骐骥亢轭乎？将随驽马之迹乎？宁与黄鹄比翼乎？将与鸡鹜争食乎？"它们分明是以问代答，无需选择，只不过是借此宣泄愤世之情，难怪郑詹尹"释策而谢"，曰："夫尺有所短，寸有所长，物有所不足，智有所不明，数有所不逮，神有所不通，用君之心，行君之意。龟策诚不能知事。"《渔父》更是借与渔父相遇的情节，通过与渔父问答，将高洁不俗与随波逐流两种秉性和人生态度截然对峙，并以对渔父之劝的否定表达了自己宁葬鱼腹、不蒙尘埃的志向。

《卜居》《渔父》散韵结合，问对构篇，少用"兮"字，已对典型楚辞体有所突破，而出现向散体赋转化的端倪。

第五节　屈原的文学地位和影响

屈原立志高远，欲对楚国有所作为，却遭谗被黜，以逐臣自沉而终。政治上的失败，反而使屈原用自己的生命挖掘、升华、创制了一批楚辞作品，催化了一代楚辞的诞生；其遭遇、其人格和精神也因这批作品而得以凸显；屈原因此而成为中国古代第一位伟大的诗人。

屈原受到景仰并影响于后代作家，首先即是他的品格、追求和发愤以抒情的创作精神。司马迁直称"余读《离骚》《天问》《招魂》《哀郢》，悲其志。适长沙，观屈原所自沉渊，未尝不垂涕，想见其为人"（《史记·屈原贾生列传》），并以"屈原放逐，著《离骚》"（《史记·太史公自序》）自勉，发愤著书，其《史记》因此被誉为"无韵之《离骚》"（鲁迅《汉文学史纲要》）。杜甫推重屈原，称"若道士无英俊才，何得山有屈原宅"（《最能行》），并坦陈"窃攀屈宋宜方驾，恐与齐梁作后尘"（《戏为六绝句》），从屈原身上汲取的是诗以抒发匡世之怀的创作态度。几近全才之宋代文豪苏轼，竟言"吾文终其身企慕而不能及万一者，惟屈子一人耳"（蒋之翘《七十二家评楚辞》[①] 引），其于人生洒脱中终不失人格操守的一面自有其偶像的精神作支撑。辛弃疾壮怀激烈，却有志难展，遂感喟"灵均恨不与同时，欲把幽香赠一枝"（《和傅岩叟梅花二首》之一），并时时"手把《离骚》读遍"（《水调歌头·赋松菊堂》）、"细读《离骚》还痛饮"（《满江

---

① 见樵李忠雅堂刊本《楚辞集注》（明蒋之翘刊刻）中《附览》之《评楚辞姓氏》（自司马迁至陆时雍，凡七十二家）。

红·山居即事》)、"窗前且把《离骚》读"(《踏莎行·赋木樨》),屈原已经是他精神的慰藉。至如明遗民王夫之著《楚辞通释》,倡言屈子闵国自沉说,则是亡国之痛的特殊时期屈原楚国情结的特别彰显。

屈原创为楚辞一体,其形式、手法、构思在文学史上多有开辟之功。

不同于《诗经》,屈原在南方楚地民间艺术基础上所创的楚辞诗句灵活,辞采繁茂,形式多样,"枚贾追风以入丽,马扬沿波而得奇"(刘勰《文心雕龙·辨骚》),首先便是催生了辞赋之体,被称"为辞赋宗"(班固《离骚序》)。其《离骚》《九章》为宋玉《九辩》所拟作,在汉代骚体赋中甚得回响;《卜居》《渔父》,借设问以倾诉,宋玉的《对楚王问》、东方朔的《答客难》、扬雄的《解嘲》、班固的《答宾戏》等,与之皆有渊源关系。

屈原抒怀多用隐喻和象征,《离骚》《九歌》等反复出现的美人香草,人神之恋,隐含着诗人的芳洁追求和不遇之感。这一独特的抒情范式,直接导致了后世大量美人诗、弃妇诗、闺怨诗的出现。张衡思忖"美人赠我金错刀,何以报之英琼瑶"(《四愁诗》),曹植悲泣"君怀良不开,贱妾当何依"(《七哀》),阮籍叹惋"悦怿未交接,晤言用感伤"(《咏怀》第十九"西方有佳人"),杜荀鹤"承恩不在貌,教妾若为容"(《春宫怨》)。它们或隐或显,言在此而意在彼,无不寄托了诗人们各自的际遇、身世和苦闷。

屈原《离骚》《九歌》等影响于后代创作更为突出者,是其构思的神话般的奇异想象,从而与《诗经》并列,开创了中国古代诗歌偏于写实与偏于想象的"风骚"传统。郭璞写游仙,称"灵妃顾我笑,粲然启玉齿。蹇修时不存,要之将谁使"(《游仙诗》其二),"鳞裳逐电曜,云盖随风回。手顿羲和辔,足蹈阊阖开"(《游仙诗》其九);李白抒愤懑,称"我欲攀龙见明主,雷公砰訇震天鼓,帝旁投壶多玉女。三时大笑开电光,倏烁晦冥起风雨。阊阖九门不可通,以额扣关阍者怒"(《梁甫吟》);梦登天,称"霓为衣兮风为马,云之君兮纷纷而来下。虎鼓瑟兮鸾回车,仙之人兮列如麻"(《梦游天姥吟留别》),其浪漫幻想,无疑是对骚体的直接传承与拓展。

总之,屈原及其艺术创作在文学史上影响至为深广,其"衣被词人,非一代也"(《文心雕龙·辨骚》)。诚如李白所赞叹,"屈平辞赋悬日月,楚王台榭空山丘"(《江上吟》),屈原因楚辞的代代相传而获得了永恒。

第六节 宋 玉 辞 赋

屈原开创楚骚一体后,楚国俊才竞相祖述,"宋玉、唐勒、景差之徒者,皆好辞而以赋见称"(《史记·屈原贾生列传》),楚辞一时蔚为大观,赋体继而孕育生成。可惜在这一批继起作家中,独宋玉有作品传世。宋玉能在文学史上占据一席之地,得益于他的才华横溢,更取决于他在祖述屈原的同时,又有自己新的创意。

一、宋玉及其辞赋创作

宋玉,战国后期楚国人,在屈原之后,与唐勒、景差同时。出身寒士,为谋出路背井离乡,百般营求,曾做楚襄王文学侍臣。景仰屈原,雅好辞赋,但只"祖屈原之从容辞令,终莫敢直谏"(《史记·屈原贾生列传》)。尽管小心伴君,终因才华过人曲高和寡,遭人忌恨谗害。被黜失职,感士不遇,不知所终。

《汉书·艺文志》著录宋玉赋十六篇,篇目已不可考,现存题为宋玉作的辞赋十四篇,即《九辩》《招魂》《风赋》《高唐赋》《神女赋》《登徒子好色赋》《对楚王问》《笛赋》《大言赋》《小言赋》《讽赋》《钓赋》《舞赋》《高唐对》,见于《楚辞章句》《文选》《古文苑》《全上古文》等诗文集。《招魂》一般归于屈原,《九辩》基本确认为宋玉所作。其馀诸篇赋作,因大多是以第三人称直呼宋玉,且形式多为散体赋,曾长期被疑为后世伪托。山东临沂银雀山西汉墓出土的题有"唐革(勒)"二字且与宋玉赋十分近似的散体赋竹简,为排除疑点提供了证据。由此联系司马迁称宋玉"好辞而以赋见称",《汉书·艺文志》已有其赋作著录,则《文选》《古文苑》等所收题为宋玉作的诸赋,均有可能为宋玉所作。

二、《九辩》

《九辩》是宋玉所作唯一一篇被确认的传世楚辞作品。

"九辩"本是固有乐歌篇名,多与"九歌"并提,如"启棘宾商,《九辩》《九歌》"(《楚辞·天问》)。王逸《楚辞章句》称"辩者,变也",王夫之《楚辞通释》曰"辩,犹遍也,一阕谓之一遍",则"九辩"犹如"九阕",即分多部乐章反复歌咏演奏之曲。

宋玉《九辩》借古乐旧题,也借该题所标示的反复歌咏的篇章形式,内容则完全是主人公自抒情怀①,是与屈原《九章》体制大致相同的骚体辞,而篇幅又近于《离骚》,是楚辞中又一规模巨大的抒情之作。

《九辩》的中心诗旨是"贫士失职而志不平"。其中有"思君"的表白和对君王不用贤明的哀怨:"专思君兮不可化,君不知兮可奈何。"有对小人当道、谗谄蔽明的愤慨:"猛犬狺狺而迎吠兮,关梁闭而不通。"有持身自好的表示:"处浊世

---

① 《九辩》是宋玉自抒己情还是仿屈原口吻悼屈原之作,学界尚有不同意见。

而显荣兮，非余心之所乐。与其无义而有名兮，宁处穷而守高。"也有对国家命运的忧虑："农夫辍耕而容与兮，恐田野之芜秽。事绵绵而多私兮，窃悼后之危败。"这些内容大致不出《离骚》《九章》的情感表达范畴。

可贵的是，宋玉基于深刻体验，捕捉到了抒发这些情感的属于他个人的独特触角，这就是贯穿全篇的"悲秋"旋律。作品开篇即空谷来风，叩人心扉：

> 悲哉，秋之为气也！萧瑟兮，草木摇落而变衰。憭慄兮，若在远行，登山临水兮，送将归。泬寥兮，天高而气清。寂寥兮，收潦而水清。憯悽增欷兮，薄寒之中人。怆怳懭悢兮，去故而就新。坎廪兮，贫士失职而志不平。廓落兮，羁旅而无友生。惆怅兮，而私自怜。

秋天是收获的季节，也是由盛而衰、暖去寒来、极目空旷的时日。对于失职的贫士，"天高气清""水清"所给予人们的更是习习"寒"意和"悲哉"之叹。

"悲秋"是诗人为全篇定的基调，接下来层层展开，无论写社会，写际遇，写人生，都被染上了"秋"的色彩和肃杀之气："燕翩翩其辞归兮，蝉寂漠而无声。……独申旦而不寐兮，哀蟋蟀之宵征"，秋的征候，相伴的是"申旦不寐"的悲哀；"秋既先戒以白露兮，冬又申之以严霜……颜淫溢而将罢兮，柯仿佛而萎黄"，秋的惨败，生出的是时光匆匆、年寿不与的恐惧；"霰雪雰糅其增加兮，乃知遭命之将至"，更是把对社会环境、对人生际遇及结局的感叹与对秋气的描写交织在一起，正是景亦情、情亦景。

悲秋，这一凝结了人生易逝、悲士不遇独特感受的典型诗境，感动了无数落魄不遇的才学之士。"遵四时以叹逝"，"悲落叶于劲秋"（陆机《文赋》），"摇落深知宋玉悲"（杜甫《咏怀古迹》），文学史上因此而形成了一个借秋景写悲愁的感伤传统。

三、宋玉之赋

题为宋玉所作之赋，大多已是设为问答、以叙述描写为主的散体辞赋。具体考察实又可分为三种类型。

其一是借问答以表宋玉之志或宋玉的特点，应是直承《卜居》《渔父》而来，但增加了描述成分。如《对楚王问》设言楚襄王质问宋玉"先生其有遗行与？何士民众庶不誉之甚也"，宋玉对曰：

> 客有歌于郢中者，其始曰《下里》《巴人》，国中属而和者数千人；其为《阳阿》《薤露》，国中属而和者数百人；其为《阳春》《白雪》，国中属而和

者不过数十人……是其曲弥高，其和弥寡。

此正是"曲高和寡"，这里塑造了一位才艺超群不同流俗的文士形象，同时流露出遭世不济的无耐和孤芳自赏。《登徒子好色赋》设言登徒子在楚王面前短宋玉好色，宋玉以自己不好色反唇相讥：

> 天下之佳人莫若楚国，楚国之丽者莫若臣里，臣里之美者莫若臣东家之子。东家之子，增之一分则太长，减之一分则太短，著粉则太白，施朱则太赤。眉如翠羽，肌如白雪，腰如束素，齿如含贝。嫣然一笑，惑阳城，迷下蔡。然此女登墙窥臣三年，至今未许也。

《文心雕龙·谐隐》称此赋"意在微讽，有足观者"，但宋玉在虚构假设中将自己编排进去，情不自禁自我表白，这应是他"好辞"、继承楚辞抒情传统在赋作中的表现，然该赋真正富于魅力的是其中对于东家子恰到好处之美的描摹和夸饰。

其二是借问答以展开对外部景观的描摹，《高唐赋》《神女赋》是典型代表。《高唐赋》由回答高唐云气何称"朝云"，引出"旦为朝云，暮为行雨，朝朝暮暮，阳台之下"的巫山神女"愿荐枕席"的浪漫传说，进而杂骚体与诗体展开对高唐之景之游的铺排描绘，其中有百谷众水的跌宕汇聚，有玄木郁林的满山遍野，有耸峙高山的奇形怪状，有芳草嘉卉的散生铺地，还有先王遨游山川的唱和、祭祀、奏乐、游猎，诸如"中阪遥望，玄木冬荣。煌煌荧荧，夺人目精。烂兮若列星，曾不可殚形"，等等，其主旨即在于摹景状物。《神女赋》紧承前者而来，由赋高唐引出夜梦与神女遇，"其始来也，耀乎若白日初出照屋梁；其少进也，皎若明月舒其光"，进而同样杂以诗体、骚体展开对神女的刻画："毛嫱障袂，不足程式；西施掩面，比之无色。"《高唐》《神女》一出，"朝云""暮雨"从此成为性爱的隐喻；山峦波涛饮宴游猎从此成为描摹的对象；神女的身姿，更化身为各种形象，在后代美女赋中反复出现，曹植《洛神赋》中的宓妃，"髣髴兮若轻云之蔽月，飘飘兮若流风之回雪"，就是它的流风馀韵。

其三是借问答以比试语言功力，滑稽为文。如《大言赋》比试夸张，唐勒称"壮士愤兮绝天维，北斗戾兮太山夷"，景差称"晞（猲）甚大，吐舌万里，唾一世"，宋玉则称"方地为车，圆天为盖，长剑耿介，倚天之外"，自是宋玉胜出；《小言赋》又比试"小言"，景差称"凌云纵身，经由针孔，出入罗巾"，唐勒称"析飞糠以为舆，剖粃糠以为舟"，宋玉则曰"比之无象，言之无名"，"超于大虚之域，出于未兆之庭"，结果又是宋玉获赐。

题为宋玉所作的这些赋作，虚构情节，客主问答，散韵结合，描写铺排，极言大小，已经为汉代大赋的创作拉开了序幕。

思考题

1. 为什么说"不有屈原，岂见《离骚》"？
2. 结合作品，谈谈楚辞与楚文化的关系。
3. 《离骚》的独特魅力主要表现在哪些方面？
4. 为什么说宋玉"好辞而以赋见称"？

阅 读 文 献

■《〈政治经济学批判〉导言》，《马克思恩格斯文集》第 8 卷，人民出版社 2009 年版。

■《在文艺工作座谈会上的讲话》，习近平，学习出版社 2015 年版。

■《山海经校注》，袁珂校注，上海古籍出版社 1980 年版。

■《古神话选释》，袁珂选释，人民文学出版社 1979 年版。

■《甲骨文合集释文》，胡厚宣主编，中国社会科学出版社 1999 年版。

■《金文编》，容庚编著，中华书局 1985 年版。

■《尚书今古文注疏》，（清）孙星衍注疏，中华书局 1986 年版。

■《周易古经今注》，高亨注，中华书局 1984 年版。

■《毛诗正义》，（汉）毛亨传，（汉）郑玄笺，（唐）孔颖达疏，北京大学出版社 1999 年版。

■《诗集传》，（宋）朱熹集传，上海古籍出版社 1980 年版。

■《毛诗传笺通释》，（清）马瑞辰通释，中华书局 1989 年版。

■《春秋经传集解》，（晋）杜预集解，上海古籍出版社 1978 年版。

■《春秋左传注》（修订本），杨伯峻注，中华书局 1990 年版。

■《国语》，（三国吴）韦昭注，上海古籍出版社 1988 年版。

■《穆天子传》，（晋）郭璞注，中华书局 1985 年版。

■《晏子春秋集释》，吴则虞集释，中华书局 1962 年版。

■《战国策》（汇注本），（汉）刘向集录，（宋）曾巩校补，（宋）姚宏续注，（宋）鲍彪新注，（元）吴师道补正，上海古籍出版社 1985 年版。

■《老子注译及评介》（修订增补本），陈鼓应注译，中华书局 2009 年版。

■《孙子十家注》，（春秋）孙武著，（魏）曹操等注，上海书店 1986 年版。

■《墨子间诂》，（清）孙诒让著，上海书店 1986 年版。

■《论语译注》，杨伯峻译注，中华书局 1980 年版。

■《孟子译注》，杨伯峻译注，中华书局 1960 年版。

■《庄子集解》，（清）王先谦集解，上海书店 1986 年版。

■《荀子集解》，（清）王先谦集解，上海书店 1986 年版。

■《韩非子新校注》，陈奇猷校注，上海古籍出版社 2000 年版。

■《楚辞集注》，（宋）朱熹集注，上海古籍出版社 1979 年版。

■《楚辞补注》，（汉）王逸章句，（宋）洪兴祖补注，中华书局 1983 年版。

■《宋玉集》（增订修改本），吴广平编注，岳麓书社 2001 年版。

■《全上古三代秦汉三国六朝文》，（清）严可均辑，中华书局 1958 年版。

第二编 | 秦汉文学

绪　论

　　秦汉（前221—220）四百多年间，是大一统的中央集权制度全面确立、中华民族的文化心理结构初步形成的重要历史阶段，秦汉文学以其富于民族特色的思想价值与艺术风貌，呈现出许多不同于先秦文学的新特点，在文学史上谱写了绚丽的新篇章。此期涌现出贾谊、司马迁、司马相如、扬雄、班固等文学大家，许多文学作品都堪称经典，为后世文学创作提供了某种典范，在中国古代文学发展史上有着承前启后的历史地位和重要影响。

第一节　秦汉时期的文学生态

　　秦汉时期的政治经济、社会生活、思想文化等因素，对此时期的文学具有一定程度上的化育及制约作用。司马迁"究天人之际，通古今之变"的创作视域，司马相如"苞括宇宙，总览人物"的赋家之心等，都与此期特殊的文学生态有密切关系。

一、开阔宏大的时代精神

　　秦王朝虽然只有短短的十五年，但它统一了六国，实行了一系列加强中央集权的措施，"书同文"为文化的相互融合提供了便利，"车同轨"为经济的共同发展奠定了基础，这些措施促进了秦文化与原六国文化之间的交流与融合，也为此后两汉"大一统"的政治格局及思想文化打下了重要基础。同时，秦人在实现统一、建立新政权的过程中所表现出来的开阔宏大的气魄、开拓进取的精神，也为汉人所继承与发扬。

　　西汉在政治方面不断加强中央集权，景帝采纳了晁错"削藩"的建议，开始削夺诸侯王国的土地；景帝也抑损诸侯，将其掌管军队和任免官吏的权力全部收归中央；武帝时更实行"推恩令"，将诸侯王各分为若干国，削弱其力量。经济方面，经过汉初近半个世纪的休养生息，社会生产得到全面恢复和发展，到汉武帝时，全社会的财富总量已相当可观，国力强盛。军事方面，汉武帝发兵平定了南越王与东越王的叛乱，后又取得对匈奴和西域战争的胜利，河西四郡的设置保证了河西走廊的安定，促进了文化的交流。汉宣帝本始二年（前72）发兵十五万馀骑出击匈奴，大获全胜；甘露二年（前52），南匈奴率部投降汉朝，北匈奴远徙今吉尔吉斯斯坦西北一带。从此，西北方异族政权对汉朝的威胁基本解除了。

与政治上的一统天下相适应，武帝时董仲舒提出了统一思想于儒术的建议，他说："《春秋》大一统者，天地之常经，古今之通谊也。今师异道，人异论，百家殊方，指意不同，是以上亡以持一统；法制数变，下不知所守。臣愚以为诸不在六艺之科、孔子之术者，皆绝其道，勿使并进。"（《汉书·董仲舒传》）汉武帝采纳其建议，罢黜百家，独尊儒术，实现了思想文化方面的大一统。

东汉自光武帝立国至章帝的半个多世纪中，国家的发展一直保持兴旺的势头，首都洛阳的富庶繁华甚至超过了西汉的都城长安，这在班固、张衡的京都赋中都有描绘。生活在东汉前期的王充不无自豪地称颂当时"四海混一，天下定宁"，"迥路无绝道之忧，深幽无屯聚之奸"（《论衡·宣汉》）。

总体看来，两汉王朝都具有一种开阔宏大的气象，人们对外来事物及文化抱有一种兼收并蓄、为我所用的态度。鲁迅不无感慨地说："遥想汉人多少闳放，新来的动植物，即毫不拘忌，来充装饰的花纹"；"汉唐虽然也有边患，但魄力究竟雄大，人民具有不至于为异族奴隶的自信心，或者竟毫未想到，凡取用外来事物的时候，就如将彼俘来一样，自由驱使，绝不介怀。"[1] 从审美取向上看，汉人特别关注外部世界，有宏阔的历史意识，能够从整体上观照天、地、人，对"巨丽"（语出司马相如《上林赋》）之美特别看重；从文学形式上看，这种雄健宏大的时代精神也影响到作品篇幅的扩充，结构的安排，时间空间立体框架的建立等。当然，也应看到，西汉后期及东汉末年，随着国力的下降、政治的衰朽，士人建功立业的期待以及对外部世界的好奇等都大为减弱，作家的思想及创作也因而呈现出某种新的变化。

二、进取精神与长生观念

汉王朝的国力强盛、疆域拓展、经济繁荣，激发了很多士大夫、读书人的进取精神。他们多有"天下""四方"的大视野，胸襟开阔，希望能干一番大事业以体现生命的价值。主父偃说："丈夫生不五鼎食，死即五鼎烹耳。"（《史记·平津侯主父列传》）班超说："大丈夫无他志略，犹当效傅介子、张骞立功异域，以取封侯，安能久事笔砚间乎？"赵温说："大丈夫当雄飞，安能雌伏？"梁竦说："大丈夫居世，生当封侯，死当庙食。"陈蕃说："大丈夫处世，当扫除天下，安事一室乎！"（上引均见《后汉书》本传）司马迁在遭受宫刑之后，精神上受到了很大的打击，但他"恨私心有所不尽，鄙陋没世，而文采不表于后世"（《报任少卿

---

[1] 鲁迅：《看镜有感》，见《坟》，《鲁迅全集》第1卷，人民文学出版社2005年版，第208—209页。

书》），故隐忍苟活，最终完成了《史记》这部不朽之作。另外，具有忧患意识①，崇尚道义，注重名节，任侠尚气等，也是汉人精神特质的重要方面。

秦汉时期，上自帝王下至庶民，人们追求长生乃至于成仙的意识日益增强。秦始皇曾派方士"发童男女数千人，入海求仙人"（《史记·秦始皇本纪》）。汉武帝多次东巡海上，冀遇仙人或得到不死之药。汉代一些墓穴壁画、画像石、画像砖及帛画上，有不少表现灵魂不灭或得道成仙的内容；许多铜镜、瓦当上，都有"长生无极""千秋万岁""延年益寿""大乐未央"等吉祥文字。这种追求长生及成仙的意识对汉代文学有着不小的影响。汉赋中如司马相如的《大人赋》、扬雄的《太玄赋》、班彪的《览海赋》、冯衍的《显志赋》、张衡的《思玄赋》等对此都有涉及。诗歌方面，《郊祀歌十九章》、乐府诗《长歌行》（仙人骑白鹿）、《陇西行》（邪径过空庐）、《艳歌》（今日乐上乐）等，也都有这方面的内容。

三、乐舞、绘画艺术的发达

秦汉之际，楚地音乐不仅进一步发展，而且迅速北传。鲁迅曾指出："楚汉之际，诗教已熄，民间多乐楚声，刘邦以一亭长登帝位，其风遂亦被宫掖。盖秦灭六国，四方怨恨，而楚尤发愤，誓虽三户必亡秦，于是江湖激昂之士，遂以楚声为尚。"② 刘邦即帝位，楚声更流行于宫中；而一旦流行于宫中，则又必然影响于社会。楚声所体现的那种踔厉奋发的气概、浪漫精神以及哀怨情调等，在一定程度上为汉人所吸纳；终汉之世，楚声盛行不衰③。汉武帝时张骞出使西域，又引进了西域音乐。《晋书·乐志》云："胡角者，本以应胡笳之声，后渐用之横吹，有双角，即胡乐也。张博望入西域，传其法于西京，惟得《摩诃兜勒》一曲。李延年因胡曲更造新声二十八解，乘舆以为武乐。"除了楚地音乐及西域音乐，还有来自汉朝其他地区的音乐。《汉书·礼乐志》载，王室有邯郸、巴渝等地的鼓员以及秦倡员、蔡讴员、齐讴员等；又说至武帝时"乃立乐府，采诗夜诵，有赵、代、秦、楚之讴"。

随着汉代社会经济的发展，商品生产规模不断扩大，商业的兴盛促进了城市的繁荣。汉武帝时"自京师东西南北，历山川，经郡国，诸殷富大都，无

---

① "忧患意识"是古代文人士大夫主体意识的一种表现，指他们对于国家可能遭遇到的危难所抱有的某种担忧、警惕及防范意识，源于其自觉的责任感和使命感。孟子说："入则无法家拂士，出则无敌国外患者，国恒亡。然后知生于忧患而死于安乐也。"（《孟子·告子下》）

② 鲁迅：《汉文学史纲要》，《鲁迅全集》第9卷，人民文学出版社2005年版，第398页。

③ 高祖唐山夫人作的《房中祠乐》（后称《安世房中乐》），汉惠帝时赵王刘友饿死前唱的歌，汉武帝时细君公主的《思乡歌》，武帝的《瓠子之歌》《太一之歌》《天马之歌》《秋风辞》，汉少帝与妻唐姬诀别时的悲歌等，皆为楚声。

非街衢五通，商贾之所臻，万物之所殖者"（《盐铁论·力耕》）。其大者，"燕之涿、蓟，赵之邯郸，魏之温、轵，韩之荥阳，齐之临淄，楚之宛丘，郑之阳翟，二周之三川，富冠海内，皆为天下名都"（《盐铁论·通有》）。伴随着皇室、权贵及民间对娱乐消费需求迅速增长，乐舞等艺术很快兴盛起来。《盐铁论·散不足》篇提到当时"富者祈名岳，望山川，椎牛击鼓，戏倡舞像。中者南居当路，水上云台，屠羊杀狗，鼓瑟吹笙"。不少乐舞表演，往往是诗、乐、舞三位一体的，是集视觉、听觉、动感等为一体的综合性文艺活动。城市中常有杂耍百戏（"百戏"即杂技类表演），并且出现了具有戏剧雏形的歌舞（如《巾舞》等）。

汉人性情上多开朗豁达，常通过歌舞来表达悲喜之情，以此娱人或自娱。例如，长信少府檀长卿在宴饮时"起舞为沐猴与狗斗，坐皆大笑"（《汉书·盖诸葛刘郑孙毋将何传》）；杨恽说自己"家本秦也，能为秦声。……酒后耳热，仰天抚缶而呼乌乌"（《报孙会宗书》）；《后汉书·蔡邕传》也有五原太守王智起舞为蔡邕饯行的记载。乐舞的发达，促成了汉代乐府歌诗的繁盛。

秦汉时期的绘画也很发达。考古工作者曾在咸阳秦宫遗址发现了大批壁画，亭台楼榭、植物花卉、车马冠盖、乐舞宴饮等，尽入画图之中，"五彩缤纷，鲜艳夺目，规整而又多样化，风格雄健，具有相当高的造诣"①。汉代的绘画艺术有壁画、画像石、画像砖、帛画等。宫廷、邸舍、神庙、陵墓多有壁画，题材相当广泛，"图画天地，品类群生，杂物奇怪，山神海灵"（《鲁灵光殿赋》）。河南、山东、四川等地出土的汉代画像石、画像砖上，不仅有对渔猎、耕作、战争、起居、会客、出行、庖厨、宴饮、歌舞、百戏等生活场景的摹写，而且也有不少表现超现实的神话传说及其他浪漫想象的内容。帛画能保存至今的极少，1972年长沙马王堆汉墓出土的"T"形帛画，展示了一个天地人间、神话现实相交织的神异世界。

汉赋与汉画是在同一个文化母体中产生的，汉赋所极力铺陈、展示的丰富内容，也正是当时的绘画所着意描绘的。画是形象的赋，赋是文字的画，两种文艺形式相互渗透、影响是不可避免的，正如李泽厚所说："文学没有画面限制，可以描述更大更多的东西。壮丽山川、巍峨宫殿、辽阔土地、万千生民，都可置于笔下，汉赋正是这样。尽管是那样堆砌、重复、拙笨、呆板，但是江山的宏伟、城市的繁盛、商业的发达、物产的丰饶、宫殿的巍峨、服饰的奢侈、鸟兽的奇异、人物的气派、狩猎的惊险、歌舞的欢快……在赋中无不刻意描写，着意夸张。这

① 参见《秦都咸阳第一号宫殿建筑遗址简报》，载《文物》1976年第11期。

与上述画像石、壁画等等的艺术精神不正是完全一致的么？"①

第二节　作家群体及作家心态

汉代统治者大都鼓励文学创作，文坛大家辈出，群星璀璨。汉王朝集权统治之下，意识形态定于一尊，作家心态主要表现为似乎相互矛盾的两个方面：一是为"大一统"的盛世局面而欢欣鼓舞，发出由衷的赞颂；二是敏锐地察觉到专制政体下自身社会地位的下降，感受到个体心灵的压抑。不少人儒道兼宗，既对儒家的基本价值取向保持认同，又从道家那里寻求精神上的慰藉。

一、汉代的作家群体

汉代帝王、诸侯爱好文学、招纳贤士，文人依附聚集，作家群体遂赖以形成；当时的文化机构如乐府、东观、鸿都门学的设立，也为作家群体的形成提供了制度保障。《文选》中涉及汉代作家四十馀家，《文心雕龙》中论及秦汉作家八十四家。汉初，枚乘、严忌、邹阳、司马相如等文士从梁孝王游，形成了一个与辞赋创作关系密切的作家群体。淮南王刘安招致四方宾客著书立说，成果颇丰，除了《淮南子》，《汉书·艺文志》还著录"淮南王赋八十二篇""淮南群臣赋四十四篇"，数量相当可观，可见在淮南王周围也形成了一个创作群体。文景之时，贾谊、晁错等散文家应时而出。汉武帝广泛招聚文士，"公孙丞相、兒（倪）大夫、董仲舒、夏侯始昌、司马相如、吾丘寿王、主父偃、朱买臣、严助、汲黯、胶仓、终军、严安、徐乐、司马迁之伦，皆辩知闳达，溢于文辞"（《汉书·东方朔传》）。当时创作辞赋成为朝廷一大雅事，许多高官显宦都参与其间，形成了向天子进献辞赋的风气。宣、元、成诸帝，也都重视文化与文学，涌现出王褒、刘向、刘歆、扬雄等重要作家。

东汉伊始，朝廷便显现出儒雅的文化气象，厚待文士，提倡著述。桓谭"著书言当世行事二十九篇，号曰《新论》，上书献之，世祖善焉"（《后汉书·桓谭冯衍列传》）。汉明帝重视经学，博通六艺，"好文人，并征兰台之官，文雄会聚"（《论衡·佚文》）。章帝亦雅好文章，博召文学之士，贾逵、傅毅、班固等人显于朝廷，宫廷内时常举行文章辞赋的创作活动。和帝时，每有外域贡献异物，就诏令班昭作赋颂。安帝、和帝以后，崔瑗、赵岐、蔡邕、郦炎等，皆俊才雅士，著述宏富。刘勰说："自安和已下，迄至顺桓，则有班傅三崔，王马张蔡，磊落鸿

---

① 李泽厚：《美的历程》，文物出版社 1981 年版，第 80 页。

儒，才不时乏。"（《文心雕龙·时序》）

二、大一统政治下的不遇之感

汉初社会风气宽松，游士风尚仍在，士人可以自由往来于朝廷与藩国之间，个性上远绍战国谋臣策士，文章风格亦多奔放纵恣。至汉武帝时，大一统的集权政治和独尊儒术的思想氛围，让士人的主体意识受到很大的压抑。用人方面，汉武帝实行察举制，常科有举孝廉、举茂才，特科有贤良方正、贤良文学、明经等，以经学取士的做法越来越突出。顾颉刚曾说："秦始皇的统一思想是不要人民读书，他的手段是刑罚的裁制；汉武帝的统一思想是要人民只读一种书，他的手段是利禄的诱引。"[1] 在这种新形势下，士人与朝廷的关系需要重新定位——他们只有顺从统治者设定的套路，才能获取一定的社会地位与发展机会，这无疑会压抑他们个性的自由发展。不少士人极其敏锐地察觉到了大一统政体下士人社会地位的下降，并在作品中传达出这种惶惑、焦虑与失落之感：

> 夫苏秦、张仪之时，周室大坏，诸侯不朝，力政争权，相禽（擒）以兵，并为十二国，未有雌雄。得士者强，失士者亡，故谈说行焉。……今则不然，圣帝德流，天下震慑，诸侯宾服，连四海之外以为带，安于覆盂。……尊之则为将，卑之则为虏；抗之则在青云之上，抑之则在深渊之下；用之则为虎，不用则为鼠。（东方朔《答客难》）

> 当今县令不请士，郡守不迎师，群卿不揖客，将相不俛眉；言奇者见疑，行殊者得辟。是以欲谈者卷舌而同声，欲步者拟足而投迹。向使上世之士，处乎今世，策非甲科，行非孝廉，举非方正，独可抗疏，时道是非，高得待诏，下触闻罢，又安得青紫？（扬雄《解嘲》）

战国时期，因为有列国纷争的背景，士人对现实政权尚有选择的自由，能够一定程度上保持独立性并受到统治者的尊重。汉代士人在生命价值取向上与战国士阶层没什么两样，然而当进入汉王朝大一统政体后，个体的生命价值、自由意志被忽视与压抑，思想及行为受到了很大的限制，尤其是那些卓荦特出之士，更感到其独立人格被皇权所扼杀。鲁迅指出："武帝时文人，赋莫若司马相如，文莫若司马迁，而一则寥寂，一则被刑。盖雄于文者，常桀骜不欲迎雄主之意，故遇合常不及凡文人。"[2] 汉代以"不遇"为主题的作品，往往寄寓着作者不获重用的不平

---

[1] 顾颉刚：《秦汉的方士与儒生》，上海古籍出版社 1978 年版，第 49 页。
[2] 鲁迅：《汉文学史纲要》，《鲁迅全集》第 9 卷，人民文学出版社 2005 年版，第 431 页。

以及无可奈何的感伤，这类作品有董仲舒的《士不遇赋》、司马相如的《美人赋》、司马迁的《悲士不遇赋》、刘歆的《遂初赋》、班固的《幽通赋》等。

三、儒道互补与作家心灵的安顿

西汉元、成以降，王朝由盛而衰，社会危机不断加深，而作为统治思想的儒家伦理学说不足以应对士人穷达升沉的实际问题。同时，围绕着政治地位和经济利益，士人之间的争夺也日益加剧；不少人仕途受阻、宦海失意，退而选择避世隐居。于是，道家思想在一些作家那里开始复苏，士人的思想渐趋多元化，在一定程度上摆脱了之前的完全依附而滋生出某种独立意识。例如，严君平"卜筮于成都市，以为卜筮者贱业，而可以惠众人。有邪恶非正之问，则依蓍龟为言利害。与人子言依于孝，与人弟言依于顺，与人臣言依于忠，各因势导之以善"；每日仅阅数人，"得百钱足自养，则闭肆下帘而授《老子》。博览亡不通，依老子、严周之指著书十馀万言"（《汉书·王贡两龚鲍传》）。扬雄为人"清静亡为，少耆（嗜）欲，不汲汲于富贵，不戚戚于贫贱"（《汉书·扬雄传》），糅合儒道的倾向也非常明显。他在《解难》中把"孔子作《春秋》"与"老聃有遗言"相提并论，便可视为这一人生态度的突出体现。他准《周易》而撰《太玄》，仿《论语》而作《法言》，表现出既有以儒家正宗传人自居的一面，又有忻慕道家、深受老庄影响的一面。扬雄融合孔子、《周易》、老庄的思想及人生态度，对魏晋时期的玄学与士风有着不可低估的影响。

儒道互补以安顿心灵，也是一些东汉作家的人生选择。受道家思想的影响，东汉不少文人士大夫"或隐居以求其志，或回避以全其道，或静己以镇其躁，或去危以图其安，或垢俗以动其概，或疵物以激其清"（《后汉书·逸民列传》）。冯衍的《显志赋》谈到自己亦儒亦道、无可无不可的处世态度时说："风兴云蒸，一龙一蛇；与道翱翔，与时变化。"班固在《幽通赋》中也糅合儒道思想，为己所用："保身遗名，民之表兮；舍生取谊，亦道用兮。"张衡前期的赋作《羽猎赋》《二京赋》等，表现出积极用世的生活态度，后期的《归田赋》则表达了远离尘俗、高洁自持的情怀。

第三节　经学对汉代作家及其创作的影响

经学是以经典的笺注、阐释为基本内容的学问，汉武帝罢黜百家，独尊儒术，经学遂备受推重，进入官方教育领域，并与官员的选拔相关联①，成为汉王朝意识

---

① 汉代察举选拔人才补充官僚队伍，举孝廉、茂才，实际上都与经学有关；又设明经一科，选拔通晓经学的人才。《汉书·儒林传》载："公孙弘以治《春秋》为丞相封侯，天下学士靡然乡（向）风矣。"

形态建构的重要组成部分，甚至起到类似法典的作用，对包括文学在内的学术文化产生了很大的影响。

一、汉代作家与经学

春秋战国时期，学者以"经"指称具有典范性、纲领性的前代典籍，最初被儒家奉为经书的有六种，即"六经"，亦称"六艺"，包括《诗》《书》《礼》《乐》《易》《春秋》①。汉代《乐经》不存，因而又有"五经"之称。汉代不少作家都研习或精通经学，并在创作思想上受到经学的影响。司马迁曾从孔安国、董仲舒学习《古文尚书》和《春秋》，关于《史记》的创作，他自称要"厥协六经异传，整齐百家杂语"（《史记·太史公自序》），要"考信于六艺"（《伯夷列传》），"折中于夫子"（《孔子世家赞》）。班固在《汉书·叙传》中谈到其写作方法，谓"综其行事，旁贯五经，上下洽通"。

经学所体现的忧患意识、民本意识、扬善抑恶的精神等，对汉代作家有显著的影响。从董仲舒开始，不少文人士大夫写奏议文，多联系经典或经学问题发表政治见解，正如徐复观指出的："在这些奏议中，气象博大刚正，为人民作了沉痛的呼号，对弊政作了深切的抨击，这都是由经学教养中所鼓铸而出，为以后各朝代所难企及。……没有经学，便不能出现这些掷地有声的奏议。"②

汉人在评论作家作品时，也往往依经立义，如班固批评屈原的《离骚》，说诗中"多称昆仑、冥婚、宓妃，虚无之语，皆非法度之政，经义所载，谓之兼《诗》风雅而与日月争光，过矣"（《楚辞章句叙》引）。王逸完全不赞同班固的评论，而认为屈原"独依诗人之义而作《离骚》"，"夫《离骚》之文，依托五经以立义焉"（《楚辞章句叙》）——王逸的根据也是经学义理。另外，班固批评司马迁"是非颇谬于圣人，论大道则先黄老而后六经，序游侠则退处士而进奸雄，述货殖则崇势利而羞贱贫，此其所蔽也"（《汉书·司马迁传赞》），亦以儒家经典为尺度。

二、经学对文学创作的影响

经学的大一统观念对汉代的文学创作有显著的影响。"大一统"的说法最早

---

① 《庄子·天运》篇："孔子谓老聃曰：'丘治《诗》《书》《礼》《乐》《易》《春秋》六经。'"《礼记·经解》中的次序是：《诗》《书》《乐》《易》《礼》《春秋》。《汉书·艺文志》本《七略》，其次序是《易》《书》《诗》《礼》《乐》《春秋》。

② 徐复观：《中国经学史的基础》，见《徐复观论经学史二种》，上海书店出版社2002年版，第176页。

见于《春秋公羊传·隐公元年》："何言乎王正月？大一统也。""大"，谓张大、推重；"一统"，指天下万民皆统系于周天子。大一统观念强调君主的绝对权威和对天下的绝对主权，这种观念在司马相如、扬雄、班固、张衡等人的赋作中都有所体现，如司马相如的《子虚赋》《上林赋》，先借子虚、乌有先生之口描绘了齐王、楚王游猎场面的盛大，然后再借亡是公之口极力夸扬汉家天子游猎的盛况，以突出帝王统领一切、压倒一切的核心地位。

经学中也有一些具体指导作家如何进行文学创作的内容，如《毛诗序》中讲"发乎情，止乎礼义"，主张用儒家的伦理道德来规范作家个人情感的抒发；还讲"主文而谲谏"，希望作家通过"美刺"的方式对政治及社会生活发生影响。受《毛诗序》的影响，汉大赋在颂美的同时又多寄寓讽谏之意，即所谓"曲终奏雅"。司马迁评论司马相如赋："虽多虚辞滥说，然其要归引之节俭，此与《诗》之风谏何异？"（《史记·司马相如列传》）也当是看到了经学与文学的内在联系的。

汉代经学的传授方式以口授为主，弟子学有师承，谓之有"师法"；经师自立新说而受到认可，成一家之说，谓之有"家法"。师法、家法虽有区别，毕竟都是以某位老师传下来的经文、经说作为学习的楷模，从宗师的角度来说，二者在性质上是相同的。受此影响，汉代文人的个性普遍受到抑制，往往缺少创造性，作品多带有尚古、拟古的色彩。如王褒作《九怀》、刘向作《九叹》、王逸作《九思》等，便是对楚辞作品的模拟。扬雄"作书，往往摭《离骚》文……名曰《反离骚》，又旁《离骚》作重一篇，名曰《广骚》，又旁《惜诵》以下至《怀沙》一卷，名曰《畔牢愁》"（《汉书·扬雄传》）。他们总喜欢在对古人的模拟中寄寓自己的思想感情。

第四节　秦汉文学的特征与嬗变过程

与先秦时期相比，汉代人已有了较为明确的文学观念，文学创作的自觉意识也显著增强。不过，从现存文学史料整体来看，汉代人所讲的"文章""文辞"在涵义上还是较为宽泛的。秦汉文学的散文、辞赋、诗歌这三种主要文体，都有一个较为明显的发展嬗变过程。

一、秦汉文学的特征

先秦时还没有今天意义上的文学观念，孔门四科中的"文学"，宋代邢昺《论语疏》谓之"文章博学"，略同于今天所说的学术文化。到了汉代，随着文学的不断发展与创作的繁荣，有人开始用"文辞""文章"来指文学性较强的作品，如

《史记·三王世家》说"天子恭让，群臣守义，文辞烂然，其可观也"、《儒林列传序》说"文章尔雅，训辞深厚"等皆是。汉代的一些作家对于文学的性质似乎已经有了比较清醒、准确的体认，例如，司马相如在谈到自己作赋的体会时曾说："合綦组以成文，列锦绣而为质，一经一纬，一宫一商，此赋之迹也。赋家之心，苞括宇宙，总览人物，斯乃得之于内，不可得而传。"（《西京杂记》卷二）他认识到自己是在从事文学创作，即自觉地运用形象思维，选取适当的词语、音韵来表达对事物的感受及认识。司马迁在《史记》中不仅为屈原、司马相如等作传，而且录入他们的作品并评论其创作心理，有意识地把文学家与其他人物加以区别。另外，刘歆在《七略》中特立《诗赋略》，与《六艺略》等并列，应当说也体现了他对文学的独特性的认识。

尽管汉人的文学意识已较为显著，但是从总体上看，秦汉文学与我们今天所说的"纯文学"还不完全相同。除了乐府诗、文人五言诗之外，其他文体如颂、赞、祝、铭、箴、诔、碑、哀、吊、论、说、檄、移、诏、策、章、表、奏、议、连珠等，两汉时期都有大量的作品，有的作家还兼擅数体①，我们很难拿现在的概念、定义来判定哪篇属于纯文学或者偏于纯文学。秦汉文学尤其是散文，还没有从大的学术文化母体中完全分离出来，文史哲常常是"你中有我，我中有你"的关系，不少作家都宗经重史，"文人""儒生""经生""史官"等社会身份并不那么容易区分，文学语言与非文学语言的区别也是相对的，没有绝对的界限。再者，上古时代中国长期处在宗法式农业经济的社会形态里，史官文化的影响极其深远，而史官文化是以政教人伦为本位的，于是造成了秦汉文学注重政治教化的显著倾向。因此，我们在学习本编时，除了注重对文学本身的体会与认识，披文入情，沿波讨源，还要留意那些与文学关系较为密切的思想文化方面的内容。

二、秦汉文学的嬗变过程

秦朝有成就的散文作家唯李斯一人，代表作是他在秦始皇统一中国前写的奏议文《谏逐客书》。汉初统治者奉行清静无为、休养生息的黄老之术，政治上比较宽松，社会思想比较活跃、自由。汉初文士从现实政治的需要出发，围绕着如何汲取秦王朝短期覆灭的教训、如何解决现实问题等发表见解，政论文兴盛起来，代表作家是贾谊、晁错。汉武帝独尊儒术后，受到经学的影响，文章渐趋典重。

---

① 如《后汉书》崔瑗本传中说："瑗高于文辞，尤善为书、记、箴、铭，所著赋、碑、铭、箴、颂、《七苏》、《南阳文学官志》、《叹辞》、《移社文》、《悔祈》、《草书势》、七言，凡五十七篇。"蔡邕更是兼擅许多文体的大文章家，刘勰《文心雕龙》中的《颂赞》《铭箴》《诔碑》《哀吊》《杂文》《奏启》诸篇中，均有盛赞蔡邕作品的文字。

西汉后期，政论文风有所变化，批判现实的因素有所增加。东汉前期，桓谭、王充的文章都重视说理，论辩性强。东汉后期，国是日非，不少文章带有"清议"的性质。史传方面，司马迁的《史记》和班固的《汉书》是两汉传记文学的两大高峰，对后代叙事文学的发展、繁荣产生了重要影响。

汉赋是继《诗经》、楚辞之后的一种新的文学样式，讲究文采，韵散结合，兼具诗歌与散文的性质。汉赋的发展总体上经历了骚体赋、体物大赋、抒情小赋的发展历程。汉初骚体赋继承楚辞创作传统，所谓"汉之赋颂，影写楚世"（《文心雕龙·通变》），不少作家与屈原、宋玉有着思想感情上的共鸣，他们往往通过模拟屈宋的作品来抒发不遇之感，贾谊的《吊屈原赋》、严忌的《哀时命》就是这类作品的代表。枚乘的《七发》开始向散体赋转化，其"七体"模式对后来的赋家影响甚大。《文心雕龙·杂文》称："《七发》以下，作者继踵"，"枝附影从，十有馀家。"

汉武帝出于"润色鸿业"的需要，招揽文士，提倡写赋，散体大赋的创作进入繁荣时期。不少赋家都有较强的政治参与意识，在赋作中歌颂大一统的刘汉王朝。司马相如的《子虚赋》《上林赋》"苞括宇宙，总揽人物"，体现出大一统的思想观念，艺术上铺采摛文、夸丽风骇，具有某种典范性意义。西汉后期散体大赋创作是武帝时创作的延续，摹仿因循之中也有一定的新变，一是赋作逐渐受到经学的渗透，二是题材上有所拓展。值得一提的是，西汉时产生的《神乌傅（赋）》①，是一篇以拟人化的手法讲述禽鸟故事的赋作，"在目前所能看到的以讲述故事为特色的所谓俗赋中是时代最早的一篇"②。东汉前期京都赋兴起，"体国经野，义尚光大"（《文心雕龙·诠赋》），气势壮阔，文辞华美。东汉后期，散体大赋向抒情小赋转变，张衡、赵壹的赋作在这方面较有代表性。

汉代的诗歌继《诗经》、楚辞之后向前发展。乐府诗推动了我国叙事诗的发展，而文人五言诗更多地促进了抒情诗的进步。汉武帝时，乐府机构采集、整理各地的歌诗，一些文人也为乐府写作诗篇。乐府诗突破了《诗经》四言为主的形式，句式灵活多变，以五言为主，辅以杂言。现存汉乐府诗大都出自普通百姓之口，"感于哀乐，缘事而发"（《汉书·艺文志》），反映了当时的社会生活和民众的思想感情。长篇叙事诗《孔雀东南飞》当是在民间故事、民间歌唱的基础上不断加工而成的杰作。汉代开始出现文人七言诗，但数量很少，较重要的有汉武帝君臣联句的《柏梁诗》、张衡的《四愁诗》等。其中《柏梁诗》的体式被后人称为"柏梁体"，《沧浪诗话·诗体》称"七言起于

---

① 1993 年在江苏东海县尹湾汉墓出土的文物中，有篇保存基本完整的《神乌傅（赋）》。墓主人的下葬时间为汉成帝元延三年（前 10）。

② 裘锡圭：《神乌赋初探》，载《文物》1997 年第 1 期。

汉武柏梁"。东汉前期的文人诗歌中，班固的《咏史》被视为现存最早且最完整的文人五言诗。东汉中后期，不少作家开始自觉地学习乐府诗，创作了不少五言古诗。《古诗十九首》多有真性情的坦率流露①，表达自然而又韵味醇厚，颇受后人推重。

思考题

1. 了解汉代作家的文学意识及汉代文学的基本特征。
2. 分析汉代大一统的政治局面对文人心态的影响。
3. 思考经学对汉代作家及文学创作的影响。
4. 概述秦汉文学的嬗变情况。

---

① 关于《古诗十九首》产生的时代，六朝以来一直存在争议。徐陵《玉台新咏》把《古诗十九首》中的《西北有高楼》等九首称为"枚乘杂诗"。李善《文选注》中说："五言，并云'古诗'，盖不知作者，或云枚乘，疑不能明也。诗云'驱马上东门'，又云'游戏宛与洛'，此则辞兼东都，非尽是乘，明矣。"刘勰《文心雕龙·明诗》篇谓："又古诗佳丽，或称枚叔；其《孤竹》一篇，则傅毅之词；比类而推，两汉之作乎？"宋李昉《文苑英华》卷七一二称："梁昭明所造《文选》，录古诗十九首，亡其姓氏。观其词，盖东汉之世李、苏之流。"近现代不少学者认为是东汉后期文人的作品。今人赵敏俐认为"有个别诗篇可能出自西汉，个别诗篇可能产生在东汉末年，其中大部分诗篇则是东汉初年到东汉中期以前的产物"（见赵敏俐著《汉代诗歌史论》，吉林教育出版社1995年版，第245页）。李炳海考定十九首的写作年代"应在公元140年到160年这二十年中"（见李炳海《〈古诗十九首〉写作年代考》，载《东北师范大学学报》1987年第1期）。

第一章　秦与西汉散文

继先秦诸子散文之后，秦与西汉散文作家进一步确立了以文章经世的传统。《吕氏春秋》是集体编撰的著作，体制宏大，内容充实。汉初贾谊、晁错的政论文，雄健恣肆，言辞峻切，堪称一代鸿文。西汉中期，论说文章在思想上以儒家学说为主流，文风由纵横驰骋向醇厚典重转变。西汉后期，伴随着古文经学的兴起，文章风格转向深沉，批判现实的因素也有所增加。

第一节　秦代散文

秦人尚法，不鼓励文学，秦始皇时博士备员而不用，还出现了"焚书坑儒"这样的反文化行为，加之秦朝祚短，总的说来秦代文学相当薄弱。可称述者，唯有秦统一六国之前的《吕氏春秋》《谏逐客书》，还有统一后出现的一些秦刻石文。从时间断限上严格地说，《吕氏春秋》《谏逐客书》应属战国晚期的作品，为了叙述的方便，姑且置于秦代文学中。

一、秦统一前夕的《吕氏春秋》

吕不韦（？—前235），卫国濮阳（今河南濮阳）人，秦庄襄王时为丞相，封文信侯。嬴政为秦王时，吕不韦仍为丞相。秦统一六国前夕，吕不韦招集门客编撰《吕氏春秋》（又称《吕览》），为统一后治理天下进行思想上、理论上的准备。成书之后，曾"布咸阳市门，悬千金其上，延诸侯游士宾客有能增损一字者予千金"（《史记·吕不韦列传》），可见其态度之认真。《吕氏春秋》分为十二纪、八览、六论。十二纪每纪五篇①，共六十篇；八览中《有始览》今存七篇，其馀每览八篇，共六十三篇；六论每论六篇，共三十六篇。加上《序意》，今存凡一百六十篇。

此书兼采诸子百家之长，并用一定的主导思想把它们贯穿起来，反映了战国末期思想融合的趋势，《汉书·艺文志》把它归入杂家类。政治思想方面，《吕氏春秋》的作者主张天下一统："一则治，异则乱；一则安，异则危。"（《不二》）提倡法治，主张变法："治国无法则乱，守法而弗变则悖，悖乱不可以持国。世易时移，变法宜矣。"（《察今》）劝导统治者要顺应民心："先王先顺民心，故功名

---

① 《季冬纪》最后有一篇《序意》，当为序言，不应计算在十二纪之内。

成。夫以德得民心以立大功名者，上世多有之矣。失民心而立功名者，未之曾有也。"（《顺民》）作者还主张天下为公："天下非一人之天下也，天下之天下也"（《贵公》）；"尧舜，贤主也，皆以贤者为后，不肯与其子孙，犹若立官必使之方。今世之人主，皆欲世勿失矣，而与其子孙，立官不能使之方，以私欲乱之也，何哉？其所欲者之远，而所知者之近也。"（《圜道》）

《吕氏春秋》体例严整，十二纪的框架是借鉴阴阳家的理论而精心设计的。它依照一年十二个月的顺序排列，体现了四时的运行及阴阳五行观念。每纪的第一篇和《礼记·月令》大体相同，作为一纪的"纲"，其他四篇文章对相关内容做重点阐发。春季是万物萌生的季节，所以"孟春纪""仲春纪""季春纪"的十二篇文章主要论述如何养生、养性。夏季是万物成长的季节，夏之三纪主要讲帮助和启发人成长的教学及音乐理论。秋有肃杀之气，主兵、主刑，秋之三纪主要讲军事。冬季万物潜藏，主死亡，冬之三纪多讲死亡、丧葬、舍生取义之类。八览的内容从开天辟地说起，讲到做人务本之道、治国之道以及如何认识事物、如何用民、如何为君，等等。八览以讲治国之道为主，六论主要集合各家杂说。

《吕氏春秋》各篇文章大多先提出论题，说明篇旨，然后以具体事实或寓言故事论证，最后加以总结；论证条理清晰，文风平实畅达，语言简明易懂。如《察传》篇提出对待传言要细加审察，验之以理，然后以"夔一足""丁氏穿井得一人""三豕涉河"三个寓言展开论述，最后总结说："辞多类非而是，多类是而非，是非之经，不可不分。"《吕氏春秋》中有很多思想深刻、富于启发性的寓言，如"人有亡鈇（斧）者"（《去尤》）、"掣肘"（《具备》）、"齐人攫金"（《去宥》）、"网开三面"（《异用》）等等，广为流传。

二、李斯的《谏逐客书》

李斯（？—前208），楚上蔡（今河南上蔡）人。初为郡小吏，后从荀卿学帝王之术。入秦国后，为吕不韦舍人，因说秦王统一六国，被秦王嬴政任为客卿，秦统一六国后任丞相。公元前237年，水工郑国说服秦国开凿水渠，企图耗费秦国人力物力，使之不能攻韩。事发后，秦王听信一些宗室大臣之言，下令逐客，"李斯上书说，乃止逐客令"（《史记·秦始皇本纪》）。《谏逐客书》最突出的特点是从秦国的利益着眼，摆事实，讲道理，指出秦所以能国富民强，皆因客卿之助。末段最为脍炙人口：

> 臣闻地广者粟多，国大者人众，兵强则士勇。是以太山不让土壤，故能成其大；河海不择细流，故能就其深；王者不却众庶，故能明其德。是以地

无四方，民无异国，四时充美，鬼神降福，此五帝三王之所以无敌也。今乃弃黔首以资敌国，却宾客以业诸侯，使天下之士退而不敢向西，裹足不入秦，此所谓"藉寇兵而赍盗粮"者也。

《谏逐客书》论证充分，说理严密，多用铺陈排比，音节铿锵，气势奔放，上承苏张之说辞，下开晁贾之政论，堪称秦代奏议文的代表作。鲁迅说"法家大抵少文采，惟李斯奏议，尚有华辞"①，肯定了《谏逐客书》富于文采、讲究辞令艺术的特点。

三、秦刻石文

史载，秦始皇多次出巡，先后在峄山、泰山、琅邪台、之罘、东观、碣石、会稽刻石；《史记·秦始皇本纪》收录了除峄山之外的六种刻石文。这些刻石文出自丞相李斯之手，内容主要是对秦始皇所建功业的赞颂，如《泰山刻石文》：

皇帝临位，作制明法，臣下脩饬。二十有六年，初并天下，罔不宾服。亲巡远方黎民，登兹泰山，周览东极。从臣思迹，本原事业，祗颂功德。治道运行，诸产得宜，皆有法式。大义休明，垂于后世，顺承勿革。皇帝躬圣，既平天下，不懈于治。夙兴夜寐，建设长利，专隆教诲。训经宣达，远近毕理，咸承圣志。贵贱分明，男女礼顺，慎遵职事。昭隔内外，靡不清净，施于后嗣。化及无穷，遵奉遗诏，永承重戒。②

文中宣扬皇帝的盛德，并告诫臣民遵从法令，文辞雅正，气魄宏大。钱穆评论秦刻石文，谓其"注意于全国社会风俗之统整"，"琅玡刻石云：'以明人事，合同父子。'是尚孝也。又曰，'皇帝之功，勤劳本事，上农除末，黔首是富。'是重农也。此二者，皆为后来汉治所重"③。

从文体上说，刻石文源于铭颂。颂系庙堂诗章，雍容典重；铭文因限于刻铸，辞句简古。秦刻石文篇幅大都不长，风格浑厚古朴，除《琅邪台刻石文》两句一韵外，其他都是三句一韵。刘勰说："秦皇铭岱，文自李斯。法家辞气，体乏弘润。然疏而能壮，亦彼时之绝采也。"（《文心雕龙·封禅》）鲁迅称其"质而能

---

① 鲁迅：《汉文学史纲要》，《鲁迅全集》第9卷，人民文学出版社2005年版，第394页。
② 此处所引《泰山刻石文》，见司马迁《史记·秦始皇本纪》，中华书局1982年版，第243页。
③ 钱穆：《秦汉史》，生活·读书·新知三联书店2004年版，第19页。

壮，实汉晋碑铭所从出也"①，指出了秦刻石文对汉晋碑铭文的影响。

第二节 西汉前期的散文

西汉前期，统治者实行清静无为的黄老政治，各家学说得以并存，言论较为自由。士人十分注重对历史经验的总结，因而政论文章兴盛起来，颇有战国纵横家之遗风。汉初陆贾的《新语》可以说是汉代最早的一部政论著作，包括《道基》《术事》《辅政》等十二篇，力倡以儒学的法先王、行仁义，并辅以道家的"无为"思想治理天下。文帝时有一位贾山，上书言治乱之道，名曰《至言》。此期最具代表性的作家是贾谊、晁错。

一、贾谊的散文

贾谊（前200—前168），洛阳（今河南洛阳）人。据《史记·屈原贾生列传》载，贾谊"年十八，以能诵诗属书闻于郡中"。文帝即位后，被召为博士。"每诏令议下，诸老先生不能言，贾生尽为之对，人人各如其意所欲出。诸生于是乃以为能不及也。孝文帝说之，超迁，一岁中至太中大夫。"后因遭到一些老臣的排挤，出任长沙王太傅。四年后，文帝念之，召见于宣室，问以鬼神之事。不久，拜为梁怀王太傅。外任期间，贾谊多次上疏，希望革新政治、加强中央集权。文帝十一年（前169），梁怀王坠马而亡，贾谊自伤为傅无状，常常悲泣，一年后忧郁而卒。贾谊的著作，《汉书·艺文志》著录有文五十八篇，赋七篇。文即刘向所校定之《新书》（又名《贾子》），虽然在流传过程中有所错乱散佚，但基本可信，不是伪书②。其《陈政事疏》（又名《治安策》）③见载于《汉书·贾谊传》。

贾谊熟习经籍，又关注现实，心系天下。他似乎比一般人更敏锐地觉察到祸患的隐伏滋生：

> 臣窃惟事势，可为痛哭者一，可为流涕者二，可为长太息者六，若其他背理而伤道者，难遍以疏举。进言者皆曰天下已安已治矣，臣独以为未也。

---

① 鲁迅：《汉文学史纲要》，《鲁迅全集》第9卷，人民文学出版社2005年版，第395页。

② 参王洲明《新书非伪书考》，载《文学遗产》1982年第2期。另外，王洲明、徐超著《贾谊集校注》（人民文学出版社1996年版）的前言部分又提出了若干材料，说明《新书》非伪作。

③ 关于《陈政事疏》与《新书》的关系，历来说法不一，可参看吴云《贾谊集校注》（增订版）第367—368页相关内容。

日安且治者，非愚则谀，皆非事实知治乱之体者也。夫抱火厝之积薪之下而寝其上，火未及燃，因谓之安，方今之势，何以异此！（《陈政事疏》）

正所谓"知我者谓我心忧，不知我者谓我何求"（《诗经·王风·黍离》），贾谊以深沉痛切的语调，传达出伤时忧世之感。

汉初社会面临两大主要矛盾，一是中央政府与诸侯王的矛盾，二是汉王朝与匈奴之间的矛盾，贾谊针对两大社会矛盾提出了他的解决方案。在《陈政事疏》中，贾谊总结汉初所封异姓诸侯先后反叛的历史教训，指出"大抵强者先反"，并断言眼下所封同姓诸侯王数年之后必反。他提出："欲天下之治安，莫若众建诸侯而少其力，力少则易使以义，国小则亡邪心。令海内之势如身之使臂，臂之使指，莫不制从。诸侯之君不敢有异心，辐凑并进而归命天子，虽在细民，且知其安，故天下咸知陛下之明。"文帝未能听取贾谊的建议，致使同姓诸侯王势力日益发展，终于在景帝三年（前154）发生了吴楚七国之乱。在汉朝与匈奴的关系上，贾谊反对和亲纳币以图苟安的外交政策，力主抵御外侮，说"窃料匈奴之众不过汉一大县，以天下之大困于一县之众，甚为执事者羞之"（《陈政事疏》）。

汉初反思、总结历史经验教训的思潮中，"过秦"是一个重要题目。贾山《至言》、晁错《贤良文学对策》、严安《上书言世务》、吾丘寿王《骠骑论功论》等都有相关内容，其中以贾谊的《过秦论》①影响最大。司马迁在《史记·秦始皇本纪》中大段引录了《过秦论》，且感叹道："善哉乎贾生推言之也！"

《过秦论》上篇总论秦朝兴亡，指出秦人"以六合为家，崤函为宫"，但最终"一夫作难而七庙隳，身死人手，为天下笑"，其根本原因在于统治者"仁义不施"，不明白"攻守之势异也"。中篇揭露统治者骄侈扰民，重点批评秦二世之过。二世继位之时，"天下莫不引领而观其政"，看他能否"正先帝之过"，可他反而更无道、更扰民，以至于陈涉等揭竿而起，一呼而天下云集响应。下篇先说在陈涉率众长驱深入的危急时刻，秦竟不善加防守，反而出兵东征，使子婴孤立而无良辅；次说由于实行杜塞言路的高压政策，使得"忠臣不谏，智士不谋"，不能及时纠正朝廷的过失；最后总结秦亡的教训。《过秦论》否定了秦朝以霸道治国的做法，贯穿着鲜明的民本意识，旨在为汉王朝提供治国的借鉴，具有重要的现实意义。

《过秦论》文风雄健畅达，作者善用铺排、夸张、比喻等修辞方法，造成一种气势，颇能耸动听闻。文中时见对偶句，但又错落有致，合乎语言的自然节奏。

---

① 《过秦论》一文，《史记》的《秦始皇本纪》《陈涉世家》有所引录。班固《汉书》、贾谊《新书》都有收录。《文选》里分为上、中、下三篇。贾谊写《过秦论》的年代，史无明文记载，《新书》里将它列为首篇，当是视为早期之作。

值得特别一提的是，《过秦论》上篇对比手法的运用相当突出。作者从总体上把秦王朝失天下之易和得天下之速加以对比，而构成对比的两个方面中，又包含有对比——写秦取天下之易，以大加渲染的九国和秦国相对比，以九国失败之惨突显秦国之强大；写秦失天下之速，首先以陈涉和秦对比，其次以秦取天下、失天下的自身条件对比，最后以陈涉和九国对比，说明陈涉亡秦不是因为他本身比秦强大，或者比九国诸侯强大，而是秦王朝本身因仁义不施、民心离散而变得不堪一击了，从而揭示出强弱悬殊、成败异变现象背后的实质，发人深省。

从在文学史上的地位与影响来看，《过秦论》开汉代"史论"文章之先声，先后被《史记》《文选》引用或收录，奠定了其在史学及文学史上的经典地位。晋代作家左思说，"著论准《过秦》，作赋拟《子虚》"；范晔写《后汉书》，自谓"《循吏》以下及《六夷》诸序论，笔势纵放，实天下之奇作。其中合者，往往不减《过秦》篇"（《狱中与诸甥侄书》）。凡此，皆可见《过秦论》在后世文人心目中的重要地位。

二、晁错的散文

晁错（前200—前154），颍川（今河南禹州）人。早年从张恢学申商刑名之学，以文学为太常掌故。文帝时，奉命从济南伏生学《尚书》，回京后为太子舍人，门大夫，迁博士。后任太子家令，其辩博之才深得太子（后来的景帝）的赏识，被称为"智囊"。晁错多次上书文帝，言守边备塞、劝农力本等事，文帝奇其材。后举贤良文学，对策高第，迁为中大夫。景帝即位，任内史，迁御史大夫。他不顾个人安危，力主削藩。景帝三年（前154），吴楚七国以"清君侧"为名发生叛乱，景帝听从袁盎等人之言，将晁错腰斩。《汉书·艺文志》著录的《晁错》三十一篇，多已不存。《汉书·爰盎晁错传》引录文章数篇。代表作有《论削藩疏》《论贵粟疏》《守边劝农疏》《募民徙塞下疏》《贤良文学对策》等。

晁错的文章大都是针对重大政治问题而写的，如景帝时晁错所上《论削藩疏》：

> 昔高帝初定天下，昆弟少，诸子弱，大封同姓，故孽子悼惠王王齐七十二城，庶弟元王王楚四十城，兄子王吴五十馀城。封三庶孽，分天下半。今吴王前有太子之隙，诈称病不朝，于古法当诛。文帝不忍，因赐几杖，德至厚也。不改过自新，乃益骄恣，公即山铸钱，煮海为盐，诱天下亡人谋作乱逆。今削之亦反，不削亦反。削之，其反亟，祸小；不削之，其反迟，祸大。

此文言简意赅，道人所不敢道，语言警辟，很有力量。在《守边劝农疏》中，晁错先是对比胡貉、杨粤（古扬州一带）两地地理气候及人民对水土的适应情况，指出"秦之戍卒不能其水土，戍者死于边，输者偾于道"，从而导致陈涉率戍卒首先发难；然后分析了匈奴人的生活方式与侵扰特点，并根据当时北方边境的实际状况，提出了屯田戍边的主张与措施。《论贵粟疏》对当时官家及商贾的巧取豪夺、奢侈淫靡予以批评，同时对广大农民的疾苦给予极大的关注与同情：

> 今农夫五口之家，其服役者不下二人①，其能耕者不过百亩。百亩之收，不过百石。春耕夏耘，秋获冬藏，伐薪樵，治官府，给徭役，春不得避风尘，夏不得避暑热，秋不得避阴雨，冬不得避寒冻，四时之间，亡日休息。又私自送往迎来，吊死问疾，养孤长幼在其中。勤苦如此，尚复被水旱之灾，急政暴虐，赋敛不时……于是有卖田宅、鬻子孙以偿责（债）者矣。

这段文字如实展现了农民生活的艰辛，字里行间饱含着忧伤与愤懑，给人留下非常深刻的印象。

　　晁错与贾谊都是汉初政论文大家，后世论者常将两人的文章加以比较。贾谊受儒家思想的影响比较大，晁错的思想则以法家为主，但二人都能针对时弊直言极谏，无所避忌。晁贾二人性情有异，且贾谊早逝，晁错享年较长、涉世较深，相比之下，晁错的文章显得更为沉稳老到，议论问题更能具体深入，也更为切合实际。以贾谊的《论积贮疏》与晁错的《论贵粟疏》为例，两文都强调重农贵粟、强本抑末的重要，不过贾谊之文虽指出"背本而趋末"的可危，却没有提出切实的解决办法；晁错之文不仅论述了重农贵粟的现实意义，而且提出"以粟为赏罚""募天下入粟县官，得以拜爵，得以除罪"等具体措施，后被汉文帝付诸实践。再就应对匈奴之策而言，贾谊提出的"三表""五饵"之法②，未免带有天朝大国的虚骄感以及一厢情愿的想象成分；而晁错则认真总结了抗击匈奴的经验教训，认为战胜匈奴是有把握的，并提出夷兵汉兵"相为表里，各用其长技"（《言兵事疏》）的军事策略，上书后"文帝嘉之"（《汉书·爰盎晁错传》）。从文章风格上看，贾文气势雄健，铺张扬厉，感情充沛，近于孟子；晁文更重理性分析，逻辑性强，论辩有力，略似荀韩。

---

① "服役者"，荀悦《汉纪》录《论贵粟疏》作"服作者"，谓从事耕作的人。

② 所谓"三表"，一是"以事势谕天子之言，使匈奴大众之信陛下也"；二是"以事势谕陛下之爱"，使匈奴大众自以为见爱于天子，犹如弱子之遇慈母；三是"谕陛下之好，令胡人之自视也，苟其技之所长与其所工，一可以当天子之意"。所谓"五饵"，一是以锦绣华饰以坏其目；二是以美味佳肴以坏其口；三是以音乐歌舞以坏其耳；四是以财富厚赏以坏其腹；五是让一些匈奴贵族子女来汉，极力款待之，宠爱之，以坏其国人之心。参见《新书·匈奴》篇。

鲁迅有一段比较贾谊晁错异同的话，颇为精到，常为论者所提及："晁贾性行，其初盖颇同，一从伏生传《尚书》，一从张苍受《左氏》。错请削诸侯地，且更定法令；谊亦欲改正朔，易服色；又同被功臣贵幸所潜毁。为文皆疏直激切，尽所欲言；司马迁亦云：'贾生晁错明申商。'惟谊尤有文采，而沉实则稍逊，如其《治安策》，《过秦论》，与晁错之《贤良对策》，《言兵事疏》，《守边劝农疏》，皆为西汉鸿文，沾溉后人，其泽甚远；然以二人之论匈奴者相较，则可见贾生之言，乃颇疏阔，不能与晁错之深识为伦比矣。"①

三、枚乘、邹阳的谏书

枚乘（？—前140？），字叔，淮阴（今江苏淮阴）人。初为吴王刘濞郎中，吴王欲谋反，枚乘上书劝阻，未被采纳，于是离吴至梁，成为梁孝王刘武的文学侍臣。吴王起兵后，他再次上书劝刘濞罢兵。景帝时曾任弘农都尉，后以病去官，复游于梁。枚乘文章有《上书谏吴王》与《上书重谏吴王》。《隋书·经籍志》著录《枚乘集》二卷，已散佚；近人辑有《枚叔集》。

吴王刘濞在封国内招纳工商及任侠、亡命之徒，煮盐铸钱，扩张势力，并称疾不朝，有不轨之心，枚乘作《上书谏吴王》。由于吴王反汉的计划尚未公开，文中不能直指其事，只能委婉含蓄地劝说吴王停止其计划与行动，如说："人性有畏其景（影）而恶其迹者，却背而走，迹愈多，景愈疾，不知就阴而止，景灭迹绝。欲人勿闻，莫若勿言；欲人勿知，莫若勿为。"又说："福生有基，祸生有胎；纳其基，绝其胎，祸何自来？"颇有战国纵横家之遗风。

邹阳，生卒年不详，齐人。文帝时为吴王刘濞门客，以文辩著称。吴王阴谋叛乱，邹阳上书劝谏无果，遂与枚乘、严忌等离吴至梁，为景帝少弟梁孝王门客。梁孝王欲求立为汉嗣，遭到袁盎等人的反对，于是就与羊胜、公孙诡密谋刺杀袁盎，邹阳以为不可。羊胜等乘隙进谗，邹阳被下狱。他从狱中上书自明，梁孝王读后将其释放，并尊为上客。邹阳的文章，《汉书·艺文志》著录七篇，今存《上吴王书》《狱中上梁王书》。

《狱中上梁王书》以大量的历史典故，说明君主对待臣的忠信应持的态度以及臣处于被疑的情势下如何自处，用以自脱。文中还列举了小人作梗、贤才不被重用的历史事实，感叹君臣遇合之难。文章结尾处，用曾参不入"胜母"之里、墨子在"朝歌"邑前回车的典故，说明有气节之士情愿老死岩穴，也不会奔走权门而玷污自己的品德，以表明作者即使得不到梁王的谅解也绝不屈节的态度。清人李兆洛点评此文，谓"迫切之情，出以微婉；呜咽之响，流为激亮。此言情之善

---

① 鲁迅：《汉文学史纲要》，《鲁迅全集》第9卷，人民文学出版社2005年版，第404页。

者也"(《骈体文钞》卷十六)。

第三节　西汉中期的散文

西汉中期，儒学逐渐代替了黄老之学，占据了思想与学术的主导地位。此期论说文章以儒家学说为主流，文风一改汉初文章言辞激切的特点，由纵横驰骋向醇厚典重转变，代表作家是董仲舒。《淮南子》仍保留有比较浓厚的战国文风。司马相如的文章和桓宽的《盐铁论》则吸取了汉赋的铺排手法，韵散结合，对后来骈文的形成有一定的影响。

一、董仲舒的奏议文

董仲舒（前179—前104），广川（今河北景县）人。"少治《春秋》，孝景时为博士"(《汉书·董仲舒传》)。武帝时举贤良文学，董仲舒上书对策，提出罢黜百家、独尊儒术的主张，被采纳。初任江都王相，因故废为中大夫。后任胶西王相，不久以老病辞官，归居乡里后以修学著述为事。著作现存《春秋繁露》，《汉书·董仲舒传》载有《天人三策》[①]。《汉书·艺文志》著录有"《公羊董仲舒治狱》十六篇"，为张汤等人向董仲舒请教断狱的案例汇编，晋以后失传，清人马国翰有辑本。另有赋、颂数篇，其中《士不遇赋》是汉代同类题材中较早的作品。

董仲舒的《春秋繁露》立足于《春秋》公羊学，杂糅儒家思想、阴阳五行及天人感应之说，阐发大一统观念，宣扬"三纲五纪"(《深察名号》《基义》)。书中多用类比的方法把伦理与天道联系起来，如说："人之形体，化天数而成；人之血气，化天志而仁；人之德行，化天理而义；人之好恶，化天之暖清；人之喜怒，化天之寒暑；人之受命，化天之四时。"(《为人者天》)全书语言朴实平易，语调舒缓，又多引经据典，与汉初政论的铺排文风有明显的不同。

《天人三策》就武帝之策问逐条对答，集中体现了董仲舒的哲学思想、政治理念及文章风貌。如第一策"制曰：……三代受命，其符安在？灾异之变，何缘而起？"董仲舒对曰："……臣谨案《春秋》之中，视前世已行之事，以观天人相与之际，甚可畏也。国家将有失道之败，而天乃先出灾害以谴告之，不知自省，又出怪异以警惧之，尚不知变，而伤败乃至。以此见天心之仁爱人君而欲止其乱也。"董仲舒在肯定君权神授的同时，又要以天象示警来约束统治者的行为，规劝

---

① 元光元年（前134），汉武帝令郡国举孝廉，策贤良，董仲舒以贤良对策。汉武帝连问三策，董仲舒亦连答三章，史称《天人三策》，又称《举贤良对策》。

君主实行仁政。从文学角度看，《天人三策》层次清晰，多引用经典阐明事理，富于理论色彩。自董仲舒开始，西汉中期文章大体上由纵横驰骋转变为坐而论道。

二、刘安与《淮南子》

刘安（前179—前122），淮南厉王刘长之子、刘邦之孙，文帝时袭父封为淮南王。淮南国都在寿春（今安徽寿县），战国时属楚地。《汉书·淮南王传》说，刘安好读书鼓琴，不喜弋猎狗马驰骋，言语辩博，善为文辞。招致宾客方术之士数千人，编撰《内书》二十一篇，《外书》三十三篇。《内书》即今存之《淮南子》①。《外篇》久佚，《隋志》已不著录。据高诱序文，《淮南子》的编著者有刘安、苏飞、李尚、左吴、田由等人；全书的主导思想、结构安排等，当主要是在刘安的指导下进行的。刘安还曾奉武帝诏作《离骚传》以解说《离骚》。

《淮南子》在《汉书·艺文志》中被归入杂家，这大概与其内容显得博杂有关，不过总的看来此书还是以道家思想为中心的，旨在究天地之理，接人间之事，备帝王之道②——基于天道而认识人道。东汉高诱说："其旨近老子，淡泊无为，蹈虚守静，出入经道"（《淮南子注·叙目》）。立足于自然之道，《淮南子》对儒家有所批评，如《本经训》中说："立仁义，修礼乐，则德迁而为伪矣。及伪之生也，饰智以惊愚，设诈以巧上。"《齐俗训》中也说："率性而行谓之道，得其天性谓之德。性失然后贵仁，道失然后贵义。"《淮南子》还反对复古思想，认为人类社会在不断发展变化，不能尊古而贱今。

从文学风格上看，《淮南子》颇有庄骚浪漫之馀韵，战国策士之遗风，刘勰称其"泛采而文丽""得百氏之华采"（《文心雕龙·诸子》）。刘安及其许多门客都擅长辞赋，《淮南子》有些地方也带有辞赋色彩，如《原道训》中写水，便极力铺排："上天则为雨露，下地则为润泽，万物弗得不生，百事不得不成。大包群生而无好憎，泽及蚑蛲而不求报，富赡天下而不既，德施百姓而不费。……翱翔忽区之上，遭回川谷之间，而滔腾大荒之野。"书中也不乏奇特的想象，如《原道训》中这段："是故大丈夫恬然无思，澹然无虑。以天为盖，以地为舆，四时为马，阴阳为御，乘云凌霄，与造化者俱，纵志舒节，以驰大区。可以步而步，可以骤而骤；令雨师洒道，使风伯扫尘；电以为鞭策，雷以为车轮；上游于霄霓之野，下出于无垠之门。"文字旷放恣肆，颇近于《庄子》。

《淮南子》中的神话传说相当丰富，保存了"女娲造人""女娲补天""苍颉造

---

① 《淮南子》一书，刘安自名为《鸿烈》，《要略》篇有"此《鸿烈》之《泰族》也"一语，《鸿烈》即全书之总名。
② 《淮南子·要略》篇有云："……故著书二十篇，则天地之理究矣，人间之事接矣，帝王之道备矣。"

字”“共工怒触不周山”“后羿射日”“嫦娥奔月”等约四十条神话传说。与《楚辞》《山海经》有所不同的是，此书有关三皇五帝的神话传说颇为丰富。《淮南子》也善于运用寓言故事说理，“塞翁失马”“削足适履”等广为流传。《说山训》《说林训》还汇集了许多格言警句，如“以天下之大，托于一人之才，譬若悬千钧之重于木之一枝”“太（泰）山之高，背而弗见；秋毫之末，视之可察”等，无不发人深省。

三、《盐铁论》的文学色彩

汉昭帝始元六年（前81），诏令各郡国推举贤良、文学到京师①，询问民间疾苦。贤良、文学认为民间疾苦的根源在于武帝以来的盐铁官营、酒榷、平准均输等经济政策，并要求废除这些政策。这一要求受到御史大夫桑弘羊的反对，双方展开了长时间的辩论，这就是著名的“盐铁会议”。盐铁会议是中国古代极为少见的、由政府主持召开的关于重大政策的辩论会，参加者主要有：贤良、文学，诸如鲁万生、茂陵唐生、汝南朱子伯、中山刘子雍、九江祝生等共六十馀人；桑弘羊及其僚属；丞相田千秋及其僚属。宣帝时，桓宽根据有关材料②，“推衍盐铁之议，增广条目，极其论难”（《汉书·公孙刘田王杨蔡陈郑传赞》），著成《盐铁论》一书，凡十卷，六十篇，各标题目，内容前后连贯。书末的《杂论》是桓宽对辩论的总结，读者可借此了解桓宽的思想倾向、情感态度。

盐铁会议论辩双方之间的论争，从本质上说是不同政治立场、不同社会地位、不同现实利益者之间的思想冲突。从论辩方式与风格上看，或锋芒毕露，或避实就虚；或动之以情，或胜之以理；或攻其一点，或全面反击；唇枪舌剑，波澜起伏，引人入胜。如《散不足》篇：

> 大夫曰：“吾以贤良为少愈，乃反其幽明，若胡车相随而鸣。诸生独不见夏季之螟乎？音声入耳，秋至而声无。诸生无易由言，不顾其患，患至而后默，晚矣。”
>
> 贤良曰：“孔子读史记，喟然而叹，伤正德之废，君臣之危也。夫贤人君子，以天下为任者也。任大者思远，思远者忘近。诚心闵悼，恻隐加尔，故忠心独而无累。此诗人所以伤而作，比干、子胥遗身忘祸也。其恶劳人若斯之急，安能默乎？《诗》云：‘忧心如惔，不敢戏谈。’孔子栖栖，疾固也。墨子遑遑，闵世也。”

---

① “贤良”“文学”：汉代选拔官吏的科目。《汉书·董仲舒传》：“武帝即位，举贤良文学之士前后百数。”
② 桓宽，字次公，汝南（今河南上蔡）人，生卒年不详。治《公羊春秋》，博通善属文，宣帝时举为郎，官至庐江太守丞。

大夫嘲笑贤良文学地位卑贱，警告他们不要轻易发言，言语中含有恐吓的成分；贤良则从孔子等先贤那里获得自信与力量。

《盐铁论》发展了诸子散文及汉赋中的对话文体，在汉代散文中别具一格。书中生动地刻画出论辩者各自不同的情态，使读者如临其境，如闻其声，如见其人，郭沫若甚至称《盐铁论》为"处理经济题材的对话体历史小说"①。《盐铁论》在语言上明显吸取了汉赋的铺排手法，如《取下》篇：

> 贤良曰：……人之言曰："安者不能恤危，饱者不能食饥。"故徐粱肉者难为言隐约，处佚乐者难为言勤苦。夫高堂邃宇、广厦洞房者，不知专屋狭庐、上漏下湿者之庮也。系马百驷、货财充内、储陈纳新者，不知有旦无暮、称贷者之急也。……衣轻暖、被美裘、处温室、载安车者，不知乘边城、飘胡代、乡（向）清风者之危寒也。妻子好合、子孙保之者，不知老母之憔悴、匹妇之悲恨也。耳听五音、目视弄优者，不知蒙流矢、距敌方外者之死也。东向伏几、振笔如调文者，不知木索之急、箠楚之痛者也。坐旃茵之上、安图籍之言若易然，亦不知步涉者之难也。

这段批评统治者不念百姓苦痛的话语，纯以排比句式构成，颇有震撼力。

第四节　西汉后期的散文

西汉后期，政治危机加剧，散文作家不能不面对更多更严峻的现实问题，如刘向的奏议文放言直谏、辞气剀切，呈现出与西汉前中期散文不同的风貌。此期古文经学兴起，受其影响，文章风格也趋于深沉。

一、刘向的奏议文及《新序》《说苑》等

刘向（前77？—前6），本名刘更生，字子政，汉高祖同父少弟楚元王刘交的四世孙。宣帝时为谏大夫、给事中。元帝时擢为散骑宗正、给事中，不久因上书进谏得罪权贵，被逮入狱，免为庶人，闲居十馀年。成帝时改名刘向，为护左都水使，迁光禄大夫，领校中五经秘书。去世前任中垒校尉，故后世亦以"刘中垒"称之。著有《别录》《新序》《说苑》《列女传》《洪范五行传论》等。明人张溥辑有《刘中垒集》。

刘向心性忠直，其奏议"言多痛切，发于至诚"（《汉书·楚元王传》）。建始二

---

① 郭沫若：《盐铁论读本序》，见《郭沫若全集·历史编》第8册，人民出版社1985年版，第474页。

年（前31），汉成帝在渭城延陵亭动工为自己营建陵墓，到鸿嘉元年（前20）忽又放弃，另选新丰的戏乡修建昌陵；永始元年（前16）又放弃昌陵，续建延陵，刘向为此上《谏营昌陵疏》。文章开头说"天命所授者博，非独一姓"，意在以天下兴亡的话头让成帝警醒。接着从正反两个方面列举了薄葬与厚葬的旧典故实，引出教训："自古至今，葬未有盛如始皇者也，数年之间，外被项籍之灾，内离牧竖之祸，岂不哀哉！"刘向认为成帝营造陵墓已经造成了十分恶劣的后果："死者恨于下，生者愁于上，怨气感动阴阳，因之以饥馑，物故流离以十万数。"收尾处作者痛心直言："宜弘汉家之德，崇刘氏之美，光昭五帝三王，而顾与暴秦乱君竞为奢侈，比方丘陇，说（悦）愚夫之目，隆一时之观，违贤知之心，亡万世之安，臣窃为陛下羞之。"《谏营昌陵疏》辞气诚恳，入理切情，是西汉后期奏议文中的名作。

刘向的《新序》《说苑》旨在彰显儒家的政治理想以致君尧舜，是其说理散文的代表作。二书各篇均围绕某一主题，纂辑若干则与主题相关的前代遗闻佚事加以论说。书中有不少地方是以对话形式来展开故事的，以此刻画人物的性格特点，具有较强的文学性，可视为魏晋小说之滥觞。

刘向编撰的《列女传》，汇集贤妃贞妇兴国显家可法则者，作为正面范例；又录孽嬖乱亡者，作为反面鉴戒。该书故事性强，对后世小说中的女性描写有一定的影响。

西汉成帝河平三年（前26），刘向奉诏校理图书，"每一书已，向辄条其篇目，撮其指意，录而奏之"（《汉书·艺文志》），著成《别录》一书。《别录》大概亡佚于唐末，现仅存《战国策》《晏子》《孙卿》《管子》《列子》《韩非子》《邓析子》这七部书的叙录（或称"书录"），还有一篇是刘歆写的《上山海经表》。叙录本类似于目录学的书目提要，然而，因为刘向有借以讽谏、指导君主的意识，所以这些文章不同程度地带有奏议文的某些特征。例如《战国策叙录》先是扼要介绍《战国策》校勘方面的情况，接着便用大量的笔墨论析自西周至秦朝的历史大势及不同历史时期的政治特点。文中言及战国时的谋臣策士，颇能知人论世：

> 战国之时，君德浅薄，为之谋策者，不得不因势而为资，据时而为画。故其谋扶急持倾，为一切之权，虽不可以临国教化，兵革救急之势也。皆高才秀士，度时君之所能行，出奇策异智，转危为安，运亡为存，亦可喜，皆可观。

这里充分肯定了在存亡危机之时谋臣策士"扶急持倾"的重要作用，对于认识纵横家乃至评价战国士风，都有一定的参考价值。

二、杨恽的《报孙会宗书》

杨恽，字子幼，弘农华阴（今陕西华阴）人，司马迁的外孙。据《汉书·公孙刘田王杨蔡陈郑传》载，杨恽为人轻财好义，清正廉洁，在朝中颇有声望，后因出言不慎，遭人陷害。杨恽被免职后，在家务农经商，广治产业，以财自娱。友人孙会宗写信劝他应闭门思过，不应治产业，通宾客，有称誉，杨恽遂写下了这篇《报孙会宗书》。后来发生日食，有人趁机说是因为杨恽"骄奢不悔过"所致，宣帝将杨恽下狱。不久，宣帝读到从杨恽家搜出的《报孙会宗书》，十分厌恶，判为"大逆不道"，将杨恽腰斩。

在《报孙会宗书》中，杨恽就孙会宗用卿大夫的规矩来责备自己予以反驳，说圣人也不禁止人之常情。然后笔锋一转，大写自己务农经商之馀的快乐生活，寄寓愤世嫉俗之意，竟至曰：

> 臣之得罪，已三年矣。田家作苦，岁时伏腊，亨（烹）羊炰羔，斗酒自劳。家本秦也，能为秦声。妇，赵女也，雅善鼓瑟。奴婢歌者数人，酒后耳热，仰天拊缶而呼乌乌。其诗曰："田彼南山，芜秽不治。种一顷豆，落而为萁。人生行乐耳，须富贵何时！"是日也，拂衣而喜，奋袖低昂，顿足起舞，诚淫荒无度，不知其不可也。恽幸有馀禄，方籴贱贩贵，逐什一之利。此贾竖之事，汙辱之处，恽亲行之。下流之人，众毁所归，不寒而栗。虽雅知恽者，犹随风而靡，尚何称誉之有！董生不云乎："明明求仁义，常恐不能化民者，卿大夫意也。明明求财利，常恐困乏者，庶人之事也。"故"道不同，不相为谋"。今子尚安得以卿大夫之制而责仆哉！

这里显示的作者自我，没有丝毫的自悲自怜，反而自得其乐，甚至是狂放纵恣。言辞中暗含对惩罚者的轻蔑，甚至夹杂着些许恶毒的快意①。"道不同，不相为谋"之语，更表现出不与朝廷合作的决绝态度。杨恽慷慨激烈的个性与文风，似与其外祖父司马迁有一定的渊源关系。

三、扬雄的《法言》《剧秦美新》

扬雄（前53—18），一作杨雄，字子云，蜀郡成都（今四川成都）人。曾师从严君平，博览群书，多识古文奇字。成帝时赴京师，为给事黄门郎。王莽时迁为大夫，校书天禄阁，以著述为事。有《解嘲》《剧秦美新》等文。他的《太玄》《法言》是模仿《周易》《论语》写成的。另有语言学著作《方言》等。《隋书·经籍志》著录《扬雄集》五卷，已散佚；明代张溥辑有《扬侍郎集》。

---

① 南宋洪迈《容斋四笔》卷一三"汉人坐语言获罪"条："'君父至尊亲，送其终也，有时而既'，盖宣帝恶其'君丧送终'之喻耳。"又，《汉书》颜师古注引张晏曰："山高而在阳，人君之象也。芜秽不治，言朝廷之荒乱也。一顷百亩，以喻百官也。言豆者，贞实之物，当在囷仓，零落在野，喻己见放弃也。其曲而不直，言朝臣皆谄谀也。"

《法言》包括《学行》《吾子》《修身》等十三篇。"法言"的"法",指以五经或孔子之言为尺度的治学、处世的法则。对汉代今文经学宣扬的天人感应说予以批评,力主回到先秦原始儒家的基本观念上,是《法言》的重要内容之一。书中还对不少历史人物加以品评,开魏晋时期人物品藻之先声。在孔门弟子中,扬雄特别推崇颜回,书中多次赞美其人格,突出其乐处,对宋代理学家有一定的影响。从文体上看,《法言》是扬雄模仿《论语》写成的语录体著作,就总体风格而论,《论语》平易和畅,而《法言》则时显古奥奇崛。

《剧秦美新》之作,扬雄自谓意在劝王莽行巡狩封禅之事,说"往时司马相如作《封禅》一篇,以彰汉氏之休。臣……敢竭肝胆、写腹心,作《剧秦美新》一篇"。文中批评秦王朝说:"……至(嬴)政破纵擅衡,并吞六国,遂称乎始皇。盛纵鞅、仪、韦、斯之邪政,驰骛起、翦、恬、贲之用兵,划灭古文,刮语烧书,弛礼崩乐,涂民耳目。"作者又顺势"剧汉"道:"秦馀制度,项氏爵号,虽违古而犹袭之。是以帝典阙而不补,王纲弛而未张,道极数殚,暗忽不还。"与批评秦、汉相对照,文中赞颂了王莽的新政措施:"夫改定神祇,上仪也;钦修百祀,咸秩也;明堂雍台,壮观也;九庙长寿,极孝也;制成《六经》,洪业也;北怀单于,广德也。若复五爵,度三壤,经井田,免人役……郁郁乎焕哉!"近人吕思勉认为:"先秦之世,仁人志士,以其时之社会组织为不善,而思改正之者甚多……新莽之所行,盖先秦以来志士仁人之公意。"①《剧秦美新》的写作时间当在始建国元年(9)或二年,王莽的改革政策初步实施,其负面影响还没有表现出来。从构思谋篇上看,《剧秦美新》将秦政之酷虐与新政之仁惠加以对比,虽有所夸饰而不失真,给读者留下鲜明、深刻的印象。从文体上看,此文以论说为主,与贾谊"论而似赋"的政论文颇有相似之处②,只是文字更为典重、受赋的影响更大一些罢了。

思考题

1. 思考贾谊的忧患意识对其文风的影响。
2. 结合鲁迅先生的有关论述,试比较贾谊、晁错文风的异同。
3. 谈谈《淮南子》的文学风格及其成因。
4. 阅读作品,加深对《盐铁论》文学性的认识。

---

① 吕思勉:《秦汉史》,上海古籍出版社 2005 年版,第 174 页。
② 钱锺书曾说"贾生作论而似赋",见《管锥编》第 3 册,中华书局 1979 年版,第 891 页。

第二章　西汉辞赋

伴随着社会生活、帝王审美趣味以及先秦诗骚、史家之文、诸子之文的深刻影响，西汉辞赋兴起后形成两种基本的体式，这就是骚体赋和散体赋。后者又被称为"新体赋"。它们以抒情、叙事、体物构成西汉辞赋的基本状态，涌现出贾谊、枚乘、司马相如、扬雄等一批卓有成就的辞赋家。他们以辞赋表现自我的情怀和社会景观，又在铺陈、夸饰中展示了自我的学养和艺术想象力，使西汉辞赋在当时的文坛上独具光彩，引导着其后辞赋的发展。

第一节　西汉辞赋的兴起与轨迹

西汉辞赋的兴起，与春秋战国时期的《诗经》、楚辞及战国策士、诸子相关联，又受西汉文化与帝王好尚的影响，使之成为西汉重要的文学体裁。西汉辞赋主要有两类，即骚体赋和散体赋。

一、西汉骚体赋

西汉骚体赋因屈原《离骚》而得名，它不追求以楚语、楚声表现楚地、楚物的地域本色，而是继承楚辞的抒情性、铺陈的表现方法及其典型的楚语"兮"的标识，更近于传统的抒情之"辞"而不是体物之"赋"。

西汉骚体赋以哀婉为基调。或抒发自我的人生失意之情，以贾谊为先驱，继之而起的有严忌、董仲舒、司马迁等人。他们不像屈原遭遇疏远、贬谪之后，深爱国家和君王而心怀死志、自沉汨罗，而似宋玉多有人生的颓丧，少了自我的期许和追求，以致自怜有馀而刚强不足。或悲悯屈原，代屈原立言而寄托一己情怀，主要是仿屈原《九章》而成的"九体"，赋家有西汉的王褒、刘向及东汉的王逸等人。

西汉辞赋家在创作上因袭楚辞主要有两方面的原因。一是帝王的好尚和楚声的传播。汉高祖刘邦的《大风歌》、汉赵王刘友的《赵幽王歌》、汉武帝刘彻的《秋风辞》和《瓠子歌》等都用楚语楚调。而且，汉武帝宠幸善诵楚辞的朱买臣，汉宣帝则召见九江被公诵读楚辞，客观上引导了文人的欣赏趣味，推动了骚体赋的创作。二是一些文人因仕途坎坷，有感于屈原、宋玉的人生际遇，接受楚辞的表现形式和风格，抒发自我人生失意的情感。不过，《大风歌》《赵幽王歌》《秋风辞》等，较多地受楚声的影响而类诗歌，而《吊屈原赋》《九叹》等较多受《离骚》《九章》的影响而近辞赋。从西汉初年贾谊的《吊屈原赋》《鹏鸟赋》，到后来司马相如的《大人赋》《长门赋》，王褒的《洞箫赋》，扬雄的《甘泉赋》等，绵延不绝。

二、西汉散体赋

西汉散体赋或称新体赋的产生较之于骚体赋复杂得多，它们不像骚体赋直接袭用楚辞的表现形式和风格，而有赖于诸多文学手法与风格的影响。其一是《诗经》的影响。《诗经》"赋"的铺叙成为汉赋最基本的表现方法，汉赋作家有意识地运用这种方法表现自然风物和社会生活。与此同时，《诗经》的讽谕精神也影响到了散体赋，使散体赋有"恻隐古诗之义"（《汉书·艺文志》），并成为散体赋最基本的艺术精神。其二是楚辞的影响。西汉散体赋重在体物，其长篇铺陈可与《离骚》媲美，而且赋家在苞括宇宙，总览人物的艺术构思中，虽没有《离骚》的奇幻，但有意搜罗奇异之物入赋，加以描写或夸饰使赋有了缛丽之美。难怪南朝梁代刘勰说屈原的骚赋之后，"枚贾追风以入丽，马扬沿波而得奇"（《文心雕龙·辨骚》）。其三是战国策士游说诸侯形成的骋辞之风的影响。散体赋家吸纳战国策士骋辞的表现风格，常以东、南、西、北的地理方位和物类铺排及夸饰为基本形态。同时，战国晚期的荀子的《赋篇》率先以赋名篇，并以铺陈手法、问答方式讲述礼、智、云、蚕、箴（针）的谜面与谜底，以体物淡化了楚辞所重的抒情，造就了赋最早的结构模式和铺陈风格，促进了散体赋的产生。

除了文学的承传之外，西汉散体赋的产生还受到社会环境的影响。西汉立国以后，汉高祖刘邦虽享国日浅，但他巩固了中央集权，使其后的汉文帝、汉景帝得以奉行黄、老之治，在清静无为的思想意识之下与民休息。及汉武帝即位，汉兴已60多年，国富民足，内兴文治而外定武功，使西汉进入鼎盛时期。本来，汉武帝之前，重经术而轻辞人，至汉武帝既重经术又好以辞赋彰显功德，以满足自我娱情的需要，自然推动了辞赋的创作。

西汉散体赋的先行者是枚乘。他的《七发》是散体赋成熟的标志，又因其叙七事以成文的体式而成为辞赋中"七体"的鼻祖，也确立了两汉散体赋主客问答与卒章显志的基本形态。其后的司马相如和扬雄沿用《七发》主客问答和卒章显志的结构模式时，取七事中的游猎或说田猎一事贯穿全赋，如司马相如的《子虚赋》《上林赋》，扬雄的《长杨赋》《羽猎赋》等，既开了西汉散体赋的新生面，又成为西汉散体赋的主流。

关于散体赋，人们常有散体大赋之说，在西汉主要指枚乘《七发》、司马相如《子虚赋》《上林赋》等篇幅较长的赋作。扬雄赋虽仍为散体赋，但其体制渐小，至东汉班固《两都赋》和张衡《二京赋》又重现宏篇巨制。同时，散体赋的体物在司马相如、扬雄赋中有了变化，他们常把自己的现实或历史思考转化为社会的道德政治精神，以讽谕君王。另外，扬雄的散体赋还有《蜀都赋》，因表现都市生活在西汉散体赋中独具一格。

第二节　贾谊《吊屈原赋》及骚体赋创作

西汉骚体赋的创作，受楚辞影响的痕迹很深。不过，这些骚体赋都沿袭了楚辞的抒情格调，即使兼有说理，也呈现出不同的抒情风貌。

一、贾谊及其《吊屈原赋》

西汉骚体赋最具代表性的作家是贾谊。贾谊的辞赋据《汉书·艺文志》记载有7篇，今传主要是骚体的《吊屈原赋》和《鹏鸟赋》。

贾谊卓有才华且致力于变革，遭朝廷旧臣忌恨而被汉文帝疏远，贬为长沙王太傅。他赴长沙途中路过湘水，想到当年屈原贬湘而自沉汨罗以及自我的人生失意，故"造托湘流兮，敬吊先生"而作《吊屈原赋》，以屈原式的悲愤表现举世浑浊而我独清的操守，流露了强烈的参政意识和不满情绪。后居长沙三年，因有鹏鸟即猫头鹰飞入房舍，他有感于当地风俗认为鹏鸟入舍则主人不祥及长沙地势低下且潮湿、己命难长而作《鹏鸟赋》。以赋鹏鸟为名，论辩人生祸福相倚、吉凶同域以及生死自然变化的道理。他说自然无常则，人忽然而生，忽然而死，生不足乐，死亦无所患，人应淡漠生活，纵躯委命。在庄子自然观的影响下，他从愤世走向超脱世事。但这只是他一时的心态，实际上并未能够真正超脱。

贾谊最具代表性的骚体赋是《吊屈原赋》，其情调、风格与《离骚》相似，只是篇幅短小且没有屈原那样丰富的想象、浪漫的情思及死节之志。这篇赋首起悼屈原"遭世罔极，乃陨厥身"，随即斥责屈原生逢的乱世："呜呼哀哉，逢时不祥！鸾凤伏窜兮，鸱枭翱翔。阘茸尊显兮，谗谀得志；贤圣逆曳兮，方正倒植。世谓随、夷为溷兮，谓跖、蹻为廉；莫邪为钝兮，铅刀为铦。"贾谊反复诉说社会的贤愚倒置，将自己的失志不平尽寓其中。最后他在结束语里，弃四言而用五、六、七言或更长的句式抒发内心的幽怨；在寻常污渎难容吞舟巨鱼、横行江湖的鳣鲸固将制于蝼蚁的比拟中，表达远逝自藏或高飞以辅其他人主的意愿。这既是惋惜屈原自沉汨罗，又是自我人生的哀悯和新思考，沉郁悲慨，发人深省。

二、骚体赋"九体"

西汉骚体赋中的"九体"，因屈原《九章》而得名。东汉王逸在《楚辞章句》

的《九怀序》《九叹序》里说王褒、刘向之作均追思伤悼屈原，然后在自己的《九思序》里写道："自屈原终没之后，忠臣介士游览学者，读《离骚》《九章》之文，莫不怆然，心为悲感，高其节行，妙其丽雅。至刘向、王褒之徒咸嘉其义，作赋骋辞以赞其志，则皆列于谱录，世世相传。"这番话揭示了"九体"的创作与屈原情感、人格、文风之间的关系，以及屈原的命运和人格力量对刘向、王褒等人的深刻影响。他们在悲悯屈原时有了创作的动力，并仿《离骚》的格调、《九章》的规模和形式而成篇，语意连贯，浑然为一。

西汉骚赋的"九体"除了常见的抒情笔法之外，还以第一人称"余"演绎屈原的人生和情感。王褒《九怀》和刘向《九叹》相较，均代屈原立言，抒发类似于屈原抑郁悲愤的情感，而《九叹》更为突出。汉元帝时，石显诬谮张猛，令其自杀，刘向"乃著《疾谗》《摘要》《救危》及《世颂》，凡八篇，依兴古事，悼己及同类也"（《汉书·楚元王传》）。其《九叹》可能写于这一时期。

《九叹》分为逢纷、灵怀、离世、怨思、远逝、惜贤、忧苦、愍命、思古九章。在"灵怀"一章里，刘向把屈原的"皇览揆余初度兮，肇锡余以嘉名。名余曰正则兮，字余曰灵均"演绎为"立师旷俾端词兮，命咎繇使并听。兆出名曰正则兮，卦发字曰灵均"；把屈原的"岂余身之惮殃兮，恐皇舆之败绩"演绎为"端余行其如玉兮，述皇舆之踵迹。群阿容以晦光兮，皇舆覆以幽辟。舆中途以回畔兮，驷马惊而横奔。执组者不能制兮，必折轭而摧辕"。他以想象之词展开屈原的情怀，更细腻地表现了屈原忠君爱国却孤独、哀怨、悲愤的本色，但却没有屈原《九章》的明快及馀音袅袅。

同时，《九叹》承袭了《离骚》游仙思维和屈原自我神化的传统，行文中充满了虚幻的想象和浪漫的色彩。如第九章"远游"的"周流览于四海兮，志升降以高驰。征九神于回极兮，建虹采以招指。驾鸾凤以上游兮，从玄鹤与鹡明。孔鸟飞而送迎兮，腾群鹤于瑶光"之类，与《离骚》"远逝"的表现模式相近，但不及《离骚》恢闳而洒脱，气派且畅达。尽管它以升天而行游于无穷的时空，改变了屈原恋乡思国不忍远去而投水从彭咸所居的悲剧结局，终因过多地代屈原立言，缺乏自我的创作个性。不过，这没有从根本上影响它运用《离骚》的比兴或象征方法，作品仍具有沉郁婉转的风格。

三、其他骚体赋

西汉的骚体赋还有严忌的《哀时命》、董仲舒的《士不遇赋》、司马迁的《悲士不遇赋》、司马相如的《哀秦二世赋》《大人赋》《长门赋》、汉武帝刘彻的《李夫人赋》、王褒的《洞箫赋》、扬雄的《甘泉赋》《太玄赋》等。这些赋一方面沿袭了贤人失志或感士不遇的传统主题，有"哀时命之不及古人兮，夫何予生之不遭时"（严忌《哀时命》）的喟叹，"正身俟时，将就木矣"（董仲舒《士不遇赋》）的苦闷与忧虑，从而选择"无造福先，无触祸始。委之自然，终归一矣"（司马迁《悲士不遇赋》）的心灵逃避。相辅而行的有司马相如《大人赋》的游仙，《长门赋》佳人寡居的哀鸣。另一方面，骚体赋的表现领域有了新的发展，《哀秦二世赋》《李夫人赋》的悼亡，《洞箫赋》的咏洞箫及音乐，《甘泉赋》说甘泉宫而批评帝王生活的奢华，《太玄赋》的说理，使其题材更加多样，情感更加丰富。这时，骚体赋原本重视的抒情仍得到承续，而铺陈体物、议论明理也在其中。

第三节　枚乘的《七发》

在西汉辞赋领域，枚乘以《七发》的创作，开创了辞赋的新文体，后人称之为散体赋或新体赋。它引导了其后散体赋的基本表现方法和格局，尽管以后的散体赋主题更为集中，但铺张扬厉在不同程度上还是走了枚乘的道路。

一、《七发》的主旨

作为西汉散体赋的先驱，枚乘的《七发》又是散体赋成熟的标志。《汉书·艺文志》记载枚乘赋九篇，今传有《七发》《梁王菟园赋》和《柳赋》，其中《七发》尤为人称道，影响深远。

《七发》假吴客谏楚太子的形式结构全篇。楚太子的病症表现为"肤色靡曼，四支委随，筋骨挺解，血脉淫濯，手足堕窳"。这在枚乘看来是"越女侍前，齐姬奉后，往来游宴，纵恣于曲房隐间之中"所致。他还化用了《吕氏春秋·本生》中的一番话："纵耳目之欲，恣支体之安者，伤血脉之和。且夫出舆入辇，命曰蹷痿之机；洞房清宫，命曰寒热之媒；皓齿蛾眉，命曰伐性之斧；甘脆肥脓，命曰腐肠之药。"说明奢华生活对人生命肌体的严重损害，并直言只有要言妙道才能治其"安乐之症"。果然，吴客的要言妙道使楚太子据几而起，涩然汗出，病患顿时痊愈。由于枚乘没有明言《七发》的意旨是什么，于是唐代李善认为是讽阻梁孝王欲反，清代朱绶认为是讽阻吴王刘濞欲反，但还是南朝梁刘勰说的"戒膏粱之子"最为人们认同。

二、《七发》的基本体制

枚乘的《七发》，确立了西汉散体赋的基本体制，这有两个鲜明的标志：

其一是虚拟人物、设为问答和卒章显志的结构形态。赋中的吴客和楚太子是枚乘虚拟的人物，吴客探望楚太子的一问一答构成全文的基本结构，当楚太子在

"要言妙道"的感召下，病体康复，赋即戛然而止。而吴客说楚太子之病，无药石针刺可以治疗，唯用"要言妙道"可除，却不直言所谓的"要言妙道"是什么，而先逐一铺陈音乐、饮食、车马、游观、田猎、观涛六事，意在说明享乐腐化是致病之因，最后才点出第七事"要言妙道"："将为太子奏方术之士有资略者，若庄周、魏牟、杨朱、墨翟、便蜎、詹何之伦。使之论天下之精微，理万物之是非。孔、老览观，孟子筹之，万不失一。此亦天下要言妙道也，太子岂欲闻之乎？"于是形成全篇欲讽先颂、卒章显志的表现格局。不过，吴客所说的"要言妙道"因指向模糊而更具象征意义，说明楚太子之病根本在于思想，思想的医治甚于生活方式的改变。

其二是"比物属事，离辞连类"的铺叙方法。这话出自《七发》的"游乐"一节，意为用连贯的语言将同类事物进行排列和归纳。枚乘在叙游乐时，说到宫苑、鸣禽、草木就是运用此方法，同时此方法也被运用于叙音乐、饮食、车马、观涛诸乐之中。如他笔下的至悲音乐，"飞鸟闻之，翕翼而不能去。野兽闻之，垂耳而不能行。蚑、蟜、蝼、蚁闻之，拄喙而不能前"；至壮田猎，"极犬马之才，困野兽之足，穷相御之智巧，恐虎豹，慑鸷鸟。逐马鸣镳，鱼跨麋角。履游麕兔，蹈践麖鹿，汗流沫坠，冤伏陵窘"。这些铺排将比拟、描述的笔法与丰富精妙的想象融合在一起，以展示大自然的雄伟与神奇。如八月十六在广陵曲江的观涛，枚乘铺叙了江涛的汹涌奔腾及其对人心胸的涤荡之后，又一次描写江涛之状："其始起也，洪淋淋焉，若白鹭之下翔。其少进也，浩浩澄澄，如素车白马帷盖之张。其波涌而云乱，扰扰焉如三军之腾装。其旁作而奔起也，飘飘焉如轻车之勒兵。"枚乘以白鹭、素车白马、三军腾装和轻车勒兵之喻比拟江涛的轻盈雄奇，生气盎然。

枚乘《七发》确立了西汉初年散体赋的体制，其后司马相如、扬雄、班固、张衡等人的散体赋往往仿效其主客问答、卒章显志的结构形态和"比物属事，离辞连类"的铺叙方法。同时，《七发》还诱发了其后"七体"的创作，如傅毅《七激》、刘广世《七兴》、崔骃《七依》、李尤《七款》、张衡《七辩》、曹植《七启》、张协《七命》等，从而使"七体"成为辞赋创作中重要的一脉。

第四节　汉武帝时期的赋作

西汉的赋家群体始于梁孝王刘武、淮南王刘安招聚门客。二人追逐权力与财富之际，喜爱招揽四方豪俊为门客，让他们坐而论道、出谋划策，虽各有政治上的用心，但均以辞赋创作娱情，尽一时之欢。梁孝王门下有枚乘、路乔如等游士所做七赋。而据《汉书·艺文志》记载，淮南王刘安有赋八十二篇，淮南王群臣有赋四十四篇。至汉武帝时期，西汉最具影响的赋家群体形成，汉赋发展到鼎盛阶段。

一、汉武帝时期赋家概况

汉武帝时期的赋家，班固《两都赋序》说有司马相如、虞丘寿王、东方朔、枚皋、王褒、刘向、兒宽、孔臧、董仲舒、刘德、萧望之等人。他没有提到的辞赋家还有刘安和司马迁等。这些辞赋家主要活跃于宫廷，但这些人显然不都像司马相如、枚皋以辞赋创作为生活，如写了《士不遇赋》的董仲舒，以治《公羊春秋》闻名，并提出过"罢黜百家，独尊儒术"的主张；刘安率门客编著了《淮南鸿烈》（一称《淮南子》）；司马迁撰写了"究天人之际，通古今之变，成一家之言"的《史记》。他们作赋"朝夕论思，日月献纳"，或抒下情而通讽谕、或宣上德而尽忠孝，而宗旨都是为帝王"润色鸿业"。

汉武帝时期赋家群体的形成与汉武帝的审美趣味相关。汉武帝即位之初，以安车蒲轮征召枚乘从淮阴赴京城长安，不意枚乘病死途中。其庶子枚皋上书自称是枚乘之子而得汉武帝喜爱，以辞赋侍奉于左右。汉武帝读了司马相如的《子虚赋》，喟叹"朕独不得与此人同时哉"（《史记·司马相如列传》）；当得知司马相如是狗监杨得意的同乡，立即召见司马相如，司马相如自请为汉武帝写《天子游猎赋》，赋成后被任命为郎。汉武帝特别尊重善辞赋的刘安，曾令刘安作《离骚传》，他本人则创作了《秋风辞》《李夫人赋》等。

在汉武帝时期的赋家群体里，司马相如的成就最高，枚皋和东方朔也是重要赋家。

二、枚皋与东方朔

枚皋，生卒年不详，字少孺，因善辞赋待诏于武帝之侧。枚皋文思敏捷，初入朝时受命于汉武帝作《平乐馆赋》，赋成授为郎。汉武帝二十九岁得皇子，令他和东方朔作《皇太子生赋》；卫皇后立，枚皋又作赋劝诫卫皇后当敬始慎终。后随武帝巡狩、游观，"上有所感，辄使赋之，为文疾，受诏辄成，故所赋者多"（《汉书·贾邹枚路传》）。这些赋，据史载可读的有百二十篇，过于游戏而不可读的尚有数十篇，惜无一流传。枚皋晚年曾自省作赋不及司马相如，有感于创作的委曲随意而自悔类倡。

东方朔，生卒年不详，字曼倩，平原厌次（今山东陵城）人。自幼饱读诗书，及长又诵习孙吴兵法，自认为可为天子大臣，武帝以之为郎。东方朔则放浪形骸，好诙笑，常杂以讽谕。今传的赋作有《答客难》和《非有先生论》。其《答客难》

"设客难已，用位卑以自慰谕"（《汉书·东方朔传》），"客"以战国苏秦、张仪为例，数落"东方先生"好学乐道、智能无双，却"官不过侍郎，位不过执戟"，从而促使"东方先生"感慨社会太平之时贤者与不肖者无异，表示自己既不遇于时，则甘为处士以修身。《非有先生论》则假吴王责难非有先生三年于吴，"进无以辅治，退不扬主誉，窃不为先生取之也"，引发非有先生感慨世无明王圣主，纵论历史上伯夷、叔齐之不遇与伊尹、太公之遇的故事，促使吴王施行政治革新，三年吴国大治。这两篇赋说理议论，纵横捭阖，指陈社会政治的利弊，同时蕴有人生不得志的忧郁和痛苦。

第五节　司马相如与《子虚赋》《上林赋》

司马相如是西汉的辞赋大家，他的《子虚赋》和《上林赋》成为后世最具标志性的汉赋作品，影响了后世人们对汉赋的基本认识，很多创作者多有仿效。

一、司马相如及其辞赋

司马相如（？—前118），字长卿，蜀郡成都（今四川成都）人，少好读书击剑，因慕战国蔺相如的为人，更名相如，口吃而善著书。先事孝景帝为武骑常侍，后称病辞官，与梁孝王门下的邹阳、枚乘等人交游。梁孝王死后回乡，客于临邛富商卓王孙家，以美妙的琴声打动了卓王孙寡居的女儿卓文君，二人终成琴瑟之好。后司马相如因《天子游猎赋》为汉武帝郎官。曾出使巴蜀，有《喻巴蜀檄》等，又有《封禅文》，言封禅之事。

据《汉书·艺文志》记载，司马相如赋有二十九篇，今传主要是散体的《子虚赋》《上林赋》《美人赋》，骚体的《大人赋》《哀二世赋》《长门赋》等。其中最具代表性的是《子虚赋》和《上林赋》，二者又合称《天子游猎赋》。

二、《子虚赋》《上林赋》的构成与主旨

司马相如这两篇赋分别以诸侯、天子游猎为主题，而贯穿前后的是子虚先生、乌有先生和亡是公三位虚构人物的问答。

《子虚赋》假设楚国的使者子虚先生出使齐国，齐王率全国的车骑和他一起打猎，猎罢，子虚先生拜访乌有先生，在坐的有亡是公。乌有先生问子虚先生今日打猎是否快乐。子虚先生说，快乐。快乐的不是打猎收获的多少，而是齐王想夸自己的车骑之众，我以楚王猎于小小的云梦作答，说齐不如楚，使齐王无言以对。乌有先生批评子虚先生说：齐王与你田猎，不过是以娱左右，何名为夸？"今足下

不称楚王之德厚，而盛推云梦以为高，奢言淫乐而显侈靡，窃为足下不取也。"他随之夸齐国之大，说齐王秋天打猎于青丘，徬徨于海外，"吞若云梦者八九于其胸中，曾不蒂芥"，楚王猎于云梦是不值得夸耀的。《子虚赋》至此戛然而止。《上林赋》的亡是公嘲笑子虚先生夸楚与乌有先生夸齐都是不明君臣之义、诸侯之礼，而在游猎之乐、苑囿之大上较量，在奢侈荒淫上争强斗胜，不过是贬君自损。然后他炫耀天子游猎上林以鄙薄楚王和齐王之猎，最后以天子自我反省作为结束。

司马相如抑诸侯而扬天子，其主旨诚如司马迁所说："相如以'子虚'，虚言也，为楚称；'乌有先生'者，乌有此事也，为齐难；'亡是公'者，无是人也，明天子之义。故空藉此三人为辞，以推天子诸侯之苑囿。其卒章归之于节俭，因以风谏。"（《史记·司马相如列传》）卒章讽谏指《上林赋》里天子在上林苑享受了游猎之乐后的自我反省："嗟乎，此泰奢侈！朕以览听馀闲，无事弃日，顺天道以杀伐，时休息于此，恐后世靡丽，遂往而不反，非所以为继嗣创业垂统也。""若夫终日暴露驰骋，劳神苦形，罢车马之用，抏士卒之精，费府库之财，而无德厚之恩，务在独乐，不顾众庶，忘国家之政，而贪雉兔之获，则仁者不由也。"

三、《子虚赋》《上林赋》的表现方法与成就

司马相如以铺陈造就了《子虚赋》和《上林赋》的艺术景观和帝王气派，尤其是言及诸侯、天子游猎。同时，他以天子游猎为重心，以齐王和楚王的游猎作铺垫，着力彰显天子游猎的恢闳气势和勇武精神，如子虚先生以云梦表现楚之大，乌有先生以青丘表现齐之大，亡是公以上林苑表现天下之大。而天子田猎，"河江为阹，泰山为橹，车骑雷起，殷天动地，先后陆离，离散别追，淫淫裔裔，缘陵流泽，云布雨施。生貔豹，搏豺狼，手熊罴，足野羊，蒙鹖苏，绔白虎，被斑文，跨野马。……椎飞廉，弄獬豸；格虾蛤，鋋猛氏，羂要褭，射封豕。箭不苟害，解脰陷脑；弓不虚发，应声而倒"，这样的声威和气势不是齐王、楚王田猎可以比拟的。

司马相如以不同的动词描述天子田猎刚劲有力的行为及其效果，造就赋的绮丽语言。同时他也注重物色、容貌等的描绘，如《上林赋》中灞、浐、泾、渭、酆、镐、潦、潏八川之水的迂曲萦绕、奔腾澎湃；以不同的状态构成赋的语言之美，如《上林赋》描写容貌类似神女青琴、宓妃的美女："绝殊离俗，妖冶娴都，靓妆刻饰，便嬛绰约，柔桡嬛嬛，妩媚孅弱，曳独茧之褕袿，眇阎易以恤削，便姗嫳屑，与俗殊服。芬芳沤郁，酷烈淑郁；皓齿粲烂，宜笑的皪；长眉连娟，微睇绵藐；色授魂与，心愉于侧。"描写美女的天姿国色、雍容华贵，大量使用了绮丽语言。司马相如以对物产和游猎的大量铺排形成赋的宏大场面和气势，与其华辞相融合而有崇尚巨丽的趋向。

《子虚赋》《上林赋》的艺术成就，被许多人奉为辞赋创作的圭臬。扬雄曾说："长卿赋不似从人间来，其神化所至邪？"（《与桓谭书》）明代王世贞也说："《子虚》《上林》材极富，辞极丽，而运笔极古雅，精神极流动，意极高，所以不可及也。"（《艺苑卮言》）但司马相如赋的欲讽先颂，导致讽劝失衡或说华美伤骨，遭到了扬雄劝百而讽一的批评。不过，讽谕是司马相如辞赋创作的基本出发点，他有感于秦二世胡亥持身不谨、亡国失势而作《哀秦二世赋》、目睹汉武帝痴迷求仙而作《大人赋》，都怀了讽谕的用心，只是讽谕柔婉乏力。

第六节　其他辞赋创作与游猎赋的承袭

西汉其他辞赋的创作，值得一提的是咏物赋，而咏物赋的代表作是王褒的《洞箫赋》。其后驰骋于赋坛的则有扬雄，他以《羽猎赋》《长杨赋》步司马相如游猎赋的后尘，却又以《甘泉赋》《河东赋》《蜀都赋》彰显了辞赋的新面貌。

一、咏物赋

咏物赋最初在《文选》里称为"物色赋"，指的是描写、铺叙自然景物的赋，而咏物赋的"物"则指一切自然与非自然之物。据目前所知，西汉最早的咏物赋是陆贾的《孟春赋》，今有目无辞。其后有贾谊的《旱云赋》及残篇《簴赋》，从此咏物赋渐兴。

咏物赋的代表作品，前有梁孝王时枚乘等游士在忘忧馆写的《柳赋》《酒赋》《几赋》《月赋》《鹤赋》《文鹿赋》《屏风赋》等，后有孔臧的《鸮赋》《蓼虫赋》、刘胜的《文木赋》、刘向的《雅琴赋》《围棋赋》等。这些咏物赋大体有两种趋向，其一是咏物说理，表现自我关于社会和人生的思考。贾谊的《旱云赋》赋昊天大旱，生发"何操行之不得兮，政失中而违节"的感慨；孔臧的《蓼虫赋》状如螟的蠕虫，悟出"逸必致骄，骄必致亡"的道理。其二是咏物而娱情，以表现自我的审美趣味及缘物而生的情绪。这时，赋家往往重描写物貌，如枚乘《柳赋》咏柳的"枝逶迟而含紫，叶萋萋而吐绿"，刘胜《文木赋》咏文木的"丽木离披，生彼高崖，拂天河而布叶，横日路而擢枝"。赋家的娱情体现为或因物之貌而喜悦，或因物之貌而伤悲。

这里，应当注意汉宣帝刘询的辞赋观。汉宣帝好歌诗、辞赋，曾仿汉武帝故事，令王褒、张子侨等人待诏，游猎之际于所幸宫馆，就令王褒等人作歌赋，并按水平高下赏赐丝绸，不意遭致"淫靡不急"的批评。汉宣帝说："辞赋大者与古诗同义，小者辩丽可喜。辟如女工有绮縠，音乐有郑卫，今世俗犹皆以此虞说耳目，辞赋比之，尚有仁义风谕，鸟兽草木多闻之观，贤于倡优博弈远矣。"（《汉书·王褒传》）他将辞赋和绫罗绸缎、郑卫之音相比较，肯定了辞赋娱悦耳目、仁义讽谕和多闻鸟兽草木的作用，认为辞赋家贤于倡优、博弈之徒，提高了辞赋和辞赋家的地位。

二、王褒及其《洞箫赋》

汉宣帝所奖励的王褒，生卒年不详，字子渊，蜀资中（今四川资阳）人。因有超群之才为益州刺史推荐，被汉宣帝征召为侍从，并作《圣主得贤臣颂》劝阻好仙的汉宣帝留意朝政。他的骚体《洞箫赋》是咏物赋中的佳篇，咏洞箫的制作、吹奏及其产生的艺术效果。王褒继承枚乘、司马相如以来赋的传统，也擅长在铺叙中运用夸饰和丽词，如他说用于制作洞箫的竹之所生："托身躯于后土兮，经万载而不迁。吸至精之滋熙兮，禀苍色之润坚。感阴阳之变化兮，附性命乎皇天。"让人感受到它是天地精华，卓绝不凡。

《洞箫赋》还用人际关系或品性比拟洞箫声，如说："故听其巨音，则周流泛滥，并包吐含，若慈父之畜子也；其妙声则清静厌㢟，顺叙卑达，若孝子之事父也。科条譬类，诚应义理，澎濞慷慨，一何壮士！优柔温润，又似君子。"这既让人对洞箫之乐别有会心，又让人感觉到王褒音乐上的道德追求。随之，他用排比句式，铺陈洞箫之乐影响人性的改造，如说"贪饕者听之而廉隅兮，狼戾者闻之而不怼。刚毅强虣反仁恩兮，嘽咺逸豫戒其失"，善于赋颂的王褒，在这里充满了儒家的道德关怀。

三、无名氏的《神乌赋》

《神乌赋》1993 年出土于江苏省连云港市的尹湾村汉墓，被学界认为是至今所发现的保存得较为完好的汉赋作品。因该汉墓的主人名师饶，有人认为他是《神乌赋》的作者，实际上难以确认，作者存疑。墓主下葬的时间为西汉成帝元延三年（前 10），该赋的产生应当在元延三年以前，有可能是西汉晚期的作品。

《神乌赋》讲述一对雄乌雌乌的故事，这对雄乌雌乌取材筑巢，其材为一乌盗走，雌乌追赶盗乌，反为盗乌伤害，昏倒在地，生命垂危。雄乌见状惊惧不已，痛呼苍天，愿与雌乌共赴黄泉。雌乌流着泪说："今虽随我，将何益哉？"劝雄乌再娶贤妻，并以孤儿相托，然后投地而死。雄乌为盗乌幸免、雌乌死亡大为不平，但万般无奈，"遂弃故处，高翔而去"。

《神乌赋》的故事充满悲情与怜爱，它以雄乌、雌乌、盗乌之间的对话以及雌乌的搏斗与死亡构成基本的故事情节，这在重体物或抒情的汉赋中是少有的。它的寓言性暗示了低层百姓的悲惨命运和在当时社会氛围中的无可奈何，因此也被人视为俗赋。同时，《神乌赋》乌鸟尖锐的矛盾冲突中，以雄雌二乌的仁淑友爱，宣扬了作者的道德观和社会理想，即"吾闻君子，不行贪鄙；天地纲纪，各有分理"。全篇叙事平易，形象鲜明，曲折跌宕，馀味盎然。

四、扬雄及其辞赋

稍晚于王褒的辞赋家是扬雄。扬雄好辞赋，读《离骚》，悲悯屈原投江而死写了《反离骚》；读司马相如的赋，为其赋风的弘丽温雅所感动，"每作赋，常拟之以为式"（《汉书》本传）。扬雄的赋《汉书·艺文志》记载有 12 篇。今传《甘泉赋》《河东赋》《羽猎赋》《长杨赋》是其代表作。另有《蜀都赋》《太玄赋》《解嘲》等。

《羽猎赋》《长杨赋》袭用司马相如《子虚赋》《上林赋》的游猎主题，讽谕天子校猎尚泰奢，违背了尧、舜、成汤、文王三驱之意，有碍农事，不符合以仁养民的原则。在《羽猎赋》里，他以虞人、戍卒、勇士组成强大的校猎阵势，"荷垂天之毕，张竟野之罘。靡日月之朱竿，曳彗星之飞旗。青云为纷，红蜺为缳，属之乎昆仑之虚，涣若天星之罗，浩如涛水之波"。随之壮士慷慨，骋嗜奔欲，"山谷为之风飙，林丛为之生尘"；天子校猎，"壁垒天旋，神抶电击。逢之则碎，近之则破。鸟不及飞，兽不得过。军惊师骇，刮野扫地"。禽兽"魂亡魄失，触辐关脰。妄发期中，进退履获，创淫轮夷，丘累陵聚"。扬雄以层层铺叙凸显天子校猎的气象，最后让天子自我反省：君临天下，当济穷拯困、弘仁施惠、"立君臣之节、崇贤圣之业"。这与司马相如《子虚赋》《上林赋》先颂后讽的表现模式相似。

扬雄的《长杨赋》虚拟翰林主人、子墨客卿以成文章，但不像《羽猎赋》那样铺叙田猎，而是让子墨客卿说了圣主的游猎之事后，让翰林主人叙说汉高祖的艰难创业，汉文帝的节俭守业，汉武帝的神武固业，至汉成帝时，施行王道，"奉太宗之烈，遵文武之度，复三王之田，反五帝之虞。使农不辍耰，工不下机，婚姻以时，男女莫违。出恺弟，行简易，矜劬劳，休力役。见百年，存孤弱，帅与之同苦乐"。扬雄还说圣王以仁养民，朝廷纯仁显义，以颂扬成帝的仁义之德，婉转批评他亲临长杨狩猎，影响农民收获而违背了仁义。这样的长篇议论削弱了赋中游猎生活的铺叙，体现了扬雄的社会关怀，辞赋更具理性精神。

扬雄《甘泉赋》借极度夸饰、渲染汉武帝扩建秦甘泉宫乃鬼神之功，非人力所能及，影射汉成帝的奢华太过及对赵昭仪的宠幸。而在《河东赋》里，叙说汉成帝祭后土而历经商周之墟，思唐虞遗风，扬雄认为临川羡鱼不如归家织网，慕先王之道不如行先王之道。《蜀都赋》以东、南、西、北的地理方位和山、木、竹、水物类为序，集中表现成都的地理形胜和富饶物产，运用游猎赋的铺叙方法，改变了赋的主题。

扬雄晚年反思辞赋的社会功能，认为赋家之赋虽从歌颂王朝之盛归于讽谕帝王的现实行为，但读者感受到的却主要是赋的气势、华美而不是作者的讽谕，欲讽反劝，使赋家类同倡优，赋的创作不过是壮夫不为的童子雕虫篆刻。扬雄由早年的好辞赋到晚年的弃而勿作，标志着西汉辞赋进入了尾声。

思考题

1. 举例说明西汉骚体赋的特点，试分析它与屈原《离骚》风格的异同。

2. 西汉散体赋怎样受先秦文学的影响？说明了什么？

3. 枚乘《七发》在西汉赋坛上的贡献是什么？

4. 司马相如《子虚赋》《上林赋》的艺术成就如何？它确立了汉赋怎样的表现模式？

5. 扬雄对辞赋的批评表现了他怎样的文学观？你对此有怎样的看法？

第三章　司马迁与《史记》

司马迁是伟大的史学家，同时也是杰出的文学家，他写作《史记》旨在"究天人之际，通古今之变，成一家之言"（《报任少卿书》），对汉武帝以前三千年的历史作了系统的梳理与总结。《史记》再现了许多真实可信、栩栩如生的历史人物形象，并寄寓了作者的价值观念、思想倾向及爱憎褒贬的态度，达到了思想性与文学性、历史真实与艺术真实的高度统一，被鲁迅赞为"史家之绝唱，无韵之《离骚》"①，为中国古代传记文学的发展起到了重要的奠基作用，对后世作家及文学创作产生了多方面的影响。

第一节　司马迁的生平与《史记》创作

一、司马迁的生平与《史记》的成书过程

司马迁，字子长，左冯翊夏阳（今陕西韩城）人，生于汉景帝中元五年（前145），卒年不可考，约与汉武帝相始终。司马迁的祖上世代为史官，其父司马谈（？—前110）为太史令，志在继《春秋》而作新史。司马谈有《论六家要旨》一文传世，文中评析了阴阳、儒、墨、名、法、道六家学说。《太史公自序》中说司马迁曾"耕牧河山之阳"，参加过农业劳动；又说他"年十岁则诵古文"，学习文化知识。司马迁曾"从孔安国问故"（《汉书·儒林传》），后又师从董仲舒学习《春秋》。他读书时能够独立思考，"好学深思，心知其意"（《史记·五帝本纪》）。

二十岁时司马迁"南游江、淮，上会稽，探禹穴，窥九疑，浮于沅、湘；北涉汶、泗，讲业齐鲁之都，观孔子之遗风，乡射邹、峄；厄困鄱、薛、彭城，过梁、楚以归"（《太史公自序》）。司马迁这次游历跨越了今天的陕、鄂、湘、赣、苏、浙、皖、鲁、豫九省，历时两三年，行程近三万里，对他后来创作《史记》有重要意义。通过实地考察，司马迁获得了不少第一手资料，可与历史文献相参证。如《魏公子列传》中说："吾过大梁之墟，求问其所谓'夷门'。夷门者，城之东门也。"漫游经历还有助于司马迁了解各地的风俗民情，理解下层人民的理想和愿望，并且有开阔胸襟、增益豪情的作用。

司马迁漫游之后开始入仕，任郎中，时常侍从武帝。元鼎六年（前111），他奉命出使巴蜀、滇中，代表朝廷视察、安抚西南地区少数民族，同时观察了解了

---

① 鲁迅：《汉文学史纲要》，《鲁迅全集》第9卷，人民文学出版社2005年版，第435页。

西南地区的地理形势、风俗民情等。元封元年（前 110），汉武帝要登泰山举行封禅大典，司马谈以太史令的身份侍从武帝，因病滞留洛阳。他临终前执司马迁之手，嘱咐道："余先，周室之太史也。……幽厉之后，王道缺，礼乐衰，孔子修旧起废，论《诗》《书》，作《春秋》，则学者至今则之。自获麟以来四百有馀岁，而诸侯相兼，史记放绝。……汝其念哉！"司马迁十分理解父亲的重托，他说："夫《春秋》，上明三王之道，下辨人事之纪，别嫌疑，明是非，定犹豫，善善恶恶，贤贤贱不肖，存亡国，继绝世，补敝起废，王道之大者也。……《春秋》以道义。拨乱世反之正，莫近于《春秋》。"他决心以孔子作《春秋》为榜样，"原始察终，见盛观衰"（上引均见《太史公自序》），"究天人之际，通古今之变，成一家之言"（《报任少卿书》），为现实政治服务。

　　元封三年，司马迁继父职为太史令。他查阅、整理相关文献资料，开始了写史的准备工作。太初元年（前 104），司马迁参与《太初历》的修订，并开始了《太史公书》即《史记》的写作①。天汉二年（前 99），李陵率兵与匈奴交战，兵败后投降，消息传来，汉武帝震怒，朝臣也多斥骂李陵。司马迁回答武帝的询问时为李陵辩护，陈说李陵投降当是出于无奈，一定会寻找机会报答汉朝。这一辩护触怒了武帝，司马迁被捕入狱，遭受了残酷的折磨。一年后，武帝听说李陵受到匈奴的重用，遂下令将李陵的老母、妻儿处死，司马迁也以"诬上"被判死刑②。按汉律，纳钱可以赎罪免死，主动受宫刑也可以免死，司马迁家贫，于是被迫选择了后者，身心受到了极大的伤害。他对一位朋友说，"仆以口语遇遭此祸，重为乡党所笑，以汙辱先人，亦何面目复上父母丘墓乎？虽累百世，垢弥甚耳！是以肠一日而九回，居则忽忽若有所亡，出则不知其所往。每念斯耻，汗未尝不发背沾衣也"（《报任少卿书》），表达了内心极度的痛苦。

　　太始元年（前 96），司马迁任中书令。他在《报任少卿书》中说自己"所以隐忍苟活，幽于粪土之中而不辞者，恨私心有所不尽，鄙陋没世，而文采不表于后世也"，因而化耻辱、悲愤为动力，以往古圣贤为榜样，专心于著述：

　　　　古者富贵而名摩灭，不可胜记，唯倜傥非常之人称焉。盖文王拘而演《周易》；仲尼厄而作《春秋》；屈原放逐，乃赋《离骚》；左丘失明，厥有

---

① 《史记》原名《太史公书》，汉人又称《太史公记》《史记》。汉灵帝建宁年间（168—171）的《汉故执金吾丞武荣碑》、熹平元年（172）的《东海庙碑》均称《史记》。

② 某些史料表明，司马迁遭李陵之祸与他写作《史记》有一定联系。《太史公自序》裴骃《集解》引东汉卫宏《汉书旧仪注》："司马迁作《景帝本纪》，极言其短及武帝过，武帝怒而削去之。后坐举李陵，陵降匈奴，故下迁蚕室。有怨言，下狱死。"卫宏是东汉前期人，距西汉不远，其言有一定可信度。《西京杂记》卷六也载有此说。

《国语》；孙子膑脚，兵法修列；不韦迁蜀，世传《吕览》；韩非囚秦，《说难》《孤愤》；《诗》三百篇，大底圣贤发愤之所为作也。此人皆意有所郁结，不得通其道，故述往事，思来者。

由此看来，《史记》不仅是上继《春秋》的"善善恶恶"之书，而且是作者抒泄忧思愤懑的"发愤"之作。司马迁的发愤著书，也是与他经世济民的士人情怀联系在一起的，他要通过"立言"这种特殊方式来成就一番不朽的事业①。大约于征和三年（前90），司马迁完成了《史记》的写作。司马迁去世后，《史记》由司马迁的外孙杨恽传播于世。

《史记》在流传过程中有亡缺也有续补。班固在《汉书·司马迁传》中说《史记》"十篇缺，有录无书"。张晏列举亡缺的十篇是：《景帝纪》《武帝纪》《礼书》《乐书》《兵书》《汉兴以来将相年表》《日者列传》《三王世家》《龟策列传》《傅靳列传》。他还说《武帝纪》《三王世家》《龟策列传》《日者列传》是元、成之间博士褚少孙补作的，其馀六篇则未说有无补作。当今学者一般认为，《史记》当无整篇的散亡，褚少孙所补也不止四篇，凡今本中标"褚先生曰"者皆是。

二、《史记》的取材、断限及体例创新

《史记》的取材极其广泛：一是历史文献，其中有《世本》《秦纪》《尚书》《春秋》《左传》《国语》《战国策》《楚汉春秋》等数十种。二是朝廷所藏的各种档案资料。三是民间采访所得的材料。如《李将军列传》写李广出猎，"见草中石，以为虎而射之，中石没镞"；《高祖本纪》写刘邦醉斩大蛇（"白帝子"）等，很可能都来源于民间故事。另外，司马迁还充分认识到金石碑刻的史料价值，《秦始皇本纪》便使用了碑刻文献。

关于《史记》记事的断限，《太史公自序》谓"卒述陶唐以来，至于麟止，自黄帝始"；又说"余述历黄帝以来至太初而讫"。《自序》所言当是两个不同的写作计划：起于陶唐、至于麟止，是司马谈发凡起例的计划；起于黄帝、讫于太初，是司马迁扩大的计划。大概因为司马迁在游历中了解到了不少关于黄帝的传说，又参考相关史料，把上限推至黄帝。《史记》的下限，还有讫于天汉说、讫于武帝之末说等。

《史记》是我国第一部纪传体通史，包括十二本纪、十表、八书、三十世家、七十列传，"凡百三十篇，五十二万六千五百字"（《太史公自序》）。"本纪"是帝

---

① 《左传·襄公二十四年》记鲁国叔孙豹之言曰："豹闻之，大（太）上有立德，其次有立功，其次有立言，虽久不废，此之谓不朽。"

王以及能左右天下局势者的传记，以编年形式记载历朝历代的大事件，司马贞《史记索隐》解释说："本其事而记之，故曰本纪"；"帝王书称纪者，言为后代纲纪也"。本纪当中的《夏本纪》《殷本纪》《周本纪》，实际上带有朝代史的性质。"表"以时间为序，用表格的形式展示历史大事，分世表、年表、月表，如《三代世表》《六国年表》《秦楚之际月表》等。"书"以专题文章的形式记述典章制度和经济、军事、文化等方面的情况，八书即《礼书》《乐书》《律书》《历书》《天官书》《封禅书》《河渠书》和《平准书》。"世家"记载有重要社会影响的诸侯王及显贵之家，也兼载少数对历史发展有重要影响的人物，如《吴太伯世家》《陈丞相世家》《陈涉世家》等。"列传"主要是记本纪、世家传主之外的人物[①]，尤其是那些"扶义俶傥，不令己失时，立功名于天下"（《太史公自序》）的人物。列传里面还有《匈奴列传》《朝鲜列传》《西南夷列传》等，是关于一个民族或一个地区的历史的记述。列传从形式上可分为单传、合传、类传、附传四类。单传是单个人的传记，如《孟尝君列传》；合传是两人或数人的传记，如《屈原贾生列传》；类传是一类人的传记，如《刺客列传》；附传是传主之外附带记述者。

从总体上看，本纪、表、书、世家、列传这"五体"既各尽其用[②]，又相互关联，相辅相成。本纪行文相对简略，起到全书总纲的作用；世家、列传补充本纪，使之丰富具体；表是联系纪、传的桥梁，使纷繁复杂的历史事件有一个清晰的线索；书从典章制度等方面提供了丰富的历史文化背景资料。全书会通古今，构成了一个记述社会发展历史的完整体系[③]。

第二节 《史记》的思想内涵与"实录"精神

司马迁继承发扬了孔子作《春秋》寄寓褒贬的精神，以他自己评判历史的尺度辨别是非、扬善抑恶，体现出可贵的"实录"精神，使得《史记》具有极为丰厚的思想内涵，并由此开启了写真人真事的传记文学的新篇章。

一、《史记》的思想内涵

司马迁说他创作《史记》，"欲以究天人之际，通古今之变，成一家之言"

---

① 司马贞《史记索隐》曰："列传者，谓叙列人臣事迹，令可传于后世，故曰列传。"张守节《史记正义》曰："其人行迹可序列，故云列传。"
② "五体"，南宋郑樵《通志·总叙》中语。
③ 《史记》也存在一些较为明显的疏漏，如个别历史人物的记载过于简单，像墨子这样的重要人物，仅在《孟子荀卿列传》中附记二十多字；战国初期的史料比较缺略。

（《报任少卿书》），即通过史书的形式，寄寓他有关政治、经济、思想文化等方面的个人见解。"究天人之际"，就是要推究天道与人事之间的联系。《史记》中虽然也有灾异遣告、天人感应一类的记述（见《天官书》《周本纪》等），但统观全书，可知司马迁并不完全相信天人感应之论。在《伯夷列传》中，想到好人未必得好报，司马迁甚至怀疑是否真有所谓"天道"的存在：

> 或曰："天道无亲，常与善人。"若伯夷、叔齐，可谓善人者非邪？积仁絜（洁）行如此而饿死……盗跖日杀不辜，肝人之肉，暴戾恣睢，聚党数千人横行天下，竟以寿终，是遵何德哉？此其尤大彰明较著者也。若至近世，操行不轨，专犯忌讳，而终身逸乐，富厚累世不绝。或择地而蹈，时然后出言，行不由径，非公正不发愤，而遇祸灾者，不可胜数也。余甚惑焉，傥所谓天道，是邪非邪？

实际上，司马迁更强调人事对社会历史发展的重要作用，他说："太上修德，其次修政，其次修救，其次修禳。"（《天官书》）《楚元王世家赞》中也说："国之将兴，必有祯祥，君子用而小人退。国之将亡，贤人隐，乱臣贵。……'安危在出令，存亡在所任'，诚哉是言也！"《项羽本纪赞》中批评项羽说："……自矜功伐，奋其私智而不师古，谓霸王之业，欲以力征经营天下，五年卒亡其国，身死东城，尚不觉寤而不自责，过矣。乃引'天亡我，非用兵之罪也'，岂不谬哉！"

"通古今之变"，就是以宏观的视角观察、分析社会变迁及其规律性。例如，《史记》中揭示了秦汉君主专制不断加强的情况：《秦始皇本纪》记载了两次关于立郡县和封诸侯的争论，一次是丞相王绾与廷尉李斯的争论，其中李斯主张设郡县；另一次是齐博士淳于越与周青臣、李斯的争论。两次争论，结果都是主张立郡县以加强中央集权的意见占上风。汉承秦制，尤其至汉武帝，专制集权较秦王朝有过之而无不及，《万石张叔列传》写石奋祖孙三代都以"恭谨"著称，很大程度上可以视为自觉适应专制制度的结果。"古今之变"还指朝代兴亡之变，《平准书》写汉兴七十馀年国富民足之盛，同时又指出由盛转衰之变化，这个变化是由宗室、公卿、豪强之徒兼并争夺、奢侈无度引起新的社会矛盾造成的。

司马迁的"成一家之言"，体现于整个《史记》之中。所谓"一家"，不是指诸子百家中的一家，而是以史明理的史家的一家，核心在于"原始察终，见盛观衰"（《太史公自序》），"稽其成败兴坏之理"（《报任少卿书》），即探讨历史的发展变化规律，总结治国安邦的经验教训，表达太史令司马迁的独到见解。也正是基于这种为刘汉最高统治者提供治国指导思想上的参考的动机，《史记》一百三十篇中直接写秦汉之际至武帝时史实的，有三十篇左右；以五十二万字写三千年历史，汉代占了一半还多些的篇幅。《留侯世家》中还提到，张良"所与上从容言天下事甚众，非天下所以存亡，故不著"。

班固评论司马迁《史记》"是非颇谬于圣人，论大道则先黄老而后六经，序游侠则退处士而进奸雄，述货殖则崇势利而羞贱贫，此其所蔽也"（《汉书·司马迁传》）[1]。"黄老"指黄帝、老子，代指秦汉之际的道家；"六经"代指儒家。司马迁对汉初君臣尊奉黄老道家、清静无为给予高度评价，对汉初社会发展、经济繁荣予以充分肯定；同时批评汉武帝的好大喜功，劳民伤财。"序游侠则退处士而进奸雄"，是指司马迁在《游侠列传》中对游侠的所作所为表示赞赏。司马迁肯定了游侠的扶危济困以及他们对恶势力的反抗与惩罚，说"救人于厄，振人不赡，仁者有乎；不既信，不倍言，义者有取焉"（《太史公自序》）。"崇势利而羞贱贫"，主要表现在《平准书》《货殖列传》中。司马迁认为社会经济的繁荣是国家强盛的重要原因，也是历史发展的原动力；认为国家对社会经济的发展不可干涉过多，说"善者因之，其次利道之，其次教诲之，其次整齐之，最下者与之争"（《货殖列传》）。他反对统治者自己贪欲无度却要求臣民只讲义不讲利。"是非颇谬于圣人"等批评，恰恰表明了司马迁在那个时代所达到的思想高度[2]。

二、"实录"精神

《史记》的"实录"精神，素为后人所称道。班固说："自刘向、扬雄博极群书，皆称迁有良史之材，服其善序事理，辨而不华，质而不俚，其文直，其事核，不虚美，不隐恶，故谓之实录。"（《汉书·司马迁传》）

《史记》的"实录"精神首先表现在对历史发展进程及历史事件的客观评价上。例如，汉初政治舆论对秦王朝只是一味否定，甚至不把它看作一个朝代（认为汉朝是上承周朝的），司马迁却评价说："秦取天下多暴，然世异变，成功大。……学者牵于所闻，见秦在帝位日浅，不察其终始，因举而笑之，不敢道，此与以耳食无异。悲夫！"（《六国年表序》）秦统一天下，统一文字及度量衡，实行郡县制等，都是符合历史发展进程的，其功业是非凡的。司马迁力图还原历史人物的本来面目，不把传主抽象化或简单化，也不为某些不实传闻所蔽。例如，司马

---

[1]　班彪首先指责司马迁："论学术则崇黄老而薄五经，序货殖则轻仁义而羞贫穷，道游侠则贱守节而贵俗功。"（《后汉书·班彪列传》）

[2]　台湾学者赖明德说："司马迁是一位中国历史上才、学、识、德兼备的大史学家……他的才表现在对学术思想的统摄和开展；他的学发挥在对文化体系的剖析和建立；他的识流露在对人类社会的透视和关怀；他的德显示在对正义的伸张和良知的实践。……此外，他还是一位自由经济的理论家，重视人权的社会思想家，充满平民精神和乡土意识的文学工作者，甚至是一位四处采访、挖掘社会真相的新闻记者。"（《司马迁之学术思想·自序》，台湾洪氏出版社1982年版）

迁把陈涉写入世家，同时也没有掩盖他身上的弱点，如写他称王后设"中正""司过"暗中窥伺群臣，致使诸将不亲附等。在《苏秦列传赞》中，司马迁特别交待说："苏秦兄弟三人，皆游说诸侯以显名，其术长于权变。而苏秦被反间以死，天下共笑之，讳其学术。然世言苏秦多异，异时事有类之者皆附之苏秦。夫苏秦起闾阎，连六国从亲，此其智有过人者。吾故列其行事，次其时序，毋令独蒙恶声焉。"

其次，表现在对历史上明君贤臣、忠臣良将的赞颂上，颂所当颂，无虚夸溢美之词。司马谈临终曾对司马迁说："明主贤君忠臣死义之士，余为太史而弗论载，废天下之史文，余甚惧焉。"司马迁也曾明确表示要载"明圣盛德"、述"功臣世家贤大夫之业"（上引均见《太史公自序》）。在《夏本纪》《殷本纪》《周本纪》中，司马迁歌颂了禹、汤、文王等明君以及他们周围的贤臣。《循吏列传》中司马迁在记述了孙叔敖、子产、公仪休、石奢、李离等人的政绩后，不无感慨地说："奉职循理，亦可以为治，何必威严哉？"在《孝文本纪》里，司马迁写汉文帝"即位二十三年，宫室苑囿狗马服御无所增益，有不便，辄弛以利民"；"治霸陵皆以瓦器，不得以金银铜锡为饰，不治坟，欲为省，毋烦民"；"专务以德化民，是以海内殷富，兴于礼义"，从而树立了一个宽仁俭朴、与民休息、对国家发展起了重要作用的明君典型。在《李将军列传》中，司马迁怀着崇敬之情歌颂了汉之名将李广，突显其杰出的军事才能与优秀品德。李广善射，"度不中不发，发即应弦而倒"；匈奴畏其勇武及智略，称他为"飞将军"。李广不贪禄位，"为二千石四十余年，家无余财，终不言家产事"。他爱恤士卒，"乏绝之处，见水，士卒不尽饮，广不近水；士卒不尽食，广不尝食"；及死之日，"广军士大夫一军皆哭。百姓闻之，知与不知，无老壮皆为垂涕"。

第三，《史记》的"实录"精神还体现在不为王者讳、不为尊者讳上。司马迁继承了古代"良史"的优秀传统①，善恶必书。他称颂"终不以天下之病而利一人"（《五帝本纪》）的明君，同时也在《夏本纪》《殷本纪》《周本纪》中揭露夏桀王、殷纣王、周厉王、周幽王的残忍暴虐，在《秦本纪》中揭露秦武公、秦穆公用人殉葬，在《秦始皇本纪》里揭露秦始皇不恤民力、坑杀儒生等。秦朝大将蒙恬卖力地推助秦始皇的暴政，临死前却说是因自己修长城断了地脉才遭到天罚的，司马迁指出："夫秦之初灭诸侯，天下之心未定，痍伤者未瘳，而恬为名将，不以此时强谏，振百姓之急，养老存孤，务修众庶之和，而阿意兴功，此其兄弟遇诛，不亦宜乎！何乃罪地脉哉？"（《蒙恬列传》）《伯夷列传》写伯夷、叔齐义

_____
① 先秦史官有秉笔直书、书法不隐的文化传统。晋太史董狐记载"赵盾弑其君"，被孔子赞为"古之良史"（《左传·宣公二年》）。

不食周粟，二人在所唱《采薇歌》里指出姬周王朝取代殷商不过是"以暴易暴"，并感叹"神农虞夏，忽焉没兮，我安适归矣"，亦当包含着司马迁本人对刘汉政权的认识与感受。

孔子担心受到统治者的加害，故《春秋》记事详远而略近①；司马迁《史记》则"言秦、汉详矣"（《汉书·司马迁传》），对于汉朝君臣的恶行败德毫不避讳。《项羽本纪》写刘邦兵败彭城，逃跑时"推堕孝惠、鲁元车下，滕公（夏侯婴）常下收载之，如是者三"。《酷吏列传》中，司马迁对酷吏作了入木三分的揭露和有力的鞭挞。张汤处理案件，如果当事人是皇帝要加罪的，他就交给执法严酷的人去办；如果是皇帝想宽恕的，就交给执法轻而公平的人去办。杜周断狱，"上所欲挤者，因而陷之；上所欲释者，久系待问而微见其冤状"。有人责备他："为天子决平，不循三尺法，专以人主意指为狱。狱者固如是乎？"杜周反问道："三尺安出哉？前主所是著为律，后主所是疏为令，当时为是，何古之法乎？"彻底暴露了帝制时代法律的实质——完全是为统治者服务的工具。《酷吏列传》中还不时提到"中上意""上以为能""天子以为尽力无私"等，也就是说，酷吏的暴行是得到皇帝的认可甚至纵容的。

另外，《史记》的"实录"精神还体现在对儒学末流的讥讽、批判上。一些儒者表面上尊奉孔子，宣扬仁义道德，实际上却趋炎附势，对统治者阿谀奉承，只考虑一己之私利。《刘敬叔孙通列传》载，陈胜起义的消息传到咸阳后，秦二世召集儒生问策，叔孙通竟然诡谀说："……明主在其上，法令具于下，使人人奉职，四方辐辏，安敢有反者！此特群盗鼠窃狗盗耳，何足置之齿牙间？郡守尉今捕论，何足忧？"二世听后称"善"，赐叔孙通帛二十匹，衣一袭，拜为博士。又如《平津侯主父列传》中的公孙弘，起初武帝下诏征召贤良文学之士，公孙弘对策，被拜为博士，受到重用。然而，公孙弘却一味迎合顺从皇帝的旨意，司马迁写他议政奏事的情况道："每朝会议，开陈其端，令人主自择，不肯面折庭争。于是天子察其行敦厚，辩论有馀，习文法吏事，而又缘饰以儒术，上大说之，二岁中至左内史。……尝与公卿约议，至上前，皆倍其约以顺上旨。"可见，公孙弘在很大程度上已经失去了儒家士人的独立精神，他奉行的不过是孟子所批评的"妾妇之道"（《孟子·滕文公下》）。清人方苞说"由弘以前，儒之道虽郁滞而未尝亡；由弘以后，儒之途通而其道亡矣"（《又书儒林传后》），言辞虽嫌偏颇，但也在一定程度上道出了历史事实。

《史记》的"实录"精神为后代某些统治者所切齿，东汉明帝指责司马迁"微

---

① 司马迁在《史记·匈奴列传》中说："孔氏著《春秋》，隐、桓之间则彰，至定、哀之际则微，为其切当世之文而罔褒，忌讳之辞也。"

文刺讥，贬损当世"（班固《典引》）；王允甚至说"昔武帝不杀司马迁，使作谤书，流于后世"（《后汉书·蔡邕列传》）。

第三节　《史记》的艺术成就

司马迁借鉴了孔子的"春秋笔法"，同时运用多种文学手段，对历史人物进行了必要的艺术加工，融历史真实与艺术真实为一体，塑造了许多个性鲜明、栩栩如生的人物形象，表现出强烈的艺术感染力，给读者以深刻难忘的印象，取得了很高的成就。

一、浓郁的感情色彩

司马迁是一位情感丰富、正义感极强的人，他有着传统士人的济世情怀，有着深沉的生命体验、非凡的想象力以及诗人般的激情。当他怀着正直、博爱、悲悯之心阅读前代文献时，常动感情。如说"余读孟子书，至梁惠王问何以利吾国，未尝不废书而叹也"（《孟子荀卿列传》）；"余每读《虞书》，至于君臣相敕，维是几安，而肱股不良，万事堕坏，未尝不流涕也"（《乐书》）；"余读《离骚》《天问》《招魂》《哀郢》，悲其志"（《屈原贾生列传》）等。扬雄说"多爱不忍，子长也"（《法言·君子》），司马迁最不能容忍的，是人间的不公，是统治者的残暴，是好人的生命与尊严受到无端的损害与践踏；他对许多历史人物都怀着基于人道的深切同情。《史记》中那些优秀的人物传记，大多融事、理、情为一炉，鲁迅说司马迁"不拘于史法，不囿于字句，发于情，肆于心而为文"[1]，是符合《史记》创作的情况的。

司马迁特别推重那些在功业、气节方面有超常表现的人物，诸如伯夷、叔齐、孔子、伍子胥、勾践、程婴、公孙杵臼、孙膑、白起、鲁仲连、屈原、豫让、聂政、荆轲、季布、栾布、田横、朱家、郭解、贾谊、晁错等。这些人物身上大都有一种慷慨悲壮的色彩，司马迁在为他们立传时，也往往受到某种感染与鼓舞，或者把自己对人生命运的感受与理解投射到他们身上，情之所至，笔亦随之。《季布栾布列传赞》说："季布以勇显于楚，身屡军搴旗者数矣，可谓壮士。然至被刑戮，为人奴而不死，何其下也！彼必自负其材，故受辱而不羞，欲有所用其未足也，故终为汉名将。"《伍子胥列传赞》说："向令伍子胥从奢俱死，何异蝼蚁。弃小义，雪大耻，名垂于后世，悲夫！方子胥窘于江上，道乞食，志岂尝须臾忘郢

---

[1]　鲁迅：《汉文学史纲要》，《鲁迅全集》第9卷，人民文学出版社2005年版，第435页。

邪？故隐忍就功名，非烈丈夫孰能致此哉？"面对生死选择，司马迁赞许慷慨就义的赴死者，但他更看重那些虽遭际坎坷，却能隐忍发愤以成就功名、实现人生价值的择生者。鲁迅说司马迁"恨为弄臣，寄心楮墨，感身世之戮辱，传畸人于千秋"，称赞《史记》为"史家之绝唱，无韵之《离骚》"①，都是很贴切的。

二、非凡的叙事才能

《史记》继承了先秦文学的叙事艺术，又有新的发展。司马迁在《太史公自序》中先明确了每篇传记的主题思想，然后根据主题的需要，决定叙事的详略虚实以及恰当运用顺叙、倒叙、侧叙、补叙等方法。司马迁对历史上复杂的事件、人物以及人情世态了然于心，叙事十分精彩。不少篇章大胆设置悬念，波澜迭起，造成了引人入胜的艺术效果，极富于戏剧性。例如《赵世家》中的一节：

> ……程婴出，谬谓诸将军曰："婴不肖，不能立赵孤。谁能与我千金，吾告赵氏孤处。"诸将皆喜，许之，发师随程婴攻公孙杵臼。杵臼谬曰："小人哉程婴！昔下宫之难不能死，与我谋匿赵氏孤儿，今又卖我。纵不能立，而忍卖之乎！"抱儿呼曰："天乎天乎！赵氏孤儿何罪？请活之，独杀杵臼可也。"诸将不许，遂杀杵臼与孤儿。诸将以为赵氏孤儿良已死，皆喜。然赵氏真孤乃反在，程婴卒与俱匿山中。

真可谓曲折离奇，惊心动魄。司马迁有时运用伏笔，通过一些微妙的细节或语言，将后面重大情节发展的趋势预示出来。如李斯位极人臣时慨叹"物极则衰"（《李斯列传》），范增曾言"夺项王天下者，必沛公也，吾属今为之虏矣"（《项羽本纪》）等，写法上颇有草蛇灰线、伏脉千里之妙。

司马迁在写作《史记》人物传记时，为了避免不必要的重复，或者考虑到某一篇传记中人物性格的统一性，或者出于表达某种思想倾向的需要，常常采用各篇章之间互见详略、彼此补充的记述方法，后人称之为"互见法"。司马迁使用互见法，有时在文中明确点出，如"语在淮阴侯事中"（《萧相国世家》），"语在《田完世家》中"（《滑稽列传》）；有时则不明言，而实际上在运用。例如，《项羽本纪》中没有过多批评项羽的缺点错误，而是在《淮阴侯列传》中借韩信之口道出，说他"不能任属贤将"，只有"匹夫之勇""妇人之仁"；"所过无不残灭者，天下多怨，百姓不亲附"；"名虽为霸，实失天下心"。《魏公子列传》叙述了信陵君屈尊求贤的事迹，如驾车亲迎侯嬴，卑身拜访朱亥，结交毛公、薛公等，而把

---

① 鲁迅：《汉文学史纲要》，《鲁迅全集》第9卷，人民文学出版社2005年版，第435页。

他不敢收留魏齐这件不光彩的事放在《范雎蔡泽列传》中来写。这样，既在本传中突出信陵君的礼贤下士，保持了其性格的统一性，又在整部《史记》中存留了完整的信陵君形象。

《史记》常于叙事中寓论断，表现出对历史事件及人物的是非、善恶的判断及情感态度。这种论断多通过记述具体事实，或者借他人之口表现出来。如《项羽本纪》中写项羽坑杀秦军俘虏二十万人，又记他"坑田荣降卒，系虏其老弱妇女。徇齐至北海，多所残灭"。在司马迁看来，这无疑是项羽失去民心、走向失败的一个重要原因。宋代胡寅指出："莫强于人心，而可以仁结，可以诚感，可以德化，可以义动也。莫柔于人心，而不可以威劫，不可以术诈，不可以法持，不可以力夺也。项籍生于战国，习见白起坑赵卒，效而为之，惟杀是务。二十万人不服，羽得而坑之；诸侯王不服，四面而起，羽且奈何哉！"（《读史管见》）清人顾炎武说："古人作史，有不待论断而于序事之中即见其指者……《平准书》末载卜式语，《王翦传》末载客语，《荆轲传》末载鲁句践语，《晁错传》末载邓公与景帝语，《武安侯田蚡传》末载武帝语，皆史家于序事中寓论断法也。"（《日知录》卷二六）

三、刻画人物的艺术

《史记》刻画人物的艺术主要体现在如下几个方面：

首先，妙于选材，以小见大。《廉颇蔺相如列传》写蔺相如，重点选取了完璧归赵、渑池会、将相和三事。这三件事在当时赵国的内政外交方面都十分重要，借此可充分表现蔺相如机智勇敢的个性、出色的外交才能以及崇高的爱国精神。司马迁特别注意选择那些能突出一篇主旨、体现人物个性特征的材料。他在《留侯世家》中说：留侯"所与上从容言天下事甚众，非天下所以存亡，故不著"。也就是说，对于塑造张良这个辅佐刘邦定天下的重要人物而言，那些与天下存亡、事业成败不甚相关的诸多材料就不涉及了。

《史记》不少人物传记中，司马迁往往选取传主早年的一个小故事，以小见大，以反映其志向或性格特征的一贯性。如《李斯列传》写李斯少时从厕中鼠、仓中鼠的不同处境中，悟出自己应依托帝王权势以求富贵利达。正是在官仓鼠式人生观的支配下，李斯当了丞相之后贪恋禄位，不敢坚持正义，最终被赵高所杀。又如《陈丞相世家》写陈平："陈丞相平者，阳武户牖乡人也。少时家贫，好读书……里中社，平为宰，分肉食甚均。父老曰：'善，陈孺子之为宰！'平曰：'嗟乎，使平得宰天下，亦如是肉矣！'"陈平分肉甚均，已显露出贤相之素质。清人章学诚说："陈平佐汉，志见社肉；李斯亡秦，兆端厕鼠。推微知著，固相士之玄机；搜闲传神，亦文家之妙用也。……即或闲情逸出，正为阿堵传神。"（《文史

通义》)

其次，通过矛盾冲突写人。司马迁常借助戏剧性的场面，把人物推到矛盾冲突的风口浪尖，表现其性格特征。《项羽本纪》中的"鸿门宴"在这方面相当典型：秦王朝被推翻后，刘邦、项羽争夺天下的斗争渐趋激烈。围绕鸿门宴，司马迁写刘邦在张良等人的协助下收买项伯、争取项羽、挫败范增，从而在这场惊心动魄的斗争中化险为夷。相比之下，项羽则消极被动，寡谋少断。刘邦、项羽之外，范增、张良、项伯、樊哙等人的个性也借此得到了展现。《魏其武安侯列传》中的"东朝廷辩"，也是矛盾的集中交汇点，在这场统治阶级上层内部互相倾轧的斗争中，田蚡的得志猖狂，窦婴的以理相争，韩安国的首鼠两端，太后的仗势压人等，都得到了充分的表现。其他诸如马陵道（《孙子吴起列传》）、火牛阵（《田单列传》）、渑池会（《廉颇蔺相如列传》）、刺秦王（《荆轲列传》）、破陈馀（《张耳陈馀列传》）、平诸吕（《吕太后本纪》《陈丞相世家》）等，无不是在扣人心弦的矛盾冲突中刻画了相关人物形象。

第三，生动的细节描写。司马迁善用细节描写来刻画人物，有时候通过一句话、一个动作，就能画出人物的灵魂来。如《淮阴侯列传》中这段：

> 淮阴屠中少年有侮信者，曰："若虽长大，好带刀剑，中情怯耳。"众辱之曰："信能死，刺我；不能死，出我袴下。"于是信孰视之，俛（俯）出袴下，蒲伏。一市人皆笑信，以为怯。

"孰视之"，显示出韩信内心的无所畏惧与理性权衡，正如苏轼《留侯论》所谓"匹夫见辱，拔剑而起，挺身而斗，此不足为勇也。天下有大勇者，卒然临之而不惊，无故加之而不怒，此其所挟持者甚大，而其志甚远也"。若无"孰视之"三字，韩信真成胆小鬼矣。再如《吕太后本纪》写惠帝死，吕后担心幼子继位难以控制局面，故虽哭而"泣不下"；直到丞相陈平"请拜吕台、吕产、吕禄为将，将兵居南北军，及诸吕皆入宫，居中用事"，"其哭乃哀"。又如《司马相如列传》写相如在卓王孙家饮酒弹琴，新寡在家的卓文君"窃从户窥之，心悦而好之，恐不得当也……夜亡奔相如"。"恐不得当"，意思是恐怕配不上他。"窥""悦""好""恐"四字，十分细腻、传神地揭示出卓文君微妙的心理活动。

第四，鲜活的人物语言。司马迁善于通过鲜活的人物语言来表现人物的思想及个性，使读者如闻其声，如见其人。如《孙子吴起列传》中写庞涓于马陵道遭到齐军伏击，"自知智穷兵败，乃自刭，曰：'遂成竖子之名！'"短短一句话，庞涓心胸之狭隘表露无遗。又如《黥布列传》写英布在受了黥刑之后，没有唉声叹气、怨天尤人，而是"欣然笑曰：'人相我当刑而王，几是乎？'"表现出自信及乐观精神。有时，司马迁还着意摹写人物说话的口吻，如《张丞相列传》写周昌"为人强力，敢直言……及帝欲废太子……而周昌廷争之强，上问其说，昌为人吃，又盛怒，曰：'臣口不能言，然臣期期知其不可。陛下虽欲废太子，臣期期不奉诏。'"读来令人忍俊不禁。斋藤正谦评论说："读一部《史记》，如直接当时人，亲睹其事，亲闻其语。使人乍喜乍愕，乍惧乍泣，不能自止。"①

另外，司马迁还善于引用歌诗甚至辞赋，让所塑造人物直接抒情言志。引诗如伯夷、叔齐的《采薇歌》，箕子的《麦秀歌》，荆轲的《易水歌》，刘邦的《大风歌》《鸿鹄歌》，项羽的《垓下歌》，赵王刘友死前之悲歌，汉武帝的《秋风辞》等；引辞赋如《屈原贾生列传》中的《渔父》《怀沙》《吊屈原赋》《鵩鸟赋》等，将传主的自我言说、心理活动的揭示、气氛的烘托等融为一体，给读者留下了难忘的印象。

司马迁的创作实践表明，写历史上的真人真事，同样可以发挥作家的文学才能；传记文学在写实的基本原则之下，同样能够写得精彩。

第四节　《史记》在文学史上的地位与影响

《史记》传记文学成就的取得，是与对先秦文学的继承分不开的。司马迁开创的以人物为中心的写法，将人推到了历史的中心地位，是一个划时代的进步。《史记》体现出的"实录"精神，所塑造的众多人物形象以及高超的文学表现手法等，对后世的散文、小说、戏剧等都产生了重要影响。

一、《史记》对先秦文学的继承

司马迁写《史记》，汲取了《春秋》《左传》《国语》《战国策》等典籍的形式、内容以及创作精神。《左传》以编年为线索叙事，《国语》《战国策》以事件为单元叙事，叙事中写人物的言行，这些在《史记》中都有所继承。司马迁借鉴《春秋》的"微言大义"，从一字褒贬扩大到多方面的褒贬。"太史公曰"这种形式，明显继承了《左传》的"君子曰"；《左传》中的"君子曰"假托君子之口道出，而《史记》则明确为"太史公曰"，成为史评的正式开端。

史传之外，《史记》创作还深受《诗经》《楚辞》的影响。司马迁说："夫《诗》《书》隐约者，欲遂其志之思也。"（《太史公自序》）又说："《诗》三百篇，

---

① 引自［日］泷川资言考证、水泽利忠校补：《史记会注考证附校补》，上海古籍出版社1986年版，第2112页。

大底圣贤发愤之所为作也。"（《报任少卿书》）。《史记》中对明主贤君、忠臣良将的赞颂，对统治者恶行败德的揭露与批判，是对《诗经》"美刺"传统的继承与发扬。司马迁对屈原很推崇，在《屈原贾生列传》中谓《离骚》之作，"盖自怨生也"，并对《离骚》的思想内容及讽谏作用等作了精辟论述。清人刘熙载在《艺概·文概》中谓"太史公文，兼括六艺百家之旨，第论其恻怛之情，抑扬之致，则得于《诗》三百篇及《离骚》居多"，所言甚是。

二、《史记》对后世文学的影响

《史记》在文学史上的影响是多方面的。首先，对后世散文创作有很大的影响。西汉后期的刘向爱好《史记》，他的《说苑》《列女传》都受到《史记》的影响。东汉班固的《汉书》明显受到《史记》的影响，不少地方直接钞录《史记》。唐宋时，《史记》对确立古文传统起到了重要的作用，不少散文家把《史记》视为经典的古文，从中吸取多方面的营养。韩愈很重视向司马迁学习，他的《张中丞传后叙》《毛颖传》，显然受到《史记》人物传记的影响。柳宗元在谈到写文章的体会时说"参之太史公以著其洁"（《答韦中立论师道书》），又说"榖梁子、太史公甚峻洁，可以出入"（《报袁君陈秀才避师名书》）。欧阳修撰《新五代史》，也深受《史记》的影响，记事、论赞等皆有效仿司马迁之处。明代，前后七子主张"文必秦汉，诗必盛唐"，李贽、归有光以及公安派也都很推崇《史记》。清代桐城派讲求"义法"，方苞认为"义法最精者莫如《左传》《史记》"（《古文约选序例》）。

其次，《史记》不少人物传记都具有小说的某些特点，在人物形象的刻画、情节的安排以及寄寓爱憎褒贬等方面，对后代小说创作都产生了深远的影响。魏晋时期的笔记小说，多取一人之行事，叙事的章法结构类似《史记》人物传记。唐传奇多以人名作题目，故事亦围绕主人公的生平事迹展开，文末直接发表一段议论，与《史记》相似。宋元以后，"讲史"类的话本大多受到《史记》的影响。清代蒲松龄自称"异史氏"，《聊斋志异》常以一个人物的生平事迹为线索来展开情节，议论则模仿《史记》的论赞。

再次，《史记》敢于直面现实的批判精神、叙事写人的艺术经验等也为后世戏曲家所吸取，从而有助于戏曲的成熟与发展。《史记》中的许多故事广为流传，为戏曲创作提供了大量素材，从元代开始就出现了一些取材于《史记》的戏曲，《新校元刊杂剧三十种》中就有尚仲贤的《汉高皇濯足气英布》、纪君祥的《冤报冤赵氏孤儿》、金仁杰的《萧何月夜追韩信》等。《孤本元明杂剧》中有元代高文秀的《保成公径赴渑池会》、李文蔚的《张子房圯桥进履》、明代朱权的《卓文君私奔相如》及无名氏的《韩元帅暗渡陈仓》《冻苏秦衣锦还乡》等。清代以后这类剧目仍然盛行，而且地方戏中编演《史记》故事的剧目更多，为广大群众所喜闻乐见。

《史记》之外，司马迁所写《报任少卿书》既是了解司马迁生平与创作动机的重要资料①，也是一篇优秀的散文。全文叙事、议论、抒情相结合，作者自白其获罪之缘由，明其著史之心迹，反复曲折，跌荡而有奇气。清人林云铭评论说："通篇淋漓悲壮，如泣如诉，自始至终似一气呵成。盖缘胸中积愤不能自遏，故借少卿推贤进士之语做个题目耳。读者逐段细绎，如见其慷慨激烈，须眉欲动。"（《古文析义》卷八）

思考题

1. 思考司马迁创作《史记》的动机。
2. 鲁迅称赞《史记》为"史家之绝唱，无韵之《离骚》"，谈谈你的理解。
3. 分析《史记》塑造人物的艺术方法。
4. 了解《史记》在文学史上的地位和影响。

---

① 这封书信最早见载于班固《汉书·司马迁传》，后人称为《报任安书》；又见载于梁昭明太子萧统编的《昭明文选》卷四十一，题为《报任少卿书》。《汉书》所录，文字略有删减，《文选》则收录全文。二者在行文上略有差别。

第四章　东汉辞赋

西汉灭亡，并没有削弱枚乘、司马相如散体赋以及贾谊骚体赋对东汉辞赋家的影响，东汉好辞赋者遵循前辈的创作道路，散体赋与骚体赋依然是东汉时期重要的辞赋文体。不过，东汉迁都洛阳后辞赋偏离了西汉散体赋的游猎主题，仅在表现京都时兼及游猎，故称为京都赋。而抒情的骚体赋因作者的性情和遭遇有所不同，直到东汉中叶以后张衡的《归田赋》出现，抒情赋才以新的面貌再度兴盛。

第一节　东汉散体赋的沿袭与京都赋主题

东汉的散体赋沿用西汉散体赋的体制与表现方法，从而有类似西汉散体赋的风格，但因东汉散体赋变西汉散体赋的游猎主题为京都，赋的气象自然不一样，都市的韵味因之而生。

一、东汉京都赋创作的起因

西汉定都长安，东汉立国，迁都洛阳。东汉应不应当迁都洛阳的争议对京都赋的影响，首起于东汉初年杜笃的《论都赋》。杜笃（？—78），字季雅，京兆杜陵（今陕西西安）人。年少博学，不修小节，居美阳时，因遭美阳令嫉恨，被解押京师，在狱中作《大司马吴汉诔》，因文辞最高得以赐帛免刑。随之，"笃以关中表里山河，先帝旧京，不宜改营洛邑，乃上奏《论都赋》"（《后汉书》本传），对汉光武帝刘秀建都洛阳持有异议，故效司马相如、扬雄而作《论都赋》以讽主上。这篇赋仍采用主客问答的模式，他借"客"之口说："彼坎井之潢污，固不容夫吞舟；且洛邑之渟瀯，曷足以居乎万乘哉？咸阳守国利器，不可久虚，以示奸萌。"这番话代表了一部分从西汉入东汉或说从西京入东京者的意见。那时，因东汉建都洛阳而产生的赋还有傅毅的《洛都赋》《反都赋》、崔骃的《反都赋》等。

这种争议延续到汉明帝时期，范晔说班固"自为郎后，遂见亲近。时京师修起宫室，浚缮城隍，而关中耆老犹望朝廷西顾。固感前世相如、寿王、东方之徒，造构文辞，终以讽劝，乃上《两都赋》，盛称洛邑制度之美，以折西宾淫侈之论"（《后汉书·班固列传》）。《两都赋》作于汉明帝刘庄永平年间，班固与杜笃意见的分歧代表东汉建都的两种不同意见，而杜笃的《论都赋》在京都赋的创作上有先导作用。

二、西汉散体赋的影响

东汉的散体赋以京都为主要题材，固然是辞赋创作的新变，但西汉辞赋对东汉辞赋的影响还是很大的。东汉辞赋家多以东方朔的《答客难》、司马相如的《子虚赋》《上林赋》以及扬雄的《蜀都赋》等为榜样，从事自己的创作，具体表现在以下三个方面：

首先表现在散体赋的结构形态上，它们大多采用主客问答的体式，如杜笃《论都赋》的"客"与"笃"，班固《两都赋》的"西都宾"与"东都主人"，张衡《二京赋》的"安处先生"和"凭虚公子"。作者虚构这些人物表达自己的思想，并因他们的对话自然形成赋的问答式章法。

其次是散体赋的铺述，其中大量的物类铺陈与夸饰、比拟兼用，构成赋的宏博气象，只是东汉赋作少了西汉帝王游猎赋搏击野兽的勇武精神和奔放气势，但它们内在的艺术精神是一致的。

其三是赋家无一不在创作中驰骋才华，追求语言的华美，以丽辞表现自我眼中真实或想象的生活。西汉散体赋传统在东汉得以光大，以散体赋为主导的汉赋是有汉一代文学的代表。

三、东汉京都赋作家及创作主题

赋京都的文人主要有杜笃、傅毅、崔骃、班固、张衡。他们所赋除西都长安、东都洛阳之外，张衡还赋东汉的陪都南阳，写下了《南都赋》。

傅毅（？—90？），字武仲，扶风茂陵（今陕西兴平）人，少即博学，汉章帝时为兰台令史，拜郎中，曾与班固、贾逵共典校书，作《显宗颂》，以文雅显于朝廷。汉和帝永元元年（89）随大将军窦宪出征匈奴为主记室，著有《洛都赋》《舞赋》《琴赋》《反都赋》《七激》等。崔骃（？—92），字亭伯，涿郡安平（今河北安平）人，博学能文，通古今训诂百家之言，在太学与班固、傅毅同时且齐名。窦宪为车骑将军时，崔骃任其掾属、主簿，多次讽止窦宪的擅权骄恣，不为所纳。著有《反都赋》《临洛观赋》《西征赋》《达旨》《七依》等。班固（32—92）在《汉书》之外，还著有《两都赋》《幽通赋》《竹扇赋》《答宾戏》等。张衡（78—139），字平子，南阳西鄂（今河南南阳）人。少善属文，观太学而通五经六艺，为人淡定且才高。因善术学，安帝时为郎中、太史令。顺帝时，复为太史令。先后创制了浑天仪与候风地动仪。永和初，曾为河间王刘政相，惩治奸党豪强，上下肃然。三年后拜为尚书，不久病卒。这些人构成东汉赋都文人群，杜笃居前，张衡殿后，而傅、崔、班三人曾为同僚。他们博学多思，没有谁是专门的辞赋家，却都因辞赋享有声誉。

东汉的京都赋往往铺叙京都地势形便、帝王功业及包括宫苑、校猎在内的帝王生活，最终仍采用卒章显志的表现方式，归结为关于帝王道德与礼制的思考。其歌颂与劝诫的基调，导致赋京都本质上是赋帝王，与西汉游猎赋的赋帝王殊途同归。其中班固的《两都赋》和张衡的《二京赋》最享盛名，它们先赋西都或西京，再及东都或东京，往往先扬后抑，或说先歌颂后劝戒，走的也是西汉游猎赋的老路。

第二节 班固的辞赋观及其辞赋创作

辞赋的创作理论在东汉以前较为零碎，班固（生平见第五章第一节）因创作《两都赋》写了《两都赋序》，系统地梳理了辞赋的源流，阐明了辞赋家的用心，也表达了他对辞赋的认知。班固《两都赋》也是在东汉群臣关于都城的论争氛围中产生的。

一、班固的辞赋观及《两都赋》的先导

两汉的辞赋理论并不发达，然而西汉零碎的创作理念和辞赋批评，还是影响了班固的辞赋观。班固认为赋是古诗之流，赋产生于贤人失志，所以作赋者诸如荀卿、屈原"离谗忧国，皆作赋以风，咸有恻隐古诗之意"（《汉书·艺文志》）。辞赋未随刘邦立国而兴，直到汉武帝、汉宣帝之际，与朝廷崇礼官、考文章、兴废继绝、润色鸿业并行，郊庙歌之外，则有"言语侍从之臣，若司马相如、虞丘寿王、东方朔、枚皋、王褒、刘向之属，朝夕论思，日月献纳。而公卿大臣御史大夫儿宽、太常孔臧、太中大夫董仲舒、宗正刘德、太子太傅萧望之等，时时间作。或以抒下情而通讽谕，或以宣上德而尽忠孝，雍容揄扬，著于后嗣，抑亦雅颂之亚也"（《两都赋序》）。由于这些赋家的朝夕论思、日月献纳，才有了西汉辞赋的兴盛。

班固在这里说的"抒下情而通讽谕"与"宣上德而尽忠孝"是赋家创作的基本动因。前者注意融百姓情感与自我情感为一体，反映社会生活，批评时政。后者既迎合了帝王润色鸿业的需要及其好歌颂的心理，又是赋家尽忠孝的实现。辞赋创作往往讽、颂兼备，从而使抒下情与宣上德自然融合在一起，只是抒下情较多地表现了赋家的真情实感，而宣上德则往往用了比拟夸诞的手法。班固称赋为雅颂之亚，并以它们为对象评说"大汉之文章，炳焉与三代同风"（《两都赋序》），显然对辞赋的歌颂也是肯定的。

在《两都赋》产生之前，先有西汉扬雄的《蜀都赋》状成都的地理形胜和富饶物产，随后是上面提到的杜笃《论都赋》。杜笃在赋中叙说高祖刘邦立国定都长安，直到平帝时汉亡，都坚守长安。其"宫室寝庙，山陵相望，高显弘丽，可思可荣，羲农已来，无兹著明"。而其所在的雍州，"本帝皇所以育业，霸王所以衍功"，当然也是"战士角难之场"。然后叙及新朝之亡和东汉之兴，进而说明爱育百姓、施行仁政，也当知道物盛则衰、道隆则移的常理，"存不忘亡，安不讳危，虽有仁义，犹设城池"，委婉表明自己不主张迁都洛邑的立场。《论都赋》多叙史实和铺陈长安的地形物产，其间杂有议论。

二、《两都赋》的艺术表现与思想归宿

班固《两都赋》与杜笃《论都赋》的差异首先表现为思想观念不同，班固是拥护东汉建都洛阳的，与杜笃的主张背道而驰。其次，《两都赋》由《西都赋》和《东都赋》两篇构成，规模宏大，且虚拟了"西都宾"与"东都主人"作主客问答，卒章显志，不像杜笃将自我纳入主客问答中，更直接地表现自我的思想。其三，《两都赋》的体制与风格更多地受司马相如《子虚赋》《上林赋》的影响，不像《论都赋》那样重历史的沿革，而是以铺叙彰显京都的繁华。

《西都赋》开头，西都宾问东都主人说："盖闻皇汉之初经营也，尝有意乎都河洛矣。辍而弗康，寔用西迁，作我上都。主人闻其故而睹其制乎？"东都主人故作不知，听任西都宾陈辞。西都宾先称长安的地理形胜，再及长安的城池、宫室、娱游的壮观。如说长安："建金城之万雉，呀周池而成渊，披三条之广路，立十二之通门。内则街衢洞达，闾阎且千，九市开场，货别隧分，人不得顾，车不得旋，阗城溢郭，旁流百廛，红尘四合，烟云相连。于是既庶且富，娱乐无疆，都人士女，殊异乎五方，游士拟于公侯，列肆侈于姬姜。"以金城周池、广路通门、街衢闾阎、车如马龙、货别肆分的昌盛景象，展现了长安的繁华富庶。

不仅如此，其宫室"体象乎天地，经纬乎阴阳，据坤灵之正位，放太紫之圆方，树中天之华阙，丰冠山之朱堂，因瑰材而究奇，抗应龙之虹梁"之类描写，又力尽夸饰之能事，以见长安的天子气象。随后铺陈宫室的装饰，凸显其鬼斧神工的精巧、绮组缤纷的奢华；天子游猎，"览山川之体势，观三军之杀获"，"论功赐胙"，极一时之壮观。东都主人听罢喟然长叹："痛乎！风俗之移人也。子实秦人，矜夸馆室，保界河山，信识昭、襄而知始皇矣，恶睹大汉之云为乎？"这类似于司马相如《上林赋》的亡是公在乌有先生夸耀楚王猎于云梦之后说的："且夫齐楚之事又乌足道乎，君未睹乎巨丽也，独不闻天子之上林乎？"他批评西都宾不当以长安馆室即宫殿为傲，暗示《东都赋》的理念及铺叙重心会有所改变。

《东都赋》以王莽篡汉为引子，说光武帝立国犹若轩辕氏开帝功、商汤周武昭

王业。而其"迁都改邑，有殷宗中兴之则焉；即土之中，有周成隆平之制焉"。并说汉光武帝有汉高祖、汉文帝之德，"仁圣之事既该，而帝王之道备矣"。这里以先圣仁德为法度，以之考量帝王的作为，即所谓的折以法度之意。因此，汉明帝时洛邑的宫室建造被描述为"奢不可逾，俭不能侈。外则因原野以作苑，顺流泉而为沼"。行为节制而顺应自然表现在田猎上则是顺时节而简车徒，临之以《王制》，考之以《风》《雅》，以"三驱"为度，"乐不极盘，杀不尽物"，且在盛陈礼乐之后，圣上惧百姓将萌侈心，下诏颁布法令，崇尚节俭，重农弃商，"于是百姓涤瑕荡秽而镜至清，形神寂漠，耳目不营，嗜欲之原灭，廉正之心生，莫不优游而自得，玉润而金声。是以四海之内，学校如林，庠序盈门，献酬交错，俎豆莘莘，下舞上歌，蹈德咏仁"，呈现出融道家的清静无为与儒家的礼教仁德为一体的盛世气象。最后东都主人斥责西京防御四塞、馆御列仙、鸟兽之囿、犯义侵礼，批评西都宾"徒习秦阿房之造天，而不知京洛之有制也；识函谷之可关，而不知王者之无外也"，使西都宾瞿然失色，捧手请辞。

班固的《西都赋》"极众人之所眩曜"，以夸饰西京的奢华与天子生活的放纵，偏重体物；《东都赋》"折以今之法度"，故时时用仁德规范天子的行为，偏重说理。较之于司马相如、扬雄所作，其艺术新变表现为二赋先体物后说理，《西都赋》体物繁密典丽、《东都赋》说理疏朗朴实。不过，班固纵横铺叙的方法与歌颂当朝圣上的立场依旧，虽然他的《东都赋》用《明堂》等五首诗作结，但也是故作颂声，是散体赋卒章显志的另一种表现形式。

三、班固其他辞赋

班固还有《答宾戏》（又称《宾戏》）和《幽通赋》。

班固在汉明帝永平年间任典校秘书时，以著述为业，人或讥以无功，他有感于西汉东方朔和扬雄未建功业，作《答宾戏》。赋中虚构了宾戏主人不能立德、立功而尽锐思于毫芒之内，"驰辩如涛波，摛藻如春华"，无益于当世。主人则说宾见势利而暗道德，进而数说春秋至西汉的历史，以鲁仲连、虞卿、商鞅、李斯、孔子、孟子、张良、董仲舒、扬雄等说明时代或个人取向的差异会导致不同的命运，然祸福相倚，立功于世并不值得羡慕。同时，他以颜渊为师表，自喻为蕴荆石之和氏璧、藏蚌蛤之随侯珠，将"旷千载而流光"，为自己生不逢时、怀才不用于当世辩解。

《幽通赋》用骚体，自言"魂茕茕与神交兮，精诚发于宵寐；梦登山迥眺兮，觌幽人之仿佛"，表明所谓的"幽通"写的是梦中之思。这篇赋有模拟屈原《离骚》的痕迹，但不像屈原以比兴驰骋神思，而是多用故实以成篇，其深沉的人生之思因语言过于凝练而显晦涩。在《幽通赋》里，他感慨自己命途多舛，叙说历史上卫叔、管仲等人的故事，以"神先心以定命分，命随行以消息"说明人生应当顺应自然，却又对庄周、贾谊的齐死生、等祸福不以为然。随后讲了殷三仁即微子、箕子、比干和伯夷等人的故事，深信能实必荣，有追求没世不朽之意。最后在"乱辞"中说人生一世虽不能像圣贤那样"复心弘道"，也应"保身遗名"，"舍生取谊"，在看似平淡的叙说中寄寓了沉郁的悲愁。

第三节　张衡的京都赋与新抒情赋

东汉中叶的张衡是文学家，又是科学家。他在东汉因制作了浑天仪和候风地动仪而享有"数术穷天地，制作侔造化"（崔瑗《河间相张平子碑》）的美誉，在辞赋创作上因《二京赋》的成就，名声与班固相颉颃。

一、张衡的辞赋创作

张衡今传辞赋有《二京赋》《思玄赋》《南都赋》《应间》《归田赋》《髑髅赋》《冢赋》及残篇《温泉赋》《定情赋》等。

《二京赋》即《西京赋》和《东京赋》，是张衡的代表作。史载：张衡"永元中，举孝廉不行，连辟公府不就。时天下承平日久，自王侯以下，莫不逾侈。衡乃拟班固《两都》，作《二京赋》，因以讽谏。精思傅会，十年乃成。"（《后汉书·张衡列传》）永元是汉和帝的年号，"讽谏"本是西汉以来散体赋的传统，但张衡批评"王侯以下，莫不逾侈"的社会现象，较之于司马相如、扬雄的帝王批评及班固的旧臣批评，有更广泛的社会意义。张衡赋多模拟，《二京赋》以《两都赋》为范本，虚拟了凭虚公子和安处先生的对白，以表现京都状态与自我的道德精神。他的《南都赋》拟扬雄《蜀都赋》，《应间》拟东方朔《答客难》、扬雄《解嘲》和班固《答宾戏》，《思玄赋》拟扬雄《太玄赋》，《髑髅赋》化用庄子《至乐》篇中的髑髅寓言。

张衡的《南都赋》是家乡南阳的颂歌，他以铺叙的手法再现南阳的山川形胜、丰饶物产、佳丽歌舞、社会升平；《应间》则是他人生失意的辩辞，表白自己"不患位之不尊，而患德之不崇；不耻禄之不夥，而耻智之不博"，效颜渊安贫乐道，待价而沽。除《二京赋》外，张衡的《思玄赋》和《归田赋》更值得关注。

二、《二京赋》的风貌与格调

《西京赋》的凭虚公子师事"旧史氏"而多识前代之事，故向安处先生讲述西京的形胜物产、宫馆之盛、天子校猎之盛以及百姓游乐之盛。前三者在司马相如、班固赋中可以窥见旧影，唯京都百姓游乐之盛是京都赋的新题材。如广场上"程角觚之妙戏，乌获扛鼎，都卢寻橦，冲狭燕濯，胸突铦锋，跳丸剑之挥霍，走索上而相逢"，诸如此类的杂耍、歌舞、幻术、车技等极尽逸乐，以生动形象的场景将人带进西汉社会。同时，张衡在铺叙中巧为讽谏，如说汉高祖"命般尔之巧匠，尽变态乎其中"的宫馆建筑，"思比象于紫微，恨阿房之不可庐"的帝王心态。汉武帝热衷于求仙，宠信方术之士李少君、栾大，有"承云表之清露，屑琼蕊以朝飧"的行径，却又知道死亡终会降临，耗费资材为自己建造陵墓。

《东京赋》的安处先生称凭虚公子所言不过是贵耳贱目所致的末学肤受，故陋今荣古而不能节之以礼，并斥责凭虚公子舍纯懿而论爽德，蔽善而扬恶，从而改变了《西京赋》侈陈奢华的娱乐基调。《东京赋》里出现的是汉光武帝和汉明帝昭文德、宣武节的世界。在"遵节俭，尚素朴，思仲尼之克己，履老氏之常足"的双重思想之下，张衡宣扬了儒家的仁爱与道家的自然，如说汉明帝"昭仁惠于崇贤，抗义声于金商"；"进明德而崇业，涤饕餮之贪欲，仁风衍而外流，谊方激而遐骛"。即使是校猎，也是"不穷乐以训俭，不殚物以昭仁"，彰显出天子的品性及东京的道德氛围，进而批评凭虚公子剿民愉乐、殚物穷宠，必有民怨而叛乱之忧，这使凭虚公子自叹浅薄而赞大汉德馨全在洛阳。《东京赋》在体物穷理中贯穿了浓郁的礼治思想和仁爱情怀，以之为社会正途。这也是张衡道德精神的体现，他在东汉社会因奢侈走向衰落的时候，有救世之心却无救世之力，怀"水可载舟、亦可覆舟"之忧，希望人们警觉"坚冰作于履霜，寻木起于蘗栽"，防止小祸衍成国家大患。

三、《思玄赋》与《归田赋》

《后汉书》本传说："衡常思图身之事，以为吉凶倚伏，幽微难明，乃作《思玄赋》，以宣寄情志。"张衡在《思玄赋》里仿屈原《离骚》的模式和情调述远游，以占卜而行，消解淑人稀合、循法度而离殃以及心犹豫而狐疑的痛苦。于是择吉日远行，登蓬莱，留瀛洲，驾归云，宿扶桑，瞻昆仑，登阆风，或饮青岑之玉酒，餐沆瀣以为食；或碎瑶蕊为干粮，酌白水以为浆。又"聘王母于银台兮，羞玉芝以疗饥……载太华之玉女兮，召洛浦之宓妃"。在浩渺的长空，丰隆震雷，云师交集，应龙驾车，百神备从，他振袂登车，举长剑令仆夫挥鞭而行。当他纵情驰骋于神的世界时，忽临旧乡而有离居的忧郁，于是回到社会现实中，"御六艺之珍驾兮，游道德之平林。结典籍而为罟兮，驱儒、墨而为禽。玩阴阳之变化兮，咏雅颂之徽音"。在这样的读书岁月里，他无远游之劳而知天下，又能守无为而与仁义逍遥。张衡思玄而述远游，多想象之辞，在卒章显志时则将所有的想象褪去，回到社会道德与自我的世界，在平和中蕴含了深沉的忧郁。

《归田赋》开篇自叙天道昏暗而无明略佐时，在京城"羡鱼"不如与世事长辞，还乡做一名隐士。他在赋中描绘了田园生活的美景："仲春令月，时和气清，原隰郁茂，百草滋荣。王雎鼓翼，鸧鹒哀鸣；交颈颉颃，关关嘤嘤。于焉逍遥，聊以娱情。"他将自己置身于和谐而充满生机的自然环境中，所谓的逍遥娱情，表现为射猎、垂钓、弹琴、读书、写作，可谓是《思玄赋》卒章所显之志的具体化。其中的感老氏遗诫与咏周、孔图书表明他受儒道思想的影响，以"陈三皇之轨模"表明自己社会大同的政治理想，却又有"苟纵心于物外，安知荣辱之所如"的人生取向。《归田赋》改变了汉赋以骚体抒情的传统，以体制短小、语言骈化清新及明丽俊爽的风格，开启汉代抒情赋的新风。不过，这一新风尚是以表现疏离现实的隐逸生活为主。例如张衡享受着无所束缚、自由自然的人生。其后汉末建安时期刘桢的《遂志赋》表示"袭初服之芜秽，托蓬庐以游翔"，但终究背负着尊贤去庸、无为而治的政治理想，不及张衡叙归田的洒脱轻快。

第四节　东汉其他辞赋

东汉除了京都赋外，还有咏物赋、述行赋、寄情说理赋值得一提。在这三个方面代表作家有马融、蔡邕和赵壹。

一、咏物赋

东汉的咏物赋有杜笃《书槴赋》、傅毅《琴赋》《扇赋》、班固《竹扇赋》《白绮扇赋》、张衡《扇赋》、马融《长笛赋》《围棋赋》《琴赋》《樗蒲赋》、王逸《荔枝赋》等。"咏物"早为西汉赋家所关注，东汉相沿而作的咏物赋，多咏物的形态与功用，咏物的形态多尚娱乐，咏物的功用多重道德，其中也有表现愁绪与哀悯之作。在艺术风格上，缛美是咏物赋的共同特征，较有代表性的是马融的《长笛赋》。

马融（79—166），字季长，扶风茂陵（今陕西兴平）人。他"美辞貌，有俊才"，博览经籍而有通儒之称，但达生任性，不拘礼节。因上《广成颂》冒犯了邓骘兄弟，十年不得升迁；因兄子之丧自劾触怒邓太后，身陷囹圄；因梁冀指斥其贪浊而被流放朔方，晚年才遇赦还京。最终以病去官，卒于家中。他有感于逆旅客人吹笛，"追慕王子渊、枚乘、刘伯康、傅武仲等，箫、琴、笙颂，唯笛独无，故聊复备数，作《长笛赋》"（《长笛赋序》）。

《长笛赋》仿王褒《洞箫赋》，咏制作长笛之竹之所生："惟籦笼之奇生兮，于终南之阴崖。托九成之孤岑兮，临万仞之石磈。特箭槁而茎立兮，独聆风于极危。"进而铺叙长笛之竹生长的奇异自然环境、竹的砍伐、长笛的制作以及长笛声的美妙动人。马融极尽夸饰，如说长笛之声既似流水，又像飞鸿，泛滥浩洋，奔远回旋，磊落磅礴，起伏迭宕，仿佛是"箫管备举，金石并隆。无相夺伦，以宣八风。律吕既和，哀声五降。曲终阒尽，馀弦更兴"。说长笛之声蕴含了老、庄、孔、孟、管、商、申、韩诸家风貌，与枚乘《七发》所说的"要言妙道"一样含混，只是他强调礼制不可逾越，人们当返中和而美风俗，凸显了他崇儒的一面。马融以庖羲之琴、神农之瑟、女娲之簧、暴辛之埙等作为长笛的铺垫，歌颂长笛之声"通灵感物，写神喻意，致诚效志"，且"溉盥污秽，澡雪垢滓"般地淘洗了人的精神。好引历史或传说人物入赋，因而其赋充满了历史韵味，却又难免滞涩和繁杂。

二、述行赋

东汉的述行赋有班彪《北征赋》、班昭《东征赋》、蔡邕《述行赋》、阮瑀《纪征赋》、徐幹《序征赋》、繁钦《述征赋》《述行赋》等。其中阮瑀、徐幹、繁钦之作均为残篇。述行赋以纪行为基本特征，班彪遭世颠覆，旧室丘墟，故奋袂北征，超绝迹而远游；班昭在孟春吉日，择良辰而远行。随之用铺叙纪行止、因风物或史迹抒情怀，行与景并，情与理偕。其中蔡邕的《述行赋》最具代表性。

蔡邕（133—192），字伯喈，陈留圉（今河南杞县）人。博学而好辞章，妙操音律。汉灵帝时曾为郎中校书东观，后迁议郎，为汉石经。因上书议政入狱，免死而流放朔方。遇赦后，遭五原太守王智构陷，不得已亡命江海，浪迹吴会十二年。董卓擅权时，曾任左中郎将等职。后因感叹董卓之死，为司徒王允囚死于狱中。蔡邕著有诗、赋、碑、诔、铭等一百馀篇，赋作有《述行赋》《汉津赋》《青衣赋》《弹琴赋》《协和婚赋》等。《隋书·经籍志》著录有《蔡邕集》，已散佚；明代张溥辑有《蔡中郎集》，收入《汉魏六朝百三家集》。

《述行赋序》称，汉桓帝延熹二年（159），梁冀新诛，徐璜等五侯擅权，白马令李云因直言而死，鸿胪陈君因救云抵罪，蔡邕被发遣到偃师。蔡邕"心愤此事，遂托所过，述而成"《述行赋》。他在赋中说"心郁伊而愤思"，"宣幽情而属词"，表明自己的写作动机。蔡邕在赋中将行止与当地曾发生的历史故事联系起来，并借历史故事陈述自己的历史观。如说"久余宿于大梁兮，询无忌之称神。哀晋鄙之无辜兮，忽朱亥之篡军"，对信陵君窃符救赵事有批评。又如"迄管邑而增感叹兮，愠叔氏之启商。过汉祖之所隘兮，吊纪信于荥阳"，言及周初的管叔、蔡叔乱周事和纪信在荥阳救刘邦而殉难事，或感愤或伤悼。他在赋中对朝政有严厉的斥责，如说："前车覆而未远兮，后乘驱而竞入。穷变巧于台榭兮，民露处而寝湿。清嘉谷于禽兽兮，下糠秕而无粒。"希望统治者顾惜穷苦百姓，吸取历史的教训而不要贪图自我的享受。

三、抒情说理赋

东汉赋家愤世的激切与怅恨，在张衡之后首推赵壹。赵壹，生卒年不详，汉阳西县（今甘肃天水）人。体貌甚伟，居乡里恃才倨傲，屡触罪几至死，为友人所救。汉灵帝光和元年（178）被推举为郡上计吏，赴京后为袁逢、羊陟赏识，名动一时。后"州郡争致礼命，十辟公府，并不就，终于家"（《后汉书·文苑列传》）。赵壹著有《穷鸟赋》《刺世疾邪赋》《迅风赋》等。他在《穷鸟赋》里以"穷鸟"自喻，表现自我身陷"罿网加上，机阱在下，前见苍隼，后见驱者"的困境中，使他这个刚强者有"思飞不得，欲鸣不可，举头畏触，摇足恐堕"的彷徨与痛苦。而其愤世表现更甚的是《刺世疾邪赋》。

在《刺世疾邪赋》里，赵壹广泛而深刻地考察了自五帝三王以来的社会发展史，所谓"数极自然变化，非是故相反驳"本是自然的矛盾法则，但他看到的是春秋、战国、秦汉社会愈演愈烈的混乱荼毒，以致德政与赏罚都不能救世。至东汉晚期，社会更是情伪万方。由于他怀才不遇，故抨击人才任用的黑白颠倒。这表现为佞谗者得志而刚克者消亡，阿谀奉承者享受高官厚禄，正道直行的人立致咎殃。因此赵壹说："原斯瘼之攸兴，实执政之匪贤。女谒掩其视听兮，近习秉其威权。所好则钻皮出其毛羽，所恶则洗垢求其瘢痕。虽欲竭诚而尽忠，路绝险而靡缘。九重既不可启，又群吠之猜猜。安危亡于旦夕，肆嗜欲于目前。奚异涉海之失柂，坐积薪而待燃？荣纳由于闪榆，孰知辨其蚩妍？故法禁屈挠于势族，恩泽不逮于单门。宁饥寒于尧舜之荒岁兮，不饱暖于当今之丰年。"这样的描述与推断，充满了对社会黑暗的激切批判，与他的人生遭际紧密相连。他自视才高而傲然处世，毫无奴颜媚骨，故寄情意于文辞，严厉斥责当朝统治者的纵欲、昏庸、屈法。猛烈的社会批判和尖锐的思想锋芒，成为这篇赋的重要特色。但他终究无可奈何，只能以认命而守本分表现内心的怅恨，并以"乘理虽死而非亡，违义虽生而非存"自我安慰。

赵壹的《刺世疾邪赋》在张衡的《归田赋》之后，以偏重抒愤而别具一格，其后汉末建安时期的繁钦有《愁思赋》，虽然也是表现人生不得志的苦闷，但走的是因秋感兴，"怅俯仰而自怜"的道路，赋的境界小多了。

思考题

1. 继西汉游猎赋之后，东汉京都赋的因袭与发展表现在哪些方面？
2. 班固辞赋观的基本思想是什么？与他的辞赋创作有怎样的关联？

3. 张衡《二京赋》与班固《两都赋》展示了京都赋怎样的面貌?《二京赋》拟《两都赋》的用心说明了什么?

4. 张衡的《归田赋》改变了汉赋以骚体抒情的传统,其思想取向的复杂性表现在什么地方?

5. 蔡邕《述行赋》与赵壹《刺世疾邪赋》同为愤世,有怎样不同的艺术表现?

第五章 《汉书》及东汉其他散文

东汉史传散文与论说文直承西汉，成就斐然。班固的《汉书》展示了自汉高祖至王莽长达二百多年的历史画卷，塑造了不少鲜活生动的人物形象，是汉代传记文学的又一高峰。《吴越春秋》等杂史，可视为中国古代历史小说的滥觞。随着东汉时期今古文经学的融合，士人普遍注重独立思考，出现了《新论》《论衡》等偏重辨析事理的著作。汉末，社会批判思潮兴起，涌现出崔寔、王符、仲长统等政论文作家。

第一节 《汉书》的成书及其体例

班固是继司马迁之后又一位著名的史学家，主要由他执笔撰写的《汉书》，写作过程颇为曲折，历时三四十年、经四人之手才得以最终成书。《汉书》在体例上继承《史记》而又有所创新，对后代的"正史"有重要影响。

一、班固的生平与《汉书》的成书

班固（32—92），字孟坚，扶风安陵（今陕西咸阳）人，出生于官宦世家。班固的父亲班彪（3—54），字叔皮，据《后汉书·班彪列传》载，班彪"性沉重好古"，"专心史籍之间"。在王莽失败、群雄逐鹿之际，班彪曾写《王命论》，力说刘氏正统不可动摇。东汉初举茂才，任徐县令，后因病免官。他不满意当时一些《史记》续作，"采前史遗事，旁贯异闻"，撰《史记后传》数十篇[1]。班彪有二子一女：长子班固，次子班超，女儿班昭。

班固"年九岁，能属文诵诗赋，及长，遂博贯载籍，九流百家之言，无不穷究。所学无常师，不为章句，举大义而已。性宽和容众，不以才能高人，诸儒以此慕之"（《后汉书·班彪列传》附《班固传》）。建武三十年（54），班彪卒，班固从洛阳太学返乡居丧其间，整理其父所作《史记后传》，感叹所续前史未详，立志竟其业。明帝永平元年（58），班固开始撰写《汉书》。五年后，有人告他私改国史，被捕入狱。班固的弟弟班超上书汉明帝，陈述班固著书的意图。明帝看到班固的书稿，对其文才颇为赏识，便任命他为兰台令史。班固与陈宗、尹敏等人

---

[1] 《史记后传》已散佚，部分文字为班固的《汉书》所吸收，见于《元帝纪》《成帝纪》等篇以及《韦贤传》《翟方进传》《元后传》的赞语。

共同撰成《世祖本纪》。不久，班固又被任为郎官，典校秘书，奉诏撰写汉史。

班固《典引》序中提到，永平十七年汉明帝曾面谕："司马迁著书，成一家之言，扬名后世。至以身陷刑之故，反微文刺讥，贬损当世，非谊士也。司马相如浮行无节，但有浮华之辞，不周于用。至于疾病而遗忠，主上求取其书，竟得颂述功德，言封禅事，忠臣效也。至是贤迁远矣！"这无疑是对班固著史提出了褒贬方面的要求：只能"颂述功德"，不可"贬损当世"。班固表面顺从明帝的旨意，实际上并未完全照办。汉章帝建初年间（76—83），《汉书》的主体部分已完成，唯"八表"、《天文志》尚未完稿。汉和帝永元元年（89），大将军窦宪出击匈奴，班固为中护军随军出征。汉军大破匈奴，登燕然山（今蒙古杭爱山），刻石纪功，班固作《封燕然山铭》。永元四年，窦宪因罪自杀，班固受牵连被捕，死于洛阳狱中。和帝命其妹班昭补撰"八表"，后又命马续完成《天文志》。

二、《汉书》的体例

《汉书》是我国第一部纪传体断代史①，起于汉高祖元年（前206），讫于王莽地皇四年（23），共记述了二百二十九年的历史。全书包括纪十二篇、表八篇、志十篇、传七十篇，共一百篇。《汉书》中汉武帝中期以前的记载，多从《史记》而来，但也增加了许多史料。同时，还新立了一些篇目，仅纪传部分就增加了《惠帝纪》和王陵、吴芮、蒯通、伍被、贾山、苏武、李陵等传。汉武帝中期以后的西汉历史，班固则博采其他史料编撰而成。

《汉书》沿袭《史记》的体例，但也有所改造与创新。班固将《史记》的"本纪"改称为"纪"（如《高帝纪》）。《汉书》有八种"表"，其中六种表谱列王侯世系，是根据《史记》有关各表制成的；《古今人表》和《百官公卿表》则是班固创立的。班固将《史记》的"书"改为"志"，包括《律历志》《礼乐志》《刑法志》《食货志》《郊祀志》《天文志》《五行志》《地理志》《沟洫志》和《艺文志》，有承袭也有新创。其中的《艺文志》论述古代学术之源流、派别并评价其得失，可视为一部学术史。《汉书》不设"世家"一目，把"列传"改称为"传"，凡属《史记》世家类的汉代历史人物都并入"传"中。原属《史记》的一些附传，《汉书》则扩充其内容，写成专传或合传。与《史记》相比，《汉书》的体例更加整齐、完备，以后的正史基本上都采用了《汉书》的体例。清人章学诚说："迁《史》不可为定法，固《书》因迁之体而为一成之义例，遂为后世不桃之

---

① 《汉书》的纪、传部分仅记西汉事，而八表和十志则不限此例，一般由先秦而至西汉，可以说《汉书》是断中有通、寓通于断的。例如，《汉书·食货志》是在《史记·平准书》的基础上发展而来的，从古代讲起，下至王莽末年，内容更加丰富、系统。

宗焉。"（《文史通义·书教下》）

第二节　《汉书》人物传记的思想内涵

与司马迁的《史记》一样，班固的《汉书》不仅是史学名著，而且是优秀的传记文学著作。《汉书》的十二帝纪、七十传，构成了宫廷内外、朝野上下众多历史人物的画廊。在看似客观的叙述、描写中，常蕴含着作者的思想倾向及爱憎褒贬的态度。

一、赞颂忠君爱国、高尚正直的人物

班固有较强的儒家正统观念及忠君爱国思想，反映在《汉书》中，他有意表彰那些在这些方面有突出表现的人物。《霍光金日磾传》塑造了霍光这位忠心耿耿的中兴功臣形象，表彰了他临大节而不可夺的人格精神。《张骞传》写张骞出使西域时被羁留匈奴十馀年，表彰他始终忠于汉朝的民族气节。《李广苏建传》所附《苏武传》，着力刻画了苏武这位大义凛然的爱国使臣形象。苏武出使匈奴被扣留长达十九年，不论匈奴以杀头威胁，还是以封官赐爵利诱，他都不为所动，刚强不屈：

> 单于使使晓武。会论虞常，欲因此时降武。剑斩虞常已，律曰："汉使张胜谋杀单于近臣，当死；单于募降者，赦罪。"举剑欲击之，胜请降。律谓武曰："副有罪，当相坐。"武曰："本无谋，又非亲属，何谓相坐？"复举剑拟之，武不动。律曰："苏君，律前负汉归匈奴，幸蒙大恩，赐号称王，拥众数万，马畜弥山，富贵如此。苏君今日降，明日复然。空以身膏草野，谁复知之？"武不应。律曰："君因我降，与君为兄弟；今不听吾计，后虽欲复见我，尚可得乎？"武骂律曰："女为人臣子，不顾恩义，畔主背亲，为降虏于蛮夷，何以女为见？且单于信女，使决人死生，不平心持正，反欲斗两主，观祸败。南越杀汉使者，屠为九郡；宛王杀汉使者，头县北阙；朝鲜杀汉使者，即时诛灭。独匈奴未耳。若知我不降明，欲令两国相攻，匈奴之祸从我始矣！"

后来匈奴又以极其恶劣的生存环境来折磨他，但强烈的爱国精神使他无所畏惧，克服了常人难以克服的困难。班固情不自禁地称赞道："孔子称'志士仁人，有杀身以成仁，无求生以害仁'，'使于四方，不辱君命'，苏武有之矣！"李景星《汉书评议》卷三引宋人黄震曰："子卿之节，千古一人。"

班固还热情赞颂了那些清廉正直、有所作为的官吏。《赵尹韩张两王传》是五位政绩卓著的京兆尹的合传，文中写赵广汉不仅"精于吏职"，"威制豪强"，而且"和颜接士"，常将功劳归之于下。赵广汉在任时，京兆地区政治清明，"长老传以为自汉兴以来治京兆者莫能及"。又如《杨胡朱梅云传》记成帝时朱云直谏之事：

> 至成帝时，丞相故安昌侯张禹以帝师位特进，甚尊重。云上书求见，公卿在前。云曰："今朝廷大臣上不能匡主，下亡以益民，皆尸位素餐，孔子所谓'鄙夫不可与事君'，'苟患失之，亡所不至'者也。臣愿赐尚方斩马剑，断佞臣一人以厉其馀。"上问："谁也？"对曰："安昌侯张禹。"上大怒，曰："小臣居下讪上，廷辱师傅，罪死不赦！"御史将云下，云攀殿槛，槛折。云呼曰："臣得下从龙逢、比干游于地下，足矣！未知圣朝何如耳？"御史遂将云去。

朱云的谏诤之语，慷慨激昂，掷地有声，充分体现了他倔强忠直的品格，忠肝义胆，着实令人感佩。

二、揭露统治者的罪恶

在不少人物传记里，班固敢于批评弊政，揭露统治者的罪恶。《贾邹枚路传》中载录路温舒的《尚德缓刑疏》，讲汉景帝时冤狱遍地，治狱之吏"专为深刻，残贼而亡极"，"死人之血流离于市，被刑之徒比肩而立"。《眭两夏侯京翼李传》记夏侯胜当着汉宣帝的面说："武帝虽有攘四夷广土斥境之功，然多杀士众，竭民财力，奢泰亡度，天下虚耗，百姓流离，物故者半。蝗虫大起，赤地数千里，或人民相食，畜（蓄）积至今未复。"在《贾捐之传》中班固还借贾捐之的话，表达了对百姓疾苦的同情："……当此之时，寇贼并起，军旅数发，父战死于前，子斗伤于后，女子乘亭鄣，孤儿号于道，老母寡妇饮泣巷哭，遥设虚祭，想魂乎万里之外。"《景十三王传》记江都王刘建"游章台宫，令四女子乘小船，建以足蹈覆其船，四人皆溺，二人死。后游雷波，天大风，建使郎二人乘小船入波中。船覆，两郎溺，攀船，乍见乍没。建临观大笑，令皆死"，杀人如同儿戏，残忍之极，令人发指。

在《外戚传》中，作者披露了宫闱黑幕下的种种丑剧，如霍光之妻指使女医淳于衍毒死许皇后、得立霍女为皇后之事，赵飞燕姊妹在成帝后宫专宠之事，陈皇后失宠居长门宫之事等。内宫争宠相害，是君主专制下的严重弊病，是朝廷内部权力斗争的特殊反映，因发生在深宫之内而不易为史官所了解和记述，《汉书》触及这方面的题材，且对帝王、后妃均持批判态度，写得很有故事性和震撼力，对于后代描写宫廷秘史一类的文学有一定的影响。

在《匡张孔马传》中，班固揭露了匡衡、张禹、孔光、马宫这四位丞相阿谀逢迎、尸位素餐而又贪得无厌的通病。文末论赞云："自孝武兴学，公孙弘以儒相，其后蔡义、韦贤、玄成、匡衡、张禹、翟方进、孔光、平当、马宫及当子晏，咸以儒宗居宰相位，服儒衣冠，传先王语，其酝藉可也，然皆持禄保位，被阿谀之讥。彼以古人之迹见绳，乌能胜其任乎！"班固尖锐指出，汉武帝独尊儒术之后，公孙弘、蔡义、韦贤等靠经学起家、掌握大权的人，根本没有尽到应尽的社会责任，他们只不过是些一心做官、只知持禄保位的无耻之徒。

三、同情受统治者迫害的贤达之士

班固在《汉书》中对那些遭受统治者迫害的贤达之士给予了深切的同情，甚至为他们鸣不平。《爰盎晁错传赞》说晁错"锐于为国远虑，而不见身害。其父睹之，经于沟渎，亡益救败，不如赵母指括，以全其宗。悲夫！错虽不终，世哀其忠"。《司马迁传》中收录了《报任安书》，使得司马迁的内心剖白广为世人所知，班固在文末发议道："乌呼！以迁之博物洽闻，而不能以知自全，既陷极刑，幽而发愤，书亦信矣。迹其所以自伤悼，《小雅》巷伯之伦。夫唯《大雅》'既明且哲，能保其身'，难矣哉！"既有同情，也有惋惜，似乎还含有不尽之意于言外。

《史记·李将军列传》附有李陵的事迹，但文字简略，而班固《李广苏建传》所附《李陵传》颇为详实，对李陵的英勇气概和赫赫战功写得相当充分，并着力描写了李陵最后率部与匈奴大军作战时的惨烈景象。文中还借司马迁之语为李陵辩护：

> ……且陵提步卒不满五千，深輮戎马之地，抑数万之师，虏救死扶伤不暇，悉举引弓之民共攻围之。转斗千里，矢尽道穷，士张空拳，冒白刃，北首争死敌。得人之死力，虽古名将不过也。身虽陷败，然其所摧败亦足暴于天下。彼之不死，宜欲得当以报汉也。

班固又记李陵与苏武道别时的泣血之言，传达其复杂而强烈的内心感受：

> ……于是李陵置酒贺武曰："今足下还归，扬名于匈奴，功显于汉室，虽古竹帛所载，丹青所画，何以过子卿！陵虽驽怯，令汉且贳陵罪，全其老母，使得奋大辱之积志，庶几乎曹柯之盟，此陵宿昔之所不忘也。收族陵家，为世大戮，陵尚复何顾乎？已矣！令子卿知吾心耳。异域之人，一别长绝！"陵起舞，歌曰："径万里兮度沙幕，为君将兮奋匈奴。路穷绝兮矢刃摧，士众灭

今名已隤，老母已死，虽欲报恩将安归！"陵泣下数行，因与武决。

班固在基本态度上是拥护汉王朝的，但在李陵的问题上，他完全认同司马迁"彼之不死，宜欲得当以报汉也"的看法，认为李陵的降而不返主要是由于武帝族灭其家而促成的。

第三节　《汉书》的文学价值及影响

从文学接受的角度看，大概因为《史记》在情采方面过于突出，使得《汉书》的文学价值被遮蔽而未能得到学人应有的重视。事实上，《汉书》也有文史并茂的特点，娓娓道来，别具一格，不少传记有着相当高的艺术水平，尤善于运用白描手法塑造人物，某些篇章完全可与《史记》媲美。同《史记》一样，《汉书》对后世作家及文学创作也有很大的影响。

一、《汉书》的写人艺术

首先，与司马迁一样，班固有时也注意选取传主早年的小故事来表现人物的个性特征。如《王贡两龚鲍传》王吉传末尾写王吉年轻时事：

> 始吉少时学问，居长安。东家有大枣树垂吉庭中，吉妇取枣以啖吉。吉后知之，乃去妇。东家闻而欲伐其树，邻里共止之，因固请吉令还妇。里中为之语曰："东家有树，王阳妇去；东家枣完，去妇复还。"其厉志如此。

此事表明王吉"守死善道"的行为方式具有一贯性。类似的还有《严朱吾丘主父徐严终王贾传》写终军"弃缛"之事等。

其次，善于通过具体、生动的细节描写来塑造人物。譬如《苏武传》中有关"北海牧羊"的两段文字：

> 律知武终不可胁，白单于。单于愈益欲降之，乃幽武置大窖中，绝不饮食。天雨雪，武卧啮雪与旃毛并咽之，数日不死，匈奴以为神。乃徙武北海上无人处，使牧羝，羝乳乃得归。别其官属常惠等，各置他所。
>
> 武既至海上，廪食不至，掘野鼠去草实而食之。杖汉节牧羊，卧起操持，节旄尽落。积五六年，单于弟於靬王弋射海上。武能网纺缴，檠弓弩，於靬王爱之，给其衣食。三岁馀，王病，赐武马畜服匿穹庐。王死后，人众徙去。

其冬，丁令盗武牛羊，武复穷厄。

"武卧啮雪与旃毛并咽之"，"杖汉节牧羊，卧起操持，节旄尽落"等语，皆于细微处见精神。清人赵翼称赞《苏武传》"叙次精采，千载下犹有生气"（《廿二史劄记》）。再如《王莽传》写王莽青少年时"孤贫，因折节为恭俭。受《礼经》，师事沛郡陈参，勤身博学，被服如儒生。事母及寡嫂，养孤兄子，行甚敕备。……阳朔中，世父大将军凤病，莽侍疾，亲尝药，乱首垢面，不解衣带连月"，给人留下很深的印象。其他如《霍光传》《朱买臣传》《严延年传》《扬雄传》等都有白描手法的精彩运用。

第三，班固还善于通过具有鲜明个性特点的人物语言来刻画人物。如《外戚传》写汉武帝探视李夫人一段：

> 李夫人病笃，上自临候之，夫人蒙被谢曰："妾久寝病，形貌毁坏，不可以见帝。愿以王及兄弟为托。"上曰："夫人病甚，殆将不起，一见我属托王及兄弟，岂不快哉？"夫人曰："妇人貌不修饰，不见君父。妾不敢以燕婿见帝。"上曰："夫人第一见我，将加赐千金，而予兄弟尊官。"夫人曰："尊官在帝，不在一见。"上复言欲必见之，夫人遂转乡（向）歔欷而不复言。于是上不说（悦）而起。夫人姊妹让之曰："贵人独不可一见上属托兄弟邪？何为恨上如此？"夫人曰："所以不欲见帝者，乃欲以深托兄弟也。我以容貌之好，得从微贱爱幸于上。夫以色事人者，色衰而爱弛，爱弛则恩绝。上所以挛挛顾念我者，乃以平生容貌也。今见我毁坏，颜色非故，必畏恶吐弃我，意尚肯复追思闵录其兄弟哉？"

李夫人的话语，流露出人之将亡的哀伤，又有几分卑微可怜的情状。谈话过程中，武帝开口封官，闭口赐金，再三欲见李夫人容貌，唯我独尊的神态跃然纸上。又如《公孙刘田王杨蔡陈郑传》写陈万年教子："万年尝病，召咸教戒于床下，语至夜半，咸睡，头触屏风。万年大怒，欲杖之，曰：'乃公教戒汝，汝反睡，不听吾言，何也？'咸叩头谢曰：'具晓所言，大要教咸谄也。'万年乃不复言。"陈万年习惯于谄事权贵，而其子陈咸为人正直，两人好像是在演小品，读来让人忍俊不禁。

第四，《汉书》中也不乏精彩的人物心理描写。如《霍光金日磾传》中的一段：

> 宣帝始立，谒见高庙，大将军光从骖乘，上内严惮之，若有芒刺在背。

后车骑将军张安世代光骖乘，天子从容肆体，甚安近焉。及光身死而宗族竟诛，故俗传之曰："威震主者不畜，霍氏之祸萌于骖乘。"

昌邑王被废黜和宣帝的登基，都是大将军霍光所为，宣帝即位之初霍光仍重权在握。这里通过"若有芒刺在背""从容肆体"等语，把宣帝的内心感受及心理变化过程充分传达出来了。

另外，班固还比较注意对人物外貌的描写。如《霍光金日磾传》写霍光"白皙，疏眉目，美须髯"。《武五子传》借张敞之口说刘贺"年二十六七，为人青黑色，小目，鼻末锐卑，少须眉，身体长大，疾瘘，行步不便"。这在此前的史传文学中是比较少见的。

二、《史》《汉》写人之比较

古人常把司马迁和班固并列、《史记》与《汉书》对举，简称为"马班"（或"班马"）、"史汉"。《汉书》里武帝之前的内容，与《史记》有交叉重合之处，而且部分篇章明显从《史记》脱胎而来。二书均客观地记录史实，塑造了许多真实可信的历史人物形象，也都寄寓了作者的爱憎褒贬，这是其相似之处。不过，二书也有较为显著的差异。

班固《汉书》在袭用《史记》人物传记的相关文字时，常有所删省，未免在一定程度上失却司马迁的微旨与文笔的生动性。不过也不能一概而论，有时《汉书》因史料的补充反而显得更为详赡。例如，司马迁《屈原贾生列传》强调了贾谊的怀才不遇，但对他的政治思想记述得不够。《汉书·贾谊传》在保留其辞赋的代表作《吊屈原赋》《鹏鸟赋》的同时，又收录了《治安策》《处置淮阳各国疏》《谏封淮南厉王诸子疏》等政论文，从而凸显贾谊的政治见解，也更反衬出他的怀才不遇。

从篇章结构来看，《史记》常翻新出奇，如《魏其武安侯列传》采用多条线索来揭示魏其侯、武安侯等人错综复杂的矛盾斗争，而《汉书》中绝大部分传记的结构都比较简单，多按时间顺序平实道来。从语言风格上看，《史记》人物传记多用单句，多用口语，简易明朗；《汉书》则时见排偶，用词较为典雅，但亦不乏灵动之处。明代茅坤评论说："太史公与班掾之材，固各天授。然《史记》以风神胜，而《汉书》以矩矱胜。……两家之文，并千年绝调也。"（《刻汉书评林序》）

三、《汉书》的文学影响

《汉书》问世以后，一直为文人士大夫所重视。《三国志·吴书·王楼贺韦华传》载华覈上疏，说"班固作《汉书》，文辞典雅。后刘珍、刘毅等作《汉记》，远不及固"。西晋时，左思与陆机等人讲《汉书》于朝廷，陆机写有《讲〈汉书〉

诗》。隋唐时期，士人研习《汉书》蔚然成风。刘知幾在《史通·论赞》中谈到《汉书》的风格，说"孟坚辞惟温雅，理多惬当，其尤美者，有典诰之风，翩翩奕奕，良可咏也"。至宋代，甚至还出现了苏舜钦以《汉书》下酒之事：

> 子美豪放，饮酒无算。在妇翁杜正献家，每夕读书以一斗为率。正献深以为疑，使子弟密察之。闻读《汉书》张子房传至"良与客狙击秦皇帝，误中副车"，遽抚案曰："惜乎，击之不中！"遂满引一大白。又读至"良曰：'始臣起下邳，与上会于留，此天以臣授陛下'"，又抚案曰："君臣相遇，其难如此！"复举一大白。正献公知之，大笑，曰："有如此下物，一斗诚不为多也。"（宋龚明之《中吴纪闻》卷二"苏子美饮酒"条）

明代吴应箕《读书止观录》卷二记黄庭坚云："每相聚，辄读数叶《前汉书》，甚佳。人胸中久不用古人浇灌之，则俗尘生其间，照镜觉面貌可憎，语言亦无味也。"清人张之洞在《𬨎轩语》中说："全史浩繁，从何说起，《四史》为最要。四者之中，《史记》《前汉》为尤要。其要如何？语其高，则证经义，通史法；语其卑，则古来词章，无论骈散，凡雅词丽藻，大半皆出其中。"《汉书》也为后代的叙事文学提供了很好的素材，如《李陵传》《苏武传》就为不少戏曲、小说家借鉴化用，《敦煌变文集》录有《李陵变文》，《匈奴传》中的王昭君故事对后世戏曲创作也有一定的影响。

第四节 东汉其他史传散文

东汉袁康、吴平的《越绝书》，赵晔的《吴越春秋》，都具有杂史的性质①，"虽本史实，并含异闻"②，有较强的文学色彩。其中《吴越春秋》更具小说化倾向，对后世历史小说创作有一定的影响。荀悦的《汉纪》在体制方面有所创新。

一、《越绝书》的文学色彩

《越绝书》的作者，《隋书·经籍志》《旧唐书·经籍志》《新唐书·艺文志》著录时均作子贡。杨慎断为汉末袁康、吴平作，其根据是《越绝书·叙外传记》篇所说"以去为姓，得衣乃成；厥名有米，覆之以庚"；"以口为姓，承之以天；

---

① 《隋书·经籍志》首列"杂史"类。马端临《文献通考》卷一九五引《宋三朝志》："杂史者，正史、编年之外，别为一家。体制不纯，事多异闻，言过其实。"
② 鲁迅：《中国小说史略》，《鲁迅全集》第9卷，人民文学出版社2005年版，第23页。

楚相屈原，与之同名"①。《越绝书》详细记载了伍子胥奔吴、吴越交兵、勾践灭吴等事件的经过，内容涉及政事、权谋、兵法、术数等。《越绝书》中的材料既采摭古籍，又参之传闻，文笔"纵横曼衍，博奥伟丽"（《四库全书总目提要》），文学色彩很浓。如《外传记宝剑》篇所记楚王召风胡子问剑之事：

> ……于是乃令风胡子之吴，见欧冶子、干将，使之作铁剑。欧冶子、干将凿茨山，泄其溪，取铁英，作为铁剑三枚：一曰龙渊，二曰泰阿，三曰工布。……晋郑王闻而求之，不得，兴师围楚之城，三年不解。仓谷粟索，库无兵革。左右群臣、贤士，莫能禁止。于是楚王闻之，引泰阿之剑，登城而麾之。三军破败，士卒迷惑，流血千里，猛兽欧瞻，江水折扬，晋郑之头毕白。

《越绝书》中还保存了一些上古神话的片断，如"禹忧民救水，到大越，上茅山，大会计，爵有德，封有功，更名茅山曰会稽"（《外传记地》）、"夏启献牺于益"（《吴内传》）等皆是。

二、《吴越春秋》的小说化倾向

《吴越春秋》的作者赵晔，生卒年不详，字长君，会稽山阴（今浙江绍兴）人，《后汉书·儒林列传》有传。《吴越春秋》全书十传，吴、越各五传。吴国诸传，基本上是以伍子胥为主角，写他出逃奔吴、助阖闾谋王位、因吴兵破楚复仇、切谏夫差、最后被迫自杀的故事。越国诸传，写越败于吴、勾践入吴臣事夫差、励精图治、终灭吴国的故事。

赵晔写《吴越春秋》，虽然大体上采用信史，但有不少地方也运用了一些具有野史性质的材料。有些史实，史传有明文可稽，作者却根据创作的需要而别出心裁，例如，据《左传·昭公二十七年》《史记·楚世家》的记载，费无忌死于楚昭王元年（前515），为令尹子常所杀。《吴越春秋》却改在楚昭王四年（前512），伍子胥率吴军攻楚取胜而欲攻郢都之时，楚国群臣皆怨，楚昭王和令尹子常被迫杀了费无忌，从而制造出某种戏剧性的张力。后世有关伍子胥的剧目中有伍子胥手刃费无忌的场面，盖源于此。

《吴越春秋》有着明显的小说化倾向，可以视为历史演义小说之滥觞②，在中

---

① 参见张宗祥校注本《越绝书》所附杨慎《越绝书跋》，商务印书馆1956年版。

② 关于《吴越春秋》的体裁，历来有不同的认识。《隋书·经籍志》将它列入史部杂史类；《四库全书总目提要》谓为"汉晋间稗官杂记之体"；郭希汾《小说史略》、徐敬修《说部常识》认为《吴越春秋》乃后世演史小说之祖；陆侃如、冯沅君《中国古典文学简史》称之为历史小说；吴小如《中国小说讲话及其他》把它视为小说之一种。

国小说发展史上有重要意义。作者常凭借只言片语的史料，踵事增华，敷衍成篇。例如，《史记·伍子胥列传》记伍子胥投奔吴国途中"渡江"和"乞食"二事仅七十馀字，而《吴越春秋》卷三据此敷衍出六百馀字的故事，不仅表现了伍子胥的机敏与谨慎，而且生动刻画出冒死救难、舍生取义的渔父与击绵女的形象。再如伍子胥鞭尸，不见于《左传》；《吕氏春秋·首时》谓"鞭荆王之坟三百"；《史记·伍子胥列传》始有鞭尸之说，谓"及吴兵入郢，伍子胥求昭王。既不得，乃掘楚平王墓，出其尸，鞭之三百，然后已"。《吴越春秋·阖闾内传》则写道："乃掘平王之墓，出其尸，鞭之三百。左足践腹，右手抉其目，诮之曰：'谁使汝用谗谀之口，杀我父兄？岂不冤哉！'"这里的演义完全符合其强烈的反抗精神及复仇心理。至于书中处女试剑、袁公化猿、范蠡筑越城而怪山自生、公孙圣三呼三应、伍子胥显灵、眉间尺复仇[1]等事，更属于小说家虚构敷衍之词。

《吴越春秋》还明显带有民间说唱文学色彩。书中不少段落采用韵语，节奏感、音乐感很强。如《夫差内传》写夫差在艾陵打败齐国后，归国行赏，群臣称贺，独有伍子胥据地垂涕曰："於乎，哀哉！遭此默默。忠臣掩口，谗夫在侧。政败道坏，谄谀无极。邪说伪辞，以曲为直。舍谗攻忠，将灭吴国。宗庙既夷，社稷不食。城郭丘墟，殿生荆棘。"《吴越春秋》中的歌谣有十几首之多，这些歌谣大都与故事融为一体，抒发了特定环境中人物的内心情绪。

从影响上说，《吴越春秋》与宋元讲史话本《吴越春秋连像平话》不无渊源关系；明代《东周列国志》中吴越部分的主要情节，大都取自《吴越春秋》；《三国志演义》中"武侯显圣定军山"的情节与《吴越春秋》中的伍子胥显灵颇有相似之处；现代作家萧军的《吴越春秋史话》也主要以此书为蓝本，不少细节都是从《吴越春秋》中演绎出来的。

三、荀悦的《汉纪》

荀悦（148—209），字仲豫，颍川颍阴（今河南许昌）人。汉献帝时任黄门侍郎、秘书监、侍中。《后汉书·荀韩钟陈列传》云："（献）帝好典籍，常以班固《汉书》文繁难省，乃令悦依《左氏传》体以为《汉纪》三十篇，诏尚书给笔札。"荀悦以《汉书》为基本材料，以帝纪为纲，兼采志、传、表的材料，将八十

---

① 《太平御览》卷三六四引《吴越春秋》载眉间尺头入楚王镬中，与道逢客头及楚王头"三头相咬"之事，不见于今本《吴越春秋》。据《隋书·经籍志》《旧唐书·经籍志》等的著录，赵晔撰《吴越春秋》是十二卷，今本《吴越春秋》只有十卷，可能有所散佚。又，晋代杨方有《吴越春秋削繁》，今本也可能是从杨方本而来，因此有些类书或书注所引的佚文不见于今本。

万字的《汉书》精简、编撰为十八万字的《汉纪》。《汉纪》的史料基本上采自《汉书》,但也间有增补,如成帝永始元年(前16)谏议大夫王仁的奏疏、哀帝元寿元年(前2)侍中王闳的谏言,都不见于《汉书》,记事也偶有不同。

《汉纪》是我国第一部编年体断代史,在按年、月、日顺序记述历史的同时,又将有关的历史事件,以及无年月可考或不便于分散记载的政事人物、典章制度及少数民族史料等,联系起来加以叙述。如此,便在一定程度上克服了编年体记事不连贯的缺点。荀悦编撰《汉纪》的宗旨是以史为鉴,书中的史论(包括"赞曰"和"荀悦曰")写得尤其用心,全书约十八万字,其中史论就占了一万字左右。这些史论大多由史实引出,有些则与所述史实无明显关系;不少观点发前人所未发,风格上近似于政论文章。如作者有感于哀帝建平四年(前3)郑崇因进谏被下狱致死一事,议论道:"夫臣之所以难言者何也?其故多矣。言出于口则咎悔及身。举过扬非则有干忤之祸,劝励教诲则有刺上之讥。下言而当则以为胜己,不当贱其鄙愚。先己而明则恶其夺己之明,后己而明则以为顺从。违下从上则以(为)谄谀,违上从下则以为雷同。……言而不效则受其怨责,言而事效则以为固当。或利于上不利于下,或便于左不便于右,或合于前而忤于后。"这里剖析"难言"之因,细致入微,非有切身感受者不能道,可与《韩非子·说难》篇对读。

第五节　东汉论说散文

东汉前期,经历了由西汉而新莽、由新莽而东汉的政权变易,士人对经学、谶纬等产生了一定的怀疑。桓谭的《新论》、王充的《论衡》,都力图在学术文化方面拨乱反正。和帝以降,外戚、宦官交替专权,政治黑暗,王符、崔寔、仲长统等人的政论文章大都有感而发,针砭时弊,言辞激切。汉末文章句式渐趋俳偶,讲究词藻,对骈体文的产生有一定的影响。

一、桓谭的《新论》

桓谭(前23—56)[①],字君山,沛国相(今安徽濉溪)人。《后汉书·桓谭冯衍列传》说他"好音律,善鼓琴。博学多通,遍习五经,皆诂训大义,不为章句。能文章,尤好古学,数从刘歆、扬雄辩析疑异"。他曾在光武帝面前"极言谶之非经",被斥为"非圣无法",险些被杀。著有《新论》二十九篇,已佚,清严可均

---

① 关于桓谭的生卒年,众说不一,此从陆侃如《中古文学系年》,人民文学出版社1985年版。

有辑本①，收入《全后汉文》。

桓谭在《新论》中对王莽的败亡予以反思，认为王莽骄傲自大，"自以通明贤圣，而谓群下才智莫能出其上。是故举措兴事，辄欲自信任，不肯与诸明习者通共"（《言体》）。又说，"王翁行甚类暴秦，故亦十五岁而亡失"（《谴非》）。桓谭推崇那些"知大体"的人："夫言是而计当，遭变而用权，常守正，见事不惑，内有度量，不可倾移而诳以谲异，为知大体矣。"（《言体》）桓谭还肯定了小说在治身理家方面的作用："若其小说家，合丛残小语，近取譬论，以作短书，治身理家，有可观之辞。"②

《新论》语言平易畅达，善用比喻或寓言故事说明事理，风格近于先秦诸子。如《祛蔽》篇中说颜渊因为"慕孔子，所以殇其年也"，就如同庸马想追赶良马一样，结果累得疲惫不堪："如庸马与良马相追衔尾，至暮共列宿所，良马鸣食如故，庸马垂头不复食。何异颜渊与孔丘优劣？"

二、王充的《论衡》

王充（27—97?），字仲任，会稽上虞（今浙江上虞）人。据《后汉书·王充王符仲长统列传》载："充少孤，乡里称孝。后到京师，受业太学，师事扶风班彪。好博览而不守章句。家贫无书，常游洛阳市肆，阅所卖书，一见辄能诵忆，遂博通众流百家之言。后归乡里，屏居教授。仕郡为功曹，以数谏争不合去。"王充性格刚直尚气，尽管怀才不遇，但洁身自好，意气凛然。有著作多种，今存《论衡》③。《论衡》原书八十五篇，今缺《招致》篇。王充自谓《论衡》之作，旨在"就世俗之书，订其真伪，辩其实虚"（《对作》）；又说"《诗》三百一言以蔽之，曰思无邪；《论衡》篇以十数，亦一言也，曰疾虚妄"（《佚文》）。近人黄侃评论说："《论衡》之作，取鬼神、阴阳及凡虚言、谰语，摧毁无馀。自西京而降，至此时而有此作，正如久行荆棘，忽得康衢，欢忭宁有量耶！"（《汉唐玄学论》）

长于论辩是《论衡》最为突出的特点。首先，王充十分强调论据的真实可靠，提出了"事有证验，以效实然"（《知实》）的思想方法。《论衡》中反复出现的一

① 上海人民出版社 1977 年出版的校点本《新论》，以严辑本为底本，并补辑佚文 18 条，是目前《新论》最好的版本。另外，苏诚鉴著《桓谭》一书据《史记》三家注及《七国考》引文，又得《新论》佚文 3 条。

② 《文选》卷三十一江淹《拟李都尉陵从军》李善注引。

③ 关于《论衡》成书后的流传情况，《后汉书》李贤注引袁山松书云："充所作《论衡》，中土未有传者，蔡邕入吴始得之，恒秘玩以为谈助。其后王朗为会稽太守，又得其书。及还许下，时人称其才进。或曰：'不见异人，当得异书。'问之，果以《论衡》之益，由是遂见传焉。"

句话是："何以验之？"无论是立论还是驳论，所用论据多是实证性论据。例如，汉儒说打雷是天怒，惩罚罪人；王充则认为雷是火，不是天怒，然后以事实证明：

> 以人中雷而死，即询其身，中头则须发烧焦，中身则皮肤灼燔，临其尸上闻火气，一验也。道术之家，以为雷，烧石色赤，投于井中，石燋井寒，激声大鸣，若雷之状，二验也。人伤于寒，寒气入腹，腹中素温，温寒分争，激气雷鸣，三验也。当雷之时，电火时见，大若火之耀，四验也。当雷之击时，或燔人室屋及地草木，五验也。夫论雷之为火，有五验；言雷为天怒，无一效。然则雷为天怒，虚妄之言。（《雷虚》）

其次，王充十分注重逻辑知识的运用，他提出"揲端推类，原始见终""案兆察迹，推原事类"（《实知》）等归纳和演绎推理的形式，以准确把握事物的实质和规律性。他常指出前人在概念、判断、推理方面的谬误，如《刺孟》篇说："孟子见梁惠王，王曰：'叟！不远千里而来，将何以利吾国乎？'孟子曰：'仁义而已，何必曰利？'夫利有二，有货财之利，有安吉之利。……如惠王实问货财，孟子无以验效也；如问安吉之利，而孟子答以货财之利，失对上之指，违道理之实也。"这里实际上说的是论证必须遵守"同一律"，即双方对概念、命题的理解应是同一意义上的，在此前提下方可讨论问题，否则各说各话，鸡同鸭讲，论辩是无效的。另外，王充还注意运用比喻、拟人、设问、排比等修辞手法，以增强说服力。

三、王符、崔寔、仲长统的政论文

王符，字节信，生卒年不详，主要生活于东汉和帝、安帝时期，安定临泾（今甘肃镇原）人。《后汉书·王充王符仲长统列传》说他"少好学，有志操"。当时进入仕途需要多方引荐，王符是庶出，又无外家援引，因而不得仕进，"乃隐居著书三十馀篇，以讥当时失得，不欲章显其名，故号曰《潜夫论》。其指讦时短，讨谪物情，足以观见当时风政"。

《潜夫论》全书三十六篇，论及当时政治、经济、边防、教化等方面。王符批判现实时多联系天道，如说"天以民为心，民之所欲，天必从之"（《遏利》）；"民安乐则天心顺，民愁苦则天心逆"（《本政》）。他还列举史实，批评门阀制度的荒谬："尧，圣父也，而丹凶傲；舜，圣子也，而叟顽恶；叔向，贤兄也，而鲋贪暴；季友，贤弟也，而庆父淫乱。论若必以族，是丹宜禅而舜宜诛，鲋宜赏而友宜夷也。"（《论荣》）对那些出身寒门但一阔就变脸的人，王符也毫不客气地予以斥责："贫贱之时虽有鉴明之资，仁义之志，一旦富贵则背亲损旧，丧其本心。皆疏骨肉而亲便辟，薄知友而厚狗马；财货满于仆妾，禄赐尽于猎奴；宁见朽贯千万，而不忍赐人一钱；宁积粟腐仓，而不忍贷人一斗。……骨肉怨望于家，细民谤讟于道。"（《忠贵》）《潜夫论》中的文章都不长，但题旨鲜明，辞锋犀利，很有份量。又多引用或化用《诗经》《周易》等经典之言，使得文章的儒家气息相当浓厚。文中大量运用排偶，体现出东汉后期政论文的骈化趋势。

崔寔（？—约170），字子真，一名台，字元始，涿郡安平（今河北安平）人。他的祖父崔骃、父亲崔瑗，皆有文名。"桓帝初，诏公卿郡国举至孝独行之士。寔以郡举，征诣公车，病不对策，除为郎。明于政体，吏才有馀，论当世便事数十条，名曰《政论》。指切时要，言辩而确，当世称之。"（《后汉书·崔骃列传》）《政论》大约在北宋时佚失，部分内容保存于《后汉书》及《群书治要》中，清严可均有辑本。

崔寔以敏锐的眼光洞察东汉王朝面临的社会危机，认为"凡天下所以不理者，常由人主承平日久，俗渐敝而不悟，政寖衰而不改，习乱安危，怢不自睹"。他指出当时的政治制度亟需变革，而统治者只知墨守成规，"率由旧章而已"。对此，崔寔发问道："且济时拯世之术，岂必体尧蹈舜然后乃理哉？""世有所变，何独拘前？"由此他提出"圣人执权，遭时定制"的变法原则，认为要平息日趋严重的社会危机，唯一能行的是"沛然改法"。从现存《政论》文字来看，辞气峻切，有内在的力量，风格上近于《韩非子》。仲长统很推崇崔寔的《政论》，谓"凡为人主，宜写一通，置之坐侧"（《后汉书·崔骃列传》）。

仲长统（180—220），字公理，山阳高平（今山东金乡西北）人。《后汉书·王充王符仲长统列传》说他"少好学，博涉书记，赡于文辞"；"性俶傥，敢直言，不矜小节，默语无常，时人或谓之狂生"；"每论说古今及时俗行事，恒发愤叹息"。著《昌言》三十四篇，十馀万言，今存《理乱》《损益》《法诫》三篇（载于《后汉书》本传），其馀则残存于《群书治要》《意林》等书。清严可均有辑本。

《昌言》是一部愤世嫉俗之作。在书中，作者尖锐批评了豪强兼并土地的行为及生活上的骄奢淫逸："豪人之室，连栋数百，膏田满野，奴婢千群，徒附万计。……宾客待见而不敢去，车骑交错而不敢进。三牲之肉，臭而不可食；清醇之酎，败而不可饮。睇盼则人从其目之所视，喜怒则人随其心之所虑。"作者还批评了当时士林中存在的"三俗""三可贱"现象："天下士有三俗：选士而论族姓阀阅，一俗；交游趋富贵之门，二俗；畏服不接于贵尊，三俗。天下之士有三可贱：慕名而不知实，一可贱；不敢正是非于富贵，二可贱；向盛背衰，三可贱。"（《意林》引）从风格上看，《昌言》文辞犀利，"笔致骏发腾踔"（钱锺书《管锥编》）。

四、蔡邕的碑文

蔡邕（生平介绍参见第四章）是东汉末年著名文人、学者，有《蔡中郎集》，其碑文颇受时人推重。今存碑文五十馀篇，超过其现存全部作品的三分之一。《文心雕龙·诔碑》篇云："自后汉以来，碑碣云起，才锋所断，莫高蔡邕。观杨赐之碑，骨鲠训典；陈郭二文，词无择言；周胡众碑，莫非精允。其叙事也该而要，其缀采也雅而泽，清词转而不穷，巧义出而卓立。"刘勰依次论及蔡邕的《太尉杨赐碑》《陈太丘碑》《郭有道碑》《汝南周䴙碑》《太傅胡公碑》，给予了很高的评价。《郭有道碑》是蔡邕碑文的代表作之一，文中着重表彰了郭泰的品格与学识①：

> 先生诞应天衷，聪睿明哲，孝友温恭，仁笃慈惠。夫其器量弘深，姿度广大，浩浩焉，汪汪焉，奥乎不可测已。若乃砥节砺行，直道正辞，贞固足以干事，隐括足以矫时。遂考览六经，探综图纬。周流华夏，随集帝学。收文武之将坠，拯微言之未绝。于时缨緌之徒，绅佩之士，望形表而影附，聆嘉声而响和者，犹百川之归巨海，鳞介之宗龟龙也。（《文选》卷五十八）

这段话把郭泰聪睿温良、气度非凡、博通经籍、志趣高洁的形象充分表现出来了。《郭有道碑》语言朴实自然，多用偶句，声调和谐，体现出东汉末年文章渐趋骈偶的特点。

思考题

1. 结合作品，论析《汉书》的思想内涵与写人艺术。
2. 认识《吴越春秋》在小说史上的地位。
3. 举例说明王充《论衡》善于论辩的特点。
4. 结合具体作家作品，分析汉末政论文风及其成因。

---

① 郭泰（128—169），字林宗，太原介休人，人称有道先生，是士人所谓"八顾"之一。在东汉末年的政治斗争中，他与大臣陈蕃、李膺以及其他名士一道，评论时政，褒贬人物，因而遭到宦官集团的镇压。晚年在家乡授徒，弟子数千人。

第六章　汉代乐府诗

在《诗经》之后，楚辞继兴，西汉文人多作赋，诗歌则有乐府诗脱离诗骚藩篱而别开生面，并开启了文人创作的新时代。后来的诗人无论是用乐府旧题还是自创新题，都没完全脱离它的精神风貌。

第一节　乐府与乐府诗

汉代乐府诗因音乐机构乐府而兴。汉用秦制，也设乐府，促进了乐府歌曲的兴起和不同类别的发展。民间乐府诗与《诗经》民歌一脉相承，为后世诗人或文人所重，因此有乐府体流传。而乐府诗中的"郊庙歌"，虽为祭祀所用，也是需要关注的。

一、汉乐府

关于乐府，《汉书》载："少府，秦官，掌山海池泽之税，以给共养。"其属官中有"乐府"一职；又1976年秦始皇陵考古发现刻有"乐府"二字的错金银钮钟，说明秦即设有乐府机构和相应的官职。西汉相沿，乐府为掌管音乐的官署。《史记·乐书》云："高祖过沛诗《三侯之章》，令小儿歌之。高祖崩，令沛得以四时歌舞宗庙。孝惠、孝文、孝景无所增更，于乐府习常肄旧而已。"《三侯之章》即高祖刘邦十二年（前195）率兵平定黥布反叛回京途中路过故乡沛县时，置酒沛宫击筑自歌的《大风歌》，而惠帝、文帝、景帝时乐府"习常肄旧"，说明西汉乐府作为音乐官署承袭秦制，至少在惠帝之际就有了。

班固曾说汉武帝设立乐府，这设立当是指扩展了乐府机构，使其功能更加完善。武帝设立乐府有两种动机，其一为郊祀。班固说："至武帝定郊祀之礼，祠太一于甘泉，就乾位也。祭后土于汾阴，泽中方丘也。乃立乐府，采诗夜诵，有赵、代、秦、楚之讴。以李延年为协律都尉，多举司马相如等数十人造为诗赋，略论律吕，以合八音之调，作十九章之歌。"（《汉书·礼乐志》）这"十九章之歌"即《郊祀歌》，是朝廷的祭神祭祖曲。据司马迁说李延年为之谱曲，并被拜为协律都尉。其二为观风俗，知薄厚。亦为班固所言："自孝武立乐府而采歌谣，于是有代、赵之讴，秦、楚之风，皆感于哀乐，缘事而发，亦可以观风俗，知薄厚云。"（《汉书·艺文志》）这里的"采歌谣"与上述的"采诗"说相一致，不同的是后者明确指出赵、代、秦、楚的歌者所作，无论抒情还是叙事，都与日常生活紧密关联。

这两种动机表明武帝时代的乐府具有双重功能，正应了武帝时中尉汲黯所说的"凡王者作乐，上以承祖宗，下以化兆民"（《史记·乐书》）。乐府诗或用于祭神祭祖，或表现民间生活与情感。西汉乐府在汉武帝时最盛，但自武帝元鼎四年（前113）秋得汗血马（或称天马）且以之入郊祀歌之后，一时间祭神祭祖之歌不言祖宗之事，而以郑声施于朝廷。至汉哀帝时，社会淫侈风盛，名倡贵显，女乐争胜。性不好音的汉哀帝下诏罢乐府官及不合经法的郑、卫之声，西汉乐府机构至此渐衰，然乐府诗中的郑、卫之声，仍在豪富吏民中间流行。

二、汉乐府诗的分类

汉乐府诗在南朝梁代被沈约称为"古词"（《宋书·乐志》），其类别按诗人的身份划分，有贵族乐府、民间乐府和文人乐府；按内容划分，则有郊庙乐府、宴享乐府、表现百姓生活与情性的乐府。而最早的分类当是东汉蔡邕在《戍边上章·乐意》中提到的"汉乐四品"，但他实际所言是大予乐、周颂雅乐和黄门鼓吹三品。大予乐、周颂雅乐为宗庙社稷之乐，可归为一类，隶属于大予乐署，而黄门鼓吹则为天子宴享群臣之乐，其中不乏作为军乐的短箫铙歌，隶属少府。虽然东汉的音乐官署不再称为乐府，但大予乐和黄门鼓吹曲承续了西汉乐府用于祭祀、宴享和考察民情的功能。而沈约将蔡邕的汉乐四品归结为郊庙神灵、天子享宴、大射辟雍和短箫铙歌。

北宋郭茂倩编《乐府诗集》，将汉至唐的乐府诗按音乐分为十二类，涉及汉乐府的主要是郊庙歌辞、鼓吹曲辞、相和歌辞、舞曲歌辞、杂曲歌辞、杂歌谣辞六类。这些分类中的汉乐、歌辞、曲辞诸说，都表明汉乐府诗作为入乐的歌辞与音乐有一定的关系①。汉乐府每首诗有一定的曲调，诗题的"行""吟""引"是音乐形式的标识，诗中的"解"是音乐转换的段落（如《陌上桑》分为"三解"），歌辞的结构有正曲前的"艳歌"，正曲后的"趋曲""乱辞"等，可见它们有一定的音乐程式。

三、汉郊庙歌

汉代享有重要地位的首先是郊庙歌，蔡邕的"汉乐四品"说和郭茂倩的乐府分类，第一类都是郊庙歌。楚汉相争的第二年，刘邦东击项羽后还入关，得知秦祀白、青、黄、赤四帝，说天有五帝，待我而具五。于是立黑帝祀，并下诏："吾甚重祠而敬祭，今上帝之祭及山川诸神当祠者，各以其时礼祠之如故。"（《汉书·

---

① 参见赵敏俐《汉乐府歌诗演唱与语言形式之关系》，载《文学评论》2005年第5期。

郊祀志》）这是西汉重祀敬祭的开始，郊庙歌随之而生。

汉郊庙歌相传有五种，即《宗庙乐》《安世房中歌》《昭容乐》《礼容乐》《郊祀歌》。今存只有《安世房中歌》和《郊祀歌》。《安世房中歌》原名《房中祠乐》，相传为汉高祖刘邦的唐山夫人所作，后更名《安世乐》，魏文帝黄初二年（221）曾改为《正世乐》。《安世房中歌》共十七章，第二章说的"乃立祖庙，敬明尊亲；大矣孝熙，四极爱辏"是全诗的基本思想，突出的是以孝治天下的理念。所以诗中说"大孝备矣，休德昭清"（一章）；"皇帝孝德，竟全大功"（四章）；"鸣呼孝哉，案抚戎国"（十三章）。而刘邦得天下之后，五日一朝父亲刘太公，并在高祖六年（前201）尊刘太公为太上皇，体现出以孝治天下的道德原则。不过，《安世房中歌》毕竟是庙祭祖先之歌，其颂孝或颂帝德，都意在希求祖先的庇护。诗的最后一章就写道："承帝明德，师象山则。云施称民，永受厥福。承容之常，承帝之明。下民安乐，受福无疆。"这正是世人祭祖的传统心理，力图远离死神而万寿无疆。而祭神时的"高张四县，乐充宫庭……《七始》《华始》，肃倡和声。神来宴娭，庶几是听"（一章）则有以歌娱神的意味。

四、《郊祀歌》

《郊祀歌》也曾用于庙祭，但主要是郊祭之歌，全诗十九章，语意晦涩。《史记·乐书》说它："通一经之士不能独知其辞，皆集会《五经》家，相与共讲习读之，乃能通知其意，多尔雅之文。"作为祀神歌，其首章"练时日"是迎神曲，尾章"赤蛟"是送神曲，其中分别是祭后土，春、夏、秋、冬之神，泰元、天地、太阳诸神以及宝鼎、芝房、天马之歌。本来《郊祀歌》应当是庄重的祀神曲，因歌宝鼎、芝房、天马等物，淡化了祀神的意味而增添了娱神的色彩。同时，十九章或三言、或四言、或杂言，语言形式不同，所咏对象不同，诗的风格和思想也不一致。其三言者如"练时日""天门""象载瑜""赤蛟"，四言者如"青阳""朱明""西颢"和"玄冥"均古朴典雅，而杂言者则明快得多，如"日出入"："日出入安穷？时世不与人同。故春非我春，夏非我夏，秋非我秋，冬非我冬。泊如四海之池，遍观是邪谓何？吾知所乐，独乐六龙，六龙之调，使我心若。訾黄其何不徕下！"这一章虽也是祀神，但借祀神喟叹岁月无穷人生有限，希冀长生。"西颢"表示四貉畏威慕德而咸服，"玄冥"说万民抱素怀朴，"天地"章描写千童罗舞、九歌毕奏也是祭神而娱神的。

第二节　汉乐府诗的情怀表达

汉代的民间乐府，或说汉乐府民歌，与孔子说诗的"兴观群怨"说、《诗大序》的"诗言志"说相联系，"感于哀乐，缘事而发"，诗人的情怀表达紧贴社会生活，有一定的思想指向。这主要表现在以下四个方面。

一、征战之苦

两汉战争最为惨烈的是西汉刘邦立国之前的楚汉战争、东汉刘秀为建立东汉王朝与新莽、赤眉军等之间的战争。除此之外就是西汉与匈奴之间的战争、东汉末年董卓之乱时的诸侯战争。曹操曾将董卓之乱时的诸侯战争形之于诗，其《蒿里行》因而享有诗史之誉。而汉乐府与战争相关的诗不多，诉说战争的灾难与苦痛并没有指明是哪一场战争，其为数不多的战争诗被赋予了普遍的意义。最具影响的是《战城南》：

> 战城南，死郭北，野死不葬乌可食。为我谓乌："且为客豪！野死谅不葬，腐肉安能去子逃！"水深激激，蒲苇冥冥，枭骑战斗死，驽马徘徊鸣。梁筑室，何以南，何以北！禾黍不获君何食？愿为忠臣安可得！思子良臣，良臣诚可思：朝行出攻，暮不夜归。

这首诗为汉铙歌十八曲之一，铙歌虽为军乐，但叙战争唯此一篇。它伤悼战场上的阵亡者，不同于悼战死者的屈原《国殇》的声威气势、勇武刚强，更多的是表现战死者的哀痛与凄凉。他们"朝行出攻，暮不夜归"，生之时"禾黍不获"暗寓了食不果腹，仍然奋不顾身英勇杀敌；死之时却野死不葬，且腐肉沦为乌鸦之食，较之屈原《国殇》的"身既死兮神以灵，子魂魄兮为鬼雄"颓丧得多。

《战城南》借战死者诉说战争的灾难，《十五从军征》则以生还者诉说战争之苦。《十五从军征》以首句为题，北宋郭茂倩把它收在《乐府诗集》的"梁鼓角横吹曲"里，题为"紫骝马歌辞"。诗前有注："《古今乐录》曰《十五从军征》以下是古诗。"《古今乐录》为南朝陈代释智匠著，他称《十五从军征》为古诗，与沈约称汉乐府为古词相近。这首诗写一个"十五从军征，八十始得归"的老人，本期待回家以后与亲人团聚，不意家里的亲人都已长眠九泉之下，家中"兔从狗窦入，雉从梁上飞，中庭生旅谷，井上生旅葵"，一派凄凉景象。生还者的孤苦伶仃，形影相吊的哀伤，尽在其中。更何况野谷野葵做成的饭、羹熟了以后，没有亲人可以共享，而只有泪水相伴。故《悲歌》（《乐府诗集·杂曲歌辞》）的征夫有"欲归家无人"的痛苦，只能悲歌当泣，远望当归。

二、贫民的悲苦与反抗

汉乐府以贫民的悲苦为题材，常常是以家庭为对象，如《孤儿行》《妇病行》

最为典型。《孤儿行》里的孤儿当父母在时，"乘坚车，驾驷马"，父母死后在兄嫂家有行商之苦，"头多虮虱，面目多尘"；家务劳作之苦，办饭、喂马、行汲、收瓜；衣不蔽体之苦，"手为错，足下无菲……冬无复襦，夏无单衣"，不禁自我感叹"居生不乐，不如早去，下从地下黄泉"。《妇病行》先状妇病弥留之际托孤："属累君两三孤子，莫我儿饥且寒，有过慎莫笪笞，行当折摇，思复念之。"她的依恋难舍充满了人生无奈，随后叙丈夫养儿之事，丈夫丧妇之痛在"道逢亲交，泣坐不能起"与"对交啼泣，泪不可止"中得到尽情表现。而孤儿思母，"啼索其母抱"的叙说，催人泪下。

贫民在悲苦中总有反抗的时候，《东门行》就是一首表现贫民意欲反抗的诗。"盎中无斗米储，还视架上无悬衣"的贫寒生活，使诗中男主人公无法忍受，不顾妻子"他家但愿富贵，贱妾与君共铺糜。上用仓浪天故，下当用此黄口儿"的苦苦相劝，毅然"拔剑东门去"，并果决地说"吾去为迟，白发时下难久居"。诗人在直白的叙事中，抒发了生活重压下的悲愤情怀。

三、爱情与婚姻

自有诗歌以来，爱情与婚姻就是重要的主题，《诗经》如此，汉乐府亦然。在这方面，汉乐府最具影响的诗是《孔雀东南飞》（一作《古诗为焦仲卿妻作》）。这是一首婚姻的悲歌。诗以长篇叙事的方式向人们讲述焦仲卿与刘兰芝恩爱的故事。刘兰芝"十三能织素，十四学裁衣，十五弹箜篌，十六诵诗书，十七为君妇"。她与府吏即夫君焦仲卿真诚相爱，但不为焦母所容。焦母强行休弃了"奉事循公姥，进止敢自专？昼夜勤作息，伶俜萦苦辛"的刘兰芝。兰芝回到家里，哥哥逼她嫁给太守家的五公子，并厉声呵斥："作计何不量？先嫁得府吏，后嫁得郎君，否泰如天地，足以荣汝身。不嫁义郎体，其往欲何云？"在哥哥的逼嫁之下，兰芝和仲卿相约黄泉下相见，刘兰芝投水而死，焦仲卿则自缢身亡。虽然两家求合葬表现了对焦、刘两人恩爱的认同，但他们毕竟为爱献身，原本无比美好的爱情在双方家长的强压下破碎了。

《孔雀东南飞》作为长篇叙事诗在汉乐府中独具一格，此外乐府诗中还有一些短小篇章吟诵爱情婚姻，表现爱的执着与痛苦。如《上邪》："上邪！我欲与君相知，长命无绝衰。山无陵，江水为竭，冬雷震震，夏雨雪，天地合，乃敢与君绝！"这是爱的誓言，诗人假设五种反自然现象为两情断绝的条件，五者的不可能意味着她对爱的坚守。《上邪》没有具言所爱，奔放而果决的抒情是因为爱的炽热。而《有所思》和《白头吟》则是爱的诀别词。前者因"闻君有他心"，故愤恨地将用玉缠绕的双珠玳瑁簪"拉杂摧烧之"，表白从此以后不再思念。后者说自己的爱情"皑如山上雪，皎若云间月"，但所爱之人有了二心，于是决绝而追寻一心人"白头不相离"，向往忠贞不渝的爱情人生。汉乐府也有爱的相思，《饮马长城窟行》就是相思曲，诗中思妇宿昔之梦，"梦见在我傍，忽觉在他乡"；征夫之信，"上言加餐食，下言长相忆"，都充满了爱的温馨，让人沉浸在甜美的家庭生活中。而《艳歌何尝行》则是思妇的忧思，"念与君别离，气结不能言"，看到双白鹄，不觉泪下翻翻。

四、忧生嗟叹与长生企慕

人的生与死总是现实的，所谓生不如死，往往是痛苦之极的牢骚或哀怨。虽然人生"各各有寿命，死生何须复道前后"（《乌生八九子》）的命定思想在社会上也广泛流传，但忧生之嗟与长生的企慕并存，表现了人们对生命的关注与生活的期待。汉乐府中，忧生最切的是丧歌《薤露》《蒿里》。相传西汉初年田横奉刘邦诏令入京却羞于在朝廷为官，行至距长安三十里时自杀，门人感其死而作了这两首诗①。《薤露》以薤上露比兴，说露水干而复始，人死不能复生。《蒿里》则写道："蒿里谁家地？聚敛魂魄无贤愚。鬼伯一何相催促，人命不得少踟蹰。"它说的也是人生的常理，鬼伯催命，贤愚均不可免。忧生之嗟没有比这更为沉痛的了。于是诗人或感慨"天道悠且长，人命一何促，百年未几时，奄若风吹烛"，认为人生当及时行乐，"游心恣所欲"（《怨诗行》）。

诗人因忧生而企慕长生，再加上秦始皇、汉武帝急切求仙的影响和社会风尚的濡染，民间乐府也有游仙诗。或歌仙人王子乔，驾白鹿游于云中的仙人之宫，享受"玉女罗坐吹笛箫"（《王子乔》）的快乐；或写相随行走在云间大道上，天公呈美酒，河伯献鲤鱼，青龙铺席，白虎持壶，南斗鼓瑟，北斗吹笙，还有盛装的嫦娥、织女相陪伴，在神仙的世界，诗人所感受到的"今日乐上乐"（《艳歌》）远非人间可比；或述因仙人的引导而登仙山，或因仙人而获仙药，"延年寿命长"（《长歌行》），或"采取神药若木端"（《董逃行》），服此药以成仙。在这些成仙的玄想中，人们似乎不再有生命短暂的苦闷。

除了上述四个方面，汉乐府还有《陌上桑》（一作《艳歌罗敷行》），写秦罗敷以夸夫的方式巧妙拒绝了好色的使君；《相逢行》写兄弟三人的志得意满以及三妇的安闲自乐；《折杨柳行》借吟咏夏桀、商纣、胡亥等历史人物的故事，告诫世人，"默默施行违，厥罚随事来"等，表现了广泛的社会生活和丰富的人

---

① 西晋崔豹《古今注·音乐》说："《薤露》《蒿里》并丧歌也。出田横门人。横自杀，门人伤之，为之悲歌。言人命如薤上之露，易晞灭也。亦谓人死魂魄归乎蒿里。故有二章。……至孝武时李延年乃分为二曲：《薤露》送王公贵人，《蒿里》送士大夫庶人，使挽柩者歌之，世呼为挽歌。"

生情感。

第三节　汉乐府诗的叙事方法

在诗歌的艺术表现上，《诗经》的赋、比、兴手法具有经典的意义，其后的诗人无不是在遵循这些方法的基础上，在诗歌创作中有所创新。汉乐府诗重在以叙事表现社会生活。而叙事情节的铺陈与人物形象的描写，总体上比《诗经》更细致，也更生活化，从而形成如下的四个特点。

一、善于截取生活的横断面

汉乐府除了具有传记色彩的《孔雀东南飞》以完整的叙事独占鳌头之外，通常是截取生活的横断面着力表现人物。《陌上桑》描写的是秦罗敷在日出东方时采桑城南的一幕，因秦罗敷之美引起少年、行者、耕者、锄者的心底赞叹，更有南来使君当即起求婚之念，使君的"宁可共载不"引来秦罗敷夸夫的拒婚辞。这里，诗人不重对事件结果的明确交代，而是以事件的自然发展赋予读者想象的空间。在诗人截取的生活横断面中，往往人物的言行举止与心理活动兼备，如秦罗敷对使君的藐视尽在夸夫中。又如《东门行》，诗人选取的是男主人公进家门的那一瞬间，家徒四壁导致的"怅欲悲"是其心理活动的集中表现，贫寒之忍与不忍的内心冲突，最终导致拔剑而起，甚至不顾妻子"今非"的哭劝；而《有所思》选取女主人公因所爱的人有他心而摧烧信物的场景，以她的心理活动表现曾有的挚爱和"相思与君绝"之后的人生痛苦。

汉乐府所截取的生活横断面有时由几个不同的场景构成。如《妇病行》以"乱曰"即结束语的方式将全诗分成两个部分，前者是病妇的弥留托孤，后者是其夫的抚孤。前后相联系的不仅是事件依时序的推进，而且是病妇及其夫都止不住的泪水以及悲痛和无奈。不过，更多的汉乐府诗不是通过"乱曰"昭示事件的进程，而是以不同场面表现事件的连续性，显示不同场景中的人物行为。《十五从军征》写在男主人公八十岁征战还乡之际，诗人没有叙说他完整的从军故事，而是写他归家时及做好饭后远眺近观家里的景象，呈现在眼前的是坟冢、兔雉、野葵、野谷，以此将他置身于人生的绝境中，有泪无言。

二、擅长环境气氛的营造

借助自然景色来营造环境气氛是诗歌表现的常态，如《陌上桑》开头的"日出东南隅，照我秦氏楼"，在这旭日东升的背景下，秦罗敷碎步南行至城南角采桑，霞光映衬着她的美丽。而《古歌》的"秋风萧萧愁杀人"的秋风萧萧，为诗人深厚的离愁作烘托。汉乐府写自然风光用笔简省，像《孔雀东南飞》这样的叙事长诗，涉及自然风光的描写也只有寥寥数笔，即刘兰芝回娘家即将再嫁时的"其日牛马嘶，新妇入青庐。奄奄黄昏后，寂寂人定初"。这样的叙事与描写，与刘母要兰芝准备府君迎亲时写的"晻晻日欲暝，愁思出门啼"相吻合，婚嫁的喜庆中却充盈着悲凉。环境气氛的营造还可以借助人文景观，《相逢行》的"黄金为君门，白玉为君堂"，"中庭生桂树，华灯何煌煌"；《鸡鸣》的"黄金为君门，璧玉为轩阑"等关于庭院的描写，其豪华景象渲染了诗中人物的奢侈生活，与单纯以自然风光营造环境气氛是不一样的。

汉乐府叙事环境气氛的营造，其景物描写常兼有比拟功能。"青青河畔草，绵绵思远道"（《饮马长城窟行》），这里的"青青"既写草的风光，又以之比拟绵绵悠思。"洛阳城东路，桃李生路旁。花花自相对，叶叶自相当。春风东北起，花叶正低昂。"（《董娇娆》）桃李花的美丽，是诗中采桑女的象征。因桃李花"秋时自零落，春月复芬芳"想到采桑女不同于桃李花，一旦青春年华不再，就会遭遇"欢爱永相忘"的命运。

三、以叙事凸显人物形象

汉乐府的叙事，事件的发生发展与人物紧相关联，其叙事凸显人物形象，使所叙之事更为生动感人。而且，诗人有时注意人物的外部形象，有从正面直接描写的，如《孔雀东南飞》的刘兰芝"足下蹑丝履，头上玳瑁光，腰若流纨素，耳著明月珰。指如削葱根，口如含朱丹。纤纤作细步，精妙世无双"；《羽林郎》的胡姬"长裾连理带，广袖合欢襦。头上蓝田玉，耳后大秦珠。两鬟何窈窕，一世良所无"；《陌上桑》的秦罗敷"头上倭堕髻，耳中明月珠。缃绮为下裙，紫绮为上襦"。这些描写虽多重人物形象的装饰及华贵之美，却也成功地寓天姿美于其中。也有从侧面加以烘托的，如《陌上桑》的"行者见罗敷，下担捋髭须；少年见罗敷，脱帽著帩头；耕者忘其犁，锄者忘其锄。来归相怨怒，但坐观罗敷"。这些人物在诗中出现主要是为了烘托秦罗敷，让人们各自以自我的人生经验去想象她的美貌。还有《相逢行》的"五日一来归，道上自生光，黄金络马头，观者盈路旁"的"观者"，张扬了诗中兄弟三人回家的富贵气势。

汉乐府更多地以叙事直接凸显人物形象，贴近人物的生活与命运。《平陵东》《东门行》《孤儿行》《病妇行》都是如此。像《孤儿行》以"孤儿生，孤子遇生，命独当苦"入题，具言孤儿在兄嫂家的苦之所在；《病妇行》叙病妇只有开头一节："妇病连年累岁，传呼丈人前，一言当言，未及得言，不知泪下一何翩翩。

'属累君两三孤子，莫我儿饥且寒，有过慎莫笪笞，行当折摇，思复念之。'"这里，诗人以"妇病连年累岁"涵盖了病妇的一切，其所遭受的痛苦不再言说，临终的嘱托尽显一位母亲的和善与慈爱。这些故事都不复杂，诗人把握的是最能体现人物形象状态或性情的言行举止。汉乐府在叙事中凸显人物形象最具影响的是《孔雀东南飞》。相对于《有所思》《羽林郎》《陌上桑》《孤儿行》等诗，《孔雀东南飞》的矛盾冲突更尖锐也更具悲剧性。焦仲卿与刘兰芝倾心相爱，焦母却要为仲卿另娶东家的美女秦罗敷；刘兰芝欲与焦仲卿长相厮守不拟改嫁，偏有兄长逼嫁而不能自主。焦仲卿听说母亲要休弃兰芝，急忙向母亲诉说心曲，于是和母亲有下面的对话：

> 府吏得闻之，堂上启阿母："儿已薄禄相，幸复得此妇。结发同枕席，黄泉共为友。共事二三年，始尔未为久。女行无偏斜，何意致不厚？"阿母谓府吏："何乃太区区！此妇无礼节，举动自专由。吾意久怀忿，汝岂得自由！东家有贤女，自名秦罗敷。可怜体无比，阿母为汝求。便可速遣去，遣去慎莫留！"府吏长跪告，伏惟启阿母："今若遣此妇，终老不复娶！"阿母得闻之，槌床便大怒："小子无所畏，何敢助妇语！吾已失恩义，会不相从许。"

这段以对话为主体的叙事呈现了焦母与刘兰芝、焦仲卿之间难以调和的矛盾。焦仲卿为刘兰芝辩解，并自誓"今若遣此妇，终老不复娶"，没有打动母亲；兰芝的示美、示弱，涕泪而去也没能让焦母产生恻隐之心。当两人在大道口依依惜别之际，兰芝说"君当作磐石，妾当作蒲苇。蒲苇纫如丝，磐石无转移"，以喻将随仲卿而行，别无所念。但两人都挣不脱家庭的严厉管束，执着相爱终成悲剧。在这场悲剧中，诗人的叙事只有焦家和刘家两个场景，涉及的主要人物是焦母、焦仲卿、刘母、刘兄和刘兰芝，情节的推进不过是焦母休弃兰芝而刘兄逼兰芝再嫁，虽然穿插了焦仲卿对刘兰芝再嫁的误解，但二人在家庭重压下的心理煎熬仍是重点。

四、质朴的语言形态

汉乐府以表现下层百姓生活的痛苦针砭社会现实，其语言平易而质朴。其一，诗人的语言通常不加雕琢，直白地告诉人们所叙之事，如《平陵东》："平陵东，松柏桐，不知何人劫义公。劫义公，在高堂下，交钱百万两走马。两走马，亦诚难，顾见追吏心中恻。心中恻，血出漉，归告我家卖黄犊。"诗人叙义公之事及其心理活动，都保持本色而无修饰。还有"出西门，步念之。今日不作乐，当待何时"（《西门行》）也是如此。即使表现富贵者的生活，汉乐府的语言也不失质朴。

如《相逢行》的"相逢狭路间，道隘不容车。不知何年少，夹毂问君家。君家诚易知，易知复难忘"，语言质朴，无任何铺排夸饰。其二，诗中人物的语言也相当本色。尽管诗中人物的语言在本质上是诗人的语言，但终要通过诗中人物道出。《陌上桑》里的秦罗敷夸夫，虽然用了"鬑鬑""盈盈""冉冉"等修饰语，但有代表性的语言是"十五府小史，二十朝大夫，三十侍中郎，四十专城居"，质朴而明快。《孔雀东南飞》刘兰芝辞别焦母时说："昔作女儿时，生小出野里，本自无教训，兼愧贵家子。受母钱帛多，不堪母驱使。今日还家去，念母劳家里。"《上山采蘼芜》的故夫答弃妇："新人虽言好，未若故人姝。颜色类相似，手爪不相如。"这些都是家常语的诗化。

汉乐府还有说理或抒情色彩较浓的诗，上面提到的《折杨柳行》就是一例。又如《长歌行》，借万物与节候变化，劝人珍惜光阴，"少壮不努力，老大徒伤悲"。而《上邪》《白头吟》因所爱的人而直抒胸臆，与叙事诗的表现风格也有所不同。

第四节　汉乐府继承的诗歌传统及其影响

汉乐府的现实精神与艺术表现方法，都与《诗经》确立的诗歌传统相联系，因为时代不同而形成自身的风格，对其后的诗人及诗歌产生了深刻的影响。

一、汉乐府诗与《诗经》

汉代乐府诗继承《诗经》的创作传统，可以从三个方面来看。一是郊庙诗的歌颂精神，在祭祀祖先、神灵文化的背景之下，与《诗经》雅颂之诗相一致，歌神颂祖，也娱神娱祖。不过，它们的规模与气势均不及雅颂。二是大部分乐府诗继承了风雅怨刺精神。《诗经》的怨刺虽有"维是褊心，是以为刺"（《魏风·葛屦》）、"夫也不良，歌以讯之"（《陈风·墓门》）这样直率的表达，但更多体现在诗人对现实的揭露及因不平和痛苦产生的哀怨之情中。汉乐府民歌正是从这条道路走过来的。三是汉乐府的赋比兴手法来自《诗经》。赋的铺述最为突出，如《孤儿行》《妇病行》等。而比兴如"青青园中葵，朝露待日晞"（《长歌行》），"孔雀东南飞，五里一徘徊"（《孔雀东南飞》），都是鲜明的例子。

同时，汉乐府中的抒情诗如《上邪》《有所思》类似《诗经》中的《将仲子》《子衿》等。就叙事之作论，汉乐府没有《诗经》中《縣》《皇矣》《生民》《公刘》等讲述周王朝先祖故事的史诗，除了《孔雀东南飞》的长篇叙事之外，大多汉乐府诗既不像《豳风·七月》在反复叙说中，展示一年四季农夫与农事的基本状态，也不像《卫风·氓》在反复咏叹中讲述一个弃妇完整的故事，而是直接叙说局部事件或人物的片断人生，更具有故事性，更容易让读者想象局部或片断之外的社会生活、人物命运。

从四言到杂言和五言。汉乐府受《诗经》四言体的影响，也有四言之作，如《安世房中歌》的一至五章、十至十七章，《郊祀歌》的"帝临""青阳""西灏""玄冥"等。它们比《诗经》雅颂里的祭祀歌平易得多，但延续了其庄严肃穆的风格。这种情况并不普遍，汉乐府诗更多的是将《诗经》的四言发展为杂言，间或有五言，使杂言和五言成为新的诗歌形式。这一特点与汉初楚声的流传相关。汉高祖刘邦的《大风歌》在句式与语调上更类楚辞，它虽然只有三句，但采用七言、八言句式入乐府，与《安世房中歌》第六章的七言与三言一道，突破了《诗经》四言体式，以致一言至九言，无不为汉乐府诗人所用。同时，《诗经》中少见的五言句式，在汉乐府中发展成完整的五言诗。《孔雀东南飞》《十五从军征》《长歌行》《饮马长城窟行》等都用五言，说明汉乐府的五言诗与杂言诗一样，同为一时的创作风气。因为汉乐府是合乐的，从郭茂倩的音乐分类可以看出它们有不同的曲调。本来，不同的曲调对歌辞有不同的要求，但在郭茂倩的分类中，郊庙歌辞、鼓吹曲辞、相和歌辞等都有杂言，说明曲调的不同并没有限制歌辞的语言形式。

二、汉乐府诗的影响

汉乐府诗对后世诗歌的发展产生了重要影响，不仅是它"感于哀乐，缘事而发"的创作精神的承传，而且一直有人拟作。或用乐府旧题，如"战城南""将进酒""有所思""临高台""公无渡河"等都不断为诗人所用。用旧题或说原题之事，但改变了原题的内容，如《陌上桑》后来有了"采桑""艳歌行""罗敷行""日出东南隅行"等异名，汉末曹操用"陌上桑"写游仙，曹丕用"陌上桑"写从军，吴均用"陌上桑"说采桑之事，傅玄则用"艳歌行"敷衍秦罗敷故事，这在其他乐府诗中也出现过。

曹操最早用乐府旧题写时事，如以"蒿里行"写董卓之乱，成为以乐府旧题写时事的先导，而用乐府旧题写一己情怀后来也成为创作的常态，如曹操的《步出夏门行·神龟虽寿》。南北朝有了新的乐府民歌，如《子夜歌》《西洲曲》《敕勒歌》《木兰诗》等都不用汉乐府旧题。至唐，李白的《将进酒》《日出入行》用乐府旧题畅抒情怀，元稹、白居易、王建、张籍等人即事名篇的新题乐府，将乐府诗叙说百姓痛苦的传统发扬光大。其后的乐府诗创作仍绵绵不绝。

思考题

1. 汉武帝设立乐府的动机对乐府诗的创作有怎样的影响？

2. 汉乐府民歌"感于哀乐，缘事而发"的特征在叙事指向与情怀表达方面的具体体现是什么？

3. 汉乐府民歌的叙事技巧表现在什么地方？其语言的家常化说明了什么？

4. 怎样认识《孔雀东南飞》的传记色彩及刘兰芝、焦仲卿的爱情悲剧？

5. 汉乐府民歌对其后诗人及诗歌创作产生的深远影响说明了什么？

第七章 汉代文人诗

汉代文人较多地从事辞赋的创作，诗常常作为辞赋的附庸，在辞赋中出现；同时，文人亦参与乐府诗的创作，乐府诗中有一些文人作品。东汉稍有改观，诗人的创作虽不兴旺，但诗歌仍在发展，传统的四言诗流行，五言诗渐趋成熟。除文人诗和前面说到的汉乐府诗之外，楚声也需要得到适当的关注。

第一节 楚声与西汉文人诗

西汉的诗歌除了汉乐府诗之外，还有楚声与文人诗。楚声或出自宫廷，或为文人所作，声势不大；文人诗亦然，但有不同的体裁与表现趋向。

一、楚声

从现存的材料来看，西汉初年最早的楚声是汉高祖刘邦的《大风歌》。《大风歌》是刘邦平定黥布反叛路过故乡沛县时，置酒沛宫的即兴之作，歌罢"安得猛士兮守四方"，不禁"慷慨伤怀，泣数行下"（《史记·高祖本纪》）。其后，刘邦欲废吕后之子刘盈而立戚夫人之子如意为太子，张良为吕后献策，请商山四皓即东园公、绮里季、夏黄公和角里先生辅佐刘盈，刘邦见状，让戚夫人为楚舞，他则为楚歌。这就是有名的《鸿鹄歌》："鸿鹄高飞，一举千里。羽翮已就，横绝四海。横绝四海，当可奈何！虽有赠缴，尚安所施！"（《史记·留侯世家》）他以鸿鹄比兴，感慨刘盈身为太子羽翼已成，不可能改立如意为太子了。

刘邦的两首楚声，或杂言，或四言，继承楚辞的楚调及抒情风格，代表了西汉楚声的最初形态。而从现存的楚声来看，原本流行在朝野的楚声主要存在于宫廷，作者不是帝王就是帝王妃子和子孙。先有戚夫人遭吕后囚禁时作的《春歌》，继而有赵王刘友身陷囹圄饥饿难耐时唱的《幽歌》，再有朱虚侯刘章托物言志以抒怨愤的《耕田歌》，汉武帝刘彻的《瓠子歌》《秋风辞》，传为汉昭帝刘弗陵的《黄鹄歌》，燕王刘旦欲废昭帝自立不成而自杀的《悲歌》等。这些楚声的创作时间跨度长，所作往往道己意抒己情，没有构成真正的楚声作家群，且楚声有影响的作品寥寥。其中最能彰显楚声成就的是汉武帝的《瓠子歌》和《秋风辞》。前者是汉武帝亲临黄河瓠子决口，填塞难成的伤悼之辞。后者则是汉武帝行幸河东，与群臣泛舟中流，宴饮乐盛，因秋感兴而作。后者如下：

秋风起兮白云飞，草木黄落兮雁南归。兰有秀兮菊有芳，怀佳人兮不能忘。泛楼船兮济汾河，横中流兮扬素波，箫鼓鸣兮发棹歌。欢乐极兮哀情多，少壮几时兮奈老何。

这首诗不像战国末年宋玉《九辩》"悲哉秋之为气也！萧瑟兮，草木摇落而变衰"那样哀伤，但他状秋风、草黄、雁归等景象而有怀人的忧思，又因河水流淌，在极度欢乐时触景生情，忽觉人生易老，瞬间欢乐变为悲愁。

楚声多用铺叙，或直接抒情叙事，或比兴寄情叙事，率真自然，只是篇制短小，与长篇的楚辞难以相提并论。这些楚声虽然出自宫廷，作者也不是纯粹的文人，但可以看出他们的文学趣味。而西汉不多的文人诗中也有楚声，如枚乘的《麦秀歌》，司马相如的《思佳人》，东方朔的《嗟伯夷》，息夫躬的《绝命辞》，与帝王好楚声的趣味相一致。名噪一时的辞赋家枚乘、司马相如的楚声都系于赋中，而不是独立的楚声之作。但这不妨碍它们在抒情时表现得深情绵渺，如《思佳人》："独处室兮廓无依，思佳人兮情伤悲。彼君子兮来何迟，日既暮兮花色衰。敢托身兮长自私。"它所依托的《美人赋》是司马相如在梁王面前自辩"臣不好色"之辞，他拟作美人之歌表白自己不为相邻的美女所动，尽管诗中表现了美人的相思、自怜和生活企盼。

二、西汉文人诗

西汉文人诗歌众体不一。作为西汉诗歌大宗的楚声自身也是复杂的，或为四言，或为六言，或为杂言，其篇幅的长短也不一致。这说明楚声尤重的是楚地的腔调与方言，语言的其他形式与篇幅的长短是次要的。楚声之外，西汉的文人诗还有三言、四言、五言和杂言之作。其三言诗有《郊祀歌》的《练时日》《天马》《华烨烨》《五神》等，四言诗有邹人韦孟的《讽谏诗》《在邹诗》[1]，邹人韦玄成的《自劾诗》《戒子孙诗》，五言诗有班固祖姑班婕妤的《怨诗》（一作《怨歌行》）和以五言为主体的李延年《北方有佳人》，杂言诗有《郊祀歌》的《景星》等。它们没有带来西汉诗歌创作的兴盛，但对诗歌的发展是很有意义的。

西汉文人诗体裁的多样及叙事言情的不同取向，丰富了其诗歌风格。其四言《讽谏诗》的作者韦孟是韦玄成的六世祖，汉景帝时为楚元王傅。他这首诗是规劝楚元王之孙、荒淫不守法度的刘戊的。诗述祖先开疆立国的艰难，并说楚元王"恭俭静壹"，其子夷王继承元王事业，为什么刘戊在父亲死后"不思守保"，而

---

[1] 班固说："或曰其子孙好事，述先人之志而作是诗也。"见《汉书·韦贤传》，中华书局1962年版，第3107页。

"邦事是废，逸游是娱"呢？诗意在告诫，语气凝重而沉郁。其《在邹诗》作于辞官回乡之后，同为讽谏，风格较《讽谏诗》稍显明快。而其六世孙韦玄成因侍祀孝惠庙时，不驾车而骑马至孝惠庙下，遭有司弹劾，被降为关内侯。韦玄成自伤父爵遭贬黜而作《自劾诗》。后得以复爵，继父相位，念及去污复位之难作《戒子孙诗》，庄重严肃有馀而灵动不足。其四言形式与《诗经》一脉相承，但因偏于就事说理，与《诗经》的风格大不相同。

西汉文人诗中的三言诗《练时日》等、杂言诗《景星》等主要是乐府的郊祀歌，其自为一格，在第六章已经叙及，不再赘言。而班婕妤《怨诗》和李延年《北方有佳人》的风格也各异。《汉书·外戚传》说，班婕妤遭赵飞燕姐弟忌恨而失宠，自请居养于长信宫，并作《自悼赋》感怀。南朝陈代徐陵编《玉台新咏》，收录《怨诗》，并在序中提到班婕妤作赋事，说她同时写了一首《怨诗》："新裂齐纨素，鲜洁如霜雪，裁为合欢扇，团团似明月。出入君怀袖，动摇微风发。常恐秋节至，凉风夺炎热，弃捐箧笥中，恩情中道绝。"诗借合欢扇的遭遇比拟自我的命运，哀怨婉转，韵味深长。或以为是后人伪托，并无确证。而李延年本是歌者，以《北方有佳人》引荐自己的妹妹即后来的李夫人，她为汉武帝起舞时唱道："北方有佳人，绝世而独立，一顾倾人城，再顾倾人国。宁不知倾城与倾国，佳人难再得。"[①] 这首佳人歌极赞其天姿国色，果然打动了汉武帝。

第二节　五言诗的形成与东汉文人诗

《诗经》时代以四言为主导的诗歌体裁，孕育着五言诗句，而五言诗的成熟又经历了西汉乐府和文人诗的发展，于是有了班固、张衡等人的五言之作。而非五言诗的创作也同时存在，只是诗人及诗歌的数量都不多。

一、五言诗的形成

关于五言诗的演化，南朝梁代锺嵘《诗品序》云："夏歌曰：'郁陶乎予心。'楚谣曰：'名余曰正则。'虽诗体未全，然是五言之滥觞也。"他说的"夏歌"，见于后人伪托的《尚书·五子之歌》其五，全诗只有两句五言，且不可信。而"名余曰正则"出自屈原《离骚》，也不是五言的滥觞之作。在它之前最为可靠的五言诗在《诗经》里，如《召南·行露》的"谁谓雀无角，何以穿我屋。谁谓女无家，

---

① 《玉台新咏》卷一收录这首诗，全为五言："北方有佳人，绝世而独立，一顾倾人城，再顾倾人国。倾城复倾国，佳人难再得。"

何以速我狱", "谁谓鼠无牙, 何以穿我墉。谁谓女无家, 何以速我讼"。这较之于夏歌楚谣, 有完整的五言体制。另外《诗经》的其他诗篇中还有零星的五言句, 共同成为五言诗的先驱。

进入西汉, 乐府诗和文人诗都有五言之作, 如乐府《郊祀歌》《日出入》里的"日出入安穷", "故春非我春";《天门》里的"假清风轧忽, 激长至重饷", 文人诗李延年的《北方有佳人》, 它们都产生于汉武帝时期, 且不是纯粹的五言诗。直到汉成帝时, 五言诗不仅有班婕妤的《怨诗》, 而且有汉成帝时的《长安为尹赏歌》"安所求子死, 桓东少年场。生时谅不谨, 枯骨后何葬";民谣《邪径败良田》"邪径败良田, 谗口乱善人。桂树华不实, 黄雀巢其颠。昔为人所羡, 今为人所怜"。它们为东汉文人五言诗的发展奠定了基础。而东汉有主名的文人五言诗, 主要是班固、张衡等人所作。

二、班固、张衡的五言诗

班固的五言诗今传主要是《咏史》, 另有五言诗的残篇①。班固最早以"咏史"名篇, 后咏史渐成诗歌一体。这首诗咏西汉文帝时临淄人太仓公淳于意之女缇萦事。汉文帝四年(前176), 淳于意获罪被押解长安, 五个女儿相随而泣。淳于意怒骂:"生子不生男, 缓急无可使者!"(《史记·扁鹊仓公列传》) 小女儿缇萦伤父之言, 随父亲到长安上书汉文帝, 表示愿为官婢, 以赎父罪, 使其父改过自新。汉文帝悲其意而废除肉刑。班固的《咏史》叙说这一历史, 因原史的传记性, 故诗也有传记色彩, 班固的情感寄寓其间, 如说缇萦"忧心摧折裂, 晨风扬激声。圣汉孝文帝, 恻然感至情。百男何愦愦, 不如一缇萦"。这首诗当是班固晚年之作, 那时其奴冲撞了洛阳令种兢, 种兢将班固下狱, 而班固诸子多不守法度, 无力救援, 所以他感慨缇萦救父而自伤。

张衡有五言《同声歌》, 另有五言残诗传世②。《同声歌》代女性立言, 说新婚女子之事。诗开头写道:"邂逅承际会, 得充君后房。情好新交接, 恐栗若探汤。"新婚女子步入洞房时的忐忑不安尽在"恐栗若探汤"的描写中。尽管如此, 诗主要表现了女子对夫君的深情及其新婚之夜的快乐。其间, 既用叙事诉说自己新婚后的职责, 如操办饮食、祭祀、洒扫等, 又以比拟告诉人们她对夫君的情感:"思为莞蒻席, 在下蔽匡床。愿为罗衾帱, 在上卫风霜。"新婚的表白蕴含了一生的愿望, 和传统女性婚姻的依附性很不一样。然后说她在新婚之夜仪态万方, 新

---

① 班固五言诗残篇,《太平御览》卷三四四有"宝剑值千金, 指之于树枝";卷八一五有"长安何纷纷, 诏葬霍将军。刺绣被百领, 县官给衣衾"。
② 张衡五言诗残篇,《太平御览》卷二〇有"浩浩阳春发, 杨柳何依依。百鸟自南归, 翔翔萃我枝"。

婚之乐没齿难忘，充满了幸福感。或认为张衡这首诗以女子事夫喻臣子事君，可备一说。

三、秦嘉、郦炎的五言诗

在班固、张衡的五言诗之外，东汉还有秦嘉的《赠妇诗》三首、郦炎的《见志诗》二首、蔡邕的《翠鸟诗》、赵壹的《秦客诗》和《鲁生歌》等。赵壹的诗附于《刺世疾邪赋》中，是他愤世嫉俗及人生无奈的表白，如《秦客诗》道："河清不可俟，人命不可延。顺风激靡草，富贵者称贤。文籍虽满腹，不如一囊钱。伊优北堂上，抗脏倚门边。"与他《刺世疾邪赋》的社会批判相吻合。他最终把自己的遭遇归于命运，发出"且各守尔分，勿复空驰驱。哀哉复哀哉，此是命矣夫"的喟叹。

秦嘉，生卒年不详，字士会，陇西（今属甘肃）人，汉桓帝时，曾任黄门郎。因赴京未能与妻徐淑面别，故作五言《赠妇诗》三首与妻道别，徐淑则以骚体《答秦嘉诗》回应。秦嘉诗叙依依别情，以第一首最为感人："人生譬朝露，居世多屯塞。忧艰常早至，欢会常苦晚。念当奉时役，去尔日遥远。遣车迎子还，空往复空返。省书情悽怆，临食不能饭。独坐空房中，谁与相劝勉。长夜不能眠，伏枕独展转。忧来如循环，匪席不可卷。"秦嘉说人生短暂，生存艰难，本欲临行前与妻面别，不意妻病还家，接妻之车徒劳往返，他心忧而食不下咽，寝不能眠。秦嘉还有四言《赠妇诗》一首。

郦炎（150—177），字文胜，范阳（今河北定兴）人，有文才，善音律，汉灵帝时不应州郡征召而作《见志诗》二首。他在其一中写道："舒吾凌霄羽，奋此千里足。超迈绝尘驱，倏忽谁能逐？"并以西汉的陈平、韩信为例，相信自己能够实现"德音流千载，功名重山岳"的人生理想。诗气势博大，洋溢着昂扬奋发的人生精神。其二以灵芝、兰花为洪波、严霜所困起兴，说贾谊怀才却遭贬抑，而自己犹若美玉不遇卞和、龙骧不遇伯乐，也不得其用。郦炎在诗中好借历史人物和比兴手法抒写感慨，厚实而不失灵动。

蔡邕的《翠鸟诗》说翠鸟飞到庭院角落的若榴树上，在若榴树的绿叶红花间"振翼修形容"，有志得意满之色。它庆幸摆脱了猎人捕杀的机关而歇息在若榴树上，希望"驯心托君素，雌雄保百龄"。这首诗是蔡邕的自述之辞。汉桓帝时，中常侍徐璜等人擅权，闻知蔡邕善鼓琴，令他赴京。蔡邕不得已，走到偃师，称病而归。归家后"闲居玩古，不交当世"（《后汉书·蔡邕列传》）。他在诗里托物寓志，流露了避祸全身的思想，婉转含蓄，韵味隽永。

四、其他文人诗

东汉除文人的五言诗外，还有梁鸿、傅毅等文人的非五言诗。上述的五言诗人，有的也从事非五言诗创作。这些诗按体裁可以分为楚声、四言、六言、七言诗。楚声有梁鸿《五噫歌》（一作《五噫之歌》）、《适吴诗》，班固《宝鼎诗》《白雉诗》，崔骃《北巡歌》，张衡《四愁诗》，徐淑《答秦嘉诗》。其中梁鸿《五噫歌》最具影响。

梁鸿，生卒年不详，字伯鸾，扶风平陵（今陕西西安）人，受业太学，博览无不通，家贫而尚节操，无仕宦之志，与妻孟光隐于霸陵山中。曾东出关路过洛阳，远眺帝京而作《五噫歌》："陟彼北芒兮，噫！顾瞻帝京兮，噫！宫阙崔嵬兮，噫！民之劬劳兮，噫！辽辽未央兮，噫！"诗主要是叙事，却以五噫言情，含不尽之意于言外。张衡的《四愁诗》也别开蹊径。他说自己所思的美人在太山、桂林、汉阳、雁门，想以英琼瑶、双玉盘、明月珠和青玉案回报美人所赠，却感于路途遥远且梁父艰、湘水深、陇阪长、雪纷纷而不能成行，只有空叹息、心烦忧。这首诗采用楚辞的语调和《诗经》重章叠句的表现方式，在咏叹中别有寄托。

四言诗有傅毅《迪志诗》，班固《明堂诗》《辟雍诗》《灵台诗》，朱穆《与刘宗伯绝交诗》等。这里班固的三首诗和上面提到的两首楚声一道，缀于《东都赋》后，都是东都洛阳的颂歌。傅毅《迪志诗》是他在平陵学习章句时的述志之作，叙说先祖傅说以来的历史，说先人"训我嘉务，诲我博学"，并说应当珍惜如流岁月而不自我放逸。傅毅述史而说理，主要是自我告诫，诗风严肃庄重。朱穆，字公叔，南阳宛（今河南南阳）人，人称"兼资文武，海内奇士"（《后汉书·朱乐何列传》），曾为大将军梁冀所用，桓帝时任侍御史、冀州刺史等职。在《与刘伯宗绝交书》中，他以凤自喻，而以鸱喻刘伯宗，斥其贪腐无极，说两人异域，从此永诀。朱穆毅然与刘伯宗绝交，其绝交诗则因铺叙的故事性强而生动明快。

六言诗如蔡邕《初平诗》，七言诗如马援《武溪深》、杜笃《京师上巳篇》、崔骃《鸱鸟歌》，均为残篇。

总之，东汉文人很少专意于诗歌创作，而所作之诗多叙说自我的人生与情感，与汉乐府诗有根本的共同点，其或铺叙、或比拟的表现方式，致使诗歌呈现不同的风格和魅力。只是诗人的创作热情不高，诗歌的气势不足。

第三节 《古诗十九首》

《古诗十九首》是东汉佚名文人具有代表性的五言抒情诗。它们抒写的是文人穷困生活的遭遇和感受，托境抒情，比物连类。出语平易，而韵味深长，赢得了后世诗人一致的赞誉。

一、写作年代与作者

《古诗十九首》的写作年代与作者，向来就有争议。这些佚名文人诗被冠以"古诗十九首"，是南朝梁代萧统编《文选》时所为。他因不知所编的这十九首诗歌产生的具体年代和作者姓氏，故统称为"古诗"。梁代徐陵编纂《玉台新咏》时，把其中的《西北有高楼》等八首归于西汉枚乘名下，与徐陵同时的刘勰也说："古诗佳丽，或称枚叔。"（《文心雕龙·明诗》）唐代李善为《古诗十九首》作注，说诗中的"游戏宛与洛"涉及东都洛阳，不可能是西汉景帝、武帝时的作品。而与刘勰同时的锺嵘则说它"旧疑是建安中曹、王所制"（《诗品》卷上），他说的曹、王即汉末建安时的曹植、王粲，倘依"旧疑"，《古诗十九首》又当是东汉末年汉献帝建安年间的作品。枚著说、曹王著说，都无确切的证据。现代研究者认为它们大抵产生于东汉末年的桓帝、灵帝时期，与这一时期有主名的文人五言诗的格调相一致①。

《古诗十九首》作者并非一人，然格调情韵基本相似，大体是托游子思妇之口吻，抒写离愁别恨、困顿失态之悲哀和人生无常之感慨，作者当是社会中下层的失意之人。

二、抒情内容

《古诗十九首》是一组在后世被推尊为绝好的抒情诗，所抒之情都是不得志的文人实际的生活感受，关乎人生离合、穷通，乃至生死物故，具有社会人生的普遍性和类型性，所以能够持久地感动后世的读者。

游子思妇（弃妇）的怀思是《古诗十九首》的主要内容。这一主题最早见于《诗经》，如其中的《卫风·伯兮》《王风·君子于役》等都是写别情的。其后的汉乐府《饮马长城窟行》《悲歌》亦然。《古诗十九首》则将离别之情表达得更为深切感人。在这里，"所思在远道"（《涉江采芙蓉》）或"路远莫致之"（《庭中有奇树》）的相距之远，催发了诗人浓烈的相思之情。游子说"客行虽云乐，不如早旋归"（《明月何皎皎》）；"同心而离居，忧伤以终老"（《涉江采芙蓉》）。思妇说"思君令人老，岁月忽已晚"（《行行重行行》）；"荡子行不归，空床难独守"（《青青河畔草》）。对故乡和亲人的思念之情洋溢在字里行间。但人生无奈，"出户独彷徨，愁思当告谁。引领还入房，泪下沾裳衣"（《明月何皎皎》）。那种孤苦情怀，感人至深。

---

① 梁启超在《中国之美文及其历史》中持此说。

　　不仅是游子思妇的相思或游子思乡，《古诗十九首》还有朋友绝别离弃之情、宦途坎坷失意之情，也都有深长之味。前者的"昔我同门友，高举振六翮；不念携手好，弃我如遗迹"（《明月皎夜光》），感叹友朋富贵易交，世态炎凉；后者的"极宴娱心意，戚戚何所迫"（《青青陵上柏》），享受者的欢乐与失意者的哀愁，既是对权贵放纵奢华的揭露，又是自我忧郁愁苦的反思。诗人们吟咏着"人生寄一世，奄忽若飙尘。何不策高足，先据要路津！无为守穷贱，轗轲长苦辛"（《今日良宴会》），把自我穷贱的人生喻为狂风中的灰尘，期望鞭策快马，取高官重权以改变自我的命运。他们慨叹着："回车驾言迈，悠悠涉长道。四顾何茫茫，东风摇百草。所遇无故物，焉得不速老？盛衰各有时，立身苦不早。人生非金石，岂能长寿考？奄忽随物化，荣名以为宝。"（《回车驾言迈》）诗人借春风百草失去了旧时容颜，感慨人生易老，生命短暂，便视不朽的荣名为最高的追求。

　　当他们仕宦坎坷时，同样有触物感兴人生的短暂之叹，滋生的却是及时行乐的情怀。"良无盘石固，虚名复何益？"（《明月皎夜光》）人的生命不存在，虚浮的荣名有何用呢？"浩浩阴阳移，年命如朝露。人生忽如寄，寿无金石固。万岁更相送，圣贤莫能度。服食求神仙，多为药所误。不如饮美酒，被服纨与素。"（《驱车上东门》）这首诗全面地审视岁月的变化和现实人生，面对死亡，"圣贤莫能度"，又否定了人们对虚浮荣名及服药求仙的追求，现实需要的是及时行乐，甚至说"为乐当及时，何能待来兹。愚者爱惜费，但为后世嗤。仙人王子乔，难可与等期"（《生年不满百》）。对照着来看游子思妇，游子的人生与心态更为复杂。面对人生易老，思妇所想到的是红颜易逝，"过时而不采，将随秋草萎"（《冉冉孤生竹》），而游子则虑及生命的长度，怎样摆脱人生的失意，忧思也更多。《古诗十九首》所抒之情的基调是沉郁忧伤，没有对外在事功的追求和道德名节的信仰，反映出的是已进入衰世的东汉末年失路文人的普遍心态。

三、艺术成就

　　《古诗十九首》全是抒情诗。刘勰总括其特色是："其结体散文，直而不野；婉转附物，怊怅切情。"[①] 前两句是说它们都是直抒现实生活的真情实感，无奇僻之思，惊险之句，平和而不粗野；后两句是说它们兼用比兴手法，构成情景相生、物我交融的艺术境界，委婉而深切。前者如《明月何皎皎》直叙游子（或思妇）月下"不能寐"，"揽衣起徘徊"的行动和思人之愁思，以寻常语平平道出，平淡无奇，却意韵悠然。后者如《冉冉孤生竹》以孤竹"结根泰山阿"起兴，再以蕙兰花"将随秋草萎"喻年岁不饶人，发恐将失时之叹，最后说"君亮执高节，贱

---

① 《文心雕龙注·明诗》，人民文学出版社 1961 年版，第 66 页。

妾亦何为"，也掩不住其无可奈何之悲情。全诗几乎全用比兴，抒写女子新婚久别期待失望之心理，情真意切，深细入微。《行行重行行》兼用直叙和比兴，开头由"与君生别离"句总领全篇，继以"万里""道阻"申述"会面"难期之恨，再以"胡马""越鸟"眷恋故土为喻反衬"浮云蔽日"，游子不归之叹，结以劝"加餐饭"之无奈祝愿，委婉尽致地抒写出了人生一种生离远别之苦情，意象寻常，却情深意远。最特殊的是《迢迢牵牛星》，全诗不是抒游子思妇的离愁别恨，感叹生命无常，而是咏叹传说中的牛郎织女星隔河相望不得团聚的悲哀，夫妇隔绝的悲情寄托在神话故事的咏叹中，这就是别有依托的抒情诗了。不拘一格地活用比兴，从容涵泳，形成一种浅貌深衷的抒情风格。

《古诗十九首》是整一的五言诗，以精炼简约的话语，叙写人生离别相思、生死物故之常情，短语浅貌，深衷长情。无论是"思君令人老，岁月忽已晚"（《行行重行行》）的直白表述，还是"伤彼蕙兰花，含英扬光辉，过时而不采，将随秋草萎"（《冉冉孤生竹》）的比兴寄托，都具有很强的概括力和不可移易的表现力。《行行重行行》"与君生别离"，化用《楚辞·少司命》"悲莫悲兮生别离"，不言"悲"，而"悲"情自在其中；"道路阻且长"，省去了《诗经·蒹葭》"所谓伊人，在水一方，溯洄从之，道阻且长"的前三句，而思人綦切的意思不言自明。《庭中有奇树》只有八句，宜称短章，用《楚辞·山鬼》"折芳馨兮遗所思"句意，演绎思妇折花、欲寄，怀袖香浓、路远莫致，结以"但感别经时"，一波三折，具体细腻，极尽诗性浓缩之能事，具有非常醇厚的审美韵味。《古诗十九首》的作者还效《诗经》多用叠词。刘勰在《文心雕龙·物色》里曾以《诗经》为例，说明叠词具有"以少总多"，状物尽貌，拟声附情之功效。《古诗十九首》多半频频用叠词，最突出的是《青青河畔草》连用六个叠词，"青青"状河畔草浓，"郁郁"状园中柳盛，既是春日景物，又是思妇情思的媒介，后面"盈盈""皎皎""娥娥""纤纤"逐次形容思妇的美貌和登楼眺望、孤独难耐的情状，增重了描述的景色和抒情效果。明代诗人谢榛称此组诗"格高调古，句平意远"。（《四溟诗话》）

《古诗十九首》高度的艺术成就，获得了后世诗评家的高度称赞。锺嵘《诗品》称："文温以丽，意悲而远，惊心动魄，可谓几乎一字千金。"刘勰称："结体散文，直而不野；婉转附物，怊怅切情，实五言之冠冕也。"（《文心雕龙·明诗》）遂成为后世诗人学习、效仿的经典之作，影响非常深远。

思考题

1. 两汉文人诗的创作表现出怎样的形态？为什么两汉文人诗创作较少？

2. 两汉五言诗的演化轨迹怎样? 当时五言诗与非五言诗的并行说明了什么?

3.《古诗十九首》里的游子思妇有怎样不同的内心痛苦?

4. 结合具体作品分析《古诗十九首》的生命意识。

5.《古诗十九首》有怎样的艺术表现? 对后来的诗人产生了怎样的影响?

阅 读 文 献

■《全上古三代秦汉三国六朝文》，（清）严可均辑，中华书局 1987 年影印本。

■《文选》，（梁）萧统编、（唐）李善注，上海古籍出版社 1986 年版。

■《全汉赋》，费振刚、胡双宝、宗明华辑校，北京大学出版社 1993 年版。

■《先秦汉魏晋南北朝诗》，逯钦立辑，中华书局 1983 年版。

■《乐府诗集》，（宋）郭茂倩编，中华书局 1979 年版。

■《吕氏春秋新校释》，陈奇猷校释，上海古籍出版社 2002 年版。

■《李斯集辑注》，张中义、王宗堂、王宽行辑注，中州古籍出版社 1991 年版。

■《贾谊集校注》，王洲明、徐超校注，人民文学出版社 1996 年版。

■《晁错集注释》，该书编写组编写，上海人民出版社 1976 年版。

■《淮南鸿烈集解》，刘文典撰，中华书局 1989 年版。

■《司马相如集校注》，朱一清、孙以昭校注，人民文学出版社 1996 年版。

■《盐铁论校注》，王利器校注，古典文学出版社 1958 年版。

■《新序校释》，石光瑛校释，中华书局 2001 年版。

■《说苑疏证》，赵善诒疏证，华东师范大学出版社 1985 年版。

■《扬雄集校注》，张震泽校注，上海古籍出版社 1993 年版。

■《法言义疏》，（汉）扬雄著，汪荣宝疏证，中华书局 1987 年版。

■《史记》，（汉）司马迁著，（南朝宋）裴骃集解，（唐）司马贞索隐，张守节正义，中华书局 1982 年版。

■《史记笺证》，韩兆琦编著，江西人民出版社 2004 年版。

■《史记全本新注》，张大可编注，三秦出版社 1990 年版。

■《〈史记〉文献学丛稿》赵生群著，江苏古籍出版社 2000 年版。

■《中国史官文化与史记》，陈桐生著，汕头大学出版社 1993 年版。

■《史记与中国文学》，张新科著，陕西人民教育出版社 1995 年版。

■《史记艺术研究》，杨树增著，学苑出版社 2004 年版。

■《汉书》，（汉）班固著，（唐）颜师古注，中华书局 1962 年版。

■《后汉书》，（南朝宋）范晔著，（唐）李贤等注，中华书局 1965 年版。

■《越绝书校注》，张宗祥校注，商务印书馆 1956 年版。

■《吴越春秋辑校汇考》，周生春著，上海古籍出版社 1997 年版。

■《新论》，（汉）桓谭著，上海人民出版社 1977 年版。

■《论衡校释》，黄晖著，中华书局 1990 年版。

■《两汉纪》，张烈点校，中华书局 2002 年版。

■《张衡诗文集校注》，张震泽校注，上海古籍出版社 1986 年版。

■《潜夫论笺校正》，（汉）王符著，（清）汪继培笺，彭铎校正，中华书局 1985 年版。

■《蔡邕集编年校注》，邓安生校注，河北教育出版社 2002 年版。

■《汉碑集释》，高文著，河南大学出版社 1997 年版。

■《古诗十九首集释》，隋树森集释，中华书局 1955 年版。

■《两汉文献与两汉文学》，董治安著，上海古籍出版社 2005 年版。

■《中国辞赋研究》，龚克昌著，山东大学出版社 2003 年版。

■《秦汉士史》，于迎春著，北京大学出版社 2000 年版。

■《汉代文人与文学观念的演进》，于迎春著，东方出版社 1997 年版。

■《文化视野中的汉代文学》，张新科著，中国社会科学出版社 2006 年版。

■《汉代乐府制度与歌诗研究》，赵敏俐著，商务印书馆 2009 年版。

第三编 | 魏晋南北朝文学

绪　　论

魏晋南北朝是文学史的大转折时代：文学走向自觉，并逐渐摆脱了经学附庸的地位而独立①；个性化的写作日益受到推崇，涌现出很多影响深远的大作家，文学的面貌也随之多样而鲜活；文学的阶段性、地域性特征非常明显，以宫廷为核心的文学集团成为文学活动的重要舞台；文体更加完备，而诗歌超越众体，成为文苑中最重要的奇葩，为诗国高潮的丰硕收获准备了充足的养料。

总之，文学的个人化，各体文学的繁盛，文学理论的高度发达等等，从不同角度宣示着文学自觉时代的到来，并为后世文学的繁荣发展奠定了坚实的基础。

第一节　文学的自觉与独立时期

文学的自觉绝非一蹴而就之事，而是经历了漫长的发展历程。春秋以前，士大夫温恭礼让、从容应对，虽然经常温文尔雅地赋诗言志，但专门从事诗歌创作的文人尚未出现。战国中晚期，屈原汲取楚地民歌的营养，创作出惊采绝艳的楚辞。自是而后，宋玉、景差、唐勒等争相祖述，至两汉遂演成蔚为大国的汉赋，而宋玉、司马相如等帝王的文学侍从之臣，便是中国历史上早期的"文人"。此类文人的出现，可以说是文学走向自觉与独立的前提。

一、文的自觉与人的自觉

两汉文学一方面尚未达到文学自觉的境地，另一方面也为文学自觉做出了必要的准备。

汉代文学的主体无疑是赋而非诗。汉人往往强调赋作为"古诗之流"的讽谏旨趣。虽然存在"劝百讽一"的缺憾，但多数作者的真实意图恰恰寄托在这个看

---

① "文学自觉"是近现代以来中国古代文学研究的一个重要话题，自20世纪20年代以来，学界以主张"魏晋文学自觉说"为主。但近年来，有不少学者对此提出了疑问，主要的观点有三种：一是将文学自觉开始的时间上溯至西汉乃至战国或更早，持此说者有龚克昌、张少康、詹福瑞、李炳海等；一是将文学自觉的真正完成定在南北朝的宋齐时代，持此说者有刘跃进、袁行霈等；还有学者认为，用当今的"文学"和"自觉"观念来衡量中国古代文学，本身就是凿枘不合的，持此说者有赵敏俐等。学界的各种说法都有其学理上的依据，相关的争论可能还会继续。事实上，文学自觉的一个标志是文体的成熟，这个过程从东汉中后期已经开始。参见傅刚《论汉魏六朝文体辨析观念的产生和发展》，载《文学遗产》1996年第6期。

似微不足道的"讽一"上。不论时人的肯定或否定，其出发点都在讽谏上。即此而言，赋之功用非但同乎应用性的政论散文，其与经学意义上的诗亦无二致。汉代的诗歌创作在古代诗苑中似不突出，然而当时的诗歌学说却极发达，这当然与被时人奉为群经之首的《诗经》地位密不可分。据《毛诗序》之说，诗的主要功用即在于政教："先王以是经夫妇，成孝敬，厚人伦，美教化，移风俗。"《左传》《国语》中都有献诗讽谏的记载，所以汉人也"以三百五篇谏"（《汉书·儒林传》），而如韦孟、韦玄成等的四言诗作，无不祖述《诗经》。由是而论，汉赋之所以往往带有一个讽谏的尾巴，而汉人目赋为"古诗之流"，就很容易理解了。此时的文学，尚处于经学的笼罩之下，还未达到自觉与独立的境地。

从另外的角度来看，文人的出现是不能作为文学自觉与独立的标志的。屈、宋而下，司马相如、东方朔、枚皋、王褒等人，在汉代已被冠以"言语侍从之臣"（班固《两都赋序》）的名号。但这些人对"言语侍从"的地位是心有不甘的，东方朔的《答客难》、扬雄的《解嘲》表达的都是这样的情绪。与东方朔、扬雄的不甘寂寞相类近的是，汉代士人间还弥漫着一股浓厚的不遇情结，董仲舒有《士不遇赋》，司马迁有《悲士不遇赋》；而众多悼念、模拟屈原的辞赋作品，更表达了汉人对屈原身世不幸的怜悯以及对自我遭际的慨叹。这些情绪的背后，是传统事功思想的驱动。现世功业的追求对大多数文人而言依然是第一义的，故汉世文学尚处于传统的立德、立功之下，"三不朽"之末，文学本身尚未成为文人有意识的、普遍的追求。

汉代又是经、史、子、集渐趋分离，文学逐渐摆脱经学束缚的时代。文人在大量的文学创作活动中，开始总结文学自身的艺术规律。如司马相如就曾总结作赋的艰辛说："合綦组以成文，列锦绣而为质，一经一纬，一宫一商，此赋之迹也。赋家之心，苞括宇宙，总览人物，斯乃得之于内，不可得而传。"（《西京杂记》卷二）这个"赋家之心"与后来刘勰所述的"神思"是有相通之处的。再如扬雄说："诗人之赋丽以则，辞人之赋丽以淫。"虽然还有经学的影子在作怪，但距离曹丕提出"诗赋欲丽"的命题也仅是一箭之地了。而自刘向、刘歆父子整理图书，诗赋与六艺、诸子等并列，文学已有独立倾向，文体的辨析也自此日渐细密。至汉末蔡邕的《独断》，则列出君臣所用的文体各四种，而在实际应用和认识上，中国古代文体观念在汉代日益明确，传统的主要文体也多在此时定型。文体辨析是文学批评、文学自觉的基础。

更值得注意的是汉末以来抒情传统的建立和人的生命意识的觉醒。汉大赋的"劝百讽一"注定了其生命活力的不足，而源自屈原的抒情传统在小赋发展史上由最初的涓涓细流，至东汉中后期终于演为洪涛巨浪，声势、成就超过了大赋。在诗歌领域，汉末文人诗改变了汉乐府以叙事为主的情况，转而以抒发个人的情感为主。日益动荡的社会局势使人的生存环境愈加恶劣，于是汉末文人诗中也就大量充斥着生命维艰的悲吟。以《古诗十九首》为代表的文人五言诗，可以说代表着人的生命意识的觉醒。

应该说，文学的自觉首先是人的自觉。魏晋南北朝是乱世，生存维艰的体验让人备感生命的珍贵，"忧生之嗟"成为文人笔下的永恒主题。乱世也是一个呼唤英雄的时代，不羁的个性成为世人赏识品题的重要对象。魏晋风度的永恒魅力就在于那些鲜活的、极具个性的生命的存在。魏晋文学显示出强烈的主体性色彩，正是人的觉醒促使文学"自觉"发展的典型例证。文学由此而注重抒发一己生命的情思，甚至走向了政教的对立面。

魏晋南北朝文学的自觉与此时文学的独立是紧密相关的。《后汉书》已在《儒林列传》之外单设《文苑列传》，范晔是刘宋时人，但其所依据的材料，说明东汉时的文学活动和文体成熟已经显现了东汉文学渐有独立于学术之外的气象。曹丕论文，仅从雅、丽等角度对不同文体提出要求，已完全与经学、政教无涉。至于宋文帝设立四学，文学与儒学、玄学和史学并立，此时文学的含义已经与今日所说的文学概念非常接近。昭明太子萧统在《文选序》中将经、史、子等非文学性的作品斥在选文之外，已经在实践中将文学独立出来；梁元帝萧绎在《金楼子·立言》中不仅对儒、学、文、笔进行了严格区分，而且指出："吟咏风谣，流连哀思者，谓之文。……至如文者，惟须绮縠纷披，宫徵靡曼，唇吻遒会，情灵摇荡。"这与梁简文帝萧纲《戒当阳公大心书》所云大体是一致的："立身之道与文章异；立身先须谨重，文章且须放荡。"这样的观念，已经将文学完全视为抒写一己之情的事物，直接与"立身之道"对立起来。

魏晋南北朝文学的自觉还体现在时人对文学自身的艺术规律的探索上。在这方面，人们不仅认识到了文学作品不同于儒家经典的丽靡、缘情等特性，而且细致地辨析不同文体的特点，对使事、对偶、声律等等形式方面的艺术规律进行了全面的探索。此时的学者还大多具有文学史的眼光，不仅范晔《后汉书》有《文苑列传》，沈约《宋书·谢灵运传论》、萧子显《南齐书·文学传论》等，都能以史的高度，俯瞰文学的流变。而如锺嵘《诗品》、刘勰《文心雕龙》等文学理论著作，更是处处透露出史家的眼光。这些都是文学自觉的重要标志。

二、文体辨析、文集编纂及文学批评的兴盛

东汉时，文体已大备①，社会生活的政治、文化诸方面所需要的文体基本

---

① 刘师培《中国中古文学史讲义》第三课说："文章各体至东汉而大备，汉魏之际，文家承其体式，故辨别文体，其说不淆。"（人民文学出版社1984年版，第23页）

都有了，但是文体本身的特点、各文体间的界限，在这初期往往容易混淆，虽大作家也不例外，扬雄、班固、傅毅、马融、陆机等，就都受到后世的批评。因此辨析文体成为当时学习和批评的主要内容。自觉进行文体辨析，是文学独立的一个重要标志。将文学作品和非文学作品区分开来，将每种文体的特点、风格、界限区分清楚，有利于写作，有利于批评，是文学进步的表现。

文体辨析的背景是建立在东汉以来文体日繁的事实之上的。依据对《后汉书》和《三国志》的统计，当时的文体已达三十多种。这种记载，一是说明了当日文体繁盛的状况，二是说明了文体在辨析归类上尚无严格的体例，故界限不明。事实上，直到齐梁，刘勰与萧统在文体的归类上也有许多明显的差异，这都说明当时文体辨析标准不一，认识有差别。

汉魏六朝的文学写作，一方面是呈现出繁荣的景象，文章体类增多，作品数量加大；另一方面则是文体界限不清，写作体例往往有所混乱。《颜氏家训·文章》说："凡诗人之作，刺箴美颂，各有源流，未尝混杂，善恶同篇也。陆机为《齐讴篇》，前叙山川物产风教之盛，后章忽鄙山川之情，殊失厥体。"颜之推认为颂体主美，箴体主刺，二体不得混杂，而致善恶同篇，陆机《齐讴篇》显然是文体不清，不该前颂而后鄙。挚虞《文章流别论》说："昔班固为《安丰戴侯颂》，史岑为《出师颂》《和熹邓后颂》，与《鲁颂》体意相类，而文辞之异，古今之变也。扬雄《赵充国颂》，颂而似雅；傅毅《显宗颂》，文与《周颂》相似，而杂以《风》《雅》之意。若马融《广成》《上林》之属，纯为今赋之体，而谓之颂，失之远矣。"此处的《上林》当为马融《上林颂》，刘勰《文心雕龙·颂赞》亦有"马融之《广成》《上林》，雅而似赋"之语。挚虞的这段话，说明了当时文体界限不清的情况。

文体辨析至南朝时变得尤为迫切。自汉末魏晋以来，文体辨析一直受到作家、批评家的注意，但从来没有像南朝时期的要求迫切。这是因为南朝时文学地位提高了，写作成为当时社会生活中一件非常重要的事情。不仅高门阀阅世传其业，一些靠军功出身的武人之家，也往往弃武学文。这是一个"主爱雕虫，家弃章句"（《宋书·臧涛传论》）的时代，于是学诗弄笔，竞尔成风。另外，南朝不独文章之体大备，诗体也分家分派。据《南齐书·文学传论》，有谢灵运、颜延之、鲍照三体；此外还有谢惠连体、吴均体、裴子野的古体等等。

文体辨析的兴盛、文学流派的形成，是文学繁荣和进步的重要标志，它一方面促进了写作，另一方面也促进了批评。所以南朝的批评家如锺嵘、刘勰、裴子野、萧纲、萧绎、萧子显等都对各体各派发表过批评。这些批评既有品评得失，判别高下，树立准的的一面，也有辨析文体、指导写作的一面。不管怎么说，南朝文风昌盛，对文学发展是起了极大的推进作用的。学习写作的人既多，所需要的批评指导就更加迫切。南朝时期批评之风的兴盛，与这种历史要求有很大的关系。

文学独立、自觉的另一个标志是总集、别集的编纂。《隋书·经籍志》说："别集之名，盖汉东京之所创也。自灵均已降，属文之士众矣，然其志尚不同，风流殊别。后之君子，欲观其体势而见其心灵，故别聚焉，名之为集。"虽然《隋书·经籍志》记载了自《荀卿集》以下至东汉众多文人别集，然而其中多少为汉人所编并不可知，且其书皆已散佚，今日能见到的，都是唐宋以后人所辑。而曹魏以后，确有不少编集的记载。曹丕《与吴质书》说："徐陈应刘，一时俱逝……顷撰其遗文，都为一集。"谢灵运有《拟魏太子〈邺中集〉诗八首并序》，可见曹丕在称帝之前已多次编集；《三国志·魏书·陈思王传》载明帝景初中下诏撰录曹植前后所著赋、颂、诗、铭、杂论百馀篇，副藏内外，这是魏明帝为曹植编的别集。其实曹植在生前已为自己编集，《艺文类聚》五十五载曹植《前录序》说："余少而好赋，其所尚也，雅好慷慨，所著繁多，虽触类而作，然芜秽者众，故删定，别撰为《前录》七十八篇。"这是曹植为自己的赋所编集。《晋书·曹志传》记武帝尝阅《六代论》，因问曹植之子曹志是否为其父所作，曹志称其父有亲手所作目录，待归家后可以寻案。这说明《曹植集》确已编好，而且家藏目录。汉魏时期尚重子书，然而集部也已受到作家和全社会的重视，这也是曹丕宣称篇籍可以传声不朽的背景。自此以后，别集编纂日渐成风。至于南朝，"家家有制，人人有集"（萧绎《金楼子·立言》），甚至像王筠那样，一官一集，作家对于本集的热爱，真可谓是敝帚自珍了。

别集的兴盛，促进了总集的编纂，《隋书·经籍志》说："总集者，以建安之后，辞赋转繁，众家之集，日以滋广，晋代挚虞，苦览者之劳倦，于是采摘孔翠，芟剪繁芜，自诗赋下，各为条贯，合而编之，谓为《流别》。是后文集总钞，作者继轨，属辞之士，以为覃奥，而取则焉。"《隋志》以为总集起于挚虞《文章流别集》，有一定道理，就其"荟萃各体文章，加以删汰别裁，且附以系统评论的大规模总集"① 的意义说，的确首推《文章流别集》。不过，总集之编并不始于挚虞，若论起源，当推《楚辞》②。但《楚辞》之体与后世总集有别，诚如《四库全书总目》所说："他集不与《楚辞》类，《楚辞》亦不与他集类。"裒集各体文章之集，还是在汉末魏晋之时。汉末王逸有《汉诗》百二十三篇（《后汉书·王逸传》），

---

① 　王运熙、杨明：《魏晋南北朝文学批评史》，上海古籍出版社1989年版，第119页。
② 　《四库全书总目》"楚辞章句十七卷"条下称《楚辞》为总集之祖。但在"总集类"条下又说："王逸所裒，又仅《楚辞》一家，故体例所成，以挚虞《流别》为始。"

久佚，不知面貌如何。但在曹魏时却出现了一些具有总集性质的书。如《隋志》著录的应璩《书林》，当是有关书体的总集。又曹丕在《与吴质书》中明确说到追思徐幹、陈琳、应玚、刘桢等人，"顷撰其遗文，都为一集"，是曹丕曾为诸子合编过总集。此集没有流传下来，不过谢灵运的《拟魏太子〈邺中集〉诗八首并序》，证明曹丕此集已经编就，并且流传至刘宋时。魏晋以后，总集日盛，据《隋书·经籍志》著录，当时存者有一百〇七部，二千二百一十三卷，通计亡书，合二百四十九部，五千二百二十四卷。

集部兴盛，主要是因为作品数量增多，此外则是文学批评兴盛所致。中国文学批评除了批评家著书撰文表达批评意见外，更多的时候是通过编选作品来表达观点。比如挚虞《文章流别集》，《隋书·经籍志》说它"采摘孔翠，芟剪繁芜"，对前代作品进行了删汰工作，并且自诗赋以下各文体，类聚区分，各为条贯。挚虞对历代作品的态度，就在这部编选的总集中表达了出来。我们看到，这个时期的总集编纂，常常是一人编几种总集，如谢灵运编有《赋集》九十二卷、《诗英》九卷、《诗集》五十卷、《诗集钞》十卷、《杂诗钞》十卷、《回文集》十卷、《七集》十卷、《连珠集》五卷。谢灵运是著名诗人，但他不仅具有写作的热情，对编集也具有同样的热情，表明这时期作家对文学作品的看重。在上述八种总集中，诗部占了四种，不同的编法，在于表达不同的文学思想，从这里可以看出文学批评促进了总集的编纂。

文学创作的繁荣促进了文学批评的发展，魏晋南北朝时期产生了大批依据文学审美特征而开展批评的论文和专著。其讨论内容的丰富和批评形式的多样化，都为后世的文学批评奠定了基础。文学批评中的一些基本内容，如作家的才性，作品风格，写作的过程和方法，社会生活、自然环境与创作的关系，批评的态度，文体辨析等，都有十分深入的探讨。就形式看，如曹丕《典论·论文》是专题文章，陆机《文赋》用赋的形式评文，钟嵘《诗品》和刘勰《文心雕龙》是批评专著，而沈约《宋书·谢灵运传论》和萧子显《南齐书·文学传论》则在史书中专论文学的发展。从曹丕单篇论文到钟嵘、刘勰批评专著的出现，文学批评的体系愈趋严密。尤其刘勰的《文心雕龙》，更是"体大思精"，全书共分五十篇，前五篇是全书的枢纽，阐明作者批评的指导原则，其馀又可分为两部分，前二十篇讨论各种文体，细述各文体的起源和流变、文体名称和规格要求等，所谓"原始以表末，释名以章义，选文以定篇，敷理以举统"。后二十四篇一般称为创作论，主要讨论写作的基本理论和方法，如构思、风格、修辞手法，以及文学与社会生活、自然生活的关系，等等。最后一篇《序志》，是全书的总序。《文心雕龙》的出现，标志着这一时期文学批评的高度成熟，从魏晋以来文学批评所涉及的问题，在刘勰这里都得到了总结，并进一步阐发。完整的文学批评体系的建立，也是魏晋南北朝文学创作繁荣的结果。

第二节　制度、政权、学术、士风与文学写作

魏晋南北朝时期虽然经历了文学的自觉，文学有了独立的地位，但是文学的发展依然离不开当时的经济、政治和思想的环境，门阀制度、政权的更迭及其统治方式、学术思想等都是影响文学演变的重要因素，而这些因素又相互纠葛，共同推动着文学的演进。

一、门阀制度与文学写作

魏晋南北朝在政治上的一个显著特色就是门阀制度。门阀制度自汉末已渐萌芽，世家大族累世公卿，门生故吏遍天下，把持着察举的仕途。曹丕为篡汉而拉拢士族，推行九品中正制，家世正式成为仕进的重要考量标准。至晋代，遂形成士族与皇室共掌大权的特殊局面。门阀制度的最大影响是几乎完全堵塞了庶族寒士的仕进之路，导致了士族与庶族的对立。而士族的养尊处优、无所事事，又令政治陷于腐朽，相对进取的庶族在政治上渐居优势，南朝时门阀制度已开始衰落，至唐代而彻底瓦解。由于士族权力大致上是世袭的，并非来自皇权的颁赐，所以门阀制度对皇权专制有一定的削弱，这就为个性、思想的相对自由发展开拓了一定的空间；同时，这种权力的对立也是不安定因素，埋下了动荡的隐忧。

此时许多人家家学渊源，其子弟从小就受到良好教育，从而导致了此时期众多文学家族的出现。诸如三曹、诸阮、三张、二陆、王氏、谢氏等，累世皆有以文名家者。门阀制度致使时人具有强烈的门第观念，这在文学作品中也有明显的表现。许多人写诗追述祖宗功德，并表达重振门风、光宗耀祖的志愿，而且多用典重的四言体。如曹植《责躬》、潘岳《家风诗》、陆机《与弟清河云诗》、陆云《答兄平原诗》、谢混《诫族子诗》等，在此风气影响下，一些寒士文人也有类似的作品，如左思《悼离赠妹诗》、陶渊明《命子诗》等。

士族对寒族的高压令许多才秀人微的寒士发出了不平之鸣。寒士文学在宋玉"寒士失职而志不平"的悲吟中已有体现，魏晋南北朝时期则不仅有不为五斗米折腰的陶渊明，更有在作品中倾注了强烈不平的愤慨的左思与鲍照。左思《咏史》其二："郁郁涧底松，离离山上苗。以彼径寸茎，荫此百尺条。世胄蹑高位，英俊沉下僚。地势使之然，由来非一朝。"反映了士庶生来即有的不公平。该组诗其五："被褐出阊阖，高步追许由。振衣千仞冈，濯足万里流。"其六："贵者虽自贵，视之若埃尘。贱者虽自贱，重之若千钧。"表达了诗人高尚的品格与超迈的气

节。鲍照的不平之气更为激烈，尤其是《拟行路难》，以险急的笔调，倾泻出郁结在胸中的愤愤不平："泻水置平地，各自东西南北流。人生亦有命，安能行叹复坐愁！酌酒以自宽，举杯断绝歌路难。心非木石岂无感，吞声踯躅不敢言。"（其四）"对案不能食，拔剑击柱长叹息。丈夫生世能几时？安得蹀躞垂羽翼？……自古圣贤尽贫贱，何况我辈孤且直！"（其六）"诸君莫叹贫，富贵不由人。……对酒叙长篇，穷途运命委皇天。"（其十八）他们的作品影响于后世，形成了寒士文学的传统。

二、政权更迭、南北对立与文学写作

魏晋南北朝长期处于战乱分裂的局势，政权的更迭十分频繁，就连存在时间最长、相对安定的东晋（317—420）和北魏（386—534，但统一北方的时间是439—534），也不过百年左右，而且其间也时常爆发内乱。在思想统治上，此时两种相反的倾向是并存的。一方面，自东汉末年礼教对人的控制已渐松弛，曹魏的统治更给人们的思想带来了一次大解放："近者魏武好法术，而天下贵刑名；魏文慕通达，而天下贱守节。"（《晋书·傅玄传》）此后玄学兴起，佛教流行，儒家思想虽然在中央政权中始终处于核心地位，但独尊的局面就此打破了。另一方面，频繁地改朝换代势必令统治者对异己思想进行残酷打压，曹操之杀孔融、杨修，曹丕之杀丁仪、丁廙及迫害曹植，已是统治者诛杀异己的开端，司马氏篡魏，士人更是噤若寒蝉，《世说新语·言语》载："司马景王东征，取上党李喜以为从事中郎。因问喜曰：'昔先公辟君不就，今孤召君，何以来？'喜对曰：'先公以礼见待，故得以礼进退；明公以法见绳，喜畏法而至耳。'"其威慑力可见一斑，所以何晏被杀，天下名士去其半；嵇康遭戮，向秀失图。此后士人除了俯首于司马氏，别无选择。整个魏晋南北朝时期，许多文人因卷入政治斗争而不得善终，如陆机、陆云、张华、潘岳、石崇、欧阳建、孙拯、嵇绍、牵秀、郭璞、谢混、谢灵运、范晔、袁淑、鲍照、吴迈远、袁粲、谢朓、王融等。《南史·鲍照传》载："上（宋孝武帝）好为文章，自谓人莫能及，照悟其旨，为文多鄙言累句。咸谓照才尽，实不然也。"同书《刘之遴传》："（之遴）寻避难还乡，湘东王绎尝嫉其才学，闻其西上至夏口，乃密送药杀之。不欲使人知，乃自制志铭，厚其赙赠。"可见当时士人不仅会因政见不合招致杀身之祸，还往往以身负才学而见忌于当权，所以谢朓在告别谢瀹时指其口说："此中唯宜饮酒。"（《南齐书·谢瀹传》）在如此险恶的政局下，人的思想虽然解放，但除了发言玄远的清谈玄理，就是纵情山水、沉迷声色，文字上也难免表现为上述内容和倾向。

魏晋南北朝是南北政权对峙的时期，在文化上表现为不平衡发展。南方文化相对说来较为成熟，文学创作取得了很高的成就。北方尤其是前期，主要是向南方文化学习，一些较为有名的作家，很明显在南方作家作品中讨生活①。尽管如此，北朝作家仍然具有自己的风格，正如《隋书·文学传序》所说："江左宫商发越，贵于清绮，河朔词义贞刚，重乎气质。气质则理胜其词，清绮则文过其意，理深者便于时用，文华者宜于咏歌，此其南北词人得失之大较也。"总的说来，北朝文学比较重实用，思想上尊崇儒学，维护礼教、纲常，因此现实性较强。在文体的选择上也与南方有所不同，比较重应用性文体。北朝的散文很发达，是胜于南方作家的②。不过南北虽然对峙，文化交流却很频繁，而且形式多种多样，比如南北双方互派使者、南方作家和文人因各式各样原因北投、边地的贸易（尤其是文化贸易）往来、双方战争所带来的人员流动，等等。著名者如庾信由南入北，其文风对北人产生了极大影响。这不仅直接促进了北朝文学的进步，而且庾信自己也汲取了北方的营养，他那写于北方，表现乡关之思、亡国之恨、羁旅之悲的作品，为他赢得了文学史上不朽的声名。这些作品是南北文化融合背景中的产物。庾信的成功，显示出南北方文学传统合流后所能取得的成就，同时北方文学已经具有了自己独立的风格特征，在许多方面都已赶上、甚至超过了南方文学。

三、学术思想与文学写作

由于社会黑暗混乱，生存维艰，汉末以来生命主题已成为诗人歌咏的对象。三国时期，诗人们摆脱了礼教的束缚，在千疮百孔的社会废墟上慷慨悲歌，抒发自我的生命体验，再现了汉末社会真实面貌。自司马氏掌权，以礼教的名义大肆诛杀异己，故而正始名士大呼"礼岂为我辈设也"（《晋书·阮籍传》），尚能隐曲地表达胸中的愤懑和不满，抒发忧生之嗟，以自然对抗名教。此时，玄言诗也在悄然兴起。刘勰《文心雕龙·明诗》说："正始明道，诗杂仙心。何晏之徒，率多浮浅。"至西晋，政治高压之下，以自然为尚的玄学沦为清谈，实际上是向统治者的所谓名教屈服了，所以乐广有"名教中自有乐地"之论。其时士无特操，更没有了进取的激情。故而太康文学虽勃尔复兴，但已无复建安之风力，东晋更以玄言诗独标一代。所以钟嵘《诗品》说："永嘉时，贵黄、老，稍尚虚谈。于时篇什，理过其辞，淡乎寡味。"

然而"淡乎寡味"的玄言诗风中早已开始酝酿新的质素。玄学本身即有很强的审美趣味，谈玄者常因谈论之玄妙而流连忘倦，玄谈本身即是一种审美。他们最初注重仪容之美，如夏侯玄，"时人目夏侯太初'朗朗如日月之入怀'"，山涛称嵇康"嵇叔夜之为人也，岩岩若孤松之独立；其醉也，傀俄若玉山之将崩"（并见

---

① 《北齐书·魏收传》："（魏）收每议陋邢邵文。邵又云：'江南任昉，文体本疏，魏收非直模拟，亦大偷窃。'收闻乃曰：'伊常于《沈约集》中作贼，何意道我偷任昉。'"

② 参见曹道衡、沈玉成《南北朝文学史》，人民文学出版社 1991 年版。

《世说新语·容止》）。渐渐地许多其他事物也进入人们的审美视野，如支道林偏爱马的神骏，王徽之喜好竹的节操，而明秀的江南山水也就愈益成为诗人审美歌咏的对象。在他们看来，山水的自然与玄理的自然是相冥合的，在山水田园中诗人可以更好地冥悟自然真率的玄理。陶渊明之出现于晋末宋初，绝非偶然之事。陶渊明诗文顺应自然、真率质朴，但行文不苟，字句凝练而不可移易，这与他身处的时代，他的个性才情，以及他思想中融合了玄、儒都是不可分割的。在六朝，山水小品和山水诗都达到了极高的水平，这与玄学思想的流行是紧密相关的。

　　政局的不安，生命的易逝，玄学的流行，以及佛教的传入，加上士族的富庶，使得隐居不再停留在口头上，而是成为了许多士人切实的选择。高卧东山，归隐田园，成为此时一些人的真实追求，或者某些人自高身价的捷径。不论何种情形，隐逸终于成为文坛吟咏的一大主题。如果说左思和陆机的《招隐诗》、王康琚的《反招隐诗》是受了淮南小山的《招隐士》之影响，潘岳的《闲居赋》来自张衡《归田赋》的启发，那么陶渊明的大量描写田园隐居生活的诗歌，则是他隐居躬耕生活的真实写照，无怪乎钟嵘许之为"古今隐逸诗人之宗"了。

四、士人品格、文人阶层与文学表现

　　从魏晋至南朝的文学发展中，士人的品格在政治高压下每况愈下，严重影响了其在文学上的表现。建安诗人秉承汉末党人清议的品格，每以天下苍生为念，"戮力上国，流惠下民"是他们共同的追求，所以他们的诗文大多慷慨激昂、梗概多气，"建安风骨"一直为后人所称道。正始名士虽然已不如他们的前辈，但尚有嵇康那样不肯俯首的刚直之士，然而多数人只能像阮籍那样对时政不置可否，而苟全性命于乱世，更有径直倒向司马氏政权者。至西晋，士人多无特操，在八王之乱中，陆机先依附赵王伦，赵王伦败亡后又依附成都王颖，攻打长沙王乂，他的选择很难让人找出其中的大义所在，"华亭鹤唳，岂可复闻"之叹，与李斯上蔡东门黄犬逐兔不可得的慨叹是一样的无奈，也一样的咎由自取。他们在文学创作上只能逞才竞繁，以华美轻靡为特色，钟嵘谓张华"儿女情多，风云气少"，实为西晋一代士风浸濡下文风的共同特点。东晋士人以门阀、清谈为特征，高门子弟，锦衣玉食，惟以清谈为意，以不婴世务超然物外为高，"嗤笑徇务之志，崇盛忘机之谈"（《文心雕龙·明诗》），实际上造成了他们的普遍无能，此时出色的作家，却是出身寒素的郭璞与陶潜，先后辉映。但此时是士族势力的鼎盛时期，他们高居金字塔的顶端，连皇室都要赖之以治，他们是政治权力的主体。东晋士人与西晋不同的是摆脱了庸俗的心态，开始追求高雅的、艺术化的生活。文学写作之外，书法、音乐、绘画，以及很多风雅的癖好，如对松、竹、鹤、马及山水的爱好等十分流行。所以此时许多小品文和偶然出现的带有玄言成分的山水诗赋，充满了

士大夫的生活的雅趣。比如王羲之组织的兰亭集会，许多士人流觞赋诗，虽是以山水体道，但毕竟有了山水的因素，如谢安的《兰亭诗》其一：

> 伊昔先子，有怀春游。契兹言执，寄傲林丘。森森连岭，茫茫原畴。迥霄垂雾，凝泉散流。

"千岩竞秀，万壑争流"的江南山水陶冶了东晋以至南朝士人的情操，他们也创造了许多山水美文。他们的高情雅趣引后人无限遐想，影响也最为深远。

降至南朝，士族的政治地位有所下降，寒族逐渐典掌机要。这种地位的变化，给士族文人带来极大的失落感：他们的地位和权势已不再像原先那样无虞，他们中有很多人不再保持超然世外的姿态，而是变得积极入世，如今努力要做到的是保持自己家门不至太衰落。这令士族真正感觉到了自己已不再有特殊的优越感，这个巨大的落差在王谢等高门大族中都有所反映。如谢灵运，《宋书》本传称他"自谓才能宜参权要，既不见知，常怀愤愤"，但南朝士族的情形正如赵翼所论，已没有具备治世之能者：

> 所谓高门大族者，不过雍容令仆，裙屐相高，求如王导、谢安柱石国家者，不一二数也。次则如王宏、王昙首、褚渊、王俭等，与时推迁，为兴朝佐命以自保其家世，虽市朝革易，而我之门第如故，以是为世家大族，迥异于庶姓而已。此江左风会习尚之极敝也。（《廿二史札记》卷十二"江左世族无功臣"条）

齐武帝也说："学士辈不堪经国，唯大读书耳。经国，一刘系宗足矣。沈约、王融数百人，于事何用？"（《南史·恩倖·刘系宗传》）

此时士族地位虽有所下降，但不仅仍保持着政治、经济上的特权，在文化上也具有相当的优势，如谢氏依然有谢灵运、谢脁这样的大作家。同时，士族的衰落就意味着庶族的渐渐兴起，南朝四个政权的创建者皆出身寒素，真正有才能的执政者也以寒族士人为主，不仅作为皇室的刘氏、萧氏涌现了大批文学人才，寒士文人如鲍照、吴均、刘绘、刘孝绰、到溉、到洽等也有较高的成就。

南朝士人在品格上经历了对东晋高雅追求的反叛和向西晋低俗心态的回归。士族失去了高高在上的优势，他们的人格日益低萎，为保家门，往往沦为政治花瓶。而寒族固然在渐渐夺权，但也缺乏更高的追求，往往沉浸于吴侬软语的销金窟中，北伐的失利和无望令南朝政局更显不稳，他们也就更加醉心于酒色歌诗，文学在形式上新变迭出，日见其巧，但在内容上却从山水走向都市和宫廷，愈加局促和俗艳。文学成为人们纵情娱己、忘怀世事的麻醉剂。以乐府诗为例，汉乐府有少量文人创作，更多的是采自民间，所以具有"感于哀乐，缘事而发"的特点，风格质朴浑厚；魏晋乐府则基本上是文人（如三曹）之作，多是借旧题写时事，或者拟作而已，已有追求华美的倾向；南朝乐府却以采自城市民间为主，亦有文人作品，内容不出男女之情，风格巧艳淫靡，不复汉乐府之旧。不仅乐府如此，文人诗文在南朝也惟巧艳是求，永明体、宫体为先后影响之大宗，而永明体贵"巧"，宫体尚"艳"。刘勰在《文心雕龙·通变》中历述文风转变时，将宋初文风归为"讹而新"，在《明诗》中说："俪采百字之偶，争价一句之奇，情必极貌以写物，辞必穷力而追新，此近世之所竞也。"他对宋初文学的看法，恰恰是整个南朝文学发展的总趋势。萧子显《南齐书·文学传论》也强调文章新变的一面："习玩为理，事久则渎，在乎文章，弥患凡旧。若无新变，不能代雄。"新变思潮在一定程度上推动了文学的发展，如对诗歌的用典、对偶、声律等形式方面的探索，直接导致了近体格律诗的诞生。唐诗的兴盛，正是在对这样的内容的批判和反拨，以及对其技巧的继承和发挥上实现的。

　　值得一提的还有北朝文学。自晋室播迁，北方陷入五胡十六国的混战之中，人们活命犹难，更无暇思及文学。北魏一统黄河流域，北方始稍稍安定下来，汉胡习俗相互融合；至北魏孝文帝迁都洛阳，推行改革，北朝文学才开始兴盛起来。但北朝的环境与东晋、南朝有极大差异，其统治思想以儒学为正统，继承的是汉代以来的经学传统，统治者自上而下以至文人学士大多不好诗文，而是崇尚质朴，即便汉族高门士人也大多致力于政治和学术，而无心于文学创作。所以北朝流传下来的文人作品极少，且多数是后期文人在南朝文风影响下的创作，如温子昇、邢劭、魏收等，以及南朝文人到北方后在南北文风融合下写成的作品，如庾信、王褒等。与南朝士人诗文的发达不同的是，北朝好的作品一则为乐府民歌，二则为以《水经注》《洛阳伽蓝记》为代表的散文。北朝晚期出现了南北文风的融合，南北文人交流切磋，北方文人大力学习并超过南方，预示着一个高度灿烂辉煌的文化高潮已渐来临。

第三节　魏晋南北朝文学的地位与影响

　　魏晋南北朝是一个动荡的时代，但在文学上则是一个让后人心驰神往的时代。文学的自觉伴随着文学批评的兴盛，人们对文学投入了前所未有的热诚，朝代的更替夹杂在政权的割据之中，文学的新变一如此时朝纲政权的更迭，令人眼花缭乱。此时不仅有三曹、二陆、陶谢、鲍照、谢朓、庾信等流芳百世的大作家，更有建安风骨、正始之音、田园诗、山水诗，以及元嘉体、永明体等诗歌的典范。音韵学的初步发展，为人们在文学中运用声律提供了可能；骈文兴盛，以及近体诗格律的建立对唐宋诗文的发展演变影响深远。

一、文学的新变

萧子显所谓"若无新变，不能代雄"，确能代表此时的呼声。魏晋南北朝文学的确以新变见长，每个时代、每种文体、每位作家，皆呈现出独具的面貌。建安文人以风骨著称，慷慨任气，志深笔长；正始、太康，笔力渐弱，但文坛的繁盛犹过前代，故钟嵘《诗品序》说："太康中，三张、二陆、两潘、一左，勃尔复兴，踵武前王，风流未沫，亦文章之中兴也。"及至东晋，虽然玄言诗始终霸据诗坛的主导地位，但在"以玄对山水"的清谈活动中却孕育出山水、田园两种影响深远的诗歌题材，并在晋宋之际结出陶渊明、谢灵运两大"硕果"。南朝文学虽以淫靡为后世诟病，但世人对文学的重视，却超过了以往所有的时代，不仅历代帝王极重文学，而且文学世家、名家辈出，王、谢之外，兰陵萧氏、彭城刘氏，皆以文名世，谢灵运、颜延之、鲍照、谢朓、王融、沈约、吴均、庾信等名家，奕世并盛，可谓盛况空前。北朝自魏孝文帝改革，文学渐兴，虽远不及南朝兴盛，亦自具特色，由于地理环境、战乱及少数民族与汉族的融合等原因，北朝文学呈现出贞刚质朴、豪迈清新的风貌，为南北文风的融合注入了刚健的质素。

在文体方面，建安时期的五言古诗继承了汉末以来的传统，并增强了个性化的表达；正始、太康而后，诗歌的写作日渐华美，东晋的玄言诗则变而"平典似道德论"；南朝声色大开，始而有元嘉体，继而永明体重声韵技巧，宫体则雕琢蔓藻、弥复丽靡。五言之外，乐府诗由汉代的"缘事而发"到曹魏的以旧题写时事，再到江左的歌唱男女之情，及北方的尚武之风，也是各具时代与地域的特色。七言古诗开始兴盛，绝句也在南朝民歌的激发下诞生。在诗歌追求对仗、用典、声韵的氛围下，散文出现骈化，骈体文、赋由此产生。小说也在此时出现了创作的高潮，涌现出一大批志人、志怪小说，为唐传奇的写作奠定了坚实的基础。

二、声律的创建

声律问题对汉语文学而言可以说是与生俱来的，因为汉语是单音节字，一句之中字词间的配合，声调和谐方能流畅悦耳。所以上古文学中多有注意用韵者，句子的对偶、变化也能够做到谐调和畅。但从理论上开始注意声律的追求和研究，则是汉末魏晋以后的事，且与佛教的传入相关联。佛教的传播需要佛经的翻译，佛经最初是用古梵语写成的，梵语是一种拼音文字，译经对中国音韵学的创始和发展都有极深的影响，反切和四声的发现便是受了佛经翻译的启发。

声律的创建和运用主要是在诗歌和骈文领域。陆机在《文赋》中已提出"暨音声之迭代，若五色之相宣"，开始从理论上注意到声律的重要；范晔曾谈及他本人在声律上具有超越时辈的见解（《狱中与诸甥书》），但可惜他的理论并未流传后世。真正在理论上提出声律的学说并用于实践的，是永明年间的周颙、沈约、王融、谢朓等人。周颙写有《四声切韵》，沈约作有《四声谱》，他们提出了四声八病的学说。虽然当时的诗人无法严守声病之说，但声病说的提出带来了新体格律诗的创作高潮，并在实践中逐渐发展为唐代的新体诗。可以说，没有声律的创建，就没有唐诗的繁荣。

三、诗歌的典范

魏晋南北朝时期虽非中国诗史上最昌盛的时期，但许多诗歌和诗人已成为后世景仰的典范。比如建安风骨，历来是人们反对轻靡文风的旗帜。建安作家亲历战乱，饱经忧患，对国家和民生深切关心，愿意为国家效力，建功立业，扬名后世。故发为笔端，多慷慨之音。建安风骨成为后人写作和批评所坚持的标准，成为中国文学批评史中重要的范畴。

此外，阮籍的《咏怀》，左思《咏史》，都以抒发个人情志见长，左思并与鲍照一起，开辟出寒士文学一途。而在这一片光芒的海洋中，最为耀眼的，当然要数东晋末年的陶渊明和宋初的谢灵运。陶渊明在中国诗歌史上是一个永恒的亮点，他的人品和诗品，打动了一代又一代读者。陶渊明在复杂的政治环境中坚持个人高洁的品格，成为魏晋风流的代表。陶渊明诗歌成就主要表现在田园题材的开创和写作上，田园那种静穆之美，第一次通过陶渊明再现于读者面前，为中国文学增加了新类别。而陶渊明本人成为中国士大夫精神上的一个归宿。陶渊明在后世备受推崇，被目为"古今隐逸诗人之宗"，以他为代表，构成了中国隐士文化的核心内容，因此，不仅在文学史上，他在思想史和文化史上也同样是影响深巨的伟人。

谢灵运是古代山水诗写作的重要奠基人。他能够准确地抓住山水事物在不同时间、地点中特定的形态，并用精巧工丽的语言，形象地再现出来。谢灵运的山水诗，如初发芙蓉，自然可爱①，这是他建立的山水诗写作传统的核心内容。作为第一个以山水为主要写作对象的诗人，谢灵运积累了丰富而新鲜的写作经验，并

---

① 《南史·颜延之传》载："延之尝问鲍照己与灵运优劣，照曰：'谢五言如初发芙蓉，自然可爱。君诗若铺锦列绣，亦雕缋满眼。'"

且建立了山水诗写作模式，为后人所遵循①。

思考题

1. 如何理解魏晋南北朝时期是文学的自觉时期？
2. 谈谈门阀士族对魏晋南北朝文学的影响。
3. 请谈谈南朝文学新变的情况，并分析其成就、影响及缺陷。

---

① 参见宋绪连《谢灵运山水诗结构初探》（《辽宁大学学报》1985 年第 5 期）、周勋初《论谢灵运山水文学的创作经验》（《魏晋南北朝文学论丛》，江苏古籍出版社 1999 年版）。

第一章 三国文学

三国①文学显然以曹魏为重镇，而曹魏文学又因社会及政治的原因出现建安与正始两个特色鲜明的时段。建安时期，曹操父子及其周围的以"七子"为代表的文人各抒胸臆，创作出大量独具个性、慷慨多气的诗歌和散文，为文人诗的兴起、五言诗的发展铺平了道路。司马氏在与曹氏的政治斗争中大肆诛杀异己，令士人陷入恐怖的氛围，常怀忧惧。于是嵇康以其桀骜不驯而招致杀身之祸，阮籍为之发言玄远而苦闷以终。然而以他们为代表的正始名士，各自用生命抒写的诗文，却成为文学上"正始之音"的代表。

吴、蜀虽然在政治上与曹魏鼎足而三，文学的成就却远远落在了后面，这是有多方面的原因的。吴、蜀二国亦非全无文人，而且两国的文人也写出了一些流传后世的佳作。其具体情形，还是值得我们探寻和深思的。

第一节 曹氏父子与建安文学

建安文学是汉末建安时期兴起的文学，是以曹操父子为核心、以建安七子等曹魏集团文人为主力的文学。建安文人开创了文学发展的新天地，特别是诗歌，曹操的古直悲凉，曹丕的便娟婉约，曹植的骨气奇高、词彩华茂，建安七子等众多作家各呈才藻。在他们的共同努力下，两汉的乐府民歌发展为成熟的文人诗，五言诗走上了更加开阔的发展道路，七言诗也奠定了发展的基础。志深笔长、慷慨多气的建安风骨成为这一时期文学的旗帜，也成为后世文人追摹的典范。

一、曹操对乐府旧题的改造

曹操（155—220），字孟德，汉末沛国谯（今安徽亳州）人。他幼时任侠放荡，但在汉末的动荡战乱中成长为著名的政治家、军事家，以其雄才霸略，挟天子以令诸侯，统一北方，为曹魏政权奠定了基业，成为北方的实际统治者。

曹操的一生主要是在东征西讨的战争中度过的，但他在戎马倥偬之际，不忘兴礼乐、崇文学，即所谓"外定武功，内兴文学，……既立德立功，而又兼立言"（《三国志·荀彧传》裴注引《彧别传》）。曹操不仅多才艺，书法、音乐、围棋等皆造诣甚高，尤其对文学表现出浓厚兴趣。曹操非常注意网罗天下的文士，当时建安七子等许多有成

---

① 严格来说，三国始于 220 年魏代汉，终于 265 年晋代魏。但史家往往以 184 年爆发黄巾起义为三国上限，因此后东汉已名存实亡，中国由统一进入分裂混战的时代；以 280 年晋灭吴为三国下限，至此分裂的局面复归于一统。本书即采后说。

就的文士都投到了曹操的麾下。非但如此，曹操自己也十分热衷文学写作，并且是"改造文章的祖师"（鲁迅《魏晋风度及文章与药及酒之关系》），实际上也是当时文坛的领袖。他诗文兼善，而诗歌影响尤大。汉代文人写诗的不多，乐府诗的创作就更少，而曹操却专力于乐府诗的创作，今其存诗，皆为乐府，王沈《魏书》称他"御军三十馀年，……登高必赋，及造新诗，被之管弦，皆成乐章"（《三国志·武帝纪》裴注引）。

曹操的乐府诗继承了汉乐府"感于哀乐，缘事而发"的优良传统，长于以乐府旧题写时事。其中一部分诗反映了汉末大动乱的社会现实及战乱给百姓带来的苦难，如《薤露行》写何进误国、董卓作乱的经过，诗篇结尾言："播越西迁移，号泣而且行。瞻彼洛城郭，微子为哀伤。"笔端含泪，感人肺腑。《蒿里行》描写初平元年（190）关东州郡联合讨伐董卓一事：

> 关东有义士，兴兵讨群凶。初期会盟津，乃心在咸阳。军合力不齐，踌躇而雁行。势利使人争，嗣还自相戕。淮南弟称号，刻玺于北方。铠甲生虮虱，万姓以死亡。白骨露于野，千里无鸡鸣。生民百遗一，念之断人肠。

诗歌真实地记录了袁绍、袁术兄弟为首的关东诸侯最初联合讨贼，终因争权夺利而互相攻杀，使社会陷入长期混战的割据动荡局面，结篇六句描述战乱给人民带来的惨状，流露出作者的深切同情，苍凉凄楚，叫人肝肠痛断。这两首诗悯时伤乱，真切深刻，被后人称为"汉末实录"（明代钟惺《古诗归》卷七）。类似的还有《苦寒行》，写作者率军北征的艰辛，"行行日已远，人马同时饥。担囊行取薪，斧冰持作糜"。《却东西门行》同样反映征夫生活，却从漂泊思乡的角度入手："戎马不解鞍，铠甲不离旁。冉冉老将至，何时返故乡？"同样感人至深。

曹操乐府中有相当一部分是抒写个人情怀的诗歌，或者借歌咏历史人物抒发政治怀抱，如《度关山》、《善哉行》其一、《短歌行》二首；或者直抒胸臆，表达自己的愿望、理想和抱负，如《善哉行》后二首、《对酒》、《步出夏门行》五首；或者借游仙的主题慰藉自己生命有限、壮志难遂的情怀，如《气出唱》三首、《精列》、《陌上桑》、《秋胡行》二首。相对来讲，描绘理想政治及游仙类的诗歌成就较低，而受汉乐府的影响也较大①。他的名世之作主要是表现自己雄心壮志的

---

① 陆侃如、冯沅君《中国诗史》说"他的政治的诗竟可算全集中最坏之作"，认为喜欢直引经文恐怕是拙劣的原因之一，并举《短歌行》其一、《对酒》中引用《左传》《孟子》的成文为例加以证明。如"三年耕，有九年储。仓谷满盈，斑白不负戴"之类，确乏诗味。另，关于游仙诗的写作时代，陆、冯认为是曹操早期模拟汉乐府之作，而黄节、夏传才从诗歌反映的史实、心境着眼，认为是曹操晚年所作，似以黄、夏之说为是。见陆、冯《中国诗史》，百花文艺出版社 1999 年版，第 246、247 页；黄节《汉魏乐府风笺》，人民文学出版社 1958 年版，第 117 页；夏传才《曹操集注》，中州古籍出版社 1986 年版，第 28—35 页。

诗歌。

《短歌行》的第二首是曹操一统天下雄心壮志的自然流露：

> 对酒当歌，人生几何？譬如朝露，去日苦多。慨当以慷，忧思难忘。何以解忧？唯有杜康。青青子衿，悠悠我心。但为君故，沉吟至今。呦呦鹿鸣，食野之苹。我有嘉宾，鼓瑟吹笙。明明如月，何时可掇？忧从中来，不可断绝。越陌度阡，枉用相存。契阔谈宴，心念旧恩。月明星稀，乌鹊南飞，绕树三匝，何枝可依？山不厌高，海不厌深。周公吐哺，天下归心！

这首诗表达了作者求贤若渴的心情和统一天下的壮志。前八句感慨人生短暂，暗含着统一天下之壮志未酬的忧思；接着引用《诗经·子衿》表达了对贤才的思念，并用《小雅·鹿鸣》的成句，表示宴请群贤的喜悦；然后笔锋突转，借明月抒发愁思的不可断绝，引人遐想；最后以乌鹊比喻贤才，以周公自况，希望群贤毕至、天下归心，揭示了诗歌主旨。整首诗初读之下，似乎意思不太连贯，但辞断而意属，基调悲凉慷慨，艺术成就很高。

《步出夏门行》第二章《观沧海》、第五章《龟虽寿》，是个人抒怀的代表作。《观沧海》可说是我国现存第一首完整的山水诗：

> 东临碣石，以观沧海。水何澹澹，山岛竦峙。树木丛生，百草丰茂。秋风萧瑟，洪波涌起。日月之行，若出其中；星汉灿烂，若出其里。幸甚至哉，歌以咏志。

诗人用极简洁的文笔勾画出秋季大海雄壮的风貌，"日月之行，若出其中；星汉灿烂，若出其里"，唯有心胸如海的人，方能运用如椽巨笔，描绘出如此壮阔的景象。全诗皆景语，亦皆情语，诗人形象已完全融入其中，大海就是他的化身。

曹操的乐府诗与汉乐府在精神上一脉相承。他本人是个雄心勃勃的政治家、军事家，所写的诗篇都是反映社会现实的重大题材和自己的切身感受，尤其善于从大处落笔，寄托自己的感慨和雄心。他的语言本色质朴，情感慷慨悲凉，锺嵘评曰："曹公古直，甚有悲凉之句。"（《诗品》）但悲凉之中涌动着慷慨奋发之气，如《龟虽寿》："老骥伏枥，志在千里。烈士暮年，壮心不已。"宋敖器之《诗评》说："魏武帝如幽燕老将，气韵沉雄。"正是对曹诗风格的切当评价。从体裁讲，曹操的成就，四言更为突出，他为已经僵化的四言诗注入了新的活力。

曹操还是"改造文章的祖师"，他的散文不拘一格，打破了两汉骈俪典重的趋势，行文中常有一股真率通脱之气。如他发出"唯才是举"的求贤之令，甚至对

"不仁不孝而有治国用兵之术"者也"勿有所遗"（《举贤勿拘品行令》），又说："设使国家无有孤，不知当几人称帝，几人称王。"（《让县自明本志令》）这些都是非曹操不能道的，其对当时及后世文风的影响是非常深远的。

二、曹丕的诗歌成就

曹丕（187—226），字子桓，是曹操的次子，曹操在世时先后任五官中郎将、副丞相，被立为魏太子，曹操去世后于220年代汉自立，是为魏文帝，在位六年。曹丕生活的环境相对安定，交往的对象也主要是文学之士，留守邺城时与曹植、建安七子（不含孔融）、吴质等朝夕游宴，形成邺下文人集团。他"好文学，以著述为务"（《三国志·魏书·文帝纪》）。今存诗四十馀首，乐府、古诗约各居其半。曹丕诗的题材相对狭窄，这与其生活经历和个人气度是分不开的，但他在诗歌体裁上却有多方面的尝试，四言、五言、六言、七言及杂言无所不有，而尤以五言、七言成就最高、影响最大。

曹丕诗歌的题材大致可分三类：一为军事征伐之作，如写军旅之壮，《黎阳作》云："千骑随风靡，万骑正龙骧。金鼓震上下，干戚纷纵横。"《至广陵于马上作》言："观兵临江水，水流何汤汤。戈矛成山林，玄甲耀日光。"皆颇具声威，有追步曹操的志意，只是笔力嫌弱，难以振起全诗。第二类是述游宴之作，如《芙蓉池作》《于玄武陂作》等，反映了他与邺下文人游山玩水的雅致生活，清丽华美，深合其"诗赋欲丽"（《典论·论文》）的主张。第三类是代言游子思妇之情的作品，也是他写得最好的，如《于清河见挽船士新婚与妻别》写新婚之别的痛楚，哀婉动人，又如《杂诗》其二：

> 西北有浮云，亭亭如车盖。惜哉时不遇，适与飘风会。吹我东南行，行行至吴会。吴会非我乡，安得久留滞。弃置勿复陈，客子常畏人。

这首诗不像上述模山范水的华丽之作，运语淳厚古朴，深得汉乐府及汉人古诗真谛，尤其中间几句，重言反复，与诗歌要表达的游子客居畏人而无法排解的思乡之情十分吻合。钟嵘《诗品》说曹丕诗"惟'西北有浮云'十馀首，殊美赡可玩，始见其工"，是有独到的眼光的。其写思妇的诗可以《燕歌行》其一为代表：

> 秋风萧瑟天气凉，草木摇落露为霜，群燕辞归雁南翔。念君客游思断肠，慊慊思归恋故乡，君何淹留寄他方？贱妾茕茕守空房，忧来思君不敢忘，不觉泪下沾衣裳。援琴鸣弦发清商，短歌微吟不能长。明月皎皎照我床，星汉西流夜未央。牵牛织女遥相望，尔独何辜限河梁？

这是现存最早的完整七言诗，深受后人推重，王夫之《姜斋诗话》称赏曰："倾情、倾度、倾色、倾声，古今无两。"诗写女子对客游他乡的丈夫的思念之情，先渲染出一个萧瑟寥落的秋景，情与景谐，一韵到底，语缓情长，清丽委婉。只是这种逐句押韵的形式，表明七言诗尚不成熟，鲍照之后，才渐有压倒五言之势。

曹丕敏感而多情，常于广坐欢宴之时，突然兴起一股悲情，"乐极哀情来，寥亮摧肝心"（《善哉行》其四），真是"乐往哀来，怆然伤怀"（《与吴质书》）。纤细的情思使他能够体察事物细微的变化，并常为时节的更替、友人乃至陌生人的凋零而落泪。他又极善于选用清丽的词句、绵婉的韵律，所有这些使得曹丕非常适合于创作为游子思妇代言的诗歌，从而形成清丽纤弱、便娟婉约的风格。他的文章也具有同样的特点，特别是他的书信，直抒胸怀，别具感人的力量，如《文选》所录两封写给吴质的信，写景抒情，顾念旧游，娓娓道来，感慨良多。刘勰说："子桓虑详而力缓。"（《文心雕龙·才略》）沈德潜评曰："子桓诗有文士气，一变乃父悲壮之习矣。要其便娟婉约，能移人情。"（《古诗源》卷五）都是非常中肯的。

三、建安诗坛的最高峰——曹植

曹植（192—232），字子建，曹丕之弟，是建安时期最负盛名的诗人。他的生活和创作可以 220 年曹操病逝为界，划分为两个时期。他"生乎乱，长乎军"，幼年是在跟随曹操的征战中度过的，目睹时艰，树立了"戮力上国，流惠下民，建永世之业，流金石之功"（《与杨德祖书》）的壮志。曹植天资过人，才思敏捷，深得曹操喜爱，几乎被立为太子。但在与曹丕争太子之位的斗争中，曹植因"任性而行，不自彫励"，终致败给其兄。曹丕即魏王位并称帝后，对曹植百般猜忌，曹植位为藩侯，实同囚徒，贬爵徙封接连不断，若非其母卞太后的回护，他恐怕早被杀害。曹叡继位也没有改变他的处境，曹植最后忧愤以终。

曹植前期志得意满，过着贵公子的生活。但他在战乱中看到了人民生活的悲惨，并对此寄予同情。《送应氏》其二描写了洛阳遭战争破坏后的破败荒凉景况，最后说："中野何萧条，千里无人烟。念我平生亲，气结不能言。"《泰山梁甫行》同样满怀同情地叙述了所见边海之民的凄惨处境①。与此相关的是，曹植常以"烈士""壮士"自期，渴望在战场上建功立业，实现天下的安定统一。他高唱："抚剑而雷音，猛气纵横浮。泛泊徒嗷嗷，谁知壮士忧。"（《鰕䱬篇》）壮士之忧，就

---

① 《泰山梁甫行》的写作时代有两种不同意见，一说是早期作品，一说是后期就国临淄或徙封鄄城、东阿时所作。关于后说，清人朱绪曾已辨其非（黄节《汉魏乐府风笺》引之，人民文学出版社 1958 年版，第 161 页）。学人多因泰山、梁甫在齐地，故多以曹植封地在齐之时实之，其实曹操乐府已用乐府旧题写时事，曹植此作更是旧瓶装新酒，与是否在齐地是无关的，更可能是曹植早年随曹操征战各地时亲闻亲见之作。

是要建立功业："愿得展功勤，输力于明君。怀此王佐才，慷慨独不群。"（《薤露行》）《白马篇》中塑造的少年游侠形象，代表了曹植的浪漫梦想：

> 白马饰金羁，连翩西北驰。借问谁家子，幽并游侠儿。少小去乡邑，扬声沙漠垂。宿昔秉良弓，楛矢何参差。控弦破左的，右发摧月支。仰手接飞猱，俯身散马蹄。狡捷过猴猿，勇剽若豹螭。边城多警急，虏骑数迁移。羽檄从北来，厉马登高堤。长驱蹈匈奴，左顾陵鲜卑。弃身锋刃端，性命安可怀？父母且不顾，何言子与妻！名编壮士籍，不得中顾私。捐躯赴国难，视死忽如归。

诗中的游侠是个武艺超群而又充满爱国心的少年英雄，是曹植想象中寄托理想的人物。

曹植的后半生是在遭受迫害和极度压抑的环境中度过的，反映自己的遭际和对骨肉相残的愤懑，便成为他的诗歌理所当然的题材。《野田黄雀行》就具有这样的象征意义：

> 高树多悲风，海水扬其波。利剑不在掌，结友何须多？不见篱间雀，见鹞自投罗。罗家得雀喜，少年见雀悲。拔剑捎罗网，黄雀得飞飞。飞飞摩苍天，来下谢少年。

处境的限制，使得曹植后期的愤懑之情不得不用较为隐晦的方式发泄出来。这首诗就是用寓言的形式，以鹞、罗比迫害者，以雀象征受害者，解救黄雀的少年则代表正义之师，是曹植的幻想。他有名的《七步诗》也是使用了一个比喻。而在《赠白马王彪》中则因任城王曹彰的遇害，激发了积压心头的愤怒，愤而成篇，全诗七章，以辘轳体前后勾连，悲愤之气绵贯全篇，抒情、叙事、写景融为一体，是文学史上有名的抒情巨制。

曹植有不少托思妇、弃妇以言志的诗，也是采用一种委曲的抒情方式，如《浮萍篇》《七哀诗》《美女篇》《种葛篇》《弃妇篇》等。其中《七哀诗》可为代表：

> 明月照高楼，流光正徘徊。上有愁思妇，悲叹有馀哀。借问叹者谁，言是宕子妻。君行逾十年，孤妾常独栖。君若清路尘，妾若浊水泥。浮沉各异势，会合何时谐？愿为西南风，长逝入君怀。君怀良不开，贱妾当何依。

这类诗继承了屈原以夫妇喻君臣的笔法，缠绵悱恻，寓意深远，寄托了他为君所忌、怀才不遇的苦闷。曹丕写游子思妇的诗完全是代他人作嫁衣裳，模拟汉乐府的痕迹较显著；而曹植不同，他从切身处境出发，抒发的是自己的哀怨之情。

在走投无路的时候，曹植甚至将理想幻托于仙界。曹植的游仙诗有十馀首，在他的现存诗歌中占有相当的分量。曹植本不信神仙之事，他写作这么多游仙诗，目的大概是表达对现实的不满、对自由的向往，所以将仙境描绘得绮丽、明净而逍遥，如："桂之树，桂之树，桂生一何丽佳！扬朱华而翠叶，流芳布天涯。"（《桂之树行》）"九州不足步，愿得凌云翔。逍遥八纮外，游目历遐荒。"（《五游咏》）

即使在遭受猜忌、迫害的时候，曹植仍不忘早年"戮力上国，流惠下民"的宏愿，不仅上表求用（《求自试表》），而且屡屡将此志发唱于诗歌。如《杂诗》其五：

> 仆夫早严驾，吾行将远游。远游欲何之？吴国为我仇。将骋万里途，东路安足由。江介多悲风，淮泗驰急流。愿欲一轻济，惜哉无方舟！闲居非吾志，甘心赴国忧。

同样是表达愿奔赴战场，为国家的统一效力，但此时已经与当年"名编壮士籍，不得中顾私"的义无反顾不同，而是被迫"闲居""愿欲一轻济，惜哉无方舟"了。

曹植的诗歌代表着建安风骨的最高成就，以及此后五言诗的发展趋势。在当时及其身后，曹植的诗歌一直享有很高的声誉，钟嵘《诗品》誉之为"建安之杰""五言之冠冕"，并评价说："骨气奇高，词彩华茂，情兼雅怨，体备文质，粲溢今古，卓尔不群。嗟乎！陈思之于文章也，譬人伦之有周、孔，鳞羽之有龙凤，音乐之有琴笙，女工之有黼黻。"评价之高，莫过于此。"骨气奇高，词彩华茂，情兼雅怨，体备文质"几句，真正道出了曹植诗歌的特点。

首先，曹植的诗中倾注了他极为浓烈的情感，不论前期激昂奋发的壮怀，还是后期幽怨悱恻的哀吟，深厚浓烈的感情总是贯注于每一句、每个字中。他这种强烈的情感因素感染着古今所有的读者，以致每个人心目中的曹植都是一个英姿少年的形象，所以敖器之《诗评》说："曹子建如三河少年，风流自赏。"所谓"骨气奇高"，就是曹植这种精神气质在诗中的鲜明展现。不仅如此，曹植浓厚的思想情感还体现了乐而不淫、哀而不伤、怨而不怒的诗骚传统，所以说"情兼雅怨"。

其次，曹植在诗歌的艺术形式上也有极高的追求。他非常注意起句，沈德潜谓："陈思极工起调，如'惊风飘白日，忽然归西山'，如'明月照高楼，流光正徘徊'，如'高台多悲风，朝日照北林'，皆高唱也。"（《说诗晬语》卷上）起句高唱之外，他的诗篇能够做到一气贯通，没有窒碍，也没有赘语，紧凑洁净。他继承了《诗经》比兴的手法，寄托深远。他的诗对仗、辞藻、声色兼善，但又不失汉诗的质朴自然，如"秋兰被长坂，朱华冒绿池。潜鱼跃清波，好鸟鸣高枝"（《公宴》），可以说每个字都是经过锤炼的；而如"南杨栖双鹄，北柳有鸣鸠"（《芙蓉池》），则已暗合声律。沈德潜说："子建诗五色相宣，八音朗畅，使才而不矜才，用博而不逞博。"（《古诗源》）用"词彩华茂"来评价，是一点也不为过的。

曹植是第一位大力创作五言诗的诗人，他真正实现了乐府民歌向文人五言诗的转变。他对后世诗坛影响深远，正如胡应麟所指出的："《鰕䱉篇》，太冲《咏史》所自出也；《远游篇》，景纯《游仙》所自出也；《南国有佳人》等篇，嗣宗诸作之祖；《公子敬爱客》等篇，士衡群制之宗。诸子皆六朝巨擘，无能出其范围，陈思所以独擅八斗也。"（《诗薮》内编卷二）其实六朝之后，虽时有不同的评价，但许之为"后世莫及"（张戒《岁寒堂诗话》卷上）者，也是代不乏人。

曹植在诗歌之外，兼善各类文体。辞赋方面发扬汉末以来抒情小赋的传统，《洛神赋》为传世名篇，以人神之恋隐喻君臣之际，词彩清丽，音韵和协，具有浓郁的诗意。与其兄曹丕相比，曹植的文章更扬厉雄放，如他的《与杨德祖书》，评骘天下文士，极言辞赋小道，欲立德立功，不"徒以翰墨为勋绩，辞赋为君子"。这种发扬蹈厉、睥睨天下的姿态，当然与其才高气壮、自视甚高的个性有关。曹植的文章骈俪化倾向较强，如后期的《求通亲亲表》《求自试表》。但他的骈偶来得使人不觉，不像后来的四六文那样整饬，而是三、四、五、六言并用，且杂以散句，故整齐中不乏气势，字句间饱含情感，处处体现着他"骨气奇高，词彩华茂"的特点。

四、蔡琰与《悲愤诗》

蔡琰（生卒年不详），字文姬，陈留圉（今河南杞县）人，蔡邕之女。董卓之乱时被南匈奴掳走，嫁左贤王，十二年后曹操以金璧赎回，嫁屯田都尉董祀。蔡琰"博学有才辩，又妙于音律"（《后汉书·董祀妻传》），相传为蔡琰所作的诗有三首：一为《胡笳十八拍》①，一为《悲愤诗》五言、骚体各一首。其中五言《悲愤诗》通常被确认为是蔡琰所作。这是首叙事抒情长诗，长达五百四十字，叙写

---

① 《胡笳十八拍》经学术界讨论，基本定为后人托名之作。参见《胡笳十八拍讨论集》，中华书局 1959 年版。

自己遭乱被掳直至赎回嫁人的经过，饱含血泪，真切感人，尤其被赎归时与在匈奴所生二子离别一段：

> 邂逅徼时愿，骨肉来迎己。己得自解免，当复弃儿子。天属缀人心，念别无会期。存亡永乖隔，不忍与之辞。儿前抱我颈，问"母欲何之。人言母当去，岂复有还时？阿母常仁恻，今何更不慈？我尚未成人，奈何不顾思"？见此崩五内，恍惚生狂痴。号泣手抚摩，当发复回疑。

从母亲的不忍辞别、当发复回、神情恍惚等心理变化，以及幼子接连的发问两个角度，刻写这段惨绝人寰的记忆、骨肉离别的深情，真催人泪下，不忍卒读。

汉乐府中已经有像《孤儿行》《十五从军征》这样自叙身世的诗歌，注意细节描写，以情动人。蔡琰的《悲愤诗》继承了汉乐府自叙身世的现实主义叙事风格，叙事与抒情相交融，是文人叙事诗的一个高峰，与《孔雀东南飞》连璧，对后世影响很大，杜甫的《自京赴奉先县咏怀五百字》和《北征》应该是受了她的影响①。

五、建安风骨

"建安风骨"是建安文学的标志，刘勰对此做了很好的概括："观其时文，雅好慷慨，良由世积乱离，风衰俗怨，并志深而笔长，故梗概而多气也。"（《文心雕龙·时序》）的确，那是个从几百年的安定统一转入战乱分裂的时代，这样的时代呼唤英雄并崇尚英雄，在文学上的反映便是这种慷慨多气的风貌。当时以曹氏父子为核心，凝聚着像建安七子、杨修、丁仪、吴质等一大批文士，他们共同塑造了建安风骨，书写了中国文学自觉之初的第一抹辉煌。

慷慨尚气是建安文学的共同特点，曹丕所谓"文以气为主"（《典论·论文》），其实说出了时代的心声。气，即气质、个性。尚气当然要提倡个性化的创作，这就促成了当时文坛异彩纷呈、百花齐放的局面。曹丕《典论·论文》论七子创作的特点说：

> 王粲长于辞赋，徐幹时有齐气，然粲之匹也。如粲之《初征》《登楼》《槐赋》《征思》，幹之《玄猿》《漏卮》《圆扇》《橘赋》，虽张、蔡不过也，然于他文未能称是。琳、瑀之章表书记，今之隽也。应玚和而不壮；刘桢壮而不密。孔融体气高妙，有过人者；然不能持论，理不胜辞，至于杂以嘲戏；

---

① 近代施补华《岘佣说诗》论曰："《奉先咏怀》及《北征》是两篇有韵古文，从文姬《悲愤诗》扩而大之也。"

及其所善，扬、班俦也。

当时文学创作个性化发展的同时，也出现了文学艺术化的倾向。诗文在骈偶对仗、使事用典、声韵协调、辞藻华丽等方面都有所发展，这是文学创作文人化的典型特征，是文学自觉的表现。不过，建安时期的文学文人化还没有发展到"为文造情"的地步，能够从社会现实和个人遭际出发，发出慷慨悲凉的吟唱，故而能够做到情辞相称、风骨相协，正如沈约所说的："至于建安，曹氏基命，三祖陈王，咸蓄盛藻，甫乃以情纬文，以文被质。"（《宋书·谢灵运传论》）

第二节 阮籍、嵇康与正始文学

曹魏后期，司马氏掌权，大肆屠杀异己，士人的处境变得岌岌可危，与建安士人相比，他们的心中普遍存在一片挥之不去的阴霾，一种难以克服的幻灭感和失落感，再也没有了慷慨激昂的英风壮怀，他们有的依附于司马氏集团，有的以老庄之"自然"对抗司马氏的"名教"，但所有与司马氏的对抗皆以失败告终，文学的表达也渐渐无关现实、走向隐晦。这个时期以正始（240—249）年号为名①，士人大畅玄风，出现了一批正始名士和竹林名士。前者以何晏、王弼、夏侯玄为代表，主要的影响在思想方面；后者即阮籍、嵇康等竹林七贤，除了思想史上的影响，更重要的贡献则在文学上，其中又以阮籍、嵇康二人成就最高。

一、阮籍及其《咏怀诗》

阮籍（210—263），字嗣宗，建安七子阮瑀之子，陈留尉氏（今属河南）人。他"本有济世志，属魏、晋之际，天下多故，名士少有全者，籍由是不与世事，遂酣饮为常"（《晋书》本传）。可见他的"喜怒不形于色"，"发言玄远，口不臧否人物"等，都是韬晦避祸的表现。他任性不羁的痴狂背后，实际是无法排解的愤懑与痛苦，本传说他"时率意独驾，不由径路，车迹所穷，辄恸哭而反"。这种极度的苦痛，阮籍以咏怀诗的形式隐曲地发泄出来，便是那八十二首"颇多感慨之词"（锺嵘《诗品》）的"忧生之嗟"（李善《文选注》）。

阮籍的五言《咏怀》八十二首中，有的或多或少地反映了他的真实志向，如其十五有句云："昔年十四五，志尚好书诗。被褐怀珠玉，颜闵相与期。"其四十二也

---

① 正始是魏废帝曹芳的年号（240—249），但通常所说的"正始文学"，还包括此后直到西晋立国（265）这一段时间的文学创作。所以，正始时期是文学史上前继建安文学，后接太康文学的重要阶段。

说："王业须良辅，建功俟英雄。"他心目中的英雄，便是其三十九中所描述的壮士：

> 壮士何慷慨，志欲威八荒。驱车远行役，受命念自忘。良弓挟乌号，明甲有精光。临难不顾生，身死魂飞扬。岂为全躯士，效命争战场。忠为百世荣，义使令名彰。垂声谢后世，气节故有常。

这首诗的描写虽不如曹植《白马篇》那样细致，但激昂慷慨之气是一致的。

但现实政治的黑暗使他感到无奈、无助。在其三十一中，阮籍用借古喻今的笔法指出了曹魏必然覆灭的命运：

> 驾言发魏都，南向望吹台。箫管有遗音，梁王安在哉。战士食糟糠，贤者处蒿莱。歌舞曲未终，秦兵已复来。夹林非吾有，朱宫生尘埃。军败华阳下，身竟为土灰。

这首诗很明显是借战国时梁魏的覆灭暗讽曹魏统治者的荒淫腐朽，诗歌调缓意悲，寄托遥深。类似的诗在八十二首中还可找出一些，如其十六、二十九等。

现实的凶险无常时时攫住阮籍的身心，他更多的体验还是内心的孤独、忧伤、焦灼、畏惧、苦闷和彷徨等等，第一首便表达了这种复杂的心态：

> 夜中不能寐，起坐弹鸣琴。薄帷鉴明月，清风吹我襟。孤鸿号外野，翔鸟鸣北林。徘徊将何见，忧思独伤心。

清人方东树指出："此是八十一首发端，不过总言所以咏怀不能已于言之故。"（《昭昧詹言》卷三）这是不错的，全部《咏怀诗》的基调就是"徘徊将何见，忧思独伤心"的情绪。又如其三"秋风吹飞藿，零落从此始""一身不自保，何况恋妻子"，魏晋易代之际的政治之酷烈，如秋风凝霜，"忧生之嗟"就成为阮籍的诗亦即其人生的主调。所以他说"终身履薄冰，谁知我心焦"（其三十三）、"咄嗟行至老，僶俛常苦忧"（其七十七）。

虽然阮籍不敢在诗中直言其愤慨，而且时常表现出消沉、避祸的思想，以游仙与隐居作为心仪的归宿，但他并没有真的泯灭理想，对政治屠杀的无道他要斥责，对礼法之士的虚伪他也敢于揭露（其六十七）。飞鸟、玄鹤、凤凰、鸾鷖、幽兰、朱草、神仙、奇士，是他笔下出现最多的意象，阮籍用比兴的手法，在含蓄婉曲地吟咏着自己的情怀，这就是"咏怀"的含义。虽然这种表达过于曲折，"言在耳目之内，情寄八荒之表。……厥旨渊放，归趣难求"（锺嵘《诗品》），"百代之下，难以情测"（李善《文选注》），但是其精神仍上接建安，影响百世，后来陶渊明的《饮酒》《杂诗》，庾信的《拟咏怀》，陈子昂、张九龄的《感遇》，李白的《古风》等咏怀之作，莫不受其沾溉。所以严羽《沧浪诗话·诗评》说："黄初之后，惟阮籍《咏怀》之作，极为高古，有建安风骨。"他是继曹植之后又一位大力写作五言诗的重要诗人，而且完全"摆脱了乐府诗的格调，用五言诗来歌咏自己"（朱自清《诗言志辨》），从表达方式到题材命意等多方面开拓、丰富了五言诗，在我国诗歌史上占有重要地位。

二、嵇康及其四言诗

嵇康（223—262），字叔夜，谯国铚（今安徽宿州）人。他和阮籍是好友，同样好玄学、尚老庄，蔑弃礼法，不满司马氏的残暴统治。但他与至慎的阮籍之"发言玄远，口不臧否人物"不同，而是"刚肠嫉恶，轻肆直言，遇事便发"；他"又读庄老，重增其放。故使荣进之心日颓，任实之情转笃"（《与山巨源绝交书》）。所以，嵇康既有恬静寡欲、好尚自然的庄老思想，也有狂放不羁、任侠尚气的一面，看似矛盾的品性统一在他身上，就形成清高峻切的独特性格。

嵇康的诗歌虽有四言、五言、七言、杂言等多种体裁，而他最擅长的则在四言。嵇康的四言诗是继曹操之后又一成功典范，他能够摆脱《诗经》的影响，直抒胸臆，写出他潇洒超然、清峻豪迈的情怀与境界。这方面的代表作是《赠秀才入军》十八首和他临终前的《幽愤诗》。《赠秀才入军》是写给他的兄长嵇喜的，但表现的却是嵇康自己的志趣，如其九：

> 良马既闲，丽服有晖。左揽繁弱，右接忘归。风驰电逝，蹑景追飞。凌厉中原，顾盼生姿。

这首诗想象嵇喜在军中雄姿英发的形象，灵动鲜明，极有气势。第十四首最为著名：

> 息徒兰圃，秣马华山。流磻平皋，垂纶长川。目送归鸿，手挥五弦。俯仰自得，游心太玄。嘉彼钓叟，得鱼忘筌。郢人逝矣，谁与尽言。

诗中想象嵇喜戎马之馀，以渔猎弹琴自娱的超然神情，"目送归鸿，手挥五弦"所展现出的情怀，真正达到了物我两忘、天人合一的境界，王士禛评曰："'手挥五弦，目送归鸿'，妙在象外。"（《古夫于亭杂录》）

《幽愤诗》是嵇康身陷囹圄时所作，抒发了自己因耿介峻直而遇祸的愤慨之情，最后表示要"采薇山阿，散发岩岫。永啸长吟，颐性养寿"，仍然是放逸隐居的素志，以此来表达自己抗志不回的倔强秉性、绝不向司马氏低头的傲骨。他的三首五言《答二郭》，写的也是其愤世嫉俗、高蹈隐逸的情怀。

嵇康的四言诗较曹操又有所创新，他不再受《诗经》和乐府的羁绊，何焯《文选评》说："四言不为《风》《雅》所羁，直写胸中语，此叔夜所以高于潘、陆也。"陈祚明《采菽堂古诗选》也说："四言中饶隽语，以全不似三百篇，故佳。"他的四言高于五言，四言诗"雅润"①，五言则未免如锺嵘所评："过为峻切，讦直露才，伤渊雅之致。"（《诗品》）的确，他的五言诗不像阮籍诗那样隐约委曲，而是"一举殆尽"（陆时雍《诗镜》），一览无遗。

三、阮籍、嵇康的散文

在散文方面，代表正始文学最高成就的仍是阮籍、嵇康二人。阮籍的散文代表作是《大人先生传》，在这篇文章中，他虚构出一位大人先生，以老庄自然之道对礼法之士进行了辛辣的嘲讽，将他们比作裤中的虱子：

> 且汝独不见夫虱之处于裈中乎？逃乎深缝，匿乎坏絮，自以为吉宅也。行不敢离缝际，动不敢出裈裆，自以为得绳墨也。饥则啮人，自以为无穷食也。然炎丘火流，焦邑灭都，群虱死于裈中而不能出。汝君子之处区内，亦何异夫虱之处裈中乎？悲夫！……汝君子之礼法，诚天下残贼、乱危、死亡之术耳！而乃目以为美行不易之道，不亦过乎！

笔锋之犀利尖刻，词采之酣畅瑰奇，既有建安风骨的洒脱，更不乏正始玄风的旷逸。文章接着写大人先生的神游及与隐者、薪者的对话，汪洋恣肆，纵横捭阖，气势恢弘。这篇散文显然受到《庄》、《骚》、纵横家及汉赋的影响，骈散相间，风格独特。

嵇康的《与山巨源绝交书》是一篇幽默嘲讽而杂以戏谑的文字，这封书信看似漫不经心，娓娓道来，而嘲戏之意已弥漫纸上。如他讽刺山涛说："恐足下羞庖人之独割，引尸祝以自助，手荐鸾刀，漫之膻腥"，"不可自见好章甫，强越人以文冕也；己嗜臭腐，养鹓雏以死鼠也"。皆极辛辣。又如他描绘自己疏懒之状道："性复疏懒，筋驽肉缓，头面常一月十五日不洗，不大闷痒，不能沐也。每常小便而忍不起，令胞中略转乃起耳。"叫人忍俊不禁，可以想见山涛读后将做何感想。

① 《文心雕龙·明诗》："若夫四言正体，雅润为本；五言流调，清丽居宗。华实异用，惟才所安。故平子得其雅，叔夜含其润。"

其所谓"必不堪者七，甚不可者二"，更是与司马氏直接对抗。这封书信是嵇康"俊侠""兴高而采烈"（《文心雕龙·体性》）的典型写照。

《文心雕龙·才略》篇说："嵇康师心以遣论，阮籍使气以命诗；殊声而合响，异翮而同飞。"鲁迅说："这'师心'和'使气'，便是魏末晋初的文章的特色。正始名士和竹林名士的精神灭后，敢于师心使气的作家也没有了。"① 正始文学正是以其师心独见、使气任情，接续着慷慨多气的建安风骨，在文学史上独造出一种俊逸清远的意境。

第三节　吴、蜀文学

吴、蜀文学由于各种原因，远不及曹魏文学兴盛。曹操父子占据久为人文中心的黄河流域，而且他们本人具有深厚的文学素养，广纳文学才士，故而能够聚集起一批文学之士，组成"邺下文人集团"，形成彪炳千古的建安风骨。吴、蜀之地，在当时尚属偏僻落后地区，难以与中原抗衡，加之两国面对强魏的威胁，莫不以军事存国为首务，文学乃至文化事业少所用心，所以文学创作总体成就不高，且没有像曹魏那样形成风气，多为"单兵作战"。

但是，吴、蜀两国也有一些文人发挥个人的才情，创作出不少特色鲜明的佳作，有的也堪与三曹、七子比肩；再者，吴、蜀虽然与曹魏为敌国，但文化精神上一直相通相连，曹氏集团的创作以慷慨悲凉见称，吴、蜀作者同样充满忧患意识，诸葛亮之《出师表》就是一篇比肩三曹、雄视七子的苍凉悲歌；吴、蜀后期，本土文士开始成长，入晋之陆机、陆云、陈寿等，就是两国后期成长起来的新的文坛英杰。所以，吴、蜀文学理应被视为三国文学的重要组成部分，而不该长期被冷落、忽视②。

吴、蜀两国的重要文人不多，张纮、胡综、韦昭、杨泉等为吴国之翘楚，而诸葛亮、秦宓、杨戏、姜维等擅场于蜀汉。其作品流传至今固然极少，然亦有足称者。今仅就张纮、韦昭、诸葛亮之文学创作情况，简介如下。

一、吴国文学

张纮（152？—211？），字子纲，广陵（今江苏扬州）人，东吴孙策、孙权前

---

① 鲁迅：《魏晋风度及文章与药及酒之关系》，《鲁迅全集》第 3 卷，人民文学出版社 2005 年版。
② 传统的文学史中极少设专门章节介绍吴、蜀文学者，甚而至于根本忽略吴、蜀文学，至多不过略及诸葛亮的《出师表》而已。影响较大的文学史著作中，仅钱基博《中国文学史》、徐公持《魏晋文学史》、曹道衡《魏晋文学》等对吴、蜀文学所述较详，可资参考。研究文章可参考傅刚《吴蜀文学不兴的社会原因探讨》，《社会科学研究》1986 年第 2 期。

期著名谋士，与张昭并称"二张"。曾奉孙策之命赴许都求官，留许都，逾年方回吴，与孔融、陈琳相交甚笃，所作《栟榈枕赋》为陈琳称赏。今存作品《瑰材枕赋》并《箴》《为孙会稽责袁术僭号书》《临困授子靖留笺》及《与孔融书》残句。

《瑰材枕赋》是一篇咏物赋，用一连串的物象来形容枕材之美质：

> 有卓尔之殊瑰，超诡异之邈绝。且其材色也，如芸之黄。其为香也，如兰之芳。其文彩也，如霜地而金茎，紫叶而红荣。有若蒲陶之蔓延，或如兔丝之烦萦。有若嘉禾之垂颖，又似灵芝之吐英。其似木者，有类桂枝之阑干，或象灌木之丛生。其似鸟者，若惊鹤之径逝，或类鸿鹮之上征，有若孤雌之无咮，或效鸳鸯之交颈。纷云兴而气蒸，般星罗而流精。何众文之同朗，灼倏煐而发明。

这种写法虽然不能说是咏物赋的极致，但辞藻之华美，实不输邺下文士，也可以说深符"赋体物而浏亮"（陆机《文赋》）的标准了。结尾曲终奏雅，写此枕"既剖既斫，斯须速成"，不费财伤民，反倒不如前面精彩了。

张纮的文章，《为孙会稽责袁术僭号书》《临困授子靖留笺》写得各具特色。前者是代孙策给袁术写的信，孙策之父孙坚曾与袁术共讨董卓，他本人又曾依附袁术，得袁资助方有江东基业，所以在袁术僭号称帝时写信劝谏，分寸把握不易。张纮此信不仅分寸把握得当，而且写得文采斐然、词意雅正，历数九条不可僭号的理由，最后说："九者，尊明所见之馀耳。庶备起予，补所遗忘。忠言逆耳，幸留神听。"陈寿评价张纮"文理意正"，确然不虚。后一篇是张纮给儿子的临终遗言，反复叮咛，希望儿子能够"含垢藏疾"，处理好君臣关系。其情义真切，正是"人之将死，其言也善"，无怪乎孙权会"省书流涕"了。

韦昭（204—273），字弘嗣，吴郡云阳（今江苏丹阳）人，博学能文，为东吴著名史学家、文学家，因谏孙皓，下狱死。韦昭诗、文、赋兼擅，《文选》所收《博弈论》一篇，尤为世传诵。在《博弈论》中，韦昭对时人好尚的博弈之道大加批判：

> 胜敌无封爵之赏，获地无兼土之实。技非六艺，用非经国。立身者不阶其术，征选者不由其道。求之于战阵，则非孙吴之伦也。考之于道艺，则非孔氏之门也。以变诈为务，则非忠信之事也。以劫杀为名，则非仁者之意也。而空妨日废业，终无补益。

排比对仗并用，极具排山倒海之气势，虽不免批评过当之嫌，然而使人惟觉其虎虎有生气，具有建安文学以气胜的馀韵。

二、诸葛亮与《出师表》

诸葛亮（181—234），字孔明，琅琊阳都（今山东沂南）人，蜀汉丞相，著名军事家、政治家。他生当汉末三国之乱世，受刘备三顾茅庐之厚遇，辅佐刘备、刘禅父子，创下蜀汉基业，鞠躬尽瘁、死而后已，其智慧才能、高风亮节彪炳千古，为后人所景仰。

诸葛亮是杰出的政治家，不以文名，但他的《出师表》却在文学史上具有重要地位，南朝梁萧统编《文选》，颇重文采，不录《兰亭集序》，却录《出师表》，亦见其独特性。

前人曾言："读《出师表》而不流泪者，其人必不忠；读《陈情表》而不流泪者，其人必不孝。"（元赵景良《忠义集序》）虽未必如此，然则见《出师表》一文在后人心目中的定位。所谓《出师表》，是出师前之上表。表者，敷奏之言。汉定礼仪，朝廷文书有四品，所谓章表奏议。章以谢恩，奏以按劾，表以陈请，议以执异。是表之文体，主于陈请，故孔明此表，刘勰称为"志尽文畅"。建安年间，曹操深戒文章浮华，故魏初表章以指事造实，深切著明为上，刘勰称"求其靡丽，则未足美矣"（《文心雕龙·章表》）。诸葛亮是法家，实事求是，不求文人之浮华，所作文章，诚如苏轼所说："孔明不以文章自名，而开物成务之姿，综练名实之意，自见于言语。至《出师表》简而尽，直而不肆，大哉言乎！与《伊训》《说命》相表里，非秦汉以来以事君为悦者所能至也。"（《东坡集》卷二四）苏轼此言，从陈寿而来，陈寿《蜀书·诸葛亮传论》说："论者或怪亮文彩不艳，而过于丁宁周至。臣愚以为咎繇，大贤也，周公，圣人也，考之《尚书》，咎繇之《谟》略而雅，周公之《诰》烦而悉，何则？咎繇与舜、禹共谈，周公与群下矢誓故也。亮所与言，尽众人凡士，故其文指不得及远也。然其声教遗言，皆经事综物公诚之心，形于文墨，足以知其人之意理而有补于当世。"故读诸葛亮此《表》，要不以文彩艳丽相求，而求其实，求其情。如其戒后主说：

> 诚宜开张圣听，以光先帝遗德，恢弘志士之气；不宜妄自菲薄，引喻失义，以塞忠谏之路也。宫中府中，俱为一体；陟罚臧否，不宜异同；若有作奸犯科及为忠善者，宜付有司论其刑赏，以昭陛下平明之理；不宜偏私，使内外异法也。

满纸"宜"与"不宜",反复叮咛,心思之细、考虑之深,让人动容。一般人对皇帝如此说话是极不合适的,然而在诸葛亮,恰见其忠贞之心。接下来他向后主推荐了郭攸之、费祎、董允、向宠等人,希望刘禅能亲信重用之。然后回忆自己受到先帝知遇之恩、顾命之托,所以一定要北伐中原以报先帝,其言曰:

> 臣本布衣,躬耕于南阳,苟全性命于乱世,不求闻达于诸侯。先帝不以臣卑鄙,猥自枉屈,三顾臣于草庐之中,咨臣以当世之事,由是感激,遂许先帝以驱驰。后值倾覆,受任于败军之际,奉命于危难之间,尔来二十有一年矣。

这里说"苟全性命于乱世,不求闻达于诸侯""受任于败军之际,奉命于危难之间",对仗工稳,表中他处也多骈散并用,庄重而不失流畅。此《表》文质相符,尚存汉代文章风貌,但对仗已趋工整,文字略有所选择,然就事论事,事事中理,质略胜于文了。

此文以"先帝"为辞,前半以"先帝"责后主,后半以"先帝"责己,而责己亦为责后主,不唯后主,天下人亦不以诸葛亮犯上。

诸葛亮是政治家,且与曹操之能文不同,其为法家,讲实用,观陈寿所录《文集》,多有关法度、戎旅、器械等实用内容,是其平生关心者,均系国计民生之事。观此表,不以文辞胜,但是情至之文,所谓情至则文至,清人于光华《文选集评》引郭明龙说:"忠义自肺腑流出,古朴真率,字字滴泪,与日月争光,不在文章蹊径论也。"然诸葛亮虽不以文辞胜,此文仍然明显带有汉末骈整特点。全文骈散相间,骈句如"苟全性命于乱世,不求闻达于诸侯""今南方已定,兵甲已足,当奖率三军,北定中原,庶竭驽钝,攘除奸凶,兴复汉室,还于旧都"等,表达自己欲报先主的感遇之情与恢复中原的决心,气势充足,感人至深。散句则用在交代,故丁宁周至,诸事详悉,读来并不觉琐碎,但见其忠忱和忧思。全文前段告诫,以说理为主,后段由个人身世入感恩图报,以写情为主,情理交互,说理公明清峻,写情沉郁顿挫,故觉忠爱至情自肺腑中流出,真能泣鬼神而感金石。

《诫子书》是诸葛亮传世的又一名作,作为父亲写给儿子的告诫之言,以如此简洁的语言说出一个临终老人对儿子的要求,这实际上是诸葛亮对自己一生品格的概括,是他严谨智慧、高风亮节的人格反映:

> 夫君子之行,静以修身,俭以养德。非澹泊无以明志,非宁静无以致远。夫学须静也,才须学也。非学无以广才,非志无以成学。淫慢则不能励精,

险躁则不能冶性。年与时驰，意与日去，遂成枯落，多不接世，悲守穷庐，将复何及！

如此简短、理性的叮嘱，却给人以无尽的悲壮而又亲切的感觉。原因在于其中饱含了一位父亲对儿子的深情，句句是自己人生经验的总结。而结尾"年与时驰，意与日去"诸语，极易让人联想到建安前后世人普遍的"忧生之嗟"，出于一个暮年老人之口，也就更增加了其苍凉悲壮之意。这寥寥八十六字，字字珠玑，句句惊警，整饬凝练，如"静以修身，俭以养德""非澹泊无以明志，非宁静无以致远"等，常被后人引为座右铭。

思考题

1. 结合作家作品，谈谈你对"建安风骨"的理解。

2. 刘勰对正始诗坛评价说："唯嵇志清峻，阮旨遥深，故能标焉。"（《文心雕龙·明诗》）对此应如何理解？

3. 结合本章前后的内容，谈谈古代诗歌在汉魏之际发生了哪些变化，其发展路径如何？

第二章 两晋文学

"两晋"指西晋、东晋两个朝代。265 年，司马炎称帝建立晋朝，史称西晋；317 年，司马睿于建邺承制改元，史称东晋。420 年，刘裕称帝，东晋灭亡。两晋共历一百五十五年，上接三国，下启南朝，是文学史上的重要时期。

两晋文人辈出，如西晋的张华、傅玄、陆机、陆云、潘岳、左思，两晋之交的郭璞，东晋的孙绰、许询等，均在文学史上占有一席之地。跨越东晋和南朝刘宋的还有大诗人陶渊明和谢灵运。这个时期文学发展呈明显的阶段特色。总体来说，西晋太康文坛以陆机、潘岳等为代表，才力富赡，文风华丽，东晋以玄言诗最具代表性，玄言诗以敷陈《老子》《庄子》思想为主，总体成就不高，但从中却孕育发展出山水诗这一古典诗歌的重要题材。这一时期也不乏个性鲜明、与当时文学创作共性有明显差异的作家和作品，如西晋文坛出现了风格独特的左思《咏史》诗。

《文心雕龙·时序》篇将西晋文学的总体风貌概括为"结藻清英，流韵绮靡"。《文心雕龙·明诗》篇也说西晋诗歌"采缛于正始，力柔于建安，或析文以为妙，或流靡以自妍，此其大略也"。综合来说，西晋文学的特点为"清靡"和"繁缛"。

"清靡"体现在两方面：一是指西晋文学作品缺乏骨力，也就是《文心雕龙》所谓"力柔于建安"；二是指西晋文学较之先秦两汉，作品的厚重感减少了。"繁缛"则体现在三个方面：一是词彩华丽，注重雕饰；二是描写变得繁复；三是语言趋向骈偶化。

第一节 张华、傅玄与晋初之风

280 年，晋灭吴完成了全国的统一，但是稳定局面并没有维持多久。在晋武帝司马炎去世后，晋惠帝即位，皇后贾氏与武帝岳父杨骏、司马氏诸侯王先后因争夺权力产生了尖锐的矛盾，从 291 年开始了长达 16 年的"八王之乱"。"八王之乱"后，匈奴刘渊趁机反叛，先后占领洛阳和长安，西晋灭亡。在西晋的十馀年内乱中，文学家张华、潘岳、陆机等牵连被杀，左思、张翰等文人避世隐居，社会动荡不安，对文学发展也造成了一定影响。因此，相对安定繁荣的晋初武帝时期是西晋文学史上最重要的时期。

张华和傅玄可作为西晋初年上层文人的代表，他们有较高的社会地位，对晋初文坛产生了一定影响。

一、作为一代文坛领袖的张华
张华（232—300），字茂先，出身下层，因力主伐吴深受武帝信任，成为西晋统一的有功之臣。后由于卷入西晋王室内部的争斗，永康元年（300）被赵王司马伦所杀。张华在当时以博物多知著名，著有《博物志》。他曾先后任太常、领著作，对西晋的礼乐制度贡献很大。晋武帝泰始年间，张华参与了西晋朝廷食举歌诗的写作，记载见于《宋书·乐志》，他是西晋雅乐歌诗的主要作者之一。张华早年的作品以《鹪鹩赋》为代表。其中写道：

> 其居易容，其求易给。巢林不过一枝，每食不过数粒。栖无所滞，游无所盘。匪陋荆棘，匪荣茝兰。动翼而逸，投足而安。委命顺理，与物无患。伊兹禽之无知，何处身之似智。不怀宝以贾害，不饰表以招累。静守约而不矜，动因循以简易。任自然以为资，无诱慕于世伪。

《晋书》说张华作此赋"以自寄"。此赋借写鹪鹩以自喻，抒发了作者全身远祸、明哲保身的愿望，其中也不乏对自己明智态度的自矜。《晋书》记载阮籍读后，称赞张华有王佐之材，此后张华名声大噪。张华的诗歌创作也有特点，讲求技巧和词彩，多用对偶，缺点是诗意略显单弱，与建安、正始诗歌相比，笔力不足。如他的《杂诗》：

> 晷度随天运，四时互相承。东壁正昏中，涸阴寒节升。繁霜降当夕，悲风中夜兴。朱火青无光，兰膏坐自凝。重衾无暖气，挟纩如怀冰。伏枕终遥昔，寤言莫予应。永思虑崇替，慨然独抚膺。

再如《情诗》其三：

> 清风动帷帘，晨月照幽房。佳人处遐远，兰室无容光。襟怀拥虚景，轻衾覆空床。居欢惜夜促，在戚怨宵长。拊枕独啸叹，感慨心内伤。

钟嵘《诗品》评价张华的诗歌说"儿女情多，风云气少"，这种艺术风貌也体现出西晋诗歌的普遍特色。

作为当时地位较高的文臣，张华对西晋文坛很有影响，这种影响并不仅限于创作方面。张华十分注意延揽人才，《晋书》说他"性好人物，诱进不倦，至于穷贱候门之士有一介之善者，便咨嗟称咏，为之延誉"。得到张华大力推荐的最著名的文学家当属陆机、陆云。太康末年，陆机、陆云兄弟由南入北，张华将他们推荐给洛阳的权贵们，并赞誉说："伐吴之役，利获二俊。"

张华对文学创作有自己的见解，他虽然欣赏陆机的才华，但对陆机作品中文辞过于繁复的缺点也有过委婉的批评，《世说新语》注引《文章传》曰："机善属文。司空张华见其文章，篇篇称善。犹讥其作文大冶，谓曰：'人之作文，患于不才；至子为文，乃患太多也。'"不失为公允之论。陆云的《与兄平原书》中也有关于张华谈论文学的记载。张华地位很高，又乐于奖掖后进，当时很多文人也都愿意与他交往，张华的文学思想也通过与其他文学家的交流间接对文学创作产生了影响。

二、傅玄的乐府诗成就

傅玄（217—278），字休奕，博学通音律，为人刚直。史书记载他有文集百馀卷，并撰有《傅子》内、外篇数十万字。傅玄文学创作的主要成就在乐府诗。

晋武帝泰始五年（269），傅玄与荀勖、张华一起为朝廷写作雅乐歌诗和雅舞歌诗。《乐府诗集》中的西晋郊庙歌辞二十一首均为傅玄所作，还有一些作品保存在燕射歌辞、舞曲歌辞中。这些作品除杂舞歌诗有杂言的情况，其他都是四言，中心思想就是向神灵祖先祈福、宣扬朝廷的威仪等，句式整齐、词句典雅、立意正大，体现了庙堂文学的特点。除了朝廷雅乐歌诗之外，傅玄的乐府诗创作还有两个值得注意的方面，这两方面集中体现了他的创作成就。其一是故事乐府诗的创作。不同于汉乐府的是，傅玄多取材于著名的、广为流传的故事而非现实生活。代表作有《惟汉行》《艳歌行》《秋胡行》和《秦女休行》。这四首乐府诗各有不同。《惟汉行》和《秋胡行》是采用乐府旧题而写新事。《惟汉行》有曹植所作的同题作品，但曹植诗并不叙事。傅玄《惟汉行》写汉高祖赴鸿门宴的故事。诗虽不长但层次清晰，形象突出，特别是对樊哙的描写绘声绘色、颇为生动：

> 危哉鸿门会，沛公几不还。轻装入人军，投身汤火间。两雄不俱立，亚父见此权。项庄奋剑起，白刃何翩翩。伯身虽为蔽，事促不及旋。张良慑座侧，高祖变龙颜。赖得樊将军，虎叱项王前。嗔目骇三军，磨牙咀豚肩。空卮让霸主，临急吐奇言。威凌万乘主，指顾回泰山。神龙困鼎镬，非哙岂得全？狗屠登上将，功业信不原。健儿实可慕，腐儒安足叹！

《秋胡行》，曹操与曹丕都有同题作品，但都不用来叙事。傅玄用此题目，作了两首诗，一为四言，一为五言，专门叙写古代流传的秋胡戏妻的故事，表达对秋胡行为的批评和对秋胡之妻的悯惜。特别是五言一首对秋胡之妻独守空房的情状描写十分细腻："皎皎洁妇姿，冷冷守空房。燕婉不终夕，别如参与商。忧来犹四海，易感难可防。人言生日短，愁者苦夜长。"对于秋胡之妻发现竟是多年不见的丈夫调戏自己之后，毅然投水自尽的做法，傅玄用"彼夫既不淑，此妇亦太刚"表达了比明确的褒贬更为复杂的感情。《秦女休行》原有左延年所作一首，写的是秦女休报仇杀人、终被宽宥的故事。傅玄袭用此题，写了一个与此情节相近但不同的故事，即东汉庞淯之母赵娥手刃仇人、报杀父之仇的事迹。此事见于《后汉书·列女传》，应当是一个真实的广为流传的故事，《乐府诗集》称傅玄此诗"与古辞义同而事异"。《艳歌行》则是翻写汉乐府《陌上桑》所写的秦罗敷故事，《陌上桑》又题为《艳歌罗敷行》，傅玄这首诗可以算是摹拟古题之作。《陌上桑》原文中有一段描写罗敷衣着打扮和众人看见罗敷的表现："头上倭堕髻，耳中明月珠。湘绮为下裙，紫绮为上襦。行者见罗敷，下担捋髭须；少年见罗敷，脱帽著帩头；耕者忘其犁，锄者忘其锄。来归相怨怒，但坐观罗敷。"傅玄改作为："首戴金翠饰，耳缀明月珠。白素为下裙，丹霞为上襦。一顾倾朝市，再顾国为虚。"与古诗相比，对仗更为工整，词彩更为华丽，但没有了民歌原作的表现力和节奏感。特别是诗的后半，将原诗罗敷回答使君的"使君自有妇，罗敷自有夫"改为"使君自有妇，贱妾有鄙夫"，和诗的结尾罗敷"天地正厥位，愿君改其图"的说教都被后世评论家目为败笔。与原作相比，傅玄的改作更多地体现了文人诗的特点。

傅玄乐府诗创作的另一值得注意的特点是女性题材作品的丰富。傅玄创作了大量女性题材的乐府诗，这在当时是不多见的。这些诗有的写男尊女卑的社会中女子的普遍命运，如《豫章行苦相篇》；有的写女子被丈夫半路抛弃的命运或害怕被抛弃的心情，如《短歌行》《明月篇》《历九秋篇》等；有的写女子有美好的德行和美丽的外表，如《有女篇》；还有的写女子对丈夫的忠贞不移或希求长相厮守的愿望，如《朝时篇》《秋兰篇》。《豫章行苦相篇》是傅玄乐府诗的代表作之一：

> 苦相身为女，卑陋难再陈。男儿当门户，堕地自生神。雄心志四海，万里望风尘。女育无欣爱，不为家所珍。长大逃深室，藏头羞见人。垂泪适他乡，忽如雨绝云。低头和颜色，素齿结朱唇。跪拜无复数，婢妾如严宾。情合同云汉，葵藿仰阳春。心乖甚水火，百恶集其身。玉颜随年变，丈夫多好新。昔为形与影，今为胡与秦。胡秦时相见，一绝逾参辰。

此诗生动、细腻而客观地展示了女性悲剧性的一生，值得注意的是它不是写某一个女子的命运，而是表现古代社会男尊女卑的普遍性，在古代诗歌中很有特色。四言的《短歌行》写女子被抛弃之后的心情："昔君视我，如掌中珠。何意一朝，弃我沟渠。昔君与我，如影如形。何意一去，心如流星。昔君与我，两心相结。何意今日，忽然两绝。"句句用今昔对比，节奏感强，富有表现力。《有女篇》中更是用大量繁复华丽的词藻描绘了女子美好的容貌："蛾眉分翠羽，明目发清扬。丹唇翳皓齿，秀色若珪璋。巧笑露权靥，众媚不可详。令仪希世出，无乃古毛嫱。头安金步摇，耳系明月珰。珠环约素腕，翠羽垂鲜光。文袍缀藻黼，玉体映罗裳。"这些女性题材乐府诗中，女性形象都是正面美好的，除了故事乐府之外，用词都比较含蓄温雅，虽然写女性被弃的诗作很多，却没有激烈的情感宣泄。结合史书中傅玄的事迹和他重视儒学的主张，可以看出他受儒家诗教的影响较大。他创作这么多女性题材的乐府诗，很可能有比附君臣之义的用意。傅玄的乐府诗也不都为女性题材，如《长歌行》《放歌行》可视为其抒情之作。除了乐府诗之外，傅玄还有少量其他诗作传世，如《答程晓诗》等。钟嵘《诗品》仅将其列为下品，评价不高。沈德潜《古诗源》认为他"长于乐府，而短于古诗"，乐府诗是傅玄文学创作中最有代表性的部分。

第二节　陆机、潘岳、张协与太康文学

西晋王朝从统一全国到灭亡只有短短三十馀年，而社会稳定的时间就更短暂。社会环境的变化对文学发展产生了不小的影响，最典型地体现出西晋文学特点的时期是西晋统一后的前中期，一般文学史上多以"太康文学"或"太康之风"代指具有以上特点的西晋文学和文风。

西晋文学家众多，钟嵘《诗品序》中有"三张、二陆、两潘、一左"的说法。"三张"，即张载、张协和张亢；"二陆"指陆机、陆云兄弟；"两潘"指潘岳、潘尼叔侄；"一左"是左思。西晋的文学家还有张华、挚虞、成公绥等人①，然而最能代表太康文学特点的，首推陆机、潘岳和张协。

一、太康之英陆机

陆机（261—303），字士衡，吴郡华亭人。与弟陆云并称"二陆"。祖陆逊、父陆抗均是吴国的重臣。陆机年十四，领父兵为牙门将。吴亡后作为战俘被带到洛阳，太康二年（281）获释，回吴后闭门读书。太康十年与弟陆云入洛，为张华所赏识。历任著作郎、中书郎等职，后任平原内史，世称"陆平原"。太安二年（303），八王之乱中，因战败被成都王司马颖所杀，陆云同时遇害。

陆机是西晋最著名的文学家之一。《诗品序》说："陆机为太康之英，安仁（潘岳）、景阳（张协）为辅。"由于《诗品》是专评五言诗的，因此钟嵘称陆机

---

① 《文心雕龙·时序》中提到的西晋代表作家就有张华、左思、潘岳、夏侯湛、陆机、陆云、应贞、傅玄、张载、张协、张亢、孙楚、挚虞、成公绥，可见西晋作家之众。

为"太康之英"，主要也是针对诗歌创作而言。但陆机的成就并不仅限于诗歌，他有《辨亡论》《五等论》，析理精密、层次繁复，是西晋议论文的代表。陆机的赋也颇有特色。《豪士赋》为劝谏齐王司马冏所作，说明陆机对赋与讽谏的关系持比较传统的观念。《文赋》是陆机最重要的赋作，也是古代文论的重要文献。《文赋》以赋的形式探讨了文学创作方面的一些重要问题，如天赋与创作的关系、不同体裁作品的特点等等，其中"藻思绮合，清丽千眠，炳若缛绣，凄若繁弦"一句，正可以看作是对太康文学特色的概括。另外，《吊魏武帝文》《谢平原内史表》也都是陆机的名篇。从现存作品来看，无论诗、文还是对文学理论的贡献，陆机都无愧"太康之英"的称号。

在诗歌方面，陆机创作了组诗《拟古诗》，为模拟《古诗十九首》之作；还有《赴洛道中作》（二首）、《招隐诗》都是他的代表作品。以《古诗十九首》中的原作与陆机《拟古诗》中的《拟明月何皎皎》对比，可以看出陆机诗歌的一些特点：

> 明月何皎皎，照我罗床纬。忧愁不能寐，揽衣起徘徊。客行虽云乐，不如早旋归。出户独彷徨，愁思当告谁。引领还入房，泪下沾裳衣。（《古诗十九首》）
>
> 安寝北堂上，明月入我牖。照之有馀辉，揽之不盈手。凉风绕曲房，寒蝉鸣高柳。踟蹰感节物，我行永已久。游宦会无成，离思难常守。（陆机《拟古诗》）

古诗写月光，只用"何皎皎"三字概括形容。而陆机则用"照之有馀辉，揽之不盈手"一句来描写，使月光变得具象化了。而"凉风绕曲房，寒蝉鸣高柳"一句也是对客观景物的描绘，是古诗原作中没有的内容。两相对比可以看出，古诗直接地抒发客游他乡的愁思，而陆诗多细腻的描绘，修饰性的成分增加。《赴洛道中作》（二首）也是陆机的代表作，这里以其中的一首为例：

> 远游越山川，山川修且广。振策陟崇丘，安辔遵平莽。夕息抱影寐，朝徂衔思往。顿辔倚高岩，侧听悲风响。清露坠素辉，明月一何朗。抚枕不能寐，振衣独长想。

此诗除头尾之外，全都是工整的对句，对偶化程度较之以前的汉魏诗歌都更深了，较为典型地体现了太康诗歌的特色。陆机的诗多具体细腻的描写，对后世产生了很大影响。如《招隐诗》中对山川物色作了细腻的描绘："轻条象云构，密叶成翠幄。激楚伫兰林，回芳薄秀木。山溜何泠泠，飞泉漱鸣玉。哀音附灵波，颓响赴曾曲。"这种景物描写对后来的山水诗人如谢灵运等影响很大。再如《为顾彦先赠妇》中的"京洛多风尘,素衣化为缁"一句,也为谢朓等诗人取法和化用。

二、潘岳的诗赋

潘岳(247—300),字安仁,荥阳中牟人。年少时被称为神童。曾任河阳令、著作郎、给事黄门侍郎等职。晋惠帝时,贾皇后的侄子贾谧专权,潘岳与陆机、陆云、左思、石崇、刘琨等很多文人投其门下,号称"二十四友"。潘岳与石崇争相谄事贾谧,有望车尘而下拜的举动,又构陷愍怀太子,人品为人所诟病。后被赵王司马伦的手下孙秀诬陷谋反,被族诛。潘岳文学创作成就很高,后人将他与陆机并称为"潘陆",并看作是西晋文学的代表。《宋书·谢灵运传论》中说:"降及元康,潘、陆特秀,律异班、贾,体变曹、王。缛旨星稠,繁文绮合。"而区别来看,潘岳与陆机的文风又有所不同。陆机的诗文辞藻繁复,析理精深,更典型地代表了西晋文风繁缛的一面。潘岳则文风清绮、辞藻流丽,擅于将感情注入景物描写,善写哀亡伤逝的主题,更典型地代表了西晋文风清靡的一面。

潘岳的《闲居赋》是其赋体的代表作,其中描写一家人其乐融融的聚会场面最为精彩:

> 于是凛秋暑退,熙春寒往。微雨新晴,六合清朗。……席长筵,列孙子。柳垂阴,车结轨。陆摘紫房,水挂赪鲤。或宴于林,或禊于汜。昆弟斑白,儿童稚齿。称万寿以献觞,咸一惧而一喜。寿觞举,慈颜和,浮杯乐饮,丝竹骈罗。顿足起舞,抗音高歌。人生安乐,孰知其他?

潘岳最擅长的乃是叙写悲情,尤其善于通过清冷色调的景物描写来衬托生者对于逝者的哀思。他写作了大量的诔文、哀辞、哀策、祭文、吊文,这是他文学创作的最大特色。如《哀永逝文》是潘岳为死去的妻子所作,也是潘岳伤逝的代表作品,感情真挚。潘岳不仅用文章来哀悼亡妻,还专门写了一组《悼亡诗》,这也是潘岳诗歌的代表作品之一,历来评价很高。现举第三首为例:

> 曜灵运天机,四节代迁逝。凄凄朝露凝,烈烈夕风厉。奈何悼淑俪,仪容永潜翳。念此如昨日,谁知已卒岁。改服从朝政,哀心寄私制。茵帱张故房,朔望临尔祭。尔祭讵几时,朔望忽殄尽。衾裳一毁撤,千载不复引。亹亹期月周,戚戚弥相愍。悲怀感物来,泣涕应情陨。驾言陟东阜,望坟思纡轸。徘徊墟墓间,欲去复不忍。徘徊不忍去,徙倚步踟蹰。落叶委埏侧,枯荄带坟隅。孤魂独茕茕,安知灵与无。投心遵朝命,挥涕强就车。谁谓帝宫

远，路极悲有馀。

《悼亡诗》三首都是抒发作者对逝去一年的妻子的怀念之情。前两首都用了庄子鼓盆而歌的典故，哀痛之情有所节制，而第三首写得最为沉痛。写作者由哀痛而至墓地，由墓地而回的过程，仿佛平铺直叙，却以情运词，层次分明。潘岳开启的悼妻主题对后世诗人也产生了很大影响。《河阳县作》是潘岳的另一名篇：

> 日夕阴云起，登城望洪河。川气冒山岭，惊湍激岩阿。归雁映兰畤，游鱼动圆波。鸣蝉厉寒音，时菊耀秋华。引领望京室，南路在伐柯。大厦缅无规，崇芒郁嵯峨。总总都邑人，扰扰俗化讹。依水类浮萍，寄松似悬萝。朱博纠舒慢，楚风被琅邪。曲蓬何以直，托身依丛麻。黔黎竟何常，政成在民和。位同单父邑，愧无子贱歌。岂敢陋微官，但恐忝所荷。

与悼亡之作的沉痛不同，词句清丽，写景细腻，展现了潘岳诗歌的另一种风貌。

三、潘陆异同

潘岳、陆机同为太康文学的代表，但文学创作又各有优劣。陆机的长处在于才华过人、遣词无碍，对各种对象都能描写得淋漓尽致。如形容无色无味的月光，"照之有馀晖，揽之不盈手"，可谓生动形象、曲尽其妙。但这首诗是模拟《明月何皎皎》的，也就是写游子思乡的，这句描写却只是单纯的对月光的描写，与作品主题没有什么紧密的关系，放在诗中又游离于抒情主题之外，反而有些赘馀。陆机的一些作品出现了这种情况，当时人也批评陆机作品繁复而难免芜累。潘岳的作品累句很少，情辞较为相称，但表现对象的范围没有陆机广。《诗品》引谢混云："潘诗烂若舒锦，无处不佳；陆文如披沙简金，往往见宝。"钟嵘说"陆才如海，潘才如江"，潘岳诗"犹浅于陆机"。《世说新语·文学》记载："孙兴公（绰）云：'潘文浅而净，陆文深而芜。'"这些评论对两人特点的认识比较一致，只是由于所处立场不同而抑扬有异。

四、巧构形似之言的张协

张协（？—307?），字景阳，西晋著名文学家。《诗品》将他的诗列为上品，并将他与潘岳称为陆机之辅。张协的诗歌很有特点，《诗品》说他的诗"巧构形似之言"，也就是善于描摹事物的外形。如他的代表作《杂诗》：

> 秋夜凉风起，清气荡暄浊。蜻蛚吟阶下，飞蛾拂明烛。君子从远役，佳

人守茕独。离居几何时，钻燧忽改木。房栊无行迹，庭草萋以绿。青苔依空墙，蜘蛛网四屋。感物多所怀，沉忧结心曲。

此诗以古代诗歌常见的游子思妇为题材，题材不见新意，而以对景物的细致描写取胜。像"钻燧忽改木""庭草萋以绿"等描写细腻、刻画生动且饱含感情。再如"浮阳映翠林，回飙扇绿竹。飞雨洒朝兰，轻露栖丛菊。"（《杂诗》）"腾云似涌烟，密雨如散丝。"（《杂诗》）"翳翳结繁云，森森散雨足。轻风摧劲草，凝霜竦高木。密叶日夜疏，丛林森如束。"（《杂诗》）这些描写无不明炼传神，能够准确表现描写对象的情态，张协诗注重锤炼字句，在西晋诗人中较为突出。

第三节　左思与寒士文学

左思（250？—305），字太冲。西晋著名文学家，出身下层。太康年间，其妹左棻因才名被选入宫，左思全家移居洛阳。左思希望能得到上层统治者的垂青，做一番事业，但始终未能如愿。其妹左棻被封为贵嫔，但"资陋无宠，以才德见礼"。八王之乱中，他避祸离开洛阳，后不知所终。左思一直热衷于仕进，名列贾谧"二十四友"之中，但却一直沉沦下僚，抱负始终未能舒展。左思的作品与西晋太康文风有显著的不同，其《咏史诗》笔力遒劲，抒发了下层文人对现实的不满，是寒士文学的代表。

一、风力超迈的《咏史诗》

左思的文学创作成就很高，主要在赋与诗歌。《三都赋》是左思的代表作，也是古代都邑类大赋的顶峰之作。在左思以前，都邑类大赋的代表有班固的《两都赋》、张衡的《二京赋》，都是以西汉和东汉的首都长安、洛阳为描写对象，由盛夸长安的物产和繁华最终归于称赞洛阳的礼乐制度，以达到讽谏的目的。左思的《三都赋》基本继承了这一写作思路又有所变化。左思将描写的对象由两个增为三个，以魏吴蜀三国的都城为对象，使得此赋的容量大大超过了前作。另外，左思在《三都赋序》中明确地提出了赋应"实录"的写作要求，他本人也是这么做的。史书记载说，他为了写作《三都赋》，"门庭藩溷，皆著纸笔"，积少成多，历经十年才写成。左思对自己的作品在内容的实证性上是非常有自信的，他说：

余既思摹《二京》而赋《三都》，其山川城邑则稽之地图；其鸟兽草木则验之方志。风谣歌舞，各附其俗；魁梧长者，莫非其旧。

因此，此赋不仅有大赋铺陈宏丽的共性，还有很强的知识性。此赋写完，洛阳人争相传抄，一时间形成"洛阳纸贵"的局面，左思也因此文名大噪。

左思在当时的文名主要由《三都赋》的写作而来，但在文学史上确立其地位的是他的《咏史诗》八首，因此《文心雕龙》说他"尽锐于《三都》，拔萃于《咏史》"。《咏史诗》是他最重要的诗作。在此之前，班固也写过《咏史诗》，每首专咏一人一事。左思的《咏史诗》则不同，不囿于咏史，把咏史和咏怀相结合。《咏史诗》八首为一个整体，有统一的主题，就是抒发下层知识分子怀才不遇的不平之气，其中包含作者对自身遭际的感慨。组诗的第一首就直抒胸臆，写出了作者的抱负和对才能的自信：

> 弱冠弄柔翰，卓荦观群书。著论准《过秦》，作赋拟《子虚》。边城苦鸣镝，羽檄飞京都。虽非甲胄士，畴昔览《穰苴》。长啸激清风，志若无东吴。铅刀贵一割，梦想骋良图。左眄澄江湘，右盼定羌胡。功成不受爵，长揖归田庐。

这首诗奠定了整组诗的基调，如同整组诗的大纲。实际上左思的《咏史诗》都是借古人古事写自己的怀抱。作者表现主题有两个侧重点，一是直接抨击门第观念和社会对下层人才的打压，如第二首：

> 郁郁涧底松，离离山上苗。以彼径寸茎，荫此百尺条。世胄蹑高位，英俊沉下僚。地势使之然，由来非一朝。金张藉旧业，七叶珥汉貂。冯公岂不伟，白首不见招。

二是借咏史来大力歌颂历史上出身下层或沉沦下僚的著名人物。在第一首中不为当世所羁，功成身退的形象就是左思理想的寄托，左思对这样的人物非常神往，灌注了强烈的热情。如第三首：

> 吾希段干木，偃息藩魏君。吾慕鲁仲连，谈笑却秦军。当世贵不羁，遭难能解纷。功成不受赏，高节卓不群。临组不肯绁，对珪宁肯分。连玺耀前庭，比之犹浮云。

在整组诗中，左思或极力赞颂荆轲、扬雄、许由等古人不拘流俗、不慕权势的形象，或引主父偃、朱买臣、陈平、司马相如等出身贫寒而建功立业的古人为例对当时的门第观念进行批判，或引古时隐士为同调，对荣华富贵、官场沉浮表现出冷眼旁观的态度。实际上整组诗仍是以咏史为途径，立足于现实社会，抒发对当时社会的不满。

左思的诗歌不尚词采，饱含慷慨之气，笔力遒劲，在西晋诗坛独树一帜，成就突出。钟嵘认为他的诗源出于刘桢，正是就这一点而言的。他的写景也以清俊为特色，如《招隐诗》中的"白雪停阴冈，丹葩曜阳林。石泉漱琼瑶，纤鳞亦浮沉。非必丝与竹，山水有清音。何事待啸歌，灌木自悲吟"是千古传诵的名句。左思还有《娇女诗》，对后世影响很大。

二、寒士文学传统

寒士文学传统是我国古代文学史上较有特色的一个现象，是在春秋时期"士"阶层崛起之后逐渐形成的。

春秋时期，士阶层开始崛起，包括文士和武士。他们有一定的知识或技能、有政治理念或信仰，表现出很强的独立意识和人格意识。战国时期，方士、隐士、谋士、纵横家等大量出现，士阶层的思想也更趋复杂，他们上干诸侯、平揖公卿，朝秦暮楚、去就自由，在各国政治舞台上扮演了重要的角色，普通的士很可能以极快的速度取得地位较高的人的信任或实现自己的政治理想，像苏秦、张仪、荆轲、冯谖等都是如此。秦统一之后废除分封制，士阶层的作用变得不那么重要。汉武帝之后，国家的中央集权得到空前的加强，出身下层的士走向上层的道路也越发单一和狭窄。东汉之后，察举也逐渐为高门大族控制，举不符实，而下层有抱负的士人才能无法施展。于是，两汉出现了"士不遇"的文学主题。董仲舒有《士不遇赋》，司马迁有《悲士不遇赋》，表现下层士人怀才不遇的感慨或对现实的抨击。寒士文学开始形成。

寒士就是对古代下层士人的一种通称。在寒士文学作品中作者站在下层士人的立场，往往明确肯定自己的寒士身份，同时体现出士人的视角，表现士人阶层或者下层知识分子的独立人格、对社会现实和历史的认识和思考。作品的中心形象是出身下层的士人，可以是作者自己或他人、古人。作品出发点往往是寒士怀才不遇，寒士文学与"士不遇"主题有着相当密切的关系。

两晋时期，寒门士人的仕进之路更为狭窄，出现了"上品无寒门，下品无势族"（《晋书·刘毅传》）的现象。很多文人以文学创作的方式抒发沉沦下僚的不满。如郭璞"自以才高位卑，乃著《客傲》"（《晋书·郭璞传》），"士不遇"主题得到了丰富和发展。左思的《咏史诗》是这一时期寒士文学的典型代表。这组诗歌明确地表达了作者对现实境遇的不满、对建功立业的渴望和对权贵的蔑视。作者以荆轲、许由为同调，高自期许（第五首"被褐出阊阖，高步追许由。振衣千仞冈，濯足万里流"，第六首"贵者虽自贵，视之若埃尘。贱者虽自贱，重之若千钧"），以扬雄自喻，表达了甘于平淡、不同俗流的人格（第四首"寂寂杨子宅，门无卿相舆。寥寥空宇中，所讲在玄虚。言论准宣尼，辞赋拟相如。悠悠百世后，英名擅八区"）。这些都源于作者对现实社会中受到压抑、才能无法施展的不满。在第一首中作者就正面表达了自己的愿望（"铅刀贵一割"）、对自己才能的自信（"著论准《过秦》，作赋拟《子虚》""虽非甲胄士，畴昔览《穰苴》"）和"功成不受爵，长揖归田庐"的理想。但现实却是自己因为出身下层而志向难酬。第二首"郁郁涧底松"就集中表达了作者对出身上层、窃据高位却没有才能的人的鄙视。作者对现实的不满明确地概括为"英雄有屯邅，由来自古昔。何世无奇才，遗之在草泽"（第七首）。

与以往的表现"寒士不遇"主题的作品相比，左思的《咏史诗》有很多突破。首先是第一次用组诗的形式明确地表现这一主题。其次是第一次将咏史与咏怀相结合，诗歌中的史实都经过作者的熔炼，咏史不再是单纯叙述历史，而是将歌咏史实与主观抒情相统一。在此之后，咏史和咏怀相结合成为咏史诗的常见写法。这些都是左思《咏史诗》的价值所在。在左思之后，"士不遇"成为古代诗歌的传统主题之一，南北朝时期最能代表这一文学传统的诗人是鲍照。

第四节　东晋文学

东晋文坛受到玄学的深刻影响，其直接结果是玄言诗的盛行。《文心雕龙》说当时文坛"诗必柱下之旨归，赋乃漆园之义疏"，玄言诗的盛行是东晋文学最引人注目的现象。在东晋时期，诗歌创作中出现了山水描写的萌芽，为南朝山水诗的兴盛奠定了基础。

一、坎壈咏怀的郭璞《游仙诗》

郭璞（276—324），字景纯。河东闻喜人，博学洽闻，好经术，通阴阳历算、占卜之术。生活年代跨越两晋。东晋时为王敦记室参军。王敦欲起兵反叛，让他占卜吉凶，他说"无成"，并一再劝谏，面对王敦的威胁不为所动，最终触怒王敦被杀。郭璞的代表作是《游仙诗》，现存十九首，其中九首仅有一些残句。《游仙诗》都表现游仙隐逸题材，因此有人认为，郭璞的《游仙诗》与东晋深受老庄思想影响的玄言诗是一致的，如《世说新语·文学》注引《续晋阳秋》说："至过江，佛理尤盛。郭璞五言，始会合道家之言而韵之。询及太原孙绰转相祖尚，又加以三世之辞而诗骚之体尽矣。"《南齐书·文学传论》说："江左风味，盛道家之言。郭璞举其灵变，许询极其名理。"都将郭璞与玄言诗代表诗人孙绰、许询并列。实际上，郭璞的《游仙诗》与玄言诗有根本的不同。玄言诗是受玄学影响以诗歌阐释老庄思想的作品，郭璞的《游仙诗》侧重写高蹈隐逸、写神仙世界的美好。从其生平来看，郭璞本人虽精通阴阳占卜，博学多才，但他思想的主导仍然是儒家。从诗歌的内在精神来说，郭璞的《游仙诗》与曹植的《游仙诗》是一脉相承的，是借游仙来排遣对现实的不满和壮志难酬的愤懑。《诗品》评价说："游仙之作，辞多慷慨，乖远玄宗。其云'奈何虎豹姿'，又云'戢翼栖榛梗'，乃是坎壈咏怀，非列仙之趣也。"是非常准确的。

《游仙诗》中多写隐逸之乐，如第一首：

> 京华游侠窟，山林隐遁栖。朱门何足荣，未若托蓬莱。临源挹清波，陵冈掇丹荑。灵谿可潜盘，安事登云梯。漆园有傲吏，莱氏有逸妻。进则保龙见，退为触藩羝。高蹈风尘外，长揖谢夷齐。

所谓"朱门何足荣，未若托蓬莱"，"高蹈风尘外，长揖谢夷齐"，表现的不是单纯的对求仙修道的向往，而是作者人格追求的一种寄托。作者在《游仙诗》中往往将对高洁品格的追求外化为静谧美好的神仙世界，如：

> 翡翠戏兰苕，容色更相鲜。绿萝结高林，蒙笼盖一山。中有冥寂士，静啸抚清弦。放情凌霄外，嚼蕊挹飞泉。赤松临上游，驾鸿乘紫烟。左把浮丘袖，右拍洪崖肩。借问蜉蝣辈，宁知龟鹤年。

郭璞的《游仙诗》中最能表现钟嵘所说的"辞多慷慨""坎壈咏怀"的，是其第五首：

> 逸翮思拂霄，迅足美远游。清源无增澜，安得运吞舟。珪璋虽特达，明月难暗投。潜颖怨青阳，陵苕哀素秋。悲来恻丹心，零泪缘缨流。

郭璞的《游仙诗》辞藻清丽，富于形象性，在盛行玄言诗的东晋诗坛独树一帜，《文心雕龙·明诗》说"景纯仙篇，挺拔而为俊矣"，指出了《游仙诗》在当时的独特地位和成就。

二、玄言诗

魏晋以来，玄学兴盛，文学也受到了影响。到了东晋，玄言诗开始盛行。《文心雕龙·时序》篇说："自中朝贵玄，江左称盛。因谈馀气，流成文体。是以世极迤遭，而辞意夷泰。诗必柱下之旨归，赋乃漆园之义疏。"玄言诗的盛行是东晋诗坛最为典型的特征。所谓玄言诗，就是用诗歌的形式阐释玄学，语言枯燥，缺乏形象性，其所阐释的"理"也基本限制在《老子》《庄子》的范围内，诗歌主题相对单一。对玄言诗历代评价都不高，锺嵘《诗品序》说："永嘉时贵黄老，稍尚虚谈。于时篇什，理过其辞，淡乎寡味。爰及江表，微波尚传。孙绰、许询、桓、庾诸公诗皆平典似道德论，建安风力尽矣。"刘勰批评当时作品"虽各有雕采，而辞趣一揆"（《文心雕龙·明诗》），认为这些诗歌的用词和主题都非常一致，过于单一，《宋书·谢灵运传论》也认为这时的作品"莫不寄言上德，托意玄珠，遒丽之辞无闻焉尔"。

玄言诗的代表作家有孙绰和许询，在当时影响很大。《世说新语·文学》注引《续晋阳秋》说："询、绰并为一时文宗，自此作者悉体之。"许询的诗歌留下来的很少，孙绰的作品较多，可以代表当时玄言诗的水平。如《答许询诗》：

> 遗荣荣在，外身身全。卓哉先师，修德就闲。散以玄风，涤以清川。或步崇基，或恬蒙园。道足匈怀，神栖浩然。（第三章）
> 贻我新诗，韵灵旨清。粲如挥锦，琅若叩琼。既欣梦解，独愧未冥。愠在有身，乐在忘生。余则异矣，无往不平。理苟皆是，何累于情。（第八章）

多用《老子》《庄子》中的词语阐发老庄思想，表现出典型的玄言诗特征。

玄言诗自身的成就不高，但从文学史的角度而言，它对诗歌的发展并非只有消极的影响。首先，玄言诗人都深受道家思想的影响，崇尚自然，他们往往在自然山水中体味道的玄妙，因此玄言诗中出现了不少描写山水的诗句，这对山水诗的形成至关重要。其二，玄言诗对言外之意的追求影响了后世的审美趣味，自魏晋玄学形成时期以来，言意之辨就是玄学的重要论题，"言不尽意""得意忘言"等玄学义理深入人心，文人在欣赏文学作品时也注意体会作品的言外之意，尤其是体会其中蕴含的理趣。如《世说新语·文学》中记载："郭景纯诗云：'林无静树，川无停流。'阮孚云：'泓峥萧瑟，实不可言，每读此文，辄觉神超形越。'"玄言诗多不尚词藻，诗人或有意或无意地追求诗句的言外之意，追求清新、自然、淡远的风格。这些都奠定了后世山水诗歌的一种审美基调。其三，东晋玄言诗盛行，注重说理，这在中国古代诗歌史上是较为罕见的现象。虽然玄言诗本身的成就不高，主题单一，但却是说理诗写作的尝试，开拓了古代诗歌的表现领域，为后来的说理诗写作提供了创作经验。

三、山水题材的初创

刘勰《文心雕龙·明诗》说："宋初文咏，体有因革。庄老告退，而山水方滋。"这句话简明准确地总结出南朝刘宋诗歌发展的主要特征：玄言诗退出诗坛，山水诗开始兴盛。

玄言诗萌芽于东晋。玄言诗人把山水登临看作是体味自然造化的途径，因而玄言诗中已出现了不少描写山水景物的句子。如孙绰的《秋日》诗中有"疏林积凉风，虚岫结凝霄。湛露洒庭林，密叶辞荣条"的句子，意境萧瑟淡远。再如谢万《兰亭诗》中的"肆眺崇阿，寓目高林。青萝翳岫，修竹冠岑。谷流清响，条鼓鸣音。玄崿吐润，霏雾成阴"，不以词采见长，也不用细腻的笔触描摹景物，而是采取写意的手法，以山水自然表现不可名说的道之玄妙。

同为东晋诗人的殷仲文和谢混，其诗中山水描写的比重更大。殷仲文留诗很少，谢混的《游西池》一诗是这一时期山水题材的代表作品：

> 悟彼蟋蟀唱，信此劳者歌。有来岂不疾，良游常蹉跎。逍遥越城肆，愿言屡经过。回阡被陵阙，高台眺飞霞。惠风荡繁囿，白云屯曾阿。景昃鸣禽集，水木湛清华。褰裳顺兰沚，徙倚引芳柯。美人愆岁月，迟暮独如何。无为牵所思，南荣戒其多。

其中"惠风荡繁囿，白云屯曾阿。景昃鸣禽集，水木湛清华"四句最为著名。诗句清新明丽，表明诗人开始重视对山水本身的描摹，突破了玄言诗加在山水审美之外的玄理意味的束缚。殷、谢的这类作品是南朝刘宋谢灵运等诗人大量摹山范水的先声。

思考题

1. 举例分析陆机、潘岳作品的不同特色。
2. 简论西晋时期文学创作的共性和个性。
3. 简要分析玄言诗与山水诗的关系。

第三章 陶渊明

以三曹为代表的建安风骨实际上蕴涵着乐府的质朴与文人的绮靡两种发展方向，西晋文人张、潘、二陆主要代表了绮靡的倾向。魏晋易代和西晋皇室操戈对文人的大肆杀戮，异族的侵略和王室的播迁，换来的是玄学的兴盛与文学的沉寂。自陆机被杀（303）之后，很长一段时间里，竟没有一个领袖文坛的大家，文坛的荒芜与当时已演绎到极致的魏晋风流显得极不相称，直到陶渊明的出现。

陶渊明在最初的影响主要是其高风亮节的人品和归隐脱俗的志趣，自苏轼对渊明推崇备至并着意写作和陶诗之后，陶渊明才迎来了其接受史上的高潮期，陶诗才真正被视为中国诗史上第一流的诗歌。他的诗歌承汉魏风骨，绍魏晋风流，有古诗之质朴，具民歌之自然，不乏深刻的哲思，而具诗性的蕴藉，开创出平淡自然的诗歌至境，一出现，便成为田园诗不可逾越的高峰。

第一节 陶渊明的生平、思想与文学写作

陶渊明的文学成就与其本人的生活经历，及其思想观念都是紧密相关的。

一、陶渊明生平

陶渊明（365？—427），字元亮，一名潜，字渊明，自号五柳先生，世号"靖节先生"，寻阳柴桑（今属江西九江）人。其曾祖便是东晋名臣陶侃，官拜大司马，追赠长沙郡公；祖茂，官武昌太守；父亲亦曾出仕，但在他年幼时就去世了，母亲是大名士孟嘉之女。

魏晋以来形成的门阀士族至东晋发展到巅峰，严密地控制着上层政权。陶氏在当时显系寒门，在讨平苏峻之乱中立有大功的陶侃已被时人蔑称"溪狗"，家道已经中落的陶渊明更是只能仕为祭酒、参军、县令等浊官，正是"世胄蹑高位，英俊沉下僚"（左思《咏史》）的真实写照。

陶渊明青少年时家道既已中落，他可能较早就亲自参加了农耕劳作。出仕之前的陶渊明便显示出既有济世之志，又怀归隐之趣的秉性。《杂诗》其五："忆我少壮时，无乐自欣豫。猛志逸四海，骞翮思远翥。"便透露了其济世的功业之念；《归园田居》其一："少无适俗韵，性本爱丘山。"则展示着他深厚的田园情怀。诸

如此类的文字在他的诗文中随处可见。

虽然陶渊明常有丘山之志,但生活的压力迫使他不得不弱年薄宦,奔走于官场。他说自己"少而穷苦,每以家弊,东西游走"(《与子俨等疏》),史传也说他"亲老家贫,起为州祭酒"。大概三十岁时始出仕为江州祭酒,不久就因不堪吏职,自行解职回家。此后数年,陶渊明在家闲居务农,遂致贫病,不得已复出仕。先为桓玄幕僚,晋安帝隆安五年(401),母孟氏卒,居家丁忧。后又出任镇军将军刘裕、建威将军刘敬宣的参军。义熙元年(405),陶渊明以族人提携,当了彭泽令,在官八十馀日即去职而归。去职的原因,他的《归去来兮辞·序》说:"及少日,眷然有归欤之情。何则?质性自然,非矫励所得。饥冻虽切,违己交病。尝从人事,皆口腹自役。于是怅然慷慨,深愧平生之志。犹望一稔,当敛裳宵逝。寻程氏妹丧于武昌,情在骏奔,自免去职。"所谓"违己交病",盖即《宋书》本传所说:"郡遣督邮至县,县吏白应束带见之,潜叹曰:'我不能为五斗米折腰向乡里小人!'即日解印绶去职。"从此,他一直隐居,未再出仕,直到宋文帝元嘉四年(427)去世。

陶渊明归隐之初生活尚无温饱之虞,但在失去官俸之后,便陷于日渐贫苦的境地。他经历了屋宅遇火、贫病乞食的种种苦难,更兼沐风栉雨、躬耕陇亩的辛劳,但始终不曾有任何退缩,坚守着退隐的志趣,朝廷诏征著作郎,他也称疾不就。经历晋宋易代之后,陶渊明似颇有遗民之情,作有《述酒》以寄慨。檀道济劝他出仕,他拒绝了;檀又馈以粱肉,他麾而去之。

陶渊明生活在玄学大兴的时代,也是佛教思想大肆传入的时代,倒是传统的儒学有所引退。在这个儒、释、道思想交汇的时代,像陶渊明这样博学之人的头脑中有各家思想的影响实不足怪,可以从其诗文中找到例证也是很自然的。应该说,陶渊明的思想还是与其时代相契合的,是与当时的玄学风气、名士风流相一致的。

二、纯任自然的思想

玄学即"玄远之学。学贵玄远,则略于具体事物而究心抽象原理"①。所以此时的玄谈名士往往耽于玄思,留意有无、言意、形神、自然与名教等形上的思辨,在现实中则崇尚不以物累形、超脱物外的生活姿态。玄风在文学上的影响,既有使之"理过其辞,淡乎寡味"的一面,也有将玄言诗引向山水,生发出山水诗的一面。当然,此时的山水仍止于观赏对象的层面,山水与诗人仅是欣赏和被欣赏

---

① 汤用彤:《魏晋玄学论稿》,上海古籍出版社 2001 年版,第 23 页。

的关系、主客的关系①。

陶渊明不仅秉承了崇尚自然的玄学风气和名士风流，而且"改善"了人与自然的关系。在陶渊明的世界里，自然不再仅仅是山水，而是诗人自身也生活于其中的田园，凯风翼苗的陇亩，鸡犬鸣吠的村舍，还有那依依升起的墟烟。陶渊明的笔下，自然与人已融而为一，无论是菊花、山川、落日，还是归林的飞鸟，以及在其间的人，都处在一个静谧祥和的图景之中，此中的真意已不须说，言语的描述既显无力，也属多馀。此等境界，正是物我两忘、天人合一之境。

"自然"者，事物自身之本然，即非人为的、本来的样子，亦即"真"。其初本不指现代意义上与社会相对的自然界，但远离社会尘俗的自然界对厌恶凡俗、崇尚自然的人们具有天然的吸引力，因为在那里，你可以放下世俗的负担，直面自我。这对于"质性自然"的陶渊明来说，无疑如"久在樊笼里，复得返自然"的鸟儿。《形影神》三首是陶渊明对长生、名声等问题的思考，形代表人对形体长存即长生的追求，影代表人对立名身后的渴望，神则是隐藏在人的欲望之后的"真我"，神以自然之义化解了形、影的苦恼："纵浪大化中，不喜亦不惧。应尽便须尽，无复独多虑。"他的"任真"，也就是纯任自然，就是要泯除世俗社会加于自身的一切异化的、虚伪的东西，回归"真我"。

纯任自然的陶渊明既有同于时人的名士风流，又有异于时人的拔俗性情。崇尚自然是魏晋名士风流的共同点，而陶渊明的"自然"性情中又有"守拙""抱朴"的特点。陶渊明在《与子俨等疏》中自称"性刚才拙，与物多忤。自量为己，必贻俗患"，以其出处行止而言，亦是实情。他"起为州祭酒，不堪吏职，少日，自解归"，为彭泽令又不为五斗米折腰，晚年贫病时檀道济馈粱肉他又麾而去之，皆可见他"拙而刚"的一面。《杂诗》其八亦谓："人皆尽获宜，拙生失其方。"《饮酒》其九说"禀气寡所谐""吾驾不可回"；都体现了陶渊明的"自知之明"。"抱朴"一词，出《老子》第十九章："见素抱朴，少私寡欲。"陶渊明在《感士

---

① 据汤用彤所论，魏晋玄学围绕"名教"与"自然"之辨，大致经历了四个发展阶段：早期的王弼、何晏，虽推崇"自然"，但并不公开反对"名教"，是以"自然"为体、以"名教"为用的，可以称为"温和派"；至阮籍、嵇康，明确提出"越名教而任自然"，是为"激烈派"，以其行为上的浪漫而对社会发生更大的影响；为《庄子》作注的向秀、郭象则继承了"温和派"的态度，在"名教"与"自然"之间加以调和，仍以二者为本末体用的关系；西晋末叶之后，佛教大盛，佛教学者从自身理论出发，认为"内圣"不一定要"外王"，"自然"与"名教"再次分途。（汤用彤：《魏晋思想的发展》，《魏晋玄学论稿》第110—120页）玄学发展四阶段在"名教"与"自然"的关系上虽有不同，但也有相同之处：他们都推崇"自然"；"自然"与"名教"是相对立的。在这两点上，无论"温和派"还是"激烈派"都是一样的，虽然"温和派"有意调和"名教"与"自然"的对立，但本末体用的关系也仍是二而不是一。山水与诗人的关系也许可以看作这两点在文学上的折射。

不遇赋·序》中说:"夫履信思顺,生人之善行;抱朴守静,君子之笃素。"《劝农》诗中亦云:"悠悠上古,厥初生人,傲然自足,抱朴含真。""朴"与"真"是相通的,朴即真,即自然,也就是事物不假雕饰之本然。

沈约在《宋书·隐逸传》中已指出陶渊明"真率"的品格,萧统也十分赞赏其"颖脱不羁,任真自得"的品性,陶渊明自己也说过:"任真无所先。"(《连雨独饮》)可以说,"真"在陶渊明不仅是一种人格美、艺术美,而且已升华为一种境界。行迹有无已不重要,出处之节不过是一种外在的形式,特别是对于最终归田后的陶渊明而言,纵浪大化,不喜不惧,脱离了异化的尘世,回归了真实的人生,还有什么可虑的呢?

三、陶渊明的人格与文风

真、拙、朴对陶渊明的写作和文风无疑有着极大的影响。他的诗歌处处展露的是他真实的生活。"平畴交远风,良苗亦怀新"写的是诗人看到庄稼长势的喜悦;"晨出肆微勤,日入负末还""晨兴理荒秽,带月荷锄归"则写农田劳作的辛酸;"弱子戏我侧,学语未成音。此事真复乐,聊用忘华簪"写的是天伦之乐;"奇文共欣赏,疑义相与析""提壶接宾侣,引满更献酬"则写同道交游;还有"正夏长风急,林室顿烧燔。一宅无遗宇,舫舟荫门前"的火灾记录,以及"饥来驱我去,不知竟何之!行行至斯里,叩门拙言辞"的乞食经历。

这些生活实景的描述不仅是真实的,更展现了陶渊明独特的"朴拙"笔法。陶渊明用平淡朴素的语言,传达出深厚的意韵,正所谓"质而实绮,癯而实腴"(苏轼《与苏辙书》),"外枯而中膏,似淡而实美"(苏轼《评韩柳诗》)。例如《归园田居》其三:

> 种豆南山下,草盛豆苗稀。晨兴理荒秽,带月荷锄归。道狭草木长,夕露沾我衣;衣沾不足惜,但使愿无违。

若仅从一字一词上看,此诗可以说是平淡到了无诗的境地;但若细心体会,则可知其中的艰辛与欢乐,非亲身务农者不能道。"带月荷锄归",山月初升,荷锄而归,一天的劳作,疲惫之馀,想到的是什么?不是眼前的夕露沾衣,而是除草之后豆苗的生长,"但使愿无违",这个"愿",恐怕既有收获之愿,更有隐居而不仕的心愿。像这样近乎口语的句子在他的诗中处处可见:

> 昔欲居南村,非为卜其宅。闻多素心人,乐与数晨夕。(《移居》二首其一)

这些近乎口语的诗句之所以酿出浓浓的诗意，原因还在于这些话语都是发自内心的，是从他的真性情中自然流出的，绝无半点虚假和矫情，正所谓"豪华落尽见真淳"（元好问《论诗绝句》）。

虽然陶渊明的诗"冲澹深粹，出于自然"（杨时《龟山语录》），却并不意味着遣词造句上的随意，事实上，他的诗用字用词非常注意锤炼，只是锤炼得非常自然贴切，不露痕迹而已。例如，四言诗《时运》写道："山涤馀霭，宇暖微霄。有风自南，翼彼新苗。"山中的岚雾被风吹散，天空也仅剩一抹淡淡的微云，南风吹着新生的禾苗，翩然欲飞。这里的"涤""翼"二字，给人清新、鲜活的感觉。《和郭主簿》二首其一："蔼蔼堂前林，中夏贮清阴。"一个"贮"字，便给人无尽的清凉。《拟古》九首其七："日暮天无云，春风扇微和。"一个"扇"字，又给人多少和煦！陶渊明的炼字，都是用一些平常的字眼，以少总多、洗练浑然，绝不同于当时"俪采百字之偶，争价一句之奇；情必极貌以写物，辞必穷力而追新"（《文心雕龙·明诗》）的华美文风。时人往往致力于一字一句，其结果是有句无篇，即使大诗人如谢灵运，也往往如此。

应该说，陶渊明平淡自然的诗文风格与东晋玄言诗人倡导的清淡文风有一定的联系，但同时他又是超越了时代的。陶渊明生活的东晋后期至刘宋之初，正是各种思想交汇融合又相互冲突的时代，玄学思想固然盛极一时，但陶渊明没有选择老庄式的超然逃世、离群索居；佛教渐渐兴起，他也没有选择离妻弃子、皈依空门；他更没有积极入世，加入追逐功名利禄的行列。儒、释、道思想对他都有影响，但都不能完全笼括陶渊明独特的性情。他选择的是回归田园，在田园中舒展人性的本然，享受天伦的亲情、友朋的欢笑，以及劳作的辛苦、收获的喜悦。陶渊明的生命安顿之地是田园，不是山水；他对人间的挂怀又摒除了使人异化的功名利禄，而返归人伦日用的真朴纯净。方宗诚《陶诗真诠》云："陶公高于老、庄，在不废人事人理，不离人情，只是志趣高远，能超然于境遇形骸之上耳。"真正道出了陶渊明的不可及处：陶渊明以其"不废人事人理，不离人情"超越了玄学，又以其"志趣高远"拔俗于众。他的理想，便是在桃花源式的田园中亦耕亦读，他真朴的诗笔，也颇适宜于描摹"暖暖远人村，依依墟里烟"的情境。

陶渊明是超越了他的时代的，在他身后，很长时间里都不以诗文著名。《宋书》《晋书》及《南史》等史传，都只把他放入《隐逸传》，几乎不提他的文学成就，钟嵘的《诗品》也仅列之为中品，刘勰的《文心雕龙》对他竟只字不提。直到萧梁时代的昭明太子萧统，才为之编集作传，对陶渊明有了一个较高的评价。历经唐、五代之后，直至北宋，陶渊明在诗史上才上升到应有的地位。沈德潜《说诗晬语》说："陶诗胸次浩然，其中有一段渊深朴茂不可到处。唐人祖述者，王右丞有其清腴，孟山人有其闲远，储太祝有其朴实，韦左司有其冲和，柳仪曹有其峻洁，皆学焉而得其性之所近。"陶渊明诗文的被接受程度和长久的生命力，正有力地佐证了他是我国诗史上最优秀诗人之一的地位。

第二节　陶渊明的诗

陶渊明辞赋诗文兼善，但究以诗歌成就最高。从内容上看，陶诗包罗宏富，有田园、行役、读书、饮酒、交游、责子、述祖等等，而以田园诗成绩最著。

一、田园诗的艺术境界

述写行役的诗歌多为陶渊明归田之前的作品，但在每一首行役诗中，作者都表达了退隐的志趣。如《庚子岁五月中从都还阻风于规林》二首其二，主要表达的，便是"静念园林好，人间良可辞"。"人间"与"园林"的对立在陶渊明的诗歌中随处可见："诗书敦宿好，林园无世情。"（《辛丑岁七月赴假还江陵夜行涂口》）"园田日梦想，安得久离析。"（《乙巳岁三月为建威参军使都经钱溪》）田园是他精神安顿的理想处所。

田园在陶渊明的世界里既是可亲可感的劳作栖息之所，也是诗酒耕读的理想寄托。陶渊明不仅亲自参加劳动，并第一个将躬耕甘苦写入诗中，这固然值得肯定。而更重要的是，他以其独具的素心和超凡的诗笔，谱写出唯有在无弦琴上方可弹奏出的大音希声的至境。他不追求"涧户寂无人，纷纷开且落"的空寂禅趣，惟其诗中有人，所以不可超越。陶渊明把自己在田园中生活的方方面面都写进了诗中，他的诗是生活化的，他的生活也是诗化的。

田园的宁静、质朴、纯粹，与"人间"的喧嚣、黑暗、虚诈形成鲜明对比，其本身已被陶渊明视为一种理想境界。如《归园田居》其一：

> 少无适俗韵，性本爱丘山。误落尘网中，一去三十年。羁鸟恋旧林，池鱼思故渊。开荒南野际，守拙归园田。方宅十馀亩，草屋八九间。榆柳荫后檐，桃李罗堂前。暧暧远人村，依依墟里烟。狗吠深巷中，鸡鸣桑树颠。户庭无尘杂，虚室有馀闲。久在樊笼里，复得返自然。

这简直是向官场、俗世告别的宣言，是又一篇《归去来兮辞》。"尘网"无异于"樊笼"，"误落"其中的陶渊明就好比"羁鸟"和"池鱼"，复归自然的喜悦，流露在这花树环绕的屋宅里，也飘溢于依依炊烟之中。清人潘德舆说："陶公'依依

墟里烟'，斯入于化，以此求'三百篇'，风旨不远矣。"（《养一斋诗话》卷四）

陶渊明的《饮酒》其五写道：

> 结庐在人境，而无车马喧。问君何能尔，心远地自偏。采菊东篱下，悠然见南山。山气日夕佳，飞鸟相与还。此中有真意，欲辩已忘言。

这是陶诗中最为人称道的一首。陶渊明似乎不避理趣，他的《形影神》三首专门讨论哲理，此诗的开头和结尾也有"言尽"的意味，但真能做到情、事、理浑融无间。"心远"为一篇主脑，惟其心远，便在人境也不会感到车马的喧嚣；亦惟其心远，才可在东篱采菊之时，举首见山，悠然神会，看着夕阳下光影氤氲的山气，还有那一划而过的投林飞鸟，此中的"真意"，非言辞可辩，又何须言说？王士禛《古学千金谱》说得好："忽悠然而见南山，日夕而见山气之佳，以悦鸟性，与之往还。山花人鸟，偶然相对，一片化机，天真自具。"

复返自然的田园生活是惬意的，或郊游，或登高，或饮酒解颜，或琴书自娱，或与友朋唱和，或与幼子戏乐，浓浓情意，尽在言表。如《移居》二首其二：

> 春秋多佳日，登高赋新诗。过门更相呼，有酒斟酌之。农务各自归，闲暇辄相思；相思则披衣，言笑无厌时。此理将不胜，无为忽去兹。衣食当须纪，力耕不吾欺。

这里交往的朋友一定是第一首中说的"素心人"，相互之间唯有同道的默契和真率，毫无猜忌和虚诈。"过门更相呼，有酒斟酌之"，不正是他在《五柳先生传》中所说的"亲旧知其如此，或置酒而招之。造饮辄尽，期在必醉"吗？"农务各自归，闲暇辄相思；相思则披衣，言笑无厌时"，能有如此至情至性的朋友，是何等令人艳羡！

当然，陶渊明"并非整天整夜的飘飘然"[1]，田园生活中也有各种艰辛。《庚戌岁九月中于西田获早稻》写躬耕的甘苦：

> 人生归有道，衣食固其端。孰是都不营，而以求自安！开春理常业，岁功聊可观。晨出肆微勤，日入负耒还。山中饶霜露，风气亦先寒。田家岂不苦？弗获辞此难；四体诚乃疲，庶无异患干。盥濯息檐下，斗酒散襟颜。遥

---

① 鲁迅：《且介亭杂文二集："题未定"草六》，《鲁迅全集》第6卷，人民文学出版社2005年版，第436页。

遥沮溺心，千载乃相关。但愿长如此，躬耕非所叹。

以衣食为人道之端，这样的认识已属难能。"晨出肆微勤，日入负耒还"与《归园田居》其三所写"晨兴理荒秽，带月荷锄归""衣沾不足惜，但使愿无违"一样，写出了归耕者的心愿："四体诚乃疲，庶无异患干""但愿长如此，躬耕非所叹。"而"田家岂不苦？弗获辞此难"又饱含着所有劳动者共同的辛酸。这首诗的情感是复杂的，真切的。

躬耕的甘苦并不止于劳作的艰辛，有时还会遇上火灾，使得"一宅无遗宇"（《戊申岁六月中遇火》），不得不迁居他处（《移居》二首）；贫困和灾难的不期而至，有时竟会逼迫他出门乞食（《乞食》）。农耕生活的感受既是陶渊明个人的，又是能够反映当时农村实情的，《怨诗楚调示庞主簿邓治中》写道：

天道幽且远，鬼神茫昧然。结发念善事，僶俛六九年。弱冠逢世阻，始室丧其偏。炎火屡焚如，螟蜮恣中田。风雨纵横至，收敛不盈廛。夏日长抱饥，寒夜无被眠。造夕思鸡鸣，及晨愿乌迁。在己何怨天，离忧凄目前。吁嗟身后名，于我若浮烟。慷慨独悲歌，锺期信为贤。

天道和鬼神被他如此漠视，因为其充满艰辛的一生不容他有闲心去关注幽远的天道和飘渺的鬼神。"夏日"四句道出了劳动者的艰苦，面对种种艰辛仍能坚守信念，这样一个陶渊明，是难能而可敬佩的。

二、咏怀与咏史

如果说上述诗歌主要是写陶渊明的所历，陶诗的另一个重要方面则是写他的所感，即咏怀。宽泛地讲，咏怀与咏史并没有严格的区别，咏史是借古人之酒杯，浇自己之块垒，也是咏怀的一种重要方式。所以左思的《咏史》、郭璞的《游仙》，其实与阮籍的《咏怀》异曲同工。陶渊明的《饮酒》《拟古》《杂诗》《咏三良》《咏二疏》《咏荆轲》《咏贫士》，乃至《读山海经》等，皆可视为咏怀之作。

陶渊明处在晋宋易代之际，政治环境不乏险恶之处，所以他的有些咏怀诗也像阮籍的诗歌一样，"百代之下，难以情测"。如《饮酒》其四：

栖栖失群鸟，日暮犹独飞。徘徊无定止，夜夜声转悲。厉响思清远，去来何依依。因值孤生松，敛翮遥来归。劲风无荣木，此荫独不衰。托身已得所，千载不相违。

飞鸟本是阮籍《咏怀》中常见的意象。陶渊明也写飞鸟，但写的是"失群"的飞鸟，这就与阮籍有所不同。"失群鸟"应是诗人"误落尘网"的自况，寓意似乎是明白的，但何以徘徊、何以"声转悲"？似有所指而不明言。与此类似，《饮酒》二十首中有些诗句欲言又止，含义模糊，如"有客常同止，趣舍邈异境。一士长独醉，一夫终年醒。醒醉还相笑，发言各不领"（其十三）、"觉悟当念还，鸟尽废良弓"（其十七）、"有时不肯言，岂不在伐国"（其十八）等等。正如其二十所说"但恨多谬误，君当恕醉人"，陶渊明似乎在以醉人醉语暗示他对时事的看法，萧统说陶诗"语时事则指而可想"，大概萧统还可以知道他的旨趣吧。

陶渊明忧思的深广，以《杂诗》其二表达得最为真切：

> 白日沦西阿，素月出东岭。遥遥万里辉，荡荡空中景。风来入房户，夜中枕席冷。气变悟时易，不眠知夕永。欲言无予和，挥杯劝孤影。日月掷人去，有志不获骋。念此怀悲凄，终晓不能静。

这首诗的前半描绘了一个清冷的环境：日落西山，素月当空，清辉万里，荡荡乾坤，了无一物。凉风入户，吹得诗人不能入眠。漫漫长夜，惟有对影独酌。岁月逝矣！此情此景，有志无成的诗人，内心又如何能够平静？他的"志"又是什么？就如《饮酒》所表现的那样，难以情测。《杂诗》十二首，篇篇都饱含着对岁月易逝、壮志难酬的悲慨，如"盛年不重来，一日难再晨"（其一）、"荣华难久居，盛衰不可量"（其三）、"百年归丘垄，用此空名道"（其四）、"闲居执荡志，时驶不可稽"（其十）等等。古人云"不如意事常八九"，也许忧愤满怀才是陶渊明的"常态"。

咏史诗多写陶渊明闲居读书的所思所感，其中颇有些金刚怒目式的作品。如《咏荆轲》有句云"雄发指危冠，猛气冲长缨""萧萧哀风逝，淡淡寒波生""惜哉剑术疏，奇功遂不成！其人虽已没，千载有馀情"，极其雄健慷慨。故朱熹评曰："陶渊明诗人皆说是平淡。据某看，他自豪放，但豪放得来不觉耳。其露出本相者是《咏荆轲》一篇，平淡底人如何说得这样言语出来！"（《朱子语类》）陶渊明的其他咏史诗如《读山海经》写"夸父诞宏志，乃与日竞走""精卫衔微木，将以填沧海；刑天舞干戚，猛志故常在"，也同样豪气干云；《咏贫士》七首和《咏二疏》《拟古》之"东方有一士""少时壮且厉"两首，也都写得气骨凛然。如《咏贫士》其四曰：

> 安贫守贱者，自古有黔娄。好爵吾不荣，厚馈吾不酬。一旦寿命尽，弊服仍不周。岂不知其极，非道故无忧。从来将千载，未复见斯俦。朝与仁义

生，夕死复何求？

《五柳先生传》赞曰："黔娄之妻有言：'不戚戚于贫贱，不汲汲于富贵。'极其言，兹若人之俦乎！"陶渊明对黔娄景仰已久，也以之自况。岂不知道自己的生活穷苦已极？但"君子忧道不忧贫"，君子所贵，朝闻夕死，不在贫也。人之为人，不仅仅是在肢体上能够站起来，更在于精神上的站立。所以他还讲："贫富常交战，道胜无戚颜。至德冠邦闾，清节映西关。"（《咏贫士》其五）虽说是歌咏古人，实无异于陶渊明的自画像。

三、友情与亲情

田园生活中除了农作和诗文自娱、啸咏畅怀之外，也少不了亲朋交游和天伦之乐。陶渊明的伟大，绝非是因为他不食人间烟火，而正在于他不离人事人理，符合人性人情，道出了人类共同的感受、困惑和愿望。与之交往的朋友中，有"相见无杂言，但道桑麻长"（《归园田居》其二）的农人，也有"奇文共欣赏，疑义相与析"的同道——"素心人"（《移居》其一），而相与赠答唱和者，尤多与自己地位相当、性情相近的下层官吏和归隐之士，如周续之、刘柴桑、庞主簿、邓治中、庞参军、戴主簿、郭主簿、羊长史等等。《答庞参军》云：

> 相知何必旧，倾盖定前言。有客赏我趣，每每顾林园。谈谐无俗调，所说圣人篇。或有数斗酒，闲饮自欢然。我实幽居士，无复东西缘。物新人唯旧，弱毫多所宣。情通万里外，形迹滞江山。君其爱体素，来会在何年。

诗人回顾了与庞参军一见倾心的交往，欢聚的谈笑犹在耳际，面对离别，虽限于江山阻隔，但情通万里，心心相印。结尾劝朋友"君其爱体素"，宛如古诗之言"努力加餐饭"，一派古风，更见情谊之深厚。

仁厚古风是陶渊明与朋友的赠答诗所体现的特点。如送客时的依依惜别："逝止判殊路，旋驾怅迟迟。目送回舟远，情随万化遗。"（《于王抚军座送客》）临别时又盼重聚："飘飘西来风，悠悠东去云。山川千里外，言笑难为因。良才不隐世，江湖多贱贫。脱有经过便，念来存故人。"（《与殷晋安别》）他以如话家常的笔调写出，语淡而味浓。

陶诗中也时有亲情流露。在行役之中望见旧居的他"一欣侍温颜，再喜见友于"（《庚子岁五月中从都还阻风于规林》二首其一），归软之情溢于言表；田园闲居时，"弱子戏我侧，学语未成音。此事真复乐，聊用忘华簪"（《和郭主簿》二首其一），有天伦之乐，富贵便如浮云；也有痛失亲人的悲哀，如《悲从弟仲德》

曰："慈母沉哀疚，二胤才数龄。双位委空馆，朝夕无哭声。"而《责子》一首以
游戏的笔法描摹五个顽劣的儿子，尤见陶渊明作为慈父的宽厚：

> 白发被两鬓，肌肤不复实。虽有五男儿，总不好纸笔。阿舒已二八，懒
> 惰故无匹。阿宣行志学，而不爱文术。雍端年十三，不识六与七。通子垂九
> 龄，但觅梨与栗。天运苟如此，且进杯中物。

读此诗会让人想起左思的《娇女诗》、杜甫的《北征》和李商隐的《骄儿诗》。儿
童的顽劣其实是他们的天性，在慈祥的父母眼里，以戏谑的笔触把这种"顽劣"
一一描述出来，不是对子女的不满，恰恰是对他们的喜爱。像雍、端十三岁而
"不识六与七"，阿通九岁，已过孔融让梨的年龄，却只知道到处寻觅梨和栗子，
显然是略带夸张的戏谑口吻。所以黄庭坚评曰："观渊明之诗，想见其人岂弟慈
祥，戏谑可观也。俗人便谓渊明诸子皆不肖，而渊明愁叹见于诗，可谓痴人前不
得说梦也。"（《书渊明责子诗后》）
　　陶渊明的诗歌题材多样，风格也是多样的，他以其真率质朴的如椽巨笔，不
仅为诗坛开辟出田园的领地，更为后世描绘出真实的人生场景。清人沈德潜说：
"晋人多尚放达，独渊明有忧勤语，有自任语，有知足语，有悲愤语，有乐天安命
语，有物我同得语，倘幸列孔门，何必不在季次、原宪下？"（《说诗晬语》卷上）
陶渊明以其独具风采的创作铸就了中国诗史上第一流诗人的地位。

第三节　陶渊明的文

　　陶渊明的文章，包括辞赋三篇，以及记、传、赞、述、疏和祭文等共九篇①。
其中关于亲人的传、疏、祭文等是较为庄重的文字，而最能体现其才华、舒展其
个性的则是《五柳先生传》《归去来兮辞》《桃花源记》和《闲情赋》等。他的
《五柳先生传》略具自传性，但并不重生平事迹，实为抒怀性的自画像。陶渊明多
数优美的文章，都具有抒怀的性质。

一、《归去来兮辞》
　　《归去来兮辞》是陶渊明辞去彭泽令、最终归隐时的作品。正如"久在樊笼

---

① 　这些文章包括：《感士不遇赋》《闲情赋》《归去来兮辞》《桃花源记》《晋故征西大将军长
　　史孟府君传》《五柳先生传》《扇上画赞》《读史述九章》《与子俨等疏》《祭程氏妹文》《祭
　　从弟敬远文》《自祭文》。其他如《五孝传》及《圣贤群辅录》等，旧疑非渊明作，故此不
　　录。

里，复得返自然"的鸟儿，全篇洋溢着解脱的喜悦，基调是轻松欢快的。

"归去来"乃六朝习语，即归来之义。这不单单是从官场退隐田园，由"人间"回归自然，这是回到自己梦寐以求的精神家园，这是对人性的重新发现。作者先写迷途知返、回归田园的兴奋，"舟遥遥以轻飐，风飘飘而吹衣"，极好地映衬出作者此时的心情；接着写田园生活的怡乐，"策扶老以流憩，时矫首而遐观。云无心以出岫，鸟倦飞而知还"，与"采菊东篱下，悠然见南山"意境相似；再写农耕及农馀的琴书自娱、登高赋诗等雅趣；最后表示归田的决心，愿以此自终。李格非说："陶渊明《归去来兮辞》，沛然如肺腑中流出，殊不见斧凿痕。"（元李公焕《笺注陶渊明集》卷五引）的确，田园景色、隐者心境和人生哲理极好地融合在一起，他本人也仿佛与田园融为一体。

全辞以六言句式为主，夹以三言、四言、五言、七言等，变幻多方。四言、六言节奏平缓，五言、七言则较灵动，加之韵律流畅，变换自然，如涧溪流泉，随势曲折，极其轻快。这首辞显然有张衡《归田赋》的影子，但张衡《归田赋》的笔调远不及陶渊明《归去来》的轻快。欧阳修评价说："晋无文章，惟陶渊明《归去来兮辞》一篇而已。"（元李公焕《笺注陶渊明集》卷五引）

二、《桃花源记》与《闲情赋》

《桃花源记》和《桃花源诗》是陶渊明虚构的理想世界。在这个世界里，一群躲避战乱的农人，隔断了与外界的所有来往，耕织自给，怡然自乐，与世无争，过着鸡犬之声相闻的小国寡民生活。虽然后来有人把桃花源说成仙境，但这里实为一群普通人，他们真淳质朴，毫无机心，享受着和平、宁静的生活，"春蚕收长丝，秋熟靡王税"，没有苛政的骚扰。这与污浊诈伪的现实形成极其鲜明的对比。"桃花源"对后世影响极大，成为人们的理想寄托。陶渊明说出了人类共同的愿望：对和平、自由、宁静的向往。从根本上讲，这才是他描绘的田园以及桃花源的恒久魅力之所在。

《闲情赋》是陶渊明作品中极为特殊的一篇，借汉末以来闲止类题目表达情爱，笔致浓丽。《闲情赋·序》写道："初张衡作《定情赋》，蔡邕作《静情赋》，检逸辞而宗澹泊，始则荡以思虑，而终归闲正。将以抑流宕之邪心，谅有助于讽谏。"似乎他写此赋的目的是使邪荡的情思回归正轨。但实际上，就如历来的辞赋都是"劝百讽一"一样，陶渊明这篇赋也是假防闲之托词，极写男女情好。他写一位男子对美丽女子的思恋，所发"十愿"：

> 愿在衣而为领，承华首之馀芳；悲罗襟之宵离，怨秋夜之未央。愿在裳而为带，束窈窕之纤身；嗟温凉之异气，或脱故而服新。愿在发而为泽，刷

玄鬓于颓肩；悲佳人之屡沐，从白水以枯煎。愿在眉而为黛，随瞻视以闲扬；悲脂粉之尚鲜，或取毁于华妆。愿在莞而为席，安弱体于三秋；悲文茵之代御，方经年而见求。愿在丝而为履，附素足以周旋；悲行止之有节，空委弃于床前。愿在昼而为影，常依形而西东；悲高树之多荫，慨有时而不同。愿在夜而为烛，照玉容于两楹；悲扶桑之舒光，奄灭景而藏明。愿在竹而为扇，含凄飙于柔握；悲白露之晨零，顾襟袖以缅邈。愿在木而为桐，作膝上之鸣琴；悲乐极以哀来，终推我而辍音。

这样不顾世俗礼教地袒露情爱之思是很大胆的。萧统批评说："白璧微瑕者，惟在《闲情》一赋。扬雄所谓劝百而讽一者，卒无讽谏，何必摇其笔端？惜哉，无是可也！"（《陶渊明集序》）但对陶渊明推崇备至的苏轼则说："渊明《闲情赋》，所谓'国风好色而不淫'，正使不及《周南》，与屈宋何异？"（《东坡题跋》卷二《题文选》）虽评价互异，却都是从礼教思想出发的。其实，夫妇为人伦之始，两性爱悦之情是正常的，何必讳言？而陶渊明正因为有这样的思想，更见其真诚，"防闲"之说，倒显得拘谨了。

思考题

1. 结合作品，谈谈陶渊明的思想与人格特点。
2. 陶渊明的诗歌有哪些题材？各自的艺术特点如何？其共同的艺术风貌是什么？
3. 试比较《归园田居》与《归去来兮辞》的异同。

第四章　南朝文学

南朝包括宋、齐、梁、陈四个朝代，共历时一百六十九年（420—589）。公元420年，刘宋取代了东晋，为南朝的开始，公元589年，陈为隋所灭，南北方统一，南北朝结束。在南北朝时期，南北方文学发展是不平衡的。南朝文学在很长时间里领先于北朝，并对北朝文学产生了深刻影响。南朝是整个魏晋南北朝时期文学发展最重要的时期之一。

第一节　谢灵运与山水诗

经过了长时间的酝酿，在东晋南朝出现了第一个大规模写作山水诗的诗人谢灵运。谢灵运的山水诗成就卓越，受他的影响南朝出现了大量山水诗作，描写山水景色成为中国古典诗歌的一个传统题材。谢灵运是东晋南朝最著名的山水诗人。

一、山水诗传统的建立

在东晋时期，以殷仲文、谢混为代表的一些文人的创作已与纯粹的玄言诗有所区别。他们的诗中出现了单纯描绘山水景物的诗句，并且取得了显著的艺术成就。他们代表着当时诗坛风气的变化。在此之后，出现了山水诗的代表诗人谢灵运，山水诗在他手中最后形成。

谢灵运出身陈郡谢氏，是谢玄的孙子，谢混的族子，十八岁袭谢玄的爵位为康乐公，后人称为谢康乐。刘宋代晋，被降为侯爵。谢灵运对刘宋政权多有不满，于元嘉十年（433）被杀。

谢氏宗族的成员有聚会谈文的传统，谢安、谢混都曾是宗族文会的倡导者，谢氏家族能文者甚多（如谢道韫、谢瞻、谢晦、谢灵运、谢惠连、谢庄等），与此有密切关系。谢灵运在山水诗上的成就与谢混的影响是分不开的。袭爵康乐公的同时，谢灵运还继承了谢玄留下的大量财富、土地、奴仆和在会稽附近的大片庄园。这些都为谢灵运探奇寻幽、游乐山水提供了便利条件。刘宋建立后，谢灵运益发以肆意游赏来排遣心中的不满，并以此作为与朝廷对立的一种姿态。

在游赏过程中，谢灵运创作了大量的山水诗。他的山水诗以纯客观的态度描摹山水景物，力图通过语言再现山水景物的形状、颜色、情态等外部形态特征，在当时产生了很大影响。《宋书》记载，谢灵运"每有一诗至都邑，贵贱莫不竞写，宿昔之间，士庶皆遍，远近钦慕，名动京师"。可见其在当时诗名之盛。

二、"初发芙蓉"的诗风

谢灵运的诗以大量描摹山水景物为主要特色，其艺术成就也集中在这一方面。谢诗的写景追求形似，因此诗中的景物描写非常细致。但即便极力雕琢，用语言描写完全还原山水景物的外部特征仍然是极为困难的。诗人不得不在五言诗句中容纳大量对景物细部特点的勾画，有时甚至使用自己创造出的语词，因而谢灵运的山水诗有时会存在生硬、拗口的缺点。但由于谢诗写景主要使用白描手法，很少用典和过多的粉饰，仍能给读者以清新明丽的感觉。如他的名篇《登池上楼》：

> 潜虬媚幽姿，飞鸿响远音。薄霄愧云浮，栖川怍渊沉。进德智所拙，退耕力不任。徇禄反穷海，卧疴对空林。衾枕昧节候，褰开暂窥临。倾耳聆波澜，举目眺岖嵚。初景革绪风，新阳改故阴。池塘生春草，园柳变鸣禽。祁祁伤豳歌，萋萋感楚吟。索居易永久，离群难处心。持操岂独古，无闷征在今。

其中"池塘生春草，园柳变鸣禽"一句，清新自然，后人有"万古千秋五字新"的评价。《南史》记载，当时的诗人颜延之问鲍照自己的诗与谢灵运的诗孰优孰劣，鲍照评价说："谢五言如初发芙蓉，自然可爱。君诗若铺锦列绣，亦雕缋满眼。"最能体现谢诗"初发芙蓉，自然可爱"的特点的，就是诗中的山水景物描写。如"时竟夕澄霁，云归日西驰。密林含馀清，远峰隐半规。……泽兰渐被径，芙蓉始发池"（《游南亭》）；"石横水分流，林密蹊绝踪。解作竟何感，升长皆丰容。初篁苞绿箨，新蒲含紫茸"（《于南山往北山经湖中瞻眺》）；"连障叠巘崿，青翠杳深沉。晓霜枫叶丹，夕曛岚气阴"（《晚出西射堂》）；"白云抱幽石，绿筱媚清涟"（《过始宁墅》）；"春晚绿野秀，岩高白云屯"（《入彭蠡湖口》）等等。这些诗句设色讲究，以绿与紫、翠与丹、绿与白对比，色彩明艳秀丽、清新雅致，绝无俗艳之感，从中能够体现出作者的匠心。

三、写景与说理

谢灵运山水诗有一个特点，就是写景之后通常会加上玄言的结尾。如《登池上楼》结尾的"持操岂独古，无闷征在今"，再如《过白亭岸》结尾的"荣悴迭去来，穷通成休慽。未若长疏散，万事恒抱朴"。谢灵运山水诗中的说理成分并不仅出现在结尾处，如《登池上楼》的"进德智所拙，退耕力不任"，但以玄言结束全诗是其最显著的特点。例如他的名作《石壁精舍还湖中作》：

　　昏旦变气候，山水含清晖。清晖能娱人，游子憺忘归。出谷日尚早，入
舟阳已微。林壑敛暝色，云霞收夕霏。芰荷迭映蔚，蒲稗相因依。披拂趋南
径，愉悦偃东扉。虑澹物自轻，意惬理无违。寄言摄生客，试用此道推。

　　全诗前半写景流畅自然，诗的最后以"虑澹物自轻，意惬理无违。寄言摄生客，
试用此道推"的说理结束。前写景后说理，是谢诗的典型结构。因此，谢灵运的
山水诗往往呈现出"山水加玄言"的固定模式。

　　谢灵运追求语言的描绘与景物的形似，因此谢诗中的景物描写是纯客观的，
它的缺点在于写景中不带有作者的感情。由于景物描写中看不出作者情感发展的
内在线索，它与之后的说理也就成了不相干的两个部分，缺乏交融的契合点。因
此，谢诗中的玄言结尾往往成为全诗的负累，接在写景之后生硬而不自然。这个
问题的解决，还要留待后来的诗人在山水诗方面更多的艺术实践。

　　谢灵运的山水诗对南朝文学影响很大，萧子显在《南齐书》中总结南齐的
诗风，说其中一种"典正可采，酷不入情"，正是源于谢灵运①。"酷不入情"，
也是对谢灵运诗缺乏情景交融的批评。同时，谢灵运在诗中开始大规模地模山范
水，对山水景物进行细致的描摹刻画，注重对诗歌语言的锤炼和修饰，这也影响
到后来的南朝诗人。沈德潜《说诗晬语》说："诗至于宋，性情渐隐，声色大
开，诗运一转关也。"谢灵运正是南朝诗风转变的开启者。

第二节　鲍照与大明、泰始年间文学风貌

　　大明是刘宋孝武帝刘骏的年号，刘骏死后，他的儿子刘子业即位，不到一年
就被明帝刘彧代替，泰始是刘彧的年号。大明、泰始年间是刘宋后期的代称。与
刘宋前期相比，后期的文坛有了一些新的变化，鲍照是这一时期最重要的诗人，
用典使事之风也在此阶段逐渐兴起。

一、俊逸遒丽的乐府诗写作

　　鲍照（415？—466），字明远，祖籍东海（今属山东），出身比较低微。他自
负才学，但在当时门第观念严重的时代很受歧视，郁郁不得志，沉沦下僚。《诗
品》说他"才秀人微，故取湮当代"。鲍照的诗歌以乐府诗水平最高，最能代表他

---

① 《南齐书·文学传论》："今之文章，作者虽众，总而为论，略有三体：一则启心闲绎，托
辞华旷，虽存巧绮，终致迂回。宜登公宴，本非准的。而疏慢阐缓，膏肓之病，典正可
采，酷不入情。此体之源，出灵运而成也。"

的创作成就，在当时和后世都产生了很大影响。除诗歌之外，他的《芜城赋》《登大雷岸与妹书》也是经典名作。

《宋书》说鲍照"尝为古乐府，文甚遒丽"，唐代诗人杜甫有"俊逸鲍参军"的评价。就鲍照的乐府诗来说，"俊逸""遒丽"实为确评。如《代出自蓟北门行》：

> 羽檄起边亭，烽火入咸阳。征师屯广武，分兵救朔方。严秋筋竿劲，虏阵精且强。天子按剑怒，使者遥相望。雁行缘石径，鱼贯度飞梁。箫鼓流汉思，旌甲被胡霜。疾风冲塞起，沙砾自飘扬。马毛缩如猬，角弓不可张。时危见臣节，世乱识忠良。投躯报明主，身死为国殇。

其中"疾风冲塞起，沙砾自飘扬。马毛缩如猬，角弓不可张"一句，描摹细致，惊警动人。全诗俊健雄壮，在气格上可视为盛唐边塞诗之先声。与此诗风格接近的还有《结客少年场行》《代东武吟》等。再如其《拟行路难》：

> 对案不能食，拔剑击柱长叹息。丈夫生世会几时？安能蹀躞垂羽翼。弃置罢官去，还家自休息。朝出与亲辞，暮还在亲侧。弄儿床前戏，看妇机中织。自古圣贤尽贫贱，何况我辈孤且直！

鲍照在诗中毫无保留地抒发了自己不得志的孤愤之情和不平之气，感情奔放，具有强烈的感染力。他的另一首乐府名作《梅花落》，赞叹梅花凌寒开放，却又感慨其难以长久：

> 中庭杂树多，偏为梅咨嗟。问君何独然，念其霜中能作花，露中能作实。摇荡春风媚春日，念尔零落逐寒风，徒有霜华无霜质。

此诗以梅花为喻，别有怀抱，感情抒发不如《行路难》那样直露，但深婉不迫，也是鲍照乐府诗中的佳作。

《南齐书》认为当时受鲍照影响的诗歌特点是"发唱惊挺，操调险急。雕藻淫艳，倾炫心魂"，这用来概括鲍照本人的作品风格也未尝不可。造成这种特点的原因是鲍照诗中往往灌注着不平之气，情绪高亢，词采瑰丽，能给读者以强烈的冲击感。除了乐府诗之外，鲍照还有其他一些诗歌值得一提，如他的《拟古八首》等。还有一些诗作体现出与乐府诗不同的风格。鲍照的山水诗成就不如谢灵运，比较险峻古朴，甚至有的词句险怪，如《发后渚》中的"华志分驰年，韶颜惨惊节"一句。鲍照还有《玩月城西门廨中》一诗,其中"夜移衡汉落,徘徊帷幌中。归华先委露,别叶早辞风"一句,秀美细腻,情调上接近于后来的永明体。

二、用典使事之风的兴起

东晋南朝文人大都有较高的学养,如谢灵运、颜延之等等。到了刘宋时期,文坛逐渐摆脱了玄言诗"篇体清淡"的风气,转而追求雕琢词采,开始注重典故的使用,使典用事之风兴起。

刘宋初这种文风的代表有傅亮,史书说他"博涉经史,尤善文词"。傅亮的文学成就主要在应用文写作方面,后来以善用典故著称的文学家任昉就直接受到他的影响。到了大明、泰始年间,这种文风以颜延之、谢庄最有代表性。颜延之的诗有使典过多的问题,影响到诗歌的形象意境的创造,因此,他的诗歌成就不如谢灵运那么高。这也是注重用典的作家常见的一种缺点。钟嵘《诗品》批评颜延之、谢庄的诗风对当时的影响时说:"颜延、谢庄,尤为繁密,于时化之。故大明、泰始中,文章殆同书抄。"鲍照批评颜延之诗"铺锦列绣,亦雕缋满眼",也反映了他对颜延之诗用典过多、雕琢过分的不满。

颜延之也有一些摆脱典故词采的束缚,能够较好抒发感情的作品,如《北使洛》《还至梁城作》《五君咏》,是其代表。其中《五君咏》尤被人称赏。《五君咏》以诗歌咏竹林七贤中的阮籍、嵇康、向秀、阮咸、刘伶五人,史书记载,颜延之本人狂放不拘小节,因此这组诗可以看作是颜延之借歌咏名士来自我抒怀。其中《嵇中散》一篇云:

> 中散不偶世,本是餐霞人。形解验默仙,吐论知凝神。立俗迕流议,寻山洽隐沦。鸾翮有时铩,龙性谁能驯!

全诗音韵铿锵,感情外露,其中耿介傲岸的形象就是诗人的自我写照。中间两联是较工稳的对偶形式,《五君咏》的其他几首也是如此。这种情况出现在刘宋时期的诗歌里,也是值得注意的。

第三节 谢朓与"永明体"

南朝诗风在刘宋后期出现了第二次变化,逐渐趋向新巧细密,注重对偶。到了南齐永明年间(483—493),终于出现了清新流畅、讲求声律为特色的新诗体——"永明体"。"永明体"的诞生是以刘宋后期以来诗风的变化为基础的。"永明体"的最大特色在于人为的、有意识的对诗歌语言的声律作出规定，它的出现为后来近体诗的最终形成奠定了基础。"永明体"是中国古典诗歌发展史上的重要转折，标志着近体诗时代的开始。

一、"新体诗"的理论

在"永明体"产生之前，中国古代的音韵学已有了初步的发展。一般认为，佛教传入中国和佛经翻译促进了我国音韵学的产生。在汉末已出现了反切注音，三国时孙炎有《尔雅音义》，李登有《声类》，晋代吕静有《韵集》，这些书籍的出现说明专门的音韵学已经产生。

在文学理论方面，陆机的《文赋》明确提出"暨音声之迭代，若五色之相宣"，也就是要求文学作品中用字要具备音韵的变化。南朝宋范晔也说"性别宫商，识清浊"。但是他们提出的只是一种笼统的看法，重视的是作品中自然形成的音律美，只有到了"永明体"出现的时候，才有了对作品声律人为的规定。

"永明体"声律论的提出，是以四声的发现为前提的，而四声的发现，又是以汉末以来音韵学的初步发展为基础的。南齐时期，产生了很多有关四声的著作，《南史》记载"（周颙）始著《四声切韵》行于时"；"（沈约）撰《四声谱》"等等。在对四声的研究的基础上，沈约等人提出了自己的理论，要求对文学作品尤其是诗歌的音节进行调配，对音节之间的搭配作出规定，使之诵读起来具有顿挫变化和音律之美，杜绝音律单调或不协调的现象①。沈约等人将诗文中需要避免的音节搭配缺陷总结为"蜂腰""鹤膝"等"病犯"。后人将"永明体"声律说总结为"四声""八病"说。对声律的规定是"永明体"诗学的核心。就"永明体"声律的规定本身来讲，无疑是不成熟和过于苛细的，连"永明体"的代表作家沈约、谢朓等人也不能做到完全遵守，这样死板细致的规定也会给诗歌创作带来过多的束缚。在沈约等人刚提出声病理论的时候，就遭到了一些批评。如当时的文人陆厥就曾与沈约书信辩难，对声病说提出责难。钟嵘《诗品》中也说"平上去入，则余病未能；蜂腰鹤膝，闾里已具"，反对对声律进行人为的规定。但从文学发展来看，"永明体"声律理论是一个巨大的进步。它使掌握音节调配的规律和自觉进行音节搭配成为可能，为近体诗的定型奠定了基础。

除了声病说之外，"永明体"诗人还有其他一些文学主张。《颜氏家训》记载："沈隐侯（即沈约）曰：文章当从三易：易见事，一也；易识字，二也；易读诵，三也。"所谓易见事、易识字，是指反对使用生僻的典故和文字。易读诵，则是强

---

① 沈约在《宋书·谢灵运传论》中写道："欲使宫羽相变，低昂互节，若前有浮声，则后须切响。一简之内，音韵尽殊；两句之中，轻重悉异。妙达此旨，始可言文。"可以看作是"永明体"诗人艺术主张的明确表述。

调文章声调搭配的和谐，不可使读者诵读时有口角挂碍，这与永明体声律说是一致的。总体来看，"三易"旨在追求作品表达的流畅。相似的见解也出现在其他永明体诗人中，如《南史》记载"谢朓常见语云：'好诗圆美流转如弹丸。'"

二、"永明体"诗人创作实践

"永明体"诗人指的是永明年间活跃的一批诗人，他们自觉地运用四声规律、用人为制定的声律规范约束文学创作，特别是诗歌创作。他们对新诗体的尝试和诗歌主张的提出集中在永明年间。"永明体"一词最早见于《南齐书·陆厥传》："永明末，盛为文章。吴兴沈约、陈郡谢朓、琅邪王融以气类相推毂，汝南周颙善识声韵。约等文皆用宫商，以平上去入为四声，以此制韵，不可增减，世呼为'永明体'。""永明体"代表诗人除谢朓外，还有沈约、王融。

"永明体"诗人在诗歌创作中有比较一致的见解，诗歌风格也比较接近。因为受到人为声律规定的束缚，"永明体"诗歌篇幅普遍不长，音节和婉流畅，词句清丽。如沈约的《别范安成》：

> 生平少年日，分手易前期。及尔同衰暮，非复别离时。勿言一樽酒，明日难重持。梦中不识路，何以慰相思。

用典平易贴切，感情深挚，读起来朗朗上口，较好地体现了"永明体"诗歌的特征。再如王融的《古意》：

> 游禽暮知反，行人独未归。坐销芳草气，空度明月辉。噉容入朝镜，思泪点春衣。巫山彩云没，淇上绿条稀。待君竟不至，秋雁双双飞。

对偶工整，笔触细腻，是"永明体"诗人描写思妇题材的代表作。

三、谢朓与"新体诗"

"新体诗"指的是古体诗到近体诗之间的过渡形态，由于永明声病说的出现，"新体诗"才能够产生。从体裁特征来讲，"新体诗"与古体诗最大的不同，在于对诗句声律作出人为的规定，这也是"永明体"诗最突出的特点。另外，在"新体诗"中，还要求诗句之间的对偶。广义来说，从"永明体"诗人的一些创作直到近体诗定型之前的一些作品，凡符合上述特征者，均属于"新体诗"的范围，而"新体诗"的创作，则是从"永明体"诗人开始的。

"永明体"最杰出的诗人是谢朓，他也是齐代新体诗成就最突出的诗人。谢胱（464—499），字玄晖，陈郡阳夏（今河南太康）人，出身陈郡谢氏，与谢灵运同族，被称为"小谢"，也常与谢灵运并称"二谢"。谢氏是东晋数一数二的大世族，刘宋时开始没落，谢胱的父祖又是谢氏中较不显赫的一支，因此谢胱本人对名利比较热衷，希望能重振家风。但他毕竟只是一介文人，在南齐的政治漩涡中几度沉浮，最后下狱而死。谢胱时常在诗中流露出既希望全身远祸又向往保全富贵的矛盾心境，在归隐与出仕之间摇摆不定。

谢胱的诗清新秀丽，音节和婉，具有"永明体"诗歌的共同特征。他的诗写景细腻，在谢灵运之后把山水景物题材诗歌的创作推向了新的高峰。与谢灵运相比，谢胱新体诗中的写景更为自然流畅，情景交融、诗意连贯，没有谢灵运山水诗语言生涩的问题，也少有谢灵运诗中常常出现的情景脱节的现象和玄言结尾。如他的名作《晚登三山还望京邑》：

> 灞涘望长安，河阳视京县。白日丽飞甍，参差皆可见。馀霞散成绮，澄江静如练。喧鸟覆春洲，杂英满芳甸。去矣方滞淫，怀哉罢欢宴。佳期怅何许，泪下如流霰。有情知望乡，谁能鬒不变。

其中"馀霞散成绮，澄江静如练"一句，尤其为人称赏。但这首诗不只是好在这一句，而是好在情与景的融合，景中可以见情，全诗含蓄温婉，馀韵悠长。总体来说，到了谢胱的手中，写景更为圆熟。谢胱的诗缺乏的是谢灵运诗歌奇崛的笔力，诗境相对较窄。《诗品》说他"善自发诗端，而末篇多踬"，"意锐而才弱"，是有道理的。但也有一些作品没有他诗中较多见的这种问题。如《暂使下都夜发新林至京邑赠西府同僚》：

> 大江流日夜，客心悲未央。徒念关山近，终知返路长。秋河曙耿耿，寒渚夜苍苍。引领见京室，宫雉正相望。金波丽鳷鹊，玉绳低建章。驱车鼎门外，思见昭丘阳。驰晖不可接，何况隔两乡。风云有鸟路，江汉限无梁。常恐鹰隼击，时菊委严霜。寄言罻罗者，寥廓已高翔。

起句"大江流日夜，客心悲未央"，壮阔苍茫，体现出谢胱擅于写起句的优点，而全诗一气贯通，感情充沛而不直白，表达顺畅，诗意含蓄，境界开阔，没有"末篇多踬"的缺点，是谢胱的代表作之一。

谢胱还有一些小诗，五言四句，清新秀丽，含蓄委婉，形制和风格都与后来唐代的五言绝句非常接近，对后来诗人影响很大。如《玉阶怨》：

夕殿下珠帘，流萤飞复息。长夜缝罗衣，思君此何极。

《王孙游》：

绿草蔓如丝，杂树红英发。无论君不归，君归芳已歇。

这些小诗精致秀丽，的确是"圆美流转如弹丸"，是谢朓诗歌中很有特色的一部分。谢朓是南朝最优秀的诗人之一，对梁陈诗风影响很大，以至于《诗品》中记述梁代人认为谢朓"古今独步"。对唐代诗人更是影响深远，大诗人李白对谢朓极为推崇。

总体来说，永明新诗体的兴起是南朝文学史上的大事，它直接促成近体诗的形成，对古代文学的发展影响深远。

四、齐建武年间"永明体"诗风的转变与古体的兴起

"永明体"的出现是南北朝文学史上的一件大事，它是中国古典诗歌由古体向近体转变的枢纽，文惠太子的弟弟竟陵王萧子良在其中起到了关键作用。齐永明前期朝廷政局安定，但到永明末，随着齐武帝病重，宫廷政治斗争变得残酷而激烈。当时较有实力、"竟陵八友"之一的萧衍为了自己的利益站在了萧鸾一边，结果萧子良失势，郁郁而终。萧鸾独揽大权，先后立文惠太子的儿子萧昭业和萧昭文为帝，又先后将他们废黜。于齐武帝去世的第二年（494），萧鸾即位，改元建武，是为齐明帝。明帝在位也只有五年，他死后，萧衍大权在握，不久建立梁朝取代南齐。文学史上所说的建武年间，也就是指南齐后期。

萧鸾性格残忍而多猜忌，建武年间，他大肆诛杀南齐高帝萧道成和武帝萧赜的子孙。作为永明年间活跃在萧子良身边的"永明体"作家们，也或多或少地受到牵连。其中王融被杀，沈约、谢朓、范云被外放。南齐前期，这些文人在萧子良周围，受到佛教影响，进行很多讨论声律的活动，这些促进了"永明体"的诞生，他们之间的酬唱赋诗、一题分咏等文学创作活动又使得他们的创作更加成熟，新诗体的特点日益鲜明。建武年间，"永明体"文学集团风流云散，生活道路和思想感情也都发生了转变。主要的作家谢朓、沈约等的诗风也发生了改变。

永明末年的政治斗争，"永明体"代表作家们都或多或少地卷入其中。在这之后，他们的仕途发生了急剧变化。如"竟陵八友"中的谢朓被外放为宣城太守，沈约为东阳太守，范云先后任零陵内史、始兴内史。尽管他们之间仍然有酬唱往还，但诗作的风格、情调和唱和的形式都有了显著的变化。

在永明年间，文学集团的活动是推动"永明体"作家创作的最大动因。他们

也体现出较为一致的诗学追求，如讲求声律和谐、对偶工整、用典平易等等。而经过了永明末年的政局变幻，他们的创作更多地体现出个性，不再把注意力主要放在声律技巧方面。在永明年间，这些诗人的很多创作（如同题的咏物诗）有提高写作技巧的作用，但作品格调不高，内容贫乏。而建武时期之后诗人的真情实感更多地灌注于作品之中。从题材上看，由于沈约、谢朓等均遭外放，山水行役题材诗歌的比例要高于永明年间。从体裁来说，这一时期诗人的作品都多少突破了"永明体"声律、对偶的束缚，呈现出向古体回归的趋势。

以"永明体"代表诗人谢朓为例，他的山水诗代表作大多作于宣城时期，其风格由永明时期的清丽流转变为萧散淡雅。如《郡内高斋闲望答吕法曹》：

> 结构何迢递，旷望极高深。窗中列远岫，庭际俯乔林。日出众鸟散，山暝孤猿吟。已有池上酌，复此风中琴。非君美无度，孰为劳寸心？惠而能好我，问以瑶华音。若遗金门步，见就玉山岑。

还有一些作品，可以看出作家在故意取法谢灵运山水诗的写法，力图描摹曲尽，如谢朓《游敬亭山诗》：

> 兹山亘百里，合沓与云齐。隐沦既已托，灵异居然栖。上干蔽白日，下属带回谿。交藤荒且蔓，樛枝耸复低。独鹤方朝唳，饥鼯此夜啼。渫云已漫漫，夕雨亦凄凄。我行虽纡组，兼得寻幽蹊。缘源殊未极，归径窅如迷。要欲追奇趣，即此陵丹梯。皇恩竟已矣，兹理庶无暌。

这一时期，"永明体"诗人的作品情调也有了变化，由于自身的仕途坎坷，诗中往往带有一种惆怅。这在他们的赠答诗中体现得最明显。如沈约《酬谢宣城朓》中的诗句："宾至下尘榻，忧来命绿尊。昔贤侔时雨，今守馥兰荪。神交疲梦寐，路远隔思存。"

总体来说，建武时期"永明体"作家的创作呈现出向古体回归的倾向。但这种回归不是简单的复古，以谢朓的山水诗为例，他的古体长篇山水诗无复谢灵运的奇崛，而更为平畅，这其中自然有永明体的遗韵。建武时期的创作丰富了"永明体"诗人的诗歌风格，也为古体诗注入了新的因素。

第四节　梁天监、普通年间文学

齐明帝萧鸾死后，萧衍掌握大权，于公元 502 年取代南齐，建立梁朝。萧衍在位共 49 年之久，占据了梁朝的绝大部分时间。他和他的儿子昭明太子萧统、简文帝萧纲、元帝萧绎都爱好文学。在梁朝前期（天监、普通年间，502—527），许多文人集中在太子萧统身边，编辑了中国古代现存最早的文学总集——《文选》，他们的文学主张在当时产生了很大影响。梁朝前期著名的文人还有何逊和吴均。

一、以萧统为中心的诗学理想与写作

梁武帝萧衍和他的儿子萧统、萧纲、萧绎等都喜好文学，萧衍早年曾是"竟陵八友"之一，与沈约、范云、谢朓等都有交往，即位后也热衷于提拔文人。但他毕竟是一国之君，不能专心于文学创作，在梁朝前期，大批文人聚集在他的儿子萧统身边，形成了当时最有影响的文人集团。《梁书·刘孝绰传》说："时昭明太子好士爱文，孝绰与陈郡殷芸、吴郡陆倕、琅邪王筠、彭城到洽等同见宾礼。"当时萧统身边的文士远不止这几个，史料上记载的多达几十人，其中成就最高的是刘孝绰和王筠。

萧统主张文学作品既要"丽"又要"雅"，就是具有形式美的同时要符合雅正的标准。他在《答湘东王求文集及诗苑英华书》中写道：

> 夫文典则累野，丽亦伤浮。能丽而不浮，典而不野，文质彬彬，有君子之致，吾尝欲为之，但恨未逮耳。

刘孝绰在《昭明太子集序》中也强调了这一观点，他说：

> 深乎文者，兼而善之。能使典而不野，远而不放，丽而不淫，约而不俭。独擅众美，斯文在斯。

萧统主张文学作品要"典"，要"文质彬彬"，实际上还是儒家正统的文学观，这其中有他作为太子的身份地位原因。这种文学观相对来说较为保守。但萧统同时强调"丽"的一面，对文学的形式美也有较高的要求。南朝以来，文学形式技巧不断发展，文词日趋华丽是发展趋势，萧统的文学观也是这种趋势的反映。

萧统和身边的文人有很多酬唱之作，但诗歌创作没什么特色，比他的父亲萧衍和弟弟萧纲逊色。他的主要功绩在于主持编选了我国古代最重要的文学总集——《文选》。他身边的文人中以刘孝绰和王筠最为著名，与沈约等著名文人均有交往，从现存作品来看，两人的诗歌写景状物比较细致，讲求对偶、炼字。如刘孝绰《夕逗繁昌浦》：

日入江风静，安波似未流。岸回知舳转，缆解觉船浮。暮烟生远渚，夕鸟赴前洲。隔山闻戍鼓，傍浦喧榜讴。疑是辰阳宿，于此逗孤舟。

王筠《望夕霁》：

连山卷乱云，长林息众籁。密树含绿滋，遥峰凝翠霭。石溜正潺潺，山泉始澄汰。物华方入赏，跂予心期会。

总体来说，萧统及身边的文人编选的《文选》在当时和后世影响很大，但他们创作成就不很突出。

二、何逊与吴均

何逊和吴均是梁代前期最重要的作家。何逊（472—519?），字仲言，是刘宋著名学者何承天的曾孙，少年时代即有才名。二十岁左右时入建康，得到沈约、范云的赏识。梁天监初被推荐给梁武帝，但很快因"不逊"得罪。大约在天监末年病卒。因为曾任尚书水部郎，后人称为"何水部"。

何逊的诗清雅宛转，不尚藻饰，对仗精巧，音韵和婉，比较接近谢朓而稍显平弱。他最长于写赠别和行役题材诗歌，情景交融。如《从镇江州与故游夜别》：

历稔共追随，一旦辞群匹。复如东注水，未有西归日。夜雨滴空阶，晓灯暗离室。相悲各罢酒，何时同促膝。

其中"夜雨滴空阶，晓灯暗离室"一句历来为人称颂。再如《与胡兴安夜别》：

居人行转轼，客子暂维舟。念此一筵笑，分为两地愁。露湿寒塘草，月映清淮流。方抱新离恨，独守故园秋。

再如《日夕出富阳浦口和朗公》：

客心愁日暮，徙倚空望归。山烟涵树色，江水映霞晖。独鹤凌空逝，双凫出浪飞。故乡千馀里，兹夕寒无衣。

何逊赠别和行役题材的诗歌中景物描写多带有清冷的色调，很好地烘托出了全诗的气氛。何逊的诗歌还有写景状物精巧细密的特色，较典型的诗句如"岸花临水发，江燕绕樯飞"（《赠诸游旧》）、"风光蕊上轻，日色花中乱"（《酬范记室云》）等，对后来诗人有很大影响。

吴均（469—520），字叔庠，吴兴故鄣人，家世贫寒。梁初被柳恽推荐，入梁武帝儿子临川王萧宏幕府，曾得梁武帝赏识，不久因私撰《齐春秋》得罪了梁武帝。

吴均的诗文也得到过沈约的赏识，在当时有较大名气。在齐梁时期，吴均是一位较有创作个性的作家。齐梁时期的文学创作以趋向华丽精工为主流，对形式技巧要求很高，而吴均为文清拔有古气，他的诗歌以边塞题材最为擅长，是鲍照之后南朝最重要的边塞诗人。其代表作如《战城南》：

> 前有浊樽酒，忧思乱纷纷。小来重意气，学剑不学文。忽值胡关静，匈奴遂两分。天山已半出，龙城无片云。汉世平如此，何用李将军。

再如《入关》：

> 羽檄起边庭，烽火乱如萤。是时张博望，夜赴交河城。马头要落日，剑尾掣流星。君恩未得报，何论身命倾。

《古意》：

> 杂虏寇铜鞮，征役去三齐。扶山翦疏勒，傍海扫沉黎。剑光夜挥电，马汗昼成泥。何当见天子，画地取关西。

吴均并没有真正到过北方的边塞，他的边塞诗多是乐府诗，继承了古题乐府中边塞题材作品的风格，清新峻拔，情调慷慨，在当时的诗坛独树一帜。吴均还有一些五言四句的小诗精巧细致，如《渌水曲》："香暖金堤满，湛淡春塘溢。已送行台花，复倒高楼日。"

第五节　萧纲与宫体诗

梁中大通三年（531），昭明太子萧统病卒，萧纲继为皇太子。萧纲自幼喜爱文学，身边也聚集了很多文士。他的文学观与萧统并不相同，在他和周围文人的倡导下，宫体诗产生了很大影响，成为梁后期到陈朝的诗坛主流。

一、宫体诗起源与发展

萧纲受到家庭环境的影响，从小喜爱文学。在他很小的时候，梁武帝萧衍就为他选择了一些文士，陪侍在他身边。其中对宫体诗风的形成最关键的人物是徐摛和庾肩吾。徐、庾两人都富有文学才华，作品风格也比较接近。他们的诗主要题材有咏物、游宴和艳情，词采华美、对仗工整、音韵和婉。这种诗风深深影响了萧纲，在萧纲被立为太子入主东宫之后始正式称为宫体诗。《梁书·徐摛传》说："摛幼而好学，及长，遍览经史。属文好为新变，不拘旧体。……摛文体既别，春坊尽学之，'宫体'之号，自斯而起。"《梁书·简文帝纪》记载："（萧纲）雅好题诗，其序云：'余七岁有诗癖，长而不倦。'然伤于轻艳，当时号曰'宫体'。"

从文学史的角度来说，宫体诗风的形成并不是一朝一夕的事。这种新变的源头从刘宋时鲍照、惠休的写作已经开始，后经"永明体"而扩大。"永明体"诗人强调对偶、音律，沈约、谢朓等人还写过很多咏物诗和一些艳情诗，这些都可以看作是宫体诗风的滥觞。徐、庾、萧纲等人在此基础上变本加厉，更加强调诗歌形式的美而忽略其内容的充实，加以他们的生活范围本来就很狭小，因此题材多为咏身边事物、描写女性体态，最终形成了宫体诗。宫体诗的代表诗人除徐摛、庾肩吾、萧纲之外，还有徐摛的儿子徐陵、庾肩吾的儿子庾信。徐陵和庾信早年在萧纲身边做文学侍从，也是典型的宫体诗人，但经过了梁末的动乱之后，他们的创作都有了一些转变。

二、萧纲对宫体诗的倡导

萧纲和他身边的文士之间的唱和活动早在他做晋安王时就开始了，并且已有了鲜明的风格特色。但这种风格产生广泛的影响还要在他成为太子之后。入主东宫的萧纲曾对当时首都的文风诗风表示了相当的不满，他在《与湘东王（萧绎）书》中说："比见京师文体，儒钝殊常，竞学浮疏，争为阐缓。"并提出了自己的文学主张。

在萧纲之前，京师建康的文风主要受到萧统的影响，强调雅正、典丽。萧纲则认为，诗歌是有情韵的，不能与《礼记》《尚书》《周易》等同日而语，他强调诗歌的独立性，反对向儒家经典看齐："未闻吟咏情性，反拟《内则》之篇，操笔写志，更摹《酒诰》之作。迟迟春日，翻学《归藏》，湛湛江水，遂同《大传》。"他也反对向裴子野、谢灵运学习，认为裴子野是史学家，写诗不是强项；谢灵运的诗歌不够精纯，学他的人往往"得其冗长"。

可以看出，萧纲的诗歌观念主要有两点，一是提倡新变，二是强调诗歌的独立性。这实际上是南朝"文笔之辨"的发展。在萧纲之前，一般认为有韵为文，无韵为笔①。"文"的代表文体就是诗和赋，特别是诗，"笔"则包括各种应用文。因此也有人以"诗"与"笔"对称。萧纲进一步发展了这种观点，强调"诗"的独特性。与萧统的文学观相比，萧纲对文学自身特征的认识更为深刻。

萧纲有自己的文学观念，又有和自己诗风一致的徐摛、庾肩吾等人的推助，很快形成了最有影响的文学集团。

三、"徐庾体"

在梁后期，宫体诗大行其道，文坛上又出现了"徐庾体"的称呼。《周书·庾信传》记载："时肩吾为梁太子中庶子，掌管记，东海徐摛为左卫率，摛子陵及信并为抄撰学士。父子在东宫，出入禁闼，恩礼莫与比隆。既有盛才，文并绮艳，故世号为'徐庾体'焉。当时后进，竞相模范，每有一文，京都莫不传诵。""徐庾体"与"宫体"特点上是一致的：语言华丽、对偶精切、用典繁密、音韵和谐。所不同的是，"宫体诗"是对有这一特点的诗歌的总称；"徐庾体"则是指有这一特色的文章。之所以称为"徐庾体"，是因为徐摛、徐陵父子和庾肩吾、庾信父子的文章是这一风格的典型代表，他们应酬性的文字很多，从思想内容来看，没有什么价值，比较著名的作品有徐陵的《玉台新咏序》。但从形式上来看，"徐庾体"将文章形式技巧发展到了一个新的高峰，特别体现在文章的骈俪化方面，广为以后的作者取法。这些技巧如果用于表现丰富的思想内容，则将产生出内容与形式完美统一的作品。如经过了梁末动乱，作家们的生活和心境都有了很大变化，他们开始把笔触伸向社会、历史和现实，产生了一大批杰出作品，其代表就是庾信的《哀江南赋》。

四、宫体诗评价

对于宫体诗，可以从内容和形式两方面进行评价。从题材内容来看，宫体诗描写范围比较狭窄，数量最多的是咏物诗和描写女性的作品。咏物诗多咏身边细物，以铺排词藻典故为主；女性题材的作品则多客观描写女性的外貌、情态、体态等，有将女性物化的倾向。如萧纲《咏内人昼眠》：

> 北窗聊就枕，南檐日未斜。攀钩落绮障，插捩举琵琶。梦笑开娇靥，眠

---

① 《文心雕龙·总术》："今之常言，有文有笔，以为无韵者笔也，有韵者文也。"

鬟压落花。篆文生玉腕，香汗浸红纱。夫婿恒相伴，莫误是倡家。

宫体诗在内容和格调上的缺点是明显的，范围狭窄、格调不高，甚至个别作品格调低下，艳情描写露骨。但也应看到，在我国古代文学史上，宫体诗第一次大规模地描写女性的容貌、体态等外在美，萧纲本人论文也有重情的倾向，这些是宫体诗对诗歌传统的突破。

从形式上来看，宫体诗进一步发展了自"永明体"以来对诗歌音韵和对偶的重视，对偶精工、语言华美。如庾肩吾《奉和春夜应令》：

> 春牖对芳洲，珠帘新上钩。烧香知夜漏，刻烛验更筹。天禽下北阁，织女入西楼。月皎疑非夜，林疏似更秋。水光悬荡壁，山翠下添流。讵假西园燕，无劳飞盖游。

徐陵《奉和咏舞》：

> 十五属平阳，因来入建章。主家能教舞，城中巧画妆。低鬟向绮席，举袖拂花黄。烛送空回影，衫传篑里香。当由好留客，故作舞衣长。

从这些诗歌可以看出，作者对对偶、平仄的把握比"永明体"诗人更为圆熟。从形式技巧上说，"宫体诗"积累了大量的经验，是古体诗向近体诗演进中不可或缺的一环。

宫体诗中也很有一些境界深远的作品，如萧纲的《夜望单飞雁》：

> 天霜河白夜星稀，一雁声嘶何处归？早知半路应相失，不如从来本独飞。

由单飞失群的大雁起兴，写丧偶人的孤寂、痛苦，构思新颖而意味隽永，所谓眼前景、口头语而有象外之致，实开唐人七绝之先风。

第六节 南朝的骈俪文风

南朝文风在西晋唯美的道路上愈行愈远，"俪采百字之偶，争价一句之奇"（《文心雕龙·明诗》），影响所及，公私文翰，无论奏议、书信，抑或史传、论说之文，莫不讲究音辞之美。"宋初讹而新"（《文心雕龙·通变》），已与东晋疏朗清雅的玄风殊途；逮至齐梁，变本加厉，先是永明声韵之说影响及于文、赋，后来宫体诗风兴起，更令文风趋于华艳秾丽。

一、宋代诸家文风

晋宋易代之初，傅亮以骈俪文辞，施于表、策、文、诰，堪称一时大手笔，朝廷公文多出其手。其文如《为宋公至洛阳谒五陵表》，使事用典，骈散相间，苍凉遒劲，颇有古风。

与傅亮并时稍后，颜延之、谢灵运、鲍照、谢庄，众家并出，皆一时之选。谢庄的成就主要在文章方面，《殷贵妃诔》《月赋》是其名篇。颜延之的成就更为突出。颜延之（384—456），字延年，是刘宋著名文学家，与谢灵运齐名，并称"颜谢"。颜延之在诗、文两端都有较高的成就。文的方面，《三月三日曲水诗序》《赭白马赋》《祭屈原文》都是当时传颂的名篇。特别是他与陶渊明交情很深，陶渊明去世后，他写有《陶征士诔》，这既是一篇声情并茂的佳作，又是文学史上研究陶渊明生平的重要文献：

> 有晋征士寻阳陶渊明，南岳之幽居者也。弱不好弄，长实素心。学非称师，文取指达。在众不失其寡，处言愈见其默。少而贫病，居无仆妾。井臼弗任，藜菽不给。母老子幼，就养勤匮。远惟田生致亲之议，追悟毛子捧檄之怀。初辞州府三命，后为彭泽令。道不偶物，弃官从好。遂乃解体世纷，结志区外。定迹深栖，于是乎远。灌畦鬻蔬，为供鱼菽之祭。织絇纬萧，以充粮粒之费。心好异书，性乐酒德，简弃烦促，就成省旷。殆所谓国爵屏贵，家人忘贫者与！

这篇诔文虽用骈俪之句写成，而不失散淡疏朗之致，与陶渊明性情颇相符合，读来令人想见其为人。

谢灵运亦文如其诗，所作《岭表赋》《长谿赋》《山居赋》等，写景状物，一如其山水诗，"尚巧似"（锺嵘《诗品》），而不失清丽。

鲍照文风亦与诗近，在"善制形状写物之词""贵尚巧似"（锺嵘《诗品》）上，与谢灵运差近，而文气驱迈，调急韵险，颇多不平之气。其代表作为《芜城赋》《登大雷岸与妹书》等。在《芜城赋》中，作者先描写了广陵遭遇屠城之后眼前的荒凉凄惨景象，"孤蓬自振，惊沙坐飞"，使人"凝思寂听，心伤已摧"；接着回忆昔日"吴蔡齐秦之声，鱼龙爵马之玩，皆熏歇烬灭，光沉响绝。东都妙姬，南国丽人，蕙心纨质，玉貌绛唇，莫不埋魂幽石，委骨穷尘"。今昔对比，恍如隔世，加上"肌鹰厉吻，寒鸱吓雏。伏虣藏虎，乳血飧肤"之类诡奇夸饰之言，靡嫚傲诡，令人不寒而栗。《登大雷岸与妹书》对大雷岸周遭景致的描绘，近乎大赋笔法，渲染无方，墨浓情烈。

二、齐梁文风的新变

在"永明体"兴起的时代，也有一些创作风格不同的文学家，以江淹和任昉为代表。江淹年辈与沈约接近，早于谢朓，诗歌成就不高，长于模拟，有拟古《杂体诗》三十首，诗风古雅，与鲍照并称"江鲍"。代表其文学创作水平的有《恨赋》《别赋》，是南朝抒情赋的代表作。其中如《恨赋》"人生到此，天道宁论！于是仆本恨人，心惊不已"，《别赋》"黯然销魂者，唯别而已矣""春草碧色，春水渌波，送君南浦，伤如之何"等等，都是脍炙人口的名句。

任昉年辈晚于江淹，与谢朓相仿，是"竟陵八友"之一。诗歌由于用典过多风格古涩，成就不及沈约、谢朓等人。骈文技法高超，与沈约并称"沈诗任笔"，依法傅亮，长于用典，文学成就集中体现在骈文写作上。代表作有《为范始兴作求立太宰碑表》《弹奏刘整》等。后者与孔稚圭的《北山移文》，皆是游戏文字，而诙谐别致，自成一格。

其后宫体诗起，作者皆趋轻艳，这方面萧纲、徐陵可为代表。萧纲《眼明囊赋》云："尔乃裁兹金镂，制此妖饰。缉濯锦之龙光，剪轻羁之蝉翼。杂花胜而成疏，依步摇而相逼。明金乱杂，细宝交陈。"珠光宝气，铺锦列绣，令人眼花缭乱，确乎艳丽绝伦。其《舞赋》云：

> 响玉砌而迟前，度金扉而斜入。似断霞之照彩，若飞鸾之相及。既相看而绵视，亦含姿而俱立。于是徐鸣娇节，薄动轻金。奏《巴渝》之丽曲，唱《碣石》之清音。扇才移而动步，鞞轻宣而逐吟。

富艳难宗，轻柔曼妙，与其宫体诗如出一辙。

徐陵的《玉台新咏序》将这种轻艳的文风发挥到了极致。文章抽红对白，藻绘已极，而音韵协和，已略具骈四俪六之形式，如其中描绘"丽人"形貌的一段云：

> 妆鸣蝉之薄鬓，照堕马之垂鬟。反插金钿，横抽宝树。南都石黛，最发双蛾；北地燕脂，偏开两靥。亦有岭上仙童，分丸魏帝；腰中宝凤，授历轩辕。金星将婺女争华，麝月与嫦娥竞爽。惊鸾冶袖，时飘韩掾之香；飞燕长裙，宜结陈王之佩。虽非图画，入甘泉而不分；言异神仙，戏阳台而无别。

真可谓倾国倾城，无对无双者也。

在骈文的形式美上，《玉台新咏序》可以说达到了一个顶点。

三、山川之美与骈文丽指

与注重形式美异趣的，是当时描写山川景物之美的文章。这类文章多见于友人之间的书信，如吴均的《与朱（一作"宋"）元思书》、丘迟的《与陈伯之书》、陶弘景的《答谢中书书》等。

吴均的骈文较有特色，尤以写景著称，他以刻画山水著名的书信有《与施从事书》《与顾章书》等，而《与朱元思书》更是历来传诵的名篇：

> 风烟俱净，天山共色。从流飘荡，任意东西。自富阳至桐庐，一百许里，奇山异水，天下独绝。水皆缥碧，千丈见底。游鱼细石，直视无碍。急湍甚箭，猛浪若奔。夹岸高山，皆生寒树，负势竞上，互相轩邈，争高直指，千百成峰。泉水激石，泠泠作响；好鸟相鸣，嘤嘤成韵。蝉则千转不穷，猿则百叫无绝。鸢飞戾天者，望峰息心；经纶世务者，窥谷忘反。横柯上蔽，在昼犹昏；疏条交映，有时见日。

这便是时人谓之"吴均体"者，其特点是"清拔有古气"。所谓"古气"，似指贯注于文中的自然疏荡之气，一气呵成，读来令人不觉其骈俪。

骈俪之文，讲究偶对使事、辞藻华美、韵律协畅，本来极易流于纤巧。补救之法，正在于文气的贯通，让人骈而不觉其骈，文骈意散，方为妙手。近人孙德谦《六朝丽指》云："六朝之气韵幽娴，风神散荡，飚流所始，真赏殆希。骈文宜纯任自然，方是高格，一入律赋，则不免失之纤巧。"所言甚为精当。实则齐梁时人早已认识到个中三昧，萧子显《南齐书·文学传论》言："文章者，盖情性之风标，神明之律吕也。蕴思含毫，游心内运，放言落纸，气韵天成。""气韵天成"，正是"气韵幽娴，风神散荡""纯任自然"之义。

山川美文之所以令人激赏，正在于做到了"气韵天成"，且能出之以清新而不事雕绘。如陶弘景《答谢中书书》：

> 山川之美，古来共谈。高峰入云，清流见底。两岸石壁，五色交晖。青林翠竹，四时俱备。晓雾将歇，猿鸟乱鸣；夕日欲颓，沉鳞竞跃。实是欲界之仙都。自康乐以来，未复有能与其奇者。

不仅文章首尾皆为散句，即中间"两岸""晓雾"等句，虽为偶对，亦隔句而对，且不强求工稳。故文虽短小，而清新散荡，令人神旺。

第七节 《文选》与《玉台新咏》

《文选》是梁昭明太子萧统主持编选的一部诗文总集，也是现存最早的诗文总集。它收录了自先秦至齐梁八个朝代一百三十多位作家的七百多首作品，是后世学习、研究这一时段文学史的重要参考文献，也是古典文献整理的重要依据。

《玉台新咏》是梁简文帝萧纲继萧统为太子时，授意徐陵编选的一部诗歌总集，也是《诗经》《楚辞》之后最古的诗歌总集。它虽然是萧纲等提倡宫体诗的产物，且以"但辑闺房一体"为其特点，但它保存了大量的诗歌资料，其中有不少汉魏以降的优秀诗作，包括许多乐府民歌。此外，宫体诗作者追求格律声韵、用典对仗等表达技巧的新变，对唐诗的发展成熟有直接的影响，是研究诗歌史不可或缺的一环。总之，《玉台新咏》对研究汉魏六朝诗歌是有巨大价值的。

一、《文选》成书与当时文学的编集及写作

《文选》是魏晋南北朝时期流传下来的唯一一部诗文总集，但它的编集成书，却是有着深厚的历史背景的。

总集的编纂在魏晋之后日渐盛行，这是以文学创作的兴盛为背景的。文学的独立和文学创作的兴盛，使编集之风在魏晋之后更加兴盛。先是别集的大量涌现，紧接着促成了总集编撰的历史要求。《隋书·经籍志》说："总集者，以建安之后，辞赋转繁，众家之集，日以滋广，晋代挚虞苦览者之劳倦，于是采摘孔翠，芟剪繁芜，自诗赋下，各为条贯，合而编之，谓为《流别》。是后文集总钞，作者继轨，属辞之士，以为覃奥，而取则焉。"除了"采摘孔翠，芟剪繁芜"以利翻览，《文章流别集》的编纂还含有辨析文体的目的，即"自诗赋下，各为条贯"，所以名为"流别"，也是出于指导写作的需要。应该说，以上两点是魏晋南北朝总集编纂的主要动因①。

《文选》是在魏晋南北朝大量总集编纂的背景下产生的。《文选》编纂之前，萧统还组织门下学士编过几部总集，即《隋书·经籍志》著录的《古今诗苑英华》和《文章英华》，以及《梁书》本传所载的《正序》等，这些虽皆散佚，但无疑

---

① 除了编述历代诗文外，尚有一些编撰时人作品和文学活动的总集。比如元康六年（296）石崇所编《金谷诗集》，以及永和九年（353）王羲之所编《兰亭诗集》，都主要是出于传名后世的动机。

为萧统等人编纂总集积累了经验。《文选》的编者，历来著录皆题萧统，但其实际情况是复杂的，《文选》中某些体例不统一的情况亦可说明问题。史载普通四年（523）萧统东宫新置学士（《梁书·明山宾传》），之后王规、殷钧、王锡、张缅、明山宾，以及刘孝绰、到洽、王筠、殷芸等，都会聚东宫。所以《文选》的编纂极可能是在萧统率领的上述东宫学士的共同努力下，经过多年的酝酿、修订方始完成的。

二、《文选》的价值

《文选》对后世的影响，已远远超出一部诗文总集的范围，而具有更为深远的价值。

首先，萧统等人既能广泛吸收前人与当世的文学理论之精华，也能总结自己多年来编选诗文集的经验，使《文选》的编纂体例成为后世总集编纂的典范。

《文选》编纂体例的一个典范意义，便是将萧统等人早期所编《古今诗苑英华》中"古今"兼收的体例改为仅收古人作品，不录存者，并把作家作品的下限定为天监十二年（513）①。《文选》反映了萧统企图对前人文学进行总结的愿望，"前人文学"的上限始自《楚辞》，下限止于天监十二年，是因为永明文学最富于代表性、也是最后一位逝世的作家沈约卒于是年。

《文选》对《古今诗苑英华》体例加以修改的第二点，就是由单一的诗选变为赋、诗、文等各体文选。既然是文学总结，当然不应限于诗，这样的总结就更全面而具有权威性。

辨析文体是《文选》编纂的另一重要目的。因为文体的发展到此时已非常完备，而文体之间的界限往往混淆不清，不仅学习写作的人，就连批评家自己也常常无所适从。因此，辨体的著作、论文和选本纷纷问世。作为汇聚各体精华的《文选》，也同样具有这一目的，这从《文选》的编辑体例就可以见出。

《文选》的编辑体例，见于《文选序》。萧统在《序》中对体例主要说明了两点：一，《文选》不收什么和收录什么；二，对所收作品如何编排。

据《文选序》，《文选》不收经、子、史三类。这种自觉将经、子、史与文学作品区分的思想，代表了南朝人对文学特点认识的高度。经、子、史虽不入选，但其中的序、述、赞、论部分，因其具有"综辑辞采，错比文华，事出于沉思，

---

① 曹道衡在仔细考察了《文选》收录作品的体例之后，提出："《文选》中所录作品，除刘（孝标）、徐（悱）、陆（倕）的五首诗文外，其他作品，都是天监十二年（513）沈约逝世以前死去的人所作。这就不能不使人怀疑《文选》的编纂，是否曾有一个过程，即此书在编纂之初，本限于选录天监十二年以前去世的人之作，而刘孝标等人之作，是后来在编定时加上去了的。"（《关于萧统和〈文选〉的几个问题》，《社会科学战线》1995年第5期）。

义归乎翰藻"的特点,"故与夫篇什,杂而集之"。这还是从文辞等文学特征上去考虑的。

除了经、子、史中的序、述等文体外,《文选》主要选录赋、诗等文学性体裁。《文选》选录了三十多种文体,这些文体各自具有清楚的界限,又有表现文体特点的代表文章,编者用以辨析文体的用意也就十分明显了。

在对入选的文体作出规定以后,《文选》的实际操作体例便据此定为"凡次文之体,各以汇聚。诗赋体既不一,又以类分,类分之中,各(古抄本作"略")以时代相次"。此即《文选》对所收作品编排的体例。亦即各文体分类编排,如赋、诗、文等等;而每一大类之中,又分小的门类,如赋之下又分京都、郊祀、耕藉、畋猎、纪行、游览、宫殿、江海、物色、鸟兽、志、哀伤、论文、音乐、情共十五小类,每小类之中所选作品按时代先后编排。所谓"略以时代相次",可能是因为有的作者孰先孰后,编者之间偶有不同意见,从而在不同类别中作家间的排序出现差互的情形。如诗类之中,关于西晋诗人陆机、潘岳的排列,"赠答"与"行旅"不同,前者为陆、潘,后者为潘、陆;关于左思、陆机的排列,"招隐"与"杂诗"不同,前者为左、陆,后者为陆、左。但大致而言,仍是遵循了以时代为次的原则的。

其次,《文选》之所以在传统社会久传不衰,另一个很重要的原因就是它保存了大量的优秀作家作品,这也是其作为选本价值的体现。

《文选》全书共分三十九类①,每一类中又以时代为序精选具有代表性的作家作品,收录作家130家,诗文761首,上起子夏(《文选》所署《毛诗序》的作者)、屈原,下迄陆倕(470—526),此段时间中优秀的作家作品大都荟萃书中。

《文选》所选基本是当时被认可了的传世名篇,这也是《文选》在后世能够受到重视的一个原因。《文选》也往往有出人意表的地方,比如它收录了陶渊明八首诗、一篇文,还收了纪念陶渊明的一篇诔文。陶渊明的创作在当时并不受世人注意,但萧统对陶渊明评价很高。事实证明,萧统是极有眼光的选家。

《文选》并不是简单地编选诗文,其在编辑体例、编辑宗旨等设定安排上,都体现出编选者对文学史的看法。萧统认为,作家的地位和作用并不是一成不变的,在不同的题材类别中,这种地位和作用其实是不一样的。以曹植为例。曹植是中国文学史上的大家,但是,他的这种地位主要限于诗歌和散文,他在赋中的地位就微乎其微了。从《文选》选赋看,曹植仅有一首《洛神赋》入选,还是排在最后的"情类"中的。

---

① 关于《文选》的分类,传统的说法是三十七类,经过当代学者的研究,认为应该是三十九类。可参见傅刚《〈文选〉三十九类说考辨》,载《〈文选〉版本研究》,北京大学出版社2000年版。

总的来说，《文选》仅仅用三十卷的篇幅，就基本囊括了先秦至梁代初叶的重要作品，反映了各种文体发展的轮廓，为后人研究这一时期的文学史保存了重要的资料，其价值是自不待言的。

最后，《文选》在后世产生了深远影响，从隋唐开始，研究《文选》就已成为一门专学，称"《文选》学"。中国历代作家、诗人都以《文选》作为重要的学习范本，如李白自称三拟《文选》；杜甫不仅自己学习，还让儿子熟读；唐宋时的大散文家韩愈、苏轼也精熟《文选》；宋代大诗人陆游在《老学庵笔记》中记述《文选》的影响，说当时流传一句话叫"《文选》烂，秀才半"。可以说《文选》的影响是贯穿于隋唐以迄近代的。隋唐以后，《文选》的编辑体例被后人奉为楷模，如《文苑英华》《古文苑》等都是效仿《文选》的，还有《广文选》《续文选》一类的文集，更是受《文选》影响的产物。

作为中国现存最早诗文总集，《文选》收录、保存了唐以前优秀的文学作品，其文学和文献价值都是后世任何一种总集所不可取代的。

三、《玉台新咏》的编纂与宫体诗的关系

《玉台新咏》是在《文选》之后，由徐陵编纂的一部诗歌总集。《文选》和《玉台新咏》都产生在南朝梁时，分别由萧统和萧纲兄弟二人所主持。前者是诗文总集，后者只是诗歌总集，二书的选录标准和文学思想都全不相同。

《玉台新咏》是在萧纲为太子时的梁中大通四年（532）至大同元年（535）之间编纂而成的。中大通三年（531）昭明太子萧统病逝，萧纲继立为太子，他要树立自己的形象，甫入京师，就着手推广新诗风。《梁书·庾肩吾传》记载了萧纲写给湘东王的信："比见京师文体，……既殊比兴，正背风骚。"这个京师文体何指呢？显然是指萧统所提倡的"丽而不淫，典而不野，文质彬彬，有君子之致"（《答湘东王求文集及〈诗苑英华〉书》）的文风。

萧纲的艳体诗风在他年方七岁、为晋安王镇雍州时，即已在徐摛、庾肩吾等人的影响下开始形成，随着他被立为太子，他以这种诗风来与故太子萧统提倡的诗风相抗衡，从而提高自己的政治地位。

《玉台新咏》收录从西汉以来历代有关女性题材的六百六十多首诗歌①，是宫体诗人艳体诗写作思想的反映。但萧纲提倡的艳体诗显然受到朝野以及萧衍的批评，所以萧纲便命徐陵编选这本反映自古以来有关艳体诗写作的诗集。唐代刘肃《大唐新语》说："梁简文帝为太子，好作艳诗，境内化之，浸以成俗，谓之'宫体'。晚年改作，追之不及，乃令徐陵撰《玉台集》，以大其体。""晚年改作"不

---

① 此据明末赵均覆宋陈玉父本。

合事实，但"以大其体"的说法还是有依据的。

《玉台新咏》分为已故和现存作家两部分，卷一至卷六是已故作家，卷七和卷八是现存作家，卷九、卷十则按诗体排列，将已故和现存作家合编于一卷。而整部著作，对已故作家按卒年先后顺序排列，现存作家则按照爵位高低排序①。徐陵古今作品兼收，并以当代作家置于已故作家之后的体例，在现存总集中是没有的。而在诗歌体裁上，十卷之中，前八卷收汉魏以迄齐、梁历代有关闺阁题材的五言艳诗，后两卷的卷九收历代杂歌，卷十收历代五言短歌。这些都体现了《玉台新咏》编纂体例的严整。

四、《玉台新咏》的价值

《玉台新咏》是古代集部文献中现存最早的一部诗歌总集②，其中许多作品是《文选》以外所仅存者，如《古诗为焦仲卿妻作》这样优秀的长诗，多亏《玉台新咏》的收录，才得以传世，即此一例，已足不朽；再如曹植《弃妇诗》、庾信《七夕诗》，本集均不载，亦赖《玉台新咏》的收录才得以保存。即使是那些受到后人非议的宫体诗，作为一个时代文学风尚的产物，《玉台新咏》为后人研究这一时期的文学和历史，提供了真实的材料，具有不可替代的价值。

《玉台新咏》专收女性题材的诗作，是我国文学史上第一个围绕预定的主题题材选诗的诗歌选本。对《玉台新咏》选录诗歌的性质，古今较为一致的看法，即以"言情"为主，此"情"专指男女之情或闺情，其中不乏传世之作，像《古诗》"上山采蘼芜"、《古乐府》"皑如山上雪"，以及曹植的《弃妇诗》、傅玄的《苦相篇》等莫不如是。而前三卷收录的汉、魏、晋诗歌，有像《古诗》八首、《羽林郎》、《董娇娆》及《汉时童谣》这样非常接近民间的诗歌，也有张衡、秦嘉等文人的满怀深情之作。第九、十两卷收有一些乐府民歌，也清丽可喜。即便是文人艳情诗，也有不少能够写出深情、绝似民歌的健康之作，如传为王献之为其妾写的《情人桃叶歌》，而《情人碧玉歌》竟是玄言诗人孙绰所作，也出人意表地留下了"小家碧玉"的成语。从《玉台新咏》可以真切地感受到民歌与文人诗

---

① 《玉台新咏》的这一体例，是据明崇祯年间寒山赵均小宛堂覆宋陈玉父本统计得出的结论。按，《玉台新咏》一书流传版本较多，其间差异较大。其版本主要是两大系统，一为陈玉父本系统，有赵均小宛堂覆宋本，二冯校本、吴兆宜注本和纪容舒考异本等。二为徐氏本系统，有徐氏海曙楼本、郑玄抚本、茅元祯本、沈逢春本等。我们认为，徐氏本的编排体例皆以时代先后为序，但实为后人改动，故留下了诸多破绽。所以，考察《玉台新咏》的体例，当以最接近徐陵原本的赵氏覆宋本为据。

② 现在多以《诗经》为最早诗歌总集，但《诗经》自古即以儒家经典视之，与后世诗歌不同；而《楚辞》在古代一直被视为一种特殊的文体，与诗、赋、文都有区别，可以说是一种"化石"性的文体。故今以《玉台新咏》为传世最早之诗歌总集。

之间的互动，包括那些被指为艳情的宫体诗，与当时长江流域的民歌之间也有莫大的关联。

《玉台新咏》问世之后，远没有同时代的另一部总集《昭明文选》幸运，不仅久不受重视，而且常遭贬斥。但事实上历朝历代追摹仿效之作也从未断绝，唐时有李康成编成《玉台后集》，采梁萧子范迄唐张赴二百九人所著乐府歌诗六百七十首，所录诗人除庾信、徐陵外，都是《玉台新咏》未入选者。自唐代以降，写作"玉台体"者代不乏人，如唐代的皇甫冉、戎昱、权德舆，宋代的欧阳修、梅尧臣、徐铉、范成大，明代的杨慎等。续作之书流传至今者，则有明代郑玄抚的《续玉台新咏》和清代朱存孝的《唐诗玉台新咏》。凡此，皆可见《玉台新咏》影响之深广。

思考题

1. 举例分析南朝山水题材诗歌的发展变化。

2. 具体分析鲍照诗歌的特点和历史地位。

3. 试论古代诗歌由永明体到宫体的发展过程。

4. 《文选》何以能够成为总集编纂的典范？它在文学史上的价值何在？

第五章　北朝文学

历史上的南北朝时期从刘宋代东晋（420）开始，至隋灭陈（589）结束。而北方与南朝并立的北魏政权建立还要早一些。北魏政权（始称代国）要从淝水之战后代国重新建立（386）算起。而从西晋灭亡至代国建立，北方经过了很多割据政权的更迭，只有前秦曾经短暂统一过北方，至北魏太武帝拓跋焘时，才逐渐将这些并立政权消灭，至439年基本统一北方。而自西晋灭亡至北魏统一北方，已经经过了一百二十年左右的时间，北方（包括四川）先后出现过许多大小不一的政权，除汉族外，还包括匈奴、鲜卑、羯、羌、氐五个民族建立的国家，因此这段时间被称为"十六国"时期，旧称"五胡乱华"。

因为北方的长期战乱，大量人口流亡到长江以南，一些"世家大族"甚至举族迁移，北方的经济文化破坏严重，北朝文学从总体成就上讲不如南方。然而，由于独特的地理环境和不同于南方的文化环境的影响，北朝文学也体现出了自己的特色，特别是在后期，出现了许多优秀的作家，为隋唐时期南北文学的融合奠定了基础。

第一节　北朝文学的草创期

文学史上所讲的北朝文学，在时间上上承西晋，下开隋唐，自西晋灭亡至隋统一，地域上则包括了整个北方，是中国文学史上承上启下的重要阶段。北朝文学阶段性特点比较鲜明，自西晋灭亡至北魏孝文帝迁都洛阳，北方文学远远落后于南方，这一时期可以看作是北朝文学的草创期。自魏孝文帝迁都开始，北朝文学逐步发展，经过了对南方文学的学习和模仿，北齐出现了许多杰出的文学家。到了北朝后期和隋初，北方文学的发展水平已经赶上甚至超过了南方。

一、十六国文学

316年匈奴刘曜攻进长安，西晋灭亡。西晋王室司马睿在南渡的士大夫和南方世家大族的支持下建立了东晋，定都建邺，统治南方。从此，长江以北陷入了长年的战乱和政权并立、更迭中。一百二十馀年时间，先后有多个政权出现，史称"十六国"时期。

十六国时期，北方战乱频频，百姓的生产和生活都没有保障，大量人口向南方迁徙。造成了北方，尤其是曾经为文化和经济中心的黄河流域民生凋敝的状况。

许多受过良好教育、出身世家大族的士大夫都举家甚至举族南迁，极少数没有南迁的往往躲避在乡间，依托一些宗族性的武装，在"坞堡"中自保。在这种情况下，文人已经不暇进行文学创作，即使有少量创作，也无法与他人进行交流。战乱中，书籍文章等又大量散佚。北方文学的发展一度停滞。

这一时期在中原立足的许多政权都是由少数民族建立，对待汉族士大夫与汉文化的态度不尽相同，有的反对甚至仇视汉族知识分子，如石勒的后赵政权，建立初期曾大量屠杀汉族士庶；也有的任用汉人为自己政权服务，如前秦苻坚任用王猛，建立前燕的鲜卑慕容氏也比较优容汉族士大夫。在前一种政权中，士人保住性命尚不容易，更无馀力进行文学创作，即使在后一类政权中，汉族士大夫的主要精力也放在了治理国家等方面，写作更多的是章奏等应用文，纯文学如诗、赋的写作则少之又少。《周书·王褒庾信传论》说到这一段"中州板荡"的文学时，有"章奏符檄，则粲然可观；体物缘情，则寂寥于世"的概括。从现在留下的作品来看，影响较大的有前秦王嘉的《拾遗记》、符朗的《符子》和女诗人苏蕙的《回文诗》。

这一时期值得注意的是凉州地区（今甘肃西部）的文学创作。从西晋时任凉州刺史的张轨开始，凉州先后出现的几个政权前凉、后凉、西凉、北凉的统治者都较提倡文学、重视文化。凉州一带在十六国时期战乱较少、相对安定，吸引了许多留在北方的士人聚集于此，因此凉州在当时成了北方的文化中心。北魏灭北凉之后，许多凉州士人前往北魏都城平城，与北魏的文人多有交流，促进了北魏文学的发展。

二、北魏前期的文学

北魏是鲜卑族拓跋部建立的政权，始称代国，建立者为道武帝拓跋珪。拓跋部在前秦统一北方时期，处于前秦统治之下，前秦被东晋打败后，从前秦统治下独立出来。拓跋部属于汉化程度较低的部族，在代国建立后的一段时间内，还保持着游牧生活方式，与中原农耕文化存在差距。后来北魏国力日渐强盛，逐渐显示出统一中原的实力，北魏的统治者也意识到要加强统治必须吸收中原先进的汉文化，与汉族知识分子合作。在这种情况下，一些汉族高门大族如渤海高氏、清河崔氏逐渐进入北魏的高级统治阶层。最明显的例子就是太武帝拓跋焘对崔浩、高允的任用。然而，北魏统治者对汉族士人的态度也有两面性，在任用他们巩固政权的同时也对他们存有疑虑，而汉族士大夫对北魏统治者也往往表现出文化上的优越感，这又加深了北魏统治者对他们的防范之心，造成了双方合作和猜疑并存的局面。如帮助拓跋焘平定北方的崔浩，最终因为修北魏国史时不加掩饰地记录拓跋部早期文化较为落后的一面而终被拓跋焘族诛。

在这种情况下，汉族士人为了适应拓跋氏统治者比较低的汉文化水平，在撰写朝廷公文时往往写得比较朴实、通俗，缺少文采，这些文章并不完全代表此时北魏的文学创作水平。在一些私人创作中，时有水平相对较高的作品。这时北魏文学的代表首推高允和崔浩。高允出身渤海高氏，流传至今的作品有《鹿苑赋》和五言诗《罗敷行》等，较有特色。崔浩流传下来的作品主要是行政公文等应用文字，纯文学创作较少，水平也不高。

在439年北魏平定北凉之后，凉州文人大量来到平城，并与崔浩、高允等北魏汉族文人有学术文化上的交流，其代表有宗钦、段承根、张渊等。凉州士人的到来丰富了北魏士大夫的文化活动，也开拓了他们的创作眼界，成为北魏文学发展的一个契机。

总体来说，十六国时期和北魏前期的文学水平都不高，但在北方长期战乱之中，毕竟保存了文学发展的因子。北方的民族大融合也为日后文学的发展奠定了基础，这两个时期可以看作是北朝文学的发轫期。

第二节　北朝文学的发展与兴盛

495年北魏孝文帝迁都洛阳并推行一系列的汉化政策，积极吸收汉族先进文化，也促进了汉文学创作在北魏的发展。北魏出现了温子昇这样的一流文学家。北魏正光五年（524）爆发六镇起义，掌握军权、镇压起义的尔朱荣制造"河阴之变"屠杀北魏皇室和士大夫。平定尔朱氏叛乱后，魏孝武帝元修为权臣高欢所逼西奔，投靠宇文泰，从此北魏分裂为东魏和西魏。虽然东、西魏都奉元氏为国君，但政权已分别操纵在高欢和宇文泰手中。不久，东魏禅让于高欢，建立北齐；西魏也禅让于宇文泰，建立北周。东魏、北齐统治的地区在关东，地方富庶，版图较大，文化也比较发达，文学创作得到进一步发展，代表作家有邢邵和魏收。西魏、北周文学创作起初不如东魏、北齐发达，直到西魏灭梁，王褒、庾信等南方文人来到北方，这种局面才得到改观。

一、魏孝文帝迁都后的北魏文学

魏孝文帝元宏从小生活在祖母文明太后冯氏的教育和影响下，对汉文化非常仰慕。魏孝文帝和他弟弟彭城王元勰都是文学的爱好者，在宴会上经常即兴赋诗。他继位不久，即决定迁都洛阳并推行了一系列的汉化政策，如改姓汉姓（改拓跋氏为元氏等）、除年纪大的人之外一律改说汉语、要求鲜卑贵族与汉族高门通婚等等。这些措施大大提高了鲜卑统治者的文化素养，北魏的文学创作活动逐渐兴盛，北方文人也开始向南方文学学习，促进了北魏文学的发展。

北魏后期最著名的文学家是温子昇，曾被梁武帝萧衍称赞为"曹植、陆机复生于北土"，其诗风格清俊，词藻秀丽，代表作有《捣衣》：

> 长安城中秋夜长，佳人锦石捣流黄。香杵纹砧知近远，传声递响何凄凉。七夕长河烂，中秋明月光。蟏蛸塞边绝候雁，鸳鸯楼上望天狼。

全诗酷似南方作家作品，语言清丽，音律婉转。他还有一些诗作不同于南方诗风，较有特色，如《白鼻騧》《凉州乐歌》等。温子昇除诗歌外也擅长其他文体，代表作有《韩陵山寺碑》。

二、东魏、北齐文学

北魏分裂为东魏、西魏，东魏占据了相对富庶的关东地区，军事实力强于西魏，领土也大于西魏。不久，东魏和西魏分别被北齐、北周取代。在双方的对峙中，东魏、北齐长期占据着优势，北魏统治下的许多文士也留在东方。东魏、北齐的文学创作相承于北魏，且有进一步的发展。

北齐较著名的文人有阳休之、萧悫、颜之推、祖珽、邢邵和魏收等，其中文学成就最高的当属邢邵和魏收。

邢邵（496—561？），字子才，年辈略小于温子昇，是由北魏入北齐的文人，与温子昇并称为温、邢，诗风模仿南朝，文辞秀丽，情调柔婉，代表作有《七夕诗》：

> 盈盈河水侧，朝朝长叹息。不吝渐衰苦，波流讵可测？秋期忽云至，停梭理容色。束衿未解带，回銮已沾轼。不见眼中人，谁堪机上织。愿逐青鸟去，暂因希羽翼。

邢邵也擅长骈文，文风华丽，接近温子昇。《艺文类聚》中存有他的《新宫赋》残篇，较有特色。

魏收（505—572），字伯起，年辈小于邢邵，但成名很早，以文才与邢邵并称为邢、魏，二人又和温子昇并称为"三才"，是北朝文学的代表作家。魏收作诗也模仿南朝，与邢邵相比更为精整而有气魄，如《月下秋宴》：

> 此夕甘言宴，月照露方涂。使星疑向蜀，剑气不关吴。良交契金水，上客慰萱苏。何必应刘辈，还来游邺都。

北齐文学的发展离不开北方文人对南方文学的学习，北齐阳休之曾编过《陶渊明集》，这是陶集已知的最早版本之一。北齐文人邢邵和魏收分别倾心于南朝沈约和任昉的作品，亦步亦趋地加以模仿，《北齐书》记载：

> 收每议陋邢邵文。邵又云："江南任昉，文体本疏，魏收非直摸拟，亦大偷窃。"收闻乃曰："伊常于《沈约集》中作贼，何意道我偷任昉？"任沈俱有重名，邢魏各有所好。

而此时的南朝文人依然占据着心理上的优势，如《隋唐嘉话》记载，魏收曾经将自己的文集托付出使北齐的徐陵，使文集流传到南方，而在渡江的时候，徐陵将文集丢入江中，说是为魏收"藏拙"，可见当时北朝文人作品尚未能打动南朝文人。但毋庸置疑的是，魏孝文帝迁都之后北朝文学已经有了长足发展，经过北魏后期到北齐这段时间，北朝文学渐渐赶上南朝。

三、西魏、北周文学

西魏、北周的文学创作较东魏、北齐落后，成就最高的当数由南入北的庾信、王褒，但他们入北之前创作已经成熟，不能作为西魏、北周文学家的代表。除此之外值得一提的是，西魏的实际掌权者宇文泰想要革除浮靡文风，提倡复古，令苏绰仿照《尚书》写作《大诰》①。虽然这一举动有政治上的意义，但从文学史的发展来看，追求文学的形式美是必然的趋势。汉代以来，作家对词藻、典故、音韵等方面的技巧有越来越自觉的探索，这是文学发展进步的表现。《大诰》的颁布则是以人为的规定来干预文学的发展，违背了文学发展的客观规律，实际上也不可能实现改革文风的目的。

第三节　北朝文学的特征与成就

成于唐初的《隋书·文学传论》中，有一段关于南北朝文学的概括："江左宫商发越，贵于清绮；河朔词义贞刚，重乎气质。气质则理胜其词，清绮则文过其意。理深者便于时用；文华者宜于咏歌，此其南北词人得失之大较也。若能掇彼清音，简兹累句，各去所短，合其两长，则文质斌斌，尽善尽美矣。"不仅提到了

---

① 《周书·苏绰传》："自有晋之季，文章竞为浮华，遂成风俗。太祖欲革其弊，因魏帝祭庙，群臣毕至，乃命绰为《大诰》，奏行之。"

南北文风各自的特点，还明确提出文学发展的正确道路是"各去所短，合其两长"，也就是融合南北文风的长处。这是唐代文人的自觉追求，也是唐代文学兴盛辉煌的原因。而融合南北文风的首要条件是南北文学都达到一定水平，各自为文学发展提供了可资借鉴的经验。从唐初对南北朝文学的回溯可以看出，北朝文学创作经历了向南朝文学学习、模仿的过程，经过一百馀年的发展，水平接近并超过了南朝，有了自己的特点。北朝文学的特点可以从文体和风格两方面来认识。

一、北朝文学的文体特点

形式技巧的完善是南朝文学最为突出的特点，对形式有严格要求的骈体文的写作也达到了古代文学史上的第一个高峰，几乎所有的文章写作均使用骈体。而北朝则不同，散文写作始终占有重要位置，南北朝时期的三部散文代表作品均出自北朝，它们是北魏郦道元的《水经注》、杨衒之的《洛阳伽蓝记》和北齐颜之推的《颜氏家训》。

郦道元（470？—527），字善长，《水经注》是他为《水经》所作的注释。《水经》是记载我国水系分布的一部地理类著作，相传为桑钦所作。郦道元的《水经注》引用了多于原文数倍的各种资料，保存了大量古代文献，具有重要的学术价值。《水经注》对古代山水散文影响很大，它文笔优美简洁，行文流畅，具有很高的文学价值，如：

> 其水北为大明湖，西即大明寺。寺东北两面侧湖，此水便成净池也。池上有客亭，左右楸桐，负日俯仰，目对鱼鸟，水木明瑟。可谓濠梁之性，物我无违矣。（《济水》二）
>
> 水色澄明而清冷特异，渊无潜石，浅镂沙文。中有古坛，参差相对，后人微加功饰，以为嬉游之处。南北邃岸凌空，疏木交合。先公以太和中作镇海岱，余总角之年，持节东州。至若炎夏火流，闲居倦想，提琴命友，嬉娱永日。桂棹寻波，轻林委浪，琴歌既洽，欢情亦畅。是焉栖寄，实可凭衿。（《巨洋水》）

这样情辞相称、优美流畅的段落在《水经注》中随处可见。杨衒之的《洛阳伽蓝记》是专记洛阳佛寺情况的著作。北魏时期，佛教流行，洛阳有大小寺庙千馀，许多佛寺都是金碧辉煌。《洛阳伽蓝记》用传神的笔触记载了洛阳的佛寺并旁及风土人情、传闻逸事等，文笔简练生动，引人入胜。如：

> 于时金花映日，宝盖浮云，幡幢若林，香烟似雾。梵乐法音，聒动天地。

百戏腾骧，所在骈比。名僧德众，负锡为群；信徒法侣，持花成薮。车骑填咽，繁衍相倾。时有西域胡沙门，见此唱言佛国。

再如：

市西有退酤、治觞二里，里内之人多酝酒为业。河东人刘白堕善能酿酒，季夏六月，时暑赫晞，以罂贮酒，暴于日中，经一旬其酒不动，饮之香美，醉而经月不醒。京师朝贵多出郡登藩，远相饷馈，逾于千里，以其远至，号曰鹤觞，亦名骑驴酒。永熙年中，南青州刺史毛鸿宾赍酒之蕃，路逢贼盗，饮之即醉，皆被擒获，因复命擒奸酒。游侠语曰："不畏张弓拔刀，唯畏白堕春醪。"

颜之推（531—595？）是由南入北的文学家，他的《颜氏家训》则作于入北齐之后。此书是颜之推写给自己后代的家训，其中包含了大量对当时的历史、政治、文化方面的记录，具有很高的史料价值。同时，由于颜之推是著名的学者，书中还有许多关于文学、文字训诂、音韵等方面的论述，学术价值很高。全书朴实、平易，流畅简洁。

二、北朝文学的风格特点

《隋书》将北朝文学的风格特点概括为"词义贞刚，重乎气质"，也就是质朴刚健、明白清新。北朝文学有这样的特点，与相应的自然和社会环境有直接的关系。其一，南朝文人生活的主要地区在江南，山水秀美，而北方的山河则体现出不同的特色，景物多为壮丽甚至是荒凉的。北方的自然风物无论作为感发作者意志的情感媒介，还是作品直接描绘的对象，都不可避免地给作品带来质朴苍凉的色彩。其二，与南方自东晋以来社会相对安定不同，北方长期处于战乱、政权更迭和少数民族统治之下。北方的文人很难像南朝士大夫那样优游山水、清谈玄理或沉迷享乐，他们更多入世和进取精神，更关心时政，在思想上受正统儒家观念影响较深，因此作品也讲求实用性和现实性。在北朝文学中，实用性文体如章、表、书、檄等始终占有重要的地位，作品的题材也更为宽泛，内容更为充实，出现了批判现实的纯文学作品，如卢元明的《剧鼠赋》。其三，北朝是民族大融合的时期，长期处于北方少数民族政权的统治下，游牧民族的精神气质以及本身的文学和文化也会对汉族文人和文学产生影响。北方民族的尚武精神和粗犷民风也给北朝文学带来了刚健豪迈的气息。北朝文学的生存和发展的独特环境造就了它不同于南朝文学的特色。北朝文学的确经历了一个向南朝文学学习的过程，也产生了一批接近南朝文学风格的作品，但总体来说，北朝文学依然显现出自己的风格特点。

南朝文学经过一百多年的发展，在形式技巧方面已臻于完善，而北方在十六国和北魏前期，文学发展几乎是停滞的，北方文学长期落后于南方是不可变更的事实。当北方政权趋于稳定，南北文化交流开始时，北朝文人会自然地对南朝传来的作品产生关注。但值得注意的是，南朝和北朝双方对文学特点的认识存在不同，所以产生了文学思想的差异，如从南朝入北齐的萧悫有"芙蓉露下落，杨柳月中疏"的诗句，得到了同是由南入北的颜之推的赞赏，但同时的北朝文人对这句诗并没有很高的评价。再如王籍的诗句"蝉噪林愈静，鸟鸣山更幽"，南方文人非常欣赏，而北方的卢询祖、魏收则不以为然。这些都被记录在《颜氏家训·文章》中。在学习和选择过程中，北朝文学逐步发展，入隋的北方文人卢思道、薛道衡等人的创作已经超过了同时的南方文人。北朝文学的特色为唐代南北文风的融合提供了基础和前提。

第四节　庾信和南北朝文风的融合

庾信是南北朝后期最著名的文学家，他由南入北的经历不仅使个人的创作发生了明显的变化，也影响了当时北方文学的发展。他后期的作品体现出融合南北文风的迹象，这为隋唐文学的发展提供了珍贵的创作经验和范例。

一、庾信的生平和创作

庾信，字子山，生于南朝梁武帝天监十二年（513），在承圣三年（554）出使西魏，被强行扣留，从此再也没有回到南方，于隋开皇元年（581）病逝。庾信的由南入北成为他一生的重大转折点，他的人生经历和文学创作可以由此分为前后两期。

庾信的父亲是梁代著名文人庾肩吾，庾信十五岁就被招为太子萧统的东宫讲读，后作为文学侍从出入萧绎、萧纲的身边，尤其是长期任萧纲的抄撰学士。庾肩吾、庾信父子和徐摛、徐陵父子是萧纲身边最重要的文学侍从，也是宫体诗的主要作者。庾信早期的作品留下的不多，创作带有典型的南方文学特点，风格清靡，文辞富丽精工，注重用典，诗歌题材主要有咏自然景物、咏身边的物品和与女性有关的题材，有鲜明的宫体文学的印记，如《奉和咏舞》《七夕》等。早期也有描摹细腻、文辞精美的佳作，如《奉和山池》：

乐官多暇豫，望苑暂回舆。鸣笳陵绝浪，飞盖历通渠。桂亭花未落，桐门叶半疏。荷风惊浴鸟，桥影聚行鱼。日落含山气，云归带雨馀。

早期辞赋流传下来的都是奉教或应和之作，情调偏于轻靡，如《春赋》《荡子赋》等。还有一些应用文，与同时期的骈文风格一致，注重对偶和用典，内容空泛，形式精美。总体来看，庾信的早期作品优点和缺点都非常明显，优点是形式优美，缺点是题材范围狭窄、内容较为空洞。庾信的文学创作代表了当时南方文学的最高水平。554年，他奉命出使西魏，此时梁朝因为侯景之乱已经朝不保夕、风雨飘摇。庾信出使尚未结束，同年十二月，西魏出兵灭梁。陈朝建立之后，曾向北周提出放回庾信等人，结果北周武帝放回了一批文人，而王褒和庾信被继续强留不放，庾信被迫终老于北方。

被扣留在北方使得庾信的心境和创作都发生了巨大的变化，他少年得志，曾出入王府和太子宫中，父子俱受到萧纲的喜爱，深受礼遇，生活无忧，梁朝社会也相对稳定，他虽有极高的文学才华，创作却很难越出点缀升平的樊篱。作品取材基本不出女性、玩物、风云月露、赏花观景等范围。被留北方之后，虽然西魏、北周朝廷也给了他很高的礼遇，庾信却失去了自由，形同软禁，他的故国被西魏所灭，西魏和北周的统治者与他相当于征服者与被征服者的关系。庾信在诗中说自己如同"倡家遭强聘，质子值仍留"，这种屈辱、无奈、悲愤的心境贯穿了他整个后半生。

庾信后期写出了许多感情充沛、感人至深的杰出作品，杜甫曾评价说"庾信平生最萧瑟，暮年诗赋动江关"，正是这些作品代表了他和整个时代文学创作的最高水平。庾信后期在北方虽受礼遇，但屈事敌国和异族的耻辱感和对故国故乡的思念始终伴随着他，而这些感情又不能公开地表露，因此他只有用文学创作来含蓄隐晦地宣泄自己的情感。在他后期的作品中，对家乡的思念成了最重要的主题。他用在南方长期的创作训练出来的纯熟的文字技巧，抒发溢满于心中的思乡之情以及其后隐藏的悲痛、屈辱、绝望、愤怒等种种复杂的情感，他后期的一部分作品达到了丰富的内容、复杂的情感与圆熟的写作技巧的完美结合。这一时期他的代表作有《拟咏怀诗》《哀江南赋》《小园赋》等。

《拟咏怀诗》并非作于一时一地，是作者在北方陆续写成的，但其中贯穿着一致的主题，就是"乡关之思"①。组诗整体的风格和感情基调也是一致的，风格悲凉沉郁，典型的如：

---

① 《周书·庾信传》："信虽位望通显，常有乡关之思。"

摇落秋为气，凄凉多怨情。啼枯湘水竹，哭坏杞梁城。天亡遭愤战，日
蹙值愁兵。直虹朝映垒，长星夜落营。楚歌饶恨曲，南风多死声。眼前一杯
酒，谁论身后名。（其十一）

《哀江南赋》和《小园赋》也是庾信最重要的作品，前者描述了侯景之乱直至
梁朝灭亡的往事，表达作者对故国的思念和对家乡遭受战乱之苦的痛惜之情；后
者通过对家中小园的描绘表现作者心中的苦闷、孤寂的情怀。

庾信在北方也写了一些应酬文字和唱和诗作，风格与前期作品类似，还有应
权贵之请所写的碑志等作品，这些都很难见出作者的真实情感。

二、庾信的创作与南北文风的融合

经过了两百多年的南北分裂和各自发展，南方和北方的文学呈现出不同的特
色。到南北朝末期，南北文化的交流和融合已成为历史发展的趋势和客观要求，
南北文风的融合也将成为文学发展的必然方向。庾信由南入北虽然只是个体事件，
但他后期的创作却显示出南北文风融合的趋向，并在一定程度上影响了南北文学
发展的进程。

庾信是当时南方最优秀的文学家，他来到北方，尤其是来到文化和文学都相
对落后的关中地区，这对西魏北周的文学和整个北方地区的文学发展都有很大的
促进作用，也客观上加快了南北文风融合进程。庾信到来之后，很快就出现了一
批模仿庾信、模仿南方文风的作者，尤其是在北周的皇族中，如周明帝宇文毓、
赵王宇文招、滕王宇文逌，都对庾信的文章极为赞赏以致心摹手追。宇文逌还为
庾信编文集并作序。这对于北方文人学习南方文学的形式技巧、提高北方文学创
作水平是极为有益的。

对庾信本人来说，屈事异族、滞留不还是人生后半期痛苦的根源，从感情上
他对西魏、北周还是比较排斥的，对南方充满思念。而从文学创作水平来看，北
方文人还远未达到和他分庭抗礼的水准，庾信对北朝的文学和文化又有心理上的
优越感，因此，他不可能完全公正地总结南北文学各自的优劣，更不可能主动自
觉地学习北方文学的优点去弥补以往创作的不足。尽管主观上没有融合南北文风
的追求，庾信后期的创作却能够"穷南北之胜"，成为最早的融合南北文风的范
例，这要归因于羁留北方的经历对他客观上产生的影响。

其一，北方有完全不同于南方的自然环境和社会环境，庾信入北之后，这些
内容都不可避免地出现在他的作品中，不仅拓宽了庾信作品的表现范围，描写对
象本身的固有特点，也影响到了作品本身的风格。如《郊行值雪》：

> 风云俱惨惨，原野共茫茫。雪花开六出，冰珠映九光。还如驱玉马，暂似猎银獐。阵云全不动，寒山无物香。薛君一狐白，唐侯两骕骦。寒关日欲暮，披雪上河梁。

壮阔的北国风光给作品带来了刚健清新之气。庾信此时的一些写从军、游猎的诗也多深沉雄健，如《侍从徐国公殿下行军》等。

其二，庾信在北方的生活给他带来了深切的耻辱、悲痛，他后半生的很多作品也都带有沉痛悲凉的感情基调。这些抒发自身切肤之痛的作品自然与前半期作品风格相去甚远，而与北方文学沉厚壮阔的风格有一定程度的暗合，尽管庾信采用的仍然是惯用的南方文学的形式技巧，但作品风格已显然不同。如《拟咏怀》第七：

> 榆关断音信，汉使绝经过。胡笳落泪曲，羌笛断肠歌。纤腰减束素，别泪损横波。恨心终不歇，红颜无复多。枯木期填海，青山望断河。

作者以女性的口吻写自己的悲痛心情，诗中虽频繁出现"纤腰""红颜""横波"等词语，其沉痛的风格却与宫体诗迥异。再如他的名作《哀江南赋》，沿续了前期骈文用典繁富、对偶精工的特点，同时又感情充沛、情文并茂。如其中写萧绎在侯景之乱中无视父兄之难，与自家兄弟子侄互相残杀的往事：

> 未深思于五难，先自擅于二端。登阳城而避险，卧砥柱而求安。既言多于忌刻，实志勇而形残。但坐观于时变，本无情于急难。地惟黑子，城犹弹丸。其怨则黩，其盟则寒。岂冤禽之能塞海，非愚叟之可移山。

描写江陵陷落后的情景：

> 水毒秦泾，山高赵陉，十里五里，长亭短亭。饥随蛰燕，暗逐流萤。秦中水黑，关上泥青。于时瓦解冰泮，风飞电散。浑然千里，淄渑一乱。雪暗如沙，冰横似岸。逢赴洛之陆机，见离家之王粲。莫不闻陇水而掩泣，向关山而长叹。

都是一句一典而一气贯通，毫无堆砌阻滞之感。再如《序》中"日暮途穷，人间何世！将军一去，大树飘零，壮士不还，寒风萧瑟"等名句的用典也达到了使事无迹的水平。可以说，即使单从形式技巧来衡量，庾信后期的作品也已超过前期。

庾信后期的创作融合了南方文学的形式技巧与北方文学刚健的气骨，具有感人的力量。杜甫说"庾信文章老更成，凌云健笔意纵横"，指的就是这一点。这些创作显示出南北文风融合的趋势，也预示了隋唐文学的发展方向。

第五节　南北朝乐府诗

在汉乐府之后，魏晋之际大量出现的是以三曹、傅玄等为代表的文人拟乐府。而永嘉南渡之后，南北对峙之时，采自民间的乐府民歌再次成为文学史上耀眼的明星。然而南北之间长期的对立，加上地理环境、经济状况、民风民俗、文化风尚等的差异，导致南北乐府在内容、风格上存在较大差别。南朝乐府以描写男女爱情为主，情调柔婉清丽；北朝民歌更广泛地体现了北方民族生活的方方面面，格调粗犷雄强。正如《乐府诗集》所说："艳曲兴于南朝，胡音生于北俗。"

南朝乐府从时间上言实际上包括东晋至陈共五个朝代。这与一般意义上的南朝有别。但因乐府诗歌的一脉相承，传统上总称之为"南朝乐府"。另外，南朝乐府中也有不少文人拟作，主要集中于梁、陈时期。能够代表南朝乐府诗成就的，却主要是民歌。

一、南朝乐府及其滋生的土壤

在《乐府诗集》中，南朝乐府民歌主要是集中于《清商曲辞》中的《吴声歌》《神弦歌》和《西曲歌》，此外，在《杂曲歌辞》《杂歌谣辞》中也有少量南朝民歌。其中，《吴声歌》最多，现存三百二十馀首，沈约《宋书·乐志》说："吴歌杂曲、并出江东，晋、宋以来，稍有增广。……凡此诸曲，始皆徒歌，既而被之弦管。"郭茂倩进一步说："盖自永嘉渡江之后，下及梁、陈，咸都建业，吴声歌曲起于此也。"可知《吴声歌》是东晋以还以今南京地区为中心而产生的，据《乐府诗集》，其绝大部分为晋、宋、齐歌辞，当是经过了官方的收集并被之管弦的。《神弦歌》十八首，大概也产生于南京附近，其时间有的更可能早至孙吴，而性质则为民间祀神乐歌，与《楚辞·九歌》相类。《西曲歌》现存一百四十馀首，《乐府诗集》引《古今乐录》曰："按西曲歌出于荆、郢、樊、邓之间，而其声节送和与吴歌亦异，故依其方俗而谓之西曲云。"可知这些民歌是长江中游、江汉一带的产物。其地自东晋以来便为国之重镇，常为内乱的策源地，实力雄厚，经济繁荣。《西曲歌》的时代则以宋、齐、梁、陈居多。

三种南朝乐府虽产生地域不同，性质有别，但内容则皆较狭窄，绝大多数为情歌，这不仅与汉乐府反映社会生活的深度与广度难以相比，即与北朝乐府相较亦大为逊色。之所以如此，当然与统治者的好尚不无关系。《南齐书·萧惠基传》

载："自宋大明以来，声伎所尚，多郑卫淫俗，雅乐正声，鲜有好者。"这种好尚是自上而下的，《南史·王俭传》载："（齐高帝）幸华林宴集，使各效伎艺：褚彦回弹琵琶，王僧虔、柳世隆弹琴，沈文季歌《子夜来》，张敬儿舞。"又，《徐勉传》载："普通末，（梁）武帝自算择后宫《吴声》《西曲》女妓各一部，并华少，赉（徐）勉。"流风所被，朝野皆然："家竞新哇，人尚谣俗，务在嘹危，不顾律纪，流宕无涯，未知所极，排斥典正，崇长烦淫。……喧丑之制日盛于廛里，风味之韵独尽于衣冠。"（《宋书·乐志》）可见，一方面，统治阶层自上而下毫不隐讳地大倡声色，上有所好，下必甚焉，影响及于民间，也就形成了所谓"郑卫淫俗"；另一方面，民歌绝不可能仅有情诗，南朝乐府民歌之面貌所以如此单一，应该是统治者特意采择的结果。

这样的风尚，既有政治思想上的缘故，也与江南经济的发展、自然环境的优越紧密相关。自"魏武好法术，而天下贵刑名；魏文慕通达，而天下贱守节。其后纲维不摄，而虚无放诞之论盈于朝野"（《晋书·傅玄传》），"宰衡以干戈为儿戏，搢绅以清谈为庙略"（庾信《哀江南赋》），儒家的伦常道德观念日渐淡薄，道家自然解脱乃至放浪形骸的倾向愈演愈烈，加之政治的高压，士人纵情声色以避祸者不在少数。而江南水乡物产丰富，百姓殷实、特别是荆、扬二州，商业发达，"都邑之盛，士女富逸，歌声舞节，祛服华汝，桃花绿水之间，秋月春风之下，盖以百数"（《南齐书·良政传序》）。自然环境的优越，当然容易催生男女恋歌。而南朝乐府的另一特点，即它们都产生于都邑市井，并非乡野僻壤，乃城市商业文明的产物："王侯将相，歌伎填室；鸿商富贾，舞女成群。"（《太平御览》卷五六九引裴子野《宋略》）要之，南朝乐府便是在儒家思想控制松弛之后，贵族士人追求享乐生活的风气下，在江南水乡相对舒适安逸的城市生活中，主要由商贾、船夫、歌妓及普通市民唱出的恋歌。

二、南朝乐府的内容及风格

南朝民歌的主要特征，是表现恋情的各种情态和心态。有胶漆欢会：

> 朝登凉台上，夕宿兰池里。乘月采芙蓉，夜夜得莲子。（《子夜四时歌》）
> 打杀长鸣鸡，弹去乌白鸟，愿得连冥不复曙，一年都一晓！（《读曲歌》）

有幽会失期的怨恨：

> 黄生无诚信，冥强将侬期。通夕出门望，至晓竟不来。（《黄生曲》）

也有家人反对的懊恼:

> 懊恼奈何许,夜闻家中论,不得侬与汝!(《懊侬歌》)①

有别后的苦苦相思:

> 自从别郎来,何日不咨嗟?黄蘗郁成林,当奈苦心多!(《子夜歌》)

也有对负心汉的幽怨:

> 侬作北辰星,千年无转移。欢行白日心,朝东暮复西!(《子夜歌》)

有小夫妻离别的俏皮对白:

> 闻欢下扬州,相送江津湾。愿得篙橹折,交郎到头还。
> 篙折当更觅,橹折当更安。各自是官人,那得到头还!(《那呵滩》)

也有妓女的无尽辛酸:

> 鸡亭故侬去,九里新侬还。送一却迎两,无有暂时闲。(《寻阳乐》)

这些诗歌大都短小,多五言四句,清新自然,是五言绝句的先声。《大子夜歌》说:"慷慨吐清音,明转出天然。"道出了南朝乐府质朴自然的特点,这也是一般民歌与文人作品的区别所在。对读下面两首诗,我们会明显感到二者的差别:

> 宿昔不梳头,丝发被两肩。婉伸郎膝上,何处不可怜。(《子夜歌》)
> 恃爱如欲进,含羞未肯前。朱口发艳歌,玉指弄娇弦。② (梁武帝《拟子

---

① 《华山畿》中有一首与此略同而辞稍异:"未敢便相许,夜闻侬家论,不持侬与汝。"据《乐府诗集》所引《古今乐录》所载,可能较《懊侬歌》时间略晚。

② 此诗《乐府诗集》作晋宋齐辞,中华书局整理者校注云:"四十二首:末两首'持(按,当作恃)爱''朝日',《玉台》卷一〇作梁武帝诗,《梁武帝集》亦载之,倘去此二首,则为四十首,成整数,二字或后人所增。"(中国古典文学基本丛书《乐府诗集》,中华书局1979年版,第644页)整理者的推测应该是对的,此诗应为梁武帝拟作。

夜歌》）

两首诗都是描绘恋爱中女子的情态，前者以白描的笔法绘出民间市井小女子的天真烂漫、娇憨可爱；后者则是"犹抱琵琶半遮面"的矜持女性，而诗歌中"朱口""玉指""艳歌""娇弦"等辞藻也明显带有文人雕饰的习气。

南朝乐府诗的另一风格特征是大量使用双关，如以"莲"双关"怜"，以"丝"双关"思"，以布匹之"匹"双关匹配之"匹"，等等。这些双关语的巧妙运用，非常契合江南民歌活泼自然、含蓄婉约的风情。

三、《西洲曲》

上述《清商曲辞》之外，在《杂曲歌辞》中还有一首《西洲曲》① 是必须提及的：

> 忆梅下西洲，折梅寄江北。单衫杏子红，双鬓鸦雏色。西洲在何处？两桨桥头渡。日暮伯劳飞，风吹乌白树。树下即门前，门中露翠钿。开门郎不至，出门采红莲。采莲南塘秋，莲花过人头。低头弄莲子，莲子清如水。置莲怀袖中，莲心彻底红。忆郎郎不至，仰首望飞鸿。鸿飞满西洲，望郎上青楼。楼高望不见，尽日栏杆头。栏杆十二曲，垂手明如玉。卷帘天自高，海水摇空绿。海水梦悠悠，君愁我亦愁。南风知我意，吹梦到西洲。

这首诗代表了南朝乐府的最高水平。诗歌以青年女子的口吻，描写其相思之情。全诗 32 句，基本上四句一换韵，以连珠格的修辞手法，蝉联回环，步步生花。从西洲，而树下，而门前，再到南塘、青楼以至水天，景物描写细腻缠绵，仿佛随手拈来，而处处皆妙，沈德潜说："续续相生，连跗接萼，摇曳无穷，情味愈出。"（《古诗源》卷十二）陈祚明评曰："《西洲曲》摇曳轻飔，六朝乐府之最艳者。初唐刘希夷、张若虚七言古诗皆从此出，言情之绝唱也。夫艳非词华之谓，声情惋转，语语动人，若赵女目挑心招，定非珠珰翠翘使人动心引魄也。寻其命意之由，盖缘情溢于中，不能自已，随目所接，随境所遇，无地无物非其感伤之怀。故语语相承，段段相绾，应心而出，触绪而歌，并极缠绵，俱成哀怨。"（《采菽堂古诗选》卷十五）确是知言之论。

北朝乐府诗现存七十馀首，其中绝大部分是民歌，也有少量有主名的作品，

---

① 《西洲曲》最早见载于《玉台新咏》，作江淹诗；明陆时雍《古诗镜》作梁武帝诗；《乐府诗集》及明冯惟讷《古诗纪》等皆题作古辞。多数学者认为此诗应为民歌，但也可能经过文人润色。

数量虽不多，却有鲜明的特色，是北朝文学的重要组成部分。

四、梁鼓角横吹曲

"梁鼓角横吹曲"是现存北朝乐府诗的主体部分，有《企喻歌》《地驱乐歌》《折杨柳歌》等共计六十馀首，其中有少数民族民间的歌曲，也有曲调出自少数民族而歌辞由汉人拟作或改作的，还有一些作品的曲调属于汉魏旧曲。

从东晋开始，北方乐歌陆续流传到了南方，而最终由梁代的乐府机关整理和记录，《乐府诗集·横吹曲辞》称这部分作品为"梁鼓角横吹曲"，这些乐曲属于"鼓吹"，即军乐，有一些很可能还正式使用过。《乐府诗集》"梁鼓角横吹曲"存有《雍台》一曲，属于"胡吹"①，也就是少数民族乐曲，而曲辞只存有梁武帝、吴均等人的作品，说明北方乐歌在梁代上层社会中颇受欢迎，已经出现了同题仿作。今天所见的"梁鼓角横吹曲"歌辞全部是用汉语写成，但其中有一些开始时应是使用少数民族语言创作并传唱的，后来经过了汉语的翻译并被记录下来，记录和整理者可能是梁代的乐府机关。

五、《木兰辞》和《敕勒歌》

《木兰辞》和《敕勒歌》是北朝乐府中艺术成就最高的代表作品。《木兰辞》保存在《乐府诗集·杂歌谣辞》中，全诗描写了木兰替父从军、准备出征、从军征战、功成辞官回到家乡的全过程，塑造了一个勇敢、坚强、乐观、朴实的女子形象，叙事完整，在古代叙事诗中也是难得的佳作。详写者如出征的准备"东市买骏马，西市买鞍鞯。南市买辔头，北市买长鞭"，略写者如"将军百战死，壮士十年归"，将十二年征战的过程一笔带过，剪裁颇具匠心。语言质朴清新，如"旦辞爷娘去，暮宿黄河边。不闻爷娘唤女声，但闻黄河流水鸣溅溅。旦辞黄河去，暮至黑山头。不闻爷娘唤女声，但闻燕山胡骑鸣啾啾"，回环往复中见变化，颇有民歌特色。诗中也有文人化的语言，如"万里赴戎机，关山度若飞。朔气传金柝，寒光照铁衣"，属词精工，说明此诗很可能是在民间传唱的基础上经过了文人的整理和加工。

《敕勒歌》是北朝乐府中另一首代表作：

> 敕勒川，阴山下。天似穹庐，笼盖四野。天苍苍，野茫茫，风吹草低见牛羊。

---

① 《乐府诗集·横吹曲辞五》："是时乐府胡吹旧曲有……《雍台》……十四曲。"

全诗虽不长，但写景极富表现力，"天似穹庐"一语以身边常见的穹庐比喻天，以小者喻大者，形象地写出天的广大无边，似信手拈来而妙语天成，"天苍苍，野茫茫，风吹草低见牛羊"，动静结合，写出了草原的静谧祥和之美。

六、北朝乐府诗的内容及风格

北朝乐府诗虽然只存七十馀首，数量少于南朝吴声、西曲，但表现的题材却比吴声、西曲要宽，风格刚健质朴、语言直白，与南朝民歌大不相同。比较有特点的是下述三类作品。

1. 描写武事的乐府诗。北方民族多勇武善战，从十六国时期开始，北方长期处于割据状态，因此描写战争及与战争相关的武器、马匹、武艺的民歌很多，如：

> 新买五尺刀，悬着中梁柱，一日三摩娑，剧于十五女。(《琅琊王歌辞》)
> 健儿须快马，快马须健儿。跶跋黄尘下，然后别雄雌。(《折杨柳歌辞》)

刀和骑术都是战士必须的，对刀和骑术的赞美真实反映了北方人民尚武豪侠的精神风貌。再如《李波小妹歌》对武力的赞美，其中描写的勇武善战的女子形象也是北方民歌中所独有的。北方民歌中也有一些描写了参战之人的痛苦，间接表现了战争的残酷，如：

> 兄在城中弟在外，弓无弦，箭无栝，食粮乏尽若为活？救我来，救我来。
> (《隔谷歌》)

语言质朴直白，很有感染力。

2. 描写社会生活的乐府诗。北朝乐府诗中还有一些写到了社会的贫富不公，典型的如：

> 雨雪霏霏，雀劳利。长觜饱满短觜饥。(《雀劳利歌》)

短短十四字，却生动地揭示了现实生活中的贫富差距。

3. 描写爱情的乐府诗。北朝乐府诗中也有许多描写爱情、相思之情的作品，但风格朴实泼辣，简洁直白，如：

> 侧侧力力，念君无极。枕郎左臂，随郎转侧。(《地驱乐歌》)
> 月明光光星欲堕，欲来不来早语我。(《地驱乐歌》)

大胆直白，与南方情歌多双关谐音、含蓄委婉完全不同。还有一些作品直接写思嫁之心的迫切，如：

> 驱羊入谷，白羊在前。老女不嫁，蹋地唤天。（《地驱乐歌》）
>
> 黄桑柘屐蒲子履，中央有系两头系。小时怜母大怜婿，何不早嫁论家计。（《捉搦歌》）

总的来说，北朝乐府诗语言直白质朴，风格刚健爽朗，与北朝文学的总体风格相一致。

思考题

1. 举例说明北朝文学的特点。
2. 试论庾信的生平和创作的关系。
3. 试论北方乐府诗与南方乐府民歌的不同风格。

第六章　魏晋南北朝小说

　　中国古代小说虽可溯源至秦汉甚至更早，但小说的大量写作，还是从魏晋南北朝开始的。魏晋南北朝小说以记叙名人奇闻轶事、神仙鬼怪故事为主，以文言写就，篇幅短小，故又被称为笔记小说。这些故事在当时及后世一些人眼中，常被作为实有之事看待，干宝在《搜神记序》中说自己编撰的目的就是要证明"神道之不诬"，今天所说的魏晋南北朝小说在唐初《隋书·经籍志》中著录的情况是，王嘉《拾遗记》列在杂史，《穆天子传》列在起居注，《汉武帝故事》《西京杂记》等列在旧事，《列异传》《搜神记》等列入杂传，《十洲记》《神异经》等列入地理，也都在史部。可见时人并不将上述作品视为小说，此时的小说尚不是"有意为之"，还处于小说形态成熟的前夕。

第一节　魏晋南北朝小说的产生及类型

　　小说的概念在中国古代经历了诸多变化。"小说"一词最早见于《庄子·外物》："饰小说以干县令，其于大达亦远矣。"与"大达"相对，是指那些不合大道的琐屑言论。刘歆《七略·诸子略》列九流十家，九流之外的一家即小说家。《汉书·艺文志》所录小说十五家，多传说异闻。略晚于刘歆的桓谭在其《新论》中："小说家合丛残小语，近取譬论，以作短书，治身理家，有可观之辞。"（《文选》江淹《李都尉从军》李善注引）这实际上已把小说视为一种文体，并与汉魏六朝小说的现状大致吻合。

一、志怪与志人

　　魏晋南北朝是我国古代小说逐渐形成并走向繁荣的时期，数量很多，在八十种以上（据程毅中《古小说简目》）。从题材类型来看，此时的小说可分为两大类：一是以记载鬼神怪异之事为主的志怪小说，一是以记载人物轶事为主的志人小说。

　　据其题材，志怪小说又可略分三类：殊方异物、神仙鬼怪、宗教灵异。记载殊方异物者以张华《博物志》为代表，主要记载异域奇异之物和琐闻杂事，虽然多"刺取故书，殊乏新异"（《中国小说史略》第五篇），但也偶有奇思异想，如"天河通海"一条记某人乘槎于天河遇牵牛星的故事便是。记神仙鬼怪故事者最多，如托名曹丕（一作张华）的《列异记》、干宝《搜神记》、托名陶潜的《搜神后记》、吴均的《续齐谐记》等皆是。所记神怪故事，与宗教灵异之类往往相交叉，如《列异记》所记麻姑搔背故事，神仙麻姑即道教人物。宗教灵异类的小说是佛、道二教盛行之后，以小说宣扬宗教信仰的结果，如《幽明录》《冥祥记》《冤魂志》等以宣扬佛教为主，《神异记》《神仙传》等以宣扬道教为主。

志人小说较志怪类不仅数量少，且大都散佚，按其内容亦可分为三类：笑话、杂史、轶事。笑话类如三国时邯郸淳的《笑林》，可以说是我国最早的笑话集，以讽刺世态见长，开后世俳谐文学之端，文笔犀利，诙谐有趣，如"执竿入门""踏床啮鼻"之类，流传深远，颇耐寻味。杂史类如《西京杂记》，旧题刘歆撰，今一般认为作者是葛洪，托名刘歆耳。此书内容庞杂，凡西汉宫室、制度、风俗、器物、人物传说，莫不囊括，且"意绪秀异，文笔可观"（《中国小说史略》第四篇）。最多的还是轶事类，如东晋裴启的《语林》、郭澄之的《郭子》、梁代殷芸的《小说》等，最著名的是刘宋刘义庆的《世说新语》。

魏晋南北朝小说大都篇幅短小，情节简单，通常是以直录的方式粗陈梗概，缺乏艺术的想象，也较少细部的描绘，故事的呈现是"点"式的，至多是"线性"的，很少曲折、立体的呈现。人物刻画也都十分简单，即使有一定的性格塑造，也比较单一，没有展开。因此，从总体上看，此时期的小说仅初具小说规模，还不是成熟的小说形态，多数"作者"还不是像唐传奇那样有意地创作小说，而是搜集异闻趣事。

二、魏晋南北朝小说的写作观念与影响

魏晋南北朝之前，最有影响的小说理论见于班固的《汉书·艺文志》："孔子曰：'虽小道，必有可观者焉，致远恐泥，是以君子弗为也。'然亦弗灭也。闾里小知者之所及，亦使缀而不忘。如或一言可采，此亦刍荛狂夫之议也。"但魏晋六朝时人更多发展了班固对小说肯定的一面，如曹植曾言："街谈巷说，必有可采。"（《与杨德祖书》），刘勰也说："（小说）盖稗官所采，以广视听。"（《文心雕龙·谐隐》）此时许多著名文人学者参与小说的搜集整理和写作，有的还十分爱读小说。相传曹丕曾撰《列异传》，陶渊明写过《搜神后记》，葛洪撰有《西京杂记》《神仙传》；曹植见到《笑林》的作者邯郸淳后，"遂科头拍袒，胡舞五椎锻，跳丸击剑，诵俳优小说数千言"（《三国志·王粲传》裴松之注引《魏略》），陶渊明喜欢读《山海经》《穆天子传》等小说，从陶集已可窥其崖略。

魏晋南北朝小说对后世影响深远，在人物刻画、情节构思，以及某些细节描写方面，为唐传奇的写作积累了经验。唐传奇中的许多故事取材于魏晋南北朝小说，如沈既济的《枕中记》就源于《幽明录》之《焦湖庙祝》，陈玄祐的《离魂记》取材于《幽明录》之《阿庞》，而李朝威的《柳毅传》则有取于《搜神记》

的《胡母班》。宋元以后的小说戏曲，许多都从魏晋南北朝小说中汲取营养。而志怪志人小说也代有继作，追步《世说新语》之作更多达几十种。

第二节　《搜神记》与志怪小说

魏晋南北朝时期是志怪小说的第一个兴盛时期，此时最为著名的志怪小说，要数干宝的《搜神记》。《搜神记》的成功，与其写作观念，以及超时代的艺术手法是密不可分的。

一、志怪小说兴盛的背景

志怪小说源起于神话传说，而神话传说又与传统的宗教信仰相关。鲁迅在分析魏晋南北朝志怪小说所以兴盛的原因时说："中国本信巫，秦汉以来，神仙之说盛行，汉末又大畅巫风，而鬼道愈炽；会小乘佛教亦入中土，渐见流传。凡此，皆张皇鬼神，称道灵异，故自晋讫隋，特多鬼神志怪之书。"[1]

神巫信仰当然是鬼怪故事盛行的一大根源，社会动乱也是一个重要原因。魏晋南北朝时期是中国历史上少有的乱世，分裂时间之长，政权数量之多、更迭之频繁，都是罕见的。由于社会动荡、战乱频仍，百姓时时濒临死亡，自然渴求太平安宁的生活，于是太平道、五斗米道等大行其道，佛教也因之广泛流传。这个大的社会背景，应该是志怪小说大量产生的土壤。

志怪小说中有些是宗教徒自神其教之作。如《神异记》是道士王浮所作；《神仙传》的作者葛洪也是道教徒；《冥祥记》的作者王琰是佛教徒；王嘉是方士，故其《拾遗记》以宣扬神仙方术为主。

宗教徒之外的志怪小说作者大多是本着圣人以神道设教的宗旨和汉代董仲舒的"天人感应"之说编撰其书的。如干宝《搜神记》。

二、《搜神记》的宗旨与题材特征

在众多的魏晋南北朝志怪小说中，《搜神记》被公认是最杰出的一部。作者干宝（？—336），字令升，祖籍新蔡（今属河南），祖上于汉末战乱时避居江南[2]。他幼而勤学，博览群籍，西晋永嘉年间，以才器召为佐著作郎，因平杜弢之功赐爵关内侯。东晋初领国史，以家贫求为山阴令，后迁始安太守，王导请为司徒右

---

[1]　鲁迅：《中国小说史略》，《鲁迅全集》第9卷，人民文学出版社2005年版。

[2]　据《晋书·干宝传》，干宝父祖均仕吴为官，而海盐有干宝及其父干莹墓，故李剑国考证认为干氏可能是汉末避黄巾之乱而南渡。见李剑国《干宝考》，《文学遗产》2001年第2期。

长史，迁散骑常侍。干宝勤于著述，有《晋纪》二十卷，当时称为"良史"，又有《春秋左氏义外传》，并注《周易》《周官》凡数十篇。干宝好阴阳术数之学，又广搜"古今神祇灵异人物变化"，著为《搜神记》。

据干宝自序，他写作《搜神记》的目的，是"足以明神道之不诬"，"游心寓目，而无尤焉"。反映"神道不诬"的篇目，如《阮瞻》《黑衣客》《蒋济亡儿》等篇，皆有印证鬼神为实有的意图，但干宝对鬼神怪异之事，更倾向于给予"合理"的解释，而非盲目地迷信。例如，他论"妖怪"现象道：

> 妖怪者，盖精气之依物者也。气乱于中，物变于外，形神气质，表里之用也。本于五行，通于五事，虽消息升降，化动万端，其于休咎之征，皆可得域而论矣。

他用阴阳五行的理论来解释妖怪现象，虽不一定恰当，但毕竟与盲目迷信有别。第十二卷对"五气变化"的解释与此相同。《刀劳鬼》的后半，干宝大发议论，认为"天地鬼神，与我并生者也；气分则性异，域别则形殊，莫能相兼也。生者主阳，死者主阴，性之所托，各安其生，太阴之中，怪物存焉"，也是大致相同的意思。至少可以说，干宝不是盲目地迷信鬼神，而是有自己的思考的。

正因他不迷信鬼怪，干宝在《搜神记》中记载了许多灭除鬼怪妖狐的故事，大多流露出赞赏的倾向。如《张叔高》记张叔高斫杀树怪，反而连连升迁，"过乡里，荐祝祖考，白日绣衣荣羡，竟无他怪"；《张茂先》《宋大贤》《郅伯夷》《谢鲲》《安阳亭书生》《汤应》等都对斩杀鬼怪表露赞赏之意，而其中有些鬼怪对人并无恶意或并未造成伤害[1]；《老狸》一则讲董仲舒调侃老狸，便含有戏谑的意味。其《秦巨伯》一篇，载秦巨伯遭鬼戏弄，误杀其孙，亦复奇幻：

> 琅琊秦巨伯，年六十，尝夜行饮酒，道经蓬山庙。忽见其两孙迎之，扶持百馀步，便捉伯颈著地，骂："老奴，汝某日捶我，我今当杀汝。"伯思惟某时信捶此孙。伯乃佯死，乃置伯去。伯归家，欲治两孙。两孙惊惋，叩头言："为子孙，宁可有此？恐是鬼魅，乞更试之。"伯意悟。数日，乃诈醉，行此庙间。复见两孙来，扶持伯。伯乃急持，鬼动作不得。达家，乃是两人也。伯著火炙之，腹背俱焦坼。出著庭中，夜皆亡去。伯恨不得杀之。后月馀，又佯酒醉夜行，怀刃以去，家不知也。极夜不还。其孙恐又为此鬼所困，

---

[1] 此点殊有难解处，显示了干宝或故事编者的思想矛盾。如《张茂先》一则，文中狐精化为白面书生，风流博辩，令张华甘拜下风，且毫无害人之心，而张华最后还是烹杀了他。作者似乎对张华的做法是肯定的，但张之行径在读者心中难免生厌。

乃俱往迎伯，伯竟刺杀之①。

《搜神记》中还记载了一些"见怪不怪"的故事，也是有意为之，如《张助》载：

> 南顿张助，于田中种禾，见李核，欲持去，顾见空桑，中有土，因植种，以馀浆溉灌。后人见桑中反复生李，转相告语，有病目痛者，息阴下，言："李君令我目愈，谢以一豚。"目痛小疾，亦行自愈。众犬吠声，盲者得视，远近翕赫，其下车骑常数千百，酒肉滂沱。间一岁馀，张助远出来还，见之惊云："此有何神，乃我所种耳。"因就斫之。

"众犬吠声"，一语道破了某些普通人眼中的鬼神不过是迷信盲从而已，戳穿了反而不值一哂。类似的还有《李叔坚》记叔坚家狗的种种怪异行为，大家都很惊怪，惟叔坚不以为然，"数日，狗自暴死。卒无纤芥之异"。《罗威》《庾衮》则仅以罗、庾孝友之行见载，并无任何特异之处。

干宝所谓"游心寓目，而无尤焉"，意谓潜心阅读，可以发人深思，修身律己就不会做后悔不该做的事了。比如，上述《罗威》《庾衮》二则，就是作者提倡孝友品行的例证。其他如《东海孝妇》为元代关汉卿《窦娥冤》所本，《犍为孝女》则与孝女曹娥的故事如出一辙，而《谢郭同梦》《范巨卿张元伯》两篇则歌颂了同心相感的至诚友情。

应该说，《搜神记》给读者印象最深的，正是那些符合人情人性的感人故事。古人一向认为夫妻乃人伦之始，对坚贞爱情的歌颂便是《搜神记》的一个重要主题。如《韩凭妻》写宋康王霸占韩凭的妻子何氏，韩凭和何氏双双殉情，何氏在遗书中要求与韩凭合葬，康王大怒，将他们分开埋葬，两冢相望，并说："尔夫妇相爱不已，若能使冢合，则吾弗阻也。"于是"宿昔之间，便有大梓木，生于二冢之端，旬日而大盈抱，屈体相就，根交于下，枝错于上。又有鸳鸯，雌雄各一，恒栖树上，晨夕不去，交颈悲鸣，音声感人。宋人哀之，遂号其木曰'相思树'"。这个故事描写细腻，哀婉动人，令人想到《孔雀东南飞》的结尾。作者在叹惋韩凭夫妇生死不渝爱情的同时，也蕴含着对权贵阶层无耻行径的愤怒和鞭挞。《紫玉》《王道平》《河间郡男女》等篇所记载的男女爱情故事，无不优美感人。

还有些故事描写主人公的侠义英勇，强烈的反抗和斗争精神感人至深。其中

---

① 其本事见《吕氏春秋·疑似》，《搜神记》之《吴兴老狸》故事与此亦相似，并可参看。篇中"两人"，当为"两偶人"。

最著名的要数《三王墓》，又名《干将莫邪》，写干将、莫邪为楚王铸剑，三年乃成，干将知道楚王一定会不满而杀死自己，便仅献上其中的雌剑，藏起雄剑，希望儿子长大之后用以报仇。他的儿子赤比复仇一节，写得惊心动魄：

> 客有逢者。谓："子年少。何哭之甚悲耶？"曰："吾干将莫邪子也。楚王杀吾父，吾欲报之。"客曰："闻王购子头千金，将子头与剑来，为子报之。"儿曰："幸甚。"即自刎，两手捧头及剑奉之，立僵。客曰："不负子也。"于是尸乃仆。客持头往见楚王，王大喜。客曰："此乃勇士头也。当于汤镬煮之。"王如其言。煮头三日三夕，不烂。头踔出汤中，瞋目大怒。客曰："此儿头不烂，愿王自往临视之，是必烂也。"王即临之。客以剑拟王，王头随堕汤中；客亦自拟己头，头复堕汤中。三首俱烂，不可识别。乃分其汤肉葬之，故通名"三王墓"。

故事情节奇诞曲折，人物性格极为鲜明，干将的睿智，其子赤比的坚忍，侠客的智勇，楚王的残暴，都能以简洁的笔法刻画得栩栩如生。

三、虚构叙事的表现手法

值得注意的是，《搜神记》等志怪小说开始注意运用虚构的手法。对比《搜神记》及其前后的志怪小说，我们可以看到在情节构思、人物描写和细节刻画等方面，虚构叙事在魏晋南北朝获得了较大进展。

以《三王墓》为例，这则故事亦见《列异传》，但记载较简略，不足二百字：

> 干将莫邪为楚王作剑，三年而成。剑有雄雌，天下名器也，乃以雌剑献君，藏其雄者。谓其妻曰："吾藏剑在南山之阴，北山之阳；松生石上，剑在其中矣。君若觉，杀我；尔生男，以告之。"及至君觉，杀干将。妻后生男，名赤鼻，告之。赤鼻斫南山之松，不得剑；忽于屋柱中得之。楚王梦一人，眉广三寸，辞欲报仇。购求甚急，乃逃朱兴山中。遇客，欲为之报；乃刎首，将以奉楚王。客令镬煮之，头三日三夜跳不烂。王往观之，客以雄剑倚拟王，王头堕镬中；客又自刎。三头悉烂，不可分别，分葬之，名曰三王冢。(《太平御览》卷三百四十三引)

《列异传》所记，情节略具，但仅有骨架而少血肉。《搜神记》则明显运用了对话的手法，增加了大量的细节：在"三年乃成"之后增加了"王怒，欲杀之"的铺垫；在干将对莫邪交代后事之前增加了"其妻重身当产"一句；在王杀干将时增加了使人相剑一节；赤比得剑欲报仇一节通过他与母亲的对话，叙述更为详细；山中遇客一节增加了行歌悲苦及客承诺报仇后赤比尸体才仆倒的细节；杀楚王一节也增加了客如何劝诱楚王走近汤镬的过程。这些细节和小情节上的增饰，使得叙事更加生动、丰满。

《搜神记》对后世影响极大。在《搜神记》之后，出现了许多仿作者，如署名陶潜的《搜神后记》，北魏昙永作《搜神论》，唐勾道兴作《搜神记》，焦璐作《搜神录》，明代亦有《搜神记》，而蒲松龄自称"才非干宝，雅爱搜神"，亦可见他写《聊斋志异》是深受干宝影响的。历代小说戏曲取材于《搜神记》的也很多，如唐传奇《南柯太守传》即有取于《审雨堂》，《董永》则为后世牛郎织女故事的蓝本，等等。魏晋南北朝人作志怪书，虚构叙事获得巨大的发展，为唐"有意为小说"开辟了道路。

第三节　《世说新语》与志人小说

魏晋南北朝志人小说以记述人物奇闻轶事为主要内容，其源头主要是史传文学，并深受汉末以来的清议和魏晋的清谈之风影响。

一、志人小说的时代背景

清议兴起于汉末，其中一个重要原因就是吏治的腐败。《后汉书·党锢列传》云："逮桓、灵之间，主荒政缪，国命委于阉寺，士子羞与为伍，故匹夫抗愤，处士横议，遂乃激扬名声，互相题拂；品核公卿，裁量执政。婞直之风，于斯行矣。"所谓"激扬名声，互相题拂"，即是士人间的相互标榜；所谓"品核公卿，裁量执政"，即是对执政者的批评。这主要是通过对人物品行的评论来实现的。当时有所谓"三君""八俊""八顾"等称号，以窦武、刘淑、陈蕃为"三君"，李膺、荀翌等八人为"八俊"，郭林宗、范滂等八人为"八顾"等等，并有"天下模楷李元礼，不畏强御陈仲举，天下俊秀王叔茂"等赞誉之言流传。在批评执政方面，则有"举秀才，不知书。举孝廉，父别居。寒素清白浊如泥，高第良将怯如鸡"等童谣流传。总之，清议具有以社会舆论影响政治的特点。

当时清流与外戚、宦官等权贵之间的明争暗斗，最终导致了两次党锢之祸的发生。加上魏晋之际军阀割据、诸侯争霸，掌权者一方面拉拢士人，一方面又残忍地诛除异己，故清议之风渐息，而清谈之风滋起。清谈与清议的最大区别，就是不再涉及政治和人品道德，而以玄学议题为主要内容，所以也叫玄谈，其学术意味很浓，与现实政治渐远。可以说，魏晋清谈"指的是魏晋时代的贵族知识分子，以探讨人生、社会、宇宙的哲理为主要内容，以讲究修辞与技巧的谈说论辩为基本方式而进行的一种学术社交活动"①。清谈注重华丽的辞藻、优美的音调、潇洒的风度，也品评人物，但品评的内容不再以品行为主，而更多关注人物的仪态和风度。

志人小说便是在人物品评、清议玄谈的风气下兴起的，它们多为丛残小语，或记言，或记事、记行，通过这些记录，展现一个人的风神气度和一时的风气。鲁迅在《中国小说史略》第七篇总结道："汉末士流，已重品目，声名成毁，决于片言，魏晋以来，乃弥以标格语言相尚，惟吐属则流于玄虚，举止则故为疏放，与汉之惟俊伟坚卓为重者，甚不侔矣。……终乃汗漫而为清谈。渡江以后，此风弥甚，有违言者，惟一二枭雄而已。世之所尚，因有撰集，或者掇拾旧闻，或者记述近事，虽不过丛残小语，而俱为人间言动，遂脱志怪之牢笼也。"《世说新语·轻诋》记载裴启撰成《语林》后，广为士林流传，但因遭到谢安的诋毁而废止不行。《语林》虽没有流传下来，但是这一事件至少可以说明当时此类小说的影响力之大。《世说新语》之后，梁武帝曾以帝王之尊而命殷芸编纂《小说》，可见此种风气盛极一时。

二、刘义庆与《世说新语》

《世说新语》是志人小说的杰出代表，又名《世说》《世说新书》。编纂者刘义庆（403—444），为宋武帝刘裕的侄子，袭封临川王，官至尚书左仆射、中书令。《宋书》本传称他"为性简素，寡嗜欲，爱好文义，文词虽不多，然足为宗室之表。……招聚文学之士，近远必至。太尉袁淑，文冠当时；义庆在江州，请为卫军咨议参军。其馀吴郡陆展、东海何长瑜、鲍照等，并为辞章之美，引为佐史国臣"。《世说新语》一书，是在刘义庆的主持之下，由他招聚的文学之士共同编纂完成的。

《世说新语》在《隋书·经籍志》中著录为八卷，梁刘孝标注本则分为十卷。刘注引用各种典籍达四百馀种，其中不少古书佚文赖以保存，且与原文相发明，颇为世人所重。今存最早的刊本为南宋绍兴八年董弅刻本，分三卷，上卷列德行、言语、政事、文学等"孔门四科"，此四科及中卷的方正、雅量等九门主要是正面褒扬，下卷容止、自新等二十三门则褒贬不一。此三十六门故事不少取于此前的裴启《语林》、郭澄之《郭子》等，然而《世说新语》行世之后，《语林》《郭子》

① 唐翼明：《魏晋清谈》，人民文学出版社2002年版，第30页。

等皆散佚，可见《世说新语》乃此类小说之集大成者。

三、《世说新语》的内容与写作特点

《世说新语》是一部记录魏晋名士风流的总集，其记载基本上是真实的。对于通脱豁达、自然玄远的时代风貌，作者流露出无限的赞许和神往。如《雅量》篇载：

> 嵇中散临刑东市，神气不变，索琴弹之，奏《广陵散》。曲终，曰："袁孝尼尝请学此散，吾靳固不与，《广陵散》于今绝矣！"太学生三千人上书，请以为师，不许。文王亦寻悔焉。

> 郗太傅在京口，遣门生与王丞相书，求女婿。丞相语郗信："君往东厢，任意选之。"门生归白郗曰："王家诸郎亦皆可嘉，闻来觅婿，咸自矜持，唯有一郎在东床上坦腹卧，如不闻。"郗公云："正此好！"访之，乃是逸少，因嫁女与焉。

嵇康临刑前的从容淡定，以及借《广陵散》的失传流露出的遗憾和无奈，既含有作者对嵇康为人的仰慕，也有对其被杀的无尽惋惜。后一则中郗鉴看中的，正是王羲之的率性自然。时人爱尚自然的雅趣，也是书中常所称许的，如《言语》篇载：

> 支公好鹤，住剡东岇山。有人遗其双鹤。少时翅长欲飞，支意惜之，乃铩其翮。鹤轩翥不复能飞，乃反顾翅，垂头，视之如有懊丧意。林曰："既有凌霄之姿，何肯为人作耳目近玩！"养令翮成，置使飞去。

> 简文入华林园，顾谓左右曰："会心处不必在远，翳然林水，便有濠、濮间想也，觉鸟兽禽鱼自来亲人。"

支道林的好鹤，与其爱好马的神骏（《言语》）一样，是名士雅趣的一种，那凌霄冲天的神姿，正代表了人对自由骏奔的向往。而简文帝见华林园便有濠、濮间想，实为名士超脱世俗、崇尚隐居山林风尚的反映。

真正的名士风流，莫不根源于士人真切的生命体验：

> 王戎丧儿万子，山简往省之，王悲不自胜。简曰："孩抱中物，何至于此！"王曰："圣人忘情，最下不及情；情之所钟，正在我辈。"简服其言，更为之恸。（《伤逝》）

> 阮籍当葬母，蒸一肥豚，饮酒二斗，然后临诀，直言"穷矣！"都得一号，因吐血，废顿良久。（《任诞》）
>
> 桓公北征，经金城，见前为琅邪时种柳，皆已十围，慨然曰："木犹如此，人何以堪！"攀枝执条，泫然流泪。（《言语》）

亲人去世，生者之哀恸，最能见其性情，故王戎谓"情之所钟，正在我辈"。此时名士，往往能摆脱礼教束缚，真情流露，不加拘束。阮籍在埋葬母亲时，饮酒食肉，与礼相悖，但举声一号，即吐血废顿，其情之深有过常人。面对时光的无情流逝，桓温英雄泪落，岂不缘于对生命易逝的敏感？

《世说新语》在德行、政事上推崇那些有仁爱之心、家国之忧的高尚人格：

> 顾荣在洛阳，尝应人请，觉行炙人有欲炙之色，因辍己施焉，同坐嗤之。荣曰："岂有终日执之，而不知其味者乎？"后遭乱渡江，每经危急，常有一人左右己，问其所以，乃受炙人也。（《德行》）
>
> 过江诸人，每至美日，辄相邀新亭，藉卉饮宴。周侯中坐而叹曰："风景不殊，正自有山河之异！"皆相视流泪。唯王丞相愀然变色，曰："当共戮力王室，克复神州，何至作楚囚相对！"（《言语》）

颂扬名士风流的同时，作者对过度的狂放和粗陋的鄙俗是嗤之以鼻的，因为那不符合自然风流的名士标准。魏晋士人的狂放，有时是连当代名士都看不上的：

> 王平子、胡毋彦国诸人，皆以任放为达，或有裸体者。乐广笑曰："名教中自有乐地，何为乃尔也？"（《德行》）
>
> 支道林入东，见王子猷兄弟。还，人问："见诸王何如？"答曰："见一群白颈乌，但闻唤哑哑声。"（《轻诋》）

王澄、胡毋辅之放浪裸体，有失风雅，便遭到乐广的讥笑；王徽之兄弟的多言轻狂在书中多有记载，支道林的评价，正如谢安所说："吉人之辞寡，躁人之辞多。"（《品藻》）《汰侈》篇中对石崇、王恺等人的穷奢极欲，甚至动辄杀人，更是给予了贬抑挞伐。

《世说新语》之所以在同类小说中独传久远，与其艺术上的成就是直接相关的。鲁迅评价它："记言则玄远冷俊，记行则高简瑰奇。"（《中国小说史略》第七篇）

《世说新语》的语言别具特色，括而言之，简而远也。简而不芜，一语传神，含义高远隽永，是语言表达的极高境界。如《企羡》载：

> 孟昶未达时，家在京口。尝见王恭乘高舆，被鹤氅裘。于时微雪，昶于
> 篱间窥之，叹曰："此真神仙中人！"

高舆鹤氅，加上微雪飘飘，此时此景中的一位风流名士，何以形容呢？孟昶"神仙中人"一语正道出了读者心中所欲言。寥寥数笔，神韵情貌，宛在目前。再如《赏誉》篇写王恭触景生情，思念王建武："于时清露晨流，新桐初引，恭目之曰：'王大故自濯濯。'""清露晨流，新桐初引"，写景之妙，虽仅八字，足与古今名篇佳句争衡。又如：

> 王长史与刘真长别后相见，王谓刘曰："卿更长进。"答曰："此若天之自
> 高耳。"（《言语》）
> 桓大司马下都，问真长曰："闻会稽王语奇进，尔邪？"刘曰："极进，然
> 故是第二流中人耳！"桓曰："第一流复是谁？"刘曰："正是我辈耳！"（《品
> 藻》）

"天之自高""正是我辈"，刘真长的极度自负便在这两则文字中展露无遗。

《世说新语》长于表现人物的风神情貌。从刘真长的例子中已可见《世说新语》刻画人物的笔力之劲。全书涉及的人物达一千五百多人①，上自帝王将相，下至士庶僧徒，纷然并包，而《世说新语》能以极简洁的事迹言行，有力地表现出人物的风神情貌。如王戎，关于他的吝啬贪财，在《俭啬》篇有数则小事：

> 王戎俭吝，其从子婚，与一单衣，后更责之。
> 司徒王戎，既贵且富，区宅、僮牧、膏田、水碓之属，洛下无比。契疏
> 鞅掌，每与夫人烛下散筹算计。
> 王戎有好李，卖之，恐人得其种，恒钻其核。
> 王戎女适裴頠，贷钱数万。女归，戎色不说；女遽还钱，乃释然。

其于从子、亲女，犹且不肯施舍假贷，卖李钻核，诸事躬亲，也就可以理解了。但王戎毕竟为竹林七贤之一，定有过人之处。王戎尝言："情之所钟，正在我辈。"王戎的确是至情至性之人，《德行》篇载：

---

① 见余嘉锡《世说新语笺疏·凡例》（中华书局 2007 年版），此数字是包括刘孝标注文在内的。

> 王戎、和峤同时遭大丧，具以孝称。王鸡骨支床，和哭泣备礼。武帝谓刘仲雄曰："卿数省王、和不？闻和哀苦过礼，使人忧之。"仲雄曰："和峤虽备礼，神气不损；王戎虽不备礼，而哀毁骨立。臣以和峤生孝，王戎死孝。陛下不应忧峤，而应忧戎。"

看来王戎之孝，可与阮籍相比。不仅如此，王戎的见识也是超群的：

> 王戎七岁，尝与诸小儿游，看道边李树多子折枝，诸儿竞走取之，唯戎不动。人问之，答曰："树在道边而多子，此必苦李。"取之，信然。（《雅量》）

《世说新语》以小见大，从不同侧面反映出王戎的复杂性。王述也是这样一个人物：

> 王蓝田性急。尝食鸡子，以箸刺之，不得，便大怒，举以掷地。鸡子于地圆转未止，仍下地以屐齿蹍之，又不得。瞋甚，复于地取内口中，啮破，即吐之。王右军闻而大笑，曰："使安期有此性，犹当无一豪可论，况蓝田邪！"（《忿狷》）

王述的性急，在吃鸡蛋这件小事上达到了可笑的地步，王羲之因与之有隙，故嘲笑他一无可取。但事实并非如此，简文帝对他曾有较客观的评价："简文道王怀祖：'才既不长，于荣利又不淡，直以真率少许，便足对人多多许。'"（《赏誉》）他的真率，敢讲真话，在另一场合得到了印证：

> 王蓝田为人晚成，时人乃谓之痴。王丞相以其东海子，辟为掾。常集聚，王公每发言，众人竞赞之。述于末坐曰："主非尧、舜，何得事事皆是！"丞相甚相叹赏。（《赏誉》）

有时作者还通过虚实结合、以实写虚的笔法来展现人物性格：

> 钟会撰《四本论》始毕，甚欲使嵇公一见。置怀中，既定，畏其难，怀不敢出，于户外遥掷，便回急走。（《文学》）

钟会的欲进又退，反复不定，反映了他的心虚胆怯但又想炫耀卖弄，对嵇康既敬且畏；嵇康则始终没有出现，是虚写，但读者可以借此想象出嵇康傲骨凌霜、从容淡定的风神。

《世说新语》的艺术成就是多方面的，如比喻的精当、口语的运用等等。故胡应麟曾评价说："读其语言，晋人面目气韵，恍忽生动，而简约玄澹，真致不穷，古今绝唱也。"（《少室山房笔丛》卷十三《九流绪论》）

《世说新语》对后世的影响是极为深远的，不仅历代续作、仿作者不绝，而且其中的许多人物事迹被史家采入史书，戏曲、小说亦从中多所取材①。

思考题

1. 魏晋南北朝小说兴盛的社会背景如何？
2. 《搜神记》的写作宗旨是怎样的？它的艺术成就如何？
3. 结合作品，谈谈《世说新语》的语言艺术。
4. 明代胡应麟说："至唐人乃作意好奇，假小说以寄笔端。"鲁迅也认为至唐传奇"始有意为小说"，他们都认为魏晋南北朝小说创作尚处于不自觉的状态，结合作家作品，谈谈你对此问题的看法。

---

① 如《假谲》中"温峤娶妇"一节，就被关汉卿改编为杂剧《玉镜台》；曹操父子的事迹也大多被收入《三国演义》之中。

阅读文献

■《全上古三代秦汉三国六朝文》，（清）严可均辑，中华书局 1958 年版。

■《先秦汉魏晋南北朝诗》，逯钦立辑校，中华书局 1983 年版。

■《曹集铨评》，（清）丁晏纂，文学古籍刊行社 1957 年版。

■《曹集考异》，（清）朱绪曾著，《金陵丛书》本。

■《曹操集》，（三国）曹操著，中华书局编辑部编，中华书局 2009 年版。

■《汉魏乐府风笺》，黄节笺，人民文学出版社 1958 年版。

■《魏武帝魏文帝诗注》，黄节注，人民文学出版社 1958 年版。

■《曹子建诗注》，黄节注，人民文学出版社 1957 年版。

■《曹植集校注》，赵幼文校注，人民文学出版社 1984 年版。

■《建安七子集》，俞绍初辑校，中华书局 2005 年版。

■《王粲集》，俞绍初校点，中华书局 1980 年版。

■《诸葛亮集》，段熙仲、闻旭初编校，中华书局 1960 年版。

■《阮步兵咏怀诗注》，黄节注，人民文学出版社 1957 年版。

■《阮籍集校注》，陈伯君校注，中华书局 1987 年版。

■《嵇康集校注》，戴明扬校注，人民文学出版社 1962 年版。

■《陆士衡诗注》，郝立权注，人民文学出版社 1958 年版。

■《陶渊明集》，逯钦立校注，中华书局 1979 年版。

■《陶渊明集笺注》，袁行霈笺注，中华书局 2003 年版。

■《谢灵运诗选》，叶笑雪选，古典文学出版社 1957 年版。

■《谢康乐诗注》，黄节注，人民文学出版社 1957 年版。

■《谢灵运集校注》，顾绍柏校注，中州古籍出版社 1987 年版。

■《鲍参军集注》，钱仲联增补集说校，上海古籍出版社 1980 年版。

■《谢宣城集校注》，曹融南校注，上海古籍出版社 1991 年版。

■《何逊集校注》修订本，李伯齐校注，中华书局 2010 年版。

■《庾子山集注》，（清）倪璠注，许逸民校点，中华书局 1980 年版。

■《庾信诗赋选》，谭正璧、纪馥华选注，古典文学出版社 1958 年版。

■《文选》，（梁）萧统编，（唐）李善注，中华书局 1997 年版。

■《六臣注文选》，（梁）萧统编，（唐）李善、吕延济、刘良、张铣、吕向、李周翰注，中华书局 2012 年版。

■《玉台新咏》，《中华再造善本》，国家图书馆出版社 2004 年版。

■《玉台新咏笺注》，（陈）徐陵编，（清）吴兆宜注，程琰删补，穆克宏点校，中华书局 1985 年版。

■《玉台新咏考异》，（清）纪容舒撰，《丛书集成初编》本，商务印书馆，1937 年版。

■《乐府诗集》，郭茂倩编撰，文学古籍刊行社 1955 年版。

■《六朝文絜笺注》，（清）许梿选，黎经诰笺注，上海古籍出版社 1962 年版。

■《魏晋文举要》，高步瀛选注，中华书局 1989 年版。

■《南北朝文举要》，高步瀛选注，中华书局 1998 年版。

■《魏晋南北朝散文选》，张珊、傅刚编选，北京联合出版公司 2013 年版。

■《文心雕龙注》，范文澜注，人民文学出版社 1958 年版。

■《文心雕龙义证》，詹锳著，上海古籍出版社 1989 年版。

■《诗品集注》增订本，曹旭集注，上海古籍出版社 2011 年版。

■《古小说钩沉》，鲁迅辑，《鲁迅全集》第八卷，人民文学出版社 2005 年版。

■《汉魏六朝笔记小说大观》，上海古籍出版社编，上海古籍出版社 1999 年版。

■《搜神记》，（晋）干宝撰，汪绍楹校注，中华书局 1979 年版。

■《世说新语笺疏》，（南朝）刘义庆撰，余嘉锡笺疏，中华书局 2007 年版。

■《洛阳伽蓝记校释》，周祖谟校释，中华书局 1963 年版。

■《颜氏家训集解》增补本，王利器集解，中华书局《新编诸子集成》本 2007 年版。

■《南北朝文学史》，曹道衡、沈玉成编著，人民文学出版社 1991 年版。

■《魏晋南北朝诗歌史论》，傅刚著，吉林教育出版社 1995 年版。

为收集对教材的意见建议，进一步完善教材编写和做好服务工作，读者可将对本教材的意见建议通过如下渠道反馈至我社。

咨询电话　400-810-0598
读者服务邮箱　gjdzfwb@pub.hep.cn
通信地址　北京市朝阳区惠新东街 4 号富盛大厦 1 座
　　　　　高等教育出版社总编辑办公室
邮政编码　100029

本书有配套教学课件，供教师免费下载使用，请访问 xuanshu.hep.com.cn，经注册认证后，搜索书名进入具体图书页面，即可下载。